BENESCH · BEGEGNUNG

Kurt Benesch

Begegnung

VERLAG DAS BERGLAND-BUCH SALZBURG

Gestaltung des Schutzumschlages
HERBERT SCHIEFER

Für meinen Mozzo

ISBN 3-7023-0101-1

Printed in Austria

INHALT

Die Sache mit dem Bewußtsein (I)
(Statt eines Vorworts)

„Das Bewußtsein ist eine Krankheit, die nur den Menschen befällt." Ich schrieb diesen Satz schon in jungen Jahren, noch ohne zu wissen, daß ich selbst, wie ich noch heute glaube, gegen dieses Leiden zumindest partiell immun bin. Dabei hätte mich schon jener Herr Professor stutzig machen sollen, der eines Tages sagte: „Benesch, Sie haben ihren Schluck Lethe wohl schon irrtümlich vor der Geburt getrunken." Und als die lieben Mitschüler gröhlten, weil sie das für einen Witz hielten, den sie nicht verstanden — und da lacht man ja bekanntlich am lautesten — übersetzte er es ihnen in ihr Alltagsdeutsch: „Er hat halt ein Gedächtnis wie ein Sieb."

Natürlich ist diese Behauptung falsch, auch wenn sie später noch oft wiederholt werden sollte. Denn wie soll einer etwas vergessen können, von dem er — nämlich bewußt — nie etwas gewußt hat? Oder hat der, von dem wir hier sprechen, es doch gewußt? Nur auf ganz andere Weise? Ich erinnere mich mancher angenehmen Überraschung, wenn ich, bleiben wir noch einen Augenblick in der Schulzeit, etwa in Mathematik aufgerufen und einer Katastrophe gewiß aufstand — und plötzlich die Antwort wußte. Woher ich sie wußte? Sicher nicht als Ergebnis eines Lernprozesses. Durch Osmose vielleicht, wie die Freunde später vermuteten? Aber an welcher semipermeablen Stelle meines Körpers war dieser Lernstoff in mich eingedrungen, ohne mein Bewußtsein zu berühren? Und wer hatte ihn für diesen Vorgang so gut aufbereitet? Vielleicht doch mein Vater, der im Büro — als Staatsbeamter hatte er genügend Zeit, einen Freischaffenden heranzuziehen — fleißig meine Mathematikbeispiele löste, und mir dann auf unerklärliche Weise die Ergebnisse einträufelte? Unerklärlich deshalb, weil ich ja schon damals nur selten zuhörte, egal, obs einer gut mit mir meinte, oder ob er mit mir Vokabeln büffelte.

Ich frage mich, ob es in mir einen Mechanismus gab — oder gibt — der das, was von außen an mein Ohr drang — oder dringt — unter Umgehung der entsprechenden Gehirnpartien direkt in ein mir unbekanntes Organ absinken ließ, wo es so lange verblieb, bis es wieder abgerufen wurde? In der Schule als richtige Antwort auf eine Lehrerfrage abgerufen, im späteren Leben in Form von Buchstaben, die auf ein rechtzeitig hingehaltenes Papier flossen; sich zu Worten zusammensetzten, zu Sätzen, und schließlich etwas ergaben, *das der verblüffte junge Mann mit der Feder in der Hand las, zu verstehen sich bemühte — und später sogar verkaufen konnte.*

Daß diese Wiederauferstehung der Außenwelt aus meinem Inneren sich gottlob in so veränderter Form vollzog, daß ich mich meines Wissens nur selten eines Plagiats schuldig machte, könnte darauf hinweisen, daß der Professor mit seinem sprichwörtlichen „Sieb" doch nicht so ganz unrecht hatte. Ich hatte schon so etwas wie ein Gedächtnis, nur war darin eben ein Sieb eingebaut, oder eher ein Filter, der das, was eingegangen war, so sehr veränderte, daß es zwar seiner Substanz nach noch gleich, aber der Form nach völlig verschieden war, wenn es wieder herauskam. Der Filter scheint nicht immer funktioniert zu haben, daher also hin und wieder die richtige Antwort, und glücklicherweise in ausreichendem Maß. Wenn der Filter aber funktionierte, und er tat es oft, nun, dann mußte mein Vater eben wieder in die Sprechstunde kommen, wobei er gleich auch die unter der Bank geschriebenen und konfiszierten ersten dichterischen Ergüsse seines Sohnes mitnehmen konnte. Was seinen Eifer im Büro aber nur anstachelte — wenn schon ein Dichter in der Familie, dann wenigstens einer mit Matura.

Man könnte also sagen: das gleiche Organ (Filter), das in der Mathematikstunde eine falsche Antwort bewirkte, machte aus Kurt Benesch einen Autor. Oder allgemeiner gesagt: der Vorgang, aus dem in der Mathematikstunde eine falsche Antwort resultiert, — Ergebnis Nichtgenügend — kann dem eines kreativen Prozesses entsprechen — Ergebnis vielleicht ein Kunstwerk. Ich sage vorsichtshalber: kann und vielleicht.

Für diese Theorie spricht auch, daß ich, wie man mir oft versichert, die passendsten Antworten gerade dann gebe, wenn ich am wenigsten zuhöre, wenn also kein Bewußtsein und keine eigene Gedankenarbeit den Fluß des aus der Außenwelt in mich Einströmenden hemmt. Auch mein Gesichtsausdruck soll dann ein besonders verständiger sein. Wo nun die Kommunikation mit meinem mir unbekannten Aufnahmeapparat stattfindet, weiß ich nicht. Sicher anderswo als bei anderen Leuten. Aber stattfinden muß sie, sonst könnte ich ja nicht spüren, was in der Welt geschieht, wie Menschen leiden, sei es aus Hunger oder aus Angst, sei es unter der Unfähigkeit, empfinden zu können.

Ein Glück, daß dieser ganze Mechanismus ziemlich zuverlässig wirksam ist. Denn das an einem Sonntag geborene Sonntagskind Kurt, das im gut abgeschirmten Gehege eines gutbürgerlichen Elternhauses unter viel Liebe und Geborgenheit aufwuchs, hatte schon immer große Schwierigkeiten gehabt, unangenehmen Dingen, dem Leid anderer Menschen, ja selbst dem eigenen, n i c h t auszuweichen. „Leicht ablenkbar", wie das schon in der Schülerbeschreibung stand, entzog er sich liebend gern der schmerzhaften Bewußtwerdung all dessen, was rings um ihn vorging, und vertraute sich lieber einem vom Vater ererbten, eher sanguinischen Temperament an — das nur ober-

flächliche Leute für oberflächlich halten, man könnte es ebensogut auch Gottvertrauen nennen — und das nur durch entsprechende Schübe von Melancholie (Grant) einen Zug ins Wienerische bekam.

Instinktiv aber scheint er gewußt zu haben, daß so etwas gefährlich sein kann. Und da dieser noch schicksallos schlafende Säugling zwischen 15 und 21 — er wäre mit Sicherheit kein mündiger Jungwähler gewesen — das Chaos der Welt so konsequent aussperrte, da er auch weder Eltern noch Vormünder besaß, die ihm dieses Chaos ins Bewußtsein prügelten, noch etwa durch eine schwere Krankheit die Fragwürdigkeit des menschlichen Daseins demonstriert bekam, versuchte er, Unordnung und frühes Leid künstlich herbeizuführen. Hierher gehört sein Bemühen um Weltschmerz, indem er im nebeltriefenden Herbstwald Lenau-Gedichte las; aber auch, daß er um Mädchen Tränen vergoß, die er gar nicht haben wollte, wie sich herausstellte, als eine der Angebeteten ihren Widerstand endlich aufgab.

Zu diesen Versuchen gehört auch das damals erwachende Verlangen, Schauspieler zu werden. Damit konnte er etwas, das ein Teil seines Wesens ablehnte, wenn es aus dem Leben kann, wenigsten aus Büchern in wohlgesetzten Jamben in sich aufnehmen und in beseligenden Augenblicken daran glauben, als schrie es aus ihm selbst heraus, den mitlesenden Schulkameraden entgegen, oder dem Spiegel im elterlichen Schlafzimmer. Das Schicksal des jungen Mortimer, Glück und Verzweiflung des Don Carlos und natürlich auch des Dichters Tasso, der damals auf der Bühne des Burgtheaters in Gestalt des Horst Caspar in so eindrucksvoller Weise sein Wams durchschwitzte. Diese Phase überdauerte aber kaum die bestandene Gewerkschaftsprüfung auf der Bühne des Volkstheaters und ein paar kleine Rollen in einem Studententheater, dann war sie offenbar zur Weiterentwicklung des jungen Mannes nicht mehr nötig. Der Schauspieler, der sich selber das liebste Publikum war, hatte ja inzwischen längst begonnen, sich seine eigenen Texte zu schreiben. Und diese hatten gegenüber denen auch der besten Kollegen den unbestreitbaren Vorteil, daß sie zumindest die Illusion geben konnten, da wäre zugleich mit der Tinte auch eigenes Herzblut geflossen. Denn mit der ironischen Distanz zu sich selbst und seinem eigenen Gefühlsleben, die er später — schon aus Gründen einer gerechteren Beurteilung seiner selbst — gewann, war es damals noch nicht so weit.

Damals — wir sind jetzt kurzfristig in den Monaten der englischen Kriegsgefangenschaft in Italien, die sein Abenteuergeist kaum weniger genoß, als die ersten Bände Karl May, — damals begann er auch voll Verwunderung die Männer zu beobachten, die in der Baracke oft halbe Stunden lang bei der tiefsinnigen Betrachtung ihre Pickel, Falten und eingewachsenen Barthaare vor dem Rasierspiegel saßen, darüber hinaus aber ganz offensichtlich in ihr Spiegelbild hineinfragten: „Wer bin ich eigentlich?" Er selbst fragte sich das damals zumindest nie. Weder in einen Spiegel hinein, in den er möglichst sel-

ten blickte, weil ihm sein Gesicht nicht schön genug war, noch irgendwie anders. Er war einfach er. Ob er nun in der Schulstunde saß oder Papierdrachen steigen ließ, weder die Uniform des Arbeitsdienstlers, Soldaten, Kriegsgefangenen, noch Befehle, Schindereien oder Demütigungen vermochten dieses von sich selbst träumende Ich irgendwie zu berühren. Er war von sich selbst und vom Schreiben über Dinge, die in seiner fiktiven Welt geschahen, derart gefangen, daß er die wirkliche Welt und ihre Geschehnisse, daß er den Krieg mit all seinem Grauen, wenn überhaupt, dann höchstens von der abenteuerlichen Seite, bzw. von ihrer technischen betrachtete: wie überlebe ich am ehesten, wie richte ich mich am besten ein. Ich erinnere mich noch heute, wie der damals eben zum Unteroffizier Avancierte auf einer Atempause des Rückzugs das rasch ausgehobene Schützenloch zu einem behaglichen Nest auszugestalten begann. Wie er die nackten Erdwände mit Taschentüchern und Fußlappen austapezierte und Gewehrpatronen zweckentfremdete, indem er mit ihnen die „Tapeten" an die Wände nagelte, um sich so, während links und rechts schon die ersten Granaten einschlugen, seinem von Haut und Uniform umschlossenen Ich eine möglichst behagliche und lange bewohnbare Bleibe zu schaffen. Und den immerhin bedeutsamen Augenblick seiner Gefangenschaft verschlief er überhaupt.

Er schrieb in dieser Zeit, wo es nur möglich war, und er schrieb auch noch, als er feststellen mußte, daß es von dem Ich, das im Mittelpunkt seines Schreibens stand, vorläufig noch herzlich wenig zu berichten war. Er schrieb dennoch weiter und schwelgte von einem schlechten Werk zum anderen.

Was dieses Ich, dem er so hingebungsvoll diente, eigentlich war, danach fragte er erst viel später. Und auch dann zog er es vor, dazu lieber seine eigenen Arbeiten zu fragen — was, wie seine Frau einmal äußerte, vielleicht der tiefste Grund für die Lust ihres Mannes ist, möglichst von früh bis spät am Schreibtisch zu sitzen.

Wobei ich nach wie vor den Verdacht habe, daß es ihm selbst damals noch nicht — und vielleicht heute immer nocht nicht — so ganz ernst mit seiner Frage war — oder ist. Daß immer auch das ein Spiel war — und ist —, wenn er am Schreibtisch saß — oder sitzt —, in Ehrfurcht erstarrt vor der Rolle, die er sich übergestreift hat. So wie er einst als Kind an dem vom Vater geschnitzten Altar den Priester gespielt hatte — der er später werden wollte —, dann den Biologen mit dem Mikroskop — der er später werden wollte —, dann den Chemiker im weißen Mantel, der er solange werden wollte, bis etwas explodierte und ihm für drei Tage das Augenlicht nahm. (Was ihm der Hauptanlaß dazu war, sich vorzustellen, was wohl die Menschen — sein Publikum — für Gesichter machten, wenn sie ihn sahen, wie er sich am Arm einer Tante dekorativ durch die Straßen tastete.) Er spielte den erbarmungswürdigen „Blinden" mit der gleichen Hingabe wie später den Marineoffizier, er spielte den

Schauspieler und erdichtete sich einen Dichter, der an seiner Stelle ein Dichterschicksal erlitt, über das er dann schrieb.

Nur daß später, während er am Schreibtisch saß, der bereits beschriebene unbekannte Mechanismus in ihm immer wirksamer wurde und Ergebnisse zeitigte, die der Schauspielerdichter in hastiger Eile in Worten und Sätzen niederschrieb, deren Sinn — ich gebe es ruhig zu — ihm manchmal erst von anderen erklärt werden mußte.

Ein Schlückchen Lethe

Er hatte die Männer, die vom „Rätsel" oder gar vom „Geheimnis Frau" sprechen, immer für Dummköpfe gehalten. Aber seit neuestem dachte er anders. Genaugenommen seit jenem rätselhaften Dia-Abend, den seine Frau veranstaltet hatte. Nicht für die Freunde veranstaltet, nicht für die Nachbarn, sondern nur für ihn.

Er gehörte zu jenen Männern, in denen der schöpferische Drang noch lebendig ist, aus etwas ein Etwas nach ihrem Bilde zu formen. Aber während der alte Pygmalion ein Bild aus Elfenbein geschaffen, dem Aphrodite dann Leben eingehaucht hatte, versuchen seine weniger schöpferischen Nachfahren, es sich leichter zu machen und bereits vorhandenem weiblichen Material ihr Leben und ihre Vorstellungen einzuhauchen, das Verständnis für das, was sie leicht übertrieben ihre Ideale nennen. Die Strafe für diesen seelischen Vergewaltigungsversuch, den nicht nur die Feministinnen Unterdrückung nennen, und der bei völligem Gelingen das gesamte Schöpfungskonzept über den Haufen werfen würde, heißt im allgemeinen Sprachgebrauch eine „verpfuschte Ehe" und wird über viele lebenslänglich verhängt, wobei das Strafausmaß, für menschliches Begriffsvermögen zumindest, nicht immer einsichtig ist.

Raoul zum Beispiel müßte eigentlich eines Gnadenaktes teilhaftig werden, denn er hatte es längst aufgegeben, derart verändernd in den Schöpfungsplan einzugreifen. Nach jahrelangen, vergeblichen Versuchen, eine Gemeinsamkeit, wie er sie sich vorstellte, herzustellen, resignierte er, und das heißt im allgemeinen, daß man sich von allem zurückzieht, was unnötige Schmerzen bereitet. Und das hieß im speziellen, daß er, um nicht dauernd an sein schöpferisches Versagen erinnert zu werden, wenn er hören müßte, wie sie immerfort nur von Dingen redete, die ihn nicht interessierten, das tat, was in solchen Fällen auch andere Männer tun: er versuchte, nicht mehr zuzuhören.

Seine Frau redete aber nicht nur von Dingen, die ihn nicht interessierten — was übrigens umgekehrt genauso war und ihn nicht nur einmal zu dem Stoßseufzer veranlaßte: meine Frau versteht mich eben nicht —, nein, sie wollte auch ihre Antworten darauf haben. Und passende noch dazu. Um eine Definition gebeten, hätte sie diesen Vorgang wahrscheinlich ein Gespräch genannt. Weghören allein genügte also nicht. Was aber sonst?

Eine Leiter erlöste ihn aus diesem Dilemma, und daß er eines Tages von

dieser Leiter fiel, und daß dieser Fall, wenn auch relativ harmlos, so doch sein Gehirn zur Genüge erschütterte, um ihn auf die Idee zu bringen, wie schön und wie praktisch es jetzt wäre, das Gedächtnis zu verlieren. Ein befreundeter Arzt half ihm, diese Idee zu realisieren und untermauerte den vorgeblichen Verlust mit dem entsprechenden ärztlichen Attest — und wenn sie ihm nun erzählte, daß der Milchpreis schon wieder um 10 Groschen erhöht worden sei, dann mußte er nicht mehr mit der ganzen Intensität eines leidenschaftlich Anteil Nehmenden sich ein „no schau!" oder gar ein „na, so was!" abringen wie früher, sondern konnte so tun, als hätte er nicht die geringste Ahnung, daß diese Milchpreissteigerungen mit beharrlicher Regelmäßigkeit ihren nun schon bald 24jährigen ehelichen Lebensweg begleitet hatten. Und wenn sie sagte: „Heut' hab' ich den Emmerich getroffen. Schaut sehr schlecht aus. Na ja, das Junggesellenleben!" dann durfte er im Schutz seiner ärztlich bescheinigten Gedächtnislücken ohne das geringste Verstehen fragen: „Was ist Emmerich?"
Mimi aber war von der Idee, wenn man einen Mann habe, dann müsse man auch mit ihm reden können, deshalb noch nicht geheilt. Und da sie weder an den Gedächtnisverlust noch an die Diagnose des Arztes recht glauben wollte, der schließlich mit ihrem Mann auf der gleichen Schulbank gesessen war und daher, wie sie es formulierte, sicher auch unter einer Decke mit ihm steckte, begann sie, auf eigene Faust nachzuforschen, was es damit für eine Bewandtnis habe. Also etwa zu fragen, wie es einem Menschen von seiner Intelligenz — sie sagte tatsächlich Intelligenz! — passieren könne, die letzte Milchpreiserhöhung oder den alten Schulfreund einfach zu vergessen. Oder gar die Frau Müller aus dem zweiten Stock, die sich schon den dritten Wintermantel geleistet hatte, obwohl sich ihr Mann diesen gar nicht leisten dürfte. Sie zählte dazu bemerkenswerte Einzelheiten auf: Emmerichs Haarfarbe und die Winkel, die man kurioserweise auch bei Unverheirateten Ehestandswinkel nenne, den denkwürdigen Tag, an dem der Milchpreis die Zwei-Schilling-Grenze überschritten hatte. Sie erinnerte ihn an den Schmerzensschrei in jener schwülen Augustnacht um 3 Uhr früh, als Frau Müller sich in ihrem automatischen Toilettepapierportionierer den Daumen eingeklemmt hatte.

Raoul aber — er hieß so nach dem ausdrücklichen Wunsch seiner Mutter, die sich ihren Sohn von Anfang an als etwas Besonderes vorgestellt und ihn seit dem dritten Monat der Schwangerschaft immer mit einem Tennisracket in der Hand gesehen hatte, dem Racket, das er nun sein Leben lang gleich einem unsichtbaren Zepter in sich trug — Raoul aber hielt sich getreu an die Anweisungen seines ärztlichen Freundes und leugnete beharrlich, von diesen gemeinsamen ehelichen Erfahrungen irgend etwas zu wissen. Eines Tages, so hoffte er, würde sie aufgeben, und dann würde es keine Frau Müller und keinen Milchpreis mehr geben, und dann hatte er endlich einen Zustand zurückgewonnen, der seiner vorehelichen Freiheit einigermaßen ähnelte.

Mimi aber — er hatte diese Koseform für Maria mit Absicht gewählt, wohl um den Niveauunterschied, dessen er sich trotz aller anfänglichen Liebe jederzeit bewußt war, schon in der Distanz zwischen ihren Namen sichtbar werden zu lassen — Mimi aber gab nicht auf, sie wählte nur eine andere Taktik. Und als er am nächsten Tag heimkam, stand ein Teller Spinat mit Spiegeleiern auf dem Tisch.

Er haßte Spinat und noch mehr haßte er Spiegeleier, und er haßte es besonders, wenn diese beiden eine Verbindung eingingen, aber er schwieg, wenn auch ihr süßliches Lächeln in Verbindung mit Spinat und Spiegeleiern fast nicht zu ertragen war.

„Siehst Du, mein Lieber", sagte sie mit samtweicher Stimme, „Ich hab's im Gedächtnis behalten, wie gern Du Spinat mit Spiegeleiern ißt." Sprach's und holte für sich selber das Schnitzel aus der Küche.

Aber es blieb nicht beim Spinat, auch nicht bei den anderen Speisen, die bisher in diesem Haus tabuisiert gewesen waren. Auch nicht bei der versalzenen Frühlingssuppe, die er angeblich zur Verblüffung des Kellners schon beim Hochzeitsessen ausdrücklich versalzen bestellt hatte. Selbst jener grauenvolle Rosinenpudding in Sirupsauce kam jetzt täglich auf den Tisch, obwohl doch Mimis feierlicher Schwur, bis daß der Tod sie schiede, nie einen solchen über die Schwelle zu tragen, diese Hochzeit erst ermöglicht hatte.

Es blieb auch nicht bei diesen Speisen. Eines Morgens legte sie ihm, obwohl erst Freitag war, eine frische Unterhose auf's Bett und holte ihn am Nachmittag vom Büro ab. „Wir kaufen Dir jetzt einen eleganten Anzug. Den hast Du Dir doch immer gewünscht." Und dann schleppte sie ihn, was er so haßte, durch die Mariahilfer Straße von Geschäft zu Geschäft und von einer Probierkabine zur anderen, bis nichts mehr menschlich an ihm war. Und er bekam den allerscheußlichsten modischen Anzug, in dem er kaum Atem holen konnte, und bunte Hemden, deren Krägen von buntgemusterten Krawatten eisern in die Zange genommen wurden, und schöne Schuhe, die nun endlich wieder ganz spitz und eng geworden waren und auf die Hühneraugen drückten, wie das die Mode befahl. „Ich weiß ja, wie gern Du elegant gekleidet bist", flötete sie verständnisvoll. „Auch daheim und besonders am Sonntag. Deine verbeulten Hosen und der graue Pullover sind schon im Koloniakübel."

Bei der Erwähnung des geliebten grauen Pullovers begann ihm erstmals zu dämmern, daß seine Idee, mittels Gedächtnisverlusts in eine behagliche innere Eheemigration gehen zu dürfen, vielleicht doch nicht die beste gewesen war. Auch Cousine Margot wurde nicht mehr eingeladen, was Mimi, wie sie heuchlerisch sagte, selbst sehr bedauerte. „Aber ich hab' nicht länger zusehen können, wie sehr Du unter ihrer Anwesenheit leidest. Einmal hat es ja sein müssen."

Raoul nickte stumm. Cousine Margot war ein hübsches Mädchen und hatte es gern zugelassen, daß er sich gut mit ihr unterhielt.

So ging es noch mit vielen anderen Dingen, er hatte gar nicht gewußt, was alles er nicht leiden konnte, und das alles mußte er jetzt essen, trinken, anziehen oder von sich weisen, sagen oder tun. Schon kamen ihm berechtigte Zweifel, ob sein Erinnerungsvermögen nicht doch ein wenig getrübt sei. Hatte er den Besuch sonntäglicher Fußballspiele vielleicht wirklich so sehr verabscheut? Und wie war das mit dem Geschirrabwaschen, um das er sich angeblich schon in seiner Verlobungszeit so sehr bemüht hatte? Er wußte, daß das unter Männern jetzt mehr und mehr in Mode kam, und das verwirrte ihn. Selbst der bissige Nachbarhund, vor dem Raoul solche Angst hatte, war äußerst verwirrt, daß der Nachbarmensch jetzt scheinbar so furchtlos auf ihn zutrat und ihm den von der Nachbarfrau zugesteckten Zucker anbot.

Es wäre nun ein leichtes gewesen, zu sagen: Mag sein, daß ich das früher gewollt oder verabscheut habe, aber man ändert sich eben. Oder auch zu sagen: Nein, da irrst du dich, in manchen Dingen ist mein Gedächtnis noch intakt. Aber sein schlechtes Gewissen, die Angst, nur ein einziges Mal ertappt zu werden, waren so groß, daß er lieber schwieg und alles auf sich nahm, bzw. in sich hineinaß. Längst hatte sein schöner Plan sich gegen ihn gekehrt, und die Hoffnung, dies könnte noch einmal rückgängig gemacht werden, war so gering wie die Chance eines Wunders.

Aber das Wunder geschah.

Mimi hätte nun das herrlichste Leben führen können, mit einem Sklaven zu ihren Füßen und an der Abwäsche, und sie wurde um diesen Mustergatten auch entsprechend beneidet. Aber wenn sie auch nicht gerade die Klügste war, so dumm war sie doch nicht, daß ihr dieser Zustand auf die Dauer Vergnügen gemacht hätte. Denn der Mensch, so dachte sie, den ich ihm da aufschwatze, daß er einmal gewesen ist, der ist er ja gar nicht. Und wenn ich i h n zum Mann habe, dann hab' ich nicht mehr den zum Mann, den ich einmal zu meinem Mann gemacht habe, sondern ganz einen anderen. Und im Grunde bin ich ja doch monogam. Sie entdeckte auch sehr bald, daß sie mit einem Menschen, der ihr in allem Recht gab, ja erst recht nicht reden konnte, und von dem Grundsatz, daß zwei Leute, die miteinander verheiratet seien, auch miteinander reden müßten, wich sie auch jetzt noch nicht ab. Sie mußte ihm also sein Erinnerungsvermögen wiedergeben, um jeden Preis. Und gleichgültig, ob sein Gedächtnisverlust nun echt oder gespielt war, sie spürte, es mußte etwas sein, das er nicht verleugnete und nicht vergessen wollte, da er es wirklich liebte. Das Problem war nur: sie wußte zwar aus langjähriger Erfahrung von vielen Dingen, die ihn schmerzten und die er verabscheute. Woran sein Herz hing, davon wußte sie nichts. Aber sie war eine praktisch veranlagte Frau, und wie andere in einem solchen Fall in ihrem Hirnkasten nach Erinnerungen, Erfahrungen und gemeinsamen Erlebnissen kramen würden, so durchstöberte sie eben Schränke, Kommoden und Truhen — bis sie ganz zuunterst auf ein paar rote und gelbe Plastikkassetten stieß und sofort wußte: Das war es. Womit das schon oben erwähnte Wunder geschah.

Als er heimkam, bemerkte er sofort den Dia-Projektor, der seit Jahren in irgendeinem Winkel gestanden war, auf dem Tisch. „Was ist das?" fragte er reserviert.

„Ich habe Lust auf eine kleine Reise in die Vergangenheit", sagte sie.

„Du? Eine Reise?" Was hatte sie jetzt wieder vor? Sofort war sein Mißtrauen erwacht. Er wußte doch genau, wie sehr sie das Reisen verabscheute und auch ihm allmählich verleidet hatte. Und sein Photographieren dazu, mit dem er die Welt in seine kleine Wohnung hatte retten wollen. Aber er hielt sich zurück und ließ es zu, daß sie ihn in einen Stuhl drückte und das Licht löschte. Das erste Bild erschien auf der Leinwand, und sie erklärte, daß dies Teneriffa sei und der Berg der Teide. „Schön!" setzte sie noch seufzend hinzu, und er wunderte sich, denn damals hatte sie nur ‚kalt!' gestöhnt. Und wenn auch das eine das andere nicht ausschloß, ein Unterschied war es doch.

„Erinnerst Du Dich?" fragte sie leise und lauernd, als das nächste Bild erschien, und er nickte. Gottlob war es dunkel genug, sodaß sie es nicht sah. Vorsicht! mahnte er sich. Schließlich war das alles dazu arrangiert, um ihn endlich zu überführen. Schon beim nächsten Bild aber wurde die Erinnerung so stark, daß er einen Seufzer nicht mehr unterdrücken konnte.

„Was ist denn?" fragte sie rasch. Er schloß die Augen, wie Kinder, wenn sie sich totstellen. Dennoch sah er den Tempel deutlich vor sich. ‚Hier träumen', dachte er, heute genau wie damals, und kramte zur Konkretisierung seiner Empfindungen in den Resten seiner humanistischen Bildung herum. ‚Jetzt müßten Götter und Dryaden hinter den Säulen hervortreten und mir sagen, warum hier alles so schön ist'.

„Ist es nicht so", hörte er plötzlich in seinem Ohr, „als müßte jeden Moment eine Dryade hervorkommen?"

Er wandte sich verblüfft um. „Dryade? Wie kommst Du darauf?"

„Man könnte sie fragen, warum hier alles so schön ist. Oder nicht?"

‚Das darf doch nicht wahr sein', dachte er entsetzt. Wo hatte sie das her? Und wenn er das damals auch laut gedacht haben sollte — er hatte doch noch heute ihr dauerndes Gejammer im Ohr. ‚Meine Nase!' Sie hatte die Creme vergessen. ‚Und der Durst!' Weit und breit kein Kaffeehaus. Und die Frau mit dem geblümten Kleid, mit der sie während der ganzen Fahrt über die Vor- und Nachteile verschiedener Waschmittel geschwätzt hatte? ‚Wenigstens ein Mensch, mit dem man vernünftig reden kann!'

„Ich verstehe die Leute nicht, die immer reisen müssen", versuchte er einen Gegenangriff. „Daheim ist daheim! Und die Photographiererei! Was das kostet!" Das war genau ihre Argumentation. Er sah sie noch dort stehen, ja dort zwischen Palmen und der Schneekulisse des Ätna. Sie hatte den Schuh ausgezogen und ihm vorwurfsvoll ein Steinchen unter die Nase gehalten. ‚Da! Ich möchte wissen, wozu das gut ist!'

„Wozu reisen?" fragte sie zurück und war ganz Staunen. „Weil dann inwendig alles weiter wird! Weil man dann Dinge in sich hat, von denen man nie geahnt hat, daß es sie gibt."

‚Wie kann ein Mensch so verlogen sein!' dachte er empört, und da es genügend dunkel war, ballte er auch die Fäuste dazu. ‚Wie kann man zur gleichen Zeit – '

„Sonnenuntergang auf Helgoland." Jetzt war ihre Stimme nur noch Watte. Stumm hatte er damals zum Horizont hinübergestarrt, und auch sie blieb jetzt stumm und sagte nur, wohl um ihn darauf aufmerksam zu machen: „Da wird man ganz stumm."

Ein Gefühl der Zärtlichkeit überkam ihn, so daß er fast vergaß, wer da, gleich einer Spinne auf ihr Opfer, im Dunkeln lauerte: Na, verrätst du dich endlich? Schon bewegte sich seine Hand ihrem Nacken zu — zuckte aber im nächsten Augenblick vor der schrillen Stimme von damals zurück: ‚Und überall stinkt's hier nach Fisch! Weißt Du, was die Navratil ihrem Alten am Sonntag kocht? Kabeljau! Aus der Tiefkühltruhe! Am Sonntag!'

‚Da wird man ganz stumm' — ihre Worte, die alles ausdrückten, was er damals empfunden hatte. Und dazu, zur gleichen Stimmung, zum gleichen Erlebnis der tiefgefrorene Kabeljau der Frau Navratil. Welche Möglichkeiten so eine Frau in sich trug! Diese ungeheure Spannweite einer Seele!

Sie ließ ihm keine Zeit, mit dieser erschütternden neuen Erfahrung fertig zu werden. Ganz langsam, als wüßte sie genau, wie er es liebte, schob sie eines seiner Lieblingsbilder aus Kreta in den Projektor. Ginster, Kräuter und Gras, das sich in goldbraunen Wellen über den Hang ergoß.

„Millionen Grashalme", sagte sie. „Wenn der Wind drüber geht, werden sie eine Einheit. Wie die Menschen nach einem Krieg oder einer Seuche. Der Kummer formt sie, und für uns ist diese Form schön."

Jetzt erfaßte ihn Panik. Nein, das hatte er nicht gesagt! Ganz bestimmt nicht! Gedacht vielleicht, gespürt höchstens. ‚Blende 11', hatte er gesagt, und ‚Ein Hundertstel'. Möglicherweise auch noch: ‚Geh aus dem Weg!'

Oder hatte er es doch gesagt? Etwas Ähnliches? Hatte er es herausgeschrien als Protest gegen ihr gejammertes: ‚Eine Wiese! Auch schon was! Und halb verbrannt! Da fahr einmal in die grüne Steiermark!' Und sie hatte seinen Protest registriert wie ein Papagei, besser noch, wie ein Tonbandgerät, und jetzt ließ sie es einfach abspielen, um ihn herauszufordern und konnte es morgen und noch in zwanzig Jahren abspielen lassen, wenn sie es für nötig fand. Was hat er nur für einen seltsamen Apparat geheiratet, der so gegensätzliche Aufnahmen speicherte! Und warum hatte sie bisher immer die falschen Bänder eingelegt? Oder wäre e r dafür verantwortlich gewesen?

Schon das nächste Bild. Und das übernächste. Und zu jedem wußte Mimi Dinge zu sagen, die ihn erstaunten. Von den seltsamen Formen der Trinkkrüge in Andalusien und den hungrigen Augen der Kinder im Sahel. Dinge, die er selbst nie gesagt hatte. Sie allerdings auch nicht.

„Ist Dir eigentlich aufgefallen, daß unsere Frotteehandtücher genau die Farbe der Olivenwälder haben? Ich bin in ganz Kerkyra herumgelaufen, bis ich sie gefunden habe." Auch das hatte sie nicht gesagt damals. Getan hatte sie etwas, das schon, verdrossen hatte sie die Handtücher in den Koffer gestopft. Handtücher! Direkt neben seine belichteten Filme! Ein Mann wischte sich an so was höchstens die Hände ab.

Und wieder ein neues Bild. Sie hatte den Abend raffiniert aufgebaut, und schon das zeigte, daß sie an seinen früheren Dia-Abenden mehr gespürt und mehr getan haben mußte, als nur enervierend mit den Stricknadeln zu klappern. Jetzt kamen auch seine ganz persönlichen Bilder. Ein Rasenstück und ein paar im Wasser eingeschlossene Steine. Der Schwan im Schloßteich von Kremsier, der sich im Schatten des Geästs, das sich im Wasser spiegelte, aufzulösen begann. Er schloß die Augen, denn das tat weh. Aber er hätte sich auch die Ohren zustopfen müssen.

„Weißt du, Raoul, daß Deine Bilder viel schöner sind als die Wirklichkeit?" hörte er.

„Wie?"

„In Wirklichkeit, da ist viel zuviel da. Kein System, keine Ordnung. Aber Du – wie Du den richtigen Ausschnitt findest! Du sperrst alles aus, was weh tut. Da ist nur Deine Welt . . ."

Er saß wie betäubt in seinem Stuhl. ‚Das ist doch nicht möglich' flüsterten seine Lippen. Auf eine solche Frau hatte er 24 Jahre lang vergeblich gewartet. Und jetzt auf einmal kam das aus ihr heraus? Jetzt? Und einzig zu dem Zweck, um den Mann wiederzuhaben, mit dem sie ihre lächerliche Gemeinsamkeit aus täglichen Gewohnheiten, Phrasen und Nachbartratsch weiterführen konnte, die sich stolz ihre Ehe nannte?

„Venedig. Feuerwerk beim Redentorefest", raunte es in sein Ohr, und er starrte auf die zerplatzenden Feuerwerksbälle am dunklen Himmel. „Wir haben uns auf den Schiffsboden gelegt und in den Himmel geschaut."

„Ja", sagte er, und jetzt gab er sich ganz der Empfindung von damals hin, ohne zu bedenken, daß er sich damit verriet. „Direkt über uns ist es explodiert und auf uns heruntergeregnet . . ." Er spürte ihre Hand im Nacken und wehrte sich nicht gegen sie.

„Und ich hab' mir gedacht: jetzt sterben . . ." flüsterte sie. In diesem Moment vergaß er all seine Vorsicht und seinen schönen Plan, für den er schon so viel gelitten und geschluckt hatte. Er war nur noch fassungsloses Staunen, hart an der Grenze des Irrsinns, das sich mittels des fünfmal wiederholten und entsprechend gestotterten Wortes „Mimi!" Erleichterung zu verschaffen suchte.

Am nächsten Morgen hatte der Irrsinn die Form eines seligen Lächelns gefunden, das er den ganzen Tag mit sich herumtrug. Alles war jetzt berauschend und voll Hoffnung, sogar die Sonne schien nach 5 Tagen Regen wieder, und er hatte seine Mimi beim Abschied auf den Mund geküßt. Er kratzte

alle seine Resturlaubstage zusammen und ging ins Reisebüro, wie einst im Oktober vor acht Jahren. ‚Man kann jeden Tag neu beginnen', hatte einmal ein weiser Mann auf einem Werbeplakat für Rasierwasser gesagt.
Noch am Abend, als er heimkam, trug er das Lächeln auf den Lippen, und es wurde nur um ein geringes verändert, damit er sagen konnte: „Ich habe Palma gebucht. Palacio Ferrandel. Vier Wochen. Wo es so schön war. Erinnerst Du Dich?"

Aber nicht nur seine Worte veränderten etwas an seinem seligirren Lächeln, da kam noch etwas von ihr dazu, und das hieß:

„Sag, bist Du wahnsinnig geworden?" und das war der Schrei: „Wo hast du das Sparbuch gefunden?" und das war die erschreckende Reihe von Fragen: „Abgehoben? Und die neuen Küchenkästen? Auf die wir seit sechs Jahren sparen? Und der Abwaschverbau? Und der Allibert? Und der Mikrowellengrill?"

Spätestens beim Mikrowellengrill war das Lächeln endgültig verschwunden, auch die Sonne war wieder untergegangen und alles in rätselhaftes Dunkel gehüllt. Er wollte noch schreien: ‚Aber was Du gestern gesagt hast —' er kam nicht dazu. Wie kämpft man mit Worten gegen das Unbegreifliche an?

Frau Mimi war sehr rücksichtsvoll und half ihm über die erste Enttäuschung hinweg. Sie verzieh ihm den Schwindel mit dem Gedächtnisverlust und steckte die Dias in die Kassetten zurück, weil sie wußte, die würden ihm jetzt nur wehtun. Sie trug den Buchungsschein ins Reisebüro zurück und handelte die niedrigste Stornogebühr aus, die möglich war. Den Schaden konnte er gut machen, wenn er dem Möbeltischler ein wenig half. In den vier Urlaubswochen konnte alles bequem fertig werden.

Er sah ein wenig verstört aus die nächste Zeit, und das lag nicht nur daran, daß die neuen Küchenschränke, die täglich vollkommener wurden, um einiges weniger photogen waren als die alten palmensischen Paläste hinter dem Dom. Das lag auch daran, daß vielleicht unter dem Einfluß von Leim- und Holzplattengeruch in ihm immer wieder eine Stimme laut wurde, die davon faselte, daß es vielleicht gar nicht so schwer gewesen wäre, eine glückliche Ehe zu führen. Daß er vielleicht nur im richtigen Augenblick von seinen Bildern — von seiner Welt — hätte wegschauen müssen, zu ihr hin, um zu begreifen, warum etwa eine Frau in der ganzen Stadt sucht, um die Farben der Olivenbäume in Dingen wiederzufinden, die ihrer Erziehung gemäßer sind. Und dann konnte es geschehen, daß er unter der Last dieser Gedanken, die manchmal sogar den Charakter von Selbstvorwürfen annahmen, dem Tischler ein falsches Werkstück zureichte oder mit dem Hammer auf eine falsche Stelle schlug, nämlich dorthin, wo sein Daumen lag.

Aber als dies zum dritten Mal geschehen und der Daumen schon tiefblau geworden war, gab er sich einen Ruck und sprang auf das Postament zurück, das ihm schon die liebende Mutter gebaut, als sie ihn Raoul genannt hatte.

Und ließ damit auch jeden Rest demütiger Selbstbesinnung zurück. ,Was ist schon Glück!' sagte die Stimme jetzt, ,und was wäre es wert, wenn man es so leicht bekommen könnte', und er nahm diese neue Version vom Fuchs und den Trauben als Bestätigung, daß er das Tennisracket immer noch in sich trug. ,Glückliche Ehen, daß weiß heut ein jeder, sind etwas für Spießbürger, kleinkarriert und banal oder wie man heute so schön sagt: stinkreaktionär.'

Und seit diesem Tag trug er einen anderen Zug um den Mund, einen ruhigen, selbstsicheren, mit einer Spur Geringschätzung für alles, das nicht den Stempel des Besonderen trug — einen Zug, wie er nur Menschen zu eigen ist, die einen durch nichts zu erschütternden Rückhalt haben: eine gute Erziehung, sicher angelegte Aktien oder auch den Glauben an ein künftiges irdisches Paradies. Durfte er jetzt doch mit Recht von sich sagen, im Besitz einer Frau zu sein, die ein großes Geheimnis war.

Püppis Puppen

„Sie haben mir meine Puppen weggenommen", sagt Püppi, und ihr hübsches Blondlockengesicht wird zu dem eines greinenden Babys. „Zwei Puppen. Damals. Ich erinnere mich noch ganz genau. Wo ich doch erst – "

Damals – das war der April 1945. Obwohl ich selbst noch ein halbes Kind war, erinnere ich mich noch ganz genau an die dreijährige Püppi, auffallend mit rosa Masche im Haar im grauen Strom der Flüchtlinge. Jetzt ist sie um die entsprechenden Jahrzehnte älter und heißt immer noch Püppi wie damals, bei Mama, beim Stiefpapi und auch bei ihrem Mann. Sie ist gut versorgt und hat hübsche Kinder, eines ist drei und spielt auch mit Puppen. Und Mütterlein sieht aus wie ihr Mütterlein damals, und wie ihr jetzt dreijähriges Kind aussehen wird, wenn es selbst Mütterlein sein wird, blond, frisch, ein Äpfelchen im Spätherbst mit einigen Flecken, die nicht tief unter die Schale gehen: Püppis setzen sich ins Unendliche fort.

„Sie haben uns unsere Heimat gestohlen", klagt Püppis Mütterlein noch heute. „Die paar aufgehängten Tschechen – mein Gott, das war sicher nicht richtig, aber es war ja Krieg. Jedenfalls kein Grund, uns alles wegzunehmen. Unsere Heimat! Wir haben ja nichts getan. Ich habe drei silberne Besteckgarnituren für je 24 Personen zurücklassen müssen. 12 Damasttischtücher und die dazugehörigen Servietten, fast neu, wir waren ja erst 4 Jahre verheiratet".

Damals sagte sie immer zu mir: wir s i n d ja erst 4 Jahre verheiratet. „Wir haben ein Biedermeier-Wohnzimmer zurücklassen müssen, echt alt, und eine hochmoderne, siebenteilige Schlafzimmergarnitur: zwei Betten, zwei Nachtkästchen, zwei Kästen und eine Psyche. Die Psyche hat drei Spiegel gehabt, man konnte sich von allen Seiten sehen, und ich hatte traumhafte Seidennachthemden. Die hat mir mein Mann aus Paris mitgebracht."

Sie wissen heute alles so genau, was sie verloren haben und welchen Wert es besitzt. Sie können es in Schillingen ausdrücken oder in Mark, in Gefühlsregungen oder Tränenzahlen. Damals, in dem Dorf an der tschechisch-österreichischen Grenze, wußten sie nichts. Sie lebten auf dem von Flüchtlingen überquellenden Heuboden wie in irgend einem Zwischenbereich – ich weiß nicht, wie ich es sonst sagen soll. Alle Markierungspunkte, die die Wirklichkeit für sie gesetzt hatte, waren ausgelöscht, wie in einem dichten Nebel verschwunden, und sie trieben dahin, ins Uferlose. Es hätte ein neues Leben werden sollen, nachher, sagen viele. Werden können, sagen viele, und damals hätte es beginnen können.

„Und wenn die Frau Hawlik behauptet, wir haben nur eine 2 1/2 Zimmer-Wohnung gehabt, aber fünf Zimmer angegeben, damit wir beim Lastenausgleich mehr Geld herausschinden, dann lügt sie!"

Sie waren wie Ungeborene damals, in ihrem Heuhaufen, und ich betrachtete sie neugierig wie die achten und fünfzehnten Weltwunder. Sie hingen an ihrer Vergangenheit wie am Nabelstrang und hatten doch eine ganze neue Welt vor sich. Aber das wußten sie nicht, das wissen sie heute noch nicht. Püppis Mama hatte mit dem schimmeligen Brot und der stinkenden Brühe und der Angst, die Russen könnten ihr die versteckten Juwelen wegnehmen, mehr als genug zu tun. Die stinkende Brühe, das war der Übergang zu der neuen Welt, und der war doch wirklich nicht sehr schön. Sie redete von ihrem Mann, als lebte der noch, so wie ihr Vater, der pensionierte Oberst, von der Monarchie redete und vom alten Kaiser, und wie Püppi von ihrer Puppe, die sie zwischen den Heuhaufen und von Spinnweben verklebten Dachbalken suchte, als wäre sie noch daheim in Brünn zwischen den Biedermeiermöbeln mit Kleidern und Silberbesteck. Der Heuboden war für sie alle nicht wirklich, er war ein Übergangsstadium, eine Station auf ihrer Reise zurück aus dem Alptraum der Gegenwart in die Vergangenheit, zur Schmutzwäschetruhe im Badezimmer zurück, zum Aufmarsch der Burgwache, zur Puppenküche mit dem winzigen Aluminiumgeschirr auf dem winzigen Küchenherd, durch dessen Türchen die rote Papierglut leuchtete. Püppis Mutter schien nicht einmal zu begreifen, daß der Tod ihres Mannes in Frankreich endgültig, und kein Frontaufenthalt war wie die anderen Frontaufenthalte, die ihr Beisammensein während der Flitterwochen und einiger weiterer Heimaturlaube nur unangenehm unterbrachen.

„Dann lügt die Frau Hawlik", sagt Püppis Mama noch heute. „Wir haben eine Fünfzimmerwohnung gehabt, dafür habe ich Zeugen. Schließlich haben wir jetzt eine Sechszimmerwohnung, und das ist der beste Beweis, daß wir uns was erarbeiten können. Mein zweiter Mann war zwar nicht Hauptmann bei den Fliegern und hat nicht so eine schöne Uniform gehabt, aber fleißig war er. Wir müssen uns alles wieder erarbeiten, was wir verloren haben, Hedwig, sagte er immer – ihm haben die Bomben in Wiener Neustadt alles kaputtgemacht – und wenn wir einmal wieder so viel haben, wie vor dem Jahre 0, dann werden wir alles, was darüber ist, genau registrieren. Jedes einzelne Stück, und das ist unser Stolz, und das ist unsere Seele und unsere Religion. Er ist ein moderner

Mensch und kann alles so wunderbar ausdrücken. Und wir haben schon viele Stücke gezählt. Aber wenn sie uns unsere Heimat nicht gestohlen hätten, dann wären wir schon viel weiter, so weit wie die Schweizer oder die Schweden, wir hätten sicher schon ein Wochenendhaus, ein Chalet in den Bergen."

Eines Tages war Püppi vom Heuboden verschwunden. „Die Russen haben sie gestohlen!" kreischte die Mutter. „Die Russen werden sie umbringen!"

„Blödsinn!" sagte meine Mutter. „Der Kleinen war einfach langweilig hier oben. Man muß sie halt suchen."

Allgemeines Entsetzen. Den Heuboden verlassen? Den einzigen Zufluchtsort? In die feindliche Umgebung hinausgehen? Ins helle Tageslicht?

Ich hatte den Heuboden längst satt. Ich verstand sie alle nicht, ihr Gerede von der Vergangenheit – als hätten sie in das ganze Gerümpel, dem sie nachtrauerten, ihre Seele investiert, und trauerten dieser nun nach.

Bevor mich einer aufhalten konnte, kletterte ich die Leiter hinunter. „Ich hol sie", rief ich noch und war schon weg. Was für ein Abenteuer – nach beinahe zwei Wochen im Halbdunkel, nach den endlosen Märschen vorher, als noch Krieg war, als es noch Tieffliegerangriffe gab, jetzt wieder durch ein stilles, freundliches Dorf zu schlendern! Blumen vor Fenstern zu sehen, blühende Vorgärten, Felder. Die Bauern hier waren auch nicht so feindselig wie die Städter – sie hatten wohl auch weniger unter dem Krieg, unter uns zu leiden gehabt.

Auf einer sonnenbeschienen Wiese unter blühenden Blumen saß Püppi mit rosa Masche im Haar und strahlte. Es war die herrlichste Kitschpostkarte, die man sich denken kann. Sie winkte mich heran, als sie mich sah. Sie hatte eine große Puppe im Arm und küßte und streichelte sie. Dann packte sie sie und schleppte sie ein paar Schritte weiter hinter sich her. Sie hatte nur ein paar Kräuter gepflückt und trug sie in die Küche, eine flache Erdmulde mit großen Steinen. An einen der Steine lehnte sie die Puppe, das Lockenköpfchen wackelte ein bißchen, wollte immer herunterfallen, Püppi brauchte eine Weile, bis die Puppe anständig saß. Es war eine Babypuppe, die Schlafaugen mit den langen Wimpern waren geschlossen obwohl sie aufrecht saß. Wahrscheinlich war der Mechanismus kaputt. Püppi spielte Kochen, ein paar Deckel von kleineren Konservendosen standen auf einer größeren Konservendose, wie einst die Aluminiumteller auf dem Herd mit der roten Papierglut. In einer Dose holte sie die Suppe, die sich in dem Granattrichter neben der flachen Mulde gesammelt hatte, schüttete sie in die Teller und tat Gemüse dazu.

Die Puppe trug einen blauen Strampelanzug, viel zu warm für die

Jahreszeit, sie hätte schwitzen müssen. Aber sie schwitzte nicht. Sie war käsegelb im Gesicht, drum mußte sie auch in die Sonne, wie Püppi besorgt feststellte. Und essen, viel essen mußte sie auch. Zwei Holzstäbchen waren die Löffel, und die beiden aßen, ganz wie daheim im Kinderzimmer, einen Löffel für die Mutti, einen für die Oma und einen für Papi im Krieg – wenn Püppi jetzt ihre Kinder, die kleineren, füttert, macht sie die gleichen Bewegungen wie damals und sehnt sich nach ihrer Puppe. Ich starrte gebannt auf ihre Bewegungen, ich registrierte sie wie ein Wissenschaftler, als wäre es von Wert, sie immer für mich zu behalten. Mir graute vor diesen Bewegungen, vor dem Stäbchen, das sich durch die weichen, blutlosen Lippen der Puppe bohrte, bis es an die Zähne stieß.

Auch Püppis Mama hat ihre Gesten von früher übernommen, spielt sie ab wie eine erlernte Rolle, sie küßt ihren zweiten Mann wie den ersten, und es fällt ihr kaum ein Extempore ein. Sie sammelt Zimmer und Teller, Möbel und Apparate und tut genau so stolz darauf wie damals.

„Das Chalet wird also erst mein Sohn haben", sagt sie heute und seufzt. „Püppis jüngerer Stiefbruder. Er ist jetzt neunzehn. Ein Spätling. Wir wollten uns erst was anschaffen. Wenn er das Chalet überhaupt will. Er versteht uns nicht. Er versteht nicht, was es heißt, wenn man die Heimat verloren hat. Er müßte doch merken, daß seine Ausgangsbasis eine ganz andere wäre, wenn – heute reden sie doch so viel von gleicher Ausgangsbasis für alle. Na eben, er könnte jetzt schon viel mehr haben – "

Ich starrte auf das kleine Loch über dem Ohr der Puppe, die blonden Locken waren ein wenig rotbraun verkrustet. Ich starrte immerfort darauf.

„Willst du sie mir nicht geben?" fragte ich beklommen und hoffte insgeheim, daß sie nein sagen möge, damit ich die bleiche Puppe nicht angreifen müsse.

„Nein! Das ist meine Puppe!" rief Püppi, riß sie heftig an sich und küßte sie.

„Wo hast du sie gefunden?"

„Da im Haus!" Püppi lachte vergnügt. „In einem weißen Puppenbett. Mit Silberblumen. Sie hat geschlafen."

„Aber du kannst sie doch nicht einfach nehmen. Vielleicht gehört sie jemanden. Vielleicht ist sie krank."

„Nein! Dundi muß essen. Dundi muß in der Sonne sein."

„Ich träume noch manchmal von meiner Puppe", sagt Püppi heute. „Von der in Brünn auch, aber besonders von der, die mir die Tschechin weggenommen hat. Sie war so brav und still. Sie hat nicht geschrien wie die anderen. Sie war eben eine richtige Puppe, keine Menschenimitation wie die anderen Puppen mit ‚Mama' im Bauch oder Schlafaugen oder Gehfüßen, eine richtige einfache

Puppe, wie man sie früher selber gemacht hat. Man muß doch mit der schöpferischen Phantasie des Kindes rechnen. Wenn die Tschechin sie mir nicht weggenommen hätte – "

Die Tschechin war in Trauer und kam wie ein schwarzer Rabe über die Wiese gerannt. Sie blieb stehen, hätte beinahe aufgeschrien, wollte die Hände heben – auch ich wußte nicht, was ich sagen sollte –

„Meine Puppe", plapperte Püppi. „Meine Puppe", und küßte und wiegte das tote Kind. Plötzlich blickte sie zu der Frau auf und fragte unsicher: „Gehört sie dir?" Und begann zu weinen, und die Frau weinte, ich konnte nicht weinen, ich stand nur starr.

„Komm, wir tragen sie zurück", sagte die junge Frau endlich. Püppi schrie und verteidigte ihre Puppe. „Ich geb dir eine andere dafür", sagte die junge Frau. „Ich hab' eine ganz ganz schöne – " Püppi wollte nicht und brüllte wie am Spieß –

Die kleine Leiche lag wieder in ihrem offenen Sarg. „Es tut mir leid", würgte ich hervor. Die Frau erzählte etwas. „Das war der letzte Schuß vom Krieg", erzählte sie. „Ein Russe?" fragte ich. „Russe – Deutscher – Partisan – weiß nicht."

Alle auf dem Heuboden waren begeistert, wie schön die neue, rotwangige Puppe war, und Mütterchen sagte: Ei, ei! Püppi schleppte sie teilnahmslos hinter sich her und verlor sie dann irgendwann auf dem weiteren Marsch nach Wien. Sie blickte noch lange zurück zu dem Haus neben der Wiese mit der Mulde und dem Stein und dem Granattrichter mit der Suppe.

„Ich hab' oft Sehnsucht nach ihr", sagt Püppi heute hin und wieder. „Wenn sie mir die Puppe nicht weggenommen hätte, die Tschechin – ich weiß, das ist Psychologie, aber warum nicht Psychologie? Vielleicht wäre alles anders geworden."

„Was – alles?" frage ich heute.

Aber Püppi antwortet nicht.

Angst

Niemand könnte genau sagen, wann es mit ihm begonnen hatte, und hätte einer die Möglichkeit, sich noch jetzt mit ihm in Verbindung zu setzen und ihn nach den Gründen dessen zu fragen, was damals mit ihm begonnen hatte, er hätte als Antwort kaum mehr gehört als: Es gibt viele Gründe. Oder etwas ähnliches, das noch weniger besagt.

Man dürfte auch kaum einen Menschen auftreiben, der zwischen den Geräuschen, die manchmal zu hören waren, aber im Gegensatz zu anderen keine erkennbaren Ursachen hatten, und zwischen ihm, der scheinbar nur zufällig in der Nähe stand, irgend einen Zusammenhang hergestellt hätte. Wenn jemand plötzlich ein Bremsgeräusch hinter sich hörte und zur Seite sprang, dann aber feststellen mußte, daß gar kein Fahrzeug da war, das gebremst haben konnte, dann gab er höchstens sich selber die Schuld, seinen überreizten Nerven oder der Stadtverwaltung, die nichts gegen das Überhandnehmen des Individualverkehrs tat. Und wenn andere, am Sonntagmorgen vom Rattern eines Preßluftbohrers geweckt, die Fensterflügel aufrissen und zuerst wütend, dann ungläubig-erstaunt in die leere Gasse starrten, dann beachtete wohl kaum einer von ihnen den unscheinbaren Mann in mittleren Jahren, der an der Ecke seine Zeitung aus der Nylontasche holte und dafür fünfzig Zehngroschenstücke in die Büchse warf.

Der Frau war es als erster aufgefallen, und wenn man sie heute fragt, dann antwortet sie, das sei eines der Ereignisse in ihrer Ehe, an die sie sich am genauesten erinnern könne. Sie wisse sogar das Datum, denn es sei an ihrem 26. Hochzeitstag gewesen und zufällig genau ein halbes Jahr vor seinem offiziellen Todestag. Und wenn man sie fragt, warum sie ‚offizieller Todestag' sage, gibt sie zur Antwort: Man sagt doch so, wenn's in den Akten steht. Und auf dem Grabstein.

Er stand vor dem Vorzimmerspiegel, erzählt sie, und trug eine cremefarbene Hose, die sie nicht kannte, und ein cremefarbenes Hemd, das sie nicht kannte, und hielt ein Bild in der Hand. Es war das gleiche Bild wie jenes, das hinter ihm an der cremefarbenen Wohnzimmerwand hing, ein Druck von der Karlskirche in schwarzem Rahmen. Er hielt das Bild vor sich hin und bewegte es, höher, tiefer, mehr nach links und später nach rechts. Sie begriff nicht, was die Verkleidung sollte, und die Spielerei mit dem Bild, erst später, als er ihr einiges andeutete, wurde ihr klar, daß er offenbar versucht hatte, das Bild so zu halten, daß es genau die Stelle des Bildes an der Wand einnahm, das er zum Teil verdeckte. Das Hemd und die cremefarbene Hose, die er trug, unterschieden sich kaum von der Wand hinter ihm, nur die Augen, Haare und Brauen, auch Gesicht und Hände waren zu sehen wie sonst.

Die Frau stand hinter der halb offenen Küchentür, aber sie sagte kein Wort und gab ihm auch durch nichts zu erkennen, daß sie ihn beobachtet hatte. Etwas in ihr weigerte sich sogar, sich darüber zu wundern, denn dann wäre ihr vielleicht bewußt geworden, wie anders als sonst er in seinem Spiel vor dem Spiegel war, und das hätte sie unsicher gemacht, wie jede Veränderung des Gewohnten sie unsicher machte.

Was das betraf, war er der richtige Mann für sie, er tat seine Arbeit, er ging ruhig seiner Wege, es war nichts Unberechenbares in ihm, er gab seiner Umgebung kein Rätsel auf. Wenn er etwas sagte, dann sagte er genau das, was sie in der gegebenen Situation von ihm erwarten konnte, sie kannte ihn, wie sie seine Stimme kannte und seine Art, sich zu räuspern, seine Bewegungen, wenn er durch's Vorzimmer ging oder wenn seine Finger eine Zigarette drehten oder den Gashahn absperrten, bevor das Ehepaar in den Urlaub fuhr. Und wenn sich in dieser Fülle von gewohnten Erscheinungen etwas veränderte, eine Falte sich tiefer ins Fleisch grub oder ein paar Haare mehr am Morgen im Kamm blieben, wenn er zum Abendessen ein paar Bissen weniger aß, weil er nicht zu dick werden wollte, wie er sagte, oder wenn er beim Gang auf die Toilette eine Spur geräuschvoller über den Linoleumboden schlurfte, als hätte das Gewicht der alten Hausschuhe in den letzten Jahren zugenommen – dann geschahen alle diese Veränderungen so unmerklich, daß sie der Frau schon bekannt erschienen, bevor sie noch eingetreten waren. Etwas in ihr schien förmlich darauf zu warten, wie auf die Erfüllung eines längst gegebenen Versprechens. Vielleicht wußte sie jetzt schon in ihrem Innersten, wie er einmal sterben werde.

Daß er immer ein ruhiger Mensch war, der niemanden störte und niemandem etwas zuleide tat, das könnten auch die Nachbarn bestätigen, die ihn seit vielen Jahren vom Guten-Tag-Sagen kannten. Wenn man sie weiter nach ihm fragte, dann würden sie vielleicht erzählen, daß er den Kindern, die im Hof spielten, hin und wieder ein paar Bonbons zugesteckt habe, und einige wenige würden sich vielleicht noch daran erinnern, daß er ihnen in letzter Zeit seltener begegnet war als früher. In letzter Zeit – das konnte heißen, in den letzten Monaten, vielleicht aber auch im letzten Jahr, so genau könne man das nicht sagen, würden die Nachbarn einschränken. Auch waren Hof und Stiegenhaus, auch waren die Gassen des Viertels, in dem er wohnte, ziemlich verwinkelt und düster, und bei trübem Wetter konnte man einen Menschen leicht übersehen. Oder man sah nur einen Schatten, dort, wo er vorüberging, und einen Schatten beachtet doch kaum, wer nicht gerade schreckhaft ist. Er hatte auch nie auffällige Kleider getragen, keine bunten Hemden oder gemusterte Krawatten, der graue Anzug, den er zumeist trug, unterschied sich wenig vom Grau der Häuser, besonders gegen Abend, wenn er von der Arbeit heimkam. Und besonders, wenn er sich nicht bewegte. Eine der Hausparteien, ein siebzehnjähriges Mädchen, war einmal ganz knapp an ihm vorübergegangen, ohne ihn zu sehen. Erst als sie ihn schon hinter sich gelassen hatte, bemerkte sie ihn, aber nur, weil er grüßte. Jetzt bewegte er sich auch. Er entschuldigte sich, daß er sie erschreckt habe, doch er lächelte dabei, als freue er sich darüber. Aber wenn man das Mädchen jetzt fragte, würde sie vielleicht sagen: Er hat nicht gelächelt, weil er mich erschreckt hat, nein, so war er nicht. Er hat eher gelächelt, weil ich ihn nicht gesehen habe. Vielleicht hat er das gewollt.

Eines Tages kam er heim und stieß einen Schrei aus. Es klang nicht wie ein menschlicher Schrei sondern wie der Ton einer Trillerpfeife. Täuschend ähnlich.

„Bei der Straßenbahnremise verschieben sie", sagte er. „Und einer pfeift immer mit einer Trillerpfeife. Ich hab lange geübt. Jetzt kann ich's." Er stieß noch einmal einen Schrei aus, und es klang wieder nach einer Trillerpfeife. „Leider ein wenig zu tief", sagte er. „Das kann auffallen. Besonders, wenn sich einer mit solchen Pfeifchen auskennt." Und eine Weile später sagte er: „Du hättest es leichter. Mit deiner Frauenstimme."

„Warum sollte ich?" fragte sie.

„Ja, warum solltest du", sagte er. –

Er hatte nie in seinem Leben etwas Extravagantes getan oder gekauft oder an sich getragen. Er tat, was die andern taten, was sich gehörte, womit man nicht aus dem Rahmen fiel. Auch seine Frau vermied alles, was hätte auffallen können. Nach ihr drehte sich niemand um. Vielleicht hatte er sie deshalb geheiratet.

Wenn man seine Bürokollegen, frühere Lehrer und Mitschüler nach ihm befragt hätte, wären die Aussagen sehr unterschiedlich ausgefallen: Ein origineller Kopf – ein unauffälliger Mensch – ein witziger Schüler – einer ohne jede Idee und Initiative – einer, der seine Lehrer zur Raserei gebracht hat – einer, der nie Streit gesucht hat – ein guter Kerl, sicher – wenn man ihn überhaupt bemerkt hat – einmal hat er dem Hitlerbild über dem Katheder eine Rübe als Nase angesteckt und wurde dafür ... Hätte man ihre Aussagen genauer danach überprüft, auf welchen Zeitraum sie sich bezogen, dann hätte man vielleicht feststellen können, daß die Urteile über seine Durchschnittlichkeit und Unscheinbarkeit die späteren Jahre betrafen. Nach einer Ursache befragt oder nach dem Zeitpunkt dieser Veränderung, hätte wohl niemand eine Antwort gewußt.

Sie sah ihn noch ein paar Mal vor dem Spiegel stehen, in der cremefarbenen Hose und dem cremefarbenen Hemd, mit dem Bild in der Hand. Einmal hatte er die dunklen Haare unter einer cremefarbenen Haube verborgen und die dunklen Augenbrauen mit einer hellen Lotion überschmiert. Die Frau war so betroffen von der seltsamen Aufmachung, daß sie erst viel später bemerkte, wie er, durch den Spiegel gesehen und natürlich bei der dämmrigen Beleuchtung, fast mit der Wand verschmolzen war, vor der er stand. Nur die Augen waren noch zwei dunkle Punkte gewesen, die erst von der Wand gelöscht wurden, wenn er sie schloß.

Das war schon ziemlich lange her, und sie hatte eine solche Szene nie wieder beobachtet. Wenig später aber brachte er ein Scherzfoto nach Hause. Auf dem Foto waren zwei weiße Handschuhe zu sehen, zwei weiße Augäpfel, ein Gebiß und ein Paar weiße Socken.

„Das ist ein Neger", sagte er und lächelte. „Ein Neger vor einem schwarzen Vorhang."

„Aha", sagte sie. „Ein Scherzfoto."

Spät in der Nacht sagte er noch: „Er hat sich ganz in das Dunkel des Vorhangs verkrochen. Man sieht nur die Socken und die Handschuhe. Aber die gehören gar nicht zu ihm. Wenn er die jetzt noch auszieht –"

„Dann sieht man immer noch die Zähne", sagte sie verärgert, weil er sie aus dem Schlaf gerissen hatte. Auch der Schlaf, in dem er sie beließ, weil er weder schnarchte noch irgend eine Art von Sehnsucht nach ihr bekam, gehörte zu der Summe des Gewohnten, das sie ihre Ehe nannte. Und wenn er sie aus diesem Schlaf riß, dann war etwas in ihrer Ehe gestört. Während des Nachts mußte sie allein sein dürfen, wie am Wochentag zu den Stunden des Staubsaugens oder denen des Vorabendprogramms, wenn er seine Spaziergänge absolvierte, ausgedehnte Umwege vom Arbeitsplatz bis zum Abendessen.

„Dann sieht man immer noch die Zähne", wiederholte sie gereizt.

„Ja, leider", sagte er. „Aber auch dagegen müßte man doch etwas tun können."

„Kann man auch", sagte sie höhnisch. Wenn er schon ihre stillschweigende Abmachung gebrochen hatte, dann war es nur recht und billig, daß sie dafür diese kleine Genugtuung bekam. „Er muß nur den Mund zumachen."

„Aber dann sieht man immer noch die weißen Augäpfel", sagte er.

„Dann muß er auch die Augen zumachen", sagte sie triumphierend.

„Das darf er nicht", sagte er. „Dann ist er noch wehrloser, als wenn man ihn sehen kann."

Sie schwieg betroffen. Es war ihr, als hätten sie beide ein Spiel gespielt, und er hätte plötzlich ein ganz neues hervorgeholt, das sie nicht kannte. Und den ersten Zug getan, auf den sie keine Entgegnung wußte.

Sie lag lange wach, und aus der Art seines Atmens hörte sie, daß auch er wach lag. Sie empfand sein Wach-Sein wie einen Betrug, er lief davon und ließ ihr seine atmende Hülle zurück.

Er brachte manchmal Dinge nach Hause, deren Zweck sie sich nicht erklären konnte. Das Stück eines bunten Plakats, eine Verkehrsampel aus Pappe, eine Türschnalle, ein rotweißrotes Coca-cola-Schild. Da er ein ordentlicher Mensch war und nichts herumliegen ließ, fragte sie anfangs nicht danach, obwohl es sie mehr und mehr beunruhigte. Das ungeschriebene Gesetz der Nichteinmischung in die persönlichen Angelegenheiten des andern verbot ihr das auch. Erst als etwas im Vorzimmer liegenblieb, weil er es vergessen hatte oder weil in seinem Schrank kein Platz mehr war, stellte sie ihn zur Rede. Er sah sie eine Weile an, als überlege er, wieviel er ihr anvertrauen könne, dann sagte er:

„Wenn ich einen braunen Anzug trage wie den da und ein gleichfarbenes Hemd, und wenn ich mir die Türschnalle in Nabelhöhe davorhalte, dann kann man mich für eine Tür halten. Wenn es nicht zu hell ist. Und wenn die Farben übereinstimmen. Und wenn – "

„Und wenn einer durch die Tür will?"

„Dann muß ich davonlaufen", sagte er.

Sie lachte, obwohl ihr gar nicht danach zumute war.

„Es ist noch nicht vollkommen, ich weiß", sagte er. „Aber das Prinzip stimmt. Man muß sich angleichen. An die Dinge. Man muß in sie eingehen. Man kann sich auch an die Menschen angleichen, nur ist das viel schwerer."

Er sah sie noch einmal prüfend an, und da er keine Gefahr zu befürchten glaubte, erklärte er ihr auch andere Requisiten.

„Das Fräulein Elfi aus dem zweiten Stock ist knapp einen Meter vor mir vorbeigegangen und hat mich nicht gesehen", sagte er und hielt das Stück eines Stiegengeländers vor seinen Bauch. „Sie hat zwar Sonnenbrillen getragen – aber immerhin – "

In dieser Nacht war sie es, die ihn aus dem Schlaf riß. „Ist das ein Spiel?" fragte sie, und in ihrer Stimme lag Angst.

„Nicht nur", sagte er. Und später, als die Erschöpfung sie schon halb in den Schlaf zurückgedrängt hatte, verbesserte er: „Es ist überhaupt kein Spiel."

„Man muß seine Stimme trainieren", sagte er ein andermal, als sie auf ein ungewohntes Geräusch hin in sein Zimmer kam. „Sie muß klingen wie das Geräusch von Autobusbremsen."

„Warum muß man seine Stimme trainieren?" fragte sie.

„Oder wie das Rattern eines Preßluftbohrers. Es wird jetzt so viel aufgegraben."

„Warum muß man das?" Sie war in der letzten Zeit unruhig wie noch nie.

„Oder wie das Donnern der Räder über Schienen. Wobei man genau unterscheiden muß: es klingt anders, wenn die Straßenbahn auf der Straße, und anders, wenn sie unter die Erde fährt. Es wäre lächerlich, wenn einer unter der Erde eine Straßenbahn fahren läßt, die klingt, als würde sie über der Erde fahren."

Er lächelte nur selten, und daß er es gerade jetzt tat, irritierte sie noch mehr.

„Warum muß man das?" schrie sie ihn an. „Warum muß man das?" Er blickte erstaunt zu ihr auf und hielt dabei den Kopf ein wenig schräg, als horchte er auf etwas, das von weit her kam.

„Damit sie einen nicht hören, das ist doch klar", sagte er ruhig. Und nach einer Weile: „Was hat einer davon, wenn er nicht gesehen wird, und sie hören ihn doch, weil er schreit?"

Das ging ihr lange im Kopf herum. Sie war es nicht gewohnt, sich über ihn Gedanken zu machen, er hatte ihr auch nie einen Anlaß dazu gegeben. Alles in ihrem Leben war eingespielt und lief wie von selbst. Und da sie mit ihren Gedanken nicht fertig wurde, glaubte sie, alles loszuwerden, indem sie sagte:

„Wenn du nicht gehört werden willst, dann schrei eben nicht! Wer schafft es dir an?"

„Man kann sich nicht immer so kontrollieren", sagte er. „Wenn man erschrickt – oder wenn es wehtut – "

„Was tut denn weh?"

„Alles kann wehtun. Man ist nie sicher. Die Pferde beim Stierkampf, die gepanzerten, auf denen die Picadores sitzen, denen sind angeblich die Stimmbänder durchtrennt, damit sie nicht schreien können. Für einen Blinden sind sie gar nicht da. Vielleicht schnauben sie vor Angst, wenn der Stier auf sie losgeht, aber das hört man in dem Tumult nicht. Nur das Schreien – "

Sie war es nicht gewohnt, mehr als das Gewohnte mit ihm zu reden, und was er in letzter Zeit von sich gab, machte sie völlig verwirrt. „Dann laß dir halt auch die Stimmbänder durchtrennen", sagte sie.

Er zuckte leicht zusammen, und sie suchte nach einer Entschuldigung, nach einer Erklärung, aber da sagte er schon:

„Ich kenne keinen Arzt, der das machen würde. Bei einem Menschen! Aber vielleicht sollte ich's versuchen."

Er bekam allmählich eine solche Übung, daß er die wichtigsten Geräusche des täglichen Lebens nachahmen konnte. Manchmal gab er mitten auf der Straße eine Probe seiner Kunst, und es machte ihm Spaß, wenn die Leute vor dem bremsenden Auto zur Seite sprangen, das dann nicht kam, oder am Sonntagmorgen in seiner Gasse die Fenster aufrissen, um dem Mann mit dem Preßluftbohrer gehörig die Meinung zu sagen – den es dann gar nicht gab. Oder wenn sie entsetzt auf das Heulen der Luftschutzsirene horchten, die schon so lange nicht in Betrieb gewesen war.

Was im alltäglichen Leben nicht leicht zu finden war, holte er sich von anderswoher. Er kaufte sich Geräuschplatten, mit deren Hilfe die Schmalfilmamateure ihre Filme vertonen. Er trainierte vor dem Fernsehapparat Kinderweinen und das Peitschen von Schüssen auf dem Asphalt, das Rasseln von Panzerketten und das Gejohle von Menschen aus einer Sporthalle, wenn ein Boxer zusammengeschlagen wurde. Besonders schwierige Geräusche wie etwa die Detonationen von Brandbomben oder das Klicken verschiedener Systeme von

Handschellen überspielte er auf ein Tonbandgerät und hörte sie sich bis in die Nacht hinein an.

„Vielleicht sollte ich doch keinen Arzt suchen", sagte er, als er nach einer solchen Übungsstunde ins Schlafzimmer trat.

„Was für einen Arzt?" fragte sie.

„Der mir die Stimmbänder durchtrennen würde. Wenn man das alles nachmachen kann – vielleicht kann man es dann doch leichter ertragen." Und nach einer Weile sagte er: „Mensch sein können – ohne daß man sich verstümmeln muß!"

Tief in der Nacht, als sie schon nebeneinander im Bett lagen, fragte sie: „Warum tust du das alles?"

Er gab lange keine Antwort, und als er endlich etwas sagte, schien es überhaupt keine Antwort auf eine Frage zu sein.

„Es ist alles so furchtbar", sagte er.

Er träumte, wie er den Leuten am andern Tag vorführen wollte, was er gelernt hatte. Aber es machte ihm keinen Spaß, weil die Leute erschraken, Spaß machte ihm nur, daß ihr Erschrecken zeigte, hinter wie vielen Geräuschen er sich bereits verbergen konnte. Ihr Erschrecken machte ihm eher Angst, dann trat in ihre mißmutigen, bösen Gesichter noch Haß, Verzweiflung hinzu, und er verdrückte sich rasch in eine Hausnische oder versuchte in der Menge unterzutauchen.

Auch das gelang ihm schon recht gut. Er wußte, wie man sich in einer Menschenmenge zu bewegen hat, ohne an jemanden zu stoßen, wie man sich ihrem Rhythmus anpaßt, damit sie weder glauben, bedrängt zu werden, noch einen allzu freien Raum um sich zu haben, in dem sie sich allein fühlen. Er verstand es auch immer besser, sich dem jeweiligen Hintergrund anzupassen, vor dem er sich bewegte, sich in Nischen zu schmiegen, in den farbigen Flächen der Plakatwände unterzutauchen. Er betrieb Gymnastik und konnte sich allmählich flacher und flacher machen, sodaß immer seltener jemand an ihn stieß, auch wenn er ihm ganz nahe kam. Daß die Frau in letzter Zeit immer öfter gefragt wurde, wo denn ihr Mann sei, bestätigte ihm, daß er auf dem rechten Weg war. Nur vor den großen Glaswänden der modernen Bürohäuser, vor Schaufenstern und in Straßenbahnen mußte er sich hüten, denn durchsichtig werden konnte er noch nicht. –

Eines Abends, als sie wieder die Bohrmaschine vom Gang her hörte, ließ sie das Fernsehen und ging zur Eingangstür, um zu horchen. Es hielt sie jetzt immer seltener in ihrem Stuhl, wenn die Zeit seines Heimkommens kam, obwohl er noch immer pünktlich auf die Minute die Wohnungstür aufsperrte. Aber es hatte sich doch einiges an seinem Gehaben geändert, und was er jetzt redete, deutete darauf hin, daß sich noch mehr ändern werde. Wenn man sie jetzt fragen würde, was sie an ihm geliebt habe, dann würde sie wahrscheinlich verständnislos die Achseln zucken. Er hatte ihr jedes Monatsende sein Gehalt gebracht und die Wände bezahlt, die sie beschützten und das Bett, in dem sie schlief, und die Kleider, die sie trug. Sie hatte dafür seine Wäsche gewaschen und Knöpfe angenäht und für ihn gekocht – aber wenn es da keine Wäsche mehr gab und keine Knöpfe, die anzunähen und nichts, das für ihn zu kochen war, dann gab es auch ihn nicht mehr. Vielleicht waren da einmal Gefühle gewesen, die anders keinen Zugang zu ihm gefunden hatten, als daß sie sich als Gewohnheiten tarnten, die sie mit ihm teilte, wie man sie mit jedem anderen ebenso teilen kann. Und wenn er ihr das nun wegnahm, seine Hemden und seine Knöpfe und die Teller mit den Speiseresten zum Abwaschen – vielleicht hätte sie ihm nachlaufen müssen und das, von dem sie glaubte, daß es ihm wohltat, ihm aufdrängen. Er war wohl immer im Davongehen begriffen, vor ihr, vor irgend etwas, immer darauf bedacht, eine Sekunde früher fort zu sein, bevor ihm jemand das Leid antat, ihn fortzujagen. Aber er war noch immer zurückgekommen, und sie hatte sich in der trügerischen Sicherheit gewiegt, er würde sich weiterhin in das Gebäude ihrer Gewohnheiten einfügen. Jetzt aber hatte er offenbar einen Weg gefunden, für immer fortzugehen.

Sie hörte seine Schritte und riß die Tür auf. Sie zerrte ihn herein wie die Ehebrecherin den anschleichenden Liebhaber, den niemand sehen sollte. Umschlang ihn und ließ ihn nicht los.

„Hast du die Bohrmaschine gehört?" fragte er und lachte leise. „Das war nicht der Maier, das war ich. 8 mm Bohrfutter. Ziegelmauer. Der Fachmann hört das."

Sie ließ ihn nicht los und klammerte sich an ihn. „Daß du da bist!" flüsterte sie. „Daß du da bist!" Sie hatte ihn schon lange nicht so umarmt.

Er wartete geduldig, bis sie ihn wieder losließ, dann sagte er:

„Ja – da sein und doch nicht gesehen werden, das ist die Kunst. Auch sterben wäre eine Möglichkeit, aber nicht die richtige. Wer will schon sterben! Aber das ist jetzt nicht mehr nötig."

Er merkte ihre Angst nicht, und hätte er sie bemerkt, er hätte ihre Ursache nicht begriffen. Und mehr zu sagen als sie schon gesagt hatte, hatte sie längst verlernt. Es war zu allem zu spät.

Wenige Tage später entdeckte er, daß er all diese Verkleidungen und Requisiten nicht brauchte. Je größer der Erfolg seiner Bemühungen, sich der Umgebung anzupassen, desto größer wurde auch die Fähigkeit seiner Gesichtshaut ihre Farbe zu ändern. Sie änderte sich durch die Lichtreize seiner Umgebung, aber bald konnte er das auch willentlich steuern. Sein Hausarzt erklärte ihm, daß die Farbveränderung durch wechselnde Ausbreitung und Lagerung zweier verschiedener Pigmentschichten unter der dünnen Oberhaut ermöglicht werde, wie bei einem Chamäleon, daß diese Erscheinung jedoch bei Menschen noch kein einziges Mal festgestellt worden sei.

„Seit wann haben Sie das?" fragte der Arzt fasziniert und dachte an einen Sensationsartikel in einer medizinischen Monatsschrift. Er aber verbot strikte jedes Wort darüber. Er lief nach Hause und stellte sich vor den Spiegel, er tauschte den Hintergrund aus und wechselte die Gesichtsfarbe mit ihm. Er riß sich das Hemd auf und sah, daß der Farbwechsel bis zur Brust hineinreichte, er krempelte sich die Ärmel hoch, und seine Arme verschwanden, da sie in Sekundenschnelle die gleiche Farbe angenommen hatten wie die Vorzimmerwand hinter ihm. Er zog sich nackt aus und war unsichtbar. Selbst seine Haare hatten sich dem Hintergrund angeglichen. Nur die Augen sahen ihn noch an, und als er auch diese zusammenkniff, sah er nur noch zwei winzige Striche. Einen Schritt zur Seite, und er fand sich nicht mehr.

Er hörte einen Schlüssel an der Wohnungstür und drückte sich flach an die Wand. Die Frau kam herein, und er hielt den Atem an, damit sie ihn nicht höre. Sie rief seinen Namen, und er schloß die Augen, damit sie nicht die beiden dunklen Punkte an der Wand sehen könne. Als sie an ihm vorbeiging, spürte er, wie es in ihm kühl wurde, denn auch seine Körpertemperatur glich sich der Wand an, um ihn nicht zu verraten. Die Frau rief noch ein paarmal seinen Namen, als ahnte sie, daß er da war, und ihn beherrschte nur noch die Angst, sie könnte sein Herz schlagen hören. Als sie in die Küche ging, verließ er die Wohnung. Er suchte sich in einem Schaufenster und fand sich nicht. Er hatte entdeckt, daß er sich nur fest aufblasen mußte, wie das Chamäleon. Dann wurde seine Haut dünner und dünner und noch viel durchsichtiger als die des Chamäleons. Zuletzt konnte man durch ihn hindurchsehen wie durch eine geschliffene Glasscheibe. Es gelang ihm auch immer öfter, sich so flach zu machen, daß nicht mehr zu erkennen war, ob er im Bett lag oder ob die Bettdecke nur ein leeres Leintuch überdeckte.

„Ich bin in eine andere Abteilung gekommen und muß jetzt öfter verreisen", sagte er, um seine Frau nicht argwöhnisch zu machen. Es war ganz überraschend gekommen, aber sie versuchte dennoch verzweifelt, auch diese Reisen in das Schema ihrer Lebensgewohnheiten einzupassen. Da sie ihm nicht zutraute, daß er sie mit einer anderen Frau betrog, versuchte sie auch nicht, hinter ihm herzuspionieren. Auch andere Männer mußten verreisen.

Nur wenn sie still irgendwo saß, und es knackte im Schrank oder ein paar Steinchen rieselten durch den alten Kamin, schrak sie auf. Vielleicht war er gar nicht verreist und übte nur das Knacken im Holz alter Möbel und das Rieseln von Steinchen im Gemäuer oder den Wind im Kamin.

Manchmal des Nachts erfaßte sie Panik. Dann sprang sie aus dem Bett und rannte zur Wand und zur Tür und wo sie ihn sonst noch vermutete. Sie drehte alle Lichter an und beobachtete die einzelnen Gegenstände im Raum, ob da nicht ein Schatten war, der nicht hierher gehörte. Sie rief seinen Namen, sie rief: „Komm zurück!" Sie schrie: „Ich seh doch, daß du da bist!" Sie tastete die Wände nach ihm ab, sie krallte die Fingernägel in den Mörtel, um sein Blut herauszukratzen, sie schlug mit den Fäusten nach ihm, damit er die Beherrschung verliere und sich verrate. Aber er war schon so gut trainiert, daß sein Stöhnen wie das Scharren ihrer Nägel im Mörtel klang, wie das Dröhnen ihrer Fäuste an der dünnen Wand, wie ihre eigenen Schreie: Komm doch zurück! Er konnte sich schon so flach machen, daß er nur noch eine winzige Unebenheit in der Wand war oder eine leicht hervorstehende Faser im Holz des Kleiderschranks. Er wich nicht aus. Er ließ sich berühren, er ließ sich kratzen und abküssen, denn er wußte, jetzt war er endlich außer Gefahr. Und wenn s i e ihn nicht mehr finden und nicht mehr verletzten konnte, da kein Unterschied mehr war zwischen ihm und der Wand und dem Holz und der Alabastersäule im Vorzimmer, dann konnten es auch die andern nicht mehr.

Er schrieb der Frau einen Brief, und sie ging damit zum Arzt, zu demselben, der vor ein paar Wochen die besondere Eigenschaft seiner Haut konstatiert hat.

„Die Leute werden uns für verrückt halten", warnte er. „Oder für seine Mörder, wenn wir das bekanntgeben."

Er fand einen Weg, zu einem Totenschein zu kommen und ein stilles Begräbnis zu arrangieren. Im Sarg lagen Steine, sie wogen 73 Kilogramm. Nur wenige Trauergäste waren anwesend, man hatte ihn ja schon so lange nicht mehr gesehen.

„Jetzt hat er den ewigen Frieden," sagte der Pfarrer am offenen Grab und drückte der Frau die Hand.

Das gläserne Pferd

Der alte Mann am Ufer stand stumm. Mit einer hilflos verschämten Gebärde deutete er auf die flache, offene Kiste neben sich, einen abgestellten Bauchladen, der mit Tierfiguren aus Muranoglas, mit Perlenketten, Muschelanhängern und sonstigem Kram angefüllt war. Eine perlmuttschimmernde Gondel, die eine Melodie spielte, sobald man das Uhrwerk in ihrem Inneren aufzog, bildete das Prunktstück des armseligen Schaufensters.

Miss Brown war der einzige Fahrgast, der hier an Land stieg, und als sie das merkte, wandte sie sich enttäuscht wieder dem Vaporetto zu, dem jungen Mann mit der blauen Mütze, der ihr so zuvorkommend den Arm gereicht hatte und jetzt den dicken Strick von den knirschenden Holzpfählen löste. Was sollte sie allein auf dieser gottverlassenen Insel? Bis das nächste Schiff kam, um sie zurück nach Venedig zu holen, mußte eine ganze, endlose Stunde vergehen! Aber der Dampfer hatte schon vom Ufer abgelegt, der schäumende Abgrund zwischen Landungssteg und Bordwand wurde breit und hell, und die letzten kleinen Wasserwirbel sanken zurück in den Spiegel der Lagune. Ratlos machte Miss Brown ein paar Schritte über den Steg auf das Ufer zu. Der alte Mann war der einzige, den Torcello zu ihrem Empfang abgestellt hatte, er lächelte ihr verlegen zu, als wollte er sagen: Ich tu es nur aushilfsweise, sonst hab ich was Besseres zu tun. Aber alte Leute, Sie verstehen doch, haben nun einmal ihre Grillen. Sie sind ja auch hierhergefahren, obwohl Sie wissen mußten, daß Sie hier nichts finden werden. Nur eine alte Kirche, um 600 erbaut, dann noch eine zweite, wie's in Ihrem Reiseführer steht. Und die paar Häuser zwischen den Weingärten.

Miss Brown sah nichts von all dem in seinem Gesicht. Sie fühlte nur die brennende Sonne, gegen die der bunte breitrandige Hut sie nicht zu schützen vermochte. Auch der alte Mann litt unter ihr. Mit einer raschen Bewegung wischte er sich den schmutzigen Schweiß von der Stirn. So wenig Miss Brown die Dinge um sich beachtete, was sich auf sie selber bezog, registrierte sie sofort: ein Mann wischte sich ihretwegen den Schweiß von der Stirn. Er schämte sich des Staubs, so viel war sie ihm wert, daß er diese Geste vollführte. Von einer ihr fremden Rührung erfaßt, beugte sie sich zu den Glastieren nieder. „100 Lire", stand vor einer Reihe von Pferdchen in allen Farben hingekritzelt. Sie griff nach dem ersten, einem grünen – es war glühendheiß von der Sonne, sie hätte es beinahe fallen lassen – und im Gesicht des Mannes leuchtete es hoffnungsvoll auf. „Cento Lire“, sagte er rasch. Wann er wohl das letzte verkauft hatte? Miss Brown überschlug rasch: hundert Lire, das waren etwa sechzehn Cent, davon hatte er bestenfalls fünf Cent Gewinn. Und das letzte Boot war vor einer Stunde gekommen. Sie holte eine Tausendlirenote hervor und gab ihm zu verstehen, daß sie alle zehn Pferde kaufen wolle. Sie wollte ihn nicht mit einem Geschenk beschämen, darum mußte es ein regelrechtes Geschäft werden. Der Alte war ganz außer sich vor Freude, er packte die zehn Pferde sorgfältig in Zeitungspapier und drückte es ihr unter vielen Dankesworten in den Arm.

Was fange ich jetzt nur mit zehn Glaspferden an? fragte sie sich, während sie in der Barke, die bald nach ihrem Kauf herbeigekommen war, den kleinen Kanal zum Platz vor dem Dom fuhr. Der Kanal war schmal und von milchiggrüner Farbe. Links und rechts Weingärten, die Blätter mit einer feinen Staubschicht überzogen, das einzige Geräusch war das sanfte Eintauchen des Ruders, das das glühende Spiegelbild der Sonne zerriß. Die Brücke, unter der sie hindurchfuhren, erinnerte Miss Brown für einen Augenblick an das Bild in einem Prospekt, den sie in New York bekommen hatte: der steinerne Bogen und durch ihn hindurch in der Ferne sichtbar der kantige, braune Turm der Kathedrale. Aber sie gab nicht weiter darauf acht, sie dachte an ihre Glaspferde. Sie waren ungeschickt eingepackt, und wenn sie sie fester an sich drückte, damit das Paket nicht auseinanderfalle, konnte sie das Knirschen der kleinen aneinanderliegenden Glaskörper spüren. Sie hatte das unangenehme Gefühl, sich mit diesem Kauf auf etwas eingelassen zu haben, dem sie nicht gewachsen war. Sie hatte es beileibe nicht aus Mitleid getan, ihr allzeit rechnender Geschäftssinn wehrte sich nur dagegen, daß ein Mensch für fünf Cent eine Stunde und mehr in der prallen Sonne stehen mußte. Wenn sie sonst etwas kaufte, Schmuck, Kleider, dann war das alles zum Schmuck ihrer Person bestimmt, auch ein Bild oder ein Möbelstück wurde nur als wirksame Kulisse für die Wohnungsinhaberin ausgesucht. Aber heute hatte sie sich wie eine billige Touristin hereinlegen lassen, die den erstandenen Ramsch auf den Kamin stellt, um vom verflossenen Vierzehntageurlaub besser träumen zu können. Ob sie die Dinger verschenken sollte? Sie hatte noch nie etwas verschenkt, es sei denn ihre abgelegten Kleider oder die Schuhe, die ihr von Zeit zu Zeit zu groß wurden, als schrumpften ihre Füße langsam ein. Wer konnte auch Freude an dem Glaszeug haben? Miss Brown konnte sich bei bestem Willen keinen Menschen vorstellen, dem so etwas gefiele. Kindern vielleicht?

Gott bewahre! Glas als Spielzeug für Kinder! Damit sie Unfug treiben, sich schneiden, sich eine Ader verletzen! Nein, nein, sie dachte mit Schaudern an das ertrunkene Mädchen am Lido letztes Wochenende. Das totenblasse, bereits leblose Körperchen, das die Bademeister angestrengt laufend zur Sanitätsstation trugen, wie leicht es auf der Bahre hüpfte! Hinterher die neugierige

Menge wie auf einer Treibjagd. Miss Brown wäre selbst gern hingelaufen, aber da war gerade einer der beiden jungen, braungebrannten Männer herangekommen, um den Ball zu holen, der in ihre Nähe gerollt war. Vielleicht prallte er auch einmal gegen ihren Sonnenschirm, sie könnte ihn aufheben und dem Jungen wieder zuspielen wie vorhin – er kann so reizend scusi! und thank you! sagen –, sie könnte ihm den Ball hinhalten, sodaß er ganz nahe an sie herankommen muß. Einen Moment wird sie ihm dann in die Augen schauen, in das lachende, so junge Gesicht, und mit ihren kalten Fingerspitzen seine Hände berühren – – nein, nein, Glassachen waren kein Geschenk für Kinder!

Auf dem höher gelegenen Weg entlang des Wasserarmes ging eine Gruppe von Reisenden zur Landungsstelle zurück. Miss Brown hätte ihnen gerne zugerufen, daß noch fast eine Stunde Zeit bis zum nächsten Schiff sei und daß sie sich diese Zeit anders vertreiben könnten als durch Warten. Sie könnten etwa in ihre Barke einsteigen und mit ihr fahren, Platz war genug darin, ihr von dem Dom erzählen, den sie gesehen hatten, sie könnten sich von ihr einladen lassen – im Garten der Locanda vor dem Dom sollte man gut sitzen – und Musik machen und bestellen, wonach immer sie Lust hatten. Die Tante aus Amerika zahlte alles, inklusive Rückfahrt. Aber sie verstand die Sprache der Touristen nicht. Allein, nur von dem stumm vor sich hinstarrenden Gondoliere in immer gleichem Abstand verfolgt, erreichte sie die Anlegestelle.

Wenn ich ihm die Glaspferde schenke? dachte sie, während sie dem Gondoliere einen Geldschein in die Hand drückte. Er könnte sie noch einmal verkaufen. Aber er hätte es sicher dem Alten erzählt und ihn damit gekränkt. Seltsam, welche Gedanken einer so einfachen Handlung wie dem Kauf einiger Reiseandenken entspringen konnten! Vor der Locanda saßen ein paar alte Männer, einer mit einem Klumpfuß, und blickten ihr nach. Sie verlor ihre Blicke bald aus den Augen und spürte sie nur noch im Rücken. Vielleicht fuhr sie deshalb so gern nach Italien, weil sie nicht verstand, was die Menschen sprachen, die ihr begegneten. Der nächste Andenkenverkäufer, auf den sie stieß, war nicht stumm, nein, er schrie. Jedem, der ihm nur nahekam, schrie er entgegen, was er anzubieten habe: Ansichtskarten, eine Geschichte von Torcello, reich illustriert, Seesterne und Seepferdchen. Sie verstand nur die Namen der angepriesenen Dinge, was er dazu sagte, verstand sie nicht. Aber wie sie bald merkte, schrie er seine Sätze hinaus, auch wenn niemand da war. Wie von irgend einem Mechanismus getrieben, heulte er von Zeit zu Zeit los, gleich einem gemarterten Tier.

Wenn ich die Glaspferde wegwerfe? dachte Miss Brown. Dort, hinter den Feigenbaum? Aber es könnte jemand drauftreten und sich die Füße zerschneiden, einer von den armen Leuten hier, die keine Schuhe haben.

Sie hielt das Paket noch immer fest in der Hand, nur als sie am Eingang des Domes in ihrer Krokodilledertasche nach Kleingeld suchte, legte sie es kurz in eine Steinnische. Der Dom war hoch und leer. Sie ging durch ihn hindurch, als hätte er keine Wände und kein Dach und keine Bestimmung. Vor keinem der Altäre brannte ein Ewiges Licht. Miss Brown war katholisch, und das Wissen um die Bedeutung dieser roten Flämmchen hatte etwas Tröstliches für sie. Eine kleine Gruppe von Besuchern kam hereingedrägt und scharte sich um ihren Führer, der aus einem Buch vorlas. Auf ihren früheren Reisen hatte das ehrwürdige Alter alter Paläste und Kirchen Miss Brown noch tief beeindruckt. Sie hatte jeweils genau die Distanz vom angegebenen Baujahr bis zum heutigen Tag errechnet, und je größer die Zahl, desto größer die Ergriffenheit. Allmählich aber hatte sie davon abgelassen, und auch die historischen und künstlerischen Details, die ihr früher ein Bauwerk belebt hatten, verloren an Interesse für sie. Sie schloß sich zwar noch öfter Führungen an, aber am liebsten solchen in einer fremden Sprache. Sie stand dann mitten in einer Gruppe und nickte verständnisvoll wie die anderen auch und wandte den Kopf zu einer Decke, von deren angepriesener Besonderheit sie nichts erfuhr. Es tat ihr wohl, all diese Bewegungen, Schritte und Gesten gemeinsam mit den anderen zu vollführen, ohne weiter nach ihrem Zweck fragen zu müssen. Auch jetzt trat sie näher an die Touristen heran, blickte gleich ihnen zu einem steinernen Thron hinter dem Hauptaltar hinauf, von dessen Bedeutung sie nicht das Geringste begriff.

Die einsamen Wege zwischen den Weingärten brannten in der Nachmittagssonne, und die Wasserarme, mit grünen Sumpfgeflechten bedeckt, lagen wie tot. Nur hin und wieder ein leichter Luftzug oder die Beine eines Wasserläufers auf der gläsernen Fläche.

In einer kleinen Bucht, schon der Lagune zu, blieb sie stehen und ging ans Wasser heran. Äste knackten, und manches Geräusch pflanzte sich in ein Gebüsch hinein fort, als wäre ein Tier dort erwacht. Eine fast handtellergroße Krabbe kam im flachen Wasser eifrig herangekrochen, den Schutzmantel einer Schlammwolke um sich. Ein paar Meter weiter noch eine und eine dritte, lautlos huschten sie auf dem Grund hin und her, nach vorn, nach der Seite, zurück, änderten aus keinem für die Betrachterin verständlichen Grund ihre Richtung. Kein Schatten fiel auf das Wasser, kein Feind schien in der Nähe zu lauern, wann mochte sich hierher schon ein Fischer verirren! Oder war diese seltsame Unrast und Angst ein Erbe, das sie von ihren Stammeltern mitbekamen und weitergaben, wie ihre Scheren und ihre Panzer? Diese sinnlosen Panzer, da doch die Beine und Gelenke so leicht verletzlich waren! Ein Ritter mit nackten Armen und Beinen, man schlage sie ihm ab, und der hilflos auf den Boden liegende, verblutende Rumpf wird ewig unverletzlich bleiben. Miss Brown drückte ihre Figuren fest an sich.

Sie nahm einen Stock vom Boden auf und berührte damit den Panzer der Krabbe. Das Tier zog sofort die Beine ein und stellte sich tot. Nach der zweiten Berührung jedoch wich es zur Seite und hob die Scheren zum Angriff. Miss

Brown spürte durch den Stock, was sie sah: wie die Scheren blitzschnell auf den Feind loshackten. Aber sie waren zu schwach, sie konnten nur leise an das Holz klopfen, noch und noch einmal, dann floh das Tier wieder ein Stück weiter und stellte sich erneut zum Kampf. Nach welchen Gesetzen es wohl floh und wieder angriff? Was war ihm der Stock? Sobald es sich daran anklammerte, versuchte Miss Brown, es aus dem Wasser zu heben, aber sofort ließ es wieder los. Warum kam ihm kein anderes zu Hilfe? Wie Steine lagen sie im Sand. Hatten sie Angst? Oder reichten ihre Antennen nicht mehr bis zu ihrem Gefährten, der sich in Todesgefahr wähnte? Was für Miss Brown ein Spiel mit einem Stock war, war für das Tier ein Kampf ums Leben. Ein falscher Schlag mit ihrem Spielzeug, und die Todesangst bestand zu Recht, der Panzer wurde zur allmählich versteinernden Höhle, in der sich kleine Krebse und Schnecken versteckten. Die Tierseele flog zum Himmel, zusammen mit den Hunderttausenden über dem Fischmarkt, eine Seelenwolke über der feierlichen Leichenhalle, mit Säulen und Spitzbögen, wie sie keinem Nobile zur Verfügung stand. Eine Leichenhalle, durch die Miss Brown jeden sonnigen Morgen wandert. Das Leben dort zieht sie so an, wie sie sagt das Anpreisen, Feilschen, Kaufen, die bunte Menge, die Kinder und Katzen. Welch ein Betrieb um Leichen! Männer mit kräftigen, blutignassen Unterarmen, die Miss Brown zulächeln, während sie Kadaver auf Waagschalen werfen ...

Miss Brown ließ den Stock fallen und hastete ins Innere der Insel, bis sie kein Wasser mehr sah. Dort hielt sie an, ihr Herz schlug heftig, und sie fühlte wieder das Paket, das sie gegen ihre Brust gepreßt hielt. Wovor hatte sie Angst? Waren es die ungefährlich-gefährlichen Scheren der Krabben? Das blitzschnelle Zupacken? Der sinnlos-lächerliche, pathetisch-hoffnungslose Kampf gegen ihren Stock? Noch nie auf dem Fischmarkt hatte sie empfunden, durch welch eine Anhäufung unzähliger Wesen sie schritt, die bis zur vergangenen Nacht, zur Nacht der hunderttausend Ängste, noch gelebt hatten. Was war los mit Ihr? Amelie würde sie schön auslachen, wenn sie davon hörte. Amelie, die Freundin gleichen Alters, die heute am Lido baden war, sich im Sand räkelte und mit ihrem Kofferradio Menschen anzulocken versuchte. Gemeinsam fuhren sie von Stadt zu Stadt, aber sie konnten einander nicht lange ertragen, vielleicht, weil sie zu viel voneinander wußten, von der Hilflosigkeit des anderen, die der eigenen so ähnlich war, von der vorgeblichen Mühe, ihr Verlangen nach einem Menschen hinter Hochmut und verzweifelter Lebensweisheit zu verbergen. Am Abend kehrten sie heim, erfüllt von halb begonnenen und nur in der Phantasie zu Ende gebrachten Abenteuern, die sie einander beim Tee referierten, den Neid der anderen auskostend, über das Mißtrauen hinwegsehend, bis sie, müde und erschöpft, in den Betten des gemeinsamen Fremdenzimmers zueinanderkrochen. Amelie würde schön lachen, wenn sie sehen könnte, wie Miss Brown behutsam die Glaspferde, eines nach dem anderen auspackte und in kleine Gruben legte. Aber mit jedem Stück wurde es ihr schwerer. Sie atmete auf, als sie Stimmen kommen hörte, und packte die übrigen fünf Glastiere rasch wieder in das Papier.

Seltsam, diese einsamen Wege zwischen den Gärten bringen etwas fertig, was der belebtesten Stadt nicht gelingt: man nickt einander zu, wenn man einander begegnet, als wäre man schon bekannt. Ein halb verschämter Gruß, eine kleine Bitte um Vergebung, daß der andere stehenbleiben oder zur Seite treten muß. Ist es, daß man hier etwas erlebt, das man jedem Entgegenkommenden sofort mitteilen möchte, mitteilen muß? Die Einsamkeit, die sich nur geteilt ertragen läßt? Oder eine Fülle von Dingen, die in der Stadt alle schon ihren Namen haben und deshalb so leicht vergessen werden können? Miss Brown richtete es sich so ein, daß sie den Leuten noch einmal begegnete. Diesmal kein Gruß, nur ein kurzes Lächeln: aha, wir kennen uns schon. Sie tat es noch einmal und ein viertes Mal, sie konnte nicht genug bekommen von dem Spiel mit Begegnung und Abschied, und immer größer wurde die Angst, es könnte das letzte Mal sein.

Als die Sonne unterging, begegnete Miss Brown den Leuten nicht mehr, Grillen begannen zu zirpen, Stechmücken umschwirrten die Frau, die immer noch über die Wege durch die Weingärten irrte und nach ihren jüngsten Freunden Ausschau hielt und einen Platz für die letzten ihr verbliebenen Glaspferde suchte. Sie wußte nicht, warum sie sie loswerden mußte, warum sie ihre Hände unbedingt freihaben wollte, was diese Hände tun sollten, es war wie eine fixe Idee. Vor einem kleinen Hügel blieb sie stehen, holte die Glastiere hervor und stellte sie auf. Erst in einer Reihe wie Soldaten, eine Kavalleriepatrouille am Hügelkamm, die Abendsonne glühte in vielfachen Farben durch sie hindurch. Dann stellte sie sie anders, und jede Stellung gab jedem Tier seinen eigenen Charakter. Sie redete mit ihnen wie mit Menschen und bekam wie von Menschen Antwort. Das war die kleine Salzburgerin von der Rezeption, die hier ihre Ferienpraxis machte, und das der weiche zartfühlende Engländer, der den ganzen Tag lesend auf der Terrasse verbrachte und gegen zehn Uhr abends plötzlich verschwand. Das war der junge Schriftsteller mit seiner Freundin, lauter nette Leute. Sie machten zusammen einen Ausflug, Miss Brown hatte es arrangiert. In Murano wanderten sie von einer Glasbläserei zur anderen, einer der Männer vor den glühenden Öfen machte kleine Pferdchen aus grünem, blauem, und rotem Glas. In Torcello wies Miss Brown mit dem Arm nach der Halbkuppel über dem Hochaltar. „Die gleiche Mosaikarbeit wie im Markusdom“, sagte sie. „Sie müssen wissen, Torcello hatte einmal 30.000 Einwohner.“ Und die tote Insel wurde unter ihren Worten lebendig, das Leben reichte eineinhalb Jahrtausende herüber bis zur ihr.

Als sie das letzte Pferdchen nahm, um es in seine Grube zu legen, fiel es ihr aus der Hand auf einen Stein und zerbrach. Eine scharfe Bruchfläche ging quer durch den Körper, sie hatte Kanten wie ein geschliffenes Messer. Man könnte sich leicht damit verletzen, in die Handfläche schneiden, eine Pulsader anritzen – wen hatte dieses Pferdchen dargestellt? Den boshaften Schriftsteller oder den sanften Engländer mit dem geheimnisvollen Nachtleben? Es konnte genauso verletzen wie der von den beiden, den es für ein paar Minuten dargestellt hatte, aber es mochte ein schöner, ein besserer Schmerz sein, ein Schmerz, der nicht erniedrigte, weil er nicht von einem lebendigen, verärgerten Menschen kam, sondern von einem unschuldigen Stück Erde, das sich nur für kurze Zeit den Anschein von Leben geborgt hatte, um dann wieder Erde zu werden.

Miss Brown legte die beiden zerbrochenen Hälften aneinander – sie paßten wie ein Dolch in seine Scheide – und steckte sie in die Handtasche.

In der Locanda ging es hoch her. Eine Gruppe Venezianer war mit dem Motorboot herübergekommen, sie hatten einen Plattenspieler mitgebracht und tanzten auf der weißen Betonfläche unter dem Laubendach. Miss Brown setzte sich an einen der Tische und sah ihnen lange regungslos zu. Ihre einzigen Bewegungen waren der Griff nach dem Glas und ein Blick zu dem Dom hinüber, der, zwischen den Weinreben sichtbar, langsam verdämmerte. Der Dom, Grabkirche einer uralten Kultur, sein Turm sinnlos stolz und trotzig emporgereckt, seiner Glocken beraubt wie ein Greis seiner Zähne. Wächter über eine Landschaft, die sich vor tausend Jahren selbst zum Tode verurteil hatte. Eine seltsame Empfindung von Kraft, das Gefühl, heroisch am Rande zu stehen, erfüllte Miss Brown, als sie sich ihrer Gedanken bewußt wurde. Ihr von den Jahren abgenutzter Körper, eine Seele inmitten des Untergangs – sie war plötzlich unbändig stolz darauf und legte noch mehr Distanz zwischen sich und die Tanzenden, die in ihren gegenseitigen Umarmungen Wärme suchten. Sie begann, Venedig zu verachten, dieses künstlich erhaltene Relikt einer vergangenen Zeit, das um ein paar Jahrzehnte Weitervegetierens bettelte, am liebsten wäre sie nie wieder dorthin zurückgefahren. Sie fühlte mit einemmal, daß sie nicht mehr dorthin gehörte. Wohin aber gehörte sie?

Der Spuk ging vorüber, was von der Gesellschaft übrigblieb, waren ein paar Zahlen auf der Papierrolle der Registrierkasse, und Miss Brown erhob sich. Es fröstelte sie. Gegen den Westen zu glühte der Himmel noch, rot und kalt, aber als sie zur Landungsstelle kam, mußte sie feststellen, daß das letzte Schiff bereits vor längerer Zeit abgegangen war. Auch Gondel war keine mehr da, die sie nach Venedig bringen konnte. Amelie wird heute nichts vom Lido erzählen können, dachte sie. Wer hört ihr jetzt zu? Aber würde ich ihr heute zuhören? Langsam ging sie wieder zurück. Sie spürte den aufkommenden Wind nicht und nicht die Steine unter den dünnen Sohlen.

An der Brücke, die an Reiseprospekte erinnert, stand ein kleines Haus. Die Frau, die davor gesessen war und Nadelspitzen verfertigt hatte, stand im Vorraum und schüttete Hühnerfutter in ein Gefäß. Mißtrauisch musterte sie die Amerikanerin, die ihr durch Gesten zu verstehen gab, daß sie das letzte Schiff versäumt hätte und einen Schlafplatz suchte. Erst ein großer Geldschein machte sie zugänglicher, und sie stieß die Tür ins Wohnzimmer auf. Miss Brown setzte sich auf einen Stuhl und wartete geduldig. Kinder liefen durch die Stube, starrten sie an und jagten, wie von plötzlicher Panik ergriffen, davon. Dann kam eine junge, etwas blasse Frau, später ein junger Mann, die ganze Verwandtschaft schien heute mit ihr Gast zu sein. Miss Brown dachte an die Pferde, die sie vergraben hatte, als sollten sie Jahrhunderte später einen Fund für kopfschüttelnde Archäologen abgeben. Jetzt hätte sie die Dinger verteilen können, um die Fremdheit zu überwinden.

Aber mit der alten Frau, die eine dampfende Schüssel brachte, kam auch ihr Mann herein. Es war der Alte, der Miss Brown die Glaspferdchen verkauft hatte. Er schien nicht sehr überrascht zu sein, sie hier zu sehen, seine Frau hatte ihn wohl schon darauf vorbereitet, er trat nur freudig auf sie zu und schüttelte ihr die Hand. Dann erzählte er den anderen etwas, das sie nicht verstand, er deutete auf die Fremde, zog mit dem Finger in der Luft die Konturen seines Bauchladens nach, und sie starrten noch scheuer und ehrfürchtiger auf sie. Wo die vielen Glaspferde geblieben waren, danach fragte keiner.

Das einfache Leben, ein schlichtes Mahl nach der gottgefälligen Arbeit, fröhliche Armut – wie hätte Amelie darüber gespottet, daß ihre Freundin still und beinahe scheu inmitten der fremden laut plappernden Familie saß, die sich bald nicht mehr um sie kümmerte. Wie sie die müden Gesichter der Alten beobachtete, die verkrüppelten Hände der Frau, die aussahen, als könnten sie sich nicht des gröbsten Handwerkszeugs bedienen und dennoch untertags feine Gespinste erzeugten. Nicht sentimental werden, Miss Brown – Amelie liebte es in ihren Anwandlungen von Bosheit, sie so zu nennen –, du liest nicht in Readers Digest! Das Glück dieser schlichten, erdverbundenen Menschen, die noch ursprünglich lieben und hassen können, Freunde haben und nicht wissen, was Alleinsein heißt – alles nur Sache der Optik!

Als Miss Brown von ihrem Teller aufblickte, spürte sie, wie der junge Mann sie ansah. Unwillkürlich griff sie nach ihrem Haar. War kein Spiegel im Zimmer? Der Mann lächelte, und sie fühlte sich durchschaut. Sie wandte sich der Alten zu, die ihr mit ein paar Brocken in englischer Sprache und vielen Zeichen von ihren Sorgen zu erzählen schien, und Teilnahme heischend mit der Hand über das Haar der Enkelkinder strich – aha, sie merken, daß Miss Brown für derartige Tricks nicht unempfänglich ist –, aber sie konnte seinen Blick nicht abschütteln. Unwillkürlich bekann sie sich zu beobachten: wie sie sich aufrichtete und ihren mageren Körper streckte, wie sie sich gerade so weit von ihm abwandte, daß er ihre hübsche, ein wenig rührende Nackenlinie bemerken mußte. Sie sah dabei seine Frau, blaß und abgehärmt, das dritte Kind war eben unterwegs, und sie begann zu vergleichen, begann, mit seinen Augen, denen sie auswich, zu sehen. Die altjüngferliche Koketterie zu sehen, jede ihrer Bewegungen ein Versprechen, das zweifellos alles halten wollte, was es sich vornahm, das Bemühen, ebensoviel Glück oder Lust zu bieten, wie man selber erhielt, Glück oder Lust zu empfinden, wie man empfinden wollte. Der verarmte Körper, hingebungsvoll wartend und dennoch keiner Hingabe fähig, umkleidet mit auffallend jugendlichen Farben, ohne Geschmack, aber teuer, der bunte Hut, Schaufensterstück einer vollen Börse. Der Schmuck, genug für vier, fünf weitere Damen, die Formen der Ringe und Armbänder protzig und unschön – aber in Italien wird Schmuck nach der Waage bezahlt. Greif hinein, junger Mann, du bist hübsch! Und die Börse ist tief.

Es war neun Uhr Abend. Jetzt wird sich Amelie schon um ihre Zuhörerin sorgen, dachte sie. Ein schönes Gefühl. Aber sobald ich morgen früh heimgekommen bin, wird ihre Sorge fort sein. Man mußte die Abwesenheit verlängern. Wenn man tot wäre? Müßige Spekulationen. Der Mensch gewöhnt sich schnell an den Tod des anderen. Aber sorg dich nicht, Amelie, ich amüsiere mich köstlich. Der junge Mann heißt Gino. Er arbeitet in Murano, er macht dort Glastiere, die sein Vater zum halben Preis verkauft. Er hat eine junge Frau, aber er zieht mich vor. In einer Stunde wird er an meinem Zimmer vorbeikommen und anklopfen, er wird hereinkommen und an mein Bett treten. Er wird sich keine große Mühe machen, den Anschein einer Gemeinsamkeit über unser Liebesnest zu zaubern, er wird nicht einmal das Licht andrehen, damit wir einander erkennen. Er sieht nicht so aus, als werde er unser Verhältnis mit romantischem Klimbim umkleiden, mit Blumen und zärtlichem Händchenhalten in der Gondel, auch ich lege keinen Wert darauf, wie du ja weißt, meine liebe Amelie. Er wird sich den Kaffeehausbesuch ersparen, den Kaffee bekommt er daheim billiger, wozu also noch einen Kellner verdienen lassen? Er wird kein Schmuckstück als Andenken nehmen, sondern Bargeld. Er ist ein ehrlicher Mann und tut alles für seine Familie, ich habe volles Verständnis dafür. Also sorg dich nicht, Amelie, ich amüsiere mich köstlich. Diese Nacht wird die schönste meines Lebens sein.

Miss Brown sprang auf. „Ich möchte schlafen gehen." Sie deutete mit der Hand, was ihre Worte nicht verständlich machen konnten. Der junge Mann lächelte. Das Zimmer war klein, aber die offenen Fenster ließen den Himmel herein. Miss Brown legte ihren unfruchtbaren Körper zwischen zwei blütenweißen Laken zu Grabe. Sie weinte nicht und sie war auch nicht traurig. Sie sehnte sich nicht nach dem jungen Mann und rechnete nicht die Chancen nach, ob er kommen werde. Sie hatte nur Angst. Angst vor dem Geschnatter der Familie, vor der Petroleumlampe in der Wohnung unter sich, vor dem Lichtschein, der in den Hof hinausfiel und die Konturen des Brunnens nachzog, über den sich der junge Mann beugte. Sein nasser, nackter Rücken glänzte. Angst vor den Linien, die sich immer stärker in ihre Augen, in ihre Gedanken, in ihr Gehör drängten, vor allem, was sie heute erlebt hatte, seit sie die Insel betreten, Angst davor, was alles zu erleben sie plötzlich fähig war. Angst, etwas könnte die heroische Pose, die sie seit Jahren aufrecht hielt wie ein Panzer und die sie heute zum ersten Mal glückhaft empfunden hatte, zerstören.

Ob er zu ihrem Fenster heraufgeblickt hatte, bevor er wieder in das Haus zurückschlurfte? Dann hörte sie die Schritte langsam und schwer die steile Treppe heraufkommen. Miss Brown fuhr aus dem Bett hoch und preßte das Laken an sich. Die Schritte gingen über den Korridor, kamen näher, noch ein Schritt und noch einer, tausend Lire, noch tausend Lire, fünftausend Lire, das Doppelte dazu, teure Schritte, ihr Körper der Einsatz, sie löste ihn aus mit ihrem eigenen Geld, zum ersten, zum zweiten, der teuerste Einsatz der Welt. Komm als Dieb und laß mich in Frieden! Nimm meinen Schmuck, ich geb dir auch die Handtasche! Nur den Paß laß mir, damit ich meinen Namen weiß, und das Pferd! Das Glas war kühl, und sie fühlte die Form und die Bruchstelle.

Vor ihrer Tür blieben die Schritte stehen. Miss Brown sprang aus dem Bett, rannte auf den Balkon hinaus, schwang sich über das Geländer auf das niedrige Stalldach und von dort auf den Boden. Aber der Verfolger schien sie gehört zu haben, seine Schritte waren immer hinter ihr und in gleicher Entfernung, durch die Gärten, über kleine Gräben hinweg, wie ein Schatten wichen sie nicht vor ihr. Sie traten den Boden im Takt, den ihr Puls schlug, sie knirschten auf der mit Muscheln übersäten Erde zwischen Weinstöcken, deren Reben ihr das Gesicht peitschten und den Haarknoten aufrissen. Aber er wird ihr nicht nahe kommen, ihre Finger umklammern die Bruchstücke des Pferdes. Keinen Schritt wird er ihr näher kommen, nichts wird eindringen in sie, nichts sie berühren. Bis zuletzt wird sie abgeschirmt sein von allem, was schmerzt, das gläserne Pferd schützt sie. Es trägt sie davon, wie das Zauberroß im Märchen, wenn die Geschichte eine gefährliche Wendung nimmt; der Deus ex machina, der Wunderspiegel, der die Wirklichkeit in sich aufsaugt und verklärt als Traumbild zurückgibt.

Der Körper des Pferdes ist kühl, aber er erwärmt sich allmählich an ihrem Blut. Die messerscharfen Bruchstellen glitzern im Mondschein wie ein Kristall, kaltes, rotgetöntes Licht – Signalfeuer des Leuchtturms am Ende der Landzunge, die Bordlampe eines Kahns, der in den Nebelschwaden sich seinen Weg sucht . . .

Am nächsten Morgen, wenn der junge Mann durch die Weingärten zum Anlegeplatz gehen wird, um das erste Schiff nach Murano zu nehmen, wird er die fremde Frau, die er noch lange schlafend in der Dachkammer seines Hauses wähnt, zwischen den Weinstöcken liegen sehen. Sie wird offen hingestreckt liegen, als wolle sie den ganzen Himmel in sich aufnehmen. Nur ihre Fäuste werden immer noch die zerbrochenen Stücke eines Glaspferdes festhalten, das ihr der Alte gestern verkauft hat, wie eine Waffe zu ihrem Schutz. Obwohl ihr die Nacht längst alles abgenommen hat, was eines Schutzes bedarf.

Die Sache mit dem Bewußtsein (II)

Aber das Bewußtsein ist eine Krankheit, die sich, wie andere Krankheiten auch, oft mit den Jahren verschlimmert. So sehr sich auch der Autor dagegen wehrte, es häuften sich die Schübe, und auch die Intensität der Bewußtseinsanfälle nahm zu. Erst war es überhaupt nur ein erschrecktes Aufwachen, Monate, Jahre nach dem Krieg die Erkenntnis: „Während du damit beschäftigt warst, zu wachsen und der Matura entgegenzuträumen, durch Norditalien zu marschieren, dich in amerikanischen Lkw's wie ein Tourist durch Pisa, Florenz, Rom, Bari und wieder zurück kutschieren zu lassen, während du dir von deiner Verlobten die ersten Seminararbeiten schreiben ließest, um nicht von deinem eigentlichen Ziel abgelenkt zu werden, ist in der Welt rund um dich so einiges passiert: Krieg und Bombenteppiche, Todesanzeigen ‚In stolzer Trauer' und Genozid." Jetzt hörte der junge Mann auf einmal und schon im Schlaf die Bomben rauschen, die er in seinem Wachzustand überhört hatte. Jetzt sah er plötzlich überdeutlich, daß der Kamerad im ersten Schützenloch seines Lebens nicht nur der gewesen war, der ihm ein Marienbildchen geschenkt, und ihm seine Läuse vererbt hatte, sondern auch der, dem einige Tage später, knapp neben seinem Kameraden K. B. eine Tretmine das Bein abgerissen hatte. Jetzt spürte er förmlich körperlich, was ein anderer, der mit der vielbewunderten silbernen Nahkampfspange, jedem der es hören oder nicht hören wollte, nur um endlich damit fertig zu werden, erzählen mußte: Wie plötzlich der Mongole über ihm gewesen war und er, der damit nicht fertig werden konnte, ihm das Bajonett in den Bauch stieß, und wie er spürte — und darum erzählte er es ja immer wieder —, wie der Körper über ihm, wie der Körper auf ihm weich und schlaff wurde, und wie das Blut, ein wärmendes Bad in der russischen Kälte, in seine Uniform sickerte. Jetzt wußte unser Autor auch plötzlich etwas von den Konzentrationslagern, von denen er seit 1938 gewußt hatte, weil Freunde seines Vaters dorthin verschleppt worden waren. Und er begann zu begreifen, was für ein raffinierter Verdrängungsmechanismus da dauernd in ihm am Werk gewesen war, vielleicht um ihm das Leben zu retten. Wenn er von dem, was daheim und von Freunden der Familie über das Grauen dieses Krieges geredet wurde, nichts wußte, dann konnte er auch nichts ausplaudern dort, wo der Krieg als eine großartige Sache galt. Wenn es ihm nicht in den Sinn kam zu fragen, was mit den Mitschülern ge-

schah, die plötzlich verschwunden waren, dann kam er auch nicht in Gefahr, sich darüber empören zu müssen, dort, wo das lebensgefährlich sein konnte.

Jetzt aber hörte er plötzlich die Schreie und sah, was geschehen war, und er brauchte dazu keine Leichenberge und keine Bombenruinen und keine Gerichtssaalszenen aus der Wochenschau, damit es in ihm aufschrie. Es schrie aus ihm selbst heraus, es litt in ihm selbst. Und jetzt wußte er auch, was er schreiben mußte.

So entstand eine ganze Reihe von Erzählungen, die Probleme Freiheit und Flucht in die Freiheit wurden konkret in einem ersten Stück („Ein Boot will nach Abaduna") und im ersten Buch („Die Flucht vor dem Engel"). Letzteres spielt in einer Strafkolonie, in der je zwei und zwei Gefangene Tag und Nacht aneinander gekettet sind, und ein phantasievoller Interpret könnte es vielleicht bezeichnend für den Autor finden, daß hier nicht nur die übergeordnete Macht der Folterknecht ist, sondern der Nächste dem Nächsten.

Hat man so etwas einmal fertig geschrieben und einen Verleger dazu gebracht, es zu veröffentlichen, dann ist man eine literarische Hoffnung. Eine jener vielen, die, wie in vielen Klappentexten geschrieben steht, zu den ganz wenigen gehören, die dieses Jahrzehnt um ein bedeutendes Werk bereicherten. Manche verstehen es, daraus einen Lebensberuf zu machen und ihre auf die Erfüllung dieser Hoffnung wartenden Leser und Kritiker so lange hinzuhalten, bis sämtliche nur angebotenen Arbeitsstipendien, Preise und Förderungen, Wohnungskredite, Einladungen zu Lesungen und Kongressen samt den dazugehörigen Buffets konsumiert sind, wovon ein geschickter Bursche, allen gegenteiligen Behauptungen zum Trotz, ganz schön lang leben kann. Andere wieder haben es sich zum Programm gemacht, ewig das gleiche Muster zu stricken — nicht unbedingt aus Talent- oder Phantasielosigkeit, vielleicht oft auch wissend, daß auch die liebevollsten kritischen Begleiter eines literarischen Lebensweges bei aller Anerkennung neuerer Phasen und Entwicklungen im Grunde ihres Herzens grollen oder traurig sind, daß nichts von dem nachfolgenden dem geliebten Erstling gleicht.

Unser Autor hatte das Glück, daß er nach diesem und einem zweiten ihm folgenden Buch („Der Maßlose") gar keine Lust mehr hatte, noch ein drittes solches zu Schreiben. Daß er, ehrlich gesagt, einige Zeit überhaupt keine Lust zum Schreiben hatte, weil er wieder einmal „leicht ablenkbar" war — diesmal von der Literatur zum Leben hin, wenn ich damit richtig verstanden werde. Und da er Literatenzirkel und Cafés, in denen sich Jungautoren um Literaturpäpste scharen, solange diese nur gute Adressen in der Tasche haben, verabscheute, hatte er auch das Glück, nie mit den meist bundesdeutschen Inhabern solcher Adressen in Kontakt zu kommen. Diese winkten ja damals schon mit den ersten Vorschüssen und verlangten dann auch noch fertige Bücher dafür. Und als ihm die Lust zum Schreiben wieder kam, schrieb er ganz andere Dinge. Stücke zuerst, weil er gern Dialoge schreibt, dann ein Ju-

gendbuch, weil ein Verlagslektor ihm keine Ruhe gab, bis das Buch fertig geschrieben war.

Unser Autor hatte überhaupt das Glück, daß immer wieder Verleger wie aus dem Nichts auftauchten und keine Ruhe gaben, und das besondere Glück war, daß sie immer Dinge von ihm geschrieben haben wollten, die er erst so gar nicht wollte. Aus dieser Diskrepanz entstand nämlich Bewußtsein. So kam da ein Auftrag, ein absurder Auftrag, und unser Autor jaulte auf: Mir das! Profane Brotarbeit! Kaffee trinkt man, über den schreibt man kein Buch! Dann schrieb er es doch, und es wurde zum Abenteuer. Bis in seine Träume verfolgten ihn die Menschen aus den Kaffeeländern in ihren exotischen Gewändern, und „Kollegen" aus längst vergangenen Jahrhunderten wie Schiller, Stifter, Balzac oder Zola meldeten sich zu Wort. Er begegnete den großen Bossen, für die das belebende Getränk ein für die ganze Welt bedeutsamer Handelsfaktor war und Mönchen, die dem Dämmer der Bewußtlosigkeit entkommen wollten, und denen ausgerechnet eine Ziege dabei half. Er lernte, was es den Menschen bedeutet, wach zu sein und wieviele Stufen der Wachheit es gibt — und daß die Geschichten aus 1001 Nacht nicht dem fabulierenden Gehirn eines Märchenerzählers entsprungen, sondern wunderbare Realität sind. Nicht anders erging es ihm bei seinen historischen Romanen oder als ihm aufgetragen wurde, dem Archetypischen im Märchen nachzuspüren oder der verzweifelten Sehnsucht des Menschen nach übersinnlichen Kräften in einer Kulturgeschichte der Magie. Er lernte zu Kindern zu sprechen, und mittels der Eindrücke und Erlebnisse seiner kindlichen Helden vieles, das aus der Umwelt auf ihn zukam, auch selbst weit offener, unbefangener, staunend und dankbar aufzunehmen, ohne den durch Vorurteile, Alltagsmechanismen und selbstgebastelte Weltsicht verstellten Blick der Erwachsenen. Er durfte immer Neues kennenlernen — und richtig kennen lernte er nur das, was er schreibend in sich aufnahm —, er durfte vieles von dem, was seine Mitmenschen nur in ihrer kärglichen Freizeit sich als teuer erkaufte Hobbys aneignen konnten, zu seinem Beruf machen. Ein Wunder, daß er sich oft genug als Kurt im Glück fühlte?

Kaum ein Autor, der nicht mit dem Rundfunk in Berührung kommt, nicht nur als Verfasser von Hörspielen sondern auch mit all dem, was man unter dem Schlagwort Sekundärliteratur subsummieren könnte: Features, Hörbilder, Essays, Kommentare, etc. Diese Sendungen „über", sozusagen die Schularbeiten des Autors, oder anders gesagt, die „Pflicht" des Eisläufers, die jeder, auch der Autor zum Nutzen seiner „Kür" absolvieren sollte, hatten, zumindest im Fall K. B. noch eine Wirkung: Sie wurden zu Begegnungen im wahrsten Sinne des Wortes. Vielleicht lernte er John Dos Passos, Orwell, Sinclair Lewis, Georg Kaiser und all die anderen, über die er schrieb, näher kennen, als manchen Menschen, der täglich an ihm vorüberging. Was dazu führte, daß seine Frau ihn einmal bat: Schreib doch auch eine Sendung über mich! Ein „Auf-

trag", der zwar nicht vom Rundfunk bezahlt, dessen Erfüllung aber auf etwas andere Weise vom Leben ungleich besser honoriert wurde.

Schließlich wurde auch das große wissenschaftliche Thema Archäologie an K. B. herangetragen, und es stellte sich die Kernfrage: sollte er zum tausendsten Mal die Schätze aufzählen, die in diesem oder jenem Grab gefunden worden waren? Was interessierte die Menschen unserer Zeit überhaupt an den alten Scherben? Und auf einmal wußte er es und wußte auch, wie er die Sache anpacken mußte: es geht um die Legenden und ihre Verifizierung. Die Menschen möchten an die alten Geschichten glauben dürfen, wenn die Sache mit Agamemnon stimmt, dann stimmt vielleicht auch jene ältere aus dem Paradies. Er sah, daß es mit der Vergangenheit so ist, wie mit jenen Höhlungen in Pompeij, die mit Gips ausgegossen werden, worauf die Formen der von Lava und Asche umschlossenen Menschen wieder auferstanden. Er sah in der Archäologie, die jene leeren Räume ausfüllt, die versunkene Völker und Kulturen in der Geschichte der Menschheit hinterlassen haben, auch ihre Funktion für den heutigen Menschen: die leeren Räume auszufüllen, die in ihm sind. Wieder einmal kam K. B. über eine gestellte Aufgabe an den Menschen seiner Zeit heran, an den aus allen Bindungen, Traditionen und Zusammenhängen gerissenen Menschen der den großen Zusammenhang wieder sucht. In einer alten, scheinbar in sich geschlossenen Kultur sucht, die mit ihren Gesetzen, Grenzen und Tabus in einer Zeit des „Pluralismus" noch als Modell brauchbar ist. Er kam zu einem Menschen, der sich selbst in seiner Vergangenheit sucht, „die er anhand von vorgefundenen Dingen wieder in die Ordnung bringen darf, die einmal war. Und hat er das getan oder es nachempfinden dürfen, dann ist auch seine Welt wieder in Ordnung. Und sei es nur für einen Augenblick."

Es soll nicht verschwiegen werden, daß unser Autor von Zeit zu Zeit gewisse Anfälle bekam, die in dem geseufzten oder gestöhnten Satz gipfelten: Ich möchte endlich wieder einen Roman, meinen Roman schreiben! In früheren Zeiten war es ihm ja völlig undenkbar erschienen, je etwas anderes als Romane, Erzählungen oder Stücke zu schreiben — aber die Verleger, deren etliche sich diese Seufzer behaglich anhörten, blieben unerbittlich. Sie wollten schließlich genau das von ihm, was sie am besten zu verkaufen können glauben, und die sensibleren unter ihnen begriffen dazu noch, daß diese Seufzer gar nicht so ernst zu nehmen waren. Eher ein längst anachronistisch gewordener Versuch unseres Autors waren, in einem ganz von ihm selbst erschaffenen Kosmos ganz er selbst zu sein. Der Wunsch, schöpferisch („kreativ") in sich hineinzukriechen — obwohl er gerade in der Welt, die ihre Aufträge ihm öffnete und deren Tiefe und Schönheit ihm immer mehr bewußt wurde, sich selbst am ehesten fand.

Dann tauchte, unvermittelt wie alle anderen, ein alter Freund auf, ein schon im Erfolg verloren geglaubter, und wollte ein Buch („Der Sonne näher — Noti-

zen eines Outsiders"): Die Welt gebrochen durch K. B., empfunden von K. B., erlebt von K. B. und es war wie ein Puzzle: Man setzte Bruchstücke von fremden Gesichtern, Händen und Gesten zusammen und entdeckte im ganzen plötzlich sich selbst.

K. B. hatte immer wieder Perioden, in denen er, oft auch von Kollegen dazu verführt, glaubte, er müsse etwas für seine Karriere tun, und dann nichts dazu tat, als glaubte er doch nicht daran. Ansonsten wartete er nur, daß alles von selber kam — ja nicht einmal das, schon die Bezeichnung warten wäre eine zu aktive für das, was K. B. diesbezüglich nicht tat. Und so kam vor ein paar Monaten eben wieder einer von selbst. Einer, der gleich den anderen die Seufzer unseres Autors schon oft genug überhörte, weil auch er seine bestimmten Vorstellungen von unser beiderseitigem Glück hatte. Diesmal aber unterdrückte er, zumindest vorläufig, seine Wünsche, und wurde zum Verleger dieser kleinen Auswahl aus meinen Erzählungen, Essays, Skizzen und Hörspielen, und er scheint auch Verständnis dafür zu haben, daß aus der Beschäftigung damit die alte Lust nach größerer Fiktion mehr und mehr wuchern könnte. Vielleicht wiegt er sich in der Illusion, hier einer kurzfristigen Marotte seines Freundes nachgeben zu sollen, nach der dieser dann reuig zu dem zurückkehren wird, was ihm ohnehin so viel Genugtuung verschafft hat. Vielleicht aber auch hält er mich jetzt endlich für reif genug, ohne Zwang von außen auch in einem Roman oder etwas ähnlichem, das ganz aus mir kommt, mir noch so viel von dem Bewußtsein zu erhalten, daß ich die Welt und die Menschen in ihr nicht mehr an meine Träume verliere.

Orpheus gibt ein Interview

Wissen Sie, Herr Redakteur, daß ich früher vor Ihresgleichen richtig Angst hatte? Ja, ich glaubte den Parolen von der „ungeschminkten Wahrheit", die Sie in Lettern setzen. Ich war noch nicht gewohnt, zwischen dem, was ich bin und dem, was Ihre Leser von mir glauben sollen, zu unterscheiden. Aber man hat mich inzwischen beruhigt: wie Ihre Vorgänger werden auch Sie meine Geschichte zur Zufriedenheit Ihrer Leser, vornehmlich derer weiblichen Geschlechts, umbiegen, so lange umbiegen bis die alte, wohlbekannte Story aus den Sagen des klassischen Altertums herauskommt. (Die Erfinder von Mythen und Gesellschaftsnachrichten scheinen ihre Zuhörerschaft gleichermaßen einzustufen.) Warum ich Ihnen dann meine Geschichte überhaupt erzähle? Ja, sehen Sie, irgendwo in mir lebt eine Spur der seltsamen Sehnsucht, hin und wieder die Wahrheit zu sagen, und da diese Wahrheit für mich zudem noch ungefährlich ist, warum soll ich mir solche kleinen Feiertagsannehmlichkeiten am Herd des guten Gewissens nicht gönnen? Sollte Ihnen zufällig ein Stückchen Wahrheit in die Feder rutschen, tut nichts! In einer Zeit, die Rassenmorde nach zwanzig Jahren verjähren läßt, dürfte ich mich mit meiner Zweieinhalbjahrtausend-Entfernung zur Tatzeit verhältnismäßig sicher fühlen. Auch handelt es sich doch nur um einen kleinen, verhältnismäßig harmlosen Mord, von dem man nicht einmal sagen kann, ob es einer war. Schlimmstenfalls könnte man Sinnesverwirrung ins Treffen führen, schließlich geht man doch nicht alle Tage in die Unterwelt – wovon ich spreche? Ach so, Sie haben kein Gymnasium besucht? Ich spreche natürlich von meiner Frau Eurydike, der berühmten Gattin des noch berühmteren klassischen Sängers Orpheus, die nach ihrem Tod von ihm wieder aus der Unterwelt heraufgeholt werden durfte und beinahe auch heraufgeholt worden wäre, hätte er nicht den berühmten kleinen Fehler gemacht, daß er – aber davon später. Sie war im übrigen eine äußerst reizvolle Person, davon werden Sie vielleicht mehr verstehen. Hübsch und – heute würde man sexy sagen – aber ich will den Spielraum Ihrer Phantasie durch keinerlei weitere Details einengen. Das ist ja der Vorzug der Mythen, daß ihre sprachliche Knappheit so vieles offen läßt, jeder Dichter kann daran herumbasteln wie er will, ohne daß ihm jemand auf die Finger klopft.

Unglücklicherweise hatte ich schon damals den Hang zum Komponieren, eine Beschäftigung, der Eurydike recht wenig abgewinnen konnte. Besonders seit ich ihr gesagt hatte, daß es ihr leider nicht gegeben sei, mich zu anderen Ideen zu inspirieren, als zu denen, die fast jedem Mann beim Anblick einer hübschen Frau zu kommen pflegen. Das war zwar vollkommen richtig, aber ebenso unklug, und hätte ich auf der krampfhaften Suche nach weiteren Talenten, um sie zu beruhigen, weniger direkt auf die Küche verwiesen, vielleicht hätte sie sich dann als etwas Besonderes fühlen dürfen und mir mehr Zeit zum Arbeiten gelassen, nur um weiter dieses Besondere zu bleiben. Aber sie war eben doch eine Bürgerliche, meine Mutter hat mir das oft genug vorgeworfen – Sie kennen ja die Mama, Kalliope, die Muse der epischen Dichtung, also auch Ihres Blattes. Man soll eben nicht unter seinem Niveau heiraten – also nie. Bald darauf ist Eurydike gestorben, sie war noch ziemlich jung und eine wunderschöne Leiche, auch ohne Hollywoodkosmetik keine Runzel im Gesicht. Frauen sollten eigentlich immer jung sterben, das ist keine billige Bosheit sondern eine Forderung der Ästhetik. Eine Giftschlange hat sie gebissen, es war eines jener Tiere, die jeden Abend unter meinem Fenster saßen und, wie im Mythologielexikon ganz richtig steht, unter Einfluß meiner Musik gezähmt, nur mehr guter Handlungen fähig waren.

Bevor wir langsam zum springenden Punkt kommen, muß ich Ihnen noch etwas eingestehen: ich bin alles andere als ein Held. Ich bin weder als solcher geboren noch habe ich in späteren Jahren versucht, mir irgend etwas davon anzueignen. Nun werden Sie gleich sagen: aber die unermeßliche Liebe hat aus ihm einen Helden gemacht und ihn die Schrecken der Unterwelt überwinden lassen. Nun, ganz so war das nicht. Ich halte die Liebe zwar vieler Dinge für fähig, besonders die der anderen – meine Frau beispielsweise ist eine jener großen Liebenden, denen es dank ihres unermeßlichen Gefühls unmöglich ist, ihren Mann nur eine Minute aus den Augen, geschweige denn zum Kegeln zu lassen – wo gerade Kegeln der ideale Ausgleichsport zum Kitharaspielen ist. Nun stellen Sie sich aber vor, was mich nach dem Tode erwartet hätte, wenn ich vorher nicht alles versucht hätte, sie aus dem Hades herauszuholen – einfach undenkbar, die Hölle im Hades – , und Sie wissen, warum ich es gewagt habe. Mag sein, daß es der Fehler aller Pantoffelhelden ist, aus Angst vor dem drohenden Krach und der sich ankündigenden Katastrophe lieber im Augenblick nachzugeben, obwohl sie genau wissen, daß es dadurch auf die Dauer nur noch schlimmer wird. Ich jedenfalls versuchte, das mir kleiner erscheinende Übel zu wählen und wenigstens so zu tun, als wollte ich in den Hades gelangen. Aber es ist erstaunlich: wenn man einmal die Heldenlaufbahn eingeschlagen hat, bleibt keine Kraft mehr, wieder auszuspringen. Ich kam tatsächlich hinunter, gab vor Hades ein Konzert – ich will mich nicht weiter rühmen, wieviele Prominente da unten ich mit meinem rührenden Klagegesang zu meinen Fürsprechern machen konnte, das gehört schließlich zu meinem Beruf, wie hätte ich sonst Karriere machen sollen? Und schließlich wurde mir Eurydike wieder angeboten. Die Bedingungen sind ja bekannt. Es wird Sie vielleicht nicht interessieren, aber ich möchte es trotzdem feierlichst beschwören, daß ich von der Klausel, Eurydike nicht ansehen zu dürfen, wenn ich sie nicht ein zweites Mal verlieren wollte, bis dahin nichts gewußt habe. Bis dahin war meine Seele arglos und rein. Bis dahin ...

Merken Sie noch nichts, junger Mann? Nein? Sie glauben also wirklich, daß es so unterträglich war, Eurydike nicht anzusehen? Der Glaube ehrt Sie, gewiß, auch sind Sie noch jung, aber wir waren schließlich viele Jahre verheiratet, und vorher – na ja, wie das eben bei genialen Menschen ist. Ein Gedicht, das man schon im Schlaf auswendig hersagen kann, liest man doch auch nicht mehr in seiner gedruckten Form nach. Es sei denn, man sucht bei einer Neuauflage nach Druckfehlern. Ich wundere mich nur, daß meine Biographen keine stärkere Motivierung für diese sogenannte Katastrophe gefunden, daß sogar Dramatiker von Rang dieses ehepsychologische Unding kritiklos übernommen haben. Sicher war ich ein bißchen neugierig, wie ihr die Unterwelt angeschlagen hat, man erzählt sich ja schaurige Dinge von dort, aber viel mehr ... Was es also war?

Nicht ungeduldig werden, junger Mann! Ich muß mir noch eine letzte kleine Abschweifung gestatten. Man wird so leicht mißverstanden, wenn man direkt mit der Wahrheit herauskommt. Sie kennen doch die ewige Suche aller Kriminalfilm- und Romanhersteller nach dem perfekten Verbrechen. Es geht dabei um nichts weniger als darum, möglichst alle Indizien und Hinweise auf die Person des Verbrechers zu verwischen. Das superperfekte Verbrechen aber – wenn mir dieses scheußliche Wort gestattet ist – wäre wohl, solche Indizien oder Hinweise erst garnicht zu produzieren. In aller Bescheidenheit darf ich sagen, daß es praktisch keinen Beweis, kein Indiz, keine Zeugenaussage, nichts gibt, um mir einen Mord an meiner Gattin anzulasten.

Mord? fragen Sie jetzt ganz entsetzt. Sehen Sie, so absurd erscheint Ihnen schon die bloße Vorstellung davon. Seit zweieinhalb Jahrtausenden gilt die Sache als Unfall, noch dazu aus den edelsten Motiven wie Liebe, Sehnsucht, Leidenschaft – Sexualunfälle stehen auf einem anderen Blatt. Kein Mensch ist je auf die Idee gekommen, daß es etwas anderes sein könnte. Und doch – jeder Mann, der der Erkenntnis seiner eigenen Psyche weniger oft aus dem Wege ginge, müßte eigentlich sofort merken – versetzen Sie sich doch nur in die Situation: Sie haben nach etlichen Jahren Ehe plötzlich die Freiheit verkostet, für kurze Zeit erst und daher umso intensiver und schöner – und jetzt gehen Sie den langen Weg von der Unterwelt durch Gänge, Stollen und Wildnisse nach oben, und Sie haben Zeit, zu überlegen, viel Zeit, viel mehr als vor Ihrer Hochzeit, und niemand redet Ihnen drein ... Erinnern Sie sich an den gequälten Gesichtsausdruck des Orphée, während er sich durch die Ruinen der Zwischenwelt müht? In dem alten Film, meine ich. Cocteau hat es intuitiv erfaßt – diese Zweifel hinter der gemarterten Hirnschale: soll ich oder soll ich nicht? Ich war zutiefst getroffen, so erkannt zu sein. Dabei ist Cocteau doch ebensowenig als Frauenfeind anzusprechen wie ich. Ihn haben nicht einmal die Mänaden zerrissen, wie sie es mir angetan haben, weil ich nichts mehr von Frauen wissen wollte. Sie haben also Zeit. zu überlegen. Sie spüren die Hand Ihrer Frau in der Ihren, sie ist warm und weich und bereit, wieder alles an sich zu reißen, auch Ihre kurze Freiheit. Ich will mich wirklich nicht auf Panik ausreden, die bei solchen Gelegenheiten am Rande des Freiheitsverlustes oft ausbricht. Nein, es war die klare Überlegung: es liegt in deiner Hand. Auf der einen Seite alles, was dafürsprach – es war ungeheuer viel. Der Gedanke, daß ich damit sozusagen stellvertretend für alle Musiker, Maler und Schriftsteller handle, die ihre Frauen loswerden wollen, um wieder arbeiten zu können, ohne an Friseurrechnungen und Schwedenwindeln denken zu müssen, war eigentlich das geringste Motiv meiner Tat – obwohl ich mich dessen rühmen könnte. Auf der anderen Seite, tja, was sprach eigentlich dagegen? Nicht einmal die Angst vor Entdeckung, ich war ja vollkommen abgesichert. Bleibt noch das, was Sie Gewissen nennen. Aber das war bei uns Hellenen seit je schwach entwickelt, glauben Sie ja nicht, daß ich einer von den tragischen Gestalten bin, die mit ihren ungesühnten Sünden von einem zum anderen laufen, um sie loszuwerden. Ein junger Dramatiker auf Stoffsuche war ganz begeistert, als ich ihn ungewollt auf diese Idee brachte, ich mußte ihn enttäuschen und mit dem Rechtsanwalt drohen. Überhaupt – kann man es denn als Mord bezeichnen, jemanden, der schon tot ist, nicht noch einmal zum Leben erweckt zu haben? Und selbst wenn es das wäre – was ist das alles gegen diese einmalige Chance, die da geboten wurde! Selbst wenn ich nicht das geringste gegen meine Frau gehabt hätte, wäre es nicht eine Todsünde gegen das Schicksal gewesen, eine solche nie wiederkehrende Chance unausgenützt zu lassen? Sie haben ein tiefes, sehr wahres Sprichwort: Gelegenheit macht Diebe. Mich hat die Gelegenheit zum Witwer gemacht. Im übrigen denke ich heute noch mit einer Mischung von Schaudern und Schadenfreude an Sisyphos, der wegen seiner dauernden Schwierigkeiten mit Weibern auf Erden jetzt nicht unähnliche Schwierigkeiten mit dem bekannten, vielzitierten Felsblock hat.

Sie müssen in die Redaktion? Ich darf Sie doch im Taxi hinbringen? Ich möchte Ihnen nämlich noch sagen, daß ich keiner jener Experten in der Entzauberung von Mythen und Heldentum bin, so à la Offenbach oder Hans Weigel. Ich finde es im Gegenteil höchst positiv, daß man, besonders jungen Menschen, die Ideale von Liebe und Gattentreue demonstriert, was umso leichter ist, je entfernter und unkontrollierbarer die Demonstrationsbeispiele liegen. Ich stehe da auch weiterhin gern zur Verfügung, gehöre ich doch sozusagen zum unverletzlichen Kulturgut, mit dem der Westen seine Position gegen den geschlechtsliebefeindlichen Osten verteidigt, und ich fühle mich immer sehr geschmeichelt, wenn Bücher oder Filme über mich von Kultusministerien mit dem Prädikat „Wertvoll“ und ihre Autoren mit Arbeitsstipendien bedacht werden. Ich bin also im Grunde froh, daß Sie mir nicht glauben und Ihren Lesern erzählen werden, daß Orpheus immer noch um Eurydike trauert. Im übrigen – wäre es fair, meine Kollegen und bisherigen Biographen von Monteverdi bis Felix Braun bewußter Lüge oder unbewußter Naivität zu zeihen, nur weil ich in meiner Eitelkeit unbedingt einmal ein Stückchen meiner Wahrheit in Ihrer Sonntagsbeilage lesen möchte?

Nachtrag des Reporters:

Kurze Zeit nach der Erstveröffentlichung dieses Interviews in der Wiener Zeitung „Die Presse" erhielt ich von Eurydike einen Luftpostbrief. Sie schrieb darin, daß sie die Handlungsweise ihres Mannes für einen regelrechten Skandal halte, kaum weniger aber auch das offensichtliche Behagen des Reporters an diesen Enthüllungen, die zu rächen eine derart beleidigte Frau eigentlich nicht müde werden dürfte. Orpheus selbst habe die verdiente Strafe bereits erhalten. Davon abgesehen aber wolle sie mir noch mitteilen, daß sie der Fehlreaktion ihres Mannes, (dem verbotenen Kopfumdrehen), auch wenn dieses einer so schändlichen Absicht entsprungen sei, das Glück ihres Lebens bzw. ihres Todes verdanke. Sie habe nämlich im Hades einen Mann kennen- und lieben gelernt, und ein richtiger Mann auch im grausigsten Hades sei eben ganz etwas anderes als ein noch so begabter Poet auf dem schönsten Fleckchen Erde.

Trotz dieser typisch weibchenhaften Äußerung Eurydikes kann ich den Verdacht nicht los werden, daß hinter so mancher Aktion unserer Frauenemanzipationsbewegung die gekränkte Eurydike stecken könnte.

Darum beschleicht mich manchmal die Furcht, daß auch ich, der gewissenhafte Interviewer des klassischen Sängers, einmal zum Ziel einer solchen Aktion werden könnte. Und von den Mänaden erzählt man sich ja schreckliche Dinge.

Alt aber grau
oder
Das Assoziationsspiel

Die Hürde des Patentamts hatte ich hinter mich gebracht, nun hieß es, meine Erfindung auch zu Geld zu machen. Es war meine erste Erfindung, und ich sah mich auf dem dämmrigen Gang der „Patent-Verwertungs A. G." neugierig um. Etliche Leute warteten schon vor mir und musterten mich mißtrauisch, wie ich von einer Tür zur anderen ging und mich zu den Namenschildern beugte, die nicht leicht zu entziffern waren. Es war mehr als der übliche Argwohn einem Eindringling gegenüber, der sich vordrängen könnte, auch die Art, wie einige von ihnen ihre Aktentasche oder ein Kuvert an sich preßten, erinnerte sofort an tieftragische Erfinderschicksale. Wie oft war es vorgekommen, daß einer das Wettrennen mit einem Konkurrenten um Wochen oder auch nur um einen Tag verlor, so etwas gab es, von Erfindungen á la Patentzwirneinfädler bis zur Atombombe.

Nur ich war unbefangen und heiter gestimmt, mich drückte weder die Angst vor Diebstahl noch die Sorge, daß mir einer zuvorkommen könnte. Meine Erfindung war einmalig.

Der Beamte, der mich aufgerufen hatte, ließ mir wenig Zeit, mich näher mit seinen physiognomischen Einzelheiten zu beschäftigen, ich sah anfangs nur eine Brille und eine herrische Handbewegung, die mich aufforderte, ihm gegenüber an seinem Schreibtisch Platz zu nehmen, dann hörte ich ein kurzes und prägnantes:

„Sie wünschen?"

Die Frage überraschte mich ein wenig bei einem Mann, an dessen Tür unmißverständlich „Einreichung von Patentverwertungsanträgen" geschrieben stand, aber ich wollte nicht so kleinlich sein, ihn darauf aufmerksam zu machen, sondern sagte nach einer angemessenen Schrecksekunde kaum weniger kurz und prägnant:

„Ich möchte ein Patent einreichen."

„Einreichen -" er dehnte das Wort etwas über Gebühr aus, „können Sie ja," sagte er trocken. „Aber ob wir's annehmen . . ." Er sagte es weder mit dem höhnischen Triumph der Überlegenheit noch mit der Verbissenheit von Beamten, die ihr Amt und dessen Entwürdigung durch fremde Eindringlinge verteidigen zu müssen glauben – er sagte es einfach so, als wollte er mir zu erkennen geben, daß Gefühle wie Hoffnung oder Zuversicht vor seinem allmächtigen

Richterspruch völlig fehl am Platze wären. Ich setzte also rasch ein entsprechend zaghaftes Gesicht auf, und unwillkürlich entfuhr mir dazu auch ein geseufztes: „Tja, annehmen – – "

„Ja, annehmen können wir's", kam es prompt zurück.

„Was?"

„Ihr Ansuchen natürlich."

Ja, natürlich! Was hatte ich sonst geglaubt? Ohne vorhergehende Prüfung – nur die Konstellation der letzten Sätze hatte mich ein wenig verwirrt. Wenn ich es recht bedenke: daß man das Gesuch annehmen könnte, daran hatte ich keinen Augenblick gezweifelt. Wie sollten die Leute sonst zu ihrem Geschäft kommen? Dennoch sagte ich freundlich:

„Das ist wirklich schön von Ihnen. Ich hätte garnicht erwartet –"

Er unterbrach mich lächelnd. Lächeln konnte er also auch. „Ich hätte garnicht erwartet, heute noch so einen intelligenten Menschen zu Gesicht zu bekommen."

Ich wollte schon bescheiden protestieren, allzuviel hatte ich ja wirklich noch nicht zeigen können, er aber beugte sich über den Tisch und blinzelte mir verschwörerisch zu.

„Sie haben keine Ahnung, mit was für Volk man sich hier abgeben muß. Lauter Verrückte! Und alle mit staatlichen Patenten." Er schüttelte sich und fuhr mit den Fingern über die auf seinem Tisch hoch aufgestapelten Aktenmappen. Es klang wie vor langen Jahren, wenn wir als Buben mit dem Schlüssel über die geschlossenen Rolläden gedonnert hatten, nur um einiges leiser. „Lauter Verrückte!" wiederholte er. „Die einen wollen Geld verdienen, die anderen berühmt werden, die dritten die Welt verbessern. Das sind die Schlimmsten. Die mit einem nicht brennbaren Topflappen oder einem Polsterhocker, der auch als Leiter, als Schuhputzkasten, Schmutzwäscheschrank und Kleiderbügel zu verwenden ist, ihre Mitmenschen selig machen wollen."

Ich nickte beifällig. Ich wollte ihn mir wohlgesinnt stimmen, und noch wußte ich ja nicht, in welche Gruppe er mich einreihen würde. Da er mich für intelligent hielt, hoffte ich auf die erste, auf die Geldverdiener, die schienen ihm am seriösesten zu sein. Und um noch etwas Beifälliges zu sagen, setzte ich ironisch achselzuckend hinzu:

„Wir Menschen sind eben unverbesserliche Materialisten."

„Jawohl, Materialisten!" Er hackte auf das Wort los wie ein Geier nach Wochen des Hungers auf das erste gefundene Stück Aas. „Das sind die Schlimmsten. Der Materialismus richtet uns noch alle zugrunde."

Ich zuckte enttäuscht zurück. Man soll seine Mitmenschen nicht voreilig taxieren, auch wenn sie nur kleine Gehaltsempfänger sind.

„Das wäre auch traurig, wenn ich nur aus schnöder Gier nach Geld hierherkäme", sagte ich rasch, um die Scharte auszuwetzen, zugleich aber auch, um ihn zart an den Zweck meines Hierseins zu erinnern. Er aber schien das weder zu merken noch meinen vorhergehenden Fauxpas mir übelzunehmen – nur irgend etwas aus meinem letzten Satz mußte er doch aufgenommen haben. denn er sagte sinnend:

„Traurig, sehr traurig, daß es heute keinen Erfindergeist mehr gibt. Überhaupt nichts Neues." Eine verächtliche Handbewegung wischte gleichsam sämtliche Aktenstapel vom Schreibtisch. „Was ist seit der Erfindung des Rades schon erfunden worden? Nichts! Lauter epigonales Zeug!"

Ich wurde klein in meinem Stuhl. Die Maßstäbe dieses Mannes erschienen mir doch etwas streng, und schon im Hinblick auf die Erfindung, die in meiner Rocktasche steckte, fühlte ich mich verpflichtet – ganz vorsichtig natürlich, er war offenbar ein sensibler Mensch – etliches anzuführen, das meiner bescheidenen Ansicht nach doch ein Stückchen über das Rad hinausgegangen wäre: die Dampfmaschine etwa oder die Entdeckung der Mikroben, das Penicillin wahllos nannte ich einiges, und zu meiner Überraschung nickte er auch beifällig und sagte einmal sogar „Ja, ja". Durch sein Gehaben ermutigt erwähnte ich noch die Kernspaltung und das elektrische Licht und das Auto –

„Pah, Auto!" unterbrach er mich verärgert. „Und dann kann man sich's nicht leisten. Ich hab' fünf Kinder."

Ich fand plötzlich keine Beispiele mehr. Die Gedankenfolge dieses Mannes irritierte mich.

„Und einen Hund Aber den hat meine Frau wollen. Ich frage Sie, wozu braucht eine Frau mit fünf Kindern einen Hund? Haben Sie ein Auto?"

Zwei schwerwiegende Fragen. Ich hielt mich vorsichtshalber an die zweite – so gefährlich es auch war, eventuell Neidgefühle zu wecken.

„Nur einen übertragenen Volkswagen", sagte ich beiläufig, und um diese Tatsache noch mehr zu entwerten, versuchte ich noch rasch einen Witz zu fabrizieren. „Alt aber grau", sagte ich und grinste eher hilflos, während ich fieberhaft überlegte, ob die Einladung zu einer Spritzfahrt – ohne die fünf Kinder natürlich, eventuell mit dem Hund – schon als Bestechungsversuch ausgelegt werden könnte. Aber mein Gegenüber ließ mir keine Zeit, zu einem Entschluß zu kommen, so begierig war er, unser Gespräch fortzusetzen. Er schien ein solch geistvolles schon lange nicht geführt zu haben.

„Grau, teurer Freund, ist alle Theorie", zitierte er, offenbar an meinen unglücklichen Witz anknüpfend, und seine Augen leuchteten, als gäbe er den köstlichsten Schulbubenstreich zum besten. „Und grün des Lebens goldner Baum. – Eigentlich ein Blödsinn", unterbrach er sich. „Ist der jetzt grün oder gold?"

Ich wußte es auch nicht. Ich versuchte, nachzudenken. Vielleicht hatte ich davon in der Schule gehört, die Deutschlehrer entschuldigten ja alles, wenn es nur von einem Klassiker kam. Da machten sich meine Lippen selbständig und sagten:

„Gold haben sie auch machen wollen."

„Und natürlich umsonst", fiel er triumphierend ein. Ich erschrak. Warum hatte ich das mit dem Gold gesagt? Ich war doch eben noch bei Goethe gewesen. Plötzlich mußte ich an meine Erfindung denken, um derentwillen ich schließlich hierhergekommen war. Wieso dachte ich gerade jetzt an sie?

Es trat eine Pause ein. Der Mann starrte stumm auf die Tischplatte, und ich überlegte, wie ich ihn auf meine Erfindung aufmerksam machen sollte. Aber ich fürchtete, er könnte dann wieder zu reden anfangen, ebenso seltsam und so beängstigend sprunghaft wie vorhin. Ganz vorsichtig, um ihn nicht zu erschrecken, griff ich in meine Seitentasche, zog das Kuvert mit der Patentschrift hervor und schob es ihm langsam hin. Ich konnte ungefähr die Stelle erkennen, auf die er starrte, dorthin schob ich das Kuvert, immer gewärtig, die Hand zurückzuziehen, sobald seine Augen es erkennen und festnageln konnten. Aber ich scheine ihn übertrieben dämonisiert zu haben, er war ein ganz umgänglicher Mensch, wenn auch ein bißchen wirr in manchen Reaktionen. Er blickte freundlich auf das Kuvert, das sich langsam ins Zentrum seines Gesichtsfeldes schob, dann fragte er:

„Worum handelt es sich eigentlich?"

Ich atmete auf. Eine sachliche Frage und freundlich gestellt, das erforderte förmlich Belohnung. Ich belohnte ihn denn auch mit meinem schönsten Lächeln und sagte:

„Es handelt sich um ein Spiel."

„Ein Spiel?"

„Ein Spiel." Ich nickte dazu.

Er imitierte mein Nicken. „Mein Jüngster spielt Schach, was sagen Sie?" Er lächelte dabei stolz vor sich hin. „Acht Jahre, und hat mich schon ein paar Mal geschlagen."

Ich wollte mit meinem Anliegen endlich weiterkommen und legte daher die Bewunderung, die dem Kleinen und dessen Vater zweifellos gebührte, in ein einziges, aber desto wirksameres Wort. „Grandios!" sagte ich mit Nachdruck. Dann aber setzte ich rasch und hinterlistig hinzu: „Es ist ein Gesellschaftsspiel. Für zwei bis – etwa fünfzehn Personen."

Er hob den Kopf und blickte mich scharf an. „Fünfzehn oder – etwa fünfzehn?"

Oh weh! Sollte daran die Sache scheitern? Es konnten ohne weiteres auch dreißig sein, das war im Grunde nur eine Frage der Spieldauer. Die Teilnehmerzahl willkürlich mit fünfzehn zu begrenzen, hätte zudem auch viele Käufer abgeschreckt, etwa die Veranstalter von Großparties, die nach Mitternacht ohnehin nicht mehr wußten, was sie mit ihren Gästen anfangen sollten. Und da dieses Spiel seinem Wesen nach besonders für Intellektuelle geeignet war, die sich ja gern in Kaffeehäusern, auf Tagungen und Kongressen in großer Zahl zusammenrotten, durfte ich die oberste Begrenzung nicht zu tief ansetzen. Ich sagte also, von seinem forschenden Blick von Sekunde zu Sekunde nervöser gemacht, mit klarer Stimme und so fest ich konnte:

„Von zwei bis dreißig Personen."

„Das ist gut", sagte er und schien sofort erleichtert. „Die Zahl fünfzehn hab' ich nämlich vorige Woche im Lotto gesetzt. Sie hat mir alles verpatzt. Es wäre ein böses Omen gewesen, wenn gerade Sie – "

Ich begriff, ebenso erleichtert, welcher Katastrophe ich entgangen war.

„Der Rat meiner Frau", setzte er noch erbittert hinzu. „Man soll nie auf Frauen hören."

„Nie", sagte ich, diesmal ohne Bedenken. Und überzeugt, damit alles gesagt zu haben, was es da zu sagen gab, fügte ich rasch hinzu: „Mein Spiel können auch Frauen spielen. Nur – "

„Frauen sind keine guten Schachspieler", unterbrach er mich bekümmert. „Meine Tochter ist schon zwei Jahre älter als der Jüngste – aber nichts zu machen."

„Es ist ein Gesellschaftsspiel", wiederholte ich hartnäckig. „Am besten dann einzusetzen, wenn die Leute nicht mehr wissen, was sie Gescheites tun sollen. Bei Parties etwa, daheim, wenn das Fernsehen ausfällt, im Büro, in der Eisenbahn – "

„Aber Eisenbahnspielen will sie", setzte er bekümmert fort. „Ein Mädchen und Eisenbahnspielen!"

Es war teuflisch! Wie konnte ich den Mann dazu bringen, mir zuzuhören? Ob er so zerstreut war? Oder so übermüdet? Seine Hände sahen abgearbeitet und rissig von der Berührung mit viel Wasser und Waschpulver aus. Der Mann hatte fünf Kinder. Aber Mitleid war hier nicht am Platz. Ich wagte also einen neuen, rücksichtslosen Vorstoß.

„Es soll heißen: Das Assoziationsspiel. Man kann auch sagen: Assoziationsgespräch."

„Und jedes Gespräch endet bei der Eisenbahn", setzte er ein, als hätte er nur auf das Anschlußwort gewartet. „Als ob es kein anderes Thema gäbe für ein zehnjähriges Mädchen! Spiele zum Beispiel. Sie muß ja nicht unbedingt Schachspielen."

Das war eine Chance! Ich lauerte, wie einer, der seit Stunden schlaflos liegt, auf die summende Fliege.

„Irgendwelche Spiele – für Mädchen halt – ein bißchen was zur Geistesbildung – "

„Mensch ärgere dich nicht!" schlug ich sondierend vor.

„Aber sie kann ja nicht verlieren", jammerte er. „Da ist sie wie meine Frau. Die bekommt jedesmal einen roten Kopf und beginnt zu fluchen."

Vorbei war die Chance.

„Oder Dame", wagte ich einen neuen Versuch. Aber damit führte ich ihn ja noch mehr zu seiner Frau hin. Allmählich begann ich ja den Mechanismus unseres Dialogs zu begreifen. Ich war wirklich recht schwer von Begriff damals –

dabei hatte ich doch die Regeln meines Spiels fein säuberlich niedergeschrieben in meinem Kuvert stecken. Aber ich war wie vernagelt. Plötzlich schrie ich auf:

„Ich hab' das Spiel für Ihre Tochter!" schrie ich. „Mein Assoziationsspiel!"

Es war ein letzter Verzweiflungsschrei, und ich war selbst erschrocken darüber. Was würde er jetzt sagen? dachte ich. Er aber legte nur den Finger auf die Lippen und deutete zur Tür.

„Vorsicht! Spione!"

Es war sehr rücksichtsvoll von ihm, und Optimist, der ich bin, hielt ich seine Sorge um die Geheimhaltung meiner Erfindung für ein bedeutsames Zeichen von Interesse. Das mußte ausgenützt werden.

„Die Spielregeln sind sehr einfach", sagte ich rasch. „Der Grundgedanke ist das freie Assoziieren."

Sein Blick wurde trübe. „A so", sagte er und starrte mich hintergründig durch den Schleier der Augen an, als hätte er mich bei etwas Ungehörigem ertappt. Er hatte doch hoffentlich nichts gegen Sigmund Freud?

„Die Spieler setzen sich zusammen", fuhr ich stockend fort. „Nebeneinander oder – einander gegenüber – "

„Hm", machte er. Er schien auf etwas zu warten und mir böse zu sein, daß ich ihn warten ließ.

„Und einer beginnt mit einem Satz."

Jetzt nickte er kaum noch, starrte mich nur an. Richtig bedrohlich. Ich sah mich unwillkürlich nach einem Fluchtweg um.

„Mit irgend einem Satz. Sagen wir – " Mir fiel ums Verrecken keiner ein. Apropos verrecken – immer noch starrte er mich so an. Und hinter mir die Fensterfront. Und wir befanden uns im dritten Stock.

„Ja!" schrie ich plötzlich krampfhaft auf. „Sagen wir den Satz: Wir befinden uns im dritten Stock!" Es war gefährlich, ihn darauf aufmerksam zu machen, er schien immer noch auf etwas zu warten. Wie ein hungriger Fleischerhund blickte er mich an. Aber ich hatte doch keine andere Wahl gehabt. „Und auf diesen Satz muß nun der nächste Spieler assoziativ einen neuen Satz bilden," rief ich todesmutig.

„A so", sagte er wieder. Ich versuchte seinen trüben Blick zu durchdringen. Sollte diese „A so" ein schlampiges „Ach so", also das Zeichen des Verständnisses bedeuten oder nur den Beginn des Wortes asso-ziativ, das er mangels intimerer Kenntnis nicht vollenden konnte?

„Assoziativ –" begann ich möglichst schonungsvoll zu erklären, „wie wir natürlich alle wissen, vom Hauptwort Assoziation oder Assoziierung –"

Plötzlich wurde er lebendig. „EWG", sagte er strahlend. Er hatte offenbar die ganze Zeit nur auf das passende Stichwort gewartet. Schon wollte er weiterreden, aber diesmal war ich der Schnellere. Vor allem lauter. Seine nur noch verschwommen hörbaren Worte „EFTA, Neutralität", etc., mußten in meinen verzweifelten Erklärungsversuchen untergehen: Erinnerungsgemäßes Verknüpfen von Vorstellungen, Assoziationspsychologie, Sigmund Freud, Diwan, Wien – „Sie hören ein Wort, und das löst eine neue Vorstellung, eine ganze Vorstellungskette aus", sagte ich. „Aus dem Satz ‚Wir befinden uns im dritten Stock', den der erste Spieler gesagt hat, kann sich nun der nächste irgend ein Wort herausnehmen – ‚wir' zum Beispiel. Oder ‚befinden'. Aus ‚befinden' ‚Wohlbefinden', etc. können Sie alle möglichen Sätze bilden. Oder auch das Wort ‚Stock'."

„Ja," schrie er plötzlich und hüpfte auf seinem Stuhl, daß es krachte. „Stock! Stock Weinbrand!"

Ich nickte voll Eifer. „Ausgezeichnet! Sie haben das Wesen des Spieles erfaßt. Nur – Sie verzeihen – man muß einen ganzen Satz daraus bilden. Etwa: ‚Stock Weinbrand ist gut'."

Seine Begeisterung schien etwas zu verblassen. Er runzelte leicht die Stirn und schickte mir einen mitleidigen Blick herüber. „Haben Sie schon einen Napoléon getrunken?"

Zu dumm, schon wieder hatte ich die Weichen falsch gestellt. Ich mußte den Zug aufhalten, bevor er in die falsche Richtung fuhr. „Eine prachtvolle Idee!" rief ich. „Jetzt haben wir unseren Satz: ‚Stock Weinbrand Dreistern ist nicht so gut wie Napoléon'."

„Sehr richtig". Er nickte befriedigt, dann aber hielt er plötzlich inne: „Wieso aber Dreistern?"

Ich jubelte innerlich auf. Er hatte angebissen. „Sehen Sie, damit kommen wir allmählich auf die Feinheiten dieses Spiels. Die plumpen Assoziationen von Wort zu Wort wie ‚befinden – Befinden' oder ‚Stock – Stock', Spazierstock zum Beispiel oder Stock eines Hauses, die sind natürlich nur für Anfänger und einfachere Menschen bestimmt. Von ‚Stock' aber auf Stock Franzbranntwein – "

„Weinbrand", korrigierte er.

„Natürlich, verzeihen Sie – auf Stock Weinbrand zu kommen, das ist schon eines Feinschmeckers würdig. Eine besondere Delikatesse aber – Sie verzeihen das Selbstlob, aber ich bin mit dem Spiel natürlich schon einigermaßen vertraut – eine besondere philologische Delikatesse ist es doch, vom dritten Stock auf Dreistern zu kommen, nicht wahr? Also der Weg vom Wort zu tieferen Sinnzusammenhängen."

Er nickte anerkennend. Dann aber umdüsterte sich seine Stirn wieder. „Blödsinn!" stieß er hervor.

Ich fiel aus allen Wolken, wie man so sagt. „Wieso bitte?"

„Wir sind im zweiten Stock."

Ich versuchte zu lachen, etwas krampfhaft, er aber fand das garnicht lächerlich.

„Wir haben ein Hochparterre, ein Mezzanin und einen Halbstock", setzte er pedantisch fort. „Wir befinden uns also genau genommen im fünften Stock, und einen Fünfstern-Weinbrand gibt es nicht. Weder bei Stock noch bei Bouchet noch bei anderen Firmen."

Da schien er meine Niedergeschlagenheit zu merken und wurde mit einem Mal weich und gütig. „Aber das Spiel gefällt mir", sagte er.

Ich lebte sofort wieder auf. „Das freut mich riesig."

„Nicht zu früh, junger Mann", dämpfte er meine Begeisterung. „Ich habe das Gefühl, daß die wirklich ausgezeichnete Idee noch nicht ganz ausgereift ist."

„Nicht ganz . . . ?"

„Zum Beispiel: Wie hört das Spiel auf?"

„Oh, das ist sehr einfach. Die Spieler haben zusätzlich noch die Aufgabe, ihre Assoziationen so zu lenken, daß sie wieder zum Ausgangspunkt zurückkehren. Sieger ist der, der auf diesem Weg wieder zum ersten Satz kommt – was manchmal völlig überraschend sein kann. Also in unserem Fall zu ‚Wir befinden uns im dritten Stock'!"

„Im zweiten."

Ich machte eine verbindliche Verbeugung und grinste. „Genau genommen im fünften."

„Nicht pedantisch sein!" Er drohte mit dem Finger, aber seine gute Laune war durch nichts mehr zu dämpfen. „Wirklich interessant!" setzte er seiner Drohung unmittelbar hinzu, und ehe ich mich's versah, hatte er mir einen Satz zugeworfen:

„Alt, aber grau!"

Ich war verblüfft. Den Satz kannte ich doch.

„Ich hab ihn aus dem Radio", erklärte er. „Na, assoziieren Sie!" Er brachte das komplizierte Wort fließend über die Lippen.

„Grau, teurer Freund, ist alle Theorie", zitierte ich ohne Nachdenken, „und grün des Lebens goldner Baum."

„Ja, Gold haben die Erfinder auch machen wollen", stürzte er sich jubelnd auf das letzte Adjektiv.

Ich fühlte ein schreckliches Unbehagen in mir aufsteigen bei dieser Spielweise. Woran das nur lag? „Und so weiter, und so weiter", versuchte ich das Spiel abzubrechen. Aber es war unklug, sein erwachtes Interesse derart zu dämpfen, und ich wich rasch, zugleich auch in der Hoffnung, unser Gespräch in eher geschäftliche Bahnen lenken zu können, auf die harmlose Bemerkung aus: „Ein hübsches Spiel, nicht wahr?" Ich hatte jedoch seinen Spieltrieb unterschätzt.

„Mein Jüngster spielt Schach", assoziierte er sofort. „Was sagen Sie?"

Mir blieb nichts anderes übrig als den Ball, den er mir zuwarf, aufzunehmen. „Schach ist kein Spiel für Frauen", sagte ich. Zugegeben, kein sehr geglückter Anschluß, er aber akzeptierte ihn und hatte auch schon den nächsten Satz.

„Meine Tochter ist zwei Jahre älter als der Jüngste – aber nichts zu machen." Er stutzte, und ich dachte: Jetzt muß er draufkommen, daß er diesen Satz schon einmal – nein, er kam nicht drauf, er hatte nur seine eigene Genialität entdeckt. „Was sagen Sie!" rief er, sich begeistert auf die Schenkel klopfend. „Von ‚Frau' auf ‚meine Tochter'. Weitaus differenzierter als einfach von ‚grau' auf ‚grau' oder ‚Frau' auf ‚Frau' – also los! Weiter!"

Ich mußte notgedrungen weiterspielen, seine Begeisterung kannte keine Grenzen. „Herrlich! Wunderbar!" kommentierte er immer wieder, ja er verstieg sich sogar zwischen den einzelnen Sätzen zu fast philosophischen Betrachtungen: „Man könnte es eigentlich auch ein Gespräch nennen", rief er aus. „Ein Assoziationsgespräch. Natürlich, das Ergebnis ist verrückt, aber – ein Gespräch, in dem alle aneinander vorbeireden. Weil sie nicht zuhören können, was der andere sagt. Sie hören gerade noch irgend ein Wort, das etwas in ihnen auslöst, weil es sie persönlich angeht – es könnten auch Leute sein, die in ganz verschiedenen Sprachen reden – – vollkommen absurd das Ganze – die Käufer werden begeistert sein, besonders die Intellektuellen – wenn das Fernsehen ausfällt, im Büro, in der Eisenbahn – na, Eisenbahn!" Er winkte mir aufmunternd zu.

„Aber Eisenbahn spielen will sie, meine Tochter", brachte ich mit letzter Kraft hervor. Ich habe gar keine Tochter, aber das fiel ihm gar nicht auf, er merkte auch nicht, wie immer mühsamer ich mich von einem Satz zum anderen quälte, merkte nicht meine Traurigkeit. Er gab mir noch eine Menge Tips, wie das Spiel zu vervollkommnen sei, daß man die Mitspieler in zwei Parteien teilen könnte, um leichter zum Ausgangssatz zurückzukommen. Vor allem hatte ich den großen Nachteil nicht bedacht, daß jeder, dem man die Regeln verriet, das Spiel sofort spielen konnte. „Dagegen muß man etwas tun", erklärte er. „Irgend etwas äußerliches. Spielmarken, Nummerntäfelchen, vielleicht ein paar säuberlich gedruckte Anfangssätze. Und alles in einen hübschen, bunten Karton verpackt, wissen Sie? Man muß den Leuten das Gefühl aufzwingen, daß sie dieses Spiel nur spielen können, wenn sie diesen Karton gekauft haben", schloß er. „Sonst kann es passieren, daß in einem Jahr alle dieses Spiel spielen. Ohne was zu zahlen. Und wir schauen durch die Finger. – Aber was ist denn?"

Ich war aufgestanden und zur Tür gegangen.

„Warum wollen Sie denn fortgehen? Jetzt, wo wir gerade ins Geschäft kommen!" „Geschäft?" fragte ich müde und traurig. Alles war umsonst gewesen. „In einem Jahr, sagen Sie? Die Leute spielen es doch schon jetzt."

„Wieso?"

„Und viel besser als ich es je erfinden konnte." Ich ging, und er war so verblüfft, daß er mich garnicht zurückhielt.

Ich war sehr unhöflich, er hätte für seine Bemühungen doch zumindest eine nähere Erklärung verdient. Gerade er, der den tieferen Sinn des Spieles so gut verstanden und interpretiert hatte. Aber ich war zu sehr enttäuscht. Überall, am Kaffeehaustisch, auf der Straße, in Gesellschaft, in der Familie, auf Diskussionen und Kongressen spielten sie mein schönes Spiel. Wofür sollte ich ihnen meine Anfangssätze und meine Spielmarken andrehen . . . ?

Seit einigen Tagen aber kommen mir so Gedanken, ob ich nicht doch die Kärtchen und die bunte Schachtel entwerfen sollte. Der Mann hatte überhaupt nicht bemerkt, daß er seit meinem Eintreten nichts anderes getan hatte als mein Spiel zu spielen, und war so begeistert davon gewesen. Und wenn sie es auch merken – vielleicht kann man ihnen das, was sie tun, trotzdem als Spiel verkaufen? Sie setzen sich im Prater ja auch mit Genuß in Go-Carts und Elektroautos, obwohl auf dem Parkplatz ihre viel perfekteren Wagen stehen. Und Kinder lehnen ihre Fahrräder an die Wand und zahlen dafür, um mit viel schlechteren auf kleinstem Raum im Kreis fahren zu dürfen. Es kommt vielleicht nur auf die Verpackung an. Und dazu die schwierige Aufgabe, zu dem Anfangssatz zurückzukehren – was sie im wirklichen Leben ja nie taten – sozusagen den Fluß der Assoziationen zu gestalten, eine der letzten Gelegenheiten im industriellen Zeitalter, schöpferisch zu werden wie mindestens weiland James Joyce – wenn das kein Anreiz ist!?

Morgen werde ich wieder hingehen, ich hoffe, der Mann ist mir nicht mehr böse. Einen Anfangssatz hab ich schon: ‚Alt aber grau'. Damit läßt es sich herrlich assoziieren . . .

Etwa ein halbes Jahr später brachte das „Fachblatt für den Spielwarenhandel" folgende Nachricht: . . . und obwohl sich in der „Patent-Verwertungs A. G." ein ambitionierter und finanzkräftiger Produzent des sogenannten „Assoziationsspiels" gefunden hatte, der auch nicht über den Mangel an Interesse der Wiederverkäufer klagen konnte, brach nach den ersten großen Verkaufserfolgen das Geschäft schlagartig ab. Trotz der von Psychologen und Spielwarenfachleuten gerühmten verblüffenden Lebensnähe stellte sich heraus, daß die wenigsten Käufer imstande waren, dieses Spiel auch zu spielen.

Das Märchen von der Seidenfalte oder Die große Konsumverweigerung und ihr Ende

Es war einmal ein Arzt, der begann zu denken. Er begann nicht von selbst damit, dazu war er zu sehr mit Hausbesuchen, der Ordination und dem Ausfüllen von Rezepten beschäftigt. Er begann damit, als er bei einem raschen Mokka an der Bar eines Kaffeehauses zwischen zwei Krankenbesuchen am Nebentisch zwei Frauen reden hörte. Sie redeten über Kleider und Blusen und von den Vorteilen und Nachteilen künstlicher und natürlicher Seidenstoffe. Sicher konnte man künstliche Azetatseide leichter waschen, stellten sie einmütig fest – aber reine Seide war eben doch reine Seide. Natürlich gab's bei der Azetatseide kein langwieriges Bügeln, nur – reine Seide war eben reine Seide. Natürlich verdrückte sich Azetatseide nicht – dafür war Reinseide reine Seide. Auch wurde die Kunstseide nicht so leicht brüchig – aber reine Seide war eben unbestreitbar Reinseide.

Der Arzt wartete ungeduldig auf das Ende der Litanei, denn der Patient mit dem Gallenanfall, zu dem er unterwegs war, wartete sicher kaum weniger ungeduldig auf ihn. Aber er hatte plötzlich das Gefühl, einem Geheimnis auf der Spur zu sein, das hinter dieser seltsamen Gleichung A ist eben A stecken mußte. Er glaubte ihm schon ganz nahe zu sein, als die eine Dame von dem »so lebendigen Schimmer" zu schwärmen begann, den eben nur Naturseide haben könne. Aber wenn die andere auch zustimmend nickte, so meldete sie doch im nächsten Augenblick Bedenken an, ob dieser Schimmer bei aller idealistischen Einstellung in Sachen Mode die Preisrelation 1 : 10 bis 1 : 100 rechtfertigte. In diesem Augenblick jedoch deutete die andere nur stumm auf eine Stelle ihres Reinseidenkleides und sagte dazu: »Aber so eine Falte wirft Azetatseide nie!« Da verstummte jene, die ein solches Wunderwerk von Schimmer und Falten in die Niederungen von Preisüberlegungen hatte zerren wollen, und blickte voll Ehrfurcht auf die angedeutete Stelle. „Nein, das wirklich nicht!" hauchte sie, und der Arzt empfahl sich rasch. Etwas Erregenderes als diese Feststellung konnte sich hier kaum mehr ereignen.

Daß er den Gallenanfall seines Patienten bloß als verklemmten Wind entlarvte, ärgerte ihn gar nicht einmal, so hatte er mehr Zeit, über das Gehörte nachzudenken. Denn, so seltsam das für einen Außenstehenden auch erscheinen mag, das Gefühl, daß er an einem Wendepunkt seines Lebens stand, verstärkte sich von Minute zu Minute.

Noch zur gleichen Stunde rief er seinen Freund Franz, einen Juristen an, und als sie bald einander gegenübersaßen, stellte er die schwerwiegende Frage:

„Sag, Franz, siehst du eine Falte?"

„Wo?"

„An einem Kleid."

„Ach so – "Franz begriff rasch. „Na, manchmal schon, wenn sie gar zu arg ist – das kommt vom Sitzen." Dann setzte er noch tröstend hinzu. „Aber es gibt schlimmere Dinge."

Sein Freund erklärte ihm aber, daß er keine Sitzfalten meine, sondern andere. An einem Seidenkleid etwa.

„Seide wirft doch keine Falten", sagte Franz naiv. „Angeblich."

Der Freund erklärte, daß er absichtliche Falten meine. Eingebaute sozusagen. Wie der Verschleiß beim Auto.

Da wurde Franz plötzlich reserviert und lenkte das Gespräch auf ein anderes Thema. Erst nach etlichen Vierteln Wein und erst, nachdem sein Freund ein halbes Dutzend Mal geschworen hatte, ihn nie zu verraten, beugte er sich vor und gestand flüsternd:

„So was seh ich nie."

Die Augen des Arztes wurden groß.

„Nie?" fragte er mit erregtem Schauder in der Stimme.

Franz zuckte bedrückt die Achseln: „Ich bin ein Untermensch, sagt meine Frau."

„Es würde dich also nicht stören – "Der Arzt flüsterte nur noch, „wenn meine Frau ein Kleid aus – na, sagen wir zum Beispiel – aus Azetatseide anhätte?"

Alles hätte er erwartet, nur nicht die Gegenfrage: „Was ist Azetatseide?"

Jetzt brauchte der Arzt ein weiteres Viertel. Der Schock war zu groß. Dann gestand er flüsternd, daß auch er es nicht wisse, worauf Franz ein besorgtes Gesicht machte und dem Freund den Rat gab, doch einmal den Arzt aufzusuchen. Daß ein Mann sich mit solchen Belanglosigkeiten derart intensiv beschäftigte, erschien ihm bedenklich.

Aber der Arzt ließ sich nicht beirren. Jetzt kam er ja zum springenden Punkt. „Und deine Frau?" fragte er lauernd. „Die würde die Azetatseide sehen? Und die Falte?"

„Die schon! Die sieht das sofort!" –

Von diesem Tag an war der Arzt noch fleißiger als sonst. Aber er besuchte keine neuen Patienten sondern alte Freunde, Schulkollegen, Bekannte. Es waren Juristen unter ihnen, Mediziner, Architekten. Welthändler, also Leute aus seinen Kreisen, die alle unter dem gleichen litten. Und alle bestätigten ihm, was ihm Franz als erster gesagt hatte: Sie scherten sich um keine Falten in Seidenkleidern, das taten nur ihre Frauen. Es interessierte sie gar nicht, und wenn sie irgend ein sündteures Haute Couture-Modell der Gattin von dem schicken Kaufhauskleid der Sekretärin, Assistentin oder Ordinationshilfe unterscheiden konnten, dann nur, weil die Gattin sie darauf aufmerksam gemacht hatte – oder auch, weil das von der Stange das hübschere war. Und immer größer wurde der Verdacht in dem Arzt und auch in den andern: um zu ihren echten Seidenkleidern zu kommen, zu echten Kaschmir-Sets, zu Pelzmänteln und Kolliers, zu Traumküchen und Traumurlauben, die die Freundin noch nicht absolviert hatte, zu echten Perlen und Solitären – um zu all dem und noch viel mehr zu kommen, redeten sie ihren Männern ein: Wenn ich das nicht habe, dann glaubt der X oder der Y sofort, du kannst es dir nicht mehr leisten. Dann bist du erledigt, diffamiert, unten durch. Jetzt, bei den vielen geheimen Gesprächen gestanden sie einander auch, daß sie selbst gar nicht wußten, was das Zeug überhaupt kostete, daß ihre Frauen allerdings auf den Groschen genau taxieren konnten, was die Konkurrentin an sich hängen hatte. Auch waren ihre eigenen Minderwertigkeitskomplexe gar nicht so groß, daß man sie unbedingt mit Luxusvillen kompensieren mußte, für die es dann keine Dienstboten gab, die das Gras schnitten, Bäume stutzten, im Winter Schnee schaufelten und nach den nervenaufreibenden Garden-parties die zertrampelten Beete wieder in Ordnung brachten.

Bei diesen Zusammenkünften kamen auch immer mehr die wahren Wünsche der Männer zum Vorschein: mit verschmuddelten Pullovern und verbeulten Hosen herumlaufen, sich nicht rasieren, fischen gehen, nichts tun, von daheim davonlaufen, mit der Sekretärin schlafen, manchmal auch allein, aber dafür ausgiebig, Zeitung lesen, Pfeifen stopfen, basteln, wieder nichts tun – lauter äußerst billige Hobbies, denen allen sie nicht frönen durften, da sie auf Drängen ihrer Frauen ja einander konkurrenzieren mußten. „Was glaubst du, Kollege", faßte ein Anwalt das Problem aller zusammen. „wenn jeder von uns statt zehn Fälle in der Woche nur drei übernimmt – dann gibt's Klienten für alle, keiner muß mehr Angst vor dem Abstieg haben, der Verdienst ist immer noch nicht schlecht und vor allem – die Freizeit!"

Es wurde eine Art Geheimbund gegründet, dessen Ziel es war, die Männer auf ihre Befreiung von der Konsumtyrannei vorzubereiten. Bundesgenossen aus anderen Bereichen wurden herangeholt, der Ausspruch des bekannten Staatspreisträgers für Literatur, Thomas B., wurde kolportiert: „Was brauch a Frau so teure Fetzen! Soll's a Waschkleidl tragen – ich weiß zwar net, was a Waschkleidl is – aber sicher was Nettes – und billig." Jene, die noch an den absoluten Wert der Dinge glaubten, die sie ihren Gattinnen gekauft hatten – zumeist, um an den Wert ihrer vielen Arbeitsstunden glauben zu dürfen –, wurden von dem bekannten Kaffeeröster K. Benesch bearbeitet, der ihnen an Hand von Beispielen die Relativität dieser Werte vor Augen führte. Die Nöte der Diamantenhändler in aller Welt, die sich nur noch durch komplizierte und kostspielige Verträge von der Überschwemmung des Marktes durch künstliche

Diamanten schützen konnten, machten besonderen Eindruck. Wenn nicht einmal Fachleute mehr die künstlichen von den natürlichen unterscheiden konnten – was hatte man dann zuletzt noch in der Hand?

Am festgesetzten Tag X setzte schlagartig die große Verweigerung ein. Die Frauen tobten, es nützte ihnen nichts. Sie heulten und klagten weh, aber vergeblich. Sie schmeichelten und drohten, sie warnten vor Pleite und vor der Konkurrenz. Aber die Männer lachten nur, sie wußten sich ja solidarisch.

Dann begannen einige, sich ihren Männern zu verweigern und forderten ihre Geschlechtsgenossinnen auf, das gleiche zu tun. Das neueste Schlagwort hieß Aktion Lysistrata. Eine der wenigen, die genaueres von dieser Dame wußte, sprach ihnen allerdings die Berechtigung ab, diesen Namen für ihre Bewegung zu gebrauchen. Lysistrata und ihre Mitstreiterinnen hätten ja ihre Männer nicht zu Überstunden fortgeschickt, um Modellkleider und Plantinohrringe im Kasten zu haben, sondern die Männer daran hindern wollen, in den Krieg fortzuziehen, damit sie daheim blieben. Dieser lächerliche Unterschied wurde aber nur als demagogischer Versuch eines Blaustrumpfs verhöhnt, den Frauen wieder einmal die alten Ladenhüter der Emanzipation anzudrehen, die ihnen bisher nur Nachteile gebracht hatten. Eine andere Einzelgängerin, die ihnen vorwarf, durch ihre Handlungsweise gäben sie denen recht, die die Ehe nur als gesetzlich sanktionierte Prostitution bezeichneten, wurde beinahe zerrissen. Die Männer aber scherten sich um all das nicht. Sie hielten sich an jene frei herumschwirrenden Abenteuerinnen, die die Liebe aus Liebe zum Vergnügen betrieben, an ihre Assistentinnen, Sekretärinnen, Ordinationshilfen, die ihnen auch wacker beistanden. Sie profitierten ja am meisten davon, daß ihre Chefs und Mitarbeiter jetzt viel gelöster, entspannter und ohne verkrampftes Selbstbewußtsein von daheim zum Arbeitsplatz kamen. Ein Solidaritätsappell der Gattinnen ging ins Leere.

Die Frauen waren ratlos. Was tun? Sie rotteten sich zu Vereinen zusammen, sie hielten Versammlungen ab, sie gründeten aus Protest lesbische Zirkel, aber die Schläge gingen allesamt ins Wasser. Bis ein Mann ihnen zu Hilfe kam, ein Überläufer, der sich bei der hübschen Frau unseres Arztes, der am Anfang dieses Märchens zu denken begonnen hatte, bestimmte Chancen ausrechnete, wenn er überlief. Und da sich seine Rechnung als richtig erwies, gab er sein Geheimnis preis: wenn ihr eure Männer treffen wollt, dann nehmt ihnen ihr Auto!

Allgemeiner Jubel. Nur – wie sollte das geschehen? Seit das Geld der Männer nicht mehr an ihren Frauen hing, sondern wohlverwahrt in Safes und auf Konten liegenbleiben durfte, hatte ein erstaunlicher Run auf sehr teure, rasante Wagen, besonders auf Sportwagen, eingesetzt. Aber gerade hier hakte der Überläufer ein: es war längst bekannt und wissenschaftlich erwiesen, daß rasante Wagen für viele Herrenfahrer nichts anderes sind als ein Sexualersatz. Die plötzlich steigenden Verkaufsziffern der Autofirmen seit dem Ausbruch der

Lysistrata-Welle sprachen eine zu deutliche Sprache. Aber es war auch schon festgestellt worden: je mehr die Sportwagenfahrer ihrem Gefährt auf der Autobahn abverlangten, desto weniger waren sie imstande, daheim zu leisten, was die Gefährtin von ihnen erwartete. Man brauchte jetzt nur noch einen Schritt weiterzugehen und laut zu verkünden: Autofahren macht impotent!

Jetzt jaulten die Männer auf, und mit ihnen die vielen Sekretärinnen, Assistentinnen, Ordinationshilfen und frei herumschwirrenden Abenteuerinnen, die sofort zu äußerster Vorsicht rieten. Und Vorsicht hieß, konkreter ausgedrückt, zu Fuß gehen, möglichst wenig und möglichst gemütlich Autofahren und seine Aggressionen anderswo austoben. Das Auto wurde also zu dem erklärt, was es vor Urzeiten einmal gewesen war, zum Zweckfahrzeug ohne Einspritzpumpe, Hochleistungskondensatorzündung und Alufelgen, Dieselmotoren und Gebrauchtwagen, je älter und schäbiger, desto besser, stiegen im Kurs. Wer irgendwie konnte, fuhr mit Straßenbahn oder Zug. Taxichauffeure gab es bald keine mehr, die Chauffeusen beförderten nur weibliche Fahrgäste. Um den Rest von Prestigebedürfnis, das ohne weibliches Dazutun noch blieb, zu befriedigen, gab eine Bank den Slogan aus:

Dein Kontoauszug am Revers
zeigt aller Welt, jetzt bist du wer,

und druckte ihn auf Kärtchen mit Sicherheitsnadeln zum Anstecken. Größere Kontoauszugskarten, ähnlich den einstigen Parkscheiben, steckten hinter den Windschutzscheiben der letzten Autos.

Entgegen den Voraussagen der meisten Psychologen, die Männer würden auf den Verlust ihres Autos mit den schlimmsten Neurosen reagieren, reagierten diese mit äußerstem Wohlbehagen. Endlich konnten sie tun, was ihnen Vergnügen machte, und da sie sich längst nicht mehr so abrackern mußten, um all die kostspieligen Vergnügungen von einst – meist der Gattinnen – herbeizuschaffen, blieb ihnen Kraft und Laune genug, sich dem billigsten Vergnügen, der Liebe, zuzuwenden. Da sie sich jetzt auch viel mehr Zeit dazu nehmen konnten und es also schöner war denn je, und da die Legende, um wieviel schöner es jetzt war, aus den Büros und Ordinationen und Absteigen der umherschwirrenden Abenteuerinnen allmählich auch in die getrennten Schlafzimmer der Gattinnen drang, gab es bald einzelne und später mehrere und viele, die an diesem Schönen teilhaben wollten. Und da es offenbar wirklich schön war, verlangten sie nicht einmal Bezahlung in Form von Geschenken dafür, es genügte ihnen, daß sie etwas Schönes bekamen und etwas Schönes geben durften.

Das goldene Zeitalter schien anzubrechen, und die Menschen wandten sich, von ihrem quälenden Ehrgeiz befreit, nur noch den schönen Dingen des Lebens zu. Ja, sie begannen sogar, Bücher zu lesen, zögernd erst, aber nach ein paar Monaten stieg der beschämende Durchschnitt von 1,8 Buch pro Jahr schon auf 1.95 und bald schon auf 2.01. Erst war es mehr Fachliteratur, was die Verleger von Fachliteratur als Fortschritt bezeichneten, dann wandten sie sich gar der schöngeistigen Literatur zu, was die Verleger der schöngeistigen Literatur als Fortschritt bezeichneten. Sogar die Deutschlehrer kamen bei ihrer Nachhollektüre schon über Hauptmann und Kafka hinaus, was ihre Schüler als Fortschritt bezeichneten...

Naive Leser dieses Märchens könnten glauben, daß jetzt bald das glückliche Ende kommt. Aber, oh Jammer, der Teufel schläft nicht. Der Teufel, der diesmal in das Gewand einiger Verleger geschlüpft war. Diese hatten immer schon neiderfüllt den Reklamepraktiken der Auto-, Waschmaschinen- und Inneneinrichtungsbranche zusehen müssen, und von dem Tag geträumt, da man auch das Buch und somit das in ihm enthaltene Wissen als Prestigefaktor anpreisen und verkaufen konnte. Jetzt war ihre Stunde gekommen, und da das Glück es wollte, daß der Werbeleiter der letzten eben in Konkurs gegangenen Chinchillafarm heißhungrig nach einem neuen Gebiet Ausschau hielt, bemächtigten sie sich seiner, und bald gab es eine groß angelegte Werbekampagne für das Buch. Der Mann, dem es Jahrzehnte gelungen war, den Leuten die häßlichsten und am wenigsten haltbaren Felle als teuerste anzudrehen, spürte instinktiv, daß da ein latent vorhandenes Prestigebedürfnis nach Erfüllung schrie. Gleichgültig, wodurch, und je exotischer, desto besser. Und war ein Ding, das im Durchschnitt nur 2.01 mal pro Jahr zur Hand genommen wurde, nicht exotisch genug?

Der Erfolg gab ihm recht, und recht hatte er auch, als er den uralten, aber nie erfüllten Herrschaftstraum „Wissen ist Macht", der so vergeblich auf so vielen Ex libris-Blättchen so vieler antiquarischer Bücher gedruckt stand, in eine aktuellere sprachliche Formulierung faßte: „Ein Buch ist ein Buch." Slogans wie „I like Ike" oder „Mach mal Pause!" wurden von diesem suggestiven Statement um Längen geschlagen.

Aber was die Verleger für die Entwicklung der Menschheit zum Höheren hielten, erwies sich nur als Geschäftserfolg. Sie hatten eines nicht bedacht: Haute couture-Kleider und Solitäre wurden getragen, Autos gefahren, auf Elektronenherden konnte man kochen und in den protzigsten Polstermöbeln, selbst wenn sie von echten Goldfäden durchwebt waren, immer noch sitzen. Bücher aber mußten gelesen werden, und das kostete Zeit, zehn-, zwanzig-, dreißigmal so viel Zeit wie der Konsum anderer Dinge – und vor allem Hirn, hundert-, tausendmal so viel Hirn. Aber woher nehmen, was man nicht kaufen konnte? Noch waren die Menschen nicht so weit, zu verstehen, was sie da lasen, und es gab so wenige, die ihnen darüber hinweghelfen konnten. Da sie aber vor allem noch nicht so weit waren, festzustellen, ob einer, der über ein Buch sprach, dieses auch wirklich verstanden, ja überhaupt gelesen hatte, entdeckten die Buchkäufer bald, daß sie sich die Mühe sparen konnten, die Bücher auch zu lesen. Die Klappentexte genügten, und die Verleger waren clever genug, sie immer kürzer zu machen. „Die Kürze eines Klappentextes garantiert den Erfolg seines Buchs", stand bald im „Anzeiger" zu lesen. Schließlich genügte schon die Zitierung von Titel und Autor. Unumgänglich notwendig aber war es, die Bücher zu besitzen. Also kauften die Menschen Titel mit dem unvermeidlich dranhängenden Textteil, und sie kauften umso mehr und umso lieber, da sie keine Angst haben mußten, daß sie im Interesse ihrer Frauen kauften. Im Gegenteil, die wetterten kräftig gegen das unnütze Zeug, ähnlich wie früher die Männer gegen anderes „unnützes Zeug" gewettert hatten.

Leider kosteten diese Anschaffungen Geld, und zwar eine ganze Menge. Gerade die besonders prestigeträchtigen Bildbände gingen ins Geld, und das mußte verdient werden. Aber nicht nur die Bücher verlangten längere Arbeitszeiten. Um sie zu zeigen, brauchte man Bibliotheken, nicht nur Schränke oder Stellagen, nein, ganze, immer aufwendiger gestaltete neue Räume. Und wenn die Bücher bereits ins Schlafzimmer, in Vorzimmer, Besenkämmerchen, ja, in der Toilette (dort wurde mit Vorliebe die erotische Literatur aufgestellt) eingedrungen und die Wohnungen nicht mehr zu erweitern waren, dann mußte wohl oder übel der Plan für ein Eigenheim ins Auge gefaßt werden. Aber damit immer noch nicht genug. Wer in den allgemeinen Ruf eines gebildeten Buchliebhabers kommen wollte, der stellte Sitzgelegenheiten in seine Bibliothekshäuser, Alkoholika in den Eiskübel und gab kostspielige Parties. Je besser, die Brötchen, je teurer die Weine und je schwerer die Bücher, die herumgereicht wurden, desto rascher erlangte der Gastgeber den Ruf eines gebildeten Menschen. Und gebildet hieß – was niemand aussprach und doch jeder wußte –, daß er viele Bücher hatte, und das hieß, daß er viel Geld hatte, und das hieß, daß er viele Patienten, Klienten, Kunden, Auftraggeber hatte. Ein gebildeter Mensch war also obenauf, so wie früher einer obenauf gewesen war, dessen Gattin sich Kleider leisten konnte, die schöne Falten warfen.

So traurig endet diese Märchen, das so hoffnungsvoll begonnen hatte, als ein Arzt zu denken begann. Jetzt hetzte er wieder wie in alten Zeiten von Gallenanfall zu Nierenkolik – und anschließend in die Buchhandlung zu den neuesten Neuerscheinungen, und Franz und all den anderen Freunden ging es auch nicht besser. Und wenn sie nicht am Herzinfarkt gestorben sind, dann schuften sie heute noch. –

Eines Tages aber saß ein Gast vor seinem Espresso und begann zu denken. Aber da es diesmal eine Frau war, gehört das in ein anderes Märchen.

Mutmaßungen über Kasimir von B.

Kasimir von Bauernfeind war ein Mann, ein Mensch und ein Dichter. Was Mann an ihm war, zeichnete sich vorzüglich durch die Tatsache aus, daß, sobald nur sein Name genannt wurde, eine Unzahl von Wesen weiblichen Geschlechts in Ekstase geriet und – in mehr oder minder diskreter Weise – von Dingen zu schwärmen begann, die er, was natürlich nur ganz Eingeweihte männlichen Geschlechtes wußten, auch den leidenschaftlichsten Schwärmerinnen beharrlich und mitleidlos vorenthielt. Vorenthielt in einer halb rätselhaft-orakelnden, halb listig-neckischen Weise, der nie zu entnehmen war, ob er das, was er ihnen verweigerte, ihnen verweigern mußte, weil die nicht immer allgütige Natur – auf weniger neckische Weise – es ihm ihrerseits verweigert hatte; oder ob er dies aus freien Stücken tat, sei es einfach aus sadistischem Vergnügungstrieb, sei es, weil einzig die Nicht-Lösung weiblicher Ekstasen sowie seines eigenen Echos darauf imstande war, ein gewisses Dauerklima der Leidenschaft um ihn und in ihm herzustellen, das ihm die Bewußtwerdung seines Selbst als männlichem Wesen wesentlich erleichterte.

Als Mensch schien er, zumindest seinen Freunden – und es gab viele, die er so nannte, was diese sich in seiner Gegenwart immer zur Ehre anrechneten – ‚als Mensch schien er dadurch am bemerkenswertesten, daß er zwischen seinen beiden klangvollen Namen ein ‚von' trug, das er trotz aller politischen Veränderungen von Monarchie zu Republik, zur Diktatur und wieder zur Republik zurück ebensowenig ablegte wie seine Krawatte in Gegenwart auch der dekolletiertesten Dame. Sein Vater hatte dieses ‚von' im vorletzten Krieg für eine schlachtenentscheidende Lieferung paprizierter Spezialbohnen erhalten, und Kasimir trug es zwischen Vor- und Nachnamen behutsam und voller Stolz wie eine Lebedame ihren durch ebenso hingebungsvolle Dienste an angriffsfreudiger Männerwelt erworbenen Solitär zwischen ihren beiden natürlich gewachsenen, mit letzterem an Echtheit und Schliff durchaus konkurrenzfähigen Brüsten. Mit welch saftvollem Vergleich – er könnte fast von ihm selbst sein – wir beim Bemerkenswertesten von Kasimirs psychophysischer Erscheinung angelangt sind: er war ein Dichter.

Er war ein großer, er war ein berühmter Dichter. Ein lange verstorbener, ähnlich berühmter Vorgänger hatte in einem Memoirenwerk, dessen Qualität nur jene in Abrede stellten, die darin genannt wurden, Kasimir von Bauernfeind als Teil eines berühmten Paares eines großen spanischen Dichters bezeichnet, und der Streit darüber, ob damit nun Don Alvaro oder Pedro Crespo, ob Don Quichote oder Sancho Pansa, ob Don Manuel oder vielleicht etwa die Dame Kobold gemeint sei, füllte die Spalten der Literaturjournale noch lange bevor sein erster, einziger und bester Roman erschienen war.

Niemand hatte diesen Roman je gelesen, dennoch war jeder von seiner Einzigartigkeit überzeugt. Niemand konnte sagen, in welcher Sonntagsbeilage, in welchem Kaffeehaus, in welcher Stadtbahntoilette er einer Textskizze, einem genialen Aphorismus, einem Kapitelchen von äußerster Bauernfeindscher Luzidität begegnet war, man konnte nur bestimmt und in höchster intellektueller Erregung sagen, d a ß man sie gelesen hatte. Alle Anhaltspunkte zur Fixierung dieser Erlebnisse verflüchtigten sich jedoch bei intensiverem Nachdenken ebenso rasch wie die zur Zeugenschaft aufgerufenen Zeugen eines Verkehrsunfalls.

Geheimnisvoll wie sich die Beziehung zwischen seinem Werk und seinem Publikum darstellte, war auch jene zwischen seinem Publikum und ihm selbst. Jeder kannte ihn, und doch wußte niemand, wer er war. Man sah ihn zwar oft auf der Straße (diskutierend) oder in Konzerten (schlafend) oder am Kaffeehaustisch von teils bewundernd, teils verächtlich dreinblickenden Jüngern seiner und anderer Künste umringt, dennoch konnte man seiner nie recht habhaft werden. Er redete von seinem Lebenswerk mit weit ausholenden Gesten, sobald ihm aber jemand Fragen nach einem speziellen Kapitel oder nach einem sprachlichen Problem stellte, verlor er sich in allgemeinen, mystisch verdunkelten Wendungen oder versank in meditatives Schweigen, das zu stören die allgemeine Ehrfurcht verbot. Manche mutmaßten, es sei garnicht Er. Er hätte sich nur die Gestalt dieses Mannes mit dem Schlapphut geliehen, wie Odin, wenn er sich unter die Sterblichen mischte, bzw. dieser Mann mit dem Schlapphut umgäbe sich mit der Aura des großen Er, der währenddessen ganz anderswo war. Den es vielleicht nur in der Vorstellung der Menschen gab, wie den Dichter der Odyssee, der nur aus der uneingestandenen Sehnsucht des kleinen Ländchens geboren war, mittels eines Romanciers endlich jene Weltgeltung zu erlangen, die ihm weder seine Armee noch die Liebenswürdigkeit seiner Bewohner zurückzuerobern vermochten.

Wie jeder große Mann hatte auch Kasimir von Bauernfeind seine Feinde, die mit allen stilistisch nur möglichen Mitteln gegen ihn zu Felde zogen. Die ultramodernen Textmonteure, deren Angst vor dem dauernd drohenden Rückfall in die Tradition nur von der Verzweiflung darüber, daß sie sich immer noch der althergebrachten Buchstaben bedienen mußten, übertroffen wurde, schmähten Bauernfeind mit dem schlimmsten Schimpfwort, das je ein Menschengehirn sich ausdenken konnte: konventionell. Von denen, die immer noch auf dem Standpunkt verharrten, ein Kunstwerk solle, wenn schon nicht vom verachteten Publikum so wenigstens vom Autor selbst verstanden werden, wurde er als modernistisch abgetan. Das von seinen Verehrern gerühmte Faktum, daß Bauernfeind trotz seines Alters noch jünger und zeitgemäßer sei als seine jüngsten Epigonen, wurde von seinen Gegnern als pietätloser Bruch mit jener Tradition angeklagt, nach der auch der größte Autor, seiner persönlichen Linie treu, die Pflicht habe, mit Fünfzig vorerst hoffnungslos unmodern zu werden. (Schon um das bewährte Motto jeder nachstoßenden Generation: Angriff auf das Alte ist die beste Inauguration des Neuen, Realität werden zu lassen.) Den Realisten war er zu unrealistisch, den Symbolisten zu konkret, den Anhängern verschiedener Neuer Wellen, deren eine die andere überschlug, verlor er sich zu sehr in die Abgründe der Psychologie. Garnicht zu reden von weltanschaulich gebundenen Gruppen, die schon aus seinem Namen auf ein unsoziales Verhalten des Dichters schließen wollten, dessen Griff zur Feder ohne gesellschaftskritische Zielsetzungen nur ein sinnloser Verschleiß so wertvoller materieller Güter wie Papier, stimulierender Genußmittel und menschlicher Gehirnwindungen sei.

Aber ähnlich den kirchlichen Protesten gegen Badewannenszenen im künstlerischen Film hatten diese Angriffe einzig den Erfolg, daß die Popularität des Dichters nur noch stieg, und für ein Exemplar des großen Romanes, der zu Hunderttausenden existierte, aber nirgends zu haben war, wurden Phantasiesummen geboten. Gerade dadurch, daß man Bauernfeind alle literarischen Qualitäten absprach, billigte man ihm einen unschätzbaren Wert als Diskussionsgrundlage zu - womit die alte Forderung nach der primären Aufgabe des Autors, Essayisten, Kritiker, Kulturredakteure und Verfasser von Leserbriefen geistig und materiell zu engagieren, erfüllt war. Manche seiner Gegner allerdings waren so kühn, offen zu behaupten, daß es ihn überhaupt nicht gab. (Ihre Kühnheit bestand darin, daß sie sich mutwillig dem Vorwurf aussetzten, nicht auf dem Laufenden zu sein, was in jenen Jahren glatter gesellschaftlicher Selbstmord war.) Sie behaupteten, dieser Dichter sei nichts als die Erfindung verzweifelter Feuilletonisten, die mangels diskutabler literarischer Neuentdekkungen sich in Zunkunft außerstande sahen, zu deren substanziellem Mark ihr interpretationsfreudiges Knochengerüst beizusteuern. Bauernfeind sozusagen als Ungeheuer von Lochness für eine kulturelle Sauregurkenzeit. Diese Behauptung – in keinem Prozeß je widerlegt, aber dennoch nicht ernst genommen – wurde dankbar auch von jenen Damen aufgegriffen, die mangels Eigeninitiative und anderer Qualitäten nie in den Dunstkreis Bauernfeinds gelangt waren und ihre glücklicheren Geschlechtsgenossinnen erotischer Angeberei bezichtigten.

Der gefährlichste Angriff wurde jedoch von einem Mann gestartet, der der Branche bisher ferngestanden war. Er kam von der Naturwissenschaft. Seine erste Attacke konnte von Bauernfeinds Freunden glatt abgeschlagen werden. Er hatte nämlich kunstfremde Elemente in die Diskussion getragen, indem er allen Ernstes fragte, ob es in der Kunst denn nicht irgendwelche Kriterien für

Güte gäbe – wie etwa in der Technik Haltbarkeit, Tragfähigkeit, Wetterbeständigkeit und klagloses Funktionieren. Und als er zuletzt, von der Unsinnigkeit solcher Forderungen schon fast überzeugt, resigniert feststellte, daß er in wenigen Seiten einer kritischen Literaturzeitschrift mehr Relativität gefunden hätte als in den physikalischen Entdeckungen der letzten fünf Jahrzehnte, wurde ihm mitleidig bedeutet, es doch wieder mit der Naturwissenschaft zu versuchen. Das tat er denn auch und erhängte sich an einer Eisentraverse.

Tags zuvor hatte er noch einen teuflischen Anschlag auf Bauernfeinds literarische Existenz versucht. Er wußte, daß es seit eh und je zu den caritativen Obliegenheiten des Kulturministeriums gehörte, das Unterangebot an einheimischer Verlegerpotenz durch den Überschuß aus steuerpflichtiger Vaterlandsliebe auszugleichen; daß durch das uralte Subventionsspiel – förderst du meine Talente, bezahle ich deine Steuerschulden –, zu dem auch die Theater ihre Mannschaften an die grünen Spieltische delegierten, die Vollbeschäftigung aller beteiligten Berufsgruppen gewährleistet wird. Da unser Wahrheitssucher also, wie er glaubte mit Recht, annahm, daß Bauernfeinds großes Romanwerk, ohne ein Steinchen in diesem Spiel zu sein, wohl kaum das Licht der literarischen Welt erblickt hätte, begab er sich kühn in einen von festen Mauern umschlossenen Bereich, dem er jedoch, durch keinerlei Lektüre der Materialien zu Kafkas „Schloß" geschult, nicht lange gewachsen war. Nach wenigen Stunden hatten sich seine letzten Algebrakenntnisse in die Schluchten eines nie zuvor geahnten Unbewußten verflüchtigt; ein Amtsdiener fand ihn auf, wie er, im Irrglauben, einen Ministerialbeamten vor sich zu haben, eine preisgekrönte Eisenplastik um Subventionierung eines Studienaufenthaltes in Steinhof ersuchte, um dort seinen ersten Gedichtzyklus zu vollenden, und verfrachtete ihn mit der mitleidigen Bemerkung „Des ham's jetzt davon" in ein Taxi. Der bohrende Zweifel, ob das Geld, das der gute Mann dem Chauffeur zusteckte, aus seiner eigenen Tasche stammte oder aus einem staatlichen Fonds zur Tröstung unbegabter Lyriker, vergiftete ihm die letzten Sekunden seines Lebens. Er starb, ungetröstet selbst durch die Genugtuung, daß die Eisentraverse, die sein berechnender Blick gewählt hatte, seinen knackenden Halswirbeln den Halt zu geben vermochte, den die moderne Kunst ihm Zeit seines Lebens versagt hatte.

Der Angriff auf die physische und literarische Existenz Bauernfeinds war somit im Sande des Zentralfriedhofs verlaufen, dennoch hatte er sogar in dem Herzen manches Bauernfeindfreundes leise Zweifel hervorgerufen. Zweifel, die jedoch mit einem Mal zu eherner Gewißheit werden sollten, als bekannt wurde, daß der Dichter des großen Preises der Industrie für würdig befunden worden war. Der Andrang zur feierlichen Preisverleihung war so groß, daß der Polizeipräsident sich genötigt sah, seinen Einsatzkommandos, die von der durch einen gesellschaftsfördernden Verein für Literatur bedrohlich angestachelten Literaturbegeisterung völlig eingeschüchtert waren, persönlich Mut zu-

zusprechen und Schienbeinschützer ausgeben zu lassen. (Damals waren gerade Bleistiftabsätze in Mode.) Jetzt mußte von Bauernfeind endlich aus seiner Anonymität heraustreten, den Exponenten der harten Finanzwelt war schwerlich zuzutrauen, daß sie einen Mann dekorierten und zur Dankansprache ans Rednerpult ließen, der nicht zuverlässig Er selbst war.

Lange vor Beginn der denkwürdigen Zeremonie mußte der Saal gesperrt und verteidigt werden, Fernsehen und Wochenschau machten die traditionsreiche Barockatmosphäre zu einer erwartungsvoll durchmurmelten Sauna. In der ersten Reihe saßen fünf Minister und sieben Damen, von denen jede eidesstattlich erklärt hatte, des Dichters Gattin zu sein, in der zweiten Reihe, bleich und die Unterlippe mit ihren staatlich gestützten Prothesen bearbeitend, die Kollegen, denen der Preis wieder einmal, und natürlich durch die besseren Beziehungen des Gekürten, entwischt war, wofür sie nachher den großen Mann besonders herzlich beglückwünschen sollten.

Aber die gespannte Erwartung wurde schmählich enttäuscht. Wieder war es eine jener seltsamen Erscheinungen aus den Nachtcafés und durchschnarchten Konzerten, die in die Scheinwerfer lächelte und den Preis entgegennahm, der doch dem wirklichen Dichter Kasimir von Bauernfeind galt. Wieder war es einer jener debattierfreudigen Schweiger, der sich erhob, um für den Applaus zu danken, den die Lesung eines Stückchens Prosa entfesselt hatte, das so überwältigend war, daß sich nachher keiner mehr daran erinnern konnte. Und als er aufstand, um eine Dankesrede zu halten, wurde er von den Wissenden entlarvt. Dieser Mann, der sich in kaum verständlichen halben, dreiviertel, nur selten zu Ende geführten Sätzen an Minister und Publikum wandte, konnte unmöglich der große Dichter sein, über dessen Bedeutung seine Verehrer in Verzückung gerieten; dieses Kauderwelsch, das er vor sich her mehr spuckte als sprach, hatte nichts mit der kristallenen Klarheit Bauernfeindscher Prosa gemein, bei der selbst dem stursten Verfechter der engagierten Literatur das Verlangen kommen mußte, diese kunstvollen Sprachgirlanden am liebsten jeglichen Inhalts entleert zu sehen, um die reine Form desto besser genießen zu können. Bauernfeind, der sich hinter so vielen Mystifikationen zu verbergen verstand, daß es manchmal den Anschein hatte, auch seine Dichtung und ihre Bedeutung wäre eine Mystifikation, hatte seinem Publikum wieder eines jener Schnippchen geschlagen, das es an ihm so liebte.

Wie aber, und das ging den Klügsten der unter den Sonnen Jupiters dampfenden Anwesenden schon in dieser Stunde auf, hätte es auch anders sein können? Welche noch so vollkommene menschliche Folie wäre ihrem literarischen Idol angemessen?

Der Beantwortung dieser wesentlichen Frage ging Kasimir von Bauernfeind listig aus dem Wege, indem er bald nach der Preisverleihung starb. Die beiden Ereignisse standen in keinem ursächlichen Zusammenhang, auch wird versichert, daß er keinen Stellvertreter veranlaßt habe, die Leiche zu mimen, sondern sich höchstpersönlich in das Ehrengrab begab. Auch die um ihn bemühten Leichenwäscher konnten den Reportern nichts Gegenteiliges berichten – obwohl Leichenwäscher trotz der weiten Verbreitung der Volksbildungsbewegung zur Beurteilung der geheimen Beziehungen zwischen einem frischgewaschenen Körper und dessen geistigen Voraussetzungen nicht die Geeignetsten sein dürften . . .

Wenige Monate später tauchte in den Buchhandlungen ein riesiges Romanwerk auf, über dessen Titel der Verfassername Kasimir von Bauernfeind prangte. Man war es zwar schon gewohnt, daß in diesem Lande Autoren sich dadurch an ihren Mitmenschen zu rächen pflegen, daß sie durch vorzeitiges Ableben diesen die Freude nehmen, die hinterlassenen Romanwerke auch erklärt zu bekommen, dennoch war die literarische Welt aufs Äußerste schokkiert. Ein mit Händen zu greifendes Werk Bauernfeinds war nicht nur eine Novität, die Banalität des Sichtbaren nahm ihm auch schon vor der Lektüre des Klappentextes viel von seinem Nimbus. Das Werk führte zwar sofort die Bestsellerliste an und überschwemmte – eine Bestätigung, daß diese Liste nicht manipuliert war – ein paar Wochen später alle Antiquariate, aber der kultische Spuk war zerstoben. Und die ewig Gestrigen, die hämischen Sandstreuer im fortschrittsgläubigen Literaturgetriebe, erlaubten sich zum ersten Mal offen zu sagen, wie miserabel dieses Buch war.

Nur die Wissenden, und mit ihnen auch jene, die immer noch vom Nobelpreis träumten, der ihren Brochs, Doderers und Güterslohs versagt geblieben war, wußten genau, daß diese posthume Veröffentlichung eine glatte Fälschung sein mußte. Irgend ein Neider hatte sie zusammenassoziiert, einer aus der zweiten Reihe bei der Preisverleihung, dessen waren sie gewiß. Vielleicht aber – so flüsterten sie einander zu – war dies die letzte und genialste Mystifikation des großen Dichters gewesen, der hoch über Sonne und Mond am tausendseitigen Teppich seines Überlebenswerkes wob und mit dem dämonischen Lächeln, das seine Verehrerinnen so bezaubert hatte, vom literarischen Parnaß auf die Erde herabblickte, wo die armen Menschlein in ihrer Sekundärexistenz sich immer noch mühten, die uralten Gegensätze von interpretiertem Schein und gedruckter Wirklichkeit endlich zu versöhnen.

Vorsicht, Menschengift!

Auszüge aus einer Habilitationsarbeit des Dr. med. Christian Meyer zur Erlangung der Dozentur am Institut für Toxikologie, Universität Wien. 17. Mai 2001

Historisch-dokumentarischer Anhang

United Kingdom Press-Meldung vom 8. September 1996.

Rätselhaftes Krokodilsterben im Naturschutzgebiet von Manáus am unteren Amazonas. Todesursache bisher ungeklärt. Eine Gruppe von Wissenschaftlern aus den Vereinigten Staaten befindet sich auf dem Wege dorthin.

Wiener Wochenzeitung vom 3. Jänner 1997, aus einem Leserbrief von Frau Maria Beranek, Wien 16.

... fühle mich sehr beunruhigt über das beängstigende Krokodilsterben im unteren Amazonas. Als langjährige Rentenbezieherin glaube ich wohl das Recht zu haben, zu fragen: was wird dagegen getan? Wenn irgendwo ein blaues Baby ein Medikament braucht oder die Inder in Indien verhungern, was doch wirklich ihre Privatsache ist, sollen sie was arbeiten, dann fließt die ganze Welt vor Mitleid über. Aber was geschieht für die armen Krokodile?

Werbeprospekt der Reise-Agentur „Vitalia", Sommer 1996.

Wollen Sie ihr Leben genießen? Dann ist es mit 60 gerade Zeit, zu beginnen. Oder mit 70. Oder mit 80. Oder mit 83.

Machen Sie Urlaub auf See – die ideale Kombination einer Reise durch fremde Länder mit den Bequemlichkeiten und der Seetüchtigkeit eines schwimmenden Altersheimes. Besuchen Sie das geheimnisvolle Südamerika, Traum und Wirklichkeit unter dem Kreuz des Südens. Durchzogen von der hochaufragenden Kette der Kordilleren und des geheimnisumwitterten Amazonas, wo sich das Blut der Eroberer mit dem der alten Kulturdenkmäler vermengt. Wenn Sie sich der Musik ergeben wollen, die sich träumerisch und geheimnisvoll an Sie drängt und mitreißt oder wenn Sie dem widerhallenden Schrei eines wilden Tieres in der „Grünen Hölle" nachlauschen, oder das Gaukeln der schönsten Schmetterlinge über den Schnauzen der im Schlamm gleich gefallenen Baumriesen lauernden Kaimane im geheimnisvollen Dämmerlicht des Dschungels – dann buchen Sie bei uns eine 3-Wochen-Kreuzfahrt zum Kontinent des ewigen Frühlings. Intership, Mykene-Lines, B & O – alle großen Linien der geheimnisvollen Welt stehen Ihnen zur Verfügung! Reise-Agentur „Vitalia", Paris – London – Rom – Klagenfurt.

„Halali", Zeitschrift für humanes Waidwerk, vom 13. März 1997. Leserbrief einer Abonnentin.

Als regelmäßige, begeisterte Leserin von „Halali" und Witwe eines passionierten Schnepfenjägers, der mir auf tragische Weise entrissen wurde (er erschoß sich mit seiner Lieblingsflinte, während ich gerade den ausgestopften Eberkopf über den Ehebetten absaugte, und wenige Minuten später starb auch sein Lieblingshund, der in rührender Sorgfalt das Blut des Herrchens vom frisch gebohnerten Boden der Diele aufgeleckt hatte, ich verstehe heute noch nicht, wieso) – fühle ich mich befugt, zu dem Werbeprospekt des Reisebüros „Vitalia" Stellung zu nehmen, der unter dem Titel: „Jugend über 60 in Sonne und Süden" auch mir in den Türspalt geschoben wurde. Ich finde es empörend, daß diese Leute, die immer nur Geld verdienen wollen, gerade die schönsten Gegenden mit ihrem Tourismus überschwemmen müssen. Und der Unterlauf des Amazonas zwischen Manáus und Serpa ist ja bekanntlich, wie Sie selbst vor zwei Jahren in einem wunderschönen Bildbericht gezeigt haben, eines der schönsten Alligatorenschutzgebiete der Welt. Es würde mich nicht wundern, wenn die armen Tiere, die von der Zivilisation immer mehr verdrängt werden, eines Tages zur Selbsthilfe greifen würden. Meine vollste Sympathie wäre ihnen jedenfalls gewiß.

„Halali" erbat sich eine Stellungnahme des Direktors der biologischen Station auf der Insel Marajó, die wie folgt lautet:

Die Sympathie Ihrer Leserin voraussetzend, haben die Krokodile des Schutzgebietes von Serpa vergangene Woche zur Selbsthilfe gegriffen und die wild badende Mrs. Elinor Jones aufgefressen. Da Mrs. Elinor Jones die Gattin des Vorsitzenden im Rat für gesamtamerikanische Entwicklungsfragen war, dürfte es in nächster Zeit zu Unstimmigkeiten bezüglich der Wirtschaftshilfe an den brasilianischen Staat kommen, wobei, wenn nicht alle Anzeichen trügen, besonders die Futterversorgung in den Naturschutzgebieten Manáus und Serpa einer neuerlichen Prüfung unterzogen werden wird. Man ersieht daraus, daß, wie bei wilden Streiks, Bankeinbrüchen oder außerparlamentarischen Versuchen, die Umwelt bzw. die eigene Situation zu verändern, solche Selbsthilfeaktionen auch bei Mohrenkaimanen (Jacare migra Gray) eher das Gegenteil von dem erreichen, was sich die Beteiligten bzw. ihre Freunde und Gönner erhoffen.

Aus dem Halbjahresbericht der Unesco, 1. Halbjahr, Juli 1997.

Das Institut für Toxikologie an der Universität Kairo, bekannt durch seine Untersuchungen der Leichengiftspuren am Fußboden des Grabes Thutmosis IV., die dadurch entstanden sind, daß etliche Königswanzen durch die den steinernen, bronzenen und goldenen Sarkopharg tragenden Holzrollen zerquetscht wurden, erhielt von der Weltgesundheitsorganisation einen neuen großen Forschungsauftrag. Bekanntlich entledigen sich an ihrem freien Nachmittag, der zumeist in einer Bucht nahe der Insel Marajó verbracht wird, viele Touristen und Touristinnen der Vitalia-Urlaubsreisen ihrer Kleider und Anzüge, um sich in das kühle Naß zu stürzen. Diesen Augenblick benützen, Augenzeugenberichten zufolge, im Schlamm versteckt kauernde Krokodile und rauben dann die unbewachten Kleidungsstücke, die wegen ihrer Buntheit als Spielzeug für den Nachwuchs äußerst beliebt sind. Da sich nach solchen Tagen die Todesfälle unter den Krokodilen des Naturschutzgebietes auffällig häufen, soll nun festgestellt werden, ob nicht etwa der neuartige Kunststoff B 25 Alpha, aus dem heute ein Großteil der europäischen und nordamerikanischen Kleider und Hutmodelle hergestellt wird, irgendwelche für Reptilien schädliche Giftstoffe enthält. Man darf auf das Ergebnis der Untersuchungen gespannt sein.

Auszüge aus Fernschreiben zwischen dem Assistenten an der biologischen Station Neusiedlersee, Dr. M. und dem im Urlaub weilenden Vorstand, Prof. Dr. P., 11.–16. Juli 1997.

Assistent an Chef: Faszinierende Entdeckung! Gelbbauchunkenpärchen im Hof der „Grünen Flasche" bei Rust gefunden. Seltsame Veränderung der Augen. Die Froschlurche der Familie Scheibenzüngler ohne Trommelfell haben doch immer dreieckige Pupillen. Dieses Pärchen hat fünfeckige. Soll ich Presse verständigen?

Chef an Assistent: Presse mache ich! Was habe ich für einen Assistenten! Dreieckige Pupillen – stimmt! Immer – stimmt nicht! Gibt auch einzelne viereckige. Aber fünf wäre eine Sensation. Weiter beobachten! Notfalls sezieren!

Assistent an Chef: Bei Sektion im Magen des Männchens einen Autoschlüssel, im Magen des Weibchens einen Ehering gefunden. Gelbbauchunkenpärchen dürfte die Leiche der am Tag vor meiner Entdeckung bei Rust ermordeten jungen blonden Frau Schindler angeknabbert haben. Kriminalpolizei glaubt an Ratten, was Wirt der „Grünen Flasche" heftig bestreitet. Frage: besteht Zusammenhang zwischen Genuß von Menschenfleisch und Veränderung von dreieckiger Pupille zu fünfeckiger? Fleisch war frisch.

Chef an Assistent: setzen Sie weitere Gelbbauchunken an Menschen an! Beiliegend Empfehlungsschreiben an Herrn Hobelmann, Anatomisches Institut, Wien 9. Flasche Branntwein mitbringen! Rechnung geht an Ministerium! Vorsicht, Leichengift!

Aus der Sylvesternummer des „Wiener Boten", 31. Dezember 1997.

Wie uns unser Korrespondent aus der brasilianischen Hauptstadt mitteilt, hält sich in Brasilia hartnäckig das Gerücht. daß das rätselhafte Massensterben von Krokodilen im Naturschutzgebiet von Manáus mit den vom Reisebüro „Vitalia“ organisierten Vergnügungsreisen zum Amazonas in engstem Zusammenhang steht. Das hartnäckige Gerücht behauptet nämlich, daß jeden Morgen liebeshungrige ältere Touristinnen von jungen, liebesübersättigten Stewards an die Tiere verfüttert werden. Daß diese Stewards von daheimgebliebenen Ehegatten mit klingender Münze zu diesen Sonderleistungen angestiftet worden seien, dazu fehlt es bisher an glaubwürdigen Aussagen. –

Prompter Kommentar von B & O am nächsten Tag: Die Stewards unserer Amazonaslinie sind alle glücklich verheiratet.

„Aus allerhöchster Feder“
Aus dem Tagebuch der Prinzessin Eugenie-Cecile-Alberta von Hohenzollern, die ihre Schiffsreise dazu benützte, sich von den erfolgreichen Bemühungen der brasilianischen Regierung um die Hebung des Lebensstandards der indianischen Urbevölkerung höchstpersönlich zu überzeugen (abgedruckt im „Weißen Blatt“ vom 16. Oktober 1996)

Opa, der sich bekanntlich unsterblichen Ruhm erwarb durch seine Weigerung, Heinemanns Nachfolger zu werden („Ich bleibe dem Gedanken der Monarchie treu, bis daß der Tod uns scheidet“), Opa hat mir immer gesagt: Genie – er sagt es als Koseform meines Namens, nicht etwa zur Charakterisierung meines Wesens – Genie, ein fleißiger Mensch muß mit den Hähnen aufstehen. Und da ich seine Ratschläge seit je beherzigt habe – hätten dies nur auch seine Untertanen getan! – trat ich auch an diesem Morgen um fünf Uhr früh an Deck und legte meine Hand auf die Reling. Sie zitterte – die Reling –, und bald zitterte auch meine Hand und mein Herz, denn diese schaurig-schönen Krokodile – Symbol des glückbringenden Prinzips für die XVIII. Dynastie nach der Vertreibung der primitiven Hyksos – stießen mit ihren harten Schnauzen gegen die Bordwand. Sie witterten wohl das blaue Blut. (Achten Sie auf die feine Beobachtungsgabe der Prinzessin! Die Red.) Aber der Aufenthalt wurde mir bald verleidet, denn einige ältere Damen – ich will sie gnädig so nennen – in Stewardbegleitung und einige ältere Herren mit jungen Stewardessen störten die idyllische Zwiesprache zwischen mir dem dem heiligen Getier. Ich überließ das Deck ihrer Schamlosigkeit und begab mich wieder zur Ruhe. Aber selbst diese wurde mir nicht gegönnt, und in meine Träume drangen Schreie und Hilferufe. Ich hatte Migräne, als ich erwachte. Beim Dinner fehlten einige, aber ich sah darüber hinweg. (Fortsetzung folgt).

Aus dem Fachblatt für Fremdenverkehrswerbung, Brüssel, Anfang Februar 1998.

Vergangene Saison in Stichworten: Kostenlose Werbung für „Vitalia“-Reisen durch europäische Boulevardblätter. Sonderleistungen liebeshungriger Stewards lösen in allen Teilen der Welt Amazonas-Boom aus. Fünf Jahre bereits ausgebucht. Dem Verlangen männlicher Teilnehmer nach Stewardessen wird Rechnung getragen. Schulung der Stewardessen auf zwölf Bananenfrachten, die zum Passagierverkehr umgebaut werden. Anfrage der Stadt Wien um schwimmende Bordellkonzession abgelehnt.

Corriere della Sera, Milano, 3. März 1998
Achtung, Lebensgefahr!

Jener Mann (Frau), der (die) am 1. März im Flur des Hauses Via Giardini 65, Milano, seine (ihre) Notdurft (groß) verrichten mußte, wird dringendst gebeten, sich bei untenstehender Adresse zu melden. Zur besseren Erinnerung: besagtem Ergebnis verrichteter Notdurft wurde vom Verrichter einige Abschnitte des Corriere della Domenica vom 28. Februar bei-bzw. untergelegt. In besagtem Relikt wurden Spuren eines bisher unbekannten, äußerst gefährlichen Giftes festgestellt. Es besteht höchste Lebensgefahr sowohl für den bisherigen Träger des Giftes als auch für seine Umgebung. Vollste Diskretion wird selbstverständlich zugesichert. Istituto texicologico, Milano – Adresse, Telephonnummer.

Der „Blaue Freitag" vom 2. April 1998 zitiert eine Sensationsmeldung aus der „Chikago Sunday Times" vom 30. März 1998.

„... oder verbirgt sich hinter den Managern dieser sogenannten Vergnügungsreisen eine Mafiaorganisation, deren sich gegen Entgelt jeder bedienen kann, der eine entsprechend finanzkräftige Mutter, Tante oder Großtante zu beerben hat? Oder steht dahinter gar ein gigantischer Apparat zur planmäßigen Venichtung wohlhabender Witwen, um durch die Transferierung des Geld- und Aktienkapitals zurück in Männerhände der Politik endlich wieder den Drall ins Realistische zu geben, den sie noch in den 50er Jahren unseres Jahrhunderts besaß?

Anmerkung des „Blauen Freitag":

Was uns unrealistisch erscheint, sind solche lächerlichen Spekulationen. Und wir führen den Gegenbeweis: Männer werden ebenso von den Krokodilen des Amazonas gefressen wie Frauen. Zwei Altersrentner aus Ottakring, Maroltingergasse, sind von ihrer Urlaubsreise nach Südamerika nicht mehr zurückgekehrt. Friede ihrer Asche!

„The World", Hamburg, 1. Mai 1998, Leserbrief von K. Benesch, Mitarbeiter der Österreichischen Gesellschaft für Literatur, Wien.

Ich bin zwar kein Leserbriefschreiber, da ich der Überzeugung bin, daß ein Mann von meinem Format ohne Honorar keine Zeile aus der Hand gibt – eine Überzeugung, die das Finanzamt redlich mit mir teilt. Aber Ihr das weibliche Geschlecht so diffamierender Artikel, dessen Stil ich ebenso bemängeln muß wie den nicht eben geschmackvollen Titel „Bestie frißt Bestie am Amazonenstrom“ zwingt mich dennoch zu der kurzen aber prägnanten Frage: „Was haben Sie eigentlich gegen Frauen?“

„Daheim und draußen“, 14. Mai 1998. Korrespondenzannonce.

Blondes Gift sucht dunklen Apotheker für Vergüngungsreise. Unter „Wer hat Angst vorm Krokodil?“ an . . .

Auszüge aus dem Vortrag von Dr. Wilhelm Sedlacek auf dem internationalen Kongreß für Pharmakologie in Wien I, am 17. Mai 1998.

„. . . es ist aber keineswegs so, daß das Gift, das ich von jetzt ab Menschengift nennen will, plötzlich vor ein paar Jahren aufgetaucht ist und vorher nicht existiert hat. Man hat nur nichts davon gewußt, oder es nicht beachtet. Ich habe bereits eine Menge von Material aus allen Jahrhunderten gesammelt, möchte mich hier der Kürze halber aber auf wenige Beispiele beschränken. Ich erinnere nur an das große Heringssterben nach der Schlacht bei Hastings, als Wilhelm der Eroberer so unvorsichtig war, die Leichen der Sachsen einschließlich jener König Harolds ins Meer zu werfen und an eine ähnliche, damals einer Seuche zugeschriebene Dezimierung der Meeresfauna zwischen den Küsten von Norwegen und Schottland ein halbes Jahr nach dem Untergang der spanischen Armada. Auch das auffallende Kreuzotternsterben in der Nähe der großen Pensionistenkolonien am Nordufer des Ossiachersees in den frühen 80er Jahren ist von diesem Gesichtspunkt aus noch gar nicht durchforscht . . .

Das Wissen um das innerste Gift im Menschen besaßen die Großen unserer Dichtkunst schon immer, und ich nenne als Beispiel heute nur zwei erlauchte Namen: Dostojewski und Heinrich von Kleist. Erinnern Sie sich nur an die dramatische Szene in den „Dämonen“: Stawrogin beißt Gaganow ins Ohr und muß daraufhin – voilà! – einige Wochen das Bett hüten. Und wenn Penthesilea stirbt, dann nicht im psychopathologischen Liebesrausch und auch nicht am gebrochenem Herzen, wie das 19. Jahrhundert uns glauben machen wollte, sondern einzig und allein, weil sie das Menschengift aus Achills Leib in den ihren einnimmt, als sie „die Rüstung ihm vom Leibe reißend, den Zahn schlägt sie in seine weiße Brust“.

Dieses Wissen beginnt schon früh mit den abergläubischen Handlungen des einfachen Volkes, die sich als Erziehungsmaßnahmen tarnen. Etwa der: man soll andere Kinder nicht beißen, das erzeugt Krebs, also eine immer noch lebensgefährliche Krankheit. Und ich frage mich nicht nur aus Lust an der Spekulation, ob das Blutsaugen des Vampirs nicht ein zwar primitiver, aber im Grundkonzept richtiger Versuch dieses verängstigten Wesens war, durch das Einnehmen gewisser Dosen von Menschenblut sich gegen das Menschengift immun zu machen? Versuche mit modernem Rüstzeug werden ja seit über einem halben Jahr im Hamburger Tiergarten Hagenbeck angestellt. Man füttert dort eine Anzahl verschiedener Tiere mit – ja, mit kleinen Stückchen Menschenfleisch. Die Sache konnte bis vor kurzem dadurch geheim bleiben, daß der Tierarzt das nötige Material von einem ihm befreundeten Schönheitschirurgen bezieht. Da dies nicht ungesetzlich ist, sofern die behandelten Damen mit dem Widmungszweck ihrer Abfälle einverstanden sind, kann ihn auch heute niemand zur Erklärung seines Tuns zwingen. Wir aber wissen bereits, warum er es tut.

Wir wissen jetzt auch, – meine letzte Reise zum Raumfahrtzentrum Houston hat meine Vermutung erschreckend bestätigt – daß man das Menschengift in irgendeiner Form dort schon in den 60er Jahren gekannt haben muß. Es war eine glatte Unwahrheit, daß die Weltraumfahrer wegen eventueller Mondbakterien nach ihrer Landung so viele Tage in Quarantäne gehen mußten. Sie mußten es deshalb tun, da sie, der erdgebundenen menschlichen Gesellschaft entwöhnt, für das Menschengift, und sei es nur in der verdünnten Form des Atems, äußerst anfällig geworden waren und ohne eine allmähliche Wiederanpassung keine 24 Stunden überlebt hätten . . .

Was nun die Wirkung von Menschengift auf Menschen anbelangt, so stekken wir experimentell noch in den Kinderschuhen. Ein glücklicher Zufall hat unseren Erfahrungsschatz allerdings wesentlich bereichert: der Zweite Indonesische Krieg zwischen Südborneo und Ostsumatra. Damals mußten Beobachter des schwedischen UNO-Kontingents und des Roten Kreuzes von Celebes auf dem Territorium von Ostsumatra immer wieder Anzeichen von Einwirkungen durch – wie sie damals glaubten – ABC-Waffen feststellen, ohne daß der Armee von Südborneo Verwendung und Lagerung solcher Waffen bzw. solcher Munition auch nur ein einziges Mal nachgewiesen werden konnte. Ja, Südborneo forderte sogar immer wieder derartige Untersuchungen von uns – ich war damals als österreichischer Experte dorthin entsendet worden – um sich von diesem scheußlichen Verdacht reinzuwaschen. Die Wissenschaft und ihre militärischen Berater standen vor einem Rätsel. Im Lichte unserer heutigen Erfahrungen sieht die Sache allerdings anders aus, und wenn Sie sich daran erinnern, wie überraschend klein die Zahl der Kriegsgräber in Südborneo war – das „Schwarze Kreuz“ zeigte sich darüber ziemlich irritiert –, dann heißt das nicht, daß Südborneo so viel weniger Verluste an Gefallenen zu beklagen hatte als Ostsumatra. Nein! Sie wurden, wie ich damals schon mutmaßte, als Waffe gegen ihre Feinde verwendet. Gewehrgeschoße wurden mit Menschenfett eingerieben, Handgranatenfüllungen mit Gehinrsubstanz versetzt, Bombenflugzeuge versprühten aus feinen Düsen verdünntes Menschenblut. Eine sehr plausible Erklärung für die roten Schleier über den Bildern der Kriegsberichterstatter, die besonders die Photoamateure unter unseren Fernsehern so faszinierten.

Meine Damen und Herren! Sie werden mir jetzt entgegenhalten: es kann nicht jeder Mensch giftig sein, das beweisen schon – stimmt. Bluttransfusionen, Transplantationen fast jeglichen Organs und jeglichen Gewebes etc. etc.

Aber das beweist nur, daß wir erst ganz am Anfang unserer Forschung stehen – – –

Die Hauptfrage vor allem lautet nach wie vor: Auf welche Weise und vor allem warum produziert der Mensch Gift?"

Auf allgemeinen Beschluß der Kongreßteilnehmer wurde dem Menschengift die Kurzschreibweise „M. G. 98 Sedlacek" verliehen.

Deutsche Soldatenzeitung, 23. Mai 1998.

. . . möchte ich ausdrücklich feststellen, daß es kein M.G. 98 gibt sonder nur M.G. 34 (ca. 13 Schuß pro sec.), M.G. 42 (24 Schuß pro sec.) und M.G. 83 (32 Schuß pro sec.). Die Jahreszahl 98 gebührt einzig und allein dem deutschen Gewehr und Karabiner (genannt Soldatenbraut), die uns noch im Zweiten Weltkrieg so gute Dienste leisteten.

Hochachtungsvoll, Oberst a. D. Bonnekamp

Einige Schlagzeilen aus dem Monat Mai 1998.

„Daily Express", London, „L'Express", Paris, „L'espresso", Rom, „Express", Wien-Döbling, machen eine Leserumfrage: SIND WIR ALLE GIFTIG?

„Hannelore", München, das Blatt für demokratischen Geschlechtsverkehr: Ergebnis einer geheimen Umfrage unter den Leserinnen: DER MANN IST GIFTIG!

„Bizeps", Wochenblatt für Bodybuilding: DAS WEIB IST GIFTIG! Freunde bleibt unter Euch!

„Prawda", Organ für die Wahrheit, Moskau: NICHT DER MENSCH IST GIFTIG, DER KAPITALIST IST GIFTIG!

„My Underground": DIE ELTERN SIND GIFTIG! Nehmt das Taschengeld nur mit Handschuhen in Empfang!

„Spiegelbild", Hamburg: DER PAPST IST GIFTIG! Inhaliert dagegen Ernte 23, Lincoln und Milde Sorte mit Klimazone!

„Du und Ich", Blatt für progressive Seelsorge, Leiden: EHEFRAUEN MACHEN GIFTIG! Wir fordern unser Recht auf das Zölibat!

Karl Schranz, Altpräsident der Selbsthilfeaktion europäischer Rennläufer: DIE SPORTJOURNALISTEN SIND GIFTIG! Erschlagt sie, wo ihr sie findet!

Flugzettel, schlecht hektographiert, ohne Datum

Unsere großen Psychosomatiker haben wieder einmal die Seele vergessen. Sie suchen den Ursprung des Gifts im Gehirn, im Blutkreislauf, in den Drüsen, nur weil sie dort Ablagerungen von Gift und Galle gefunden haben. Aber dieses Gift ist doch nichts anderes als die materialisierte Bösartigkeit der Menschen, das Gift ist das, was sie denken, was sie leben, was sie heute sind. Das war wohl schon immer so, aber es wird immer schlimmer. Die Möglichkeiten von früher, das Gift, bevor es sich im Innern des Menschen niederschlug, in gasförmigem Zustand, in Sätze und Worte gefaßt, auszuatmen – dies wohl der tiefste Grund, warum der Mensch sich die Sprache erfunden hat – gehen mangels geeigneter Kommunikationsmöglichkeiten mehr und mehr verloren. Kriege, Berufe und Diskutierklubs in früherer Form, in denen der Mensch seine angestauten Agressionen loswerden konnte, gibt es kaum noch, die Ventilfunktion des sexuellen Auslebens wurde weit überschätzt. Mehr Freizeit, längere Lebensdauer, tun das ihre dazu. Gott, auf den ältere Menschen, wenn sie den Giftspiegel bis zu ihrem Herzen steigen fühlten, noch ihre Verzweiflung und Wut und Einsamkeit werfen konnten, wurde auf der letzten Sitzung der Papsttroika durch Mehrheitsbeschluß in Frage gestellt; das Wort Gott, das ja schon vor dreißig Jahren in linken Blättern als typischer Einschüchterungsfaktor der kirchlichen Traditionssprache entlarvt worden war, wurde als Diskussionsthema an die Herderschen Dialogfreunde abgegeben.

So schlägt sich die in vielen Lebensjahrzehnten angestaute Ohnmacht des Menschen, außer sich zu sein, nach innen und setzt sich in Form von Gift an Schleimhäuten, Knochen, Aderwänden, Bindegewebe etc. ab. Der Mensch wird mehr und mehr zum rezeptpflichtigen Giftschrank. Aber wer soll künftig die Rezepte ausschreiben? Wer?

Daß Babies und ungezogene Kinder, wie Prof. Sedlacek staunend feststellen mußte, ungiftig sind, nützt uns nicht viel, solange sie in diese Welt hineinwachsen müssen. Daß wirklich Liebende einander selbst beißen können, ohne Schaden zu erleiden, und daß es auch heute noch völlig ungiftige Heilige gibt, sind erfreuliche Einzelerscheinungen, die aber bestenfalls als medizinische Kuriosa zu werten sind.

Vor zwei Jahren glaubte ich noch an einen Ausweg. Heute nicht mehr.

P.S. Ich weiß, daß man mich für einen Narren hält. Dennoch habe ich mein letztes Geld für diese Zettel ausgegeben. Vielleicht liest sie doch einer. Einer. Ich werde in den nächsten Tagen –

Anmerkung von Dr. Christian Meyer: Ab hier ist das Flugblatt verschmiert und unleserlich. Es befindet sich als Unikat in der Wiener Universitätsbibliothek, wird aber seit über einem Jahr von der Österreichischen Nationalbibliothek als deren Besitz reklamiert.

Schlagzeilen aus mitteleuropäischen Blättern. Oktober 1998

Konkursverfahren gegen Reisebüro „Vitalia“.
Niemand will mehr zum Amazonas.
Entschädigungsansprüche von Hinterbliebenen ruinieren scheinbar krisenfestes Unternehmen.

Öffentliche Versteigerung des Büroinventars der österreichischen Zweigstelle in Klagenfurt.

Aus dem Leitartikel der WAZ, 3. Jänner 1999

. . . und so muß man sich nach diesem offenbar sehr fundierten Vortrag von Prof. Dr. W. Sedlacek ganz ernsthaft fragen: was würde es für unser Gesellschaftsgefüge bedeuten, wenn den Menschen, was sie bisher nur dumpf ahnen konnten, nun wissenschaftlich fundiert, bewußt gemacht wird, welch eine Gefahr ihre Mitmenschen für sie sind? Können wir uns angesichts dieser furchtbaren Gefahr weiterhin mit der tröstlichen Hoffnung begnügen, daß die Menschen das, was wir verantwortungsbewußten Journalisten ihnen auf den ersten Seiten vorsetzen müssen, ohnehin rasch überblättern, um zum Sport- oder Autoteil zu kommen? Was ist, wenn einer einmal unser Blatt verkehrt in die Hand nimmt und mit dem gleichen Verfahren auf unseren Leiterartikel stößt? Und dann noch begreift, was es liest?

Sport und Spiel mit Toto. 17. Juni 1999
Romeo, Julia und der Idiot

Die schönste Olympiasiegerin im 10.000-m-Lauf, die es je gab, die Rheinländerin Julia Bayer-Lever, tötete bei einem internationalen Meeting im Münchener Sportstadion unabsichtlich ihren langjährigen Betreuer und Gatten, Kurt Lever. Als sie nahe der 8000-m-Marke plötzlich einen Schwächeanfall erlitt und zusammenbrach, war der Gatte sofort an ihrer Seite, um ihr durch Mund-zu-Mund-Beatmung Erste Hilfe zu leisten. In der Erregung des Augenblicks aber verletzte er sie dabei leicht an der Mundschleimhaut, und bevor sie noch die Augen öffnete, lag er schon sterbend, Schaum vor dem Mund und ein paar Tröpfchen Bluts seiner schönen Gattin auf den Lippen im Gras neben der Aschenbahn. Als Julia Bayer aus ihrer Ohnmacht erwachte und ihren toten Gatten erkannte, packte sie die Verzweiflung. Sie war mitten im Training für die Weltmeisterschaft in Kapstadt. Verrückt vor Schmerz stürzte sie sich auf den ihr zunächst Stehenden und biß ihn in das Ohrläppchen. Es war offensichtlich ein Selbstmordversuch, wie auch der Mann, der Sportreporter Rudi Mixner, nach einem kurzen, hoffnungsvollen Aufleuchten seiner Augen erkennen mußte. Entsetzen packte alle Anwesenden, und man war auf das Schlimmste gefaßt. Aber Julia starb nicht. Die schöne schluchzende Athletin wurde von Krankenwärtern in den neuesten Asbestanzügen abgeführt, Sie lebt heute, 24 Stunden nach dem aufsehenerregenden Vorfall, immer noch und erfreut sich besten Appetits.

Von unserer Redaktion über dieses offenkundige Wunder befragt, erklärte der Chef der psychiatrischen Klinik, Prof. Dr. Georg Spielhackl folgendes: „Schon bei den Naturvölkern finden wir imnmer wieder das uns bisher seltsam anmutende Phänomen, daß der Idiot für heilig gehalten wurde. Heute finden wir das gar nicht mehr so seltsam, müssen es hingegen als tiefes Urwissen unserer Vorväter davon anerkennen, was wir jetzt endlich experimentell beweisen können: kein Idiot produziert Menschengift. Daher seine Ausnahmestellung schon bei den Naturvölkern, daher die negative Reaktion, als Julia Bayer Herrn Mixner ins Ohrläppchen biß.

Rudi Mixner konnte von einer Ehrenbeleidigungsklage nur dadurch abgehalten werden, daß man ihm den „Preis für den bekanntesten Journalisten des Jahres 1999" rechtzeitig verlieh. Er wurde in der Folge zum begehrtesten Journalisten unter den Playboys der großen Welt.

Meldung der APA vom 31. Dezember 2000, 23 Uhr 55

Gewöhnlich gut informierten Kreisen zufolge soll in den nächsten Tagen von unserer Regierungspartei ein Gesetzesentwurf eingebracht werden, der wohl die heißeste Debatte eines europäischen Parlaments seit der Bitte der Regierung Brandt an Ulbricht um Anerkennung der Bundesrepublik Deutschland als selbständigem Staat zur Folge haben wird. Der Gesetzesentwurf, der noch streng geheim behandelt wird und in dem aufsehenderregenden Fall Rudi Mixner – Julia Bayer seinen Ursprung hat, sieht den bisher wohl einschneidendsten Eingriff einer demokratischen Regierung in das Leben des Staatsbürgers vor. Einen Eingriff medizinisch-prophylaktischer Natur, der der immer katastrophaler um sich greifenden Vergiftung der Menschheit Einhalt gebieten soll. Wie die „Idiotisierung" oder „Veridiotung" oder populärer gesagt, die Verblödung unserer Gesellschaft im Detail vor sich gehen soll, ob auf operativem, elektrophysikalischem oder medikamentösem Wege, ist noch nicht bekannt. Wir dürfen aber sicher sein, wie uns der Regierungssprecher wörtlich mitteilte, „daß unsere Staatsbürger sich dann einer ruhen und ungeahnt problemlosen Zukunft gegenübersehen werden".

Ende der Dokumentation

Bemerkung des lesenden Professors:

Werter Kandidat Meyer! Ich habe ja immer gewußt, daß Sie ein Scharlatan sind, jetzt kann ich es Ihnen sogar beweisen. Sie haben Zeitungsmeldungen. Dokumente, Auszüge aus Aktenstücken etc. zitiert, die es in Wirklichkeit gar nicht gibt. Ohne ein einziges Mal nachzuprüfen, haben Sie Ihre sogenannten Unterlagen kritiklos von einer witzig sein sollenden Zeitungsgeschichte – ich lese eben auch „Die Presse"! – irgend eines Schreiberlings abgeschrieben, der sich nicht entblödet, in einem fingierten Leserbrief sich selbst zu zitieren, um seinen Namen noch ein zweites Mal gedruckt zu sehen. Und das alles, um Ihrer absurden Theorie von diesem neuen Gift, das gottlob nur in Ihrer Phantasie und Ihren ehrgeizigen Träumen existiert, den Anschein von Glaubwürdigkeit zu geben. Pech gehabt, Herr Nicht-Kollege! Ihre Arbeit betrachte ich wohl am besten als nicht existent.

Unterschrift.

Der Professor erhob sich, nahm eine Blechdose vom Regal und füllte das gläserne Futternäpfchen mit Vogelfutter. Dann zog er Gummihandschuhe über die Hände und entnahm einem schwarzen Bleidöschen mit eingelegten Silberdrahtornamenten (Bidri-Arbeit) eine Prise von kleingehacktem, zerriebenem Fußnägelschnittabfall, den er jeden Morgen nach dem Bad seiner Frau sorgfältig von der Matte kehrte, und mischte sie unter das Sittichfutter. Er haßte Sittiche, die seiner Frau so ähnlich sahen. Der blaßblau gefiederte Vogel stürzte sich heißhungrig auf die schmackhafte Mischung. Der Professor lächelte. Es war schon der 23. Wellensittich in diesem Jahr.

Das Ende des alpinen Schilaufs

Schuld an allem war der Minister. Er hatte eine Dichterlesung geschwänzt, weil er der Meinung war, daß er das nächste Stipendienansuchen des jungen Mannes dann wohlwollender erledigen könne, und ging zum Vortrag des Professors Hoppenhauser im Haus des Sports. Der Sport gehörte ja ebenso zu seinem Ressort, und der Besuch einer solchen Veranstaltung entsprach auch weit eher dem, was sich der mündige Bürger unter der sinnvollen Abendbeschäftigung eines Ministers vorstellte.

Professor Hoppenhauser, der sich in den frühen siebziger Jahren durch seinen aufsehenerregenden Angriff auf den von Assistent Kruckenbichler dreimal verbesserten Jetschwung, den er als „Todfeind des fünften Lendenwirbels" bezeichnete, den Ruf eines professionellen Querulanten erworben hatte, hatte ein Thema angekündigt, das brennend aktuell war: „Gedanken zur Zukunft des österreichischen Schisports." Ein Thema also, das zwischen Dezember und März jeden des Zeitungslesens mächtigen Österreicher sein Blatt mit bebenden Fingern von hinten her aufschlagen läßt, ein Thema, das auch den gläubigsten Vertretern des österreichischen Brettelchauvenismus den Angstschweiß aus den Poren treibt, denn selbst der größte Sieg von heute ist morgen bereits gestrig und in seiner Armseligkeit nur noch der Rocklänge aus der vergangenen Saison vergleichbar. Und da das so leicht verletzliche Selbstbewußtsein des Österreichers gerade zur Winterszeit am Hundertstelsekundenzeiger einer Schweizer Präzisionsuhr hängt, muß also möglichst täglich gesiegt werden, soll diese Nation nicht einen, seiner Aufgabe, Brücke zwischen Ost und West zu sein, höchst abträglichen Dauerschaden erleiden. Schon dieser kurze Exkurs weist auf die eminent politische Dimension des Schilaufs hin, der ursprünglich nur mit Schnee zu tun hatte.

Der Minister selbst hatte zum Schisport seit je ein eher dialektisches Verhältnis. Einerseits erschien ihm das Lieblingskind auch schon seiner Vorgänger, die Chancengleichheit, hier am ehesten realisierbar zu sein, war es doch offensichtlich, daß wie einst der Landser den Marschallstab im Tornister, heut jedes Keuschenkind, zumindest in der Theorie, seinen Weltcup in den Wadeln trug. Da aber bekanntlich jedes Ding mit seinem Gegenteil schwanger geht, so war auch dieser Volks- und gleichzeitig so undemokratische Sport seinem Wesen nach von Elitenbildung und Leistungsprinzip bestimmt. Unbestritten aber war die Chance, des Ministers Lieblingsthese: der Mensch ist gut!, die Willy Brandt schon Anfang der siebziger Jahre einer Korrektur hatte unterziehen müssen, fast unversehrt in die achtziger hinüberzuretten. Wenn auch leicht modifiziert: Der österreichische Mensch ist ein guter Schifahrer.

Schon Hoppenhausers erster vor illustrem Publikum formulierter Satz: „Wir müssen völlig umdenken!" war für österreichische Verhältnisse eine Sensation, und nicht minder seine folgende Konkretisierung: „Wir leben immer noch von der klassischen Methode, junge, begabte Sechs-, Acht-, Elfjährige – ohne erbbiologische Untersuchungen – jahrelang zu trainieren, um Jahre später oft genug entdecken zu müssen, daß sie schon rein körperlich den Anforderungen des Rennsports nicht gewachsen sind. Schade um Mühe und Geld. Ich schlage also den umgekehrten Weg vor: Wir holen uns den seiner Konstitution nach zum Siegläufer Prädestinierten, und sei's aus dem Wickelbett, und bringen ihm das Schifahren bei. Ich erinnere nur an unseren letzten Abfahrts-Weltcupsieger, bei dem bereits im Greifalter der Oberschenkelumfang größer war als sein Kopf. Es ist nämlich nicht anzunehmen, daß die Natur einen Körper auf den Schilauf hin konzipiert, ohne ihm dazu auch die entsprechenden Talente mitzugeben. Es ist vielmehr so, daß eines das andere bedingt. Anders ausgedrückt: Es ist nicht das Bewußtsein der Menschen, das ihr Sein, sondern umgekehrt ihr körperliches Sein, das ihr Bewußtsein bestimmt. Auf unser Thema bezogen: Schenkelstrecker und Schollenmuskel bestimmen das Gleitvermögen des Abfahrers."

Der Minister war hingerissen, hatte doch Hoppenhauser die eminent politische Bedeutung des Schilaufs aufgezeigt, und so stellte er dem Professor schon am nächsten Tag die kurze, aber folgenschwere Frage: „Was kost's?" Womit der Vortrag aus dem Rang eines Privatissimums für Wedelesoteriker in die Sphäre eines ministeriellen Akts erhoben, also zur äußerst zukunftsträchtigen Sache geworden war.

Professor Hoppenhausers Idee war äußerst einfach, und schon in kürzester Zeit begann ein Ärzteteam, die rasch populär gewordene Parole „Wir brauchen den neuen Schimenschen!" auf den Lippen, in großangelegten Reihenuntersuchungen an Schiläufern aus aller Welt die für den Schilauf günstigste Konstellation von Knochenbau, Muskeln, Sehnen, Gewicht etc. zu errechnen. Die gewonnenen Werte wurden im sog. Schikörperquotienten, kurz Schiku, ausgedrückt, und da dieser bereits beim Baby exakt zu bestimmen war, eilten die Talentsucher nun durch Gebärkliniken und Krabbelstuben, Fürsorgeheime und in Einschichthöfe, um die Mütter der kleinen Schikutalente zugleich mit dem Windelpaket ihrer Gemeinde auch auf das große Glück ihrer Kinder aufmerksam zu machen. Man begann darum so früh, da von allem Anfang an die zum Sieglauf notwendigen Körper- und Hirnpartien trainiert bzw. die übrigen, nur hinderlichen, entsprechend vernachlässigt werden sollten. Hinderlich waren etwa: selbständiges Denken, Spieltrieb, Phantasie etc.

Die Zusammenarbeit zwischen Talentsuchern und Eltern war von Anfang an optimal, Handgelder, Verträge und die Aussicht, die Kinder spätestens vom 7. Monat an an geprüfte Trainer, Diätköche und Schiku-Tanten loszuwerden, erleichterte diese „legalisierte Kindesentführung", wie das eine reaktionäre Zeitung zornbebend nannte, sehr. Ein übrigens recht beschämender Angriff angesichts des Aufbruchs einer ganzen Nation, die nach Jahrzehnten platt-sozialen Fortschritts nun endlich die Alternativideale witterte, die ihr die bürgerlichen Parteien so lange vorenthalten hatten. Proteste von Familienverbänden und Spielwarenherstellern waren ebenso fruchtlos wie eine Club-2-Diskussion „Ist die Schikrise eine Kulturkrise?"

Aber auch der Minister wurde allmählich skeptisch. Er hatte die faszinierende Möglichkeit zu sehen geglaubt, die leidige Kluft zwischen Milieutheorie und Genetik endlich dadurch zu schließen, daß man – vorerst im Schilauf – den Menschen systematisch zu dem hin erzog, zu dem er seinen Anlagen nach prädestiniert war. Aber schon kamen die Zweifel: wie mußte ein körperliches Sein beschaffen sein, aus dem man ein – und das war ja für ihn das Interessante – ein Bewußtsein nach des Ministers Vorstellungen bilden konnte? Und wie hoch mochte überhaupt der Prozentsatz einer solchen Gruppe sein? Der Mensch, zum Guten, zum sozialen Wesen prädestiniert – war diesem Satz noch zu trauen? Wenn schon im österreichischen Schilauf die Schikuergebnisse prozentuell derart niedrig waren? Und was geschah mit den Nicht- oder zu anderem Prädestinierten? Im Schilauf war's einfach. „Des san hoit die Flaschen", sagte Hoppenhauser, und Flaschen wurden eben keine Rennläufer sondern saßen vorm Fernsehschirm. Im politischen Bereich aber hatten die Flaschen nur eine Wahl: sie wählten die Opposition.

Aber das Schneebrett war nun einmal losgetreten. Der „neue Schimensch" wuchs unaufhaltsam heran, und daß er ein Österreicher sein werde, überrollte alle ministeriellen Skrupel. Die Schikutalente wurden zu seinem Entsetzen unter allgemeiner Zustimmung von jeglicher Schulpflicht entbunden, der Hinweis auf die Steigerung von Schiex- und Fremdenimport durch die künftigen Siege, verbunden mit der Aussicht auf einer Verringerung des Mehrwertsteuersatzes, erstickten jeglichen pseudohumanitären Protest. Dazu kam das Angebot des Heeresministers, dem der Schiverband die leihweise Überlassung seiner Hubschrauber zu Manöverzwecken zugesichert hatte, die Heranwachsenden vom Krabbelstubenalter an als Angehörige des Bundesheeres laufen zu lassen und sie vom Pensionsalter an, also spätestens ab 22, in ein stehendes Heer zu übernehmen. Österreichs Verteidigung war somit gesichert, die Angst seiner Bewohner um ihren Arbeitsplatz gegenstandslos. Das Bundesheer war krisenfest, und die künftigen Rennasse wuchsen frei von Sorgen und Problemen ihren Siegen entgegen. Dem gewandelten gesunden Rechtsempfinden des Volkes trug auch ein neues Gesetz Rechnung, das einen möglichst reichen Nachwuchs garantierte. Abtreibung wurde unter strenge Strafen gestellt.

Der erste Sieg war der des achtjährigen Pepi Stiglmayer, der als Vorläufer eines FIS-C-Rennens sämtliche bis zu 17 Jahren alte, konventionell trainierte Nachläufer um mehrere Sekunden hinter sich ließ. Daß er dank des rasenden Tempos nach Passieren der Ziellinie von einer Bö aus dem Zielraum gehoben wurde und an einem rot-weiß-roten Fahnenmast zerschellte, schmälerte seinen Erfolg keineswegs und war eigentlich nur ein Problem der Aerodynamiker und Ernährungsfachleute. Den neuen Pioniergeist, der ins Land gezogen war, dokumentierte am deutlichsten Mutter Stiglmayer, als sie beim anschließenden Fernsehinterview in stolzer Trauer von sich gab: „I hab no fünfe." Und mit einem schelmisch-verschämten Seitenblick auf ihren Gatten setzte sie hinzu: „Und 's kunnten a nu mehrer wer'n." Sie wurde zur Mutter des „Jahres der Mütter" gekürt.

Pepi Stiglmayers Traumlauf aber alarmierte mit einem Schlag die Weltöffentlichkeit, und was bisher zwar streng geheimgehalten und daher längst bekannt, nur nicht ernstgenommen worden war, wirkte nun auf die umliegende Schiwelt wie einst der Sputnikschock auf die USA. Sofort wurde Hoppenhausers geniales Grundkonzept in allen Einzelheiten studiert und kopiert, modifiziert und unter enormen finanziellen Anstrengungen in die Praxis umgesetzt. Der neue Schimensch war europareif geworden.

Es ist nur natürlich, daß es in dem nun immer härter werdenden Konkurrenzkampf nicht bei der Ausformung der im Schiku ausgedrückten Anlagen blieb, mehr und mehr wurde nun auch der Natur nachgeholfen. Man verlagerte den Körperschwerpunkt gegen die Beine zu durch Muskel- und Knochentransplantationen und erleichterte das Durchdrücken von Bodenwellen durch eine automatische, aber auch von Hand zu bedienende Knie-Oberschenkelfederung. Die im Rückgrat eingebaute Körperknickmechanik war bald gang und gäbe, nur ihre elektronische Steuerung vom Zielraum aus wurde, weil mit den Dopingbestimmungen nicht vereinbar, verboten. Daß die Wiener medizinische Schule auch hiebei führend war, drückt sich schon darin aus, daß zwei für den Schilauf wichtige Muskel nach zwei verdienten Österreichern benannt wurden: der Schneidermuskel nach dem unvergessenen Slalomweltmeister von Oslo 1952, Othmar Schneider, und der Zwillingswadenmuskel nach dem Liebling aller Sportjournalisten, unserem goldenen David Zwilling.

Es erübrigt sich zu sagen, daß all diese Vervollkommnungsmethoden, mit den nötigen Variationen natürlich, auch bei den Schimädchen angewandt wurden – wobei nur die operative Entfernung der Tränendrüsen wieder rückgängig gemacht werden mußte. Geschlagene Mädchen sollten auch weinen, verlangten die Sadisten vor dem Fernsehschirm. Gegen die zu besserer Windschlüpfrigkeit und entsprechendem Gewichtsausgleich notwendige Reduzierung der Brust auf Null hatten die Sadisten nichts einzuwenden, ebensowenig gegen den sogenannten Wickelbusen, der, wie ein Schwimmreifen um den Leib geschlungen, zugleich die Verletzungsgefahr bei Stürzen verringerte. Leider ließen nach anfänglicher Begeisterung und trotz allem Fortschritts in Dingen Emanzipation allmählich immer weniger Mütter diese Qualzüchtungen ihrer Töchter zu – für sie und für diese Töchter war der begehrteste Zielraum immer noch der Hafen der Ehe.

Was viele Männer an diesen hochgezüchteten weiblichen Rennmaschinen störte, das nahm die Mode, nur selten von Männern gemacht und schon immer an der Denaturierung menschlicher Körper interessiert – woraus sie folgerichtig ihren Anspruch ableitet, Kunst zu sein – begeistert auf. Die Idealform des neuen Schiläufers, das variable Trapez-Ei mit seinen vielfältigen Accessoir- und Abnähermöglichkeiten, wurde bald zum Ideal auch seiner vornehmlich weiblichen Après-Form. Winziger Kopf, windschlüpfriger Busen, breite Stemmbogenhüften – und wo die Natur falsche Proportionen gesetzt hatte, half die ärztliche Kunst willig nach: Einsatz von Knochen- und Muskelmaterial aus Hinterkopf und Oberkörper, überflüssige Hirnsubstanz als Stoßdämpferflüssigkeit im Knie.

Die Welt verschönerte sich von Saison zu Saison, Fremdenverkehr, plastische Chirurgie und Sportartikelerzeugung hatten Hochkonjunktur, und eine neue Wirtschaftswunderzeit schien angebrochen. Einmal siegte das und einmal jenes Land, und daß es öfter zu örtlich begrenzten Konflikten kam, nun, es war nicht schlimmer als einst in Grenoble. Dafür füllten sich allenthalben die Kasernen der freien Welt, und die Sowjets wurden von einem Truppenabbaugespräch zum anderen kompromißbereiter.

Dann aber trat jenes Ereignis ein, das diesem Bericht seinen Titel gab. Ein andorranischer Kaufmann, der aus Kummer über das Unglück, das Max Frischs Theaterstück über sein Land gebracht hatte, in Richtung Tibet ausgewandert war, tauchte eines sonnigen Jännertages als Präsident der Nationalmannschaft von Andorra, die aus einem einzigen Mann bestand, nächst der Abfahrtspiste von St. Moritz auf, um sich an den Schweizern, die gerade wieder im Kommen waren, zu rächen. Der einzige Mann ging in der letzten Gruppe an den Start und siegte überlegen. Auch am nächsten Tag beim Slalom und am übernächsten beim Riesentorlauf.

Die Reaktionen waren ungeheuerlich, und die sieggewohnten Schinationen setzten alles daran, um am grünen Tisch zurückzugewinnen, was sie auf den Pisten verloren hatten und weiterhin verlieren sollten. Vergeblich. Die verzweifelten Versuche der Franzosen, durch raffinierte Weltcupreglements den neuen Siegläufer auszumanövrieren, führten ebensowenig zum Ziel wie die österreichische Lösung, den für den Schisport verantwortlichen Ministerialrat in ein Kulturinstitut zu versetzen. Der neue Siegläufer siegte weiter, zu jeder Tages- und Nachtzeit und bei jedem Schnee. Er fuhr einen saumäßigen Stil, aber darauf kam es letztlich nicht an.

Ein Glück, daß er einen ausgefallenen Namen trug, Padme Om, und dieser verriet seine Herkunft. Der Wunderläufer kam aus dem Tibet, und er war kein neuer Schimensch sondern ein alter Schneemensch, ein Yeti.

Jetzt wurden die Rechtsberater der Schiverbände alarmiert, und sie fanden bald auch einen schwachen Punkt: ein Yeti war in den Statuten nicht vorgesehen, also, folgerten sie, dürfe er nicht starten. Aber der Andorraner war auch nicht faul. Wenn das bedeuten solle, daß der Rennschilauf nur Menschen vorbehalten war – was aber nirgends ausdrücklich stand – wer wollte behaupten, daß der Yeti kein Mensch sei? Was den Läufern zwischen Start und Ziel an Menschlichem abverlangt wurde, das war bei Padme Om mindestens im gleichen Maß vorhanden wie bei den anderen. Und was die Läufer an Menschlichem n a c h dem Ziel von sich gaben, für wen war das relevant – außer für die Leser der Boulevardpresse?

Das klang einleuchtend, dennoch wollte man, schon im Interesse der Nation, von der man sein Salär bezog, auf Nummer sicher gehen. Die Wissenschaft wurde aufgerufen und erstellte umfangreiche Gutachten. Anatomisch gesehen war Padme Om eindeutig der Familie der Hominiden zuzurechnen. Beim Gehirn aber stockten die Herren schon. Das des Yeti war zwar der Masse nach kleiner, dafür waren große Partien der neuen Schimenschen-Gehirne inzwischen durch chemo-pädagogische Einflüsse verödet bzw. zur Winterszeit gleich einem unrentablen Braunkohlenbergwerk stillgelegt. Damit stand aber bereits das Wesen des Menschen an sich zur Diskussion, und der Streit der bedeutendsten Fachleute in aller Welt, ob das, was Wissenschaft, Philosophie, Theologie sich im Laufe von Jahrtausenden an Wesensbestimmungen des Menschen erarbeitet hatten, auf den „neuen Schimenschen" als „auffrisiertem Sportmodell des künftigen Menschen 2000" überhaupt noch anwendbar sei, wogte hin und her. Man mußte zuletzt entdecken – und nicht ohne Erschütterung – daß im Laufe der Autonomiebestrebungen der letzten Jahrzehnte mehr oder minder alles, an das man Maßstäbe zur Selbstbestimmung hätte anlegen können, verlorengegangen war und blickte neiderfüllt auf das objektive, exakte und untrügliche Kriterium des Schisports zur Wertbestimmung eines Läufers: die Stoppuhr. Aber weder damit noch mit der Formel vom Ebenbild Gottes, das ein fortschrittlicher Theologe hervorgeholt hatte, um seinen Kollegen einmal etwas Neues zu bieten, konnten die Verbandskapitäne viel anfangen.

Der Yeti aber siegte indessen weiter, und den Verantwortlichen wurde immer mehr Angst. Jedesmal derselbe Sieger, das hätte schon bei Cassius Clay das große Geschäft gestört. Und immer noch wußte man nicht, ob er ein Mensch war oder nicht. Der hoffnungsvoll begrüßte Versuch eines Filmstars, auch wissenschaftliche Lorbeeren zu ernten, indem sie mittels eines Pantscherls ein Beweisstück für seine menschliche Natur in die Welt setzte, scheiterte nicht am Protest des Kardinals und auch nicht am Hungerstreik der Insassen des Tierschutzhauses, die damit ihre Solidarität mit der erniedrigten Kreatur ausdrücken wollten, sondern am Widerstand des Yeti selbst: die Schauspielerin war ihm zu dumm.

Eines Tages aber – und dieser Tag gilt seither als inoffizieller Welttrauertag – erledigte sich der Streit um die Natur des Yeti von selbst. Als im Zielraum der Abfahrtsstrecke von Val d'Isere ein Reporter des ORF den Sieger um ein Interview bat, fragte Padme Om wie aus der Pistole geschossen: „Und was zahlt's?" Da wußten es alle: er war ein Mensch.

Das war der Anfang vom Ende des alpinen Schilaufs. Es siegte nur noch der Yeti, und das Interesse am Schisport erlahmte jäh. Bald trat niemand mehr gegen ihn an, und so raste nur noch ein einziger Mann über menschenleere Hänge zu Tal, um am Ziel die immer kleiner werdenden Prämien zu kassieren. Da er nur ganz gewöhnliche alte Eschenbrettel Marke Zdarski und einen einfärbigen Zottelpelz trug, gingen Kneissl, Head und alle einschlägigen Mode- und Ausstattungsfirmen bald in Konkurs. Der Volkssport war bald keiner mehr, denn wenn es keine Idole gab, in deren Spuren man dem eigenen Minderwertigkeitsgefühl davongleiten konnte, lohnte es sich nicht mehr, an den Lift zu gehen. Ein Tschusch aus dem Tibet war kein Identifikationsobjekt.

Die Hänge verödeten, und der Fremdenverkehr brach allerorten zusammen. Die vielen tausend frustrierten neuen Schimenschen siechten sieglos in ihren Kasernen dahin, und die Haltung der Sowjets bei den Truppenabbaugesprächen wurde wieder kühl. Das war das Ende, und nicht nur des Schilaufs sondern auch, wie es die Pessimisten bei jenem Club 2 vor Jahren schon prophezeiht hatten: das Ende einer großen Kultur.

Viele Jahre später – wir wissen nicht genau wann –, geschah es, daß ein junger Mann auf zwei langgestreckten Holzbrettern, die vorne aufgebogen waren, von einem Berg zu Tal rutschte. Er lachte und jubelte, während der unberührte Schnee von seinen Brettern stob, und die Leute, die ihm begegneten, hielten ihn für verrückt. Dennoch sahen sie ihm lange staunend nach, wie er mit Hilfe eines Balancestocks seine Richtung änderte, über die Hausbergkante in die Tiefe glitt, bis er kopfüber in einer Schneewächte steckenblieb. Kein Zweifel: wenn man die Sache ein bißchen verbesserte, hatte sie Zukunft.

Die folgenden vier Geschichten entstammen dem derzeit vergriffenen Band „Der Sonne näher, Notizen eines Outsiders“. Das war eine Sammlung „wahrer Geschichten“ von normalen, von ausgefallenen oder „völlig irren“ Typen, mit denen ich zeigen wollte, daß Zeit als nicht vermehrbares Gut das kostbarste unserer Existenz ist. Und daß es nichts Furchtbareres gibt, als das „eigene“ Leben zu versäumen und ein „falsches“ zu leben. Es ist auch ein Buch der Träume geworden, der Träume, die jeder auf seine Weise träumt und die manche Mutige zur Wirklichkeit machen.

Der Ausbrecher

Draußen liegt die Freiheit. Hier drinnen ist es muffig und eng. Draußen scheint die Sonne, hier ist es dämmrig. Dazwischen sind die Gitterstäbe, an denen der Mann feilt. Draußen ist alles, was er ersehnt, der schmale Raum hier steht für alles, was er haßt, auch wenn er es nicht ausspricht. Er kann es nicht formulieren, er spürt es nur instinktiv und handelt danach. Stumm und verbissen feilt er, seit Tagen feilt er, vorsichtig, bemüht, keinen Lärm zu machen, jedes Eisenstäubchen beiseitezuräumen, damit es niemand entdeckt.

Schritte. Er hält inne und horcht. Da geht jemand draußen vorbei. Ob er ihn gehört hat? Sein Herz klopft laut, es donnert. Die Schritte verlieren sich, der Mann arbeitet weiter. Wieder ein Geräusch. Diesmal im Haus auf dem Gang. Er läßt blitzschnell die Feile verschwinden und preßt seinen Körper gegen die Wand. Er hält den Atem an. Nur nicht gesehen werden, sonst war alles umsonst. Er hat so wenig Zeit, so schrecklich wenig Zeit, und die Arbeit ist schwer. Wann wird er fertig werden?

Draußen ist die Sonne, in der Nacht ist es der Mond, sind es Sterne, manchmal auch Wolken. Draußen wird auch er sein. Endlich in Freiheit! Die Tür zum Gang ist versperrt. Die Tür zum Nebenraum ist versperrt. Das Gitter ist die einzige Möglichkeit. Die einzige. Er kann doch nicht die Mauer abtragen, das wäre ja noch schwerer mit seinem winzigen Instrument. Das Gitter ist schwer genug, er hat dem Schlosser ausdrücklich aufgetragen: Mach es ganz stark! Zwei Zentimeter mindestens!

Einmal bricht die Feile ab. Verdammt! Der eine Teil fällt hinaus. Wenn den jemand findet, ist alles verloren. Und wer ist schuld daran? Die Alte natürlich. Er hat es ja gleich gewußt, aber sie – „Die reicht“, hat sie ihm zugeflüstert und ihm das Werkzeug zugesteckt. Und heut ist Samstag, alle Geschäfte geschlossen; das ganze Wochenende beim Teufel! Die Alte muß in die Stadt, gleich am Montag früh muß sie ihm besseres Werkzeug besorgen. Wenn nur keiner das Stück Feile draußen findet!

Am Montag ist die neue Feile da. Stange um Stange wird angefeilt, ganz vorsichtig, damit es zuletzt nur eines leichten Drucks bedarf, um das Geviert herauszubrechen. Dann muß ja alles rasch gehen. Das Seil liegt bereit. Er hat es gut versteckt, aber nur ein Griff, und – seit Monaten hat er jede Phase seines Ausbruchs in Gedanken durchexerziert, jeden Handgriff durchdacht und hundertmal geprobt, die Entfernung vom Gitterfenster zum Boden draußen abgeschätzt. Er hat mit der Uhr die Minuten gestoppt, die vom Verschwinden des einen Postens bis zum Auftauchen des nächsten vergehen.

Er arbeitet präzise wie eine Maschine.

Endlich ist es soweit. Der große Tag. Die große Stunde. Alles geht planmäßig. Schweiß steht ihm auf der Stirn, die Hände zittern. Gleich ist er am Ziel, gleich! Eben ist der Posten vorbeigegangen. Jetzt! Das Gitter gibt nach, ein Stoß, noch einer – es fällt in den Rasen. Kaum ein Geräusch, er hat Glück. Und jetzt das Seil – der Knoten sitzt – das Seil hinunterlassen – es reicht bis zum Boden – verflucht! Er kommt nicht durch! Er ist zu dick geworden! Letztes Jahr ist er durchgekommen. Aber wer denkt schon daran! Verzweifelt versucht er, sich durchzuzwängen. Er muß es schaffen! Das Hemd geht in Fetzen, er blutet, egal – heute ist die letzte Chance! Er schwitzt am ganzen Körper, er zittert am ganzen Körper. Jetzt – ja! Er kommt durch! Soll er bluten! Er atmet die Luft! Die Freiheit! Er läßt das dumpfe Kabinett, er läßt sein Gefängnis hinter sich – da ist die Sonne – – –!!!

Begeisterter Applaus empfängt ihn. „Bravo! Bravo!“ ruft die Menschenmenge dem dicklichen Mann zu, der sich aus dem Fenster im Hochparterre gezwängt hat und nun vorsichtig am Seil zur Erde rutscht.

„Was ist denn da los?“ fragt ein Fremder erstaunt.

„Er bricht wieder aus“, sagt die Gefragte und kichert.

„Wer?“

„Na, der Herr P. von der Dreierstiege.“

„Aus der eigenen Wohnung?“ fragt der Fremde, von leichtem Gruseln gepackt.

„Das tut er immer. Jedes Jahr. Im Frühjahr läßt er sein Kabinettfenster vergittern, und dann spielt er Ausbrechen. Aber sonst ist er ein sehr netter Mensch.“

Ihre Worte gehen in neuerlichem Jubel unter. Der Ausbrecher hat den Boden erreicht und schüttelt strahlend die ihm entgegengestreckten Hände wie ein Olympiasieger.

„Danke!“ ruft er immer wieder. „Danke! Ich bin so froh!“

Die verständnisvolle Gattin hat schon die belegten Brote bereit, und Bier gibt es für die Gäste auch. Das ganze hat richtigen Volksfestcharakter. Ein Nachbar lacht und tippt sich an die Stirn. „Jeder spinnt halt anders.“

Ob er wirklich in der Freiheit ankommt, der Herr P.? Seit neun Jahren bricht er aus. Nächstes Jahr ist Jubiläum. Im Frühjahr bekommt er den Koller, und dann kann er es kaum erwarten bis zum ersten Urlaubstag. Denn erst dann kann er sich richtig auf die Sache konzentrieren. So etwas muß man ordentlich machen oder gar nicht, von früh bis in die Nacht hinein. Jeder Handgriff an seinem Arbeitsplatz würde ihn ablenken. Der Weg in die Freiheit ist eine ernste Sache. Es ist jedesmal ein heroischer Kampf, und er wird jedesmal schwerer.

Aber nachher fühlt Herr P. sich eine Zeitlang wohler, wie der Nachbar weiter erzählt. Er ist entspannt, gelöst, glücklich – wie von einer schweren Last befreit. Ein ganz anderer Mensch. Er macht Besuche und spielt mit den Buben Fußball. Nach ein paar Monaten aber fängt er wieder an, er wird still und noch stiller, blickt scheu um sich, als witterte er schon die Wärter, tut den Mund nicht mehr auf und verlernt selbst das Grüßen. Dann wissen die Nachbarn, daß es bald wieder so weit ist, und seine Frau bestellt den Handwerker. Die Hausinhaberin hat zum Glück Verständnis dafür. Bevor das Gitter aber angebracht wird, sieht er es sich genau an und prüft seine Festigkeit. Er zahlt gut dafür. Die Freiheit hat einen hohen Preis. Und die Nachbarn haben wieder für Tage etwas zu erzählen: Wie er gearbeitet hat, wie er geblutet hat, wie er sich befreit hat – und wie er glücklich war.

Tom wird Neger

Manche wissen schon als Kinder, daß sie sich von dem, was man die ungeschriebenen „Gesetze“ oder „Gegebenheiten“ des Alltags nennt, distanzieren werden. Ihre erwachsene Umgebung, also die, die es dank Erfahrung und gereifter Intelligenz besser weiß, lacht dann meistens über die „komischen Ideen“ oder die „verrückten Einfälle“ mehr oder weniger nachsichtig. Meist weniger, denn dann kommt ja, wie das vielzitierte Amen im Gebet, die Schreckfloskel für jedes Kind, die so pädagogische, alle Ängste vor der ungeheuren Welt heraufbeschwörende Drohung: „Du wirst schon noch sehen!“

„Du wirst schon noch sehen“ oder ähnlich Weises wurde auch dem kleinen Tom in einem Dorf an der amerikanisch-kanadischen Grenze entgegnet, als dieser auf die Frage, was er werden wolle, wenn er einmal groß sei, mit großer Bestimmtheit von sich gab: „Ein Neger“. Vergeblich versuchten die Erwachsenen ihm beizubringen, daß Neger weder ein Beruf noch ein Hobby noch ein Stand sei, nicht einmal etwas, das man kaufen könne, auch wenn man noch so viel Geld hätte, sondern eher so etwas wie eine Rasse, die man nicht einfach wechseln könne, eher ein Zustand, ein nicht einmal sehr beneidenswerter, ein Schicksal, das einen traf oder verschonte. Aber Tom ließ sich weder von klugen Auslegungen noch von dem brüskierenden: „Du bist ein Kindskopf“ seines Vaters beirren, sondern blieb hartnäckig dabei: „Ich will ein Neger werden“, worauf das schon oben erwähnte drohende „Du wirst schon sehen!“ folgte.

Er sollte sehen. Und wie! Die nächste Station dieser Geschichte markiert eine Nachricht aus einer Südstaatenzeitung, nach der ein Neger in einem Lokal Einlaß gefordert hatte, das nach guter alter Sitte nur Weißen vorbehalten war. Der Mann aber versuchte keineswegs, diese Sitte etwa abzuändern, er behauptete nur steif und fest, ein Weißer zu sein. Hohngelächter antwortete ihm und lockte eine entsprechende Menge von Neugierigen herbei, deren Neugier in Abscheu und Empörung umschlug, als sich der Neger, noch dazu in Anwesenheit weißer Frauen, anschickte, sich zu entkleiden. Angeblich, um den Beweis zu erbringen. Es kam nicht dazu, denn ein resoluter und vielleicht sehr kluger Polizist schnappte den Neger der aufbrodelnden Volkswut weg und brachte ihn auf die Polizeistation. Hier konnte der Neger, zum Staunen aller Anwesenden und ohne daß sich eine weiße Lady beleidigt fühlte, den Beweis erbringen. Der Neger, der kein Neger, zumindest kein ganzer Neger war, hieß Tom.

Tom war schon immer ein äußerst sonnenhungriger und wärmebedürftiger Mensch gewesen, und da in seiner Heimat diese seine Bedürfnisse nicht zur Genüge befriedigt wurden, riß er mit siebzehn Jahren aus und fuhr nach Florida. Er arbeitete erst als Kellner in einem Strandcafé und frönte seinem Sonnenhunger in jeder freien Minute. Bald aber stellte sich heraus: so durchschnittlich er selbst war oder sich zumindest gab, seine Haut besaß die überdurchschnittliche Gabe, ungeheuer rasch und ungeheuer intensiv zu bräunen. Bald sah er aus „wie ein Neger", und bald wurde er auch von einer Firma entdeckt. Und was wir soeben als überdurchschnittliche Begabung seiner Haut bezeichnet haben, wurde ab nun als das Ergebnis der Wirksamkeit eines Sonnenöls mit klingendem Namen propagiert. Seither treibt er sich Tag für Tag in einer Badehose mit Firmenaufschrift herum, verteilt auch Propagandazettelchen und lüftet auf Wunsch von Skeptikern – denn nicht nur Kellner von Südstaatenrestaurants sind Skeptiker – ein bißchen die Badehose, um den enormen Unterschied zwischen Sonnenöleffekt und Urzustand zu demonstrieren. Den Vorschlag, sich die Haare blond färben zu lassen, um sich diese Demonstration leichter zu machen, lehnte er mit der Bemerkung ab, diese Handbewegung sei ihm nun schon lieb geworden, schon im Hinblick auf manch hübsche neugierige Dame, die der Sache mit dem Sonnenöl auf den Grund gehen wollte.

Tom genoß Sonne und Wind, die Freiheit des gut bezahlten Umherstreunens und das zumindest am Anfang recht romantische Playboyleben, das ihm der erfüllte Kinderwunsch bescherte, und lehnte alle Rat- und Vorschläge auch aus der Heimat ab, wieder zu bleichen und einen anständigen Beruf zu ergreifen. Er hatte entdeckt, daß man bei dem Nichtstuerdasein, das er führte, eines tun kann, zu dem die im harten Berufsleben Stehenden höchst selten kommen: Man kann nachdenken.

Und er dachte (frei übersetzt): Da schuften sie in der halben Welt von früh bis spät, und einen Teil des Geldes für die Schufterei und gar nicht den allerkleinsten, verwenden sie dazu, um ans Meer oder an Seen zu fahren und – braun zu werden. Reisebüros und Touristenbusse, gigantische Bauunternehmungen, Straßenbauten und Wüstenerschließungen, neue Industrien und Wirtschaftszweige – alles das, damit die Leute die nötigen Stunden für die ersehnte Bräune im Sand oder auf Pritschen verbringen können. Eine Unzahl von Fetten und Ölen, Kosmetika und Rezepten wird produziert, Sonnenbrände, Erschlaffungszustände und Hautkrebs werden riskiert, sie rösten und braten und drehen sich wie die Hühner am Spieß. Jeder, der bräuner ist, wird beneidet, und daß die Weiber mit mir ins Bett gehen, verdanke ich meiner Farbe. Sicher reizt sie auch der Gag, daß unter der Hose alles hell ist (er trug eine Hose aus lichtundurchlässigem Stoff und rieb sich obendrein jeden Morgen mit einer Lichtschutzcreme ein), aber die Farbe gibt den Ausschlag, sie erotisiert, stimuliert, sie ist die Farbe, die sie einmal haben werden, da sie mein Sönnenöl verwenden. So aufgeklärt sie sind, ich habe das Gefühl, sie glauben, irgend eine magische Kraft könnte bei der Berührung meiner Haut meine Farbe auf sie übergehen lassen.

Ich hab mir oft gedacht: Ich bin doch eigentlich viel zu schwarz, das dürfte ihnen doch gar nicht mehr gefallen. Wie ein Neger. Ich weiß nicht einmal, ob es mir selber gefällt. Aber ich, ich wollte ja nicht Neger sein, weil meine Haut dann um so und so viele Grade dunkler ist – was ist das schon Besonderes! Wieso ich als Kind dazukam, weiß ich nicht. Vielleicht hab ich einmal ein Bild von einem Neger gesehen. Auf jeden Fall glaube ich, daß ich einfach anders sein wollte. Vielleicht hat mich als Zehnjährigen schon so viel an meiner Umwelt gestört – die Schule mit den bornierten Lehrern, die Nachbarn, die immer darauf pochen, daß ihre Waldungen größer und wertvoller sind als die unseres Onkels, die mein Cousin Bob einmal erben wird –, vielleicht spürte ich, daß Davonlaufen allein nicht genügt, daß man sich die Haut abziehen müßte, um alles wieder loszuwerden, was sie einem anerzogen, eingetrichtert, übergestülpt haben. So kam ich eben auf die Idee: Eine andere Hautfarbe, ein anderer Mensch. Und meine Haut hat mitgemacht. Sobald ich in ein Lokal gehe, in dem mich niemand kennt, wo ich nicht die Badehose anhabe, auf der steht: ‚Meine Hautfarbe verdanke ich unserem Sonnenöl,' bin ich ein anderer. Ich kann es genau beobachten, wie ich sofort auf der anderen Seite stehe. Viele hundert Jahre Vergangenheit hinter mir sind plötzlich ausgetauscht. Und das bin nicht ich, das ist nicht mein Bewußtsein, kein Traditionsgefühl, kein Erinnerungsmolekül, ich weiß von den Niggern nicht mehr als jeder von uns im Norden in der Schule gelernt oder irgendwo aufgefangen hat: Afrika, Sklavenhändler, Märkte, Mammi, Porgy and Bess, Blues, Baumwollfelder, Slums und Lynchjustiz. Nein, das ist er, der Kellner, der mich ansieht – der gibt mir meinen Hintergrund. Wie er mir das Glas hinknallt und einschenkt und das Niggergeld einsteckt. Er weiß vielleicht noch weniger von meinen schwarzen Vorfahren, aber sein Benehmen, wenn ich auf ihn zukomme, ist alles. Ich bin ein völlig anderer, jede Stunde meines Lebens ist anders verlaufen, als sie verlaufen ist. Ich könnte mir hundert Biographien austüfteln, aber jede ist eine Negerbiographie, und das macht dieser eine Blick dieses Kellners.

Aber diese Weiber – und ihre Männer – die wollen ja gar niemand anderer sein. Am allerwenigsten ein Nigger. Die wollen kein Leben ändern und keine andere Biographie haben und aus keiner Haut schlüpfen. Sie wollen nur bräuner sein, jeder Grad ist ein Leistungsnachweis, ein Grund, beneidet zu werden. Sie schleppen ihren Mißmut, ihre Schminke, ihre Goldarmbänder auf der braunen Haut genauso mit wie auf der weißen, pickeligen, mit Sommersprossen übersäten. Wenn ihre Haut es zuließe, würden sie auch so werden wie ich. Schwarz wie ein Neger. Und würden stolz ihre häßliche Negerhaut herumtragen, an Negern vorbeigehen, die ebenso schwarz sind und diese verachten. Schwarz in Lokalen sitzen, in die Neger nicht hineindürfen, weil sie schwarz sind. Vielleicht ist Schwarz erst dann schön, wenn man es sich erarbeitet hat. An meinem weißen Streifen sieht man meine Mühe – und die richtige Kosmetikfirma. Ich stelle mir vor, wenn sie sich ausziehen und mir stolz ihre Unterschiede zeigen, die jedesmal größer sind – was sie sagen würden, wenn ich sagen würde: In unserem Hautöl ist Negerblut, darum wirkt es so. Ich glaube, sie würden rasend werden und sich die schöne schwarze häßliche Haut mit den Fingernägeln abkratzen.

Warum?

Tom spielt dieses Spiel nun schon seit drei Jahren: Neger sein, Weißer sein. Ich habe das Gefühl, er verfolgt ein ganz bestimmtes Ziel damit, daß er das Negerschicksal auf sich nimmt. Er sammelt Demütigungen wie Briefmarken. Er schreibt sie auf, er beschreibt, kommentiert sie. Einmal hat er – ganz ungeniert auf einer offenen Karte – von einer standesbewußten Südstaatlerin geschrieben, der er während des Liebesaktes eröffnet hat: Ich bin wirklich Neger, meine weiße Stelle kommt von einer Spezialsalbe. So etwas gibt's jetzt auch schon.

Wenn er so weitermacht, könnte ich mir vorstellen, daß er sich eines Tages ganz nackt in die Sonne legt, bis er keinen Beweis mehr hat. Vielleicht weil er lieber auf der Seite steht, die Unrecht erduldet als auf der, die es tut.

Komfort

Der österreichische Kommunist mit dem abenteuerlichen Schicksal war der Antiabenteurer in Person, und seine Haltung dokumentierte er sofort, als er sich vorstellte, seinen Namen sagte und seine Weltanschauung bekanntgab: „Ich bin Kommunist, aber hier bin ich als Privatmann." „Hier" war Spanien. Er wollte nirgends anecken, er wollte nichts sehen. Während seine Schwester fanatisch Sightseeing machte, saß er in Weinlokalen herum und döste. Mag sein, daß ihm der Privatmannstatus nicht ganz behagte, vielleicht quälte es ihn auch irgendwo in einem Winkel seines Gewissens, daß er seine kostbaren Devisen gerade in Francos Land ausgab und er wollte dies wieder gut machen, indem er ab und zu Bemerkungen ausstieß: „Na, schauen Sie, wie die dreinschauen! Man sieht doch, wie unterdrückt die sind!" Daß er dies vorwiegend sagte, wenn junge, lachende Menschen, Schüler, Studenten, vorüberstreunten, diesem Faktum könnte man wahrscheinlich nur mit dialektischen oder psychotherapeutischen Maßnahmen beikommen. Besonders unterdrückt erschien ihm eine Gruppe von Schwedinnen, die auf Abenteuer auszogen. Aber da war er schon ein bißchen blau.

Wenn er noch ein bißchen blauer war, dann wurde er leutselig und klopfte den entsetzten spanischen Gräfinnen auf die Schultern. „Du redst spanisch – und ich red' deutsch", dazwischen tat er etwas, was man mit „hup" nur annähernd in Schriftzeichen umsetzen kann. Ja, so einfach stellte sich die Welt dar, man mußte sich im Dualismus Gut - Böse, sozialistisch - kapitalistisch, faschistisch - kommunistisch jetzt nur noch auf die richtige Seite stellen, und alles war in Ordnung. Die richtige war natürlich immer die, auf der man selber stand – diese Sicherheit hatte fast metaphysischen Charakter –, schließlich war es mit den Mitteln der Dialektik zu beweisen. Logik war da nicht mehr so verbindlich. In dieser Sicherheit gewiegt, konnte er – als Privatmann natürlich – auch ohne weiteres mit uns ein amerikanisches Kriegsschiff besuchen. Wir hatten erst Bedenken, ihn mitzunehmen, wir fürchteten eine Provokation. Aber weit gefehlt! Er bestaunte alles und lobte alles – vom wertfreien technischen Standpunkt war es ja ebenso hervorragend wie es vom wertfrei ästhetischen schön war –, er klopfte dem Offizier, der ihn mittels einer Zieleinrichtung die Kanone gegen ein Strandhotel richten ließ, jovial auf die Schulter und schüttelte zum Abschied allen Matrosen, die nicht rechtzeitig flüchten konnten, die

Hand. Da die anderen angesichts der Selbstverständlichkeit seines Tuns glaubten, dies sei so üblich, begann nun eine allgemeine Jagd auf verschreckte Matrosen, und unser Besuch zog sich noch ziemlich in die Länge.

Nur einmal gab es Schwierigkeiten für unseren alten Herrn, da kam nämlich der Privatmann mit dem Ideologen in einen peinlichen Konflikt. Der Privatmann wußte nämlich trotz seines Alters immer noch Mädchen zu schätzen. Aber die hier für ihn erreichbaren waren „häßlich“, „krummbeinig“, jedenfalls nicht geeignet, ihm über gewisse Jahrgangsmängel hinwegzuhelfen. Dann kamen die besagten Amerikaner, und plötzlich waren die hübschesten Mädchen da. Der Privatmann wurde begehrlich, aber der Ideologe raste: „Jetzt auf einmal! Jetzt, wo die Amis kommen und mit ihren Dollars winken!“ Seltsam – daß man auch österreichische Schillinge in die geforderte Summe Peseten umtauschen kann, war ihm offenbar verlorengegangen. Der Glaube an den Dollar saß dem Mann, der an den Untergang des Dollars glaubte wie an nichts sonst, fester in den Knochen als unsereinem. Er hatte die Amischokoladenmädchenzeit nach fünfundvierzig noch nicht überwunden. „Für unsereinen sind nur die Häßlichen da.“

Ich sah mir die „schönen“ Mädchen an, und siehe da, es waren die gleichen wie gestern. Er stritt es natürlich ab. Das waren ganz andere! Die kamen sicher aus den Bergen. „Amiweiber!“ stieß er haßerfüllt hervor. Ich machte ihm den Vorschlag, seine Schillinge in Dollars – und falls die Mädchen nur gegen Landeswährung liebten, die Dollars wieder gegen Peseten umzutauschen. Mittels dieses devisentechnischen Tricks konnte er sich ohne jeden Skrupel in den Besitz der schönsten Weiber setzen und mit dem Gegner gleichziehen. Ein kleiner Triumph, der seinen Wirtschaftsexperten im Großen noch nicht gegönnt war. Das mußte ihm der Umtauschverlust doch wert sein.

Ich weiß nicht, ob er es tat, wie Privatmann und Ideologe ihre Wettbewerbsfähigkeit einschätzten. Wenige Tage später jedenfalls waren beide einhellig empört. Die Amis waren abgedampft – und die schönen Frauen wieder verschwunden. Ob sie geraubt waren? Auf so einem Flugzeugträger war viel Platz. „Jetzt sind wieder die miesen da!“ tobte er. „Die ganz miesen!“ Sie standen auf den gleichen Plätzen wie eh und je, „die Fette“, „die Dürre“, „die Krummhaxerte“, die „mit der Geiernase“ und alle die anderen, die durch den Zauber eines Komplexes auf wundersame Weise für eine Woche schön gewesen waren.

Abgesehen von diesem einen Problem, das seine persönliche Existenz zwar ein bißchen durcheinanderbringen, aber sein Weltbild nur noch festigen konnte, lebte er still dahin, nur darauf bedacht, es sich möglichst bequem zu machen.

Er hatte es sich eigentlich immer schon bequem gemacht. Er hatte die Welt, die Gesellschaft verändern wollen, um auf wunderbare Weise selbst von ihr verändert zu werden. Dazu brauchte man nicht mehr zu tun, als daran zu glauben, der Mechanismus funktionierte wie der Liebe Gott: Nachher gab's die Belohnung für die braven, anhänglichen Kinder. Er hatte nur nicht bedacht: Um einer Bewegung wirklich dienen zu können, muß man selbst in Ordnung sein, sonst bringt man ja sein eigenes Chaos in die Bewegung hinein. Aber daran zu denken hatte ihm seine Zeit wenig Zeit gelassen. Gefängnisse zwischen den Kriegen, KZ im Krieg, Bein verloren, Frau hingerichtet – es genügte, um ein Wrack zu werden. Nach dem Krieg gab es so etwas wie eine Wiedergutmachung, er wurde ein höheres Provinztier und durfte einmal sogar mit Ulbricht in Ostberlin tafeln. Er ist noch heute des Lobes voll über die wunderbaren komfortablen Toiletteanlagen in jenem Hotel. Komfort ist sein Lieblingswort und er spricht es geradezu andächtig aus. Man denkt dabei unwillkürlich, daß „comfort" im Englischen Trost heißt. Für ihn ist Komfort Trost, und wie er einst den Komfort des Eingebettetseins in einer Bewegung gesucht hatte, mit Freunden, Kumpanen, Kampfgenossen, die gleiches dachten und gleiches liebten, so verlangte er heute Komfort – Trost – im Tourismus, weiches Bett, warmes Wasser, gutes Essen, bequeme Sitze, Bedienung. Hier darf er sogar Krach machen, hier traut er sich, denn das Geld verliert nicht so schnell seinen Wert wie Parteilinien.

Er war nie ein Abenteurer gewesen, er hatte schon immer Angst vor dem Neuen gehabt, vor Veränderung um ihn, in ihm. Vor dem Anders-Sein. Darum ist sein Schicksal ja so besonders tragisch: Immer kamen neue, schreckliche Dinge auf ihn zu. Vielleicht war einmal eine Sehnsucht dagewesen, eine Spur, irgendwann. Aber den Rest hatten sie aus ihm herausgeprügelt oder mit subtileren Methoden herausoperiert. Jetzt will er nur noch das, wovon er sich am wenigsten Schmerzen verspricht: still sitzen, sich ja nicht rühren, wie ein Geschundener, dem jede Bewegung Qualen verursacht. Nur das ganz Vertraute tun, das man schon tausendmal getan hat, und das nicht mehr enttäuschen kann: Weintrinken, in einem warmen Garten sitzen, die Sonnenstrahlen einwirken lassen, ein bißchen das Gewohnte plappern – und nicht an die entsetzlichen Träume denken, die jede Nacht wiederkommen, nicht denken – nicht denken – – –

Turo il Mulo

Im gottverlassensten Winkel der Poebene streikte der Wagen. Julchen ist zwar eine äußerst energische Person, hat in ihrem langen Leben als eine der ersten Frauen Vulkanausbrüche, Kriegsschauplätze und Modeschauen fotografiert, aber bei einer Motorpanne gerät die Veteranin in Sachen Katastrophen noch heute in Panik. Also ließ sie die Motorhaube unberührt und marschierte in das nächstgelegene Nest, um Hilfe zu holen. Nun, die Leute hier wären gerne bereit gewesen, zu helfen, aber sie konnten nicht. Selbst Emilio, das technische Genie des Orts, ein Mann, der sogar schon in Austria gearbeitet hatte, gab es nach einigen energischen, aber zuletzt vergeblichen Versuchen auf. Er hatte keine Ahnung, was diesem Vehikel fehlte, für das die Bezeichnung Auto vielleicht wirklich nur eine Verlegenheitslösung war. Am besten wäre es, den Wagen die paar Kilometer zur Hauptstraße zu schleppen, dort sei eine Reparaturwerkstätte mit einem noch erfahreneren Mann als Emilio, der war schon in Germania gewesen, und vielleicht könnte der – – –

Turo il Mulo wurde gerufen. Das war kein Muli und auch kein Pferd, das war ein Riese mit einem stumpfen Kindergesicht, ein Mann um die Vierzig, der hier, beliebt und belächelt, offensichtlich die Rolle des Dorftrottels spielte. Turo war sofort bereit, Turo half, Turo schob. Als der Wagen glücklich in der Werkstatt war, lud Julchen den unermüdlich grinsenden Freund und Helfer ins nahe Espresso ein. Da er sich offenbar dafür interessierte, erzählte sie ihm von ihrer Arbeit und ihren Reisen – so wie man das eben einem Kind erzählen würde. Er hörte aufmerksam zu, er wurde allmählich warm, und die stumpfen Augen wurden lebendig. Bald spürte sie, daß auch er etwas, sagen wollte, etwas, das ihn mehr als alles andere zu bewegen schien. Er suchte nach Worten. Lange. Brach ab, begann wieder neu. Endlich, nach vielen vergeblichen Ansätzen, nach Seufzen, Knurren, Schädelkratzen, brachte er es heraus: Da gab es eine Stadt, eine wundervolle Stadt, irgendwo weit weg, er hätte sie einmal im Kino gesehen, eine Stadt mit Wasser, mit hohen Türmen, mit anderen, die wie Frauenbrüste ausgesehen hätten, eine Stadt mit goldenen Bildern an den Wänden. Er hätte nur den Namen nicht verstanden, die Leute hätten eine fremde Sprache gesprochen, und das, was da unten mit weißen Strichen auf den Bildern stand (Untertitel), das hätte er nicht lesen können, weil – nun, weil er eben nicht lesen könne. Er hätte auch nicht begriffen, worum es in diesem Film ging.

Amore wahrscheinlich, ein Mann und eine Frau, aber das sei gleichgültig. Wirklich wichtig sei nur die Stadt. Er habe natürlich noch nie mit jemanden darüber gesprochen, er wollte sich ja nicht auslachen lassen, nicht wahr, aber er habe seit diesem Tag gespart, eine Lira auf die andere gelegt und gewartet, Jahre gewartet, daß jemand käme, den er fragen könne, wo in der weiten Welt diese Stadt sei. Wie sie heiße und wie man hingelangen könne, mit dem Schiff oder einem der Flugzeuge, die immer über den Ort hinwegbrummten. „Jemanden fragen, der nicht lacht."

Erwartungsvoll starrte er sie an, als wäre jetzt endlich seine große Stunde gekommen. Julchen kombinierte – Kuppeln, Wasser, goldene Bilder – und schlug Istambul vor. Turo schüttelte den Kopf. Nein, das war nicht der Name. Julchen versuchte es mit Konstantinopel. Wieder Kopfschütteln. Sie kramte in ihren Globetrottererfahrungen: Bangkog? Hongkong? Wieder falsch. Sie durchsuchte ihre Erinnerungen nach burmesischen, siamesischen, indischen Tempelstädten an einem Wasser – oder Tadsch Mahal vielleicht? Sie nannte alte russische Städte, aber alles war falsch, und Turo wurde immer trauriger. Er bettelte förmlich: Nachdenken! Bitte nachdenken! Noch ein bißchen nachdenken! Um der Madonna willen! Es müsse eine bekannte, ganz berühmte Stadt sein, so wie sie aussah, einmalig in der ganzen Welt! Er runzelte die Stirn, er verdrehte die Augen, er kratzte sich förmlich die letzten Erinnerungen aus seinem Hirn, Steinbilder waren da, Bilder aus Stein, Menschen wie sie und Turo, nur eben aus Stein und viele Brunnen. Julchen hatte eine Idee. Vielleicht hatte der Bursche einen Märchenfilm gesehen? Eine Geschichte von dem versunkenen Vineta? Sie sagte: „Vineta."

Turo horchte auf, er schien sich an etwas zu erinnern, er dachte angestrengt nach, ja, Vineta, so ähnlich hatte es geheißen, aber nur so ähnlich, das I, das I, sie möge doch noch nachdenken – Schiffe, so lange schmale Schiffe – er versuchte sie mit den Fingern nachzuzeichnen, schwarz und hinten stünde ein Ruderknecht –

Nein, das war doch nicht möglich! Julchen wollte ihrem Einfall nicht trauen, das wäre doch zu grotesk gewesen – siebzig Kilometer von hier sollte seine Traumstadt liegen? Für die er jahrelang gespart hatte?

Dann sagte sie es doch: „Venice – Venedig – Venezia?"

Turo jubelte auf. Ja, das war die Stadt. Seine Stadt. Wo lag sie? Wie konnte man dorthin kommen? Wieviele Jahre mußte er noch sparen – und von ihr träumen – – –?

Der Fahrpreis von dem Nest nach Venedig betrug damals dreihundert Lire.

Zum Thema Prosa

Es wird schon so gewesen sein, daß sich der Mensch eine Sprache geschaffen hat, um sich in Gefahren oder bei der Jagd verständigen zu können und wohl auch, um seinem eigenen Willen Ausdruck zu verleihen. Wie die Menschen aber nun einmal sind, dürften sie die neue Erfindung, kaum war sie einmal perfektioniert, auch dazu benützt haben, übereinander und gegeneinander zu tratschen. Was in der Höhle X und an der Feuerstelle Y passierte, war ja sicher ebenso interessant wie an deren Gegenstücken in der heutigen Zeit. Und seither scheint den Menschen auch eine unersättliche Lust auf Geschichten befallen zu haben — wenn man von jenen absieht, die mit sich selbst so beschäftigt sind, daß sie darüber hinaus nichts wahrnehmen. Wobei ich gar nicht so sicher bin, ob der Mensch die Sprache nicht erst an dem Tag erfunden hat, an dem er seinem Nachbarn weismachen wollte, daß da ein Vogel mit einem Elefantenrüssel als Schnabel durch die Luft geflogen sei. Ohne die Sprache hätte der Nachbar das nie erfahren können, da es diesen Wundervogel ja gar nicht gab. Und da die Sprache nun einmal da war, wurde sie eben auch in Gefahr und bei der Jagd gebraucht.

Da es nun, wie einige Philosophen behaupten, kein dem Menschen immanentes Bedürfnis gibt, für das in dieser Welt nicht auch die Möglichkeit der Befriedigung bereitgestellt wird, so existieren neben den geschichtenlüsternen Individuen auch einige, die ebenso lüstern darauf sind, solche zu erzählen. Zu den letzteren gehört auch K. B., und den Drang dazu fühlte er in sich schon zu einer Zeit, als er noch gar nicht recht wußte, was er erzählen könnte. Er hatte Glück, denn ohne schreiben zu dürfen, wäre er bei seinem Erzähltrieb wohl ein großer Lügner geworden — wie er als Kind, bevor er noch schreiben konnte, schon ein kleiner Lügner war. Wenn auch seine Eltern dies ohne größere Bestürzung hinnahmen, da sie ihn, wie sie das nannten, eben für einen phantasievollen Knaben hielten. Es ist ja wirklich seltsam, daß eine verbale Erfindung, sobald jemand sie für wert hält, gedruckt zu werden, als durchaus ehrenwert angesehen wird — auch wenn sie unter Umständen Schaden anrichtet, während sie, bloß ausgesprochen, als Lüge diffamiert wird.

Wie dem auch sei, K. B. schrieb zunächst einmal seine zwei Romane, später Erzählungen, Satiren etc. und er war so erfüllt davon, daß er erst gar nicht merkte (oder hängt das wieder einmal mit dem mangelnden Bewußtsein zu-

sammen?), daß die hohe Literaturwissenschaft inzwischen wieder einmal dekretiert hatte, daß man nicht mehr so schreiben durfte, wie das etwa noch der letzte Olympier Thomas Mann getan hatte. Weder chronologisch, da doch auch der absolute Zeitablauf nur eine Fiktion sei, noch mittels des allwissenden „auctorialen" Erzählers. War doch schon mitten im vorletzten Krieg die schicksalsschwere Frage aufgeworfen worden, woher der verflixte Autor wissen wolle, daß Herr Meier zu der oder jener Zeit über die Straße gehe oder sich am Morgen die Zähne putze. Eine Frage, die in die gedruckten ehrenwerten Lügengeschichten vielleicht einen Schuß Ehrlichkeit bringen sollte, indem der Autor sich ab nun für partiell unzuständig erklärte, die Wirklichkeit zu erkennen. Indem er den allmächtigen Erzähler und Arrangeur von Geschehnissen zum Beobachter degradierte, als Trick vielleicht einen Ich-Erzähler einführte, der an jeder eben fixierten Beobachtung sofort wieder seine Zweifel anmeldete. Als hätten das ein Fielding oder ein Jean Paul nicht schon längst, nur um vieles amüsanter getan. Eine Problematik, die die Vertreter des noveau roman noch weiter trieben, bis sie auch nicht mehr sagen konnten, ob etwa der zahn- oder nichtzahnputzende Herr Meier nun der Mann oder der Bruder, Vater, Verlobter oder Herr Irgendwer von Madame X war, die ihrerseits auch nicht sicher sein konnte, ob sie selbst — möglicherweise waren die Autoren dessen auch in ihrem eigenen Leben nicht mehr sicher. Was weiß man denn überhaupt!

Und was tat K. B., als ein lieber Freund, einer jener, die wie gebannt die Orakelsprüche von den Lippen der Literaturpäpste ablasen, ihn aus seiner literarischen Unschuld riß und ihm all diese Fragen vorlegte? Nein, er versuchte nicht zu argumentieren, daß er, was der Wahrheit entsprach, mindestens ein halbes Dutzend Meiers kenne, von denen ein Drittel vielleicht auch Müller hieß, die sich alle am Morgen die Zähne putzten, und daß er, um sich nicht mit solchen Zweifeln belasten zu müssen, es also wage, von diesen sechs Meiers direkt auf den von ihm geschaffenen siebenten zu schließen. Er fragte nur, woher man bei einiger Konsequenz denn wissen wolle, daß es diesen Herrn Meier überhaupt gab? Ja, daß irgendetwas oder irgendwer irgendwann irgendwo existierte? Und als er keine befriedigende Antwort bekam, da das ganze weniger ein literarisches als ein erkenntnistheoretisches Problem war, zuckte er die Achseln und tat weiterhin das, was er immer schon getan und was auch die anderen alle, trotz ihrer vorgeschobenen Berichterstatter, Ich-Erzähler und subjektiv mutmaßenden Zweifler immer schon getan hatten und weiter taten: er e r f a n d sich den nächsten Herrn Meier. Gläubigen Herzens, daß es irgendwo in irgendeiner Realität dessen Urbild geben müßte, das — entsprechend dem Hygienebewußtsein seiner Nation natürlich — sich seine Zähne putzte. Er erfand, weil er erzählen wollte, und er erzählte, weil es in ihm immer Neues erfand, und er faßte es weder als Zwang noch als Zumutung auf, wenn einer kam und ihn bat: erzähl mir was über das und jenes! Ob-

wohl das und jenes schon längst erfunden war, als uraltes Märchen, als magisches Ritual oder als historisches Geschehen, das dank der archäologischen Wissenschaft in Form eines Scherbens wieder neu bestätigt werden konnte.

Bei den Satiren ist freilich noch etwas anderes im Spiel. Da geht es nicht darum, was geschehen ist, da geht es um den Fremdkörper im Auge der Menschen, der ganz wie der Splitter im Märchen von der Schneekönigin die Optik verzerrt. Der Mensch und jede seiner Bewegungen erscheinen skurril wie im Spiegelkabinett, und K. B. spielt mit den Möglichkeiten dieser Monstren wie der Seelöwe mit bunten Bällen. Und wie man etwa heute überall, wo man ratlos ist, Kommissionen einsetzt und von ihnen Dokumentationen verlangt, wissenschaftlich untermauert und mit Statistiken angereichert, so bedient auch K. B. sich gern dieses Ausdrucks der Ratlosigkeit und karikiert im gleichen Augenblick das fruchtlose Bemühen, Unfaßbares darin einzufangen. Einstein wußte nicht, was wirklich ist, er wußte nur, was er sah, und seine Größe war, daß er das zugab. Daß er zugab, daß wir vom Wesen der Dinge nichts wissen, nur unsere bruchstückhafte Wahrnehmung dokumentieren können. Es gibt keine absoluten Naturgesetze, nur unser verzweifeltes Bemühen, solche zu postulieren, zu tun, als ob wir uns in dieser Welt auskennen könnten. Aber der Schmerz ist wirklich, der Wahnsinn, die Deformation menschlicher Wesen. Wenn vorhin ein Vergleich mit der Zirkuswelt angestellt wurden, ist es kein Zufall. K. B. lacht in seinen Satiren, aber es ist das Lachen des vielzitierten Clowns, der unter der Schminke weint, während er spielt und genau weiß, daß er spielt. Aber ob Lachen oder Weinen, er muß erzählen und er erzählt, so wie der Fisch nicht aufhört zu schwimmen, solange man ihn in seinem Element beläßt.

Die längste Reise der Welt

„Sie schläft. Wirklich, sie schläft. Du mußt sie nicht immerfort anstarren, Idiot! Du könntest sie nicht halten, wenn ihre Müdigkeit die Grenzen des Schlafs überschreiten wollte. Nicht mit deinem angstvollen Blick und nicht mit deinen Händen und nicht mit deinem Gebet. Lehn dich zurück, Idiot, und ruh dich aus! Sie wird nicht sterben, ohne vorher noch einmal erwacht zu sein, ohne noch oft erwacht zu sein. Und dann ist zum Weinen noch Zeit genug.

Oder lenk dich ab, schau um dich! Ein Tisch, ein Stuhl, ein Bett, kannst du bis drei zählen? Ein niedriger, stickiger Raum, schwere verrauchte Balken an der Decke, der offene Herd und das Feuer. Den Kessel mit dem Wasser hast du aufgestellt, du bist also gar nicht so dumm. Trotz deiner Stummheit und deinen tauben Ohren, trotz deines blödsinnigen Gesichtsausdrucks – der Körper ist kräftig, und das ist ja die Hauptsache bei euch. Nur auf die Alte im Bett neben dir schau nicht! Das überlaß denen da draußen hinter den Fenstern! Für die ist, was hier geschieht, eine Sensation. Das Dorftheater – und das zerfurchte Gesicht deiner Mutter die Bühne. Was sie spielen, die Komödianten?

Nicht erschrecken, Idiot! Ich leg ihr nur die Hand auf den Bettrand zurück, damit sie ihr Gewicht nicht spürt. Das ist keine Geste der Zärtlichkeit, die steht mir nicht zu. Das ist auch kein Versuch, von ihr Besitz zu ergreifen. Aber die Hand hat etwas so erschreckend Hoffnungsloses an sich, wenn sie so über den Rand des Bettes hängt, und wir haben es uns doch zur Pflicht gemacht, jede Spur von Hoffnungslosigkeit zu bekämpfen: Du und ich, ihr Sohn und der Fremde, den ihr gerufen habt, weil ihr dem Arzt nicht traut. Diese schlaffe, geöffnete Hand, die alles entgleiten läßt, was sie ihr ganzes Leben zu halten versucht hat, Ausdruck der letzten Gewißheit, es war doch nicht für sie bestimmt. Sie hat es sich nur widerrechtlich angeeignet, wie wir das ganze Leben uns widerrechtlich aneignen, wenn wir uns aus dem Dunkel des Mutterleibes stoßen lassen. Was immer wir tun, um uns unserer Leiden, unserer Krankheiten zu erwehren, die uns den Lebensgenuß schmälern wollen, diese halben Versuche mit den untauglichen Mitteln Hoffnung und Gebet, sind doch auch dauernd vom schlechten Gewissen begleitet. Nicht umsonst gibt es Religionen, die jede Heilung von Kranken, den Versuch, sich gegen das Schicksal aufzulehnen, für Sünde halten, und ihre Medizinmänner, die Ketzer in ihrer Mitte, steinigen. Auch mich würden sie steinigen, du und deine neugierigen Nachbarn da draußen. Doch ihr würdet es tun, weil ich dieser Sünde gar nicht fähig bin.

Aber sie wird nicht sterben, nicht heute. Der Arzt gibt ihr noch ungefähr zwei Stunden. Dann wird sie aufwachen und staunen, wie man mit einem einzigen Augenaufschlag aus den unendlichen Räumen des Traums in diese niedrige Kammer zurückkommt. Erst allmählich wird sie sich darin zurechtfinden, an kleinen Orientierungspunkten, an dem Herd, an dem gedunkelten Farbdruck des Heiligen Michael wird sich ihr Bewußtsein aufrichten, ihre Glieder werden den Druck des hartgepreßten Strohsacks wieder spüren. Und dann wird sie euch erkennen, dich und die Bauern da draußen, und über eure verängstigten Gesichter lachen, wird lachen, daß ihr glauben konntet, ein Mensch, der zum ersten Mal bis in den Nachmittag hineinschläft, muß darum schon krank sein und sterben. –

Hörst du, wie meine Gedanken mich forttragen, Idiot? Opiumworte, jeder Buchstabe ein Zug aus der Pfeife, bis ich im Nebel die Tür nicht mehr finde. Ich sollte mich losreißen, ehe es zu spät ist, ich weiß. Ich sollte mir klarmachen, was ich hier tu, ich sitze vor einer Patientin – nein, nicht meine Patientin, das rede ich mir nur ein, das schreibt mir nur meine Rolle vor, das gehört zu dem Spiel vom großen Wunderheiler, das ich seit 30 Jahren spiele. Und du glaubst daran, Idiot, daran glauben die Nachbarn da draußen. Aber was geht mich das an, ich selber glaube es längst nicht mehr und will es auch gar nicht glauben! Wozu also mit dem Selbstbetrug immer wieder von vorn beginnen? Die alte Bäuerin ist mir völlig egal, sie hat Schlaftabletten genommen, und ich warte, bis sie aufwacht, das ist alles. Das einzige, was ich noch wissen möchte, ist, wieviel sie genommen hat. Der Arzt weiß es auch nicht, er hat ihr nur gesagt: eine Tablette. Und jetzt suche ich seit ich hier bin das Röhrchen, hinter dem Herd, hinter der Truhe, unter den Holzscheiten. Aber nicht einmal das wäre nötig, ihr Puls geht ruhig, da ist kein Anzeichen irgendeiner Gefahr. Das ist die Realität, alles andere nur meine Inszenierung. Ich könnte ruhig fortgehen. Wer hält mich?

Na, ihr da draußen – ist das eine Sensation? War schon lang kein fremder Pfuscher in eurem gottverlassenen Nest? Euer braver Doktor läßt sich halt nicht so bereitwillig in die Karten schauen. Oder habt ihr Angst, der Fremde könnte der Alten etwas tun? Fürchtet nichts, hilfsbereite Nachbarn, er wartet nur, bis sie erwacht ist, und dann wird er so tun, als wäre er es gewesen, der sie auferweckt hat. Ihr werdet nichts von dem kleinen Betrug merken, da könnt ihr noch so scharf aufpassen. Ja, wenn sie wirklich krank wäre, würdet ihr bald merken, wie wenig Macht er über sie hat. Er hatte nie Macht über seine Kranken, das hat er immer gewußt, erst jetzt, nach 30 Jahren des Irrtums, wagt er es, sich das einzugestehen.

Nimm die Hand von ihrer Stirn, Idiot! Wirst du gehorchen? Laß ihr noch die zwei Stunden Frieden! Jede Sekunde Wachsein ist ein Gedanke an den Tod. Gut so! Wo hast du gelernt, so zu gehorchen? Hat sie dir das beigebracht, auf bestimmte Gesten mit bestimmten Gesten zu antworten? Oder können meine Gedanken so laut werden, daß sie selbst deine tauben Ohren erreichen? Schau mich nicht an wie ein getretener Hund! Das paßt nicht zu deiner drohenden Haltung! Du solltest deine Blicke besser auf deine gespannten Muskeln abstimmen! Schon heute Mittag habe ich diesem unterwürfigen Blick mißtraut. In dem schäbigen Gasthof am Ende der Dorfstraße – du mit deinem armseligen Geldstück zwischen den groben Fingern, das gegen das armselige Leben deiner Mutter eingetauscht werden sollte. Hast du ihren Sparstrumpf nicht gefunden? Du glaubst doch nicht im Ernst, daß ich wegen dieser verdreckten Münze herübergekommen bin? Ich bin ein bekannter Heilmagier, hörst du? Bevor mich die Gendarmen aus dem Dorf jagen, werden Hunderte mit ihren Krankheiten und Träumen und ihrem Liebeskummer zu mir gekommen sein! Und die bringen ganz andere Summen mit, die kennen meinen Tarif!

Natürlich geb ich jetzt an, Idiot. Dein Gegenüber weiß genau, wie es um ihn steht. Die Zeiten der vollen Vorzimmer sind vorbei, aber das hat er sich selber zuzuschreiben mit seinem ewigen Spintisieren. Auch jetzt kann er das Netz nicht zerreißen, oder er will es nicht. Gut, er hat dein Geld genommen, also muß er warten, bis sie aufwacht. Aber dann kann er heimgehen und sich ein anständiges Abendessen bestellen. Vorher noch ein bißchen Hokuspokus für die Zuschauer, wie sichs gehört – ob er auch dir etwas vormachen kann? Irgendetwas mahnt ihn, sich vor dir in acht zu nehmen, es warnt vor deinem heimtückischen Grinsen. Oder lächelst du nur, weil meine Gedanken dir die Erinnerung an mein schäbiges Hotelzimmer in dein taubes Gehirn zaubern, Idiot? An die Medizinflaschen mit den buntgefärbten Wässerchen? Sind das die Farben der bunten Glaskugeln, die du als Kind aus dem Kot der Dorfstraße gegraben hast? Darf ich nichts denken, ohne daß es gleich zu dir hinüberschlägt? Darauf war ich einmal stolz. Die Kraft meiner Gedanken: Ich will, daß du deinen Bandwurm loswirst, ich will, daß du deinen verlorenen Rosenkranz wiederfindest, ich will, daß das Mädchen dich liebt, ich will, ich will . . .

Nein, Idiot, ich will nicht, daß sie aufwacht, weil ich das will. Du verstehst das nicht? Dabei ist es kinderleicht. Sie wird aufwachen, wenn die Kraft der Tablette, die ihr der Arzt gegeben hat, sich erschöpft, nichts weiter. Sie wird aufwachen und zum Herd gehen und sich die Schürze umbinden. Sie wird aufwachen um sich noch einmal zurechtzurücken und die Hände zu falten, damit einer von euch ihr den Rosenkranz darum binden kann. Und ich werden zusehen, stumm zusehen, und alles geschehen lassen, wie es geschieht. Das ist das Ergebnis meiner 30jährigen Praxis. Die letzte Weisheit des großen Magiers, dem sie zu Tausenden nachgelaufen sind.

Was grinst du so vor dich hin, Idiot? Ist ihre Stirn unter deiner Hand glatt geworden? Man sagt, eine leere Stirn verberge ein leeres Gehirn. Welches könnte leerer sein als das eines Toten? Wie müßtest du erst grinsen, wenn diese letzte friedliche Leere in diesem alten Schädel eingekehrt ist! Weißt du eigentlich, weshalb du deine Züge veränderst? Weil ein Gegenüber dich anlächelt, und du zum Spiegel wirst? Weil die Sonne untergeht? Weil eine Lawine auf dich losdonnert? Wenn ich es fertig brächte, dich von hier wegzubringen, und deine Mutter aus dem Haus zu schaffen, wenn sie tot ist, und alles fortzuräumen, was an sie erinnert, ihre Kleider, ihren Herd, ihren Geruch, um dich glauben zu machen, es hätte sie nie gegeben – ob es genügte, dich anzulächeln, damit die letzten Reste deiner Erinnerung an sie ausgelöscht werden und die ganze Welt um dich sich verändert? Schau mich an! Ich lächle dich an, ich lächle deine Mutter an, als erwartete ich, daß sie jeden Augenblick aufsteht – siehst du, jetzt lächelst auch du. Schau mich an, Idiot! Deine Mutter wird sterben! Ich habe Angst um sie, und auch du hast Angst! Du hast solche Angst, daß du auf das, was dir Angst macht, blind losstürzen wirst! Du wirst nicht lange nach einer Begründung fragen, nicht versuchen, eine Denkmaschinerie einzuschalten, die dir nicht zur Verfügung steht. Du wirst einfach aufspringen und die Hände zur Faust ballen – siehst du, schon bist du auf den Onkel hereingefallen. Und nur, weil der sich immer wieder beweisen muß, daß er immer noch eine Wirkung auf Menschen ausübt. Es schmeichelt seinem Selbstgefühl. Verzeih!

Starr sie nicht so ängstlich an, deine Alte! Du wirst nie begreifen, wie das zugeht, daß der Tod auf sie niederfahren kann, so nah neben dir und dich links liegenläßt. Du kannst sie küssen, während sie stirbt, du kannst sie umarmen wie eine Geliebte, du wirst ihr nichts abnehmen, nichts auf dich laden können, du wirst kein Fünkchen von dem unbekannten Strom auf dich überleiten. Nicht einmal im Tod wirst du auch nur zum kleinsten Teil des Körpers werden können, dessen Mittelpunkt du einmal warst. Seit der Nabelstrang zerrissen ist, ist jeder Schritt aus deiner Fremdheit zu ihr hin nur eine Täuschung. Ist es das, was dich so erschreckt? Was dein armes verstörtes Idiotengesicht so zum Erbarmen menschlich macht? Dabei hat mich der Arzt gewarnt. Nehmen Sie sich in acht, hat er gesagt. Wenn seiner Mutter etwas passiert, dann ist es um Sie geschehen. Haben Sie eine Waffe bei sich? Sollten Sie! Oder soll ich ihnen den Gendarmen nachschicken? Den Leuten hier ist nicht zu trauen. Fürsorglicher Kollege!

Ich habe keine Waffe bei mir, auch der Gendarm ist nicht auf dem Weg hierher. Ich traue dir, Idiot, und ich glaube dem Arzt, daß du aufspringen wirst, wenn es soweit ist. Das ist das einzige Feststehende in dieser Stunde. Ob ich deshalb hierher gekommen bin?

Nicht erschrecken! Ich seh nur nach, ob das Wasser schon kocht. Ich muß doch etwas tun, dazu hast du mich ja gerufen. Sehr hygienisch sieht's hier nicht aus! Ihr könntet euren Topf zumindest so sauber machen wie den Trog für die Schweine. Da hat's Bohnen gegeben das letzte Mal, was? Geben Sie acht, daß Sie nicht die Krätze kriegen, hat mich der Doktor gewarnt. Die können sie sich dann selber wegzaubern. Ich hätte ihm sagen sollen: wenn mir selber etwas fehlt, gehe ich immer zum richtigen Arzt. Der wär aus allen Wolken gefallen, fast wärs den Spaß wert gewesen.

Bald wird das Wasser kochen. Jetzt noch die Hände ein wenig über den Kessel halten, wie der Priester über den Kelch – wozu hat man so ausdrucksvolle Hände! Und jetzt noch ein bißchen nachlegen. Wie das knistert! Die armen Stadtleute! Haben sich mit ihren Zentralheizungen und Air conditions jeden Rest von Feierlichkeit aus ihren Krankenzimmern verbannt. Wo bleibt die Tafelmusik für den großen Gast, der sich an euren Leibern gütlich tut? Kein Wunder, daß eure Ärzte lieber mit ihren Apparaturen und chemischen Analysen spielen, als sich mit euch abzugeben. Wie sollen sie noch Freude an ihrem Gewerbe haben, wenn ihr ihnen jeden mystischen Anstrich herunterkratzt. Schaut hierher! In diesen Balken arbeitet der Totenwurm. Da kriecht mit jedem Schatten ein Dämon aus der Ecke.

Wo nur das Röhrchen mit den Tabletten ist! Wo kann sie es nur versteckt haben? Unter dem Geschirr? In der Dose? Zu den Haarnadeln, Knöpfen, einem Knäuel Zwirn? Nicht unruhig werden, Idiot! Ich lasse dich nicht allein. Wir werden einander gegenübersitzen wie uralte Freunde, die am traulichen Kaminfeuer die Erinnerungen an ihr verlöschendes Leben austauschen.

Habt ihr eure Nachbarn gerufen? He, ihr da draußen! Eure Geduld möchte ich haben. Stundenlang in ein düsteres Loch zu starren, in dem nichts geschieht. Geht in die Stadt! Die Theater suchen Publikum für ihre modernen Stücke. Warum geht ihr nicht auf eure Felder hinaus? Da blüht alles. Hört ihr nicht die Kuh im Stall brüllen? Die Alte hat ihr heut noch kein Futter gegeben. Füttert sie und starrt mich nicht an! Geht auf die Wiesen und bindet euch Blumen! Singt, solang ihr noch Kehlen habt! Macht euren Lerchen Konkurrenz! Wißt ihr kein Lied? Singt es für mich, bevor der Abend kommt! Singt, jauchzt, jubelt! Habt ihr keine Kirchweih? Ist euer armseliges Dorf sogar dem Feuerschlucker zu minder? Was erwartet ihr? Was kann es hier geben, das mehr wäre als Blumen auf den Feldern und euer Gesang? Was erwartet ihr? Das Wunder, daß einer aufwacht, von dem eine Stunde vorher gedacht wurde, daß er nicht mehr aufwachen könnte? Daß einer stirbt, von dem gedacht wurde, er wird weiterleben? Wartet nicht auf das Wunder! In keine Erwartung ist soviel Enttäuschung gemischt wie in diese. Schaut euch den da an! He, schläfst du mit offenen Augen? Zeig mir das Kunststück! Oder ist das nur diese seltsame Starre in deinem Gesicht? Muß einer sein wie du, daß er die Gesten, die unsereins nur für Augenblicke vollführen kann, über Stunden ausdehnen darf? Muß man ein Narr sein, taub, ein Blinder, um einem Gedanken, einem Gefühl, das man liebt, einer Überzeugung, die man der Welt entgegenschreit, Dauer verleihen zu können?

Ja, nimm das Tuch! Aber tu es leise, damit sie es nicht spürt! Hab keine Sorge um sie, das ist nur die Hitze. Auch mir steht der Schweiß auf der Stirn. Woher hast du nur diese Zärtlichkeit in deinen groben Händen? Liebst du sie? Daß du nie darum wissen mögest, um es nicht verlieren zu müssen! Was wir wissen, gehört uns nicht mehr. Seltsamer Widerspruch. Wenn du kein Narr wärst, würdest du mich für einen Narren halten. Nur die Vernünftigen glauben, daß sie die Welt besitzen, weil sie sie ausmessen und in ihre Atome zerlegen können. Die stolzen Eroberer, die in fremde Länder einmarschieren und nicht begreifen, daß denen, die sie zu Sklaven gemacht haben, ihr Land noch immer gehört. Die Kollegen auf der Anatomie, stolz auf den Besitz ihrer Leichen, die sie kunstgerecht zu zerstückeln verstanden, die Kollegen auf der Klinik, stolz auf die Körper, die sie zu besitzen glaubten, weil sie ihnen die Gliedmaßen wieder gerade richten konnten, weil sie es fertigbrachten, daß ein paar erkrankte Organe wieder funktionierten. Mir bedeuteten die Sterbenden, um die das Ärztekonsilium ratlos herumstand, viel mehr. Ich konnte sie fast lieben, wenn sie sich der Besitzgier ihrer Heilkünstler entzogen.

Ja, leg nur den Kopf zur Seite, kleiner Idiot! Es sieht aus, als hörtest du mir zu. Sie haben mir nie zugehört, nicht die Kollegen und nicht die Professoren. Was hätten sie auch begreifen sollen von der Enttäuschung des jungen Mediziners, daß die Leichen im Seziersaal genauso aussehen wie auf den bunten Tafeln, nur ohne Nummern und Namen im matten Fleisch! Dieser Narr, der die Leichen nach Knochen und Muskeln und Nervensträngen absucht, die er noch nicht kennt! Er sucht beileibe nicht die Seele, aber dennoch sucht er. Er beneidet die Ärzte früherer Zeiten, für die es noch hundert neue Dinge zu entdecken gab, die noch unter Lebensgefahr des nachts sich ihre Leichen stahlen. Was für ein Wirrkopf, der junge Student, der die Leichenteile nicht nach der Anweisung des Professors, sondern ganz anders zerschneidet, selig, wenn er etwas so durcheinander gebracht hat, daß sich keiner mehr in dem Gewirr von Fleischlappen und Sehnensträngen auskennt. Wäre ich wirklich Arzt geworden, ich hätte Menschen töten können, nur um den irrsinnigen Beweis zu haben: Da stimmt die Numerierung nicht, da hört ein Glied nicht auf seinen Namen, da hat sich ein Mensch außerhalb eurer akademischen Ordnung gestellt. Ich hätte mein Laboratorium und mein ganzes Haus mit Mißbildungen und Monstren angefüllt, immer in der Hoffnung, unter ihnen würde eine sein, deren Grad der Zerstörung ich noch nicht kenne. Die noch keiner kennt. Immer in der Hoffnung: Da ist ein Mensch, der alles über den Haufen wirft, was Jahrhunderte ärztlicher Forschung sich erarbeitet haben. Dem keine Messer beikommen und nicht die raffiniertesten Apparaturen, nicht die teuersten Medikamente. Der sich seinen Atem nur mehr aus meiner Hoffnung holt, dem das Blut in den Adern nur durch meinen Willen wächst. Hätte ich das Geld gehabt, um die kleine gelähmte Marie nach Lourdes zu schaffen, alle Sticheleien der Kollegen hätten mich nicht gehindert, sie in das schmutzige Wasser des Wunderbekkens zu tauchen oder sie in den Bannkreis eines tanzenden Medizinmannes zu schleppen, nur um es nocheinmal in den Augen des sterbenden Kindes aufleuchten zu sehen, die in dem kahlen Krankenzimmer schon erloschen waren.

‚Wenn Sie nicht wissen, daß die Therapie, die Sie anwenden, die einzig mögliche, die einzig richtige ist, dann dürfen Sie sie nicht anwenden! Fragen Sie Ihre Lehrer! Holen Sie den Spezialisten! Alles andere ist glatter Mord.‘

Wie oft bin ich zum Mörder geworden! Nur weil ich nicht wußte, ob meine Therapie die einzig richtige war. Weil ich nur daran glaubte. Glaubte, Idiot! Hörst du mich? Für Bruchteile von Sekunden. Und was für Sekunden! Sekunden, die keine Zeitmessung zu messen imstande war, so unendlich schön waren sie . . .

Habe ich dich erschreckt? Verzeih! Der Arzt deiner Mutter hat sich ein wenig in Hitze geredet. Er braucht das, das gehört zu den Mechanismen seiner Kunst. Das sind die armseligen Versuche, die Ekstase heiliggesprochener Mystiker in sein seelenloses Weltbild herüberzuretten. Das sind seine Versuche, alles auszuschalten, was das Bild, das er sich von sich selber gemacht hat, stören könnte. Das Bild des verrückten Idealisten muß rein sein, da darf nicht einmal die kleine Angelika dazwischenkommen, um deretwillen der rastlose Sucher seine sogenannten Studienobjekte am liebsten beim Fenster hinausgeworfen hätte, nur weil sie gesagt hat, ihr graust vor dem Zeug. Da muß die zweite Seele in seiner Brust, die den Truthahn genießt und den Wein und die Frauen, zum Schweigen gebracht werden. Eine mühselige Prozedur, die Erinnerungen an ein halbes Leben auszulöschen, indem man sich ihrer schämt und sie hartnäckig verleugnet. Was dem Chirurgen das Händewaschen, das Mantelanziehen, das Handschuheüberstreifen vor der Operation, das ist diese meine Selbstdarstellung, bevor ich beginne. Meine Verteidigungsrede.

Was ist? Sie hat sich bewegt? Tatsächlich! Die Hände, die knotigen, abgearbeiteten Hände, die dir das Bett bereitet haben, als du noch klein warst – was sollen sie anderes tun, als auf der Decke umherzuwandern? Du hörst ihre Seufzer nicht, du siehst nur das leise Zucken um den Mund. Wie oft mag er dir deine ersten Worte vorgebildet haben, bis sie begriff, daß du sie nie nachplappern wirst, daß du gar nicht verstehst, was sie von dir will. Vielleicht hast du gelacht, wie wir lachen, wenn wir sehen, wie vergeblich sich die alten Stummfilmschauspieler bemühen, Worte zu bilden. Aber später hast du wohl doch verstanden, wenn sie etwas von dir wollte. Was ist zwischen dir und ihr? Was verbindet euch beide, wo doch alle üblichen Verbindungsmöglichkeiten unterbrochen sind? Du kannst sie nicht hören, du kennst ihre Stimme nicht und nicht ihren Klang. Noch weniger weißt du etwas von den Buchstaben des Alphabets und nach welchen Gesetzen deine Mutter sie aneinanderreiht. Einzig die Augen bleiben dir und irgendwelche geheimen Kanäle, die wir nicht kennen. Du bist ein großes Rätsel. Ob du je ein Mädchen geliebt hast? Du hast einen kräftigen Körper, der könnte ihr Spaß machen. Deine Augen sagen nicht viel, aber vielleicht haben sie sich, ohne von anderen Organen unterstützt zu werden, ein halbes Dutzend Möglichkeiten, aus dir selber herauszukommen, zurechtgelegt. Wie ein schlechter Schauspieler, stolz auf seine paar besonderen Töne, die beim Publikum ankommen. Hast du schon einmal eine Frau so angesehen wie mich? Man könnte Angst bekommen, man könnte aber auch fasziniert sein. Ein Mädchen so ansehen und das Wort Liebe denken. In den einen Blick alles hineinlegen, was dieses Wort umschließt. Auf die Stelle zwischen den Augen starren und sie nicht mehr loslassen, bis alle Einzelheiten verschwimmen, bis die Tränen kommen. Ahnst du, Idiot, wie wirksam dieser umgekehrte Weg vom Entleeren der Tränendrüsen zum Gefühl sein kann, da ihm gewöhnlich vorausgeht? Die Wärme, die in dir hochsteigt als Folge eines zufällig hingeworfenen Worts. Alle die äußerlich gesetzten Zeremonien, Blicke, Seufzer, ein Lächeln, ein Schmachten, das Kleid der Liebe, das den Träger zum Liebenden macht – ich habe es einstudiert wie eine Rolle und einen Kult daraus gemacht. Ob der Zuschauer nun ein Stammgast ist, oder jeden Abend wechselt, ist gleich. Ob sein Name wechselt, ist gleich. Ich habe ihre Namen längst vergessen, ich könnte neue Namen erfinden, die zu keiner Trägerin gehören, und sie könnten es gewesen sein. Jeder könnte es gewesen sein. Dein Gesicht könnte zu einem Mädchengesicht werden und Erinnerungen an Frauen wachrufen, die es nie gegeben hat. Ich könnte die, die mir wirklich begegnet sind, ebensowenig beschreiben wie jene, die mir begegnet sein könnten. Ich beginne Einzelheiten aufzuzählen, eine große oder eine kleine Nase, die Fesseln dick oder schlank, und doch wird kein Mensch daraus. Eine zeitlang legte ich mich auf irgendetwas fest, das mir bemerkenswert erschien, und das wurde dann so bedeutsam, daß alles andere gegenstandslos wurde. Es wurde zu einem angebeteten Fetisch, überhöht, übertrieben, unwirklich, es gehörte längst nicht mehr zu dem Körper, dessen geringster Teil es einmal war. Es war meine eigene Schöpfung geworden, wie meine Verehrung meine eigene Schöpfung war. Je phantastischer, je mehr von der Wirklichkeit sie abgelöst war, desto mehr liebte ich sie. Ich liebte mein Gefühl, das ihr ein Denkmal setzte, ich liebte meine Liebe, die in mir war wie in einem Gefängnis und mit immer weniger außerhalb von mir in Berührung kam.

Natürlich weiß man, daß man sich das alles nur vorlügt, immer weiß man es, daß die Gegenstände der Gefühle nur die eigenen Gefühle sind, daß sie sich immer weniger Baumaterialien von außen leihen, das Gerüst, den Mörtel zur Verkleidung, ein wenig Farbe als Selbstbetrug. Ich wußte das alles, Sekunden, nachdem ich einem Gefühl Ausdruck gegeben hatte, wußte ich, daß das Gefühl nur durch seinen Ausdruck entstanden war. Die Zeit dazwischen aber war göttlich! Und desto göttlicher, je kürzer sie wurde, bis eines Tages keine tausendstel Sekunde der Illusion mehr blieb.

Warum erzähle ich dir das alles, Idiot? Was suche ich in deinem Gesicht, in diesen Ruinen einer Gedankenwelt, die nie existiert hat? Was bist du mehr als der Sohn einer alten, schlafenden Frau? Ein Kretin! Macht es dir Spaß, wie da einer im Labyrinth seiner Gedanken umherirrt, die aus deinem leeren Schädel auf ihn zuspringen? Da, schau doch! Ich bin jederzeit imstande, ihnen zu entkommen. Ich brauche nur aufzustehen, ich bin aufgestanden, du kannst mich nicht halten. Ich brauch mir nur die Hände vors Gesicht zu halten, und du bist nicht mehr da. Ich brauch mich nur umzudrehen, und schon bist du fort. Bist nie dagewesen. Ich spiel Verstecken mit dir und werde immer gewinnen. Du bist ja der Krüppel.

Nein, ich bleib schon hier, kleiner Idiot. Aber nicht deinetwegen! Bilde dir das nicht ein! Ich muß nur das Glasröhrchen mit den Tabletten finden, früher gehe ich nicht. Vielleicht, daß ich mir nur etwas vormache und dann erst recht bleibe – vielleicht – aber das weiß ich jetzt noch nicht. Wieso glaubst du eigentlich, daß ich Arzt bin, Idiot? Wieso glaubst du, daß ich dir helfen kann? Die paar Semester sind längst vergessen, ich habe sie aus meinem Gedächtnis gedrängt. Übriggeblieben ist die äußerliche Markierung dieser Jahre, der Weg von der Studentenbude zur Universität, die Erinnerung an den Formalingestank im Seziersaal, an die grau eingebundenen Kolleghefte. Übriggeblieben ist eine gewisse Unbefangenheit dem entkleideten Körper gegenüber und das Gefühl der Überlegenheit über den hilflosen Patienten, der auf den Orakelspruch wartet. Alles andere habe ich mit dem weißen Mantel abgelegt, als ich die Universität verlassen mußte. Der Sohn des Primararztes, dem die Assistentenstelle schon sicher ist, wird davongejagt wie ein Taschendieb! Armer Vater! Und das muß noch in einer Kleinstadt passieren, wo am nächsten Tag jeder weiß, was für ein Wirrkopf der Herr Sohn ist. Ein Verrückter! Der letzte Sproß einer Ärztefamilie macht Dinge wie im tiefsten Mittelalter! Er versucht unumstößliche Erkenntnisse zu leugnen, er will das Einmaleins umstoßen, es stört ihn, daß man anerkennen muß, daß 2 x 2 vier ist und immer bleiben wird. Anerkennen! Hinnehmen! Je älter die Welt wird, desto mehr müssen die Menschen als gegeben hinnehmen. Immer tiefer dringen ihre Beweise unter die Erdkruste, immer höher, bis zu den Sternen hinauf. Wer wagt es noch zu behaupten, wir lebten auf einem Planeten, der nicht um die Sonne kreist? Wer wagt es zu leugnen, daß die Erde rund ist, wo sie längst in Millionen menschlicher Berechnungen eingefangen ist, wie eine Fliege im Netz! Man müßte sie in die Luft sprengen können, Kontinente aus ihr herausbrechen, um wenigstens für ein paar Jahre ein Stückchen Geheimnis wieder zu gewinnen. Ein paar weiße Flecken für die Landkarten der nächsten Schülergeneration. Bis ihre neue Gestalt wieder verankert ist in Plänen und Globen und dem immer dichter werdenden Netz der Fluglinien. Die Atombombe? Wer drückt auf den Knopf? Wer wagt es, die Welt so zu verändern?

Der kleine Medizinstudent kann nicht mehr tun als von der Schulbank fortzulaufen und sich außerhalb des exakt Beweisbaren zu stellen. Er kann nichts anderes als nein zu dem zu sagen, was sein eigener Verstand als richtig erkannt hat. Er muß versuchen, etwas Neues, Unbekanntes in die Welt zu setzen, um daran glauben zu können, er muß Dinge tun, die er als absurd erkennt, er muß Fehler machen, um an ihnen zu leiden, weil sie nicht mehr gutzumachen sind. Er muß die Höhlen seiner Vorfahren aufsuchen, um in ihnen zu frieren, um vor den Raubtieren Angst zu haben und vor Donner und Blitz. Den Aberglauben wieder in sich einkehren lassen, über den unser Jahrhundert lächelt und nach dem es sich sehnt. Alles auslöschen, was man gelernt hat, um das Leben zu bewältigen, wie das so schön heißt. Der erste Mensch sein, der nicht versteht, was geschehen wird, wenn er einen Fuß vor den anderen setzt, der Säugling, der keine Mutter hat, die es ihn lehrt. Der nur die Angst hat, daß alles größer und schöner ist als er, und nur die Hoffnung. Ein Idiot sein wie du, dem das Sterben noch millionenfach unbegreiflicher ist als dem Gesunden und Wissenden, der aber eines hat: die Möglichkeit, Millionen Schritte mehr zu tun als jene, die kaum mehr als auf der Stelle treten können, und der es dennoch nie tun wird. Hab ich dir schon gesagt, wie ich dich beneide, Idiot, um all diese Möglichkeiten, derer du dich nie bedienst?

Warum wartest du eigentlich so lange in dieser gespannten Haltung? Glaubst du immer noch, aus meinem Gesicht, aus meinem Gehaben, aus dem, was dort drüben in meiner Ärztetasche steckt, folgern zu können, daß ich deiner Mutter helfen werde? Ich bin ein Pfuscher, weißt du das nicht? Ein Scharlatan! Ich bin nicht gekommen, um deine Mutter zu retten. Ich könnte es nicht, und ich wollte es auch gar nicht. Ich bin noch weniger als ein Scharlatan, ich bin ein Narr, der alle seine Geistesgaben einsetzt, um endlich an den Punkt zu kommen, an dem du seit deiner Geburt hältst. Ich bin einer, der absurde Experimente macht. Ich will nicht nur das Unerklärliche, ich will mehr, ich will das Gegenerklärliche, ich will mehr, ich will das Verrückte zur höchsten Potenz. Ich will das Unmögliche! Ich will, daß Zucker einmal bitter schmeckt. Ich will ein Gewitter, das aus der Erde hervorbricht, und ein Erdbeben, das aus dem Himmel auf uns herabfällt. Ich versuche, das Meer anzuzünden – und möchte alles, nur nicht enttäuscht sein müssen, daß es zu brennen beginnt . . .

Manchmal, kleiner Idiot, manchmal habe ich die Hoffnung, daß das alles nur Lüge ist. Daß ich vielleicht nur das ganz gewöhnliche Opfer einer falschen Erziehung bin, der verwöhnte Fratz, der losplärrt, wenn er nicht kriegt, was er will. Ich sag es mir oft genug: Das verwöhnte Baby, das den Teddybären auseinandergenommen hat, möchte eben auch noch mit 50 Ikarus sein und am Turm von Babel weiterbauen und lachen können, wenn Ikarus ins Wasser purzelt oder der Turm zusammenfällt wie die Sandburg in den Wellen des Meeres. Lachen können und anderswo weiterspielen. Bübchen war immer glücklich, und als es am 21. Geburtstag ins Tagebuch schrieb: ‚Wenn Gott wieder nur eine Erklärung für mich parat hat, oder wenn er selbst die letzte Erklärung ist, pfeif ich auf ihn' – war das vielleicht nur ein Ausrutscher aus dem Glückszustand, in den der ‚Mündigkeit' hinein? Ein Beweis seines Erwachsenseins vor sich selbst? Wie oft hat er das wieder vergessen! Und liebend gern! Ja, Idiot, vielleicht ist das wirklich alles nur Lüge, so hoffe ich in manchen glücklichen Augenblicken, und ich bin ein ganz normaler Mensch, der dahinlebt, wie andere normale Menschen dahinleben, der also auch jetzt aufstehen und heimgehen kann, bevor alles zu spät ist. Denn was – was hält ihn zurück?

Hast du das gesehen?

Nein, du hast es nicht gesehen.

Dort hinter dir, unter dem schmutzigen Polster – er hat sich verschoben. Steh auf, Idiot, und leg Holz nach! Geh schon, ich tu ihr schon nichts! Da sind doch die Augen deiner Nachbarn am Fenster, die wachen für dich. Tatsächlich, das Röhrchen, da ist es! Kocht das Wasser schon? Schau nicht so mißtrauisch! Nicht jeder, der die Hand in der Tasche vergraben hat, umklammert eine Waffe darin. Es ist nur ein kleines Glasröhrchen, und ich möchte wissen, wieviele Tabletten daraus fehlen. Hast du dich verbrannt? Ja, mein Lieber, man greift nicht ins kochende Wasser. Wenn ich das Röhrchen öffne und die Tabletten in meiner Tasche zähle – setz dich nur wieder auf deinen Posten und laß den Gefangenen nicht aus deinen Augen! Vier, fünf, sechs, direkt unter deinem wachsamen Blick zählt er das Schicksal deiner Mutter ab, neun, zehn, elf, eine Tablette genügt, hat ihr der Arzt gesagt, dann wird sie schlafen können, siebzehn, achtzehn, neunzehn – eine Tablette, sie hat nur eine genommen!

Ruhig, Idiot! Sie wird nicht mehr lange schlafen. Eine Stunde vielleicht – und wenn sie aufwacht, dann bin ich es gewesen, der sie auferweckt hat. Vielen Dank, Herr Doktor! Sie haben mir die einmalige Gelegenheit gegeben, meine Heilkünste ins rechte Licht zu rücken – und mein Selbstbewußtsein wieder ein biß könnaufzumöbeln, das natürlich auch. Jetzt sitze ich hier ohne das geringste Risiko. Ich habe noch Zeit genug, meine Zuschauer mit ein paar Zauberkunststücken zu unterhalten, solange zu unterhalten, bis sie eingefangen sind in dem magischen Kreis. Dann wird sie es schwer haben, ihnen begreiflich zu machen, daß es nur ein harmloser Schlaf war. Wie sollte sie auch? Sie, die sich seit Jahren beklagt, daß sie nicht schlafen kann? Der einzige Beweis steckt gut verwahrt in meiner Tasche. Niemand hat dich mit dem Arzt zusammen gesehen, Alte. Du bist ja in der Nacht zu ihm gekommen, damit niemand davon erfährt. Man hätte es dir übelgenommen, daß du zu dem jungen Arzt gehst, der noch keinem im Dorf die Hand aufgelegt hat, der alle möglichen Instrumente zu Hilfe nehmen muß, weil er ohne sie unfähig ist, einer Krankheit beizukommen. ‚Ja, mein Vorgänger, der alte Medizinalrat, der war selber noch ein halber Pfuscher. Anfangs, als er hierherkam, hat er versucht, die Leute aus ihrem mittelalterlichen Aberglauben zu reißen, aber er hat es bald aufgegeben und mitgespielt. Und wenn er ihnen geholfen hat, dann waren es nicht seine Tabletten oder eine Injektion, eine vernünftige Diät oder der kleine chirurgische Eingriff, sondern nur das Hokuspokus rundherum. Also hat er ihnen den Willen getan.‘ Wissen Sie eigentlich, Herr Kollege, daß Sie sich heute selber das Wasser abgegraben haben? Ich, der fremde Pfuscher, bin einen halben Tag hier und habe eine fast Tote zum Leben erweckt.

Mein Wort ist groß,
mein Spruch ist stark.
Stärker ist mein Wort als Wasser
stärker als der Berg,
mächtiger als ein Reicher,
zugkräftiger als Gold –

Gefallen euch meine Gesten, ihr da draußen? Ja, sie sind recht eindrucksvoll, ich habe sie mir aus der ganzen Welt zusammengeholt. Von Medizinmännern im afrikanischen Busch, von Heilmagiern aus Italien und der Türkei, aus Böhmen und Arabien. Ich habe die Bibliotheken durchwühlt und meine Sonntage in Moscheen und weihrauchgeschwängerten Kirchen verbracht. Ich habe mit Theologen gestritten, die das Wunder allein dem göttlichen Wirken zugestehen wollten und ihnen Jahrmarktszauberer gegenübergestellt, die ähnliche Wunder vollbrachten, nur ohne die Überzeugung, daß mit der Krankheit zugleich auch der Teufel den Körper verläßt. Ich betrieb die Magie, als deren jüngster Adept ich mich fühlte, mit einem wissenschaftlichen Eifer, wie ich nie meine Studien auf der Universität betrieben habe. Und alles mit dem Ziel, der Wissenschaft, die ich anerkannte, eins auszuwischen. Eins auszuwischen mit einer Pseudowissenschaft, die ich nicht einen Augenblick anerkannt habe. Die Wissenschaft hassen, wenn man sie anerkennen muß, die mir nichts getan hatte, als daß sie fähig war, sich zu erklären – ich haßte sie, wie der Satan Gott haßt, weil dieser weiß, daß er Gott ist.

So ließ ich mich hineintreiben in das unbekannte Abenteuer. Die armseligen Dorfzauberer, denen man die Fensterscheiben einwirft, wenn ihnen eine Heilung nicht gelingt, für die jeder neue Patient eine Aufgabe ist, an der es sich zu bewähren gilt, die großen Magier in ihren Achtzimmerwohnungen im vornehmsten Viertel der Stadt – ich habe ihnen ihre Tricks abgeschaut, ich habe sie kopiert bis in die letzte Einzelheit. Ich habe meine Zimmer mit magischem Gerümpel ausgestattet, an dem das einzig Geheimnisvolle der Staub war, der es bedeckte, und die ängstlich-ehrfürchtigen Blicke der Besucher. Ich habe mich mit dem Flair des Außerordentlichen umgeben, ich ließ mir einen Bart wachsen und setzte mir eine große Brille auf die Nase. Ich ließ mir ein fremdartiges Gewand anfertigen, das mir ein neues, fremdartiges Gehaben aufzwang. Am Abend, wenn ich im Bett lag, hatte ich es einer Kleiderpuppe umgehängt und starrte es lange an, als wäre ich es, der dort in der dämmrigen Ecke stand. Ich ging mit meinen Lehrmeistern in den Wald und wartete auf den Vollmond, um Knabenstengel und Regenwurz auszugraben. Ich lernte, wie man Schnecken in ihrem Haus mit Nadeln durchbohrt und sie an roten Seidenfäden in den Schornstein hängt, wie man den abgegangenen Bandwurm zu Pulver verreibt und frisches Fleisch auf den Grauen Star legt, damit es die kranken Stoffe an sich ziehe. Ich ließ mich unterweisen, wie man Zahlen aneinanderreiht und den verschiedenen Kombinationen ihre verschiedenen Wirkungen zuschreibt. Ich lernte Sprüche in vielen Sprachen, tausende von Sprüchen und ließ mich von ihrer Sinnlosigkeit betören wie von Wein.

Aber bald merkten meine Lehrer, daß mit mir etwas nicht in Ordnung war. Die einen verlachten mich, weil mir das Geld eher gleichgültig war, das mir der Aberglaube meiner Mitmenschen einbringen sollte. Die anderen verdammten mich, als sie merkten, wie gleichgültig mir meine künftigen Patienten waren. Sie jagten mich davon, einer nach dem anderen, bis ich schließlich keinen mehr fand, der mich aufnahm. Aber ich hatte bereits genug gelernt, um den Menschen meine Gewalt zu zeigen, die sie mir über sich verliehen.

Wie lange werdet ihr noch da draußen herumhocken? Der ganze Hügel ist schwarz von ihnen, Krähen auf einer Herbstwiese. Lauert ihr auf euer Futter? Da! Es sitzen drei Weiber im Sand, die haben des Menschen Schlaf in der Hand – der Zauberer wirft das As in die Luft, das er nie in den Händen gehabt hat. Schnappt nach dem Brocken, rauft Euch darum! Die Macht des Magiers ist immer noch da. Noch ist mein Gedächtnis wie früher, meine Augen sind scharf, noch läßt mich meine Phantasie nicht im Stich und erfindet immer neue Kombinationen. Meine Muskel sind noch immer gut durchtrainiert, ich habe jedes kleinste Glied beherrschen gelernt, wie ein Tänzer, der nicht mehr daran denken muß, was er tut. Die Morgengymnastik, bevor die Patienten kommen, dieses Gemisch aus Inbrunst und Schauspielertraining. Das Herablassen der Jalousien, damit die Möbel die Konturen verlieren, an denen sich das Auge festklammern könnte. Das langsame Nachlassen der Selbstkontrolle – zünde die Räucherkerzen an! – der Blick muß mit ihrem Rauch durch den dämmrigen Raum fließen, auch der Diener muß mit ihm dahinfließen, wie in einem langen, trägen, ewigen Strom. Der Patient muß schon bei seinem Eintreten alle seine speziellen körperlichen und seelischen Merkmale verlieren, und wenn er zu sprechen beginnt und seine Wünsche hersagt, bin ich imstande, mir über seine Stimme keine Rechenschaft mehr zu geben. Sie erinnert an nichts mehr, nicht an die Stimme des Freundes und nicht an das Kläffen des Nachbarhundes, sie kann noch so schrill sein und noch so außergewöhnliche Dinge sagen, sie reißt nicht mehr das graue Nebeltuch auf, das sich über alles gesenkt hat. Vergessen das Frühstück und alle die Verrichtungen beim Aufstehen, vergessen die quälenden Träume, die bis in den Morgen herein reichten. Alles ist ausgeschaltet, was das Kraftfeld zwischen dem Heiler und dem Patienten stören oder durchbrechen könnte. Vergessen die ausgeklügelte Regie, die den Besucher empfängt, die Fehler der Darsteller auf den langen Proben, die groben Witze der Bühnenarbeiter, vergessen die Debatten zwischen Spielleiter und Dekorateur, die Anweisungen an den Beleuchter, von welcher Seite das Licht im ersten Akt einfallen soll. Der Vorhang geht auf, und ein Schauer überläuft das Publikum und schlägt zurück auf die Schauspieler und hüllt sie ein in das gemeinsame Erlebnis eines vollkommenen Theaterabends.

Aber habt ihr gesehen, wo der Spielleiter sitzt? Nein, ihr seid zu sehr eingefangen von dem, was er euch arrangiert hat, vergessen das Anstellen um die Karten an der Kasse, die knarrenden Sitze und der Schnupfen des Nachbarn. Ihr seht nicht einmal mehr die Notlichter über den Ausgangstüren, die euch die Fluchtwege weisen. Wie sollt ihr dann den Spielleiter sehen, der seinen Regietisch im Zuschauerraum längst verlassen hat! Der steht jetzt zwischen den Kulissen und riecht Farbe und Leim. Er sieht über den strahlenden Helden hinweg, den Feuerwehrmann, der hingebungsvoll an seinem Wurstbrot kaut. Für ihn ist die makelloseste Dichtung zerstückt, zerrissen in dutzendmal geprobte Szenen, bis zu dem jeden Abend erwarteten Stolpern des Hauptdarstellers über ein schwieriges Fremdwort. Ihm wird der Abend nie mehr zu einem Ganzen werden wie euch, sein einziger Lohn ist die billige Münze aus Applaus, sind die paar Augenblicke, in denen er sich selbst zu vergessen vermochte. Was wißt ihr, blödsinniges Zuschauerpack, von dem Verlangen nach diesen Augenblicken! Von dem Kampf eures Erlösers mit dem Zweifel an seiner Erlöserschaft! Was wißt ihr, deren Seele nichts ist, als ein willkürlich gesetztes Wort für die Erwartung göttlicher Hilfe, von der Qual dessen, dessen Hand auf eurem Haupt, euren Gliedern zur Berührung mit den Elementen der Schöpfung werden soll! Was wißt ihr von seinem brennenden Wunsch, daß dieser unerhörte Betrug, dem ihr euch so willig überantwortet, einmal länger als die Länge eines Atemzugs auch für ihn den Anschein von Wahrheit erlange! Ihr müßtet einmal den entsetzlichen Höllensturz aus den Sekunden der mühsam errungenen Selbstbetäubung in die Ewigkeit des Bewußtseins um diese Täuschung erlebt haben, und ihr hättet nur noch Mitleid mit ihm. Ihr würdet eure Krankheiten beschämt verbergen, würdet sie stumm mit euch davontragen, sie leugnen, damit er nie wieder in Versuchung komme, den Betrug fortzusetzen, mit dem er sich dauernd selber betrügt.

Ja, jetzt quält er sich wieder, der alte Scharlatan. Das ist immer im Anfang so, solange der Rausch noch kein vollständiger ist und die Zweifel an der Möglichkeit der Betäubung noch wach sind. Manchmal habe ich den Verdacht, daß es ihm Spaß macht, sich zu quälen, daß er sich seinen Spekulationen völlig freiwillig aussetzt. Diese verrückten modernen Theologen, behaupten, die Höllenqualen seien seelischer Natur! Wißt ihr, daß ihr der Verdammnis damit ihren ganzen Schrecken nehmt? Seelische Qualen sind heut ein Gesellschaftsspiel, keine höhere Tochter kommt ohne sie aus. Die Arbeitsplätze der Schnapsfabrikanten und Psychiater müssen gesichert bleiben. Aber nur ein winziges Teufelchen, das dem Sünder mit der glühenden Zange in den Hintern zwickt, und der alte Pfuscher wirft schreiend alles über Bord.

Was schaust du mich so erschrocken an, Idiot? Sind meine Gedanken wieder laut geworden? Nein, du weißt nichts von ihnen. Die deinen sind ja so beneidenswert kurz und wissen nur Augenblicke zu halten. Der nächste Augenblick nimmt sie dir wieder weg, leicht, ohne Abschiedsgefühle, ohne den Schmerz, daß man aus dir etwas herausbricht, das dann nie mehr dein eigen sein wird. Du weißt nichts von der Last der Gedanken, die sich mit den Jahren anhäufen und nicht abschütteln lassen. Ist es nicht seltsam, daß ich mich jetzt vor dir, daß ich mich vor euch da draußen über längst vergangene Dinge beklage? Die ich längst dachte, überwunden zu haben? Und doch tu ich's. Nichts wird überwunden, nichts kann abgeladen werden, da existiert keine Zeit. Wir können noch als Greise über die Schmerzen unserer Jugend klagen, als wären sie eben über uns gekommen. Wir laufen ewig im Kreis und kommen in jeder Stunde an jeder Stunde unseres Lebens vorbei. Wir blicken durch die Fenster der Häuser, die wir als Junge gebaut haben, als wären sie immer noch heil und nicht längst eingestürzt. Es gibt Ärzte, die können einen Menschen mit wenigen Schnitten zu dem machen, was du bist. Ein kleiner Eingriff im Gehirn, und die Vergangenheit des längsten Lebens ist ausgelöscht und lebt nur noch dort weiter, wo sie andere Menschen berührt hat, denen keiner diesen Schnitt gemacht hat. Was aber niemand anderer weiß, was er allein in sich begraben hat, das ist fort für immer.

Komm, verstörter Geist, laß mich einen Augenblick sein wie du! Laß mich diese letzte Stunde sein wie du. Nichts als warten, daß sie erwacht oder daß sie stirbt. Erwacht oder stirbt. Der Mann, dem man die Vergangenheit herausoperiert, dem schneidet man auch die Zukunft heraus. Eine ganze Stunde der Zukunft vor sich zu haben und keine der 3600 Sekunden zu wissen, was in ihnen geschieht – weißt du, wie glücklich du bist? Nicht alle Waffen hervorholen müssen, mit denen die Verzweiflung gegen sich selber kämpft: die Hoffnung, das Betteln, die Erwartung – einfach abwarten können, was geschieht, daß etwas geschieht und ob es geschieht –.

Alter Pfuscher – haben dreißig Jahre immer noch nicht das blödsinnige Feuer verlöschen lassen? Sind die paar grauen Haare, die schlaffe Haut und die größere Müdigkeit am Morgen das einzige, das sich verändert hat? Was hat sich verändert seit dem ersten Tag, da der kranke Buchhalter vor mir gelegen ist, genauso wie die hier? Fragend, wartend auf ein hilfreiches Wort? Was fehlt mir, Herr Doktor? Doktor, sagt er! Seine Augen, graue Augen wie Steine. Die Augendiagnostiker sagen, man könne aus ihnen den ganzen Menschen erkennen. Möglich. Aber man blickt in Augen wie in ein Spiegelbild, sucht sich darin und findet sich doch nicht. Augen sind wie die Sonne, man wird blind für die übrige Welt. Man sieht nur das eine. Damals hab ich es gesehen, zum ersten Mal in meinem Leben. Was waren die Jahre des Studiums dagegen, an den Spitalsbetten, vor dem Röntgenschirm! Er wird gesund, hab ich gesehen. Er glaubt, daß er gesund wird, wider alle Vernunft. Die Ärzte haben ihn aufgegeben, und auch Lourdes war vergeblich gewesen. Keine Homöopathen haben ihm helfen können und kein Sympathiemittel. Und doch wird er gesund. Er glaubt es, weil ich es glaube. Er glaubt, was ich glauben will. Er glaubt, was ich glauben kann, solange er es glaubt. Drei Monate später war er gesund, und ich ging von der Universität.

Ein Wunder? Damals hab ich es geglaubt. Glauben – daß man um dieses Wort nie herumkommt! Man kann ihm ausweichen und stolpert darüber, man kann ihm davonlaufen, es läuft einem nach und springt einem ins Gesicht und schreit: Ich bin da! wie ein Kobold. Man kann hundertmal leugnen, daß es das gibt. Man kann sagen, schon das Wort ist eine menschliche Konstruktion, aus Buchstaben willkürlich zusammengesetzt. In jeder Sprache eine andere Zusammensetzung, und welche Sprache ist gültig? Welche Sprache trifft, was gemeint ist? Welche Definition hält es fest? Müßten wir nicht erst tausend Umschreibungen finden, um es annähernd einzukreisen? Wäre es nicht besser, dieses Wort aus unserem Vokabular zu streichen? Kein Wort dafür zu setzen? Einen leeren Platz zu lassen? Punkte? Ich ... Du ... Er ... Stumm sein, wenn das herankommt, um das sich alles in der Welt dreht. Taub sein, wenn ein Frevler es auszusprechen wagt. Blind sein, damit seine Lippen unsere Augen nicht berühren. Ohne Gedanken sein, sich ihm nicht im Geist nähern und nicht im Traum. Der Glaube ohne Hoffnung – Hoffnung schreit ja schon nach Erfüllung, jedes Gebet fordert schon seinen Lohn, jede Kniebeuge schließt die Erwartung des Dankes dessen in sich ein, vor dem man sich niederwirft. Ich kenne keinen Menschen, der ohne diesen Hintergedanken beten kann.

..., damals hab ich dieses Wort noch gesetzt: Er glaubt, und darum ist er gesund geworden. Was für ein Triumph! Die halb zerfressene Leber, auf die schon die Laboranten in der Prosektur gelauert haben – ein schönes Exemplar, ein ganz besonderes Exemplar, so ein Exemplar haben sie auf keiner Universität in ganz Europa –, hat wieder gearbeitet. Ein halbes Jahr später hat kein Röntgenologe irgend einen Unterschied zu einer gesunden Leber feststellen können. Und wie sie sich bemüht haben! Das hättest du sehen sollen, Idiot! Ihre vorwurfsvollen Blicke: Der lebt noch? Wir können doch nicht seinetwegen unsere Lehrbücher umschreiben oder Fußnoten einsetzen: Es gibt Fälle, bei denen ... Und doch gibt es solche Fälle! Wie ich früher sinnlos Leichen zerstückelt habe, um etwas zu finden, das euch entgangen ist, so hab ich jetzt eure selbstgefällige Erhabenheit durchlöchert. Eure jahrhundertelange Erfahrung. Das Ergebnis von Millionen Experimenten mit neuen Operationsmethoden und Medikamenten. Ich hab aus euren Uhren ein Rädchen herausgenommen, und sie gehen besser denn je! –

Ist es dunkel geworden? Ist das, weil die Sonne untergeht oder ist das der beißende Rauch? Es gibt Menschen, die können ihre Angst leibhaftig vor sich sehen wie ihre Zukunft oder ihr Schicksal – haben sich meine Augen geschlossen, hat sich ein Häutchen darübergezogen, das keiner Lider bedarf? Mach Licht, Idiot! Ich will dein Gesicht sehen! Ich will alles sehen, was auf mich zukommt!

Was auf mich zukommt? Was kommt auf mich zu? Ich sollte fliehen, ich weiß. Ich kenne die Gefahr, wenn ich mich von meinen eigenen Worten bezaubern lasse. Irgendwo ist der Punkt, an dem es kein Zurück mehr gibt. Aber noch ist es nicht zu spät. Ich hab immer noch einen Trick auf Lager gehabt, und wenn ich mich nur darauf besinne, daß ich auf der Universität boxen trainiert habe – – – Habe ich mein ganzes Leben nur auf diesen Idioten gewartet?

Geht nach Haus, Leute! Das Wunder findet nicht statt. Schickt die Reporter heim! Der Zauberer hat versagt. Eine alte Frau wird aufwachen, weil sie lange genug geschlafen hat, oder sie wird weiterschlafen, weil sie schon zu lange gelebt hat – was ist das schon? Oder plagt euch die Neugier, was der Fremde tun wird? Wenn man ihn ruft, macht er seine Mätzchen, das gehört zum Geschäft, das tut er schon aus Routine. Er arbeitet nach Stundenlohn, die Materialkosten fallen kaum ins Gewicht. Vielleicht noch eine Erfolgsprämie aus der Börse besonders dankbarer Kunden. Das hat er immer geschätzt, das streitet er gar nicht ab. Er ist ja kein Idealist, er tuts ja für sich, für die Erkenntnis oder den flotten Bugatti. Ja, der Fall hat sich in der Stadt herumgesprochen damals und sogar in der Zeitung ist es gestanden. ‚Sie haben goldene Hände' hat einer gesagt, ‚damit kann man viel Geld verdienen. Freilich, beim Arzt bestehen die Leute auf den Krankenschein, aber bei uns zahlen sie, was verlangt wird.'

Also komm, Kleiner! Fangen wir an! Gib mir die Tasche herüber! Greif sie nur an, sie beißt nicht! Da stell sie her! Aber drei Schritt vom Leib! Wer dem Zauberer zu genau auf die Finger schaut, betrügt sich nur selbst. Rück die Lampe ein bißchen näher und setz dich wieder hin!

Valeriana officinalis, ein köstliches Kraut. Wie das riecht! Man läßt sich fortschwemmen von dem brodelnden Duft, fort, aus sich selber heraus, vergessen sind Kindheit, Vergangenheit, Kleider, der Name im Paß, das ovale Gesicht, blaue Augen, besondere Kennzeichen: keine. Walle, walle, guter Trank – wach nur über ihren Schlaf, Idiot! Sie spürt, daß du da bist, und das Wasser summt ihr ein Wiegenlied. Ein paar Blätter Rosmarin, wie das schäumt! Und vollkommen ungefährlich. Jetzt noch ein Löffel Lawendelöl – und jetzt ist's genug. Seltsam, zu denken, daß auch ich einer sein könnte wie ihr. Gesetzt den Fall, mein Vater wäre als junger Mensch hierher gekommen und hätte sich mit einer von euch, ja, dich meine ich, die mit dem roten Kopftuch, etwas angefangen. Dann stünde ich jetzt da draußen mit abgearbeiteten Bauernhänden und platter Nase an der Fensterscheibe. Nur ein paar Umstände wären verändert, man könnte es sich auf dem Papier ausrechnen – ein Mensch wie alle anderen, Kindheit, Vergangenheit, besondere Kennzeichen: keine – und ich würde an die eingetrocknete Kröte glauben, die der Fremde über dem Wasserdampf pendeln läßt, nur ohne das Krebsgeschwür von Gedanken, das sich ausbreitet und Metastasen bildet, bis der ganze Körper zerfressen ist. Keine Angst, sie tut euch nichts, sie wird euch nicht mehr über den Weg hüpfen, ich hab ihr die Eingeweide herausgenommen und an der Sonne getrocknet. Ein Krötenauge, der große Zauber, dessen Geheimnis niemand kennt. Wie sind eure Vorfahren vor Jahrtausenden, Menschen wie alle anderen, Gesicht oval, Haare brünett oder schwarz oder blond, nur auf die Idee verfallen, dieses eingetrocknete blinde Auge, das schon im lebenden Zustand nichts weiter als ein paar Krötensprünge zu sehen fähig war, könnte den Puls anregen! Plupp! Schon ist es in der Suppe verschwunden. Wachse, wachsendes Auge! Gib dem Trunk die Kraft, zu sehen, was die Kranke jetzt nicht sieht, aber sehen wird. Dinge zu sehen wie die Bäume draußen, die sich unter der Last ihrer Früchte beugen. Die Kornfelder zu sehen, die ihr dem sandigen Boden abgerungen habt. Das Heidekraut, das noch einmal blüht, bevor die Herbststürme daran zerren. Die Sonne zu sehen, bevor sie erblindet.

Nur nicht überkochen! Jeder Tropfen ist kostbarer als Gold. Jeder Tropfen ist kostbarer als Wasser. Kostbarer als das innigste Gebet in eurer Kirche. Wie recht er hat, der Herr Pfarrer, daß er sich über euch beklagt. Das morsche Dach des Gotteshauses ist immer noch nicht gedeckt. Wie denn auch, wenn ihr da draußen herumsteht und euch von einem Kurpfuscher die Stunden stehlen laßt, statt in den Wald zu gehen und Holz für Schindeln zu spalten.

Wie das duftet! Schlimme Konkurrenz für Ihren paradiesischen Weihrauch, Herr Pfarrer! Leckst du dir schon die Lippen, Idiot? Das wird ein Süppchen! Ein besseres Rezept als die tägliche Milchsuppe. Riecht ein bißchen nach dem billigen Parfum im Kramladen neben dem Gasthof, wo sich die Mädchen die Voraussetzung für ihre unehelichen Bälger holen. Bist du auch ein uneheliches Kind? Da seh ich nirgends eine Erinnerung an einen Vater, kein Bild, kein Hinweis, daß hier einmal ein Mann gewirtschaftet hat. Er hätte viel zu tun, den wackeligen Tisch reparieren und die gesprungene Kastentür – könnte nicht ich dein Vater sein, Idiot? Es ginge sich mit den Jahren gut aus. Vielleicht war sie einmal schön, die Alte? Ihre Stirn könnte darauf hindeuten. Ich hoffe nur, daß du ein bißchen besser ausgefallen wärst bei meiner Mitarbeit. Ich war ein gutaussehender Mann. Meine Patientinnen haben es oft darauf angelegt, mich herumzukriegen. Eines der wenigen Dinge, die ich mit der Ärzteschaft gemeinsam habe. Und daß ich mich nur selten dagegen gewehrt habe, ist die nächste Gemeinsamkeit. Auch das gehört zum Geschäft, und nicht zu seinen unangenehmsten Seiten, nicht wahr, alter Heuchler? Freilich, man soll die Erwartung der Hilfesuchenden nicht enttäuschen. Die Bürgermeistersgattin und ihr Myom. Das Myom war ihr impotenter Mann. Das vertrauliche Blinzeln: ‚Lassen Sie doch den Unsinn, Herr Doktor!‘ Sie hatte eine wundervolle Haut. Was ist schon die kleine Niederlage des Magiers, wenn man dafür den Liebhaber spielen darf! Auch große Denker müssen Ferien machen. Und die reiche Arzneimittelwitwe mit der ganzen Firma als Mitgift? Was für eine Ironie! Der Kurpfuscher lebt vom Verkauf von Tabletten! Ein Glück, daß die Angst der Männer vor der Heirat so groß ist! Man macht aus ihr ein Mittel zum heiligen Zweck und spricht mit Pathos: Weiche, Satan! Zieh mich nicht ab von meinem hohen Ziel in die Niederungen irdischer Genüsse!

Nicht ungeduldig werden, Idiot! Ich muß manchmal den Zyniker spielen, und umrühren muß ich auch. Die Kräfte der verschiedenen Kräuter müssen einander durchdringen. Du wirst staunen, wenn sie die Augen aufschlägt. Ich muß nur den richtigen Moment erraten. Sobald ihre Lider zu flattern beginnen, muß die Schale ihre Lippen berührt haben. Ein Schluck, und sie ist gesund, und in die starre Mauer da draußen wird Bewegung kommen, sie werden um mich herumtanzen und mir die Hände schütteln und mich bedrängen: Ich hab eine Frau daheim, die hat Leibschmerzen. Mein Großvater, meine Tante, mein Stiefonkel. Meine Kleine weint immer im Schlaf, da kann doch etwas nicht stimmen. Nehmen sie ihr doch den Alp von der Brust! Das können sie doch!

Natürlich kann ich das. Alles kann ich. Ich kann Gespenster verjagen und die Gürtelrose besprechen, ich kann Warzen verbannen und jahrealte Beulen aufbrechen lassen. Ich kann Teufel austreiben und bewirken, daß sie in eine Schweineherde fahren. Und ich kann sogar glauben, Sekunden hindurch, daß ich es bin, der das alles bewirkt.

Nehmen wir den Topf vom Feuer! Er muß ein wenig auskühlen. Noch eine Stunde vielleicht. Was ist das? Ach, eure Tiere! Füttert sie endlich! Sie haben seit gestern abend nichts zu fressen gekriegt! Jetzt ist es still. Haben sie gespürt, daß ich das Schweigen will und halten den Atem an? Oder werden sie gleich wieder losbrüllen und an ihren Ketten zerren? Das eigenartige Gefühl der Spannung, wie es heraufkommt: Wird der Zauber wirken? Wann wird er wirken? Wie wird er wirken? Wie wird der Kranke reagieren? Wird er aufschreien, wenn in ihm etwas geschieht, das ihm fremd ist? Wird er lächeln und ruhig alles über sich ergehen lassen? Oder wird es nicht wirken? Was werde ich dann sagen? Auf welche Umstände werde ich es schieben? Auf welchen Zauber, der dem meinen entgegengewirkt hat? Auf welche fremde Kraft? Auf wen werde ich zeigen, der ist es!? Der mit dem bösen Blick. Er will nicht, daß der Kranke gesund wird. Was hat er gegen ihn? Denk nach! Ist er ein geheimer Feind? Ein Neider? Hat er ihn ums Ohr hauen wollen, und es ist ihm nicht gelungen? Fragt nicht erst lange, jagt ihn davon, und der Kranke ist morgen gesund!

Alter Narr, ein bißchen Duft, ein paar Sprüche, und schon bist du wieder im eigenen Netz. Wie können einem die Jahre so durcheinandergeraten? Du willst doch die Alte gar nicht heilen. Nein, du willst es nicht. Und über den Zustand der Verzückung, von der du da faselst, bist du auch längst hinaus. –

Stimmt, ich habe es nicht vergessen, ich wollte es nur vergessen, eine kleine Schwäche, Verzeihung! Ich werde nichts tun, als ihr gegenüber zu sitzen. Der Saft in dem Topf ist nur für die Zuschauer. Ich selbst werde warten, wie sie ohne mein Zutun erwacht. Oder ohne mein Zutun stirbt. Heute – morgen – irgendwann –.

Wie stark du bist, Idiot! Man kann Angst bekommen. Dein ganzes Gehirn scheint in die Muskeln geronnen zu sein und brütet Gedanken aus. Spielerische Muskelgedanken über seine Möglichkeiten, wenn du dich bewegst. Und wenn sie sich einmal sattgespielt haben und so angespannt sind, daß du die Spannung nicht mehr erträgst und aufspringen mußt, um dich auf mich zu stürzen – dann werde ich Sekunden später dir gleich sein. Ohne die Last einer Vergangenheit und ohne Zukunft, es sei denn eine, an die unsereiner nicht glaubt. Aber glaub mir, Idiot, deine Mutter wäre auch ohne mich gestorben. Ich hab keinen Gedanken an sie herangetragen, der ihr Angst machen könnte. Vielleicht, wenn sie knapp vorher aufwachte, daß ich, über sie gebeugt, ihr verheimlichen könnte, bis zuletzt verheimlichen, daß sie sterben muß. Das einzige, das ich je vermocht habe: Zu verheimlichen, was ich weiß. Zu verheimlichen, daß meine Medikamente nutzlos, daß der brandige Fuß, der unter meinen Worten zu schmerzen aufhört, ein paar Tage später erst recht abgenommen werden muß. Zu verheimlichen, daß das ganze Repertoire von magischen Formeln und Zaubertränken Betrug ist. Nur mir selber kann ich nichts verheimlichen, seit Jahren nicht mehr. Weißt du etwas von der entsetzlichen Kälte, wenn man für sich selbst nicht einen Schatten des Betrugs mehr bereit hat?

Warum bin ich aufgestanden, Idiot? Irgendetwas in mir, eine Stimme, hat gesagt, ich soll aufstehen. Die Stimme der Vernunft vielleicht? Der unbestechliche Zuschauer, der mich immer wieder herausreißen möchte aus meiner Verzauberung? Ich will leben, ganz einfach leben, sagt sie. In einer Hütte wie dieser, die den Regen abhält und wärmt. Essen und trinken, weil man Hunger und Durst hat. Sich ins Bett legen, weil man müde ist, nicht mehr. – Aber wer kann in solchen Sekunden an Leben denken! Man muß die Dosis verstärken, wenn sie nicht mehr wirkt. Von mal zu mal mehr. Dem Kranken in die Augen sehen, starr, minutenlang, stundenlang, bis er selber den Blick nicht mehr erträgt und sie schließt. Mach die Lider auf, Alte! Willst du dir den berühmten Suggestivblick des Magiers entgehen lassen? Spürst du nicht die Kraft, die von ihm ausgeht? Daß er sie aus dir holt, brauchst du nicht zu wissen. Du sollst nur starren und glauben und das Wunder in deinen Augen nachvollziehen, das sich in deinem Körper ereignet. Du sollst ihm den Glauben an das Wunder geben. Das Fieber, das deinen Körper verläßt, laß es auf ihn überströmen! Ihn laß es wärmen! Er wird dir dankbar sein, er wird niederknien und dir die Hände küssen und dir die Augen küssen, aus denen das Wunder strahlt. Aber es geht auch ohne deine Augen. Sie sind nur ein willkommenes Hilfsmittel. Ich habe ja meine Kräuter und ihren betörenden Duft. Ich habe die Dunkelheit in dem brodelnden Saft, in dem die geheimnisvollen Kräfte zueinanderfinden. Ich habe meine Hände, die auf deinem Körper magische Tänze vollführen. Ich tanze mir mein Bewußtsein von der Seele, ich tanze mich in den Traum. Und wenn der Traum für einen Augenblick zerreißt, wenn ich das Ziehen in den Muskeln spüre und plötzlich weiß, das ist der Bizeps, der den Arm hochreißt, und das ist das Plenius colli, dann habe ich noch meinen Oberkörper und das Becken, es kreist und schüttelt sich und schüttelt mir meine Gedanken aus dem Gehirn. Und wenn die Wirklichkeit in meinen Traum stößt, kann ich sie vertreiben und unschädlich machen. Ich werde neue Tänze aufführen, ich finde andere Kräuter, und sie strömen unbekannte Düfte aus, die jeden auftauchenden Zweifel zu betäuben wissen. Immer geheimnisvoller wird das Ritual, immer phantasiereicher die Zeremonie. Das Hochamt der Alchemie erstreckt sich über Stunden, und immer höher wächst das mystische Dunkel des Kirchenschiffs in den Himmel, immer unbegreiflicher lösen sich die Fratzen der Wasserspeier aus dem Stein. Jagt die Gedanken von der Kommunionbank! Räuchert die Zweifel mit euren Weihrauchfässern aus den hohen Fenstern! Laßt sie blitzen und schimmern im Schimmer der Kerzen, daß sie zu unerreichbaren Gestirnen werden, zu phantastischen Kristallen von Meskalinräuschen, damit der Betende, wenn er aus der Versunkenheit seines Gebets aufschaut, nicht an die rauchende Esse der Silberschmiede denkt, nicht an den Gleichtakt der Hämmer, nicht an den Schweiß der Gesellen und den Wochenlohn. –

Aber die Distanz zwischen Traum und Erwachen wird immer kleiner. Je größer die Chance der Faszination, desto fordernder drängt sich der Verstand dazwischen, der sie in Frage stellt. Je vielfältiger und komplizierter die Zeremonien werden, desto wacher muß der Intellekt sein, der sie erfindet. Die Kluft wird immer größer, immer tiefer der Fall aus der höchsten Seligkeit in das vernichtende Wissen um den Betrug. Immer schmerzhafter wird der Abfall vom mühsam errungenen Glauben empfunden, der tägliche Abfall in die Verdammnis, der stündliche, der von Minuten. Immer mehr rücken die Sekunden von Inbrunst und Skepsis zusammen, bis sie eines Tages so nahe beieinanderliegen, übereinander, einander decken: Das äußerste Bemühen um einen Zustand hebt diesen Zustand auf.

Siehst du, alter Pfuscher, es wirkt längst nicht mehr. Wozu also das Theater weitermachen? Merkst du nicht deinen Bankrott? Du bist am Ende! Und du weißt es. Da gehts nicht mehr weiter. Weg mit den Träumen! Steh auf und rette dich!

Habe ich den Stuhl umgestoßen? Verzeih, Idiot! Ich wollte nicht. Es ist so heiß hier und der Gestank, der Rauch – klebt dir auch alles am Körper? Das Salz in den Augen. Kann man die Tür nicht öffnen? Mein Körper ist nichts als ein Stück glühendes Fleisch. Warum hat der Kamin keinen besseren Abzug? Keine Angst, Idiot! Ich lauf dir nicht davon. Ich will nur ein bißchen Luft schnappen. Ah, ist das kühl! Natürlich, ich könnte schon auf dem Weg zur Busstation sein. Seid ihr immer noch da? Ich könnte Buchhalter werden. Warum habt ihr das ganze Haus umlagert? Ich bin intelligent, Arbeitskräfte sind heute gesucht. Warum redet ihr denn nichts? Seid ihr zu Stein geworden? Hört ihr die Tiere nicht? Sie brüllen nach Futter! Ich kann auch Vertreter werden oder Kaufmann, Hotelportier, lauter ehrenwerte Berufe. Wollte ich nicht einmal heiraten und Vater sein wie mein Vater? Ein ehrenwerter Mann sein, der auf ehrliche Weise sein Geld verdient. Warum rührt ihr euch nicht? Steckt in der Erde wie Grabsteine! Ich lauf euch davon, ihr werdet es sehen! Und nichts hält mich auf. Meine Phantastereien sind zerplatzt wie Seifenblasen, und es tut nicht einmal weh, man gewöhnt sich an alles, auch mit 50 kann man ein neues Leben anfangen. Ein kleines Häuschen am Stadtrand, habe ich mir das nicht immer gewünscht? Liegeterrasse und ein Gartenschlauch in der Hand. An den Polizisten vorbeigehen zu können, ohne den Gedanken: Was weiß der von mir? Guten Abend, Herr Inspektor! Wie wars im Urlaub? Grüß dich, Marie! Was gibts Neues? Hat der Bub schon die Aufgaben gemacht? Nicht heut, ich hab noch zu arbeiten, hab mir was mit heimgenommen. Immer arbeiten, alles für die Familie, nur am Sonntag, da bin ich frei. Aber wehe, wenn du mit deinem Geplapper mir nicht die Ohren vollstopfst! Erzähl mir nur von den Kindern, von den Nachbarn, was gibts Neues in der Illustrierten? Dein Geplapper und die Arbeit, die Arbeit und dein Geplapper, drum hab ich dich ja geheiratet. Weil mich dein Alltag fasziniert. Ich will nur nicht denken, ich will an der Haustür stehen und in den Garten schauen. Ich bin ein großartiger Rosenzüchter. Urlaub? Natürlich, man muß ausspannen, Ausflüge machen, auf Berge steigen, bis man todmüde ist. Ans Meer willst du? Braun werden kann man auch im Gebirge. Warum gerade ans Meer? Ich will nicht ans Meer, was ist, wenn es zu brennen beginnt?! – Ich habe im Schlaf geredet? Das tu ich immer, weck mich nur auf, wenn ich träume! Ich will nicht träumen. Träume sind gefährlich, da kommen einem solche Ideen, ich muß nur arbeiten, immer mehr arbeiten, bis in die Nacht. Zahlen, nur Zahlen, von Zahlen darf ich träumen, die sind ungefährlich, nur nicht vom Meer. Hast du schon einmal Zucker gekauft, der bitter schmeckt? Warum kaufst du keinen im Supermarkt? Gibt es nicht? Was für ein Glück! Ich bin verrückt, sagst du? Ich bin nicht verrückt, ich bin der Herr Maier, und der ist auch nicht verrückt. Das mit dem Zucker? Herr Maier macht Witze, ganz dumme Witze, ihm fällt nichts Besseres ein, er denkt ja nicht nach. Er denkt nie, er will nicht denken, er darf nicht denken, Gedanken sind Sünde wider das Leben. Ich will doch nicht wahnsinnig werden! Ich will doch nicht wahnsinnig werden . . .

Wer bist denn du? Ach, mein Idiot! Schön von dir, daß du mir aufhilfst. Bin ich zusammengefallen? Hab ich mich an den Türstock geklammert? Mir ist nur ein bißchen übel geworden. Es ist schon vorüber. Ja, ja, ich komm schon. Hast du es schreien gehört? Leben, hat es geschrien. Nicht denken, hat es geschrien. Aber wer kann das trennen? Dazu müßte ich vielleicht erst sein wie du. Du sitzt hier und starrst und fragst nicht. Kennst du deine Mutter überhaupt? Vielleicht hast du längst vergessen, daß sie einmal lebendig war – das ist doch schon Milliarden Augenblicke her – vielleicht ist ihr Leben nur mittelbar für dich zu erfassen: Du hast Hunger, und irgendwo in einem Winkel deines verstörten Gehirns ist die Erinnerung geblieben, daß ein ihr ähnliches Wesen dir den Teller zugeschoben hat. Vielleicht ist die Kausalkette von ihrer Handbewegung mit dem Schöpflöffel zu deinem Mund längst zerrissen? Wenn du auf den brodelnden Kessel starrst – vielleicht liegen die Augenblicke, da du erfaßt, daß darin das Heilmittel für deine Alte kocht und jene, in denen du in diesem Kessel deine Suppe vermutest, ganz nahe beieinander, wechseln einander ab, in einer Reihenfolge, die niemand begreift. Vielleicht decken sie einander schon, und du würdest das Elixier begierig als deine Suppe schlürfen. Woher glaubte der Arzt zu wissen, daß du dich auf mich stürzen wirst, wenn sie stirbt? Aus deinem Gesicht? Was ist aus deinem Gesicht zu lesen! Dein Blick soll böse sein? Was weißt du vom Bösen! Woher nimmt der die Frechheit, dir menschliche Regungen zuzutrauen? Göttlicher Idiot! Du trägst mehr Geheimnisse in dir als irgendwer ahnt.

Komm, setz dich und sei wieder ruhig! In einer Stunde wird sie erwachen. In einer Stunde wird sie sterben. Kein Widerspruch, nur zwei Möglichkeiten, die einander die Waage halten. In der einen Schale liegt das, was geschehen wird, und ich weiß nicht, in welcher. Ich will es nicht wissen, ich darf es nicht wissen, ich darf keiner den Vorzug geben, ich darf in keine das Gewicht meiner Hoffnung legen. Was geschieht, muß ohne meinen Willen geschehen. In einer Stunde wird sie aufwachen, in einer Stunde wird sie sterben. Ich denke beide Möglichkeiten zugleich. Es könnte ja sein, daß die Alte etwas von meinen Gedanken errät, und wer weiß, wie sie sie verarbeitet? Gift muß mit Gegengift bekämpft werden. „Sie wird erwachen“ mit „Sie wird sterben“. Und wenn sie erwacht oder wenn sie stirbt, darf nicht ich es gewesen sein, der irgendetwas dazu getan hat. Ich will nichts hoffen und nichts erwarten und nichts glauben. Ich hab es nicht gewollt, schon seit ich hier eingetreten bin. Du glaubst das nicht, Idiot? Du hast andere Gedanken in mir gespürt? Das waren nur Sekunden der Sehnsucht nach dem alten Selbstbetrug. Das Bedürfnis nach ein bißchen Wärme. Ich bin auch nur ein Mensch und krieche gern unter die Decke. Wie leicht verderben wir uns den Weg nach dem Großen dadurch, daß wir kleinen Verlockungen nachirren! Das Verlangen abtöten, darum allein geht es. Das Verlangen auf ein Ziel hin, das du dir selber nur klein machst, indem du es setzt. Das Verlangen abtöten und dich dadurch öffnen, weit, zu allem bereit, ohne Frage, was da kommen soll und wann und warum. Nichts als Gefäß sein, bereit, alles aufzunehmen, was eingegossen werden könnte. Nicht der geringste Bodensatz von eigenem Willen darf darin bleiben.

Was rennst du zur Tür, Idiot? Hab keine Sorge, ich seh nur nach, ob ich nichts in den Trank gegeben habe, das irgend eine Wirkung im Körper deiner Mutter auslösen könnte. Lavendelöl – das regt die Nerven an und könnte ihr den Schlaf vertreiben, ich hab ihm Rosmarin dagegengesetzt. Melisse – Lavendelblüten, Liebstöckel – Valeriana officinalis. Ich sollte noch etwas hineintun, meinst du? Ich hab längst alles getan. Von allem Anfang an. Jedes Mittel ist durch sein Gegenmittel neutralisiert. Der Versuch, irgend etwas zu bewirken und mich damit noch einmal selbst zu betrügen, hat nicht weiter gereicht als zu ein paar Gedanken und Wünschen. Was hätte ich davon, wenn sie erwachte, weil ich etwas getan habe? Ich werde jede Möglichkeit einer Beeinflussung ausschalten, heut hab ich es leicht wie noch nie, denn sie schläft tief, und alles gleitet von ihr ab. Was war ich doch für ein Narr, ich bin mir jahrelang selbst auf den Leim gegangen! Ich wollte vor der exakten Berechnung der Medizin fliehen, weil ich etwas finden wollte, das nicht im Vorhinein berechenbar und nachher nicht zu erklären war. Und was hab ich getan? Ich habe neue Berechnungen dafür eingesetzt. Mit der gleichen Akribie, mit der ich das System der Vernunft zu zerstören suchte, habe ich versucht, das Absurde in ein System zu bringen. Ich hab nicht bedacht, daß die Magie auch nichts anderes war als ein Versuch, Ordnung in die Welt zu bringen, Mißgeburten, Sonnenfinsternisse, Naturkatastrophen wieder in das Gleichmaß von Tag und Nacht, von Winter und Sommer und Gesundheit zurückzuzwingen. Ich, der ich verwirren wollte, der die Unordnung wollte, das Chaos als einzigen Nährboden des überraschenden, unvorhergesehenen, erschreckenden Wunders! Ich habe Getränke gebraut, ohne mich vorher zu vergewissern, ob sie nicht ebenso wirksam sein könnten wie die Heilmittel der Medizin. Was besagt es, daß sie in verachteten Schmökern aufgezeichnet stehen? Ich habe mir Gewand und Gehaben des Magiers angeeignet, dem seit Jahrtausenden bestimmte Heilwirkungen zugeschrieben werden. Ein Wunder, daß ich geheilt habe, allein durch meinen Anblick, durch die Berührung meines Kleides? Durch meine Suggestionskraft, durch meine Stimme, meinen Blick, meine Hände? Auch die Ärzte wissen doch längst, daß es noch ganz andere Dinge zwischen ihnen und ihren Patienten gibt. Daß ein Schluck klaren Wassers, als Heilmittel bezeichnet, schon imstande sein kann, dieses Heilmittel vollgültig zu ersetzen.

Sie hat sich bewegt? Laß sie, Idiot, warum soll sie sich nicht einmal zur Seite drehen? Nur stell das Licht weiter weg, damit es ihr nicht auf die Lider fällt! Los! Rasch! Siehst du – so fängt der verteufelte Mechanismus immer an: Das war das Licht, das hat ihr die Sehnsucht nach dem nächsten Tag gegeben, die Kraft, den Todesschlaf zu überwinden und in den Stall zu gehen. Und wer war es, der das bewirkt hat? Du, alter Pfuscher, nur du! Du hast das Licht nicht rechtzeitig weggestellt, irgendetwas in dir hat es genau gewußt: Licht – Sonne – Blumen – Kraft zum Leben. Keine Erklärung ist unsinnig genug, als daß ich nicht immer noch nach ihr greifen möchte!

Schlaf, gute Alte! Schlaf weiter! Mach mir keinen Strich durch die Rechnung! Alles war so schön ausgedacht. Ich werde nicht glauben, daß ich es bin, der dich auferweckt hat. Ich werde dich aus dem Schlaf rütteln und schreien und doch nicht glauben müssen, daß ich dich geweckt habe. Ich werde nicht dulden, daß dieser verteufelte Verstand, der dauernd auf der Lauer liegt, wieder aus seinem Versteck springt und mir ein ganzes Arsenal von Erklärungen anbietet! Ich will meinen Christus, den niemand auf Erden gekannt hat, und von dem kein Wort überliefert ist! Ich will ein heiliges Buch, das niemand aufgezeichnet hat, kein Jünger und kein Prophet. Ich will einen Gott, der sich durch nichts geoffenbart hat, durch kein Wunder und durch keinen Betrug. Ich will einen Gott, nach dem sich keiner sehnt, von dem keiner imstande ist, sich ein Bild zu machen, dessen Existenz keinem den Gedanken eingibt, sich ein Bild von ihm zu machen. Einen Gott, dessen Namensnennung in keinem der Menschen das Verlangen erweckt, daß er sich zeigen möge, dessen Existenzmöglichkeit keinen Menschen berührt und keine Wärme, keinen Trost, keine ‚Lebenshilfe', und sei es eine noch so trügerische, anbietet. Ein einziger Federstrich auf einem Fetzen Papier, ein einziger Gedanke, irgendwo in der Welt gedacht, der mir irgendeinmal, der irgendjemandem einmal zu Ohren kommen könnte – und dieser Gott ist für alle Ewigkeit verloren! Was hat es für einen Sinn, an Dich zu glauben, Gott, wenn es möglich ist, daß es Dich gibt?

Ich bin kein Philosoph, Idiot. Theologen, habt keine Angst, ich versteige mich nicht in die Höhen eurer Spekulationen. Ich bin nur ein verachteter Pfuscher, aber was ich auf meinem Gebiet tun kann, habe ich getan. Schon lange und gründlich, auch wenn ich immer wieder schwach geworden bin, bis auf den heutigen Tag. Ich hab darüber beinahe alle meine Patienten verloren, meinen Ruf, auf den hin sie von weit her zu mir gepilgert sind. Aber ich hab es getan: die absurdesten Dinge. Ich habe alle meine Wünsche unterdrückt und jede Regung von Eitelkeit. Ich habe mich von Ort zu Ort jagen lassen, ich bin ein kriminelles Subjekt geworden, sogar meine Pfuscherkollegen haben sich von mir abgewendet und mich verhöhnt und verfolgt. Was hätte der halbe Magister aus Heiligendorf auch anderes tun sollen, als mich anzuzeigen, als ich darauf bestand, bei dem Schlaganfall nicht Meisterwurz allein in Wein zu kochen sondern sie mit Lindenkohlenpulver zu versetzen, was nach menschlichem Ermessen jede Heilwirkung wieder aufheben mußte? Der bringt ja unseren Stand, der ohnehin so schwer zu kämpfen hat, noch ganz in Verruf!' Was geht mich euer Stand an, Herr Magister! Zwei mal zwei ist fünf – wenn ihr das glauben wollt, dann schließt euch mir an und seid meine Jünger! Ansonsten schert euch zum Teufel! Ich habe jeden Ablauf jeder Therapie, auch der sinnlosesten, gestört, unterbrochen, künstlich verwirrt. Auch wenn die Rezepte völlig unsinnig erscheinen, wer kann sagen, ob das in Wein gesottene Schwalbennest auf dem Hals des Kranken nicht doch die Diphterie heilt? Auch ohne Suggestion und ohne Glauben? Auch im unsinnigsten Tränklein aus zerstoßenen Maikäferflügeln und den Exkrementen von neunundneunzig Stubenfliegen könnte ein Etwas sein, das wir nur nicht kennen, das aber dennoch heilsam ist. Ich habe die Kröte nicht bei Vollmond getötet sondern unter Neonröhren. Mit dem Licht des Vollmonds liegen schon Erfahrungen vor, zumindest könnte schon die jahrelange Anwendung dieses Verfahrens irgend eine Wirkung beisteuern. Absurd und doch möglich. Was ist nicht möglich? Alles ist möglich. Auch Gott ist möglich. Was kann nicht geschehen? Nur weil wir es nicht wissen, nicht durchforscht haben, noch nicht durchforscht haben, noch nicht wissen? Vielleicht werden wir es wissen, wenn wir auf der Venus gelandet sind? Ich habe der Kröte nicht das rechte Auge herausgeschnitten sondern das linke und es mit Lorbeerblättern zu Brei zerkocht, weil ich das noch in keinem Zauberbuch gefunden habe.

Aber wie kann ich wissen, ob nicht doch auf irgend einem vergilbten Blatt das linke Auge der Kröte verzeichnet steht? Ob nicht das dritte Auge, das ich einmal an einer Mißgeburt fand, auch schon von irgendwem gefunden und angewendet wurde? Man müßte auf den Bikini-Atoll fahren und die Wasserschildkröten aufstöbern und nach ihrem von den Atomstrahlen zerstörtem Orientierungsnerv forschen, der sie, statt in das rettende Wasser zurück, auf die Felsen kriechen läßt, bis sie in der glühenden Sonne verenden. Aber kann dieser lahmgelegte Nerv, dieses Stückchen tote Materie, nicht vielleicht ganz etwas anderes, etwas Ungeahntes bewirken? Durch irgendeinen Prozeß in hundert Jahren zum Zündstoff einer Weltkatastrophe werden? Zum Segen für die ganze Menschheit? Der Stein der Weisen? Das mystische Gold? Daß wir es nicht wissen, noch nicht wissen, was bedeutet das schon? In allem steckt jede Möglichkeit, und die geringste Möglichkeit, etwas zu wissen, zerstört das Geheimnis.

Wahrscheinlich bin ich der erste, der die Kröte bei Neonlicht getötet hat. Aber wer kann sagen, ob die Strahlen dieses Lichts auf diesem Auge nicht irgendwann einmal bei irgend einem Menschen eine Heilung bewirken werden? Unerträglicher Gedanke, daß meine Handlungsweise immer noch nicht absurd genug ist! Ob nicht in vierhundertfünfundachtzig Jahren die Laboratorien auf dem Fließband linke Krötenaugen bei Neonlicht, bei irgendeinem anderen, uns noch nicht bekannten Licht, aus den Köpfen der Tiere schneiden werden, um eine Krankheit zu heilen, Krebs, Leukämie, eine Krankheit, die es heut noch nicht gibt, die erst das Leben in Raumstationen bei siebzigtausend Stundenkilometern hervorrufen wird, das Leben auf einem anderen Stern oder tief unter der Erde in der Nachbarschaft der glühenden Lava, an die sich die Menschen drängen, weil die Sonne erkaltet ist? Um einen Schmerz zu lindern, dessen Ausmaß so groß ist, daß wir heute garnicht fähig wären, ihn auch nur Bruchteile von Sekunden zu ertragen? So ungeheuer, daß wir uns vor ihm nur dadurch zu retten wissen, daß wir in den Tod flüchten?

Es war unmöglich, diesen Weg weiterzugehen. Ich konnte nicht alles ausschalten, ich konnte nicht meinen Verstand einsetzen, um einen Zustand letzter Leere zu erreichen. Ich versuchte es also mit dem Gegenteil. Der Mann hat Zahnschmerzen und ist ansonsten gesund. Wenn ich ihm Gift gebe, absolut tödliches Gift, in einer Dosis, die ein paar Dutzend Menschen augenblicklich töten müßte – dann könnte ich auf das Wunder warten, daß es nur seinen Zahnschmerz lindert. Fest daran glauben, Berge versetzen und warten, daß er aufsteht und seinen Hut nimmt und danke sagt, es tut nicht mehr weh. Noch weniger: nicht einmal mehr daran glauben, nicht einmal darauf warten, daß es geschieht. Schon das ist zu viel. – Aber ich habe keinem das Gift gegeben. Ich hatte nicht Angst, ein Moralgesetz zu übertreten. Nicht Angst vor bürgerlichen

Konsequenzen, Verhaftung, Gericht, Urteil. Ich habe mich mit meinen Experimenten längst außerhalb aller Gesetze gestellt. Ich hätte ihnen nur die Wahrheit sagen müssen, und sie hätten mich ins Irrenhaus gesperrt. Allein, abgeschlossen von allen anderen. Was tut's? Ich hätte mich selber behandeln können. Meinen Auswurf essen, um mein Wachstum anzuregen. Erstaunen im ganzen Haus: Der Narr, den sie mit 1.78 eingeliefert haben, ist nach drei Wochen 1.90! Nein, diese Angst war es nicht. Aber da ist immer noch ein Promille, ein Millionstel Promille der Chance, daß dieses ganz bestimmte Gift in dieser ganz bestimmten Dosis auf diesen in ganz bestimmten Grad gereizten Zahnnerv doch als Heilmittel wirkt und seine Heilung jede andere, also auch die tödliche Wirkung ausschaltet. Und solange diese Chance besteht, solange sie nur irgend gedacht oder erhofft werden kann, ist es sinnlos, ein solches Experiment zu wagen.

He, drückt der Alten nicht den Zaun nieder! Sie wird morgen genug Arbeit haben. Wenn ihr müde seid, geht heim! Hört ihr nicht das Vieh, wie es brüllt? Die ganze Nacht ist erfüllt von ihrem Hunger. Habt ihr kein Erbarmen mit der Kreatur? Ich werde jede eurer Hoffnungen abtöten, ich habe sie schon getötet. Ich werde die Alte abschirmen, damit nichts von euch an sie herankommt. Sie soll allein sein in ihrem Schlaf, eingegraben wie ein Schatz in der Erde, wie die Atome in ihrem Reaktor. Nichts von der Außenwelt soll in ihr sein, nicht das Dorf und nicht der Fremde vor ihr. Ich werde ihr den Trank nicht geben. Ich werde ihn verkochen lassen, bis nur eine Kruste im Topf übrigbleibt. Ich werde ihr auch kein Wasser einflößen, wie ich das früher getan habe. Auch Wasser kann Schmerzen verursachen oder lindern. Ich werde nicht destilliertes Wasser nehmen, auch destilliertes Wasser könnte etwas bewirken.

Aber ich selbst bin doch immer noch da. Ich habe immer noch meine Sprüche aufgesagt, an die sie glauben konnten. Wie an einer Tabelle konnte ich ablesen, welches Wort es war, das eine Schwellung zurückgehen ließ, welcher Blick es war, der den Eiter austreten ließ, welcher Finger meiner Hand die Schmerzen vertrieb. Ich hab zu einem gesagt: Du wirst sterben, und er ist gestorben. Meine Worte haben jede Abwehrkraft gelähmt. Ich hab zu einem gesagt: Du wirst sterben und er ist gesund geworden. Meine Worte haben alle seine Abwehrkräfte mobilisiert. Vielleicht ist er nur aus Bosheit gesund geworden: Dem werd ich's zeigen! Ich hab mich zu betäuben versucht, ich habe Drogen genommen, ich bin im betrunkenen Zustand an ihre Betten getreten und hab ihnen den Fusel ins Gesicht gehaucht. Aber selbst der Fusel könnte etwas geschehen lassen – lachst du, Idiot? Ja, lach mich aus, lach über den Narren! Ich selbst lache über mich. Ich verhöhne mich, ich spei dem Narren ins Gesicht. Lach, Idiot, – lach! Ich hab noch viel verrücktere Dinge getan. Ein Mensch ist krank, unheilbar krank. Die Ärzte, die ihn operieren wollten, haben ihm die Bauchdecke wieder zugenäht, und er weiß es, daß sie ihn aufgegeben haben. Ein einziges unbedachtes Wort hat es ihm verraten, und er beobachtet seinen langsamen Verfall. Alles spricht gegen seine Heilung, nur ich nicht. Und er glaubt, daß er leben wird. Nicht mit der Verzweiflung dessen, der sich gegen das Schicksal auflehnt, der glauben will, weil er glauben muß, weil die Todesangst so groß ist. Er glaubt es, als verspräche ich ihm schon das Leben nach dem Tode, wie der Priester, dem die Trostworte im Mund steckenbleiben und der sich nur noch auf die Kraft seines Sakraments verläßt. Er nimmt meine Worte von seinem Leben auf, lächelnd und ohne Spott, als beginne er im Augenblick des Todes wieder als Säugling, nur mit dem Bewußtsein des Erwachsenen, der schon ahnt, was ihm alles bevorsteht. Er hat eine Spur von dem Neuen, das ich suche, in sich: den festen unerschütterlichen Glauben, der doch nichts bewirkt, einfach weil die Krankheit schon zu weit fortgeschritten ist. Irgendwo liegt der Punkt, von dem aus Berge nicht mehr verrückt werden können. Und doch daran glauben, hoffnungslos, gegen das Wissen des eigenen verfallenden Körpers, gegen die rasenden Schmerzen, die kein Betäubungsmittel mehr abschwächen kann – die wohltätige Ohnmacht bis an die Schwelle des Todes hinauszögern, um die letzten Worte formen zu können: ich lebe.

Die Nacht, spürst du, wie sie heraufkommt? Schauert dich, Idiot? Nimm eine Decke, damit du nicht frierst! Hüll deine Muskel darin ein! Du mußt sie warm halten. Du mußt fit sein, wenn der Gong ertönt und du aus deiner Ecke kommst. Wie das Feuer flackert! Leg kein Scheit mehr zu! Mit ihm erlischt auch dein Gesicht und verliert seinen Schrecken. Auch mein Gesicht wird dunkel. Hab keine Angst vor mir, ich vergebe dir schon jetzt. Spürst du die Zärtlichkeit in meinen Gedanken? Noch kann ich zärtlich sein und deine Silhouette mit den Augen abtasten wie eine Liebkosung. Noch ist meine Angst vor dir nicht groß genug. Bist du es, der kommen wird, Idiot? Nicht du selber bist es, ich weiß. Wir geben dir gerne Namen, um dich menschlich zu machen, wir umkleiden dich mit Kostümen und Legenden, um dich halbwegs einordnen zu können in unsere Begriffswelt. Der dunkle Engel, der Überbringer einer geheimen Chiffre, der Würger mit dem Doppelhammer, der schwarze Vogel, der aus den Wolken stößt. Der Priester mit dem Allerheiligsten unter der Soutane auf dem Weg zu einem Sterbenden. Ohne ein Zeichen an seinem Gewand, das seine besondere Mission ankündigt, kein Kirchendiener mit Glöckchen und Weihrauchfaß, der die Schafe vom Weg vertreibt und die Bauern am Wiesenrand in die Knie sinken läßt. Der Ziegelstein von einem Dach, der Blitz, der Orkan, die Lawine oder die Sturmflut, die keiner voraussagen kann. Der uralte Mann, der sich anschickt, uns auf die längste Reise der Welt mitzunehmen. Wartest du schon lange in deinem Boot?

Seit ihr eingeschlafen, da draußen? Hat die Macht ihre Tarnkappe über euch gezogen? Ich kann euch nicht mehr sehen, nur Silhouetten, drohende Schatten, dunkel auf Zäunen und Ästen. Was wollt ihr von mir? Sagt doch endlich etwas! Einen Laut! Nachbarngeschwätz! Seid ihr stumm geboren wie der da? Ist die ganze Welt stumm geworden mit mir? Hat nur noch das blöde Vieh eine

Stimme? Oder haltet ihr nur den Atem an? Pumpt ihn in eure Lungen, um loszuschreien, wenn es so weit ist?

Stumm wie ihr – so bin ich vor meinen Patienten gestanden. So werde ich vor dir sitzen, Alte, kein Wort, kein Spruch, keine Bewegung. Wozu Zaubersprüche murmeln, wenn man sie mit einem Gegenzauber aufhebt? Wer kann auch sagen, ob es sich wirklich aufhebt? Stumm sein, das ist das Sicherste. Aber ich hab selbst aus meinem Schweigen noch eine Zeremonie gemacht. Ich war anwesend, und schon das war zu viel. Also hab ich mich hinter ein Fenster gestellt und hindurchgesehen. Aber man hatte dem Kranken gesagt, daß ich da sei, er konnte mich sehen und sich Kraft von mir holen – oder das Gefühl, daß er bereits aufgegeben war, weil ich nicht mehr zu ihm hereinkam. Ich hab mich ins Nebenzimmer gesetzt und an der Wand gehorcht und geleugnet, daß ich es bin, den sie gerufen haben. Aber man kann auch Wände durchbohren mit seinen Gedanken. Stumm sein und schlafen, irgendwo am Ende der Welt und nicht wissen, daß an ihrem anderen Ende sich das nicht erhoffte und nicht erwartete Ereignis vollzieht – wär es das?

Tot sein vielleicht?

So gerät der berühmte Heilmagier in Vergessenheit. Was fängt man auch mit einem Verrückten an, der nur stumm dasteht oder sich gar versteckt? Aber es tut ihm nicht leid. Er läßt sich verhöhnen, er duldet es, daß man ihm alles wegnimmt, und ihn aus dem Haus jagt. Ja, ich war eitel, ich war stolz auf meine Macht über Menschen. Jetzt bin ich glücklich, wenn ich ohnmächtig bin.

Schlaf, gute Alte, schlaf! Laß dich von nichts berühren, du trägst das Wunder in dir und hältst es bereit. Aber du weißt es nicht, du wirst es nie wissen. Nicht wissen – das ist das Große. Nichts, was um dich geschieht, geht dich etwas an. Das Vieh braucht dich? Die mit dem roten Kopftuch wird es umsorgen. Am Haus sind ein paar Mauersteine locker? Andere werden sich darum kümmern. Es ist gleichgültig, ob du hier bist oder nicht, es ist gleichgültig, wer es tut, was getan werden muß. Keiner wird um dich weinen, sie werden dich begraben, und das wird eine Arbeit wie jede andere sein. Du reißt keine Lücke und du füllst keine Lücke aus. Du wirst Gott nicht fehlen hier auf der Erde, wenn du tot bist, wie du ihm nicht in seinem Himmel gefehlt hast, als du noch lebtest. Das ist traurig, meinst du? Es ist nicht traurig, es ist nur unendlich gleichgültig, du trägst deine Gleichgültigkeit an dir, wie du dein Tagwerk auf den Schultern trägst, es ist keine Hoffart in dir, daß es auf dich ankommen könnte, du bist nichts, wie ich nichts bin, in unserem Nichts begegnen wir einander, und unser Gruß bringt uns kein Lächeln auf die Lippen und keinen Zug von Entsagung. Schlaf nur, schlaf, Alte! Du sollst nicht einmal auf diese Gedanken hören, ich denke sie so leise, daß ich sie im Gewirr all der anderen kaum mehr selbst finde. Wie solltest du den Knäuel entwirren? Natürlich wirst du sterben, wir sterben alle einmal, auch ich, jetzt oder nicht jetzt, wir wissen es nicht. Du weißt es nicht, und ich weiß es nicht. Ich weiß es nicht von dir, du weißt es nicht von mir, nichts wissen wir von uns und nichts voneinander, wenn wir das Letzte nicht wissen. Unser einziges Glück, daß es dieses Letzte noch gibt und daß unser Wissen darum noch so unendlich weit von uns ist. Einzig das gibt uns die Möglichkeit, den ausgesparten Fleck . . . , in den wir so gern das Krückenwort „Glauben" einsetzen, für uns zu besitzen, rein zu besitzen, durch keine Erfahrung getrübt, durch keinen Buchstaben getrübt, der in diese Leere ein rationales Etwas hineinwirft, getrübt durch keine Bitte um Gnade.

Was für eine glückliche Konstellation, Herr Doktor! Wenn ich auch hoffen wollte, daß diese Frau, für deren Leben alles spricht, stirbt, ich dürfte es dennoch nicht hoffen. Dafür sorgst schon du, Idiot, du und die Worte des Arztes: ‚Wenn seiner Mutter nur das Geringste geschieht –' Dank dir, Idiot, du hast mein Leben unlösbar an das ihre gekettet. Ich darf nicht hoffen, daß sie stirbt, weil ich Angst vor meinem eigenen Tod habe. Ich darf nicht hoffen, daß sie am Leben bleibe, denn was wäre mein Leben dann noch? Wie klar alles geworden ist!

Was winselst du denn? Bettelst du immer noch? Der Magier ist tot! Er hat jeden Willen in sich getötet. Er hat kein Mitleid mit dir! Genau so wenig wie mit sich selbst. Ich könnte ebenso anderswo sitzen. Ich könnte mich hinter den Herd verkriechen, ich könnte mich dort hinauf an das Kreuz hängen lassen als bejammernswerter sündiger Corpus. Oder hoffst du immer noch, daß dein dumpfes Betteln in mir noch etwas entzünden könnte? Daß ich noch einmal schwach werden und noch einmal beginnen könnte, alle Gesten und Handreichungen auszuführen, um deiner Mutter zu helfen? Ich werde es nicht tun. Ich geb meine letzte Chance nicht mehr aus der Hand! Ich schau an dir vorbei, ich weiche deinen Augen aus. Ich starre an die leere Wand, die nichts mehr von dir an sich hat, als daß sie zufällig Heimstatt und Wärme gibt. Ich lasse sie einstürzen, ich reiße den Baum aus, der dahintersteht, ich sprenge den Berg in die Luft, bis es leer ist vor meinen Augen, bis nichts mehr sie anrührt, das mich schwach werden ließe.

Was tust du dort an der Tür? He, du dort am Herd – rühr den Kessel nicht an! Kommt ihr schon in die Stube gekrochen? Ich werde nichts tun, und wenn ihr mich in Stücke reißt! Sie wird von selber erwachen, und an ihrem Tod werde ich nicht anders teilhaben, als daß ich mit ihr gehe. Ist das nicht Nächstenliebe genug? Kann man mehr von einem Arzt verlangen, als daß er seine äußerste Hilflosigkeit mit der seines Patienten teilt? Geht! Sie darf euch nicht hören! Geht in den Stall hinaus, den Kühen platzen die Euter! Schlagt die quiekenden Schweine tot! Seht ihr denn nicht, wie der Lärm ihr unter die Haut kriecht und sich zu Träumen formt, zu Träumen aus Wünschen und Angst? Soll alles vergeblich gewesen sein? Könnte ich dich doch einsperren, Alte, vor dem Gerassel der Ketten! Könnte ich dich eingraben, tief in die Erde, um dich vor meiner Hoffnung zu schützen, vor meiner Angst um mein Leben! Könnte ich dich in eine Weltraumkapsel sperren und in das All schießen, um dich vor meiner

Mordlust zu schützen, vor meiner Gleichgültigkeit meinem eigenen Tod gegenüber! Aber ich kann mich ja nicht einmal selber abschirmen von allem, was von außen kommt. Warum kann ich immer noch nicht vergessen, daß Menschen um mich sind und ihr Atem, daß draußen immer noch die Sonne untergeht wie gestern und morgen, daß jede Nacht auf ihr Ende wartet? Ist der Panzer, an dem ich jahrelang geschuftet habe, immer noch nicht stark genug, wird er immer noch von meinen Sinnen zerfressen, von meinen Begierden, die hinausstreben zu euch?

Was bildest du dir eigentlich ein, Idiot! Glaubst du, du bist es, der mich hier hält? Ich muß nur aufstehen, um zur Tür zu gehen, ich muß dich nur irgendwohin schicken, und kann verschwinden. Du glaubst doch nicht im Ernst, ich kann von dir nicht mehr los? Wer schreit, der zappelt schon an der Angel, meinst du? Ich schrei, weil es mir Spaß macht. Ich schrei, weil ich meine Stimme schulen möchte – hörst du sie noch? Hörst du ihn noch, den Flüchtling? Sie wird sterben, die Alte! Jetzt darf ich es schreien, hier draußen vorm Zaun hört sie mich nicht mehr. Sie wird sterben! Der Flüchtling nimmt das Wunder mit sich! Jagt ihn, da ist die Straße! Ich hab mein Leben eingesperrt in meine Gedanken, ich hab die Sonne verglühen lassen in der Asche des Herdes. Sonne, ich hole dich ein! Du kriegst mich nicht, Idiot! Ich laß euch den ganzen Kram als Pfand, wenn ihr wollt, könnt ihr noch weiter dran glauben.

Warum ich im Kreis laufe? Warum ich in deine Hände laufe, Idiot? Laß mich! Mir ekelt vor dir!

Halt, bleib stehen! Siehst du die Blume? Tritt nicht darauf, sie ist kostbar! Schau, ich knie nieder und betrachte sie. Sie hat ihren Kelch schon geschlossen, aber ich kenne ihren Namen. Ich pflücke sie. So. Du hast doch nicht geglaubt, daß ich dir davonlaufen will? Da muß ich ja lachen. Nein, ich hab nur die Blume gesucht, die hat mir gefehlt zu unserem Trank.

Das wäre ein schöner Trick: Hörst du das Brummen? Das ist der alte Postautobus, gleich kommt er um die Ecke. Du bist so nahe über mich gebeugt, ich spring auf und treffe dich mit der Schulter am Kinn. Ein paar Schritte, und ich bin auf dem Trittbrett. Der Fahrer wird mich beschützen, ich bin geborgen und lebe . . .

Komm, Idiot, führ deinen Gefangenen heim! Schön, daß ihr alle zur Begrüßung gekommen seid. Macht mehr Licht! Ich will meine Zelle sehen, ich will mir alles einprägen, was noch ans Leben erinnert.

Ich zerpflücke die Blume, Blatt um Blatt. Auch sie hat sich einen anderen Schlaf gewünscht. Du zitterst, Idiot? Hast laufen müssen? Setz dich, auch ich geh wieder an meinen Platz. Verzeih, daß ich dir soviel von deiner Kraft genommen hab, die du mühsam gesammelt hast. Aber es wird noch genug übrigbleiben. Nur eins – tu es schnell! Ich bin nämlich feige, weißt du? Mit deiner Faust schlag mir zugleich auch die Überraschung ins Gesicht, daß es geschieht. Reduziere mein Gehirn, das hinter den Gedanken an das letzte Erwachen noch hundert Fluchtpläne bereithält, auf das Hindämmern des deinen. Wer weiß, ob nicht noch irgendwo tief in den Falten der Angst etwas steckt, ein Gedanke, und lauert – die Lampe packen und dir ins Gesicht schleudern, daß du blind wirst, daß sie alle blind sind und nach ihren eigenen Leibern fassen statt nach dem Flüchtling. Hundert Einfälle, die da kreuz und quer durch mein Gehirn laufen. Erinnerungen an Wirtshausraufereien und Kriminalromane, der Held der Gangsterfilme, ringsum von Feinden umgeben, dessen Augen in der Runde umherirren, bis sie den absurdesten Ausweg erfaßt haben, den kühnsten, den, der die Verfolger am meisten verblüfft. Der Sprung mitten in die Feinde hinein, mit dem Kronleuchter auf die Galerie und aus dem Fenster hinaus auf das Dach des Nachbarn.

Was willst du eigentlich mit deinem Sprung an meine Kehle? Du weißt es nicht? Dein drohender Blick, deine gespannte Haltung müssen doch irgendetwas in deinem Gehirn als Ursprung haben. Du gibst dir keine Rechenschaft darüber? Beneidenswert. Stundenlang in einer Haltung zu sitzen, die nichts ist, als das gesammelte Vorbereitetsein für etwas, das dann in einer Sekunde ablaufen wird – und sich doch nicht die geringste Rechenschaft darüber abzuverlangen! Dem Geschehen eines Augenblicks die Dauer von Stunden zu geben. Das Denkmal eines Gefühlszustandes zu sein, versteinert, ohne Wandlung, unberührt von dem, was ringsum geschieht, unberührt vom Sturm, unter dem im nächsten Augenblick die Welt zusammenstürzen kann . . .

Spürst du, wie ich dich abtaste, Denkmal? Wie meine Angst, ja, Angst, nach einer schwachen Stelle in deinem Fundament sucht? Meine Überlegungen, Wassertropfen, die Eingang suchen, um dich auszuhöhlen, Sturmböen, die an deinen Ecken und Kanten rütteln, Vögel, die ihre Schnäbel an deinen Schultern schärfen, ihr Kot, dessen Säure deinen Stein ätzt.

Meine Gedanken, die deine Schwächen umklammern, wie ein Boxer seinen überlegenen Gegner umklammert, dessen Nähe allein ihn für kurze Sekunden beschützt. Aber du hast keine Schwächen, die mir zu Hilfe kommen, vielleicht ist meine Angst auch noch nicht groß genug, um dich zu rühren. Vielleicht wird sie nie groß genug sein?

Verzeih, Idiot! Auch der kraftloseste Gefangene kratzt immer noch mit den Nägeln an der Kerkermauer. Hab Nachsicht mit meinem Anderssein! Komm über mich wie ein Blitz und lösch das Erschrecken vor dem folgenden Donnerschlag! Ich will von meiner Hinfälligkeit nichts wissen, noch nicht! Ich will bis zuletzt die Gedankenmaschine bleiben, die nichts von den Resultaten weiß, die sie ausspuckt, nichts von den Kabeln in ihrem Innern, den Kontrollampen, Röhren und Widerständen, nichts von dem Schrottplatz, der für sie schon eingezäunt ist. Du weißt ja auch noch nichts von dem, was geschehen wird. Sie könnte ein Kind bekommen, und du würdest auch nicht mehr begreifen, würdest genau so dasitzen und den Geburtshelfer anstarren und ihn daran hindern, das Kind aus dem Mutterleib zu holen. Was weißt du, was in ihr geschieht, wenn sie erwacht? Wenn sie stirbt? Wir alle sind Idioten, gib mir die Hand! Was macht es schon aus, daß wir es eher zu umschreiben wissen als du und mit Namen in Sprachen benennen, die dir fremd sind, daß wir einzelne Wege kennen, die engen, verfallenden Gäßchen der Stadt, die alle zur verschlossenen Kathedrale führen!?

Habt ihr die Tür geschlossen? Versperrt sie! Verstopft die Fenster mit euren Leibbarrikaden! Kommt näher! Füllt den Raum aus mit eurem Gestank! Ja, drück nur deinen Bauch gegen meinen Rücken, Fettwanst! Macht die Kammer klein! Schiebt die Wände zusammen, drängt mich hin zu ihm, stoßt den Delinquenten zur Richtstatt hinauf, näher, mein Henker, zu dir! Preßt die Verzweiflung aus mir heraus und füllt mich mit Angst bis zur Betäubung . . .

Was war das? Hast du's gesehen? Habt ihr es nicht gesehen? Woher der Seufzer? Sie hat doch die Augen offen gehabt. Nein? Woher weiß ich dann, daß ihre Augen blau sind? Willst du nicht aufjubeln, Idiot? Deine Mutter erwacht. Leck dir die Lippen! Riechst du den Duft des Abendessens vom Herd herüber? Wasch dir die Hände, bevor du sie mir zum Dank entgegenstreckst! Nachbarn, richtet ein Festmahl! Ich werde eure Frauen bitten, euch diesen Abend freizugeben, damit ihr euch im Wirtshaus besaufen könnt. Die Alte ist nicht tot, sie hat nur geschlafen!

Dein Puls geht rasch, Alte. Aber der Fremde, dessen Hände sich vor Schreck erhoben haben, ist nicht der, der dir aufhelfen wird. Er könnte sie ebenso erheben, um sie dir über die Brust zusammenzulegen und ein Kreuz zwischen die Finger zu stecken. Kein Wort ist gesagt worden, kein Gedanke gedacht, der dich einen bestimmten Weg weisen will. Und wenn auch – die Stelle, auf die er treffen könnte in dir, das Fünkchen Leben oder das Fünkchen Tod, das sich blitzartig ausbreitet in dir, ist schon zu tief in deinen Körper eingesunken. Schneller, Puls, schneller! Ist es die Erwartung des Erwachens, der kommenden Freude, die Erwartung dessen, das auf dich einstürmen wird, wenn du die Augen aufschlägst? Die Stube, die du um dich aufgebaut hast, dein Kind, das du dir geboren hast, um Mutter zu sein, die Erde – die Nacht, ist sie nicht nur herabgekommen, damit die Welt und ihre ganze erschreckende Schönheit nicht in einem einzigen Augenblick auf dich herabstürzt?

Oder ist es die Angst, die deinen Puls antreibt? Frohlocke, alter Pfuscher! Ihr Herz flattert, und du weißt nichts von dem, was es bewegt! Sie wird die Augen aufschlagen, und du weißt nicht, ob das geschieht, um dich anzulächeln oder damit du ihr die Lider zum letzten Mal schließt.

Nicht erschrecken, kleiner Idiot! Das war nur eine Bewegung von mir. Ich wollte nicht aufspringen, um davonzulaufen. Dazu ist es längst zu spät. Da sind doch alle deine Wächter um mich. Verzeih meine Schwäche, aber ich kann nicht verhindern, daß etwas in mir immer noch den Gedanken an Flucht denkt. Ich höre es kaum, es ist ganz leise geworden, ich hab es ausgetreten wie einen Funken, damit es mich nicht verbrennt. Aber ich weiß, was es sagt, meine Erinnerung hält es immer noch für mich bereit: Sei kein Narr! heißt das lautlose Wort. Sei kein Selbstmörder! Aber auch die Heiligen, die gewußt haben, die Mörder stehen vor der Tür und die Tür doch nicht verriegelt haben und nicht geflohen sind, waren Selbstmörder. Und werden doch als Heilige verehrt. Was haben sie erwartet? Was erwarte ich mir von dir? Was wollt ihr mit all euren Büchern und Exegesen, deren hilflose Versuche, das Geheimnis einzugrenzen, längst in dogmatische Lebensregeln zur Erlangung der guten Nachtruhe erstarrt sind! Seid ihr um einen Deut gläubiger als der Narr, der sich umbringen läßt, weil er versucht hat, sich selbst sein Geheimnis zu schaffen?

Ja, seufze nur, Alte! Streck deine Glieder! Spürst du den Takt deines Herzens? Springt das Behagen der Dämmerung auch auf euch über, Nachbarn? Dehnt euch! Streckt euch, löst die Starre eurer Körper, öffnet die Tore zu eurem Innern, damit ihr das erste Lächeln der Frau einlassen könnt! Auch ich strecke meine Muskeln und dehne die Glieder, ich bin dein Spiegel, Alte, erkennst du dich darin? Das Bild deines Erwachens? Ich zeichne jede deiner Bewegungen mit Händen und Schultern nach, wie ein Maler mit dem Stift die Konturen seines Modells. Ich wölbe meinen Brustkorb hoch, wie du den deinen. Was bäumt sich da in mir auf, wie in dir? Weißt du, was es ist, das uns drängt? Ahnst du es schon? Welcher Ballettmeister hat uns das Pas de deux geschrieben? Die Hände berühren einander nicht, aber sie bilden, nur knapp voneinander entfernt, die gleichen Figuren. Unsere Schultern stoßen einander nicht, aber sie fühlen eine den Weg der anderen und tasten ihr nach. Ist die Angst, die über mich kommt, von dir? Kommen die Schweißperlen auf deiner Stirn aus meinen Poren? Wenn du aus deinem Schlaf erwachst, werde auch ich erwachen. Alle deine Hoffnungen, Freude und Jubel, werden in mir aufsteigen, aus meiner Dumpfheit, aus meinem Willen, alles zu unterdrücken, werden sie aufsprießen. Und wenn du stirbst, wird es auch mein Sterben sein. Spürst du die unsichtbaren Ketten, Glied an Glied, Atem an Atem? Aber noch ist Zeit, noch muß ich nicht hoffen, noch darf ich nicht hoffen. Das Wunder muß ungerufen kommen und ohne Gestalt, damit wir es nicht erkennen. Ich nicht – sonst erkennst du es. Du nicht – sonst erkenne ich es. Ich lösche deinen Todeskampf aus – ich werfe mich auf dich, und mein Körper fängt die Stöße deines Körpers ab, mein Keuchen bringt dein Stöhnen zum Schweigen. Das ist nicht der Magier, der seine Kraft auf dich überströmen läßt, da sind alle Kanäle versperrt. Mein Gleichmut, den ich mir in Jahren mühsam erkämpft habe, strömt auf dich über. Das ist nicht der Zauberer, der dem kraftlosen Körper seinen lebensspendenden Atem einhaucht. Das sind meine Lippen, sie halten die deinigen, halten ihr Zittern fest, ihre schwachen Versuche, Laute, Buchstaben zu formen. Tausend Worte bleiben ungesagt unter diesem Kuß.

Und wenn die Angst, die zwischen uns hängt, wie die Fetzen unserer Kleider, meine Angst wäre, dann wird sie durch deine Hoffnung ausgelöscht. Und der Funke Hoffnung, mit dem ich meine Angst zu unterdrücken suche, wird von deiner Angst zertreten. Wir werden eins sein im Aufheben unserer Furcht und unserer Wünsche, wir sind eins darin. Wir werden still sein, wir sind still und warten – wir warten nicht, wir erwarten nichts, wir haben keine Zukunft und keine Vergangenheit, wir sind nur jetzt. Allein sind wir nichts, allein werden wir immer noch versuchen, einen Weg zu gehen, aber ich werde dich aufhalten, wenn du ihn gehen willst, und du wirst mich aufhalten, wenn ich ihn gehen will. Allein bist du Verzweiflung und Hoffnung, allein bin ich Verzweiflung und Hoffnung, gemeinsam bist du meine Verzweiflung und ich deine Hoffnung, bin ich deine Verzweiflung und du meine Hoffnung. Allein bist du jetzt Leben und in ein paar Sekunden oder in Jahren Tod, gemeinsam sind wir Leben und Tod zugleich, Geburt und Erlöschen, alles in einem Augenblick und alles immer. Wir sind wunschlos und ohne Träume und ohne Ziel. Wir sind ein Kosmos, eine in sich vollendete Welt. Wir sind einander genug und warten auf keine Botschaft von draußen ...

Was ist das für ein Lärm? Was erschreckt euch? Was horcht ihr? Schlaf nur, Geliebte, schlaf weiter! Du hörst das Brüllen von draußen nicht, du hörst nicht das Krachen der Stalltür. Haben sie endlich genug davon, vergeblich nach ihrem Futter zu brüllen? Ich hab es euch doch gesagt, ihr sollt sie füttern! Jetzt zertrampeln sie der Alten den Stall. Jetzt könnt ihr auf einmal laufen! – Laß sie, Idiot! Du gehörst hierher. Zu deiner Mutter und zu mir. Welcher von euren Rangen hat den Schweinen die Koben aufgemacht? Jetzt sucht sie nur in der Nacht! Hat das Gewissen euch plötzlich gepackt? Oder das Entsetzen? Was für ein Gebrüll und Quieken und Gegacker! Ist die Hölle los? Sagt man nicht, das Vieh spürt es zuerst, wenn der Tod ins Haus kommt? Schau, Idiot! Leergefegt, deine Stube. Schreit nur, da draußen! Wißt ihr die Namen der Tiere, nach denen ihr schreit? Haltet den Stier im Zaum, er wittert das geängstigte Leben vor seinem Stall! ...

Wie kalt es plötzlich ist! Ist das die offene Tür? Warum zitterst du nicht, kleiner Idiot? Was starrst du – bist du zur Salzsäule geworden? Hast du dich nach Gomorrha umgedreht? – Oh Gott – – wie blau diese Augen sind! Alte! Wach auf! Mach die Augen zu! Schmerzt dich das Licht nicht? Warum erschrecken die Pupillen nicht von meinen Händen? Idiot!!! Deine Mutter! Mutter! Hörst du mich nicht? Du hast doch nur ein Schlafpulver genommen! Ich hab die Phiole in der Tasche! Da, der Beweis! Die Tabletten, ich streue sie wie Blumen über dich. Spürst du mich nicht?

Das ganze Gewicht meines Körpers lastet auf dir. Spür meine Hände! Sie sind warm. Ich gebe dir meinen Atem! Ich geb dir deinen Atem zurück! Du bist gesund, Mutter! Du wirst aufstehen und umhergehen, du hast Kräfte wie nicht seit Jahren! Du wirst deine Kühe melken und die Eier aus dem Hühnerstall nehmen! Für dein Kind, Mutter! Brüllt, Kühe! Schreit euer Verlangen nach Futter, nach ihrem Mitleid für euren quälenden Hunger in ihren Schlaf! Zertrampelt den Stall, brecht ein in das Haus! Hörst du sie, Mutter? Sie kommen. Spring auf, sonst überrennen sie dich! Du hast doch Angst vor dem Sterben gehabt! Ich geb dir die meine dazu! Laß mich nicht allein! Ich bin noch nicht bereit. Wer ist bereit? Das Nimmerwiederkehren – du glaubst doch nicht an die Ewigkeit! Du glaubst an das Nichts, weshalb denn klammern sich deine Hände so an meinen Arm? Fühlst du sie überhaupt noch? Was du fühlst, ist nur mehr die schwindende Erinnerung an sie, an dein Kleid, das sich an deiner alten Haut reibt, der Strohsack, die Decke, meine nur noch halbe Last, meine entschwindende Stimme. Das Licht und sein Schatten auf dir werden zurückweichen, ungreifbar, dein Körper, unfühlbar, du wirst deine Hände nicht mehr fühlen, du wirst keine Hände mehr haben und keine Wangen, die sie betasten könnten, du wirst deine Beine nicht mehr sehen, wenn du an dir herabsiehst, du wirst keine Augen mehr haben, um an dir herabzusehen, du wirst nichts mehr haben, das deine Augen, die du nicht mehr hast, sehen könnten. Du wirst keinen Gedanken mehr haben, die sich darüber wundern könnten, wo deine Augen geblieben sind, du wirst keine Sehnsucht mehr haben, Gedanken zu denken, du wirst nicht die Trauer haben, daß deine Sehnsucht gestorben ist, du wirst dich nicht mehr haben . . .

Und der, der dir alles nimmt, das bin ich! Ich! Ich! Schrei doch! Schrei! Wehr dich gegen meine Last! Bin ich noch nicht schwer genug? Die größte Angst ist noch ein reiches Geschenk! Das Entsetzen über die haßerfüllten Augen des Mörders über dir ist eine Gnade! Da hofft einer, daß du stirbst! Wehr dich! Er hat es immer gehofft! Er kann nicht leben ohne Hoffnung, er konnte es nie, er ist so klein und seine letzte, verzweifelte Hoffnung war, daß du stirbst!

Hilf, Idiot! Hilf! Da nützt der größte Betrug nichts mehr. Der Magier ist am Ende! Sie hat keine Angst mehr vor mir. Ich bettle dich um ein Leben! Ich bettle für sie! Zum ersten Mal, daß ich etwas für einen anderen erbitte! Schrei ihr die Ohren voll, daß das Trommelfell platzt! Schlag ihr die Faust ins Gesicht! Nimm deine in Stunden gesammelte Kraft zusammen und reiß ihr den Leib auf, du hast es doch schon einmal getan! Vielleicht holt der Schmerz sie zurück. Gib ihr die Chance, unter deinen Fäusten zu sterben wie mir! Vielleicht gibst du ihr noch eine Minute Leben, ein Lächeln, einen einzigen mütterlichen Blick. Schlag zu . . . !

Nein, bleib, Idiot! Bleib! Man schlägt keinen Toten. Sie ist nicht mehr da. Sie hört deine Schreie nicht mehr, sie hat schon lang nichts gehört. Unberührt von unserer Angst und meinen Zaubersprüchen ist sie ihren Weg gegangen. Sie würde deine Fäuste nicht mehr spüren, du könntest sie noch so tief in die Wunde ihres Körpers hineintreiben, du würdest den Tod nicht mehr überholen, um früher an der Stelle zu sein, wo ihr letzter Funke Leben noch wahrnehmen könnte, daß du es bist, der sie ruft . . .

Komm, kleiner Idiot! Komm! Du wartest doch schon darauf. Schick sie nicht allein auf die Reise! Ich bitte nur noch um das. Ich habe sie nicht getötet – wie könnte ich das? Was habe ich überhaupt je vermocht? Meine Berechnungen, gegen die ich mich so wehrte, haben doch nie gestimmt. Aber du darfst das glauben, und das wird dir Kraft geben. Mut. Haß. Sie werden dich nicht als Mörder verhaften, du bist ja ein Idiot. Du darfst alles tun, du bist der freieste Mensch. Und wer von deinen Richtern könnte auch beweisen, daß du es warst! Vielleicht hat deine Faust schon einen Toten berührt und war nichts als die gütige Hand, die dem Leichnam nur die Glieder zur würdigen Aufbahrung ordnet? Auch Hoffnungslosigkeit tötet. Auch die Verzweiflung über eine unbeantwortete Frage.

Komm, kleiner, starker Idiot! So lange zu warten, auf etwas zu warten, von dem man nichts weiß, das man nicht will, von dem man sich aber doch ganz erfüllt glaubt, und dann vergeblich zu warten – das überlaß mir! Du sollst diesen Schmerz nicht spüren, du sollst von dieser unsäglichen Enttäuschung nichts wissen. Drum tu's und tu es schnell! Ich werde mich nicht wehren. Ich werde niemanden um Hilfe rufen. Wir sind ganz allein auf der Welt. Ich löse mich von ihr – ich habe mich schon gelöst. Was hab ich mit ihr noch gemein, was wär ich mit ihr ohne dich? Meine Hoffnung soll sie getötet haben? Hab ich das gesagt? Hab ich bis zum Ende zu lügen versucht? Diese Überheblichkeit, dem Tod einen Sinn geben zu wollen, indem man sich anmaßt, die Ursache dieses Todes zu sein! Alles geschieht, und es geschieht ohne uns, uns bleibt nur, es geschehen zu lassen und uns auszuliefern. Wem nur, Idiot? Weißt du's vielleicht? Sie weiß es, jetzt – da sie nichts mehr zu wissen vermag.

Ein Mensch ist gestorben. Wider alle menschliche Berechnung. Er stirbt immer gegen alle Berechnung. Der Treibriemen ist gerissen, wie einfach! Was wollte ich denn mehr als nicht zu wissen, wann und warum? Was kann uns Größeres geschehen? Komm, alter Fährmann! Nimm das Ruder zur Hand!"

Da sprang der Idiot auf und stürzte sich auf den Fremden, der ihn lächelnd erwartete, als wüßten die Hände an seiner Kehle die Antwort auf alle Fragen.

Zum Thema Dramatik

Jedes nur halbwegs phantasiebegabte Wesen hat in seinem Kopf eine Bühne, eine Filmleinwand, im dürftigsten Fall einen kleinen Fernsehapparat mit schlechtem Empfang. Psychologen und andere halbwegs gebildete Menschen nennen das Tagtraum und bieten dafür eine Unmenge fachmännisch klingender Definitionen an. Eine unserer liebenswertesten Freundinnen, eine Königin im Reich des Phantastischen, nannte es treffender ihr Heimkino und ließ darin am Abend die Filme abrollen, die sie untertags gedreht hatte: Tante beißen, Polizisten killen, die ihr ein Strafmandat verpaßt hatten, aber auch durch Schlösser schreiten wie kein Architekt sie je erbaut hat, durch den Himmel fliegen, in dem riesige Pflanzen wucherten, denen man vorsichtig ausweichen mußte, da sie Lust auf Menschen hatten, etc. etc.

Autoren und somit auch K. B. leiden oft schon von früher Jugend an unter dem Zwang, die kopfeigenen Theater, Film- oder Fernsehproduktionen allen, auch denen, die es nicht wollen, vorzuspielen, und es ist reine Geschmacksache, ob man das nun Altruismus, Egoismus oder Exhibitionismus nennt. Bei ihm jedenfalls wurde dieser Zwang — der in späteren Jahren in fast existenzbedrohender Weise schwächer wurde — durch die ersten Aufführungen des Burgtheaters ausgelöst, das in jenen großen Zeiten ja bekanntlich fast nur Klassiker spielte. Perfekt, ästhetisch, erhebend, und mit jener kathartischen Wirkung, nach der, man spürte es förmlich, die Zuschauer nur so fieberten. Versetzt auch mit jenem Touch von Größe, der junge Menschen so leicht begeistert und so leicht verführt, es den Bühnenhelden zwischen Prospekt und Souffleurkasten gleichzutun, ohne zu denken, zu welchem Ziel.

Natürlich spielten sie im luftleeren Raum. Da war kein Platz für irgendeine menschlich-kritische, auf die gegenwärtige Realität bezogene Auseinandersetzung. Und das ist in heutigen Diktaturen ja kaum anders. Daß Klassiker-Aufführungen heute so oft gewaltsam mit oft unpassenden Parallelen zur Gegenwart versehen werden, ist neben ideologischer Verbohrtheit oder reiner Originalitätssucht vielleicht auch eine verspätete Reaktion auf ein Publikum von damals, das etwa in der Antigone getreu dem ideologischen Programm der Zeit nichts als die rebellierende Tochter gegen einen tyrannischen Oheim und in Kreon einen kleinen lokalen Herrscher aus frühgeschichtlicher Zeit sah — weil es ja nicht mehr sehen sollte. Was Antigone tat, wofür sie litt und ster-

ben mußte, vermittelte dem erhobenen Zuschauer „Menschlichkeit" ohne jeden Bezug auf eine reale Situation oder Umgebung, in der sie sich entfalten konnte. Menschlichkeit als vages, wohliges Gefühl, das sich aber sofort verflüchtigte, wenn sie sich an einem konkreten Fall bewähren mußte. Was auch gar nicht notwendig war, denn Antigone hatte ja durch ihr Leid bereits stellvertretend die Welt wieder in Ordnung gebracht, bevor sie, für ihre Bravourleistung begeistert beklatscht, zum Abschminken in der Garderobe verschwand.

Kein Wunder, daß die Wacheren unter dem Publikum ein Unbehagen verspürten, vielleicht ein Unbehagen an sich selbst, weil sie so brav mitspielten. Sie wehrten sich gegen das geistige Klima, aber sie machten für die durch Angst erzwungene Indifferenz die Klassiker verantwortlich. Machten sie verantwortlich auch dafür, daß die von ihnen so erhebend dargestellten Begriffe wie Größe, Treue, Ehre, Heldenmut oder alles überwindende Liebe so schamlos ausgenützt und für lange Zeit, ja bis heute, in Mißkredit gebracht wurden.

Vielleicht gab auch K. B. insgeheim den Klassikern die Schuld, obwohl er sie, wie so viele andere damals, rücksichtslos imitierte, jedenfalls nahm er sich mit der Bemerkung: „Das kann ich besser" ein Stück vor, das ihn offenbar nicht befriedigt hatte, nahm die gleiche Handlung und das gleiche Figurenarsenal und begann nun, wie der Professor mit dem Rotstift, das Stück umzuschreiben. Möglicherweise so etwas wie ein formalistischer Protest, von dem ich leider nicht sagen kann, wie gut oder wie schlecht er gelang, weil er leider verlorengegangen ist. Später schrieb er aber auch eigene Stücke, hatte jedoch nicht viel Glück damit, weil sein schlechtestes „Ein Boot will nach Abaduna", bereits gespielt worden war und die Dramaturgen offensichtlich — siehe oben die zitierte Sehnsucht nach dem Erstling — auf ein zweites ebenso schlechtes warteten. Er hatte aber auch selbst ein Gutteil Schuld daran, denn es fehlte ihm die Disziplin, seine Phantasie, die immer weit über den möglichen Bühnenabend hinauswucherte, zu zügeln. Ein einziges Mal gelang ihm dieses Kunststück, aber auch nur deshalb, weil ein Theatermensch aus Schweden einen Einakter haben wollte. Es wurde auch ein Einakter, allerdings ein so langer, daß man ihn auf einer normalen Bühne nur schwer mit einem zweiten zusammenspannen konnte, und als abendfüllendes Stück war er wieder zu kurz. Vor allem aber hatte er trotz seines Titels „Akt mit Pause" keine Pause, und wer die Bedeutung von Pause, Rauchsalon und Buffet für unser Theaterpublikum kennt, der wird verstehen, daß dieses Stück nicht allzuoft, möglicherweise nur dort, wo es weder Buffets noch Wandelgänge gab, jedenfalls nur auf kleineren Bühnen, in Klagenfurt, in Schweden, in Holland und in den USA gespielt wurde.

Es war ein Spiel im Spiel. Eine Südseeinsel wird so eingerichtet, als wäre hier eine Atombombe gefallen, und geschickte Reisebüromanager schleusen allwöchentlich Touristengruppen durch Ruinen, Krankensäle und Waisenhäuser, und die mit den stärksten Nerven dürfen zusehen, wie einer stirbt. Sensationsgier und Grauen vor dem Geschehen halten einander die Waage, das Erlebnis des — angeblichen — Sterbens eines jungen Mannes hinter der großen Fensterscheibe läßt in manchem Zuschauer längst Verschüttetes wieder aufbrechen. Es ist ein nicht ungefährliches Stück: Bei seiner Premiere in Schweden fiel eine deutsche Studienrätin in Ohnmacht, und es ist auch auf gefährliche Weise entlarvend: Als auf einer anderen Bühne die herrschsüchtige, vermeintlich satirisch überzeichnete Mutter sich in der Erregung zu der Behauptung verstieg: „Eine Mutter, die ihrem Sohn das Leben gegeben hat, sollte es ihm auch wieder nehmen dürfen", kam es aus der achten Reihe im Brustton der Überzeugung: „Wie wahr!"

In diesem Augenblick war mir klar, daß das, was ich einige Jahre früher als böse Satire geschrieben zu haben glaubte, und über die eine Wiener Theaterdirektorin die Hände zusammenschlug: „Benesch, warum schreiben sie nicht endlich wieder ein humanistisches Stück wie Abaduna!", von der Wirklichkeit bereits eingeholt war. Ein Beitrag zu einem Problemkreis, auf den unser Autor immer wieder stoßen sollte: Schreibst du eine Satire, die nach der klassischen Definition durch Spott, Ironie und Übertreibung bestimmte Personen, Anschauungen, Ereignisse oder Zustände kritisiert, dann ist die in kürzester Zeit von der Wirklichkeit überholt und gilt als harmlos. Wir leben ja in einer Epoche des Fortschritts auf jedem Gebiet. Wenn etwa in dem Zukunftshörspiel: „Im Mittelpunkt des Interesses" der Autor des Buches „Leben — Krebsgeschwür des Todes" von der „Unnatürlichkeit des Lebens" spricht, gegen das sich der Mensch nun endlich mittels seines raschen, schmerzlos eintretenden Todes X zur Wehr setzten kann — was ist das viel anderes als das, was die Menschen heute gegen das Leben und gegen seinen Sinn dauernd praktizieren? Satire oder nicht Satire, das ist vielleicht nur eine Frage der Jahre, die zwischen dem Tag liegen, an dem sie geschrieben wurde und dem Tag, an dem das satirisch Übersteigerte zur Realität wird. — Stellt man aber die Wirklichkeit genauso dar wie sie ist, dann werden das die meisten als groteske Übertreibung ablehnen. Ein Mechanismus, dem unser armer K. B. immer wieder im täglichen Leben begegnen muß. Wenn er etwa bei A. ein Weilchen über B., C. oder D. erzählt, heißt es spätestens nach 20 Minuten: Sie kennen wirklich nur lauter Verrückte. Was ihm im umgekehrten Fall, wenn er B., C. oder D. von A. erzählt, eifrig nickend bestätigt wird.

Trotz seiner Liebe zum Theater störte K. B. etwas von allem Anfang an. Wie sehr hier der Autor dem Schauspieler, dem Regisseur und all den anderen, die ebenfalls selber kein Stück schreiben können, ausgeliefert ist. Auch wenn kein Wort geändert wird — und wo gibt es das noch? — schon ein anderer Tonfall, die andere Ausstrahlung eines Schauspielers, und es ist nicht mehr das Stück aus dem Kopf des Autors. Vielleicht wußte er auch von Anfang an *zu genau, was er mit dem Stück wollte und wie es auf der Bühne aussehen sollte. Autoren, die ihr Geschriebenes gleichsam als Rohmaterial hingeben und dann nicht unsäglich leiden müssen, wenn sie sehen, was als Endprodukt herauskommt, konnte er wegen ihres Gleichmuts nur grenzenlos bewundern. Oder beneiden, weil sie das Glück hatten, bereits tot zu sein.*

Dazu störte ihn aber auch noch, daß im besten Drama so vieles simplifiziert und vergröbert, so viel Difizieles verschwiegen werden, das Leben in all seiner alogischen Vielfalt in einem bestimmten zeitlich begrenzten Handlungsablauf gezwängt werden muß. Und die Menschen in all ihrem inneren Reichtum, in all ihrer Widersprüchlichkeit werden auf Flächlerwesen reduziert. Wohl kann der Schauspieler mit einem Blick, einer Geste viel auffüllen und manches sagen, das der redseligste und schlechteste, aber auch der beste Dramatiker immer noch nicht aussprechen könnte — ob es dann aber auch wirklich das ist, was der Autor gemeint hat?

In diesem Dilemma stieß K. B. auf eine andere Spielart des Dramatischen, das Hörspiel. Hier ist alles weiter, hier darf viel mehr ausgesprochen werden, hier kann keine falsche Optik den Sinn entstellen, hier gehen Szenenwechsel und Umbau in der durch ein paar Töne angeregten Phantasie des Zuhörers und daher in einer ganz anderen Dimension vor sich. Zeit und Raum sind problemlos zu überwinden. In diesem Projektionsapparat, der den Film in fremden Köpfen abrollen läßt, aber ohne die platte Realität des Filmes, da ja jeder Hörer sich selber zum Ton das Bild erschaffen kann, fühlte sich unser Autor ganz zu Hause, und hier konnte er auch seine liebsten Ideen verwirklichen.

K. B. ist freilich einer von der hartnäckigen Sorte und hat das Theater sicher noch nicht aufgegeben. Schließlich hat er schon alle möglichen Moden ohne Schaden „überlebt“, er ließ sich weder beschwatzen, als es eine Zeitlang hieß, man könne „nur absurd schreiben“, noch machte er eines raschen billigen Erfolges wegen das Dokumentartheater, das Antitheater, das Polittheater mit, und was uns da noch so in jedem Jahrfünft an Neuem zur Nachahmung empfohlen wurde. Er hat mit einer Standfestigkeit, die mich immer wieder in Erstaunen setzt, alle Bearbeitungs- und Umarbeitungsvorschläge abgelehnt, nur ein einziges Mal, beim Fernsehen, tat er einen Sündenfall, aber der soll ihm für die nächsten 50 Jahre eine Lehre sein. Er war auch nicht zu bewegen, das, von dem er genau zu wissen glaubt, daß es ankommen müßte, das selbst ich ihm als noch vertretbar konzedieren würde, zu schreiben, weil ein solches „Ankommen“ ihm einfach zu billig war. Es muß einen Weg geben, so träumt er noch heute, Menschliches durch Menschen auszudrücken, ohne sich auf Chiffren zu beschränken, ohne alles zu verschweigen, was dahinter steht und seiner Meinung nach eben zu einem Stück gehört — und das er bei den meisten Stücken vermißt. Es wäre so leicht, alles wäre so leicht, könnte er nur daran glauben, daß wirklich alles so billig ist, wie man es ihm dauernd vorführt: daß Gefühle Handlungen auslösen und Handlungen Gefühle, daß man sich mit ein paar klugen Worten der Zeitkritik nur noch ein intellektuelles Alibi zu verschaffen brauche, und schon wäre alles in Ordnung. Aber da ist doch noch das Bewußtsein, die Krankheit des Menschen, seine Vertreibung aus dem Paradies, Folge der Erbsünde. Der Mensch fühlt doch nicht nur und marschiert dann los wie eine Aufziehpuppe von Akt zu Akt, auch sind Gefühle nicht Ursachen, sondern nur Symptome — wofür? Was dahinter ist, wissen wir nicht, dürfen wir auch gar nicht erfahren, selbst wenn es der Dramatiker wüßte, das stört ja den braven Ablauf. Dahinter ist, daß der Mensch sein Leben konstruiert, es gleichsam erfindet, ihm einen Sinn zu unterlegen versucht. Daß die Vielzahl der Menschen, die wir in ihrer Summe die Gesellschaft nennen, die Wesen, die dazu wie Zellen zu einem Körper verschmelzen, daß auch dieser Moloch Gesellschaft sich selber erfindet, sich selber spielt und darstellt. Jeder Mensch hat Vater und Mutter, jede Entwicklung resultiert aus Gedanken, Gefühl, Erlebnissen, Hoffnungen und Resignation, Klarheit, Wahrheit und Irrtum verschmelzen zu einem unentwirrbaren Knäuel — und das alles soll man in drei Stunden oder weniger auf der Bühne nachvollziehen können? Drama, das ist der ewige Kompromiß zwischen dem, was man weiß, und dem, was man davon nicht verraten darf, meint K. B. — und wird sicher wieder eines schreiben, um das Unmögliche zu versuchen. Um sich zu beweisen, daß es unmöglich ist. Und ich weiß nicht, ob ich ihn dazu ermuntern, oder ihn davor zurückhalten soll. Aber was soll man mit einem Menschen tun, für den „Romeo und Julia" der Liebling aller besseren Theaterfreunde, das verlogenste Stück der Weltliteratur ist? Und der, wenn man ihn näher danach fragt, traurig hinzusetzt: Eben, w e i l es so ein gutes Stück ist!?

Die Frau aus La Rochelle
Hörspiel

Personen: Jeanne
Catherine de La Rochelle
Soldat
Der Marquis
Der Franzose
Der Engländer
Der Wirt
Männerstimme

Franzose Ja, das war eine sonderbare Frau, Herr Richter. Ich hab sie genau beobachtet. Ich bin ein alter Mann, aber sie geht mir heute noch im Kopf herum. Auch der Wirt war dabei und noch einer, und ein Engländer. Sie war aus La Rochelle, haben sie später erzählt. Die Frau von einem Schuster. Aber darnach hat sie garnicht ausgesehen. Eher wie eine feine Dame. Ich hab sie für eine Spionin gehalten, damals in Rouen, aber da war noch etwas anderes dahinter. Das hab ich damals noch nicht begriffen – das heißt, ich begreif es heute noch nicht recht. Ja, sie soll immer schon etwas sonderbar gewesen sein. Es heißt, daß sie bald nach der Krönung in Reims zu Johanna aus Lothringen gekommen ist, als es schon ein wenig abwärts ging mit der Jungfrau. Sie hat behauptet, eine Frau in einem schönen Gewand, ganz in Weiß und Gold, ist zu ihr gekommen und hat ihr gesagt, sie soll mit Herolden und Trompetern durch die Städte ziehen und alle Leute auffordern, daß sie ihr Geld herausgeben und alles, was sie noch versteckt haben an Schätzen. Damit man neue Truppen für die Jungfrau anwerben kann. Und Waffen. – Aber die Jungfrau hat nicht auf sie gehört.

(ausblenden)
Vielleicht war das ihr ganzes Unglück. Vielleicht – – –

(Wirtsstube)

Engländer *(einblenden, fern, singt)* Mein Lie-iebchen, sa-ag nicht nei-ei-ein –

Franzose *(nah)* He, Wirt!

Wirt *(von fern)* Was ist denn schon wieder?

Franzose Einen Krug Roten für den Engländer!

Wirt *(näherkommend)* Hat denn der immer noch nicht genug?

Engländer *(fern)* Mein Lie-iebchen, sa-ag nicht nein –

Franzose Das dauert noch eine Weile. Jetzt fängt er erst zu singen an.

Wirt Hm –

Franzose Ein guter Ausguck da oben?!

Wirt *(nahe)* Ach – meine Frau, die steht jetzt sicher schon vorn in der ersten Reihe –

Franzose *(ironisch)* Tja, die Gäste gehen vor.

Wirt *(mürrisch)* Gäste! Ein besoffener Engländer, und –

Franzose Bssssst! Der hat gute Ohren.

Wirt Und das komische Weib dort drüben – sitzt schon seit Stunden und döst vor sich hin –

Franzose Wer ist das eigentlich?

Wirt Frag sie! Aus Rouen ist sie nicht.

Franzose Die ist mir schon lange verdächtig.

Wirt *(verächtlich)* Kleiner Spitzel!

Franzose Na hör einmal – – !

Wirt Da, trag's ihm hin, deinem lieben Goddam!

Franzose Du, das ist ein wichtiger Mann. Der war dabei, wie sie die Hexe gefangen haben.

Wirt *(auflachend)* Das haben mir jetzt schon zehn Dutzend erzählt. Alle waren dabei. – Läßt er so viel springen, daß du dir seine Heldengeschichten anhörst?

Franzose Jeder muß sehen, wie er durchkommt.

Wirt Dann lauf aber, sonst fällt's ihm noch ein, und er läßt dich die ganze Zeche bezahlen!

Franzose *(eilig)* Ja, ja, ich geh schon. *(sich entfernend)* Und wenn's etwas Neues gibt, dann schrei!

Wirt *(mürrisch)* Ja, ja – ich hätte die Bude zusperren sollen – *(sich entfernend)* Die Gelegenheit: eine Hexe auf dem Scheiterhaufen! Und so eine junge, hübsche dazu – – –

Catherine *(nahe)* Warum hast du nicht auf mich gehört, Jeanne? Jetzt ist alles zu spät. Du wirst brennen. Und auch ich werde brennen. Alles wird brennen. Die ganze Welt – – Orleans – weißt du den Namen noch? Reims – Paris – – oh, ich hätte dir helfen können, aber du hast nur deine Stimmen im Sinn gehabt. Deine hochmütigen Stimmen. Heilige Katharina, meine große Namenspatronin, wo ist deine Stimme jetzt? Du hast doch immer einen Rat gewußt. Frankreich retten – was gilt dem Himmel Frankreich? Rette sie vor dem Scheiterhaufen, darauf kommt's jetzt an! Lieber Gott, hast du keine klügeren Heiligen zur Verfügung gehabt? Du hast doch so viele. Keinen, der imstande ist, ein kleines Mädchen aus dem Feuer zu reißen? Was sie ihr alles eingeblasen haben: Frankreichs Glorie, der allerchristlichste König ... Sie kennen die Welt nicht, deine Heiligen. Sie haben so viel gelitten, daß ihnen jedes Leid selbstverständlich erscheint. Sind sie so grausam, deine Heiligen, Herr? Oder nur alt und vergeßlich – ?

Jeanne *(von fern, etwas unwirklich)* Catherine! Catherine!

Catherine Jeanne!

Jeanne Catherine, wo bist du? Ich hab dich überall gesucht.

Catherine Ich hab nicht den Mut dazu, Jeanne. Ich sitze in einer kleinen Kneipe. Ich trinke wie ein Fuhrknecht. Seit gestern Abend. Aber ich werde nicht betrunken. Es gelingt mir nicht. Ich hab zugesehen, wie sie den Scheiterhaufen aufgebaut haben – Stöße von Holz und Reisig und gebündelten Zweigen. In der Mitte ein hoher Pfahl – an den werden sie dich binden. Wie Christus ans Kreuz.

Jeanne Catherine, ich hab Angst. Entsetzliche Angst. Die Menge, diese gierigen Augen, die geifernden Mäuler –

Catherine Diese Mäuler hätten wir stopfen müssen. Die Augen blind machen mit Gold –

Jeanne Ich hab schon einmal widerrufen. Ich fürchte, ich könnte es nocheinmal tun. Nie wieder die Bäume sehen, die Vögel, nie mehr ein Kind – wie ratlos sie dastehen, die Kinder – – *(laut)* Herr, nimm mich gnädig auf in Deine Herrlichkeit! – – Wo werde ich heute Abend sein – ? Noch höre ich – noch spüren meine Lippen den Staub von der Straße – noch hab ich meine Augen. Krähen im Mai, Catherine – ist das nicht seltsam? – *(laut)* Haltet das Kruzifix vor meinen Augen empor! Solange ich noch am Leben bin, will ich das Kreuz sehen, an das Gott geschlagen war!

Wirt *(von fern)* Sie verlesen jetzt das Todesurteil!

Franzose *(nahe)* Wetten wir, die Hexe kriegt's wieder mit der Angst zu tun?

Engländer Diesmal nicht. Die ist tapfer.

Franzose Tapfer? Sie war vom Teufel besessen!

Engländer Was geht mich der Teufel an! Sie hat gekämpft wie ein Mann. Aber davon verstehst du einen Dreck –

Franzose Aber –

Engländer Ach, halt doch dein Maul – – –

Jeanne Catherine! Was gäbe ich jetzt für deinen ruhigen, spöttischen Blick! Da bekommt alles sein rechtes Maß. Du fürchtest nichts.

Catherine Ich fürchte, was nachher sein wird, die Jahre, die Jahrhunderte ohne dich – – Jeanne!!! Warum hast du damals nicht auf mich gehört! Jeanne, meine Schwester, mein Kind,
(ausblenden)
meine kleine, geliebte, närrische Jeanne – – –

Jeanne *(kommt polternd zur Tür herein)* Oh, ist das kalt! *(sie reibt sich die Hände, stampft mit den Füßen auf)* Bist du schon wieder da, Frau? Laß mich! Ich bin müde.

Soldat Los! Mach dich davon, sonst –

Catherine Rühr mich an, du Lump! – Jeanne, du weißt genau, daß er mich nicht davonjagen kann. Ich komme vom König.

Soldat *(polternd)* Das kann jeder sagen.

Catherine Hier ist sein Schreiben – wenn du lesen kannst.

Soldat *(ehrfurchtsvoll)* Tatsächlich! Jungfrau, Order vom König!

Jeanne *(leise)* Ja, ich weiß. Order vom König – *(sie stöhnt auf)*

Catherine So hilf ihr doch endlich! Daß sie die Stiefel los wird! Marsch! Herumstehen und gaffen! Und bring warmen Wein! Und leg Holz nach! Schau dir ihre Hände an!

Soldat *(aufsässig)* Ja, ja, ich kann doch nicht alles auf einmal –

Catherine Wenn ich will, dann kannst du fliegen, verstanden?

Soldat *(polternd ab)*

Catherine Dieser Lümmel! Aber das wird jetzt anders werden.

Jeanne *(leise)* Heute Morgen – hat es dir deine weiße Frau gesagt, daß dieser Tag verloren sein wird?

Catherine Dazu hab ich sie wirklich nicht nötig. Ein Blick auf deinen halb verhungerten Heerhaufen hat genügt. Ein paar kläffende Hunde hätten diese Soldaten von den Mauern von La Charité davongejagt.

Jeanne In Orleans hatte ich im Vergleich auch nicht mehr Soldaten.

Catherine In Orleans war Sommer. In Orleans waren deine Soldaten satt, da waren noch Richemont, Dunois, Gilles des Rais, da war noch der Herzog von Alecon an deiner Seite. Und dein Schwert war noch nicht zerbrochen.

Jeanne *(in Gedanken)* Mein Schwert –

Catherine *(förmlich)* Darf ich der Jungfrau das Schreiben des Königs überreichen?

Jeanne Du hast es mir bereits vorgelesen.

Catherine Dann komm doch seinem Willen nach und prüf mich!

Jeanne M e i n e Heiligen haben mir noch nie eine Stelle gezeigt, wo Geld verborgen liegt.

Catherine Auf die Unterlassungssünde solltest du sie einmal aufmerksam machen.

Jeanne Sie haben immer noch gewußt, was ich für meine Kriegsführung brauche.

Catherine Bis auf heute. Und auf Paris. Ein Feldzeugmeister, dem solche Fehler unterlaufen, wäre schon um einen Kopf kürzer.

Jeanne Spotte nicht!

Catherine Aber deine Heiligen scheinen schon vorher kopflos gewesen zu sein.

Soldat *(ist hereingekommen, lacht)* Das ist gut, ha, ha, ha –

Catherine Halt dein Maul, du Esel! Stell den Wein hin und verschwinde!

Soldat Und die Stiefel?

Catherine Das mach ich.

Soldat Na schön. *(zähneknirschend)* Die soll mir einmal unter die Finger kommen – *(ab)*

Catherine Laß mich deine Dienerin sein, Jungfrau! Was tust du mit diesem Tölpel! Ich will dir deine Stiefel von den Füßen ziehen – dieses grobe Futter auf der zarten, weißen Haut. Ich werde dir morgen andere anmessen lassen. Aus feinstem Leder, weich, ein mit Federflaum gefüttertes Nest. Komm, Jungfrau, trink!

(trinken)

Jeanne Du heißt Catherine?

Catherine Ja, Ich komme aus La Rochelle. Mein Mann ist Schuster, ich habe sieben Kinder.

Jeanne Und du hast sie verlassen?

Catherine *(halb im Spott)* Ich weiß, eine Mutter hat ihre Kinder zu lieben – *(einfach)* Aber ich habe von dir gehört. Und ich habe gewußt, daß du mich brauchen wirst. Mehr als die daheim.

Jeanne Hast du keine Sehnsucht nach ihnen?

Catherine Ich hätte größere Sehnsucht, hier zu sein, wenn ich bei ihnen wäre.

Jeanne Ich hätte meine Eltern nie freiwillig verlassen. Und meine Geschwister. Ich hab mich immer gegen meine Stimmen gewehrt. Ich habe ihnen vorgehalten, daß ich ein einfaches Mädchen bin, daß ich nicht kämpfen will. Ich hab nächtelang geweint. Wie gern würde ich leben wie du – ein Mann – Kinder – aber meine Stimmen haben es nicht gewollt. Ich kann's nicht verstehen, aber es ist so.

Catherine *(weich)* Komm, Jungfrau, wärm dir die Hände! Ich leg dir meinen Mantel über die Schultern. Wie einem König. Du sollst nie mehr frieren.

Jeanne *(aufmerksam)* Und was sagt der König zu deinem Plan?

Catherine An sich wäre er einverstanden –

Jeanne Warum schickt er dich dann zu mir?

Catherine Er ist mißtrauisch wie eh und je. Er möchte immer auf die sichere Karte setzen und verliert dauernd dabei. Dich hat er ja auch erst wochenlang prüfen und untersuchen lassen. Und trotz aller Gutachten ist er immer noch nicht von dir überzeugt.

Jeanne *(leise)* Ja, das ist wahr. . .

Catherine Dabei hätte er nicht das geringste Risiko. Er brauchte mir nur einen Herold und einen Trompeter und einen Geleitbrief zu geben. Aber bevor der sich zu einem halben Satz entschließt –

Jeanne Du liebst den König nicht?

Catherine Ich habe nichts entdeckt, was auch nur achtenswert an ihm wäre.

Jeanne Du solltest ihn lieben.

Catherine Und warum?

Jeanne Gott hat ihn zu seinem Statthalter gemacht.

Catherine *(spöttisch)* Gott? Oder irgendein Winkelzug dieser konfusen Politik, in der sich keiner auskennt?

Jeanne *(schlicht)* Nein, Gott.

Catherine *(seufzt auf)* Also gut. Der von Gott zum Statthalter Erwählte wünscht, daß du mich prüfst.

Jeanne Wie soll ich das?

Catherine Weiß ich's? Vielleicht versteckst du ein paar Münzen irgendwo im Zimmer, und ich sag dir, wo sie liegen?

Jeanne Du sagst es? Oder die Stimme sagt es dir zuerst?

Catherine *(ausweichend)* Die Leute werden es nicht darauf ankommen lassen, daß ich ihre versteckten Schätze aufstöbere. Sie werden das, was ich verlange, lieber freiwillig geben. Du wirst staunen, wie reich das arme ausgeplünderte Frankreich ist. Und du wirst staunen, woher auf einmal die Soldaten heranströmen, wenn Geld da ist und Pulver und Waffen. Ich sehe schon die Heere vor mir, kraftstrotzende Rosse und ein Wald von funkelnden Lanzen! Und das alles steht dir zu Gebot, Jeanne! Ein Wink von deiner Hand, und deine Reiter brechen los – in zwei Monaten ist Frankreich von den Engländern leergefegt – –

Jeanne *(nachdenklich)* Bist du dessen so sicher?

Catherine *(verblüfft)* Du nicht?

Jeanne Ich weiß nicht –

Catherine Jeanne!

Jeanne Seit Reims ist alles so anders. Vielleicht hätte ich doch heimgehen sollen nach Domremy.

Catherine Und Frankreich?

Jeanne Ich bin jetzt manchmal so entsetzlich müde. Ich bin kaum älter als ich vor Orleans war, ich mache weniger Strapazen mit als damals – – vielleicht geh ich nicht den richtigen Weg –

Catherine *(beschwörend)* Du gehst den richtigen Weg, Jeanne. Es gibt nur diesen einen. Dazu bist du ausersehen – du wirst in Paris einziehen, du wirst die Normandie erobern, du wirst uns von dem Joch der Engländer befreien! Das ist dein Weg! Du darfst an deiner Sendung nicht irre werden!!!

Jeanne *(will ablenken)* Und du hörst eine Stimme?

Catherine Eine Stimme, umgeben von klarem, durchdringendem Licht. Ein Licht, das die Hintergründe aller Dinge erhellt. Die Dinge sind nichts als ein durchscheinender Vorhang, der die Wirklichkeit verzerrt, verändert. Ich sehe die Wirklichkeit, Jeanne, die tief verborgene Wirklichkeit – ich sehe die klare, weiße Gestalt, von der schon die Alten gesagt haben, daß sie alle Gewalt in ihren Händen hält. Die Gestalt, deren Sieg uns verheißen ist. Ich könnte dir ihren Namen nennen, Jeanne – aber er würde dich schrecken –

Jeanne *(verwirrt)* Du kannst sehr schön sprechen, Catherine.

Catherine *(drängend)* Glaub mir, Jeanne, ich spreche die Wahrheit.

Jeanne Ich werde meine Stimmen fragen.

Catherine Nein!

Jeanne Warum nicht?

Catherine Was verstehen deine Stimmen von Gold, von Ausrüstungen und Fourage und Wochenlohn –
(ausblenden) Jeanne, hab Erbarmen mit dir – mit dir selbst. . .

Catherine *(im Flüsterton, nah)* S i e haben kein Erbarmen mit dir. Sie haben sich einfach davongemacht. Wenn sie nicht weiterwissen, schweigen sie. Aber auf meine Stimme – auf die klare Stimme der Vernunft –

Marquis *(nah, leise)* Vorsicht, schöne Frau!

Catherine *(schrickt zusammen)*

Marquis Stimmen sind heute verdächtig.

Catherine Ah, der Herr Marquis von –

Marquis Bsst! Ich bin Charles. Einfach Charles.

Catherine Einfach Charles. Wie unser geliebter König.

Marquis Ja, unser über alles geliebter Vetter. Wir sind uns vollkommen einig. – Schon lang nicht gesehen, hm? Das letzte Mal war's in Dieppe, wenn ich mich nicht irre.

Catherine Warum laufen Sie mir überall nach?

Marquis *(lacht auf)* Ebenso könnte ich behaupten, Sie laufen mir nach, aber das wäre auch falsch. Wir beide laufen – ihr nach, darum kreuzen sich unsere Wege.

Catherine *(abweisend)* Was wollen Sie von Jeanne?

Marquis Wollen – – Neugier – Schaulust – sie ist eine berühmte Persönlichkeit.

Catherine Was zahlt der geliebte König von Frankreich für die neuesten Nachrichten?

Marquis Wenig. Er hat ja selber nichts. In Chinon hängen die Teppiche in Fetzen herunter. Die Stühle brechen zusammen, wenn man sich daraufsetzt. Das Silbergeschirr ist verpfändet –

Catherine Wieder einmal.

Marquis Aber wenn Sie ihm die Todesnachricht von Jeanne überbringen würden – eine Perlenkette, glaube ich, hat er noch übrig.

Catherine Was wollen Sie damit sagen?

Marquis Catherine de La Rochelle hat Jeannes Tod vor einem Jahr vorhergesagt. Ich habe bei meinem letzten Aufenthalt bei Hof nicht verabsäumt, daran zu erinnern. Sie sind dort bestens eingeführt. Und beim Volk auch.

Catherine Beim Volk?

Marquis Sie haben die glaubwürdigsten Zeugen. Den König, den Herzog von Alecon, La Tremouille – und Bruder Richard nicht zu vergessen. Ein Trompeter und der Herold des Königs: „Catherine de La Rochelle, die Frau, die jedem von Euch seine Todesstunde voraussagen kann!" – Keine Sorge, sie werden sich hüten, danach zu fragen. Da ziehen sie die Unsicherheit vor.

Catherine Sie sind ja verrückt, Marquis!

Marquis Bssst! Wollen Sie mich an den Galgen bringen? Der Engländer dort drüben –

Catherine Der ist total besoffen.

Marquis Dafür paßt unser sauberer Landsmann neben ihm umso besser auf. Sicher einer von den Spitzeln. Wirt! Einen Krug Rotwein!

Catherine Haben Sie vielleicht Angst, Herr – Charles?

Marquis *(ausblenden)* Ich Angst? – Ja, wo bleibt er denn? Wirt!

Wirt *(von fern)* Ich komm ja schon. Gerade wenn es spannend wird –

Engländer *(nahe)* Was gaffst du denn immer zu der hinüber?

Franzose Die Dame gefällt mir nicht.

Engländer Mir schon. Hübsches Mädchen – keine Knospe mehr, aber – *(singt)* Mein Mä-ädchen, sa-ag nicht nein! *(lacht)*

Franzose Das ist gerade das Verdächtige.

Engländer *(lacht)* Dann müßten bei Euch viele verdächtig sein.

Franzose Und der Mann neben ihr – der Bastard Charles soll eine Menge Spione bezahlen. Ganz Rouen ist voll von ihnen.

Engländer Ach –

Franzose Heute morgen erst haben sie einen erwischt. Schade, daß ich nicht dabei war. Er soll einen ganzen Beutel Gold bei sich gehabt haben.

Engländer Was gehen mich Eure Spione an!

Franzose Sie sind aber kein guter Patriot.

Engländer	*(auffahrend)* Das sagst du, du dreckiger Franzose? Ich, kein Patriot! Ich war siebzehn Jahre in dem verdammten Krieg! Und immer ganz vorne. Nicht so wie du. Ich bin ihr gegenübergestanden, Aug in Aug. Die hat Augen gehabt!
Franzose	Hexenaugen!
Engländer	Einmal hätt ich sie vor mein Schwert kriegen sollen! Einmal! Mit ihr kämpfen! Sie ist stark wie ein Mann. Ich würde ihr das beste Schwert geben. Und die beste Rüstung. Und dann – – aber Scheiterhaufen! Geh hin, schau dir das Theater an! Scheiterhaufen – so ein wehrloses Ding! Das können auch nur Pfaffen erfinden – – *(ferner werdend)* und Leute wie du – –
Wirt	*(nahe)* Da ist Ihr Wein, Herr.
Marquis	Was macht die Hexe?
Wirt	Nicht viel. Sie steht da und hört zu. Ganz still ist sie.
Franzose	*(von drüben)* Wirt, leg uns eine Hammelkeule auf den Rost! Ich habe Hunger.
Wirt	Nichts da, jetzt hab ich kein Feuer. Kannst sie dir ja auf dem Scheiterhaufen braten.
Franzose	*(lacht)* Auf dem Scheiterhaufen – das ist gut! Aber wenn's die Soldaten nicht erlauben? Was meinen Sie, Mister?
Engländer	Ach, halt dein Maul!
Catherine	*(ganz nahe)* Und für diesen Pöbel hat sie geblutet! Die fühlen sich in einem Schweinekoben genauso wohl wie in England oder im heiligen Frankreich.
Marquis	Sie werden es besser machen.
Catherine	Ich?
Marquis	Sie werden nicht brennen.
Catherine	*(lacht auf)* Warum sollte man auch eine brave Schustersfrau brennen lassen?
Marquis	Ist die Sehnsucht nach daheim so groß? Nach dem brummigen Alten und den kleinen Wolfskindern mit den stumpfen Nasen und dem blöden Blick? So haben Sie doch einmal erzählt.
Catherine	Immer noch besser, einem verblödeten Schusterkind die Rotznase zu putzen als einem vertrottelten König die Schweißfüße zu lecken. Das hab ich immerhin gelernt. Die Jungfrau hat recht gehabt, mich heimzuschicken.
Marquis	Die Jungfrau ist in einer Stunde tot.
Catherine	Oh Gott, mein Gott –
Marquis	Und Sie werden an den Königshof gehen! Aber nicht, um einem Trottel die Füße zu lecken, sondern um ihm die Ihren hinzuhalten.
Catherine	*(höhnisch)* Guten Appetit!
Marquis	Hör zu, schöne Frau! Ich bin mit Chinon in Verbindung, alles ist be-

stens vorbereitet. Der König ist einverstanden mit meinem Plan, er braucht Geld, seine letzten Tanzspiele haben Unsummen verschlungen. Und wer das Geld hat, hat ihn in der Hand. La Tremouille verliert nur deshalb allmählich die königliche Gunst, weil er nicht mehr viel zu borgen hat. Sobald Jeanne tot ist, geht eine Staffette zum Hof ab. Dann beginnt die königliche Kanzlei zu arbeiten. Jede Stadt, jedes kleinste Dorf wird es wissen: die Vorhersage von Catherine de La Rochelle ist eingetroffen! Die Jungfrau ist tot! – In einem Monat bist du populärer als sie.

Catherine Und dann?

Marquis Dann bekommst du deine Trommler und deine Herolde. In kürzester Zeit haben wir die Mittel beisammen und das Heer aufgestellt. – Und Frankreich ist von den Goddams befreit. Dein Traum geht in Erfüllung. – –

Catherine *(schweigt lange)*

Marquis *(nach einer Pause) Nun?*

Catherine *(langsam)* Was wissen Sie von meinem Traum! Sie und Ihr König!

Marquis *(überlegen)* Ich kenne dich. Wir beide sind aus dem gleichen Holz. Ich hab von Anfang an gewußt, was du willst. Man sperrt eine schöne, kluge Frau, die würdig wäre, über Schlösser zu gebieten, nicht ungestraft in eine Schusterswerkstatt.

Catherine *(spöttisch)* Ihr Charme läßt Sie nicht einmal in dieser Kneipe im Stich.

Marquis *(verärgert)* Was glaubst du, weshalb ich dir nachlaufe, wie ein Hund?

Catherine Ich denke, Sie laufen Jeanne nach?

Marquis Der Trick mit deiner Stimme – einfach genial! Man muß die Leute nehmen, wie sie sind. Von der Vernunft haben sie noch nicht viel gehört, aber wenn eine geheimnisvolle Stimme das sagt – *(lacht)* Nur die Jungfrau ist nicht darauf hereingefallen. Für ihre Klugheit brennt sie jetzt –

Catherine *(wild)* Und du hängst am Galgen, wenn du noch einmal so von ihr redest!

Marquis Aber –

Catherine Laß dir gesagt sein, Herr – Charles! Was wollen Sie überhaupt hier? Gehen Sie! Lassen Sie mich in Ruh!

Marquis *(suggestiv)* Du willst doch gar nicht, daß ich dich allein lasse.

Catherine *(müde)* Sie haben recht, ich will es nicht. Ich will nicht allein sein. Jetzt nicht –

Marquis Siehst du. Du brauchst jemanden, mit dem du reden kannst, du –

Catherine Reden – reden – Herrgott, kann man den gar nichts tun?!

Marquis Nein.

Catherine *(für sich)* Mein Gott, was hab ich nur falsch gemacht? Ich hab sie nicht belogen. Auch die Vernunft hat eine Stimme. Nur für Jeanne hab ich sie damals mit einem weißen Gewand umkleidet und mit Goldborten geschmückt –
(ausblenden) nur für sie, damit sie es leichter begreift. . .

Jeanne *(empört)* Catherine! Du hast mich betrogen!

Catherine Ich dich?

Jeanne Ich habe die ganze Nacht mit dir gewacht. Deine weiße Frau ist nicht gekommen.

Catherine Sie war immer da. Nur du hast sie nicht gesehen. Kann ich deine Margareta sehen? Hör die Stimme deiner Katharina? Wie also kannst du sagen, ich lüge?

Jeanne Meine Stimmen haben mir gesagt: es ist nichts dran. Was du behauptest, ist Torheit. Ich hab es an den König weitergegeben.

Catherine Und wenn meine Stimme sagt: an der deinen ist nichts dran?

Jeanne Catherine!

Catherine Niemand hat deine Stimmen je gehört. Und niemand die meine. Es steht, wie man vor Gericht sagen würde, Aussage gegen Aussage. Was wahr ist, weiß Gott allein.

Jeanne Gott ist mein Zeuge, daß ich die Wahrheit sage.

Catherine Und wenn deine Heiligen irren, Jeanne?

Jeanne Heilige können nicht irren.

Catherine Sie kennen die Welt nicht. Sie haben andere Dinge im Sinn als Waffen und Verproviantierung und Feilschen mir Pulverhändlern und Marketenderinnen. Sie haben die Kraft, in den Soldaten eine Begeisterung zu entfachen, wie niemand sonst, ja – aber erst einmal müssen Soldaten da sein. Und die kaufst du dir nicht mit der Heiligenlitanei. Leider – aber es ist so. Erst müssen die Soldaten Waffen haben und Schuhwerk und anständige Hellebarden – ist das so schwer zu begreifen? Mit bloßen Händen wirst du die Mauern von Paris nie niederreißen. Da nützt dir auch deine Jungfräulichkeit nichts und nichts der Schrecken, den du verbreitest.

Jeanne Ja, das stimmt schon, aber –

Catherine Hör zu, Jeanne, ich verlange doch nichts Unrechtes von dir.

Jeanne Das weiß ich, Catherine.

Catherine Ich will nichts anderes, als daß du dem König sagst, daß meine Idee gut ist. Ich werde Geld sammeln – dagegen können doch die Heiligen nichts haben.

Jeanne Sicher haben sie nichts dagegen.

Catherine Was zögerst du dann noch?

Jeanne Aber wenn der König nicht will? Ich bin schon gegen seinen Willen nach Paris gezogen. Er hat mich mit Gewalt zurückholen lassen.

Catherine Wenn wir das Geld einmal haben, dann wird er wollen. Dann hast du das Heer und das Volk. Dann sollen sie gegen dich intrigieren –

Jeanne Aber das Geld gehört doch nicht mir.

Catherine Es gehört dem, der Frankreich zurückerobern will. Ich werde ihm nicht Huren kaufen sondern Soldaten.

Jeanne Wie redest du denn, Catherine?

Catherine Wie es ihm gebührt. Ich werde Waffen schmieden und nicht seine alten Gobelins stopfen lassen. Das soll ein anderes Fest werden, als Charles sich vorstellt –

Jeanne Ich habe dem König zu gehorchen.

Catherine *(entschlossen)* Jeanne, es wird Zeit, daß du dich endlich entschließt. Es gibt nur zwei Möglichkeiten: entweder, du eroberst Frankreich für den König – wie deine Stimmen gesagt haben. Oder du gehorchst dem König, und es wird nichts geschehen. Nichts.

Jeanne Ich werde ihn auch anders dazu bringen.

Catherine Du wirst ihn zu nichts bringen. Was ist seit Reims geschehen? Der König hatte alle Trümpfe in der Hand. Was hat er getan? Er hat die Krönungsarmee entlassen – sie kostet ihn zuviel Geld. Er braucht ja neuen Schmuck für seine Maskenfeste. Endlose Verhandlungen, Waffenstillstand mit dem Burgunder. Paris wäre Euch in den Schoß gefallen, aber der König geruht, seine Melancholie zu haben und zieht sich hinter die Loire zurück. Jetzt ist das Ersatzheer in Paris, und du rennst vergebens gegen die Mauern. Der König hat dich glatt im Stich gelassen.

Jeanne Nein!

Catherine Wann bist du das letzte Mal zu ihm vorgekommen? Du, der er alles verdankt?

Jeanne Er ist beschäftigt.

Catherine Er hat mit nichts beschäftigt zu sein, als Frankreich zu erobern. Und da gehörst du dazu. Aber nein, seine einzige Verbindung zu dir ist, daß er mich hierherschickt. Eine Verrückte zu der anderen Verrückten. Die beiden hysterischen Gänse sollen unter sich sein. Aber darin hat er sich getäuscht. Du wirst Frankreich erobern und es ihm zu Füßen legen. Auch ohne ihn. Auch gegen ihn und gegen seine Ratgeber. Und wenn er die Krone nicht will, dann schlag sie ihm mit dem Schwert auf den Schädel!

Jeanne Das ist Aufruhr, Catherine!

Catherine Das ist Vernunft, meine Liebe! Du kennst sie nicht, du kennst nur deine Stimmen. Gott selbst muß vernünftig sein, sonst gelänge ihm nicht die kleinste Blume. Nur die Menschen wollen das nicht sehen.

Die Sünde im Paradies, Jeanne, das war die Unvernunft. Jeder Idiot hätte sich die Folgen ausrechnen können. Genau so kannst du dir ausrechnen, wie es mit dir weitergeht, wenn du nicht auf mich hörst. Die Engländer wenden Unsummen auf, um dich zu erledigen. Und La Tremouille hat vor Auxerre nicht zum ersten Mal Geld angenommen. Der König selbst – für eine hübsche Abendunterhaltung verkauft er dich an den Scheiterhaufen.

Jeanne Das ist nicht wahr!

Catherine Jeanne, du bist ein Kind. Du verstehst das Böse nicht, du glaubst, die Menschen sind wie du. Es ist längst kein Geheimnis mehr, daß sie dich loswerden wollen. Sie vertragen das Licht nicht länger, daß du über sie ausgegossen hast. Sie wollen wieder in ihren dumpfen Dämmerschlaf zurück sinken. Sie haben genug von den Festtagen, sie wollen in ihren Alltagstrott zurück. Ein Bauernmädchen, das nichts gelernt hat, und den großen Heerführern sagt, wo sie angreifen sollen – das kann man doch nicht auf sich sitzen lassen! Ein König, von einer Kuhmagd auf den Thron gehoben – wenn das keine lächerliche Figur ist! Heute dürfte nicht einmal mehr Jesus ein Zimmermannssohn sein. Sie haben auch schon längst einen König aus ihm gemacht. – Also weg mit ihr! Sie paßt nicht in unser alltägliches Leben. Sie beunruhigt nur. Ein Wunder? Wunder stören die regelmäßige Verdauung. Also glaubt man ihnen nicht. Und wenn man sie schon nicht leugnen kann, dann kommen sie eben vom Teufel.

Jeanne Nein!!!

Catherine Du weißt, daß der König dir immer mißtraut hat. Zehn Ratgeber, die für dich sprechen, sind nichts gegen einen, der gegen dich ist. Er mißtraut allem. Seinem Erfolg, seiner königlichen Geburt, ja selbst der Barmherzigkeit Gottes. Wenn du eine Hexe wärst, er würde es als Bestätigung dafür nehmen, daß seine Angst zu Recht besteht, daß er nicht der wahre König ist, daß er verdammt ist. Er will es ja im Grunde. Sie alle wollen es. Darum brennen im ganzen Land die Scheiterhaufen. Aus ihrer eigenen Angst machen sie ihre Hexen. Aus ihrem Mißtrauen, ihrer Feigheit, ihrem schlechten Gewissen. – Oh, ich wäre stolz, so eine Hexe zu sein!!!

Jeanne Das versteh ich alles nicht.

Catherine *(eindringlich)* Darum laß dich beschützen, Jeanne! Von mir. Ich will deine Mutter sein. Ich werde dir mächtige Männer gewinnen, ich werde ungeheuer stark sein, für dich. Nur mußt du mir ein ganz klein wenig helfen. Ohne dich bin ich nichts.

Jeanne *(hilflos, leise)* Was soll ich tun, Catherine, wenn meine Stimmen gesagt haben, daß das nichts ist, was du willst?

Catherine Aber du kannst doch denken. Du warst noch ein Kind und hast doch schon genau gewußt, wie du deine Schafe führen mußt, damit sie nicht in den Abgrund stürzen. Dazu hast du keine Stimmen gebraucht.

Jeanne Das hat zu meinem Leben gehört. Ich war wie jedes andere Mädchen im Dorf. Hierher haben mich nur meine Stimmen geführt. Und ohne sie bin ich nichts. Ich habe keine Vernunft in diesen Dingen. Nur sie.

Catherine *(ausbrechend)* Mein Gott, wie kann eine Heilige zugleich so ein Trampel sein!

Jeanne Ich bin keine Heilige.

Catherine Herr, warum schickst du jetzt keine Engel, die mir ihre Zunge leihen! – Jeanne –

Jeanne So hör doch auf, mich zu quälen! Ich weiß, daß ich dumm bin, ich weiß, daß ich nichts bin! Ich hab nur zwei Ohren – hören, das ist alles, was ich kann. Aber ich höre nichts mehr, meine Stimmen sind fort! Sie sagen mir nicht mehr, was ich tun soll! Jeanne ist nicht mehr Jeanne – weißt du, was das heißt? Sie schweigen seit Tagen!!!

Catherine *(nach einer Pause, vorsichtig)* Jeanne – kleine Jeanne – wer weiß denn das schon? Niemand hat deine Stimmen je gehört. Sie haben nur erfahren, was du ihnen gesagt hast.

Jeanne Catherine! Soll ich lügen?

Catherine Du brauchst nicht zu lügen, Jeanne! Du mußt nichts Neues dazuerfinden, kein Wort. Deine Stimmen haben nie etwas anderes gesagt, als daß du Frankreich befreien sollst. Tu es! Wie, haben sie dir nicht gesagt. Und sie haben auch nicht gesagt, daß du vor Paris stehenbleiben sollst. Oder willst du ihrem Wunsch selber eine Grenze setzen?

Jeanne Doch, sie haben es gesagt. Ich habe sogar gegen ihren Befehl Paris angegriffen. Sie haben mir nur gesagt, daß ich nach Reims ziehen soll und den König krönen –

Catherine *(verzweifelt auflachend)* König! Was ist das für ein König, dem mehr als das halbe Land fehlt! Paris, Rouen, die Bretagne, die Normandie, das riesige Burgund. Krönen – wer hat ihn denn gekrönt? Von zehn Pairs von Frankreich haben acht gefehlt! Mit welcher Krone? Alle Klöster haben sie durchstöbert, Gruften haben sie aufgerissen, Leichenschänder für eine Königskrone! Die wahren Insignien liegen ja in Saint Denis bei den Engländern. Wenn der Herzog von Bedford will, kann er sie jederzeit dem Knaben Heinrich auf den Kopf setzen. Und wer ist dann dein wahrer König, Jeanne? Warum habt ihr ihm nicht gleich eine Papierkrone aufgesetzt? Dafür hätte er die Schulden bei seinem Leibkoch begleichen können. Warum nicht eine Narrenkappe? Die steht ihm hundertmal besser. Hätte sein trübseliger Hofstaat wenigstens einmal etwas zu lachen gehabt! *(lacht)* Stell dir vor, der Wackelkopf mit den Triefaugen unter einer Narrenkappe! *(lacht)* Lach doch! Warum lachst du nicht? Merkst du nicht, bei welcher Farce du da mitspielst?

(sie lacht krampfhaft weiter, bricht plötzlich ab.)

Jeanne *(nach einer Pause, leise)* Ich werde bald sterben, Catherine.

Catherine *(erschrickt sehr)* Nein!

Jeanne *(leise)* Meine Stimmen haben es mir gesagt. In der letzten Nacht, bevor sie mich verlassen haben.

Catherine *(erschüttert)* Jeanne – !

Jeanne *(aufschluchzend)* Catherine! Catherine – und ich hab solche Angst davor –

(ausblenden)

so entsetzliche Angst ...

(Wirtsstube)

Wirt *(von fern)* Sie hat nicht widerrufen!

Franzose *(nah)* Bravo!

Wirt *(fern)* Das Urteil ist gesprochen!

Catherine *(fern, aufschreiend)* Jeanne – !

Franzose *(nahe)* Gratuliere, Mister! Darf ich mir erlauben, Ihnen einen Krug Wein zu spendieren?

Engländer *(ausbrechend)* Ich scheiß auf deinen Wein, verstehst du? Sauf dein Dreckszeug selber!

Franzose Aber Mister! Es ist bester Französischer!

Engländer Es war die beste französische Jungfrau – !

Franzose *(schmeichlerisch)* Das ist gut! Ein guter Witz!

Engländer Und Ihr – und Ihr habt sie verkauft!

Franzose Ich verstehe Sie nicht.

Engländer Sie war ein tapferes Mädchen. Ich hab sie gesehen, wie sie gefangen wurde – wie der Teufel hat sie sich gewehrt –

Franzose Der Teufel! Das ist es ja.

Engländer Ja – aber Orleans, das habt Ihr Euch schenken lassen von ihr! Und Euer Charles – die Krone hat er genommen. Sogar den Bischöfen war der Teufel egal – damals! Aber so ist das. Krieg, Politik – ein dreckiges Handwerk! Treue, Ehre, Tapferkeit – das reden sie uns ein – und wir Idioten, wie halten den Schädel hin!

Franzose *(ängstlich)* Sie sagen so etwas? Sie als Soldat?

Engländer Eben deshalb, mein Lieber! Ich hab siebzehn Jahre gekämpft – ich bin dreimal verwundet – da schau – das hab ich mir vor Orleans geholt – das brennt, mein Lieber, noch jetzt, wenn das Wetter umschlägt.

Franzose Ja, Sie sind ein tapferer Soldat!

Engländer Und das da – die Wange – das war siedendes Öl, mein Lieber – und da – ach, dir werd ich meinen Hintern zeigen – !

Franzose Oh, ich glaub Ihnen schon, Sie waren tapfer –

Engländer Ich bin Korporal – ich habe dreißig Leute unter mir gehabt, dreißig, lauter Haudegen – jetzt sind wir noch fünf – das ist der Krieg –

Franzose Ja, ja, –

Engländer *(nachäffend)* Ja, ja – – wo warst denn du die ganze Zeit, ha? Du – ? Weißt du, wen ich auf den Scheiterhaufen schmeissen würde? Dich! Dich! – Was – Scheiterhaufen! In einer Jauchengrube ertränken – !

Franzose Aber Mister –

Wirt *(ruft von fern)* Ein Priester geht auf sie zu. Sie kniet nieder.

Engländer *(schreiend)* Wenn wir diese Jungfrau gehabt hätten – ich hab sie gesehen – eine Königin hätten wir aus ihr gemacht! *(ferner)* Eine Königin, hörst du?

Franzose *(fern)* Ja, eine Königin – – –

Marquis *(nahe)* Jetzt ist alles in Ordnung, Catherine. In fünf Tagen sind wir bei Charles.

Catherine *(leise)* Jeanne –

Marquis *(eindringlich)* Hör zu, Catherine! Ich will doch nichts anderes, als du selber gewollt hast. Das gleiche, was du Jeanne gesagt hast. Du wirst Geld sammeln, mit deinen Herolden von Stadt zu Stadt – das war doch deine Idee! Wir beide, du und ich, werden Frankreich erobern!

Engländer *(fern, erschöpft)* Aber wer weiß! Vielleicht hätten auch wir sie verraten. Der Krieg ist ein dreckiges Handwerk! *(schreit)* Die Jungfrau hätte daheim bleiben sollen! Warum ist sie nicht daheim geblieben!? So ein junges Ding! Hat sie doch keiner gezwungen!

Marquis *(nahe, suggestiv)* Und wenn wir die Engländer davongejagt haben, Catherine, dann kommst du mit mir auf mein Schloß in der Normandie. Dort sollst du Wälder kennenlernen – und das unendliche Meer – –

Franzose *(fern)* Was ist jetzt los?

Wirt *(fern)* Ich weiß nicht. Ich glaub, sie beichtet.

Franzose *(fern)* Was? Die Hexe?

Marquis *(nah)* Das wolltest du doch einmal haben, Catherine. Davon hast du doch immer geträumt – deine Welt –

Engländer *(fern)* Warum ist sie denn nicht bei ihren Schafen geblieben? Mich haben sie gezwungen – siebzehn Jahre – – aber sie – ?

Catherine *(leise)* Jeanne – kleine tapfere Jeanne –

Marquis Catherine – hörst du mir überhaupt zu?

Catherine Du hast gewußt, daß du sterben wirst. Warum hast du dich nicht dagegen gewehrt? Alles lag doch in deiner Macht –

Marquis Catherine!

Catherine *(scharf)* Rühren Sie mich bitte nicht an!

Marquis *(gekränkt)* Also, ich muß schon sagen, die erste Frau, der i c h den Hof mache – ich schwärme wie ein Knabe – und sie –

Catherina *(verächtlich)* Sie glauben doch nicht im Ernst, daß mich Ihr Schloß reizt?

Marquis *(verletzt)* Das ist aber neu! Die Schustersgattin, die nicht oft genug darauf hinweisen konnte, daß sie die Tochter eines Magisters war! Etwas gelernt hat! Zu Höherem bestimmt war!

Catherine Das war einmal. Jetzt stirbt Jeanne.

Marquis Was ändert das?

Catherine Sparen Sie sich die Mühe! Mich kriegen Sie nicht!

Marquis Aber –

Catherine Das hättet Ihr viel billiger haben können. Jeanne war längst berühmt. Bis ich so weit bin – das bißchen Lösegeld –

Marquis Bißchen? Zehntausend Goldfranken.

Catherine Wißt Ihr denn, wie teuer ich bin?

Marquis Du kannst so teuer sein wie du willst.

Catherine Sie meinen, weil ich mir mein Geld selbst beschaffe? Feine Kavaliere, Sie und Ihr König – dieses Schwein! Erst bedient er sich ihrer, dann läßt er sie fallen.

Marquis *(hart)* Was soll er noch mit ihr? Eine Kriegsgefangene, die gegen Lösegeld zurückgehandelt wird wie irgend ein kleiner Baron – ihr Wert ist gleich Null!

Catherine *(entsetzt)* Marquis!

Marquis Überrascht dich das? Dich, die so stolz auf ihre Vernunft ist? Wie hast du der Jungfrau zugesetzt – die weiße Frau, die Stimme der Vernunft – – und sie hat nicht auf dich gehört! *(lacht)* Recht hat sie gehabt! Halbe Vernunft ist schlimmer als gar keine!

Franzose *(näherkommend, hinterhältig)* Aber mein Herr – wie kann man denn dauernd streiten? Mit so einer hübschen Frau wüßte ich etwas anderes –

Marquis *(verlegen)* Tja – mein Gott –

Franzose Wo kommt Ihr denn eigentlich her? Ihr seid doch nicht von hier?

Catherine Wir sind Engel. Wir sind aus dem Himmel gefallen.

Franzose *(lacht unsicher)*

Marquis *(leise warnend)* Catherine!

Catherine Und du scher dich zum Teufel – wo du hingehörst!

Engländer *(fern, lachend)* Bravo Madame! Geben Sie's ihm nur!

Franzose (*sich entfernend, drohend*) Ja, ich geh zum Teufel – ich geh schon – aber vielleicht schick ich ihm vorher noch ein paar andere – –

Catherine Der König ist ein gemeiner Verräter – nicht besser als der da.

Marquis Es wäre mit ihr auf die Dauer nicht gegangen. Man soll Politik und Kirche nicht vermengen. Und Jeanne war der Kirche unbequem, sehr unbequem. Alles, was nach Wunder aussieht, gefährdet ihr kunstvolles, wackeliges Gebäude. Daß Jeanne sterben muß, war längst beschlossen.

Catherine Nein!

Marquis Nicht von mir. Wenn Compiegne nicht gewesen wäre, es hätte sich eine andere Gelegenheit gefunden. Die heilige Jungfrau war nicht unverwundbar. – Aber was glaubst du, wie viel mehr ich jetzt mit der Toten anfangen kann als mit der Lebenden. Die uns immer in die Quere gekommen ist! Du wirst staunen, was für eine Legende ich jetzt aus ihr mache! Genau wie die Leute sie haben wollen: unwirklich, ein wenig sentimental und verlogen, phantastisch – jede Abart von Aberglauben wird auf seine Rechnung kommen. Das Johanna-Evangelium, aufgezeichnet von Charles de . . . Und mit ihr werde ich einen Haß gegen die Engländer schüren, aus dem stumpfen Pöbel werde ich Gottesstreiter machen –

Catherine Und Sie schämen sich nicht, sie heilig zu nennen?

Marquis Ich brauche ihren Heiligenschein, darum ist sie es.

Catherine Betrüger!

Marquis Nicht mehr als die heilige Kirche. Nur daß die mit ihren Heiligen nichts anzufangen weiß. Ob der kleine Bauer ein paar mehr oder weniger von ihnen hat, zu denen er beten geht – – Jeanne aber, die hat ihren Wert – den kann man sich genau an den Fingern errechnen –

Catherine Und Ihnen graut nicht – ?

Marquis Wenn du in die Politik hineinriechen willst, mußt du deine Nase an Gestank gewöhnen.

Catherine Und Sie haben mich einmal beeindruckt! Sie, hab ich geglaubt, Sie sind anders –

Marquis Stimmt. Weniger romantisch, weniger verlogen, weniger Mitleid mit sich selbst. Und weniger Enttäuschung. Im übrigen hab ich mir von dir auch mehr vorgestellt. Aber das soll kein Vorwurf sein.

Catherine (*schreit*) Was ist Ihnen überhaupt ein Mensch!

Marquis (*kühl*) Ich liebe Frankreich – (*anderer Ton*) Und ich hätte mir gedacht, daß wir – wir beide es retten könnten.

Catherine Was für eine Liebeserklärung! Wenn ich das den Weibern von La Rochelle erzähle – sie liegt mit Frankreich im Bett! – Danke! Mein Schuster hat mich für seine Werkstatt geheiratet: als Lockvogel, als Aufräumefrau und für einen Wurf Erben. Aber das ist nicht weniger wert als der Saustall, den Ihr aus Frankreich gemacht habt. Den mistet Euch nur selber aus!

Wirt *(von fern)* Sie haben sie auf den Scheiterhaufen geführt. – Jetzt binden sie sie an!

Engländer Gott, sei ihrer Seele gnädig!

Catherine *(unterdrückt schreiend)* Ja, bindet sie nur! Daß ihr der Atem ausgeht! Verbrenne! Verbrenne! du – du hast ja nicht gewollt, daß ich dich beschütze. Laß dich vom Pöbel anspeien! Du hast ihm ja nicht das Maul stopfen wollen! Recht geschieht dir! Recht! Du hast alles verpfuscht. Du unwürdiges Gefäß für das größte Wunder unserer Erde – *(immer verzweifelter)* Zündet sie schon an! Worauf wartet Ihr? Soldaten, warum seid Ihr noch nicht hergefallen über sie? Hat sie Euch nicht gereizt, die heilige Hexe in ihrem Käfig? *(schluchzt auf)* Ohhh . . . Jeanne . . . Die Welt wird so arm sein – ohne dich – – *(Schluchzen)*

Jeanne *(von ganz ferne)* Catherine – !

Catherine Ja?

Jeanne Bete für mich! Du mußt für mich beten – –

Catherine *(stockend)* Ja – beten – beten – – Herr – strafe mich nicht in deinem Zorn – und züchtige – und züchtige mich nicht in deinem Grimm. *(leiser werdend)* Erbarme dich meiner, oh Gott – denn sieh – ich bin schwach und elend – – –

Franzose *(nahe)* He, Mister!

Engländer Was ist denn?

Franzose Schauen Sie doch! Das Weib! Wie sie vor sich hinmurmelt!

Engländer Laß sie doch murmeln!

Franzose Sie betet.

Engländer Na und? Bist du ihr neidig darum?

Franzose Sie betet für die Hexe!

Engländer Ist doch schön von ihr.

Franzose Staatsverräterische Umtriebe. Gott schütze unseren König Heinrich!

Engländer Sag einmal, Franzose, was liegt dir denn so viel daran, daß das Mädchen brennt?

Franzose *(verlegen)* Mir? – Tja – – hm – sie ist eine Hexe!

Engländer Dann müßte ich doch auch etwas gegen sie haben, ha? Komisch – *(ferner)* Aber ich hab nichts gegen sie. Überhaupt nichts – –

Catherine *(nahe murmelnd)* Tröste und stärke mich – denn meine Seele ist – voll Angst – voll Angst – voll Angst –

Marquis *(umschwenkend)* Catherine – wir wissen nicht, warum es so gekommen ist. Wir selbst haben es nicht getan, sie ist gegen den Befehl des Königs nach Compiegne geritten. Es ist allein ihre Schuld. Vielleicht war es gut so. Vielleicht – – aber alles, was sie nicht zu

Ende bringen konnte – du wirst es vollenden. Du wirst Frankreich befreien, Catherine. In ihrem Sinn.

Catherine Frankreich? Frankreich hat ihr nicht s o viel gegolten.

Marquis Das ist doch Unsinn!

Catherine Sie hat nur ihre Stimmen gehabt – und ihre Affenliebe für einen Idioten, der zufällig König war. Frankreich, Ehre, Vaterland – das hat sie nur nachgeplappert. Hätten die Stimmen gesagt, der rechtmäßige König ist Philip von Burgund oder Heinrich oder der Kaiser von China – – im Grunde hat sie nie verstanden, worum es überhaupt ging.

Marquis Aber du, Catherine, du weißt es.

Catherine Was geht mich Euer Frankreich an! Wird die Welt weniger dreckig sein, wenn die Steuereinnehmer von Charles in Paris sitzen? Ob englische Söldner die Bauern ausplündern und ihre Felder zerstampfen oder die Horden der Herren Dunois oder La Hire –

Marquis Catherine! Hast du kein Gefühl für Ehre?

Catherine Stellt Euch vor, nein! Seit der König seine Ehre auf einem Scheiterhaufen braten läßt, leiste ich mir diesen Luxus nicht mehr.

Marquis Aber zu ihr hast du doch von Frankreich gesprochen. Von Geld, Waffen, Reiterheeren – Was hat sich seither geändert?

Catherine *(wild)* Jeanne wird sterben! Das hat sich geändert.

Marquis Ich verstehe dich nicht.

Catherine Wie sollen Sie auch – Ich habe so geredet, weil sie mich nur so verstehen konnte. Ich habe von Frankreich geredet, weil ihre Stimmen von Frankreich reden. Weiß Gott, warum er sich gerade dieses Land ausgesucht hat, um sich in einem Auserwählten zu offenbaren! Ihretwegen hab ich meine Frau erfunden. Ihretwegen hätte ich das Geld gesammelt. Ihretwegen hätte ich mich durch die ganze Welt gebettelt! Mir ist es nicht um Frankreich gegangen, nie – nur um Jeanne. Seien Sie enttäuscht, wie Sie wollen, nennen Sie mich eine dumme Gans! Ich hatte Angst nur um sie, um das Kostbare in ihr. Daß es zerbrechen könnte. Ich hab mir Euren König genau angeschaut und seine Ratgeber und Minister. Da war nur Neid und Eifersucht auf alles, was besser und edler war als sie. Kein einziger von ihnen hat an sie geglaubt, sie war ihnen nur ein aufgezwungenes Ärgernis. Die Soldaten, ja, solang es vorangegangen ist, der Pöbel, dem hat die Legende gefallen – aber schaut Euch den Pöbel jetzt an! Hätte ich nur gekonnt, ich hätte Jeanne geraubt und auf ein Pferd gesetzt und wäre mit ihr davon. Ich hätte sie auf eine Insel entführt, um sie vor Euch zu schützen, ich hätte ihr eine Hütte gebaut, wie einen Tabernakel um das, was heilig in ihr war. Damit es unversehrt bleibe. – Aber sie war zu sehr mit Euch und Eurer Politik verstrickt. Da gab's nur einen Weg: ihr so viel Macht zu geben, daß ihr keiner etwas anhaben konnte. Sie so hoch hinaufzuheben, wo kein Arm mehr hinreicht. Deshalb wollte ich sammeln. Geld, Waffen, Soldaten. Der König hätte keinen Sous in die Hand bekommen, das garantiere ich Ihnen. Ich wäre immer an ihrer Seite gewesen. Wie eine Mutter. Ich hätte diese ganze schmutzige Welt von ihr abgehalten, ich hätte mich in Stücke hauen lassen für sie. – Aber nichts, was ich tun konnte, war ihr gut genug. Ihre Heiligen waren immer gegen mich. Sie wollen unter sich bleiben, die Majestäten des Himmels. Da hat unsereiner nichts verloren. Sie wollen unsere Liebe nicht. Als ob das Kot wäre. Mag sein, daß Gott alle Menschen liebt – seine Heiligen sind wählerischer im Umgang mit uns. Ihre Heiligkeit hat ihr Herz aufgefressen. Sie zerstören sich selbst, unbekümmert, ohne zu denken, was sie uns damit nehmen. –

Ich hätte Jeanne töten sollen, ohne an mich zu denken. Still, mit einem schnellen Dolchstich, im Schlaf. Ich hätte weniger darauf hoffen dürfen, daß vielleicht doch noch irgend ein irrsinniger Zufall einmal, für ein paar Jahre nur, etwas Heiliges auf der Erde zulassen könnte. Ihr Tod wäre ebenso sinnlos gewesen, ich weiß, nur weniger Schmerz – weniger Grauen – weniger Angst – – – *(laut)* Jetzt wissen Sie, wie Sie dran sind, mein Herr. Wollen Sie noch etwas von mir? – *(monoton betend)* Ach, wie bin ich so abgemattet, Herr, von allem Seufzen. Nächte hindurch liege ich ohne Schlaf und netze mein Lager mit Tränen.

Marquis: Catherine – – das alles kann ich gut verstehen. Aber hör zu – wenn du's nicht für Frankreich tust, dann tu es für die Menschen, die in Frankreich –

Catherine: War Jeanne kein Mensch?

Marquis: Natürlich. Aber auch sie hat um Menschen geweint, um die anderen. Sie ist vom Pferd gestiegen und hat sogar einem verwundeten Engländer –

Catherine: – seine Wunden verbunden, ich weiß. Damals haben Sie darüber gehöhnt. Jetzt können Sie's brauchen, was? Ein Stück zur neuen Legende. Arme Jeanne, wieviele werden jetzt um deinetwillen betrogen werden –

Marquis: *(unbeirrt)* Denk an die vielen Soldaten, Catherine –

Catherine: *(höhnisch)* Die verbluten müssen, wenn der Krieg noch weiter so geführt wird –

Marquis: *(verblüfft)* Richtig.

Catherine: Richtig! Genau das hab ich auch zu Jeanne gesagt. Ich hab die gleichen Register gezogen wie Sie jetzt, nur daß i c h damals daran geglaubt habe. Jeanne, hab ich gesagt, sollen um deiner Heiligen willen –

Marquis – um deines Starrsinns willen –
Catherine – Tausende, Zehntausende verbluten? Krüppel sein?
Marquis Felder verwüstet, Frauen vergewaltigt –
Catherine Vieh weggeschleppt –
Marquis Häuser niedergebrannt –
Catherine Das ganze Land ein einziges Chaos –
Marquis Und was hat sie geantwortet?
Catherine Sie hat immer dasselbe gesagt: Gott wird wissen –
Jeanne *(aus der Ferne)* Gott wird wissen –
Catherine }
Jeanne } *(zugleich)* warum er den Heiligen ihre Stimme gibt.
Catherine Gott! Gott weiß alles! Und die vielen Tausend Toten? Die hunderttausend Ungeborenen und Unerlösten – warum schweigen die Stimmen dazu?
Marquis Und die Antwort?
Jeanne *(aus der Ferne)* Da Gott von Anbeginn bis zum Ende alles weiß, da jeder Mensch, der einemal sein wird, schon geschaffen ist, so kann kein Leben verloren gehen.
Catherine – so kann kein Leben verloren gehen.
Marquis Das ist doch verrückt.
Catherine *(verzweifelt)* Natürlich ist es verrückt! Völlig verrückt! Ein Glaube, der Menschen auf Scheiterhaufen bringt – wenn das nicht verrückt ist! Es lebe die heilige Unvernunft! Wollen Sie von mir verlangen, daß ich vernünftiger bin als die Kirche? Die heilige Theologie? Vernünftiger als Gott? – – *(mehr für sich)* Ich wollte einmal klüger sein als er. Ich habe immer zu Gott gebetet, er möge mir ein anderes, ein schöneres Kind schenken als diese dumpfen Schusterbälge. Es ist nicht gekommen. Da bin ich zu einem Magier gegangen. Und dann kam das Kind. Blond und schön wie ein Engel. Keines meiner sieben Kinder hat mir so wenig Beschwerden gemacht, so wenig Schmerzen und Übelkeit. Es hat nie geschrien, still ist es dagelegen, wie ein Bild aus Wachs. Es war tot.
Marquis *(verwirrt)* Was soll das heißen?
Catherine Und jetzt wird Jeanne auch tot sein.
Marquis *(beschwörend)* Aber du hast sie sehen dürfen. Denk an die, die sie nie sehen werden! Spiel ihnen die Heilige vor, nach der sie sich sehnen! Eine Heilige, die nicht hochmütig ist. Die ihnen alles gibt, was sie brauchen.
Catherine *(tonlos)* Jeanne hat ihre Stimme gehabt. I c h habe keine *(ferner werdend)* Ich habe nur mein bißchen Vernunft – alles andere ist Lüge und Betrug –
Franzose *(nahe)* Was schauen Sie denn immer zu der hinüber?
Engländer Ein sonderbares Weib.

Franzose Sehr verdächtig, was?
Engländer Ein tolles Weib.
Franzose Gefällt sie Ihnen?
Engländer Hm –
Franzose Ich kann herausfinden, wo sie wohnt. Ich kann Sie hinführen. Heute Nacht.
Engländer *(ironisch)*Dann könnte ich sie ja auch gleich aushorchen, hm?
Franzose *(unsicher)* Das wäre eine Idee – *(lacht)*
Engländer Was verlangst du?
Franzose Nun – ein Goldstück wäre nicht zu viel – ein Prachtweib –
Engländer Ein Prachtweib – aber glaubst du, sie wird mich wollen?
Franzose *(schmeichlerisch)* Und ob! Einen Mann wie Sie –
Engländer *(höhnisch)* Ein Prachtkerl, was?
Franzose Ja, ein Prachtkerl.
Engländer Und sein ebenmäßig geschnittenes Gesicht – so gar nicht verunstaltet –
Franzose So gar nicht –
Engländer Der schönste Mann in der ganzen englischen Armee!
Franzose Der schönste Mann –
Engländer Ein Mann, dem möchte man direkt die Schuhe küssen!
Franzose *(unsicher)* – direkt die Schuhe küssen – – –
Engländer Dann tu's!
Franzose Was – ?
Engländer Da ist das Goldstück!
Franzose Aber –
Engländer Los, los! Küß mir den Staub von den Schuhen! Dazu bist du gerade gut. Du Schwein! Auf die Knie mit dir!
Franzose Ja, Mister –
Engländer Und jetzt leck! Schmeckt gut, was? Staub von Frankreichs heiliger Erde! Mußt doch froh sein, daß du sie von den Stiefeln des Goddams wegkriegst!
Franzose Aber Herr –
Engländer Du verachtest mich doch! Du haßt mich doch, auch wenn du kriechst! Reptil! Da! Laß dich treten!
Catherine *(von fern)* Das ist doch unerträglich!
Marquis *(fern)* Ruhig!
Engländer Die Stiefel, die Eure Jungfrau zertreten! Du hast sie mir ja selber hingelegt, die Jungfrau.
Franzose Ja, Mister –
Engländer Und jetzt bet', du Schwein!
Franzose Beten?
Engländer Für ihr Seelenheil! Sie brennt ja gleich. Du kannst doch beten?
Franzose Ja –

Engländer Also dann los! Herr – vergib ihr ihre Sünden –
Franzose Herr, vergib ihr – – –
Engländer Wenn du nicht weiterkannst, dann frag die dort drüben!
Catherine *(näherkommend)* Jetzt ist's aber genug!
Marquis *(ferner, ängstlich)* Schweig!
Catherine Steh auf, du Kriecher!
Franzose Ich –
Engländer Madame –
Catherine Aufstehn!
Marquis Catherine!
Engländer Ich hab Ihre Ehre gerettet, Madame. Das Goldstück da wär der Kaufpreis gewesen.
Catherine Sie sind ja besoffen!
Engländer Aber ich erspar' es Ihnen. Dafür könnten Sie mir dankbar sein. Wenn's nach dem da ginge – aber ich hab ihn lieber beten lassen – für die Jungfrau!
Catherine Sie wagen es, dieses Wort in den Mund zu nehmen –
Engländer *(aufbrausend)* Einen Moment, meine Dame! So ist das nicht –
Franzose Lassen Sie die Pistole!
Catherine Schießen Sie doch!! – – *(leise)* Schießen Sie! Mir macht das nichts aus.
Marquis *(ferner)* Catherine!

(Pause)

Engländer *(leise)* Verzeihen Sie, Madame! – Ich bin betrunken – *(schreit)* Los, steh auf! Kriech nicht da herum wie ein Insekt! Setz dich und benimm dich wie ein Mensch! Da, nimm dir ein Beispiel! Eine Frau –
Wirt *(von fern)* Sie zünden die Reisigbündel an!
Catherine Mein Gott!
Engländer Jetzt kannst du triumphieren, Franzose! Na los! Schrei Halleluja!
Franzose *(ausbrechend)* Ja, ja, ja, ich bin ein Schwein! Sie haben ganz recht! Ein Kuppler! Ein Kriecher! Ein Spion! Ein Spitzel! Ein Verleumder! Aber was tut man? Man muß sich behelfen, wie man kann! Wer hilft mir denn, wenn ich mir nicht selber – – wer? Für unsereins ist ja keiner da!
Engländer Halt den Mund! – *(fast weich)* Da, setz dich hin! Trink! Besauf dich! Das ist das Beste, was man tun kann.
Wirt *(fern)* Sonderbar! Das Reisig will nicht brennen!
Engländer Was?
Wirt *(fern)* Sie versuchen's an allen Ecken. Aber es brennt nicht! Ein Wunder!
Catherine *(lebhaft, näher)* Haben Sie gehört?
Engländer *(höhnisch-verzweifelt)* Was sagst du, Franzose? Ein Wunder! Ein Wunder ist geschehen! Gibt's denn so was?

Franzose *(tonlos)* Es gibt keine Wunder. Auf d e r Welt nicht.
Marquis *(nahe)* Das hätte uns noch gefehlt!
Catherine Sie glauben doch nicht an Wunder!
Marquis Aber an Betrüger.
Catherine Könnte Ihnen eine Jungfrau, die sich vom Scheiterhaufen losgemacht hat, nicht ebensoviel nützen, wie eine Tote?
Marquis Was meinst du?
Catherine Ob sie nun durch die Luft fliegt und Ihnen Ihr Schloß in der Normandie zurückgibt – oder nur dem Scheiterhaufen verbietet zu brennen, bis der kommt, der sie befreit – ?
Marquis Wer soll sie befreien?
Catherine Sie. Marquis Charles de –
Marquis Still! Bist du wahnsinnig?
Catherine Im Gegenteil. Ich habe meine Vernunft zurückbekommen. Ich schwärme nicht mehr um eine Heilige herum – ich gewöhne meine Nase an den Gestank Eurer Realpolitik. Sie gehen jetzt auf den Marktplatz und erlegen die zehntausend Goldfranken, die die Engländer für Jeanne bezahlt haben –
Marquis Bist du verrückt?
Catherine Leise! Ihr Kopf! Sie haben genügend Vollmachten vom König – in Ihrem Wams, unter dem Herzen, das so heiß für Frankreich schlägt.
Marquis Ich habe das Geld nicht.
Catherine Dann weiß ganz Rouen, wer Sie sind.
Marquis *(knirschend)* Catherine –
Catherine Madame!
Marquis Die Goddams geben sie nie heraus. Sie brauchen ihre Hexe.
Catherine Für Euren Krieg ist Jeanne nichts mehr wert. Das haben Sie selbst gesagt. – *(laut)* Meine Herren –
Marquis Um Gottes Willen! Ja, ich tu's.
Engländer Was gibt's?
Catherine *(zögernd)* Ich – ich wollte euch nur im Namen dieses Herrn zu einem Umtrunk einladen.
Wirt *(fern)* Bravo! Das hör ich gern!
Engländer Bravo!
Catherine *(leise zum Marquis)* Raus mit dem Geld! *(laut)* Herr Wirt!
Wirt Ja, ich komm schon – ich eile – ich fliege –
Franzose Für mich einen Liter!
Engländer Für mich ein ganzes Faß! –
Catherine Und jetzt auf den Marktplatz!
Marquis Das kommt dich teuer zu stehen!
Catherine *(leise)* Jeanne, wir kommen, wir kommen – Jeanne – du wirst leben – leben –

Stimme *(von fern)* Sie brennt! Sie brennt! – *(näher)* Das Reisig hat Feuer gefangen!

Catherine Nein!!!

Wirt Was war denn los?

Stimme Es war nur feucht – zu lang im Regen gelegen –

Marquis *(erleichtert)* Das war ein Schreck! – Wirt, da hast du noch was drauf für den Herrn. Besauft Euch, meine Gäste!

Stimme Oh, das nenn ich einen Botenlohn! Her mit dem Wein!

Catherine Mein Gott – mein Gott –

Marquis *(weich)* Catherine –

Catherine Mein Gott –

Marquis Es war doch keine Hoffnung mehr.

Catherine Jetzt ist alles tot.

Marquis Wir wissen nicht, warum Gott es so gewollt hat.

Catherine *(haßerfüllt)* Wenn es Ihnen in den Kram paßt, werden Sie noch Prediger in Notre Dame.

Marquis Wer weiß schon, welche Rolle seine beste ist? Vielleicht werde ich noch einmal Abbé? Vorerst jedenfalls nehme ich mir vom Leben, was es hergibt. Und du wirst dasselbe tun.

Catherine *(ihn nicht beachtend für sich)* Es war meine Schuld. Es war meine Schuld. Es hätte nicht so sein müssen –

Marquis Wir werden die Welt nicht ändern –

Catherine Ich hätte andere Worte finden müssen –

Marquis Wir können nichts tun, als uns einzurichten. Und das werden wir, Catherine –

Catherine *(immer für sich)* Ich hab doch sonst immer so gut reden können – ich hätte sie zwingen müssen –

Marquis Häng dich nicht an alte Dinge, Catherine –

Catherine Ich hätte gegen sie intrigieren müssen – ihre Unterschrift fälschen – ich hätte mehr einsetzen müssen – mich – wozu bin ich eine Frau?

Wirt *(fern)* Jetzt brennt alles lichterloh.

Stimme *(fern)* Auf das Wohl der Jungfrau!

Franzose Halt dein Maul! Hast du kein Herz?

Stimme Na hör einmal – was bist denn du für einer?

Engländer Laß ihn! Er hat nur einen menschlichen Furz gelassen.

Stimme *(lacht dröhnend)*

Catherine *(nahe)* Es war meine Schuld –

Jeanne *(von ganz fern, unwirklich)* Catherine! Hörst du mich?

Catherine *(ergriffen)* Jeanne!

Jeanne Ich kann nicht mehr sprechen. Aber du hörst meine Worte. Die Flammen – ich kann nicht mehr atmen – ich bin nicht mehr da – ich bin nicht mehr – ich stehe schon außerhalb der Zeit – über die

Zeiten hinweg rede ich zu dir – werde ich zu dir reden – wenn du alt bist, zu deinen Kindern – zu deinen Enkeln –

Catherine Ich hätte dich zwingen müssen –

Jeanne – die Zeit verschluckt meine Worte – aber was hinter ihnen steht, das wird bis zu Euch dringen – noch Jahrtausende später –

Wirt *(fern)* Das brennt! Das knallt bis hierher.

Stimme Das ist Buchenholz. Aus unserem Revier. Was macht die Hexe?

Wirt Ich sehe nichts mehr. Alles voll Rauch.

Marquis *(eindringlich)* Komm Catherine! Nichts hält uns zurück.

Catherine Was gehen mich meine Kinder an! Meine Enkel!

Jeanne Ich w a r einmal, irgendwo in Frankreich. Lange vor Euch, vor Euch allen, die kommen werden. Niemand weiß, w e r ich war. Aber d a ß ich war, das genügt.

Marquis Catherine! Komm endlich!

Catherine Du hättest leben können –

Jeanne Es genügt, daß ich mich für den Schmerz entschieden habe. Meine Entscheidung bleibt wirklich – auch wenn niemand mehr sie kennen wird.

Catherine *(ganz in sich gekehrt)* Hörst du die Stimmen?

Marquis Welche Stimmen?

Catherine Sie rufen. Jeanne trink das Meer aus! rufen sie. Und sie kniet nieder und beginnt zu trinken, ohne zu fragen. – Wie bringt ein Mensch das nur fertig!

Marquis Um Gottes Willen, Catherine –

Catherine Du hättest siegen können –

Jeanne – und ich habe die Schande gewählt –

Stimme *(fern)* Was hat denn die Dame?

Marquis *(gehetzt)* Catherine! Ich tu, was du willst. Nur fort von hier!

Catherine Du hast meine Hilfe ausgeschlagen. Warum? War es denn so böse?

Jeanne Nicht böse, Catherine – nur ein kleines bißchen weniger gut –

Stimme *(näher)* Mit der stimmt doch was nicht!

Marquis Catherine!

Jeanne Meine Entscheidung, über die kommt Ihr alle nicht hinweg.

Catherine Deine Entscheidung – ?

Jeanne Auch du nicht, Catherine –

Catherine Auch ich – nicht – ?

Stimme *(nah)* Ist das auch eine von den Weibern, die der Jungfrau – ?

Catherine *(schreit auf)* Jeanne! Nein – ich will nicht!!!

Franzose *(näherkommend)* Das ist sicher der Wein, Herr.

Stimme Na, ich weiß nicht –

Franzose Das wird der Wein sein –

Marquis Catherine! Wach auf!

Catherine Wißt Ihr – wißt Ihr überhaupt – was Ihr getan habt?
Franzose Das ist der verdammte Wein –
Catherine *(schreit)* Ihr habt eine Heilige verbrannt!
Stimme Hört ihr das?
Wirt Das ist Hochverrat! Polizei!
Marquis *(leise)* Das ist Selbstmord!

(von draußen anschwellender Tumult, Stimmen)

Catherine *(schreit)* Jeanne ist eine Heilige! Eine Heilige!
Wirt Mister! Da muß man was tun!
Stimme Polizei! Halloooo!
Catherine Eine Heilige – !

(ausblenden)

Engländer Madame – es tut mir wirklich leid – aber –
Catherine *(schon weit weg)* Eine Heilige – – –
Franzose Sie haben die Frau in die Seine getrieben. Ich hätte ihr gern geholfen, Herr Richter – wirklich – aber da war der Wirt und der Fremde – und viele andere noch, die waren auf einmal da. Sie hat sich gar nicht gewehrt. Sie hat immer nur geschrien: Ihr habt eine Heilige verbrannt! – Ich hab's noch heut in den Ohren.

Sie sagen, die Dame war die erste Blutzeugin der Jungfrau. Ich weiß nicht, ob das so ist. Vielleicht ist es so. Aber vielleicht hat sie nur nicht mehr weiterleben können. So was gibt's. Ich glaub', ich muß noch viel darüber nachdenken.

Herr und Diener
Hörspiel

Die beiden Rollen „Diener“ und „Herr“ werden vom gleichen Sprecher mit jeweils akustisch veränderter Stimme gesprochen.

Musik langsam einblenden: My Lord, what a morning

Diener *(fröhlich vor sich hinsummend)* So – – jetzt noch einen Stuhl – Nummer acht – und die Schaumgummipolster auf der Hollywoodschaukel nicht vergessen –

Herr Vergiß nicht die Schaumgummipolster auf der Hollywoodschaukel!

Diener Bin eben dabei – für die süßen Damenpopos –

Herr Damen – ?

Diener Oder für die weniger süßen der Herren – ganz nach Wunsch.

Herr Schönes Wetter heute. Und diese Aussicht! Die klare Luft!

Diener *(rufend)* Guten Morgen, Herr Nachbar! Schönes Wetter, was? – Ja, natürlich, Gäste! Am Sonntag ist alles voll bei uns.

Herr *(leise brummend)* Das glaub ich dir. Eingeladen werden. Was sonst noch! Kreti und Pleti von der Straße –

Diener *(witzelnd)* Vom Nachbargarten.

Herr *(streng)* Ist das Frühstück fertig?

Diener Sofort! Ich muß nur noch den Sonnenschirm aufspannen.

Herr *(tief atmend)* Hm – dieser Rasen! Wie frisch das aus der Erde kommt!

Diener Ich hab ihn auch lang genug gespritzt heut morgen.

Herr Gut, gut. Du bist ein aufmerksamer Diener. Ich werde dir ab nächstem Ersten eine Gehaltserhöhung geben.

Diener Oh, danke! *(den arroganten Ton des Herrn nachahmend) Ich werde dir ab nächstem Ersten ein noch aufmerksamerer Diener sein.*

Herr Tu das, tu das! An der Dienerschaft erkennt man den Herrn.

Diener (salbungsvoll) Und die Ehre des Herrn ist auch die seines Dieners. Nimm inzwischen Platz!

(Musik lauter)

Herr Muß das sein? *(Musik aus)*

Diener Sonst willst du doch immer das Radio haben.

Herr *(seufzend)* Hast recht.

Diener Also – willst du oder willst du nicht?

Herr Mach, was d u willst.

Diener Aber wehe, wenn du dich nachher beklagst!

Herr Nein, ich werde mich nicht beklagen. Und jetzt bring endlich das Frühstück!

Diener Bin schon unterwegs.

(aus der Ferne Klappern von Küchengeschirr)

Herr *(nach kurzer Pause)* Also was ist jetzt mit dem Radio? Wann wirst du dich endlich entscheiden?

Diener Ich h a b e mich entschieden.

Herr Wieso?

Diener Ich habe mich entschieden: keine Musik. Also hab ich nicht mehr aufgedreht.

Herr *(leicht indiguiert)* Na schön –

Diener *(näherkommend)* So, da ist das Frühstück. Weißbrot, leicht getoastet, Käse –

Herr Was für Käse?

Diener Caprice de Dieu, ein Stück Camembert – französischen –, zum Abschluß vielleicht eine Schnitte milden Bel Paese –

Herr Wir werden sehen.

Diener Ein paar Scheiben Bündner, extra trocken, aus Meinls Delikatessenkarree – und das Ei – die Mitte zwischen weich und kernweich – die goldene Mitte, wie man so sagt – *(lacht)*

Herr Wie lang?

Diener Drei Minuten und vierzig Sekunden. Ich habe bei der letzten Eierlieferung die Erfahrung gemacht –

Herr Schon gut, schon gut –

Diener So – da ist der Tee – Zucker – ich rühre schon um.

Herr Was sonst? Glaubst du, i c h rühr um?

Diener Oh – ich hab mich nur selber – zugegeben etwas laut – meiner Pflichten erinnert. Da ist –

Herr Keine Butter heute! Ich werde zu dick.

Diener Das steht dir aber gar nicht schlecht.

Herr Da bist du der erste, der das feststellt.

Diener *(warm)* Einer muß doch der erste sein – Herr.

Herr *(gerührt)* Komm, setz dich her!

Diener Ich hab das Salz vergessen.

Herr Jetzt brauchen wir kein Salz.

Diener Und –

Herr Nichts und! Setz dich her! Hier – ist es weich.

Diener Danke!

Herr *(mit Wärme)* Ich bin sehr froh, daß ich einen Diener habe wie dich.

Diener *(ebenso)* Und wie froh ich erst bin, daß ich so einen Herrn habe!

Herr So geschickt und – und sauber und – von wenigen Ausnahmen abgesehen ist immer alles da, was ich brauche.
Diener Ich bin aber schon manchmal unaufmerksam.
Herr Das mag sein, aber – ich drück mich ja auch nicht immer ganz klar aus – dann gibt's eben Mißverständnisse.
Diener Na, ich könnte auch besser zuhören. Und hin und wieder, da reitet mich richtig der Teufel. Da denk ich mir: jetzt hör ich weg, und wenn er sich meinetwegen –
Herr Aaach – und was ich mir erst denke! Jetzt schick ich ihn fünfmal um ein Glas Wasser. Erst ist es zu kalt, dann ist es zu warm, dann ist es zu wenig, dann ist das Glas zu schmutzig –
Diener Aber –
Herr Unterbrich mich nicht! Ich bin ein ganz widerlicher, autoritärer Paschatyp der schlimmsten –
Diener Aber –
Herr Ruhe! – Der allerschlimmsten Sorte. Ekelhaft! Widerlich! Zum Anspucken!
Diener Und ich? Ich bin die niedrigste, erbärmlichste Sklavenseele –
Herr Na, na –
Diener Doch! Wie oft hätte ich dich schon bestohlen, wenn das möglich wäre. Wie oft hätte ich dich geohrfeigt, dich in den Arsch getreten, dich – dich – verhungern, dich elend krepieren lassen – aber das geht ja nicht!
Herr Nein, das geht nicht. Das ist ja das Schöne daran.
Diener Jaaaa. *(beide seufzen wohlig auf)*
Herr Wie warm die Sonne heute scheint – nicht wahr?
Diener Wunderschön. Und so friedlich alles – kein lautes Wort.
Herr Wenn ich da an die Elli denke –
Diener *(seufzt auf)* Im Vertrauen gesagt, sie war schon ein bißchen ungeschickt.
Herr Ein bißchen? Entsetzlich!
Diener Dauernd hat's mich in den Fingern gejuckt –
Herr Das kann ich dir nachfühlen. Bei deiner Geschicklichkeit! Ein Griff und – – Weißt du was? Hol eine Flasche Sekt!
Diener Sekt?
Herr Ja, warum nicht?
Diener Ja, warum nicht? Bin schon unterwegs.
Herr So was muß gefeiert werden. *(skandierend)* So was muß gefeiert werden!

(Sektpfropfen knallt. Einschenken)

Diener So was muß gefeiert werden!
Herr Gibt nichts Schöneres auf Erden –

Diener *(fast singend)* – als Dinge, die gefeiert werden.
Beide Prost!

(Anstoßen, Trinken)

Beide Aaaahhhh!!!
Herr *(nach einer Pause)* Mein lieber Freund – das eine laß dir gesagt sein: wir zwei –
Diener Wir zwei –
Herr Wir brauchen niemand anderen als –
Diener – als uns selbst.
Herr Woher weißt du das?
Diener *(lacht)* Weil es so ist.
Herr Weil es so ist – ?
Diener Ganz klar. Was ist, das weiß man. Wenn es regnet, dann weiß man, daß es regnet – wenn man nicht beklopft ist. Wenn die Sonne scheint, dann weiß man, daß die Sonne scheint –
Herr Ja, die Sonne scheint –
Diener Aber die brauchen wir schon. Denn die Sonne bringt das Leben, und ohne Leben können wir nicht leben.
Herr Aber ohne den Nachbar können wir leben.
Diener Freilich. Ohne die Elli auch.
Herr Ohne die Elli auch. Und ohne meine Schwester auch. Und ohne meinen Chef auch.
Diener Na was! Chefs gibt's zum Schweinefüttern!
Herr Und den Franzi und die Dolly auch.
Diener Die füttern wir mit! *(macht Grunzgeräusche)* Was glaubst du, wie die Nutschis sich freuen!
Herr Und den Bürgermeister schmeißen wir dazu!
Diener No klar! Wir pfeifen auf den Bürgermeister! Und wir pfeifen auf den Finanzreferenten!
Herr Und wir pfeifen auf den Postboten!
Diener Und wir pfeifen auf den Straßenkehrer! Wir pfeifen auf die gesamte städtische Hierarchie!
Herr *(applaudierend)* Bravoooo! – Halt! Hierarchie muß sein!
Diener *(ernst, fast feierlich)* Freilich. Natürlich! Darum bist du du und ich bin ich. Der Herr – und sein Diener.
Herr *(gerührt)* Ja – du hast recht. Und wie recht du hast! Wir brauchen niemand anderen als uns selbst. Wir haben alles, was einer überhaupt haben kann. *(mit Schluchzen in der Stimme)* Sind wir nicht – ein glücklicher Mensch?
Diener *(ebenso gerührt schluchzend)* Ja – wir sind der glücklichste Mensch auf der ganzen Erde. – Prost!
Herr Prost! *(Anstoßen, Trinken)*

Beide *(wohlig)* Aaaaahhhh!!!!
Diener *(erschrocken)* Oh Gott!
Herr Was ist?
Diener Das Ei wird kalt!
Herr Ach ja, das Ei!
Diener Und der Tee!
Herr Und der Tee.
Diener Ich schlag dir's auf.
(Ei wird aufgeschlagen. Eßgeräusche, Herr kaut)
Herr Das ist lieb von dir.
Diener Aber – das ist doch selbstverständlich!
Herr Und genau so weich, wie sich's gehört.
Diener Das freut mich. Das freut mich wirklich. – Du – darf ich – ?
Herr Aber natürlich! Was du willst.

(Musik: Louis Armstrong: What a wonderful world!)

Herr What a wonderful world!
Diener Jaaaa – es paßt doch gut zu der Stimmung!
Herr Hm. – Du –
Diener Ja?
Herr Sag – wie lange kennen wir uns eigentlich schon?
Diener Wie lange – *(lacht, schüttet sich aus vor Lachen)*
Herr Was gibt's da zu lachen?
Diener Dumme Frage – *(immer noch lachend)* dabei ist sie gar nicht so dumm. Verzeih!
Herr Zwischen kennen und kennen ist ja auch ein Unterschied.
Diener Natürlich. Aber wenn ich – ich erinnere mich – du warst noch ein Baby – oder ein kleines Kind, wenn dich der Ausdruck Baby stört –
Herr *(kauend)* Warum soll mich –
Diener Und da war ein Knopf – von irgend einer Tante.
Herr Mimi?
Diener *(zögernd)* Ich –
Herr Alice?
Diener Ich – also, das weiß ich nicht mehr. Jedenfalls, sie hat sich über dich gebeugt – *(ahmt Tante nach)* Tu-tu-tu-tu-tu-
Herr Das war die Tante Karoline!
Diener Sag, mußt du mich immer unterbrechen – Herr? Das Wesentliche an der Geschichte ist nicht die Tante und nicht ihr Name sondern ihr Knopf!
Herr Verzeih!
Diener Und dieser Knopf ist dauernd vor deinem Gesicht auf und ab und hin und her – ein glitzernder Knopf, und du hast gebrüllt.

Herr *(lachend)* Und Tante Karoline war völlig ratlos: Warum brüllt denn das Kind so?

Diener Warum schon! Den Knopf hat es wollen. Aber es war eben – verzeih – noch ein Baby –

Herr Sag, warum entschuldigst du dich dauernd? Es ist doch keine Schande – jeder muß irgendwann einmal ein Baby gewesen sein. Oder? Jedenfalls kenne ich keinen einzigen Fall –

Diener Ich habe nie behauptet, daß es eine Schande ist, ein Baby gewesen zu sein, und es wäre also absurd, wenn ich mich deshalb entschuldigen würde –

Herr Weshalb sagst du dann –

Diener Wenn du mich endlich ausreden ließest, wenn du nicht dauernd statt Knöpfen Tantennamen –

Herr Also über die Feststellung, daß es die Tante Karoline war, sind wir doch wohl schon hinaus.

Diener Du machst mich wahnsinnig!

Herr Und du hast es bei mir bereits geschafft.

(Beide stöhnen auf. Einschenken)

Diener Der Mensch ist –

Herr – des Menschen Wolf. Sehr richtig.

Diener Da trink!

Herr Danke! Und du beruhige dich! Versuch dich zu entspannen! Ich habe dir längst verziehen. Ich bin ja nicht nachtragend. – Also, wie war das mit dem Knopf?

Diener *(wie ein trotziges Kind)* Also nein, jetzt kann ich nicht mehr.

Herr Sei nicht kindisch!

Diener Man braucht für alles eine gewisse Stimmung.

Herr Ich werde dich schon in Stimmung bringen. Schließlich hast du mir damals bei der Sache mit dem Knopf geholfen, also werde jetzt ich –

Diener Wer sagt dir, daß ich dir geholfen habe?

Herr *(bittend)* Ich nehme es an. Außerdem hast du mir's schon etliche hundert Mal erzählt. Und ich war doch noch so ein kleines, hilfloses Kind, sozusagen ein Baby, wie du selber –

Diener Halt! Jetzt fällts mir ein, weshalb ich immer ‚Verzeih' sage –

Herr Fein! Und ich werde dich nicht mehr unterbrechen.

Diener Danke! Wie wir ja schon festgestellt haben, ist es ja keine Schande oder – auch nichts Entehrendes, irgend einmal ein Baby gewesen zu sein –

Herr Aber?

Diener Aber? Was aber?

Herr Jetzt sollte doch ein Aber kommen.

Diener Was heißt sollte? Wieso sollte?

Herr Dein ganzer Satz war so aufgebaut, daß hier überhaupt nichts anderes kommen kann als ein Aber.

Diener Wie kann man so phantasielos sein! Es gibt hundert Möglichkeiten, einen Satz fortzusetzen. Aber gut, du sollst recht haben. Allerdings nicht, weil du recht h a s t , sondern weil i c h w i l l , daß du dieses eine Mal recht haben sollst. Ich hoffe, du erfaßt den fundamentalen Unterschied, Herr!

Herr *(brüllt)* Ja – Diener!

Diener Na also. Dieses unser Herr-Diener-Verhältnis birgt das Aber – das du unbedingt haben willst, und das ich dir schenke, weil du darauf bestehst – allerdings nicht, weil du als der Herr Müller darauf bestehst, der zufällig Herr Müller heißt, weil dem Lieben Gott im Augenblick deiner Erschaffung schon zu viele Meier auf der Erde herumliefen, sondern – weil du mein Herr bist. Darum schenke ich es dir.

Herr *(verwirrt)* Entschuldige, aber dein Satz war so lang – was schenkst du mir jetzt?

Diener *(stöhnt auf)* Ein Glück, daß wenigstens einer von uns eine Spur von Gedächtnis hat. Ich sagte: Es ist nichts Entehrendes, ein Baby gewesen zu sein, a b e r –

Herr *(freudig)* D a s wolltest du mir schenken!

Diener *(brüllt)* Jawohl! Aber es k ö n n t e etwas Entehrendes sein – *(wieder ruhig),* daß der Diener von der hohen Warte seines Erwachsenseins plus von seiner niedrigen Stellung in der Klassengesellschaft aus von seinem Herrn als Baby – von dem Herrschenden als Hilflosem – von dem auf hohem intellektuellem Niveau Stehenden als plapperndem Dummerl spricht.

Herr *(jovial lachend)* Also, mein Lieber – da kann ich dich beruhigen. Mein Gott, solche Gedanken hat er sich gemacht! Wir leben doch nicht im Mittelalter!

Diener Ich habe mir keine Gedanken gemacht. Ich habe nur ganz instinktiv – so obenhin „Verzeih!" gesagt. Und nur, weil du dafür eine Erklärung wolltest –

Herr Trotzdem, es ist rührend! Komm – das verdient einen Kuß. *(Schmatzt. Dann in Gedanken)* Elli hat einmal gesagt – und da hatte sie ausnahmsweise recht – der Mensch soll sich auch selbst lieben. Sonst müßte er doch verzweifeln in seiner Einsamkeit.

Diener Ein sehr wahres Wort. Und garnicht so dumm. Dafür kann man ihr manches verzeihen.

Herr *(rasch)* Manches!

Diener Natürlich.

(Entferntes Mädchenlachen wird hörbar)

Diener Herr – – hörst du?

Herr *(irritiert)* J-a – – was ist das?

Diener Dreimal darfst du raten.

Herr Kannst du etwas sehen?

Diener Hm – hübsch! Schwarz – und blond. Ich meine – eine würde ja genügen. Ich partizipiere auf meine Weise.

Herr *(geniert)* Aber ich kann doch nicht –

Diener Schau doch, die Blonde – würde ich vorschlagen – die dunkelbraune Haut – und die hellen Härchen darauf –

Herr Das gehört sich doch nicht!

Diener Wie Samt –

Herr Wie Samt –

Diener Traust dich wieder einmal nicht, was?

Herr Pah! Trauen! Als ob's darauf ankäme!

Diener *(summt spöttisch)* Aber in Spanien – tausendunddrei. Tausendunddrei – worauf kommt es dann an? Sei doch ehrlich, alter Feigling!

Herr *(zögernd)* Ich – könnte ihr Vater sein.

Diener Oh, auf Vaterfiguren fliegen die Dinger. Sie lehnen unsere Generation zwar im Allgemeinen ab, aber wenn sie – Verständnis spüren – oder ein bißchen was in der Börse – je nach Typ – – Hm! Früher war die klassische weibliche Gebärde das Strumpfband-Richten. Jetzt sind sie schon beim Höschen. Der Mensch entwickelt sich zu Höherem. – Das wär die Gelegenheit! Sie bewundern meine Rosen.

Herr Meine!

Diener Die ich gepflanzt habe. Ich pflege und gieße – und du läßt sie bewundern. Und kannst sie anbieten. – Na, geh schon hin! Geh und sag: Fräulein, darf ich Ihnen ein paar mit auf den Weg geben – ein bißchen altmodischer Charme zieht immer.

Herr Warum tust du es nicht?

Diener Damit haben wir schon die schlimmsten Erfahrungen gemacht.

Herr Also hör einmal –

Diener Du weißt doch – Frauen bedienen, das war immer schon ein wesentlicher Teil meines Charmes. Erinner dich nur: „Ach, wie reizend er das macht!“ „Wenn er Kaffee serviert, ist er unwiderstehlich!“ – Und dann, wenn sie reif sind, dann kommst du daher und spielst den Pascha: Blöde Gänse, sollen froh sein, daß ich mich mit ihnen überhaupt abgebe! – Das ist keine Art.

Herr Aber ich hab doch recht!

Diener Natürlich hast du recht. Ein Herr, der einen Diener hat wie mich – – nur – fühlen lassen darf man sie's nicht. Nicht im Anfang. *Mir* kannst du es sagen, sooft du willst. Aber *sie* müssen sich als Königinnen fühlen dürfen. Du aber –

Herr Ach – du bist mir ja nur neidig!
Diener Worum?
Herr *(brutal)* Weil der Herr der ist, der letzten Endes kassiert.
Diener Na, ich möcht's nicht auf die Probe ankommen lassen –
Herr Dann laß es doch darauf ankommen!
Diener Also gut – drei Rosen für jede – bewilligt? *(etwas entfernter)* Fräulein! – Fräu – *(lacht)* Ach, die sind längst über alle Berge!
Herr *(enttäuscht)* Hast du aber Glück!
Diener Und – *(schreit auf)* Schau! Was sie in der Hand haben! Rosen! Deine Rosen! *(spöttisch)* Und gestohlen!
Herr *(empört)* Lauf ihnen nach!
Diener Das mußt du schon selber tun! Reiß ihnen die Rosen nur aus der Hand! Beschimpf sie! Das machen die Paschas gern. Schlepp sie auf die Polizeistube! Du bekommst garantiert dein Recht! Nur – deine Stühle, die werden leer bleiben, Herr. Und die Hollywoodschaukel mit den Schaumgummipolstern. Und die hübschen Getränke werden vor Langeweile im Eisschrank einfrieren.
Herr Es kann jederzeit jemand kommen. Man muß bereit sein.
Diener *(haßerfüllt)* Ja, der Nachbarhund, wenn er unsere Britta beschlafen will.
Herr *(vornehm)* Pfui, was für ein Wort.
Diener Decken! Natürlich, decken! Aber ich gehöre eben nicht zu den oberen Ständen, du mußt entschuldigen! – Willst du Musik?
Herr Hm –

(Musik)

Diener Tafelmusik aus der Dose. Es ist bald Mittagszeit. Die Mädchen sind aus der letzten Messe gekommen und haben sich die Absolution für den Nachmittag geholt.
Herr *(spöttisch)* Wie poetisch!
Diener *(kalt)* Für den Nachmittag – ohne dich. *(plötzlich weich)* Aber sei nicht traurig, Herr! Es ist nicht so schlimm. Ich laß dich nicht im Stich.
Herr *(tonlos)* Ja –
Diener Wir wissen doch beide genau – das mit den Mädchen – spätestens nach einer Stunde wäre die Illusion geplatzt. Dumme Gänse, für die ist der billigste Schaumgummi zu schade. Was hätten sie getan? Ein wenig gekichert – ein wenig oho! gesagt – vielleicht hätte auch eine gefragt: Wann geht's endlich in die Heia! Na und, was dann?
(stampft auf den Boden, brüllt) Du, wenn du jetzt zu heulen anfängst, dann schlag ich dir den Schädel ein! Oder kündige! Oder lauf davon! Das ist ja nicht auszuhalten . . .

(Er atmet schwer. Die Musik wird lauter, bleibt etliche Takte so, dann

wieder wie vorher als Hintergrundmusik. Besteck wird auf den Teller gelegt.)

Herr Hm – gut war's. Ausgezeichnet! Um den Koch kann mich jeder beneiden.

Diener *(geschmeichelt)* Danke!

Herr Gib mir eine Zigarette!

(Feuerzeug. Anrauchen)

Herr Danke! *(behaglich dozierend)* In Venedig, zur Zeit der großen Renaissancedogen, galt es förmlich als Adelstitel, gut aussehendes und gut geschultes Personal zu haben. Zwei ausgezeichnete Leibköche, ein halbes Dutzend Diener mit besten Umgangsformen, die nicht nur ihrer Herrschaft sondern auch jedem ihrer Gäste jeden Wunsch förmlich von den Augen ablesen konnten, und einen Gondoliere zu haben, der das Boot mit der Schnelligkeit eines Staffettenläufers dennoch so ruhig durch den Bacino ruderte, daß der Herr mit seinem Freund ungestört Schach spielen konnte – ein solcher Besitz stand wesentlich höher in Ansehen als der eines Palazzo am Canal Grande. Denn das war ja nicht nur eine Sache des Geldes, das jeder reiche Viehhändler ebenso haben kann, sondern neben gutem Geschmack, Takt, zartfühlender Behandlung, vor allem das einer Geheimwissenschaft nahekommende Wissen darum, in welcher der vielen Dienerpflanzstätten der Brenta entlang zwischen Malcontenta und Fiesso d'Artico – die Snobs späterer Zeiten bauten sich dort ihre Schlößer hin – gerade die besten Lehrer und folglich die besten Zöglinge aufzutreiben waren. Die einzelnen Jahrgänge differierten da sehr. Dank der Geheimniskrämerei der jeweiligen Direktoren, der Intrigen und Bestechungsversuche gerade der edelsten venezianischen Familien war das eine äußerst schwierige Aufgabe, die die finanziellen und vor allem die geistigen Kräfte so manches Edelmannes erschöpfte. Wie schon gesagt: Die Auswahl eines Dieners zeugte vom Format seines Herrn. Erst als das durch rücksichtslose Holzschlägerungen auf Morea während des Türkenkrieges unter dem Dogen Francesco Morosini rasch zu Reichtum und folglich zu Adel gekommene Geschlecht der Foscatti guten Geschmack durch Sensationen zu ersetzen suchte, indem es bei seinen Festen nackte Mohrensklaven Getränke aufwarten ließ und so die primitive Schaulust und auch bald andere Gelüste besonders der anwesenden Damen zu reizen und schließlich zu befriedigen vermochte – da begann der Verfall jener subtilen Diener-Herr-Kultur. Ein Verfall, an dessen Tiefstpunkt wir heute angelangt sind. – Kaffee?

Diener Selbstverständlich. Abessinischer Mocca, selbst geröstet.

Herr Hm!

Diener *(im gleichen Ton)* Wobei eines der schlimmsten Symptome dieses

Verfalls die mangelnde Distanz zwischen Herrn und Bedientem sein dürfte, diese demokratische oder pseudodemokratische Allüre von heute – lächerlicher als die Modetorheiten aller anderen Jahrhunderte zusammen. – Gut gelernt, meine Lektion?

Herr *(leise)* Sollten wir also doch nicht – du zueinander sagen?

Diener *(verwirrt)* Aber – warum denn nicht?

Herr Wir sind zu intim – das stört dich.

Diener *(zögernd)* Manchmal ja – aber –

Herr Wenn ich eine Pose durchschaue, und du mußt mir dann zugeben, daß es eine Pose war – ?

Diener Wenn d u m e i n e Pose durchschaust, ist es gut.

Herr Ach – und wenn i c h einen Blödsinn mache – und darauf beharre, aus Stolz, aus Eitelkeit, aus –

Diener Dann darf ich es nicht merken.

Herr Lächerlich! Wir kennen uns jetzt so lang – wann haben wir uns kennengelernt?

Diener Bei der Sache mit dem Knopf.

Herr *(in Gedanken)* Ach ja, Tante Cornelia –

Diener Katharina.

Herr *(nachdenklich)* Ich hab den Knopf haben wollen – er hat so schön geglänzt. Babies möchten manchmal auch den Mond haben. Sie wissen nicht, was Entfernung ist –

Diener *(wie eine Liebeserklärung, zärtlich)* Ja. Und da hast du mir den Befehl gegeben. Es war dein erster Befehl. Und der erste, den ich ausgeführt habe: Reiß ihr den Knopf ab! Ich möcht ihn haben, er glänzt so schön. Wie schön muß er erst sein, wenn ich ihn in der Hand habe. Oder im Mund. Reiß ihn ab oder beiß ihn ab – wie es leichter geht. Und ich hab ihr den Knopf abgerissen und hab ihn dir in den Mund gesteckt. Damals hab ich dich kennengelernt.

Herr Eigentlich hättest du mich verachten müssen.

Diener Warum?

Herr Wer schluckt einen Knopf!

Diener Erstens warst du ein Baby – und ich auch. Zweitens ist es doch völlig egal –

Herr Ob ein Knopf sinnlos runtergeschluckt wird oder nicht?

Diener Ja.

Herr Das ist Kadavergehorsam! Der Knopf hätte mir ja auch schaden können.

Diener Er hat dir nicht geschadet.

Herr Aber er hätte! Er hätte auch aus Gold sein können, er hätte eine Brosche sein können, mit Diamanten besetzt, und dann wäre der Schaden Tante Claudia zugefügt worden –

Diener	Katharina.
Herr	Lenk nicht vom Wesentlichen ab!
Diener	Und was ist dieses Wesentliche?
Herr	Daß es dir offenbar egal ist, ob ein Befehl sinnvoll oder sinnlos ist. Ob für nichts und wieder nichts – vielleicht Menschen geopfert werden. Hauptsache, er wird ausgeführt.
Diener	*(entschuldigend)* Du warst ein Baby – damals. Und ich auch.
Herr	Die einzige Entschuldigung. Aber die Götter wachsen – und was dann? Was war dann?
Diener	*(schlicht, aber voll Ehrfurcht)* Ich habe kein einziges Mal am Sinn deiner Befehle gezweifelt.
Herr	Und du glaubst, das genügt mir?
Diener	Was willst du eigentlich? Haben die von dir so gepriesenen Renaissanceherren ihren Bedienten über ihre Befehle Rechenschaft gegeben? Auch nur für einen einzigen?
Herr	Vielleicht haben die Diener diese Rechenschaft nicht verlangt. Sicher sogar. Und sicher haben diese Herren auch nicht darauf bestanden, Diener zu haben, die eine solche Rechenschaft verlangen. Aber i c h , ich bestehe darauf! Und das ist ein Befehl, hörst du?
Diener	Ein Befehl – ?
Herr	Jawohl, ein Befehl!
Diener	Aber – w a r u m befiehlst du das?
Herr	Ein Herr kann alles befehlen!
Diener	*(entsetzt)* Du bist verrückt geworden!
Herr	Ich verlange ja keinen sinnlosen Widerspruch – um des Widerspruchs willen sondern natürlich nur, wenn schwerwiegende Einwände vorliegen.
Diener	Aber – *(völlig hilflos)* Wozu brauchst du mich dazu? Du bist doch der Herr.
Herr	*(hilflos)* Ich bin doch auch kein Übermensch! Ich bin doch – ich brauch doch einen – einen –
Diener	*(rettet sich in die kühle Pose)* Ich kann mich erinnern, daß mir einmal ein Herr gesagt hat, wie lächerlich er diese pseudodemokratische Modetorheit finde, die die Grenzen zwischen Herrn und Diener aufheben will. Was soll dieses Herumbasteln, es ändert sich damit nicht das Geringste an der Grundstruktur: daß der eine der Herr und der andere der Diener ist. Und daß in jedem Menschen ein Herr und ein Diener ist, ein Führender und ein Geführter, ein Anbeter und einer, der angebetet werden will oder soll oder darf oder muß. Das soll nicht heißen, daß einer, der Herr ist, nicht auch Diener sein kann, in einer anderen Situation oder zu einer anderen Zeit oder sogar in der gleichen Situation oder zur gleichen Zeit. Gleichzeitig Herr und gleichzeitig Diener. We-

sentlich ist, daß der Diener zu seinem Herrn aufschauen darf, wesentlich ist, daß der Herr weiß, daß er jederzeit die Dienste seines Dieners in Anspruch nehmen kann. Und darum ist es unsinnig, wenn die Menschen diese beiden Positionen abschaffen oder verwischen wollen, wenn sie dem Diener sein Diener-Sein und dem Herrn sein Herr-Sein wegnehmen wollen. Sie brauchen einander ja, um glücklich zu sein, wie die Menschen Gott brauchen und wie Gott die Menschen braucht. – Ich hab's doch richtig aufgesagt – oder?

Herr *(zögernd)* Ja – schon –

Diener Und dann hast du noch etwas gesagt: Es muß immer einer da sein, der schlägt, und einer, der geschlagen wird. *(schreit)* Also schlag mich! Siehst du nicht, wie ich darauf warte?

Herr Und du – du wehrst dich nicht dagegen? Hast du nie das Verlangen gehabt, dich gegen mich aufzulehnen?

Diener Doch. Und wie oft! – Ich hab alles getan, was ein zünftiger Revolutionär tut: Ich hab mich empört, ich hab über die Möglichkeiten deines Sturzes nachgedacht. Ich hab Zähne geknirscht und Fäuste geballt, ich hab mir ausgemalt, wie es wäre, an deinem Platz zu sitzen, ich habe die verschiedensten Todesarten in Gedanken durchprobiert. Ich habe Zähne zusammengebissen und Parolen gemurmelt, ich hab mir Flugzetteltexte ausgedacht und Spottverse gereimt – – aber – weiter bin ich nie gegangen.

Herr Und warum?

Diener Warum sollte ich meinen Herrn abschaffen wollen? Du willst ja deinen Diener auch nicht abschaffen. Wir haben niemanden über uns und wir haben niemanden unter uns und niemanden neben uns, wir haben nur uns selbst. Das ist doch unser Glück. Oder?

Herr Natürlich.

Diener Wir sitzen in einem Boot. Mitten im Ozean. Und niemand ist da, der uns retten kann.

Herr Niemand ist da.

Diener Nur der Wind, der zum Sturm werden kann. Nur die Sonne, die die Haut versengt, und das Salzwasser, das durstig macht. Da ist nur das Essen, das von Tag zu Tag weniger wird, und das Trinkwasser. Aber wenn man sich dennoch retten will, dann muß einer sein, der die Richtung weiß. Und dann dürfen sie nicht aneinander geraten, wer es besser weiß, sonst fahren sie ewig im Zickzack. Der Kapitän weiß es, und er bestimmt, wer die Steuerpinne hält, und wer die Angel auswirft, und wer Wasser schöpft und wann die Schoten dichter geholt werden müssen.

Herr Und wenn er das alles nicht weiß? Auch der Kapitän kann die Nerven verlieren. Auch der Kapitän kann einmal vergessen, was er gelernt hat.

Diener Aber muß er es allen auf die Nase binden? Soll er das Schiff hinausfahren, mitten ins Sturmzentrum!! Und wenn sie untergehen – ich hab nichts gegen ein Schicksal, das stärker ist. Wenn die Wellen zu hoch sind, sind sie zu hoch. Wenn der Kapitän geirrt hat, dann hat er eben geirrt.

Herr Das ist doch absurd!

Diener *(leise)* Vielleicht. Aber es ist die einzige Möglichkeit, nicht zu verzweifeln. – Ich weiß, du hast mich im Geheimen oft gefragt: Was soll ich jetzt tun? Wie soll ich da entscheiden? Wie würdest du ...? Ich hab deinen Schlaf beobachtet. Ich hab deine Träume aufgeschrieben. Aber laut, in Worten, hast du's immer gewußt. Immer.

Herr Bis jetzt.

Diener *(flehentlich)* Und du wirst es auch weiterhin wissen. Vielleicht nicht, bevor es formuliert ist – aber in dem Augenblick, da du zum ersten Wort ansetzt, weißt du es. Das ist das Geheimnis der Sprache: daß man plötzlich viel mehr weiß, als vorher.

Herr Davon versteh ich nichts.

Diener Doch! *(flehentlich werbend)* Du verstehst so viel mehr als ich. Du hast mich ja nur auf die Probe stellen wollen.

Herr Wer sagt denn das?

Diener Ich weiß es! – Ich hab mich immer vor dem Augenblick gefürchtet, da sich einmal zeigt, daß du einem andern Herrn ausgeliefert bist. Oder mehreren anderen. Daß du dann klein und feig wirst. Und zu winseln anfängst und – und ich hab mir vorgestellt, wie das sein wird. Wie werde ich reagieren? Wie werde ich zusehen können? Werde ich meine Achtung vor ihm verlieren? Werde ich ihn hassen?

Herr Und wie hast du reagiert?

Diener Du bist gedemütigt worden, aber du warst immer noch mein Herr. Auch Napoleon auf St. Helena ist Napoleon. Man hat dir Angst gemacht – aber du warst immer noch mein Herr. Man hat dir andere, bessere oder schlechtere, ich weiß es nicht, vorgezogen – du warst immer noch mein Herr. Man hat dich gezwungen, zu verleugnen, was du einmal gedacht, was du einmal behauptet hast, ja, was du einmal geglaubt hast – aber du warst immer noch mein Herr. Bei all deinen Irrtümern, in deiner Dummheit, deiner Jämmerlichkeit warst du immer noch mein Herr! Und jetzt das – Herr, wie kannst du mir das antun?!?

Herr Ich kann dir alles mögliche antun. *(freundlich)* Du bringst mir doch ein Glas Wasser?

Diener *(freudig, ganz Diener)* Ein Glas Wasser? Ja, sofort!

(Wasserrauschen)

Hier – frisch und kalt.

Herr Viel zu kalt. Soll ich mich verkühlen?

Diener Einen Augenblick! *(von ferne)* Ich geb ein bißchen warmes dazu. *(näher)* Da!

Herr *(macht einen Schluck, spuckt aus)* Pfui Teufel! Dieses lauwarme – du hast nicht eine Spur von Hirn!

Diener *(zerknirscht)* Du hast vollkommen recht, ich bin ein Idiot. Ich hab nicht daran gedacht: Wenn ich den Boiler aufdrehe, kommt sofort eine Menge Heißwasser heraus. Von dem Flämmchen.

Herr Nur ein bißchen denken!

Diener *(selbstanklagend, dabei hat man den Eindruck, als machte es ihm Freude)* Ja, das stimmt. Wie oft ist mir das schon passiert, und jedesmal vergeß ich es wieder. – So, ich glaub, jetzt wird es richtig sein.

Herr Ja, jetzt geht's. Gut. *(unheimlich ruhig)* Und jetzt nimm das Glas wieder – nimm nur!

Diener Ja – ?

Herr Und geh damit ins Badezimmer –

Diener Ins – ?

Herr Geh nur! Ich komm schon mit.

(Veränderte Akustik)

Und jetzt mach die Hausapotheke auf!

(Geräusch)

So – und da rechts unten die rosa
Schachtel mit violetter Aufschrift –

Diener *(liest langsam)* V E R O N A L

Herr Die nimm heraus!

Diener Ja.

Herr Und jetzt nimmst du 20 Tabletten –

Diener Zwanzig –

Herr Schütt sie einfach in die Hand!

Diener *(zählt leise und aufmerksam)* Fünf – acht, zehn, dreizehn, vierzehn, fünfzehn – achtzehn, neunzehn – ja – ?

Herr Und jetzt alles ins Glas.

(Geräusch)

Da – mit dem Löffel rührst du um!

(Geräusch)

Bis alles aufgelöst ist.

Diener Bis alles – – – schon geschehen.

Herr Brav. *(immer erregter)* Und jetzt – jetzt – setz mir das Glas an die Lippen!

Diener Ja –

Herr Tust du es?

Diener Ja.

Herr Spürst du, daß es an meinen Lippen ist?

Diener Ja, das spür ich.

Herr Und du weißt, daß du nur das Glas heben mußt, damit die Flüssigkeit in mich hineinrinnt?

Diener Ja, das weiß ich.

Herr Und daß ich sie schlucken muß, weil ich sonst –

Diener Ja, du mußt sie schlucken.

Herr *(ausbrechend)* Und darum nimmst du jetzt das Glas und schmeißt es auf den Boden und schreist: Du bist übergeschnappt! Ich laß mich doch nicht umbringen!

(Stille)

Herr Los!

Diener *(nach einer Pause)* Wenn ich mich aber umbringen lassen w i l l?

Herr *(verblüfft)* Wenn du –

Diener *(wie ein Gebet)* Wenn du es tust, dann hat es doch einen Sinn. Alles, was du tust, hat einen Sinn – für mich. Weil du der Herr bist. Begreifst du denn nicht?

Herr *(haßerfüllt)* Dann such dir einen anderen Herrn! Ich kann dich nicht brauchen!

Diener Herr –

Herr Ich kann dich nicht brauchen!!! Geh!!

Diener *(tief getroffen, eisig)* Und was tust du ohne mich? Allein?

Herr Ich bin immer noch Franz Müller!

Diener *(spöttisch)* Ich bin auch Franz Müller. Aber was für ein Franz Müller bist du ohne mich? Ein Krüppel! Ein Dreckfink, ein ratloses Stück Fleisch! Die werden dich anschaun, wenn du mit verschmiertem Hemdkragen zu deiner Tarockpartie kommst! Oder ins Büro mit abgerissenen Knöpfen! Oder ohne Geld in der Brieftasche, wenn du auf die Bank kommst, um die Miete zu zahlen!

Herr Das hat Elli zur Not auch noch können.

Diener Die ist dir auch davongelaufen.

Herr Ja, wegen deiner ewigen Besserwisserei. Ich kann mir eine Freundin anlachen –

Diener Anlachen – das hab immer ich getan.

Herr Ich schaff mir eine Haushälterin an. Ich bezahl sie –

Diener Ob die dich auch rasiert? Und dir die Nase putzt? Dir die Fingernägel schneidet? Seiner Majestät den Hintern auswischt?

Herr Ich werde auch dazu eine finden!

Diener Sicher. Im Krankenhaus. Wenn du den Krüppel spielst. Besser gleich ein Krüppel bist! Wenn du einmal keine Arme bewegen kannst und keine Beine, wenn du bewegungslos in deinem Bett liegst, dann steckt dir die Schwester das Thermometer in den Mund oder in die Achselhöhle. Und gibt dir die Schüssel. Und dreht Musik an und schüttelt den Polster auf und wechselt die Bettwäsche. Und wenn sie dich füttert und dir zu trinken gibt, dann brauch ich dich nicht einmal aufzusetzen. Das tut sie. Und wenn du Schmerzen hast und stöhnst, dann sagt sie: na, na, na, wird schon wieder werden! Oder ähnliches Zeug, je nach Laune.

Aber wer schluckt das gute Süppchen, das sie dir einflößt, hinunter? Das dir so schmeckt? Das dich so satt macht? Ohne mich verhungerst du! Wer atmet, wenn sie dir eine Sauerstoffmaske ins Gesicht drükken? Ohne mich erstickst du! Du bist nichts ohne mich, das weißt du genau. Mich kann dir keiner ersetzen. Denn du brauchst einen, der dich kennt, wie ich dich kenne. Der alle deine Bedürfnisse bis ins Letzte kennt und sie jederzeit sofort befriedigt. Und das bin nur ich. Du brauchst einen, der dich liebt, und der bin ich. Der einzige, der dich liebt, weil er dich braucht, wie dich keiner sonst braucht. Der dich liebt, weil er sich selbst liebt. Der dich liebt, indem er sich selbst liebt. Und i c h bin der einzige, den du liebst, weil du mich brauchst, weil ich die einzige Möglichkeit für dich bin, nicht völlig allein zu sein.

Herr Aber ich für dich auch!

Diener *(immer trostloser)* Natürlich. Du für mich auch. Wir gehören zusammen. Drum ist es sinnlos, wenn du gegen mich aufbegehrst.

Herr Und es ist sinnlos, wenn du gegen mich aufbegehrst.

Diener Stimmt. Es ist bestenfalls ein Spiel, um die Langeweile zu vertreiben. Ein Spiel mit der Illusion, frei zu sein. Und es ist genau so ein Spiel, wenn du Kritik von mir verlangst, als wäre diese Art von Distanz zwischen uns überhaupt möglich. Du weißt ganz genau, daß ich das gar nicht kann. Daß ich es nicht kann, weil du es nicht kannst. Du weißt ganz genau, daß du nur davon lebst, daß ich deine Befehle widerspruchslos ausführe. Denn das gibt dir die Illusion, daß das, was du tust, nicht ganz sinnlos ist. Die Illusion – aber sie genügt dir. Sie muß dir genügen, es ist ja sonst keiner da, der dir die Überzeugung gibt, daß es richtig ist, was du tust. Keiner. Und darum hast du mich, und ich habe dich. Und wenn es dich wahnsinnig macht, und wenn ich dich hasse, wenn ich dich umbringen möchte – wir gehören zusammen. Du zu mir und ich zu dir und du zu dir und ich zu mir, und darum spielen wir unsere Rollen, damit das, was wir reden, nicht nur Monologe sind. Darum bist du der Herr und ich der Diener –

Herr *(gleicher Ton)* Und nächsten Sonntag wirst du der Herr sein und ich der Diener.

Diener Nächsten Sonntag – morgen – jetzt – egal. Wir können einander ja nicht einmal etwas abschlagen. Es gibt keinen Wunsch, den wir einander nicht erfüllen, und wenn wir uns eine Erfüllung versagen, dann nur, weil es unser Wunsch ist, uns eine Erfüllung zu versagen. Wir sind einander Freund und Geliebte, wir sind einander Nachbar und Lieber

Gott, wir sind einander die Feinde, die jeder braucht, um Freundschaft empfinden zu können.
(Wie eine Litanei) Dein Glück ist auch das meine.

Herr Mein Wohlbehagen ist auch das deine.

Diener Mein Vergnügen an einem genau richtig gekochten Ei ist auch das deine.

Herr Deine Freude an einem frisch gesprengten Rasen ist auch die meine.

Diener Mein Jubel über einen schönen Sonnenaufgang ist auch der meine.

Herr Das herrliche Brennen auf meiner Haut in der Mittagssonne ist auch das meine.

Diener Mein Glück ist das meine –

Herr Meine Freude ist die meine –

Diener Mein Unbehagen –

Diener Mein Glück –

Herr Meine Seligkeit –

Diener Mein Wohlbehagen –

Herr Mein Leben –

Diener Meine Leere – –

Herr – – – mein – – Spiel – – –

Diener – – – mein – – –

(lange erschöpfte Pause)

Herr *(zögernd)* Du –

Diener Ja?

Herr Komm – fangen wir an!

Diener Anfangen?

Herr Mit dem Spiel.

Diener Ach ja – mit dem Spiel.

Herr *(mit neu erwachter Hoffnung)* Wir werden uns verkleiden. Du als der Herr und ich als der Diener.

Diener *(mitspielend)* Ich werde mich dagegen wehren.

Herr Aber ich werde dich überreden. Ich werde dich locken. Ich werde sagen: Es wird dir gefallen. Es ist ein schönes Spiel. Deine neue Rolle wird dir Spaß machen. Und du wirst sagen:

Diener Es wird mir gar keinen Spaß machen. Ich möchte Diener sein! Und du wirst antworten:

Herr Im Spiel kann man auch Herr sein. Auch wenn man Diener ist. Im Spiel ist es schön, Herr zu sein.

Diener Aber wenn ich nicht weiß –

Herr – wenn du nicht weißt, ob es einen Sinn hat, das Ei zu essen, dann frag nur mich – nein, frag nicht! Du brauchst nur einen Moment zu zögern, das ist wie ein Wink, und ich werde deinem Ei den Sinn geben – weil ich es mache, weil ich der Diener bin – und dir die Kraft gebe, an diesen Sinn zu glauben. Kadavergehorsam macht den, dem gehorcht wird, gläubig. Und die Kraft fällt wieder auf mich zurück, auf den Diener. Ich werde einen Herrn haben, an den ich glauben kann, zu dem ich aufschauen kann, zu dem ich beten kann, dem ich meinen Kopf in den Schoß legen kann. Ich werde einen Herrn haben, den ich lieben kann, auch wenn er mich schlägt, ich werde einen Herrn haben – – –

(Überblendung in Anfangsmusik: My Lord, what a Morning)

ich werde einen Herrn haben – ich werde einen Herrn haben – – –

Diener *(mit Herrenstimme)* So – – jetzt noch einen Stuhl – Nummer acht – und die Schaumgummipolster auf der Hollywoodschaukel nicht vergessen –

Herr *(mit Dienerstimme)* Vergiß nicht die Schaumgummipolster auf der Hollywoodschaukel!

Diener Bin eben dabei – für die süßen Damenpopos –

Herr Damen – ?

Diener Oder für die weniger süßen der Herren – ganz nach Wunsch.

Herr Schönes Wetter heute. Und diese Aussicht! Die klare Luft!

Diener *(rufend)* Guten Morgen, Herr Nachbar! Schönes Wetter, was? – Ja, natürlich, Gäste! Am Sonntag ist alles voll bei uns.

Herr *(leise brummend)* Das glaub ich dir. Eingeladen werden. Was sonst noch! Kreti und Pleti von der Straße –

Diener *(witzelnd)* Vom Nachbargarten.

Herr *(streng)* Ist das Frühstück fertig?

Diener Sofort. Ich muß nur noch den Sonnenschirm aufspannen.

Herr *(tief atmend)* Hm – dieser Rasen! Wie frisch das aus der Erde kommt!

Diener Ich hab ihn auch lang genug gespritzt heut morgen.

Herr Du bist ein aufmerksamer Diener. Ich werde dir ab nächstem Ersten eine Gehaltserhöhung geben.

Diener Oh danke! *(den arroganten Ton des Herrn nachahmend)* Ich werde dir ab nächstem Ersten ein noch aufmerksamerer Diener sein.

Herr *(selbstgefällig)* Tu das, tu das! An der Dienerschaft erkennt man den Herrn.

Diener *(ebenso)* Und die Ehre des Herrn ist auch die seines Dieners.

Herr *(gerührt)* Das hast du schön gesagt. Wirklich sehr schön. – Komm, setz dich her!

Diener Ich hab das Salz vergessen.

Herr Jetzt brauchen wir kein Salz. Hier – hier ist es weich und –

Diener Danke!

Herr Ich bin schrecklich froh, daß ich so einen Diener habe wie dich.

Diener Und wie froh ich erst bin, daß ich so einen Herrn habe! So einen guten – so einen – so einen richtigen Herrn –

Herr *(beschämt)* Sag das nicht so!

Diener Doch! Einen, bei dem man sich ganz zu Hause fühlt –
Herr *(den Tränen nahe)* Du machst mich ganz gerührt!
Diener So geborgen!
Herr *(schluchzt auf)*
Diener Ja – was wär ich denn ohne dich?
Herr Und ich erst – ohne dich!
Diener Ohne meinen Herrn –
Herr Ohne meinen Diener –
Beide Jaaaaaaaaaaa – – –
Diener Wir zwei – wir brauchen niemand anderen –
Herr – als uns selbst.
Diener *(schluchzend)* – als uns selbst. Sehr richtig.
Herr Wir haben alles, was einer überhaupt haben kann.
Diener Ja – alles –
Herr Sind wir nicht – ein – glücklicher Mensch – – – ?

(Musik: „My Lord, what a morning!" lauter. Nach ein paar Takten ausblenden)

Im Mittelpunkt des Interesses
Hörspiel

Sprecher
Sprecherin
Reporter
Priester
Prof. Dr. Herbert Anders
Taxichauffeur
Dr. Friedrich Sert
Clemens Habermann
Der Professor
4 Frauenstimmen
4 Männerstimmen

(Einige Takte dramatischer Musik — Kennmelodiecharakter)

Sprecher *(in die Musik hinein, mit Pathos)* Im Mittelpunkt des Interesses! Unsere aktuelle Sendung. 27. Folge: Der Tod X!
(Musik noch einige Takte, dann ausblenden)
(Einblenden: Friedhofsglöckchen als Hintergrund)

Priester *(etwas entfernt, monoton)* Ich bin die Auferstehung und das Leben, wer an mich glaubt, wird leben, auch wenn er stirbt. Und jeder, der lebt, und an mich glaubt, wird in Ewigkeit nicht sterben.
(Priester ab jetzt immer im Hintergrund, die flüsternden Stimmen im Vordergrund.)

1. Frau *(flüsternd)* An was ist er eigentlich gestorben?

1. Mann	*(flüsternd)* Keine Ahnung.	Priester *(indessen):* Vater im Himmel, wir bitten dich: Segne dieses Grab und gib ihm deinen Engel als Wächter.
2. Frau	Hast du einen Zehner?	
2. Mann	Ich hab noch Zigaretten.	
2. Frau	Aber nein – für'n Totengräber.	
2. Mann	A so – na, ich schau gleich.	Priester: Den Leib unseres Bruders Engelbert bestatten wir hier in der Erde. Seine Seele aber löse du von allen Fesseln der Sünden und schenke ihr ewige Freude. Durch Christus, unsern Herrn.

Alle — Amen!

(Knarren der Gurten, die den Sarg in das Grab tragen)

1. Frau — *(aufschnupfend)* Engelbert!

2. Frau — Wenn die Gurten nur net reißen!

2. Mann — Die halten mehr aus als den Engelbert.

1. Mann — Was wird's schon gewesen sein! Herz – Kreislauf – der Smog – das moderne Leben halt. Aber wer tut was dagegen? *(Er hustet)*

1. Frau — Du rauchst zu viel.

2. Mann — *(während der 1. Mann hustet)* Der Engelbert war Nichtraucher.

2. Frau — Armer Teufel!

Alle — Amen!

1. Mann — Aber ich kenn seinen Hausarzt.

1. Frau — Na und? Was sagt der?

1. Mann — Wirst lachen, aber – sag's ja net weiter!

1. Frau — Ehrenwort!

1. Mann — Er sagt: Er weiß es nicht.

1. Frau — Was?

1. Mann — Ehrenwort!

2. Mann — Bssst!

Priester: Der allmächtige Gott hat unseren Bruder Engelbert aus diesem Leben zu sich gerufen. Wir übergeben nun seinen Leib in die Erde. Er kehrt dahin zurück, woher er gekommen ist. Christus aber ist als der Erstgeborene von den Toten auferstanden. Weil er auch unseren hinfälligen Leib wiederherstellen und seinem herrlichen Leib gleichgestalten wird, empfehlen wir unseren Bruder dem Herrn, daß er ihn aufnehme in seinen Frieden und auferwecke am Jüngsten Tag.

(Erdbrocken fallen auf den Sarg)

2. Frau — Der schöne Sarg!

2. Mann — Die Politur!

1. Frau — *(zum 2. Mann)* Was sagst – der Doktor vom Engelbert sagt, er weiß nicht, an

Priester: Staub bist du und zum Staub kehrst du zurück. Der Herr aber wird dich auferwecken am Jüngsten Tag.

was der Engelbert gestorben ist.

2. Mann — Nein!!!

1. Frau — Ja!

2. Mann — Na, geh! *(zur 2. Frau)* Du, die Hansi sagt, der Doktor vom Engelbert sagt, er weiß nicht, an was der Engelbert gestorben ist.

2. Frau — Blödsinn!

2. Mann — *(zur 1. Frau)* Blödsinn – sagt die Mariella.

1. Frau — Sag ich auch.

2. Frau — Was steht denn auf dem Totenschein?

2. Mann — Auf – ach so – *(zur 1. Frau)*was steht denn auf dem Totenschein?

1. Frau — Auf dem – was?

2. Mann — Totenschein!

1. Frau — *(zum 1. Mann)* Auf dem Totenschein – was steht auf dem?

1. Mann — Auf dem – *(muß wieder husten)*

1. Frau — Du rauchst zu viel. Ich sag's dir immer.

Alle — Amen!

1. Frau — Also was steht auf dem Totenschein?

1. Mann — Dort steht – Herzversagen.

1. Frau — *(zum 2. Mann)* Herzversagen

2. Mann — *(zur 2. Frau)* Herzversagen.

2. Frau — Herzversagen! Na also! Wär doch ein

Unser Herr Jesus hat gesagt: Ich bin die Auferstehung und das Leben. Wer an mich glaubt, wird leben, auch wenn er gestorben ist. Und jeder, der lebt und an mich glaubt, wird nicht sterben in Ewigkeit. Wir bitten dich, Vater im Himmel, übe Barmherzigkeit an deinem verstorbenen Diener! Schau nicht auf seine Sünden, da er doch den Willen hatte, dir zu dienen.
Wie er auf Erden durch den wahren Glauben mit der Schar deiner Gläubigen verbunden war, so schenke ihm im Himmel durch dein Erbarmen die Gemeinschaft mit den Engeln und Heiligen.
Durch Christus unsern Herrn.
Amen!

Priester: Barmherziger Gott und Vater, wir bitten dich auch für die Hinterbliebenen, die der Tod mit Schmerz und Trauer erfüllt hat. Du bist der Tröster der Betrübten, der Helfer der Verlassenen. Gib den trauernden Angehörigen Trost in ihrem Leid, Geduld in ihrem Schmerz

	Witz, wenn die nicht wüßten, an was der Engelbert gestorben ist!	und Ergebung in deinen heiligen Willen!
2. Mann	Ja, natürlich! Beim heutigen Stand der Medizin –	
1. Frau	Sag, hast du ein' Zwanzger?	
1. Mann	Wozu?	
1. Frau	Für'n Totengräber.	
1. Mann	Das sind Räuber!	
1. Frau	Wenn er dir's Schauferl in die Hand druckt – druckst du ihm den Zwanzger in die Hand.	Durch Christus, unsern Herrn.
Alle	Amen!	

(Friedhofsglöckchen blendet aus)

Sprecher *(im Studio)* Meine Damen und Herren! Die Szene, deren Zeugen Sie eben gewesen sind, ist gestellt. Was nun nicht heißen soll, daß dieses Begräbnis nicht stattgefunden hätte. Es hat stattgefunden. Vor etwa einem halben Jahr. „Gestellt" soll nur besagen, daß es keine Originalaufnahme von damals ist sondern nach Angaben von drei glaubwürdigen Zeugen, deren einer zufällig ein Reporter unseres Studios ist, rekonstruiert und dann mit entsprechender Geräuschkulisse aufgenommen wurde.

Sprecherin Nun haben wir dies nicht etwa zur Abrundung unserer Reportage getan, aus dramaturgisch-künstlerischen Erwägungen sozusagen, sondern weil es sich dabei höchstwahrscheinlich um das erste Opfer des Phänomens gehandelt hat, dem wir die heutige Folge unserer Sendereihe „Im Mittelpunkt des Interesses" widmen wollen: des Ihnen allen bereits nur zu bekannten Phänomens „Tod X". Eines Phänomens, das uns, wie wir leider zugeben müssen, heute noch ebenso ein Rätsel ist wie damals, als es zum ersten Mal in Erscheinung trat. Engelbert Aschenbrenner war plötzlich gestorben. Oder scheinbar plötzlich. Ohne Ursache – oder scheinbar ohne Ursache, zumindest ohne bisher erkennbare. Um vier Uhr nachmittags an seinem Schreibtisch. Auf dem Totenschein steht: Herzversagen. Was war es wirklich?

Sprecher — Es blieb nicht der einzige Fall, bei dem ein Arzt als Todesursache Herzversagen oder Ähnliches hinschrieb, weil er nicht zugeben wollte, daß er die wahre Todesursache nicht kannte. Gottlob aber gab es auch Ärzte, die ihr Verantwortungsbewußtsein höher stellten als ihre Angst, der Unfähigkeit geziehen zu werden und erst ihren Kollegen gegenüber, ihren Chefs gegenüber und schließlich auch vor der Öffentlichkeit freimütig zugaben: Ich weiß nicht, woran der Patient gestorben ist.

Sprecherin — Der bekannte Gerichtsmediziner, Universitätsprofessor Dr. Herbert Anders, der Initiator der späteren Aktion „Todesstab X", erinnert sich noch genau, wie es begann:

Anders — Ja, damals – das war vor etwa 6 Monaten – ich war gerade fertig mit der Morgenbesprechung und wollte in mein Zimmer – da steht der Dr. Voitl vor meiner Tür. Ein ehemaliger Student, jetzt praktischer Arzt in der Brigittenau. Tüchtiger Mann. Er war sehr aufgeregt, ich hab ihn noch nie so gesehen. Er war Tags zuvor zu einem seiner Patienten gerufen worden – der damals aber gar nicht in Behandlung stand –, konnte aber nur noch den Tod des etwa 40jährigen Mannes feststellen. Der Mann war in der Nacht im Bett gestorben – irgendwelche Symptome aber waren nicht festzustellen. Auch die üblichen Erklärungsversuche von Angehörigen in solchen Fällen wie Streß, familiäre Sorgen, etc. gab es hier nicht. Dr. Voitl wurde stutzig. Er hatte nämlich 14 Tage vorher einen ebensolchen Fall gehabt: Mann, etwa 50, plötzlich im Vorzimmer seiner Wohnung zusammengebrochen. Sofort tot. Symptome wieder gleich null. Zu allem Überfluß hatte ihm wenige Tage zuvor – in vorgerückter Stunde bei einer Garten-Party – ein Kollege von einem ganz ähnlichen Fall berichtet. Diesmal war's eine Frau. Obwohl die Leiche schon freigegeben war, bat mich Dr. Voitl fast beschwörend, die Leichenöffnung anzuordnen oder am besten selbst durchzuführen. Ich habe es getan, selber – Sie können sich vorstellen, daß ich doch ein wenig neugierig war – und jetzt kommt das Verblüffende: außer den normalen Todeszeichen – kein pathologischer Befund. Das heißt: Wir hatten keine Ahnung, woran der Mann gestorben war – und wir wissen es heute noch nicht. Nach dem medizinischen Wissen unserer Zeit – und ich sage das mit aller hier gebotenen Vorsicht – hätte er eigentlich noch leben müssen.

Reporter — Und warum hat er nicht mehr gelebt, Herr Professor? –

Sprecher — Dieses „Warum" beschäftigt die medizinische Wissenschaft und darüber hinaus mehr und mehr auch die breite Öffentlichkeit seit einem halben Jahr. Geändert hat sich kaum etwas. Menschen sterben nach wie vor, aber nicht nur an einer konventionellen Krankheit, an Altersschwäche oder durch einen Unfall, sondern auch – und das in steigendem Maß – am „Tod X", wie dieses Phänomen, von einem Journalisten so genannt, nun allgemein heißt. Sie legen sich hin und sind in kürzester Zeit tot. Auf der Straße, beim Einkaufen, am Arbeitsplatz, genauso aber in der Freizeit, beim Vergnügen, ohne ersichtliche Belastung, beim Spazierengehen, vor dem Fernsehschirm, im Schlaf.

Taxichauffeur — *(starker Dialekt, abwechselnd mit gespreiztem Hochdeutsch)* Na ja, also, des war so – I bin am Standplatz Schottenring gstandn – wia ma halt so steht, Tür offen, i hab die Krone glesen, Spurt, i les immer nur den Spurt, des andere ärgert mi zvü. I man, übern Spurt kannst di a ärgern, mei Liaba, wannst denkst, so a Transför von so an schäbigen Ballesterer, was die heut einsackln, und unseraner – i war beim HSV Linz – in meiner Jugend – – von links is er kumma, von da Tramweistation, des hab i gsehn, er hat die Tür aufgmacht, hat si einegsetzt, hat „Guten Tag!" gsagt, dann hat er die Tür zughaut – a bissl hart, muaß i scho sagn, aber bittschön, die Türn san ja net alle gleich. Und dann hat er gsagt: *(hochdeutsch)* Bitte bringen Sie mich in den 4. Bezirk, in die Argentinierstraße 25. Genau a so. Und „bitte" hat er a gsogt. So was merk i ma. Und er hat a genau so ausgschaut, wie aner, der bitte sagt. Na schön, bin i losgfahrn. Zerscht in die Schottengasse eine – na, Sie kennen ja die Streckn, Herrengassen, Augustinerstraßen – bei der Rampn hinter der Oper sag i: *(hochdeutsch)* Sie wissen ja, mein Herr – wann aner Bitte sagt, dann sag i a „mein Herr" – Sie wissen ja, daß die Argentinierstraßen a Einbahn is? Sagt er: Ja, das weiß ich. Na ja, jetzt kommts drauf an, sag i: soll i die Operngassen fahrn, dann beim Verkehrsbüro vorbei und in die Gußhausstraßen eine – oder da links hinter der Oper, Walfischgassen, Schwarzenbergplatz. Auf die Prinz Eugenstraßn müaß ma auf alle Fälle. Sagt er: *(hochdeutsch)* Ich überlaß das ganz Ihnen. Na schön, bin i halt hinter die Oper, Moulin rouge – san Sie Wiener? Na, dann wissen Sie's eh. Aber wie i in die Schwarzenbergstraßen einbiegen will – na, servas! A Kolonne, sag i Ihna, und glauben's ana hätt mi einelassen? Wie ra Mauer san's gstanden, die Hund. Zwa Damen a no. Na, i hab an Gachn kriegt – aber dann hab i ma denkt: Is a vornehme Fuhr – haltst di zruck! Hab i nur gsagt: *(halb hochdeutsch)* Also die Gußhausstraßn wär vielleicht do besser gwesen. Kann schon sein, hat er gsagt. Aber wer kann das wissen! Ein abgeklärter Herr, muaß i scho sagn. – Des is ka Hakn mehr, hab i gsogt. Kummst ja nirgend mehr durch. Und überhaupt bei die Stoßzeiten! Und vom Gschäft überhaupt ka Red. Dauernd auf der Bremsen. A reines Verlustgschäft. – Da sagt er auf amol: *(hochdeutsch)* Sie werden es nicht bereun. A netter Mensch, hab i ma denkt, ausgsprochen netter Mensch – ein richtiger Herr. Wann i gwußt hätt, was da no nachkummt – *(hochdeutsch)* das dicke Ende sozusagen – – i hab man angschaut, durchn Spiegl, i hab ja Zeit ghabt, die Hund san selber net weiterkommen. A netter Mensch, Brülln, an schenan Scheitl – i schau ma imma d'Leut an, 's imma guat, wannst waaßt, mit wem'st fahrst – und auf amol hab i gsehn: Er schaut mi an. Und wissen's – jetzt im Nachhinein, jetzt kummt ma vur, er hat was sagn wolln.

Reporter Und er hat nichts gesagt?

Taxichauffeur Aber ja. *(Hochdeutsch)* Ich hab's nicht eilig – hat er gsogt.

Reporter Aber Sie sagten doch eben, Ihnen sei so vorgekommen, als hätte er etwas sagen wollen.

Taxichauffeur Er hat ja a wos gsogt.

Reporter Aber wenn Sie sagen: Es ist Ihnen vorgekommen, als hätte er – dann klingt das doch so, als hätte er dann doch nicht gesagt, was er hätte sagen wollen.

Taxichauffeur A so manan's des. Na ja, schon – aber – wissen's, im Nachhinein tuat ma natürlich alles mögliche – wie sagn's da – hineininterpretiern – aber wirklich gsogt hot er nur, daß ers net eilig hat. Des waaß i genau, i hab nämlich auf'd Uhr gschaut, es war dreiviertel fünfe. Weil i hab ma no denkt: Aha, um fünfe muaß er durt sein – na, des geht si spülend aus. Und 's is sich ja ausgangen – i man, es w a r si ausgangen. Na ja, dann hat mi endlich aner einelassen, und dann san ma wieder gstanden. Beim Schwarzenberg-Café, na, Sie kennens ja. Rot war's. I erinner mi no genau, an jedes Detail – zwa Polizisten – ana in sein Kobn, da andere auf da Kreuzung hat umadumgfuchtelt. Der muaß ins Schwitzen kommen, sag i – und er lacht. Stellns Ihna vur, fünf Minuten vurher, und er lacht no – es hat ja komisch ausgschaut, aber – was haaßt, fünf – drei Minuten, 's is ja glei grün wurdn, und bei der Zwarerlinie war's a grün, und die Hälfte is abbogen nach links zum Rennweg –

zum *(lacht heiser)* makaber, was? Zum Zentralfriedhof! Und des letzte, was i ghört hab – *(hochdeutsch)* sein letzter Lacher. Da kann da scho der Reis kumma. – Wie i in die Plösslgassen eibiag, sag i: Glei san ma do. Er sagt nix. I denk ma nix weiter, vielleicht kramt er scho im Brieftaschl – aber dann, wie i bei der Argentinierstraßen einbiagn will – da schiessen's ja abe wie die Teufeln – schau i in Rückspiegel und siech: Der schlaft! I denk ma no: Der hat a gsunds Naturell! I bin a Taxler, und wann i so zwischendurch, so zwischen zwa Fuhren, a Viertelstund schlafen könnt – aber i kann's net – mit bestem Willen net – und der: Fünf vor fünf tankt der no auf! – Dann biag i ein, und er rutscht auf'd Seitn, auf'n andern Sitz. Kippt glatt um wie a Bsoffener. I sag no: Hoppla, Herr Chef, so gach hab i's do garnet gnommen, die Kurven – aber er steht net auf. I hör an Quietscher – aber ob des net eher die Federung war – is a nimmer der jüngste Jahrgang – . I fahr no a Stückl, dann drah i mi wieder um – dann hupf i auf'd Bremsen. Direkt vor der Baracken, Sie wissen, vom ORF. I schrei eahm an: Hallo! Aufstehn! Da san ma! Zahln haaßt's! Dabei war i no garnet da. I waaß net, warum i so gschrian hab auf amol – i bin doch sonst ein ruhiger Mensch – nur wann mi was bsunders aufregt – da kommt scho da Tonerl ume. A Spezl, a Taxler, der steht grad drüben beim Eingang zum großen Sendesaal. Was schreist denn a so? fragt er und schaut mi an, wie a Zwergrattler, wanns donnert. Dann habn ma die Tür offen ghabt, und er war uns fast aussegfalln – der Tonerl is glei zum Telefon, in dem Häusl beim Schranken haben's ans. Und i hab eahm halten kenna, beim Kopf – a schena Spezl, da Tonerl – ganz warm war er no, und die Augen hat er zuaghabt, net so wie im Fernsehn. Da machen'sas erst immer zua. Daß's grusliger ausschaut. Aber na, wie wenn er schlafert. Überhaupt net gruslig. Und sauber! Kannst sagen, was d' willst – sauber war er. Ka Fleck auf der Polsterung, ka Tröpferl Bluat. I habs ja glei gsehn: ein Herr! Wann i da an die Bsoffenen in Grinzing denk . . .

Sprecher – Eine fieberhafte Jagd nach der Ursache des Todes X setzte ein: in Labors, in Instituten, in Hörsälen, auf wissenschaftlichen Kongressen. Mediziner aller Richtungen, Psychologen, Soziologen, Chemiker, Physiker, Ökologen arbeiteten Tag und Nacht. Jagd wurde gemacht praktisch auf alles, was auf den Menschen einwirkt: Trinkwasser, Lebensmittel, Industrie- und Autoabgase, Waschmittel, DDT, Lärmentwicklung, Reizüberflutung, Streß, Sonnenbestrahlung, usw. usf. Aber der Tod X suchte sich weiter seine Opfer. Und immer mehr. Vier Wochen nach dem ersten rätselhaften Todesfall stand als Todesursache der Tod X bereits unangefochten an erster Stelle, vor Infarkt, Krebs und Schlaganfall.

Sprecherin — Auch die Öffentlichkeit wurde mit dem neuen Problem immer öfter konfrontiert. Durch den plötzlichen Tod eines Angehörigen, eines Freundes, eines Nachbarn, durch Befragungen aller möglichen Institutionen – und in besonderem Maß natürlich durch die Presse. Schuld war – je nach Weltanschauung bzw. Geldgeber der Zeitung, je nach eben aktuellen Vorfällen, die nun so oder anders interpretiert werden konnten – praktisch alles. Und wenn wir das Ergebnis einer Umfrage des „Allgemeinen Instituts für Meinungsforschung" unter der Bevölkerung heranziehen, dann haben wir ein deutliches Bild von der Beeinflussung der Leserschaft durch ihre Zeitungen vor uns. Schuld am Tod X sind hier unter anderem:

Sprecher — Die Umweltverschmutzung, die Atombombe, der Innenminister, der Seuchenstab, das Wirtschaftswachstum, die Fremdarbeiter, der Papst, die Ärzteschaft, der Stop des Wirtschaftswachstums, der Polizeipräsident, die Ölkrise, die Gesellschaft, das Fehlen eines Umweltschutzgesetzes, die Autos, die Industrie, die Kurzarbeitszeit, die Langhaarigen, die Mondfahrt,

(Straßenlärm einblenden)

der Mord an den Parkbäumen, die Ladenschlußzeiten, der Komet Vastapcik, die Chancengleichheit . . .

(Straßenlärm als Hintergrund)

Junger Mann — Ob i Angst hab? Mein Gott, was nutzt es denn? Ob i Angst hab – ob i ka Angst hab – *(geschraubt hochdeutsch)* was der Tod X is, der is souverän.

(Schnitt)

Ältere Frau — *(schnippisch)* Also ich hab keine Angst. Ich bin katholisch. Und geimpft bin ich auch, gegen Cholera, gegen Pocken, Typhus, Masern – gegen alles. Warum also – – ?

Reporter — Aber gnädige Frau –

Ältere Frau — Sie müssen's auch nicht glauben. Aber ich weiß, was ich weiß.

(Schnitt)

Reporter — Sie haben doch sicher auch schon von den alarmierenden Meldungen über den Tod X gehört –

Mann — *(aggressiv)* Natürlich. Die Zeitungen sind ja voll davon. Und recht haben sie: Gschehn muß was. Aber was gschieht? Steuern zahlen, ja! Bis wir schwarz werden. Und die Zigaretten werden teuer, und das Benzin –

(Schnitt)

Lustiger Herr — Schaun's, lieber Herr! Früher haben diese Leut weitergelebt, o b w o h l sie schon tot waren. Heut sterben's eben gleich, wenn's schon einmal tod sind.

Reporter — Wie soll ich das verstehen? Könnten Sie sich vielleicht deutlicher –

Lustiger Herr — *(verlegen auflachend)* Aber lassen's Ihnen doch net pflanzen! Des war nur so ein Witz!

Sie — *(verliebt schmachtend)* Er ist halt so ein Zyniker, der Franzi, gell?

Eifernder — *(von fern)* Nein, nein, tun Sie das so nicht ab! Der Herr hat völlig recht!

Reporter — Ja – wenn ich Sie um Ihre Meinung bitten darf?

Eifernder — *(ganz nah am Mikro, Kratzgeräusche)* Das ist der Pudels Kern, nämlich!

Reporter — Wenn Sie bitte das Mikrofon loslassen würden –

Eifernder — Ach so, verzeihen – aber schauen Sie sich doch nur die Leute an! Wer von denen lebt wirklich? Echt? Sind doch alle schon – völlig abgestumpft –

Frauenstimme — Was schaun's denn mi so an?

Eifernder — Plappern nach, was in der Zeitung steht – kritiklos – was ihnen das Fernsehen serviert –

Zwischenruf — Waschpulver!

Eifernder — Keine eigene Meinung, keine Initiative, keine Freude, kein Leben –

Zwischenruf — Ka Marie (Geld) !

(Lachen)

Eifernder — Vegetieren halt so dahin – lebende Leichname – übertünchte Gräber –

Frauenstimme — *(empört)* Was schauns da mi dabei an?!

(Schnitt)

Frau — *(leise)* Ja – – ich hab Angst.

(Hintergrund leiser)

Reporter — Und wovor?

Frau — Na ja, schaun Sie – ich bin erst 29. Und unverheiratet. Und die Ärzte sagen: Das ist egal, es trifft einen jeden.

Reporter — Und Sie glauben nicht, daß die medizinische Wissenschaft –

Frau — Ach, hörn's mir auf – !

Vertreter — *(näherkommend)* Meine liebe Frau, da muß ich schon sehr bitten! Ich bin Arzneimittelvertreter. Meine Firma –

Reporter	Keine Firmenwerbung bitte!
Vertreter	– hat jetzt schon einen Impfstoff erfunden, der immunisiert gegen alle bisherigen, augenblicklichen und zukünftigen Varianten des Grippevirus. Im Ernst! Und in der praktischen Fertigspritzampulle. Und ich bin überzeugt, meine Firma –
Reporter	Keine Firmenwerbung bitte!
Vertreter	– wird auch sehr bald etwas gegen den Tod X –
Frau	Gehn's, hörn's mir auf!
Vertreter	Und selbstverständlich wird auch die Krankenkasse –
Frau	*(auflachend)* Krankenkasse! Was nutzt denn die ganze Krankenkasse, wenn's net wissen, w a s sie verschreiben sollen!
Reporter	Dann sollte man Ihrer Meinung nach die Krankenkassen abschaffen?
Frau	Na, Na! Die sollen nur bleiben! Für das andere – für die Krankheiten. Die Nierensteine, für'n Blinddarm, für'n Zahnarzt – und die Zufälle natürlich – – wenn einer halt normal ins Gras beißt.
Reporter	Aha! Und der andere Tod? Der – nicht normale? Was ist – –
Frau	*(verlegen lachend)* Ja, wie soll denn ich das wissen? – – *(leise)* Drum – drum hab i ja Angst . . .
	(Schnitt)
Sprecher	Der „andere Tod" – ein Tod, der völlig unvorhergesehen, in der Öffentlichkeit wie im stillen Kämmerlein eintritt, im Bett wie im Ambulanzwagen. Hunderte Male pro Woche allein in unserer Stadt – und noch wissen wir nicht das geringste von ihm, nicht das geringste davon, was im Innern eines solchen Menschen vor sich geht. Weder physisch noch psychisch. Glücklicherweise hat uns der Zufall ein Tondokument in die Hände gespielt, das insofern einmalig ist, als es zum ersten Mal eine wenn auch äußerst dürftige Reaktion einer knapp darauf verstorbenen 45jährigen Frau festhält – möglicherweise sogar zwei. Es handelt sich um eine Amateuraufnahme mit einem Kassettenrecorder, und wir haben den Besitzer, den 17jährigen Schüler Max Melzer, zu uns ins Studio gebeten, um seine Aufnahme sowie die Umstände, unter denen sie entstanden ist, zu kommentieren. Guten Tag, Herr Melzer!
Max	*(immer eifrig wie ein Vorzugschüler)* Guten Tag. Ja, ich muß gleich sagen, zu allererst – es ist eine meiner ersten Aufnahmen gewesen – ich habe das Gerät zum Geburtstag von meiner Mutter bekommen – auch war ich vorher in Grinzing, um Aufnahmen zu machen – vom Heurigen halt und dem ganzen Wirbel und – ich war auch nicht mehr ganz nüchtern –
Sprecher	Na, ich würde vorschlagen, fangen wir halt einmal an!

Max	Ja.
Sprecher	Bitte abfahren!

(Straßenbahngeräusch)

Max: Ich – es war im Achtunddreißiger. Ich wollte einmal so Straßenbahngeräusche aufnehmen, aber dann – meine Mutter hat gesagt, diese Tonjägerei ist ein Blödsinn aber – mein Vater hat mir das Gerät geschenkt – ich finde es enorm.

(Zischen auf dem Band)

Das sind die pneumatischen Türen – jetzt sind sie aufgegangen –

(Zischen)
(Läuten)

– jetzt gehen sie zu – jetzt läutet der Schaffner nach vorn – ich hab mich schon als Kind für Straßenbahnen interessiert – meine Mutter hat gesagt, es ist geschmacklos –

Sprecher: Sich für Straßenbahnen zu interessieren?

Max: *(ernsthaft)* Nein – so etwas aufzunehmen.

Sprecher: Aber Sie haben doch nicht wissen können –

Max: Das hab ich ihr auch gesagt. Ich tu es im Dienst der Wissenschaft, hab ich ihr gesagt. Und am Anfang hat es ja auch nur komisch ausgeschaut.

(Pfeifton)

Entschuldigen Sie – da hab ich zu laut aufgedreht –

Sprecher: Übersteuert –

Max: *(eifrig)* Ja, übersteuert. Ich wollte unbedingt auch noch das Abklingeln des Fahrers im ersten Waggon draufkriegen – leider . . .

(Schnitt, das Tonband wird lauter)

Aber da fehlt doch etwas.

Sprecher: Wir haben ein paar Minuten übersprungen – jetzt wird es ja erst richtig interessant.

Max: *(geflissentlich)* Ja, das stimmt.

Nachbar: *(auf dem Band)* Na, hallo! Wir habn wir's denn?

Max: *(aufgeregt)* Das war der Nachbar.

Sprecher: Der Nachbar?

Max: Ja, von der Frau – Er ist neben ihr gesessen. Ich bin schräg gegenüber gesessen und habe alles genau gesehen.

Sprecher: Aha. Hier also hat es begonnen. Bitte zurücklaufen lassen! Bis knapp bevor der Mann sagt: Hallo, wie habn wir's denn. – Jetzt aber noch eine Bemerkung zu Ihrer Information, meine Hörerinnen und Hörer: Die Frau, das ist eben die, um die es hier geht. Sie wird in wenigen Sekunden – oder vielleicht in

	einer halben Minute – noch sitzt sie aufrecht und offenbar gesund neben ihrem Nachbarn – aber hören Sie selbst! *(zur Technik)* Ich stoppe gleich mit. Achtung, abfahren! *(Knipsen der Stoppuhr)*
Nachbar	*(auf Band)*Na, hallo! Wie habn wir's denn?
Max	*(leise)* Sie hat nämlich einfach den Kopf auf seine Schulter gelegt.
Sprecher	*(leise, eindringlich)* Und jetzt hören Sie gut zu!
Nachbar	*(auf Band)* Ist Ihnen schlecht?
Frauenstimme	*(leise)* Nein.
Sprecher	*(Stoppuhr knipst)* Stopp! – Das war es. Dieses: Nein. Die erste uns bekannte Äußerung eines Menschen im kritischen Moment des Todes X. Und – ich hab es gestoppt – etwa 15 Sekunden, nachdem ihr Kopf auf die Schulter ihres Sitznachbarn gefallen ist. Man kann doch gefallen sagen?
Max	*(zögernd)* Ja – oder vielleicht eher gesunken – es war gar nicht schnell – ganz sanft –
Sprecher	– nachdem ihr Kopf auf die Schulter ihres Nachbarn ganz sanft niedergesunken ist. 15 Sekunden offenbar, nachdem sie das erste Mal etwas gespürt hat. Womit die Behauptung, der Tod X trete in Blitzesschnelle ein, widerlegt sein dürfte. *(Rücklaufgeräusch, dann Wiederholung)*
Frauenstimme	*(auf Band, leise)* Nein.
Sprecher	Lassen wir gleich weiterlaufen!
Nachbar	*(auf Band)* Ja aber – Sie können doch nicht so einfach –
Max	Er hat versucht, sie wieder aufzusetzen – aber das ist nicht gegangen. So ist er aufgestanden und hat sie vorsichtig auf die Bank hingelegt.
Sprecher	Und sie ist liegengeblieben?
Max	Ja. Einfach liegengeblieben.
Nachbar	*(auf Band)* Na, so was hab ich auch noch net derlebt. *(abgewendet)* Herr Schaffner – die Frau da, die ist so komisch. Die hat was.
Stimme	*(entfernt)* Bsoffen wirds sain. Wanns aus Grinzing kommt –
Schaffner	Ein kleines Momenterl! I muaß nur die Leut abfertigen – *(Zischen auf Band)*
Max	Das sind die pneumatischen Türen.
Schaffner	Rasch, meine Herrschaften! Einsteigen! Gemma, gemma! *(Wirbel, Trubel, Gegröhle Betrunkener, Lachen. Klingeln und Zischen der Türen)*
Sprecher	Und die Frau ist immer noch auf der Sitzbank gelegen?
Max	Immer noch. Sie hat sich nicht gerührt.

Schaffner	*(näherkommend)* Na, liebe Frau – wie habn wir's denn? Jetzt wolln ma doch wieder ein bissel aufstehen, net? Sind ja auch noch andere Fahrgäste da, die was sitzen wollen.
1. Frau	Aber lassen Sie's, wenns schlafen will! Ist doch Platz gnua da.
1. Mann	Freilich! Kumm nur auf mein Schoß, mein Scheißerl! *(Gelächter und Gekreische)*
1. Frau	Na, hör einmal!
2. Mann	*(in den Trubel hinein)* Was machens denn da mit Ihrem Dingsda?
3. Frau	*(verschämt kichernd)* Mit sein' Dingsda – pfui!
Max	*(auf Band)* Das ist kein – das ist ein Mikrofon.
2. Mann	Ah, wollen Sie's interviewen, die Frau?
1. Mann	Gnä Frau, der Orferl ist da!
1. Frau	Geh, laß schlafen!
2. Frau	Interviewens lieber mi, junger Mann. Ich könnt Ihnen Sachen erzählen –
1. Mann	Ganz ohne Honorar!
2. Mann	Ja, die Antschi hat's scharf auf Minderjährige.
1. Mann	Die macht aus jeder Straßenbahn ein öffentliches Verkehrsmittel. *(Kichern)*
Schaffner	*(hilflos)* Liebe Frau – wachen's doch endlich auf! Sie können doch da net so einfach –
Nachbar	Vielleicht hat sie irgend etwas?
Schaffner	Ist Ihnen schlecht? Soll ich –
1. Frau	*(empört)* Aber Antschi!
	(Schlag auf das Mikrofon)
Max	*(im Studio)* Das war die Frau, die Dicke – sie hat mich einfach auf ihren Schoß genommen – ich hab mich richtig wehren müssen –
2. Frau	*(beleidigt)* Dann laß es halt bleiben, Flascherlbua!
1. Mann	A fesche Katz is scho – wies so daliegt –
2. Mann	A geh! Die ist mindestens –
1. Mann	Aber guat erhalten. Die Schläuch –
1. Frau	Und legt sich einfach so hin – daß sich die nicht geniert!
Schaffner	Also liebe Frau, so geht das net weiter. I muaß ja arbeiten. Kommens, ich helf Ihnen auf –
Frauenstimme	*(indifferent)* Nein –
3. Frau	*(gleich darauf)* – net kitzeln! *(Gekicher)* Gibst die Pratzen weg?
Sprecher	*(erregt)* Und hier, meine Hörerinnen und Hörer haben wir – möglicherweise noch ein zweites Nein. Und das noch nach . . . Sekunden!

Arzt *(auf Band, näherkommend)* Verzeihen Sie, kann ich helfen? Ich bin Arzt.

Schaffner *(erleichtert)* Herr Doktor, na Gott sei Dank! Die Frau macht ma Sorgen – ich versteh ja nichts davon – *(sich entfernend)* Jessas, die Station!

(Bremsen, Türenzischen etc.)

1. Mann Sixt, Doktor muaßt sein. Dann derfst hingreifen.

Max Das war die Station Gymnasiumstraße. Dort geh ich in die Schule.

Schaffner *(aus der Ferne)* Rasch einsteigen, meine Herrschaften. Wir haben eh schon Verspätung.

Sprecher Und der Arzt hat die Frau –

Max Untersucht, ja – *(Türenzischen)* Das sind die pneumatischen Türen. *(Anfahren der Straßenbahn)* Und dann hat er aufgeschaut und –

Arzt *(ernst)* Na ja – die Frau ist – *(Hier ist das Band aus)*

Max Was sagen Sie – ist das ein Pech? In dem Moment ist das Band aus. „Tot" – hat er gesagt – und ich hab's nicht mehr drauf.

Sprecher *(persönlich betroffen)* Also Nerven haben Sie, Herr Melzer – alle Achtung!

Max *(geschmeichelt)* Finden Sie?

Sprecher Nun, bei Ihrem Alter –

Max Aber es ist doch zum totärgern – das wichtigste Wort – das hat meine Mutter auch gesagt, jetzt, wo ich beim ORF –

Sprecher Da kann ich Sie beruhigen, junger Mann. Wir haben mit dem Arzt ein Interview gemacht, da kommt das Wort „tot" noch etliche Male vor. Wenn Sie Lust haben, gehn wir nach der Sendung hinüber und schneiden uns das passendste für Sie heraus. Damit Sie's komplett haben. Einverstanden?

Max Oh danke! Das ist mein schönstes Geburtstagsgeschenk.

Sprecher Bitte, bitte! – Aber auch für Sie, meine Hörerinnen und Hörer haben wir etwas herauskopiert: das letzte Wort, bzw. die b e i d e n letzten Worte der Sterbenden. Ein bisher einmaliges Dokument. – Bitte abfahren! *(Bandrauschen)* Wir haben, so gut es möglich war, alle Geräusche herausgefiltert, damit Sie – jetzt kommt es! *(ganz starkes Rauschen, dann:)*

Frauenstimme *(lauter und klarer als vorher)* Nein!

Sprecher *(wiederholt ergriffen)* Nein! – Wir haben natürlich keine Ahnung, ob diese letzte – oder vorletzte – Äußerung der Sterbenden nur eine Antwort auf die Frage ihres Nachbarn war, ob ihr schlecht wäre. Oder ob es ein letztes Aufbegehren gegen das Schicksal darstellt, gegen den herannahenden Tod X. Aber lassen wir die Spekulationen! *(noch ergriffener, bißchen pathetisch)* Das zutiefst Erschütternde ist ja doch: hinter all dem Geschwätz, dem Gelächter der Menschen ringsum und ihren Zoten, die wir herausgefiltert haben – inmitten dieses tiefen eigenen Schweigens zwischen dem ersten und zweiten Nein spielt sich das ungeheure Geschehen ab, das wir Sterben nennen. Ein unfaßbarer Gedanke, meine Damen und Herren – *(kurze Stille)*

Stimme *(in die Stille hinein)* Nein –

Sprecher Vom menschlich-existenziellen Standpunkt aus gesehen dürfte es nun ziemlich gleichgültig sein, ob dieses zweite Nein auch noch von der Sterbenden stammt oder von der anderen Frau, die daran ihr Gekicher und die flehentliche Bitte „net kitzeln!" anschloß. Vom Standpunkt des Mediziners freilich ist die Beantwortung dieser Frage von wesentlicher Bedeutung. Denn wenn das zweite Nein ebenfalls noch von der Sterbenden stammt, dann heißt das nicht mehr und nicht weniger, daß in den immerhin . . . Sekunden zwischen diesen beiden Polen sich irgend so etwas wie ein stummer Todeskampf abgespielt haben muß. Leider ist sich die Expertenkommission aus Ärzten, Psychologen und Linguisten nach der ersten Analyse des Bandes völlig uneins, und wir erwäähnen, ohne einem letzten wissenschaftlichen Urteil vorgreifen zu wollen, nur ein Argument, das uns bedeutsam erscheint: eine Frau wie die, die während ihres Gekichers in unverfälschtem Wiener Dialekt „net kitzeln!" kreischt, wird, wenn sie dieser Aufforderung zur Verstärkung noch ein „Nein!" voransetzen will, kaum „Nein!" sondern mit ziemlicher Sicherheit „Na!" sagen. Intensive Befragungen des näheren Bekanntenkreises der Dame, die wir gottlob eruieren konnten, haben allerdings ergeben, daß diese Dame schon des öferen in erregtem Zustand auch „Nein" gesagt haben soll.

Dies nur als kleine Randbemerkung zu unserem, wie wir glauben, auch für die medizinische Wissenschaft unschätzbaren Dokument – das wir unserem lieben Herrn Max Melzer zu verdanken haben.

Max *(stolz)* Ja!

Sprecher Meine Hörerinnen und Hörer! Sie werden sicher dafür Verständnis haben, daß wir bei der Dürftigkeit aller relevanten Aussagen über den Tod X – wo schon ein gehauchtes Nein als Sensation gewertet werden muß – tiefergreifende Analysen, die Sie sonst von unserer Sendung „Im Mittelpunkt des Interesses“ gewohnt sind, uns diesmal versagen müssen. Die Presse hat sich da allerdings schon ein wenig weiter vorgewagt und ist über die Tagespolemik hinaus zu Deutungen – oder auch Spekulationen – vorgedrungen, die wir Ihnen nicht vorenthalten wollen. Unsere Dokumentationsstelle hat einige Ausschnitte zusammengestellt:

Sprecherin Im Leitartikel der . . . heißt es unter dem Titel „Wie sicher lebt man in Österreich?“ u. a. wie folgt: „Daß es kein ‚importierter‘ Tod allein sein kann, wie uns die Gesundheitsbehörde weismachen möchte, ist schon daraus ersichtlich, daß in unseren Nachbarländern Deutschland und der Schweiz die Todesrate X sogar noch um einige Zehntelprozent niedriger ist als bei uns. Von Italien ganz zu schweigen, wo man – wenn man den Statistikern aus Rom glauben darf – offenbar heute noch so lebt wie vor dem Auftreten dieses rätselhaften Phänomens. Es muß also größtenteils doch ein ‚hausgemachter‘ Tod sein, für den wir in irgend einer Weise selber verantwortlich sind.“

„Daß man“, so schreibt der Fachberater des Massenblattes . . . bei der heutigen Umwelthysterie natürlich der Luftverschmutzung, dem Lärm und dem verseuchten Wasser die Schuld am Tod X gibt – obwohl da noch nicht das geringste erwiesen ist – darf niemanden verwundern. Aber warum hat bisher noch niemand ebenso selbstverständlich, die ungeheure Welt der Strahlen, die uns umgibt, in Betracht gezogen? Und wie steht es mit anderen Beeinflussungen? Wir wollen gar nicht von den neuerdings entdeckten Phänomenen der Schwarzen Löcher, der Antimaterie, der Quarsare und Pulsare reden, über die wir unsere Leser erst in der letzten Sonntagsbeilage ausführlich informiert haben – aber wenn man heute schon als ziemlich gesichert annimmt, daß die Anzahl künstlicher Satelliten rund um unsere Erde deren Wetter, Temperatur, Jahreszeitenwechsel etc. beeinflussen kann, warum hat sich noch keiner die Mühe gemacht, ihren Einfluß auf den Menschen selbst zu untersuchen?“

„Vor allem“, so befürchtet der innenpolitische Kommentator des konservativen „Figaro“, „wird, wie das nun einmal so üblich ist, jede Interessensgruppe den Tod X für ihre Zwecke ausnützen, und ich bange schon dem Tag entgegen, an dem die oder jene politische Partei sich seiner als werbewirksamen Slogan für die kommenden Kommunalwahlen bedienen wird. Auf der Strecke bleibt, wie immer, der Wähler, der Staatsbürger, der kleine Mann von der Straße, der sich mit seiner Angst vor dem geheimnisvollsten, schrecklichsten aller Tode wieder einmal vom Staat, auf den er, jahrelang entsprechend getrimmt, alle Hoffnungen setzt, alleingelassen sieht."

Eine gezielt progressive Stoßrichtung zeigen die Ausführungen in der „Neuen Alternative links", mit denen wir unseren Pressespiegel abschließen. Da heißt es: „Wieder einmal soll ein eminent gesellschaftspolitisches Problem geleugnet, bzw. umgebogen werden. Und wozu? Zu einem ungelösten, rein medizinischen Problem – als ob nicht auch in der Medizin einzig deren ökonomische Basis relevant wäre. Zu einer falschen Setzung von Prioritäten – als ob es in einem kapitalistischen Staat nicht a priori e i n e Priorität gäbe: die des Großkapitals! Zu einem gar metaphysischen Phänomen, auf das sich zu stürzen sogar der Papst lieber der Unzahl neugegründeter Sekten überläßt. Sollen sich einmal die anderen blamieren! Auf die einzig relevante Interpretation, daß der sogenannte Tod X – schon diese Bezeichnung könnte dem Vokabular des faschistoiden James Bond entstammen – nur eine extreme aber sehr verständliche Reaktion seiner Opfer auf die Unmöglichkeit ist, im spätkapitalistischen Gesellschaftssystem auf die Dauer zu existieren – darauf kommen die in ihrem antimarxistischen System lebenden Interpreten natürlich nicht. Dabei ist nichts auffallender als das Faktum, daß die dem bürgerlich restaurativen Denkschema verhafteten Opfer keinen anderen Ausweg zu haben glauben als den Tod, den die klerikal-bürgerliche Literatur ja schon immer als Erlöser aus diesem Jammertal verherrlichte. Statt die einzige Alternative zu suchen und die demokratische Humanisierung der Verhältnisse durch eine radikale Veränderung der Gesellschaft zu erzwingen".

Sprecher — Zu dem Passus von der „Unzahl neugegründeter Sekten" möchten wir uns nur eine kleine Korrektur erlauben. Laut Auskunft der Vereinsbehörde wurden im letzten halben Jahr, also seit dem ersten Auftreten vom Tod X 27 neue Religionsgemeinschaften gegründet, eine Zahl, die den Durchschnitt der letzten fünf Jahre nur unwesentlich übersteigt.

Sprecherin — Den bisher wohl interessantesten, zumindest ausführlichsten Deutungsversuch des Problems Tod X verdanken wir aber dem bekannten Kulturphilosophen Dr. Friedrich Sert, dessen umfassendes Werk „Leben, Krebsgeschwür des Todes" rein zufällig zur Zeit des Auftretens von Tod X erschien und dadurch sowohl beklemmende Aktualität als auch einen überraschenden Verkaufserfolg erzielte.

Reporter: Wir haben Herrn Dr. Sert ins Studio gebeten, damit er uns in großen Zügen –

Sert: *(ins Wort fallend)* Ja – nur darf ich da gleich zu Beginn einen Ausspruch Albert Einsteins nicht unerwähnt lassen, der einmal gesagt hat: Dem Wissenschaftler bleibt nur die Wahl, entweder verständlich und oberflächlich oder aber gründlich und für die Masse unverständlich zu schreiben. Dies nur mutatis mutandis auch für dieses Gespräch. Ich möchte auch noch vorausschikken – ohne aber dabei mißverstanden werden zu wollen – daß ich es für einen außerordentlichen Glücksfall halte, daß knapp nach der Vollendung meines Werkes das Auftreten von Tod X praktisch alle von mir aufgestellten Thesen verifiziert hat. Was kann sich ein Wissenschaftler noch schöneres wünschen!

Reporter: Und könnten Sie uns jetzt einiges –

Sert: Natürlich kann ich, junger Mann – wie gesagt vorbehaltlich der Worte Albert Einsteins. Und ich möchte da gleich an den Ausspruch eines anderen Mannes, eines Mannes von der Straße anknüpfen, der in einem Ihrer Interviews, ganz zurecht übrigens, formuliert hat: Viele Menschen, die heute noch zu leben scheinen, leben gar nicht mehr. Sie führen ein Scheinleben, es ist ein primitives Dahinvegetieren, ein rein biologischer Ablauf, der mit dem, was wir im allgemeinen unter „Leben" verstehen, kaum noch etwas zu tun hat. Jetzt aber zieht offenbar irgend etwas in diesen Menschen – wir wissen nur noch nicht, was – die Konsequenz.

Reporter: Und warum, glauben Sie, war das früher nicht so?

Sert: Sehen Sie – früher gab es eine Unzahl von Gründen, sich gegen den Tod – oder sagen wir besser, den Todestrieb – zu wehren. Allgemein verbindliche Richtlinien juridischer, sozialer, ethischer, religiöser Natur. Einen Betrieb weiterführen etwa, um ihn zu erhalten, so lange leben, bis die Kinder auf eigenen Füßen stehen, eine Aufgabe, ein Ziel, Gemeinwohl, Erfüllung eines religiösen Auftrags: Du lebst, um dich für die Begegnung mit Gott bereitzumachen, etc. pp. – das alles ergibt Motivationen, um dem Menschen zwingend vorzugaukeln, daß er leben, weiterleben muß. Fallen diese Motivationen weg, dann ist die Lebenserwartung schon um ein Beträchtliches geringer. Denken Sie nur an den Pensionisten ohne den gewohnten Beruf, den Geschäftsmann ohne Geschäft, den Bauern ohne Hof!

Es ist klar, daß das alles nur Krücken sind, die deshalb gebastelt wurden, um der Menschheit das Überleben zu sichern. Darum ja auch in fast allen Gesellschaftssystemen mehr oder minder direkt die Verpflichtung zum Leben, sowie die Verurteilung eines der vernünftigsten Akte überhaupt, die der Mensch setzen kann, des Suizids, praktisch zu allen Zeiten. Von der katholischen Kirche, die den Selbstmörder in alle Ewigkeit verdammt, bis zu unserer ach, so modernen Psychiatrie, die ihn zu den Irren steckt.

Reporter Also überspitzt gesagt: Da der Mensch nun einmal auf der Welt ist, hat er zu leben, um die Menschheit überleben zu lassen – und einige Gesellschaftssysteme zu realisieren.

Sert Sie haben gut verstanden, mein lieber Freund. Daß der Mensch unbedingt leben muß, ist eine rein gesellschaftliche Konvention, eine, ich würde sagen absurde Erfindung des Menschen selbst. Ziehen wir ein medizinisches Bild heran: wie die Krebszelle eine entartete gesunde Zelle ist, so ist das Leben eine Entartung des Nicht-Lebens. Sein – eine Entartung des Nicht-Seins.

Reporter Womit wir beim Titel Ihres Buches wären: „Leben – Krebsgeschwür des Todes".

Sert Sehr richtig, mein Lieber. Wobei ich das alles nur für Ihre Hörer so sträflich simplifiziert ausdrücken muß.

Reporter Selbstverständlich, Herr Doktor! Nun erwähnten Sie zu Beginn die vielen Menschen, die, wie Sie sich ausdrückten, schon längst tot sind, weil sie aufgezwungene Rituale sinnlos reproduzieren, im Leistungsprozeß, im Freizeitkonsum usw. – gibt es überhaupt Menschen, die in Ihrem Sinn noch leben? Lebendig sind?

Sert Zweifellos. Allerdings sicher nicht mehr allzuviele. Das sind die, die noch ganz am Anfang des Aufklärungsprozesses stehen. Die die gesellschaftlichen Normen mit Erfolg verinnerlicht haben und nun danach leben: im Glauben an Fortschritt, gesellschaftliches Engagement, Sinngebung des Daseins, etc. pp. Daß die Zahl dieser Menschen allerdings immer kleiner wird, bedauern nicht nur Kirchen und Bundesheer – das ist einfach evident.

Reporter A la longue wird also die Menschheit aussterben?

Sert Wenn die gegenwärtige Entwicklung von Tod X so weitergeht – und wir haben nichts, das dagegen spricht –, zweifellos! Es gibt ja auch keine natürlichere Entwicklung. Der Mensch sehnt sich nach dem Tode, nach dem Nichts, dem Ausgelöschtsein, und dennoch hat er in rätselhafter Inkonsequenz sich eine Unzahl von Hürden errichtet, die alle erst überwunden werden mußten, bis es so weit war. Eine der größten Hürden ist die Angst vor dem Sterben – nicht vor dem Tod, nein, vor den qualvollen Veränderungen des Gewohnten, vor den Schmerzen. Sogar die Natur hat mitgeholfen, dieses Sterben mit möglichst viel Entsetzen zu beladen. Und wir tun dabei natürlich fleißig mit. Alle unsere medizinischen und sozialen Errungenschaften sind doch nur darauf aus, diese schrecklichen letzten Stunden möglichst lange vor uns herzuschieben – und natürlich wächst in der Zwischenzeit entsprechend die Angst. Jetzt endlich aber scheint der Mensch oder sagen wir lieber die Natur selbst – denn so viel Vernunft traue ich dem Menschen gar nicht zu – sich auf eine Umkehr besonnen zu haben. Scheint endlich ein Mittel gefunden zu haben, um über diese Barriere des Sterbens – die bisher nur Selbstmörder, also angeblich psychisch Kranke, überwinden konnten – hinwegzukommen: Sie schlafen einfach ein – wenn dieses Bild gestattet ist. Sie legen sich hin ohne Wissen vom Tod, ohne Angst, ohne Schmerzen, sie tun es rasch, damit es nicht quält, damit ihnen keiner mehr mit einer Spritze oder der Mahnung: Du mußt weiterleben! in die Quere kommt. Ich glaube nicht, daß der Mensch in seiner immerhin schon ziemlich langen Geschichte je etwas Vernünftigeres in die Welt gesetzt hat als das.

Reporter — Aber so gesehen wäre es doch das Beste, den Menschen erst gar nicht auf die Welt kommen zu lassen.

Sert — Erraten, lieber Freund, erraten! Nur sagen Sie das ja nicht allzu laut! Natürlich gibt es nichts Unsinnigeres als den Slogan von der „Heiligkeit“ oder „Unantastbarkeit“ des Leben. Und deshalb tun sich ja auch die Befürworter der Abtreibung so schwer, wenn sie einerseits ziemlich willkürlich mit allerlei erlaubten Fristen herumjonglieren, andererseits dauernd vom Wert des Lebens reden. Ich halte diese Diskrepanz für ein unbewußtes Eingeständnis dessen, daß sie zwar längst nicht mehr an diesen Wert des Lebens glauben, aber doch vor der Notwendigkeit stehen, zumindestens vorläufig noch für Nachwuchs sorgen zu müssen, der für ihre Renten und Pensionen aufkommt. Ich bin überzeugt, der Tod X wird ihnen dieses Dilema um einiges erleichtern.

Reporter — Herr Doktor, wir danken Ihnen für dieses Gespräch.

Sprecher — So sehr sich einerseits eine nun schon ziemlich breite Leserschaft von den Thesen Dr. Serts faszinieren läßt – so verbissen arbeiten auf der anderen Seite Wissenschaftler aller Fakultäten daran, das Geheimnis um den Tod X, der sich täglich und in beängstigend steigendem Maß seine Opfer holt, endlich zu entschleiern. Leider ohne den geringsten Erfolg, und es ist nur e i n Ausdruck ihrer verzweifelten Hilflosigkeit, daß sich der von Prof. Anders ins Leben gerufene „Todesstab X" nun schon seit einigen Wochen über die Massenmedien direkt an die Bevölkerung wendet. Mit der Bitte um Mithilfe bei einer Aktion, deren Erfolg allerdings nicht nur notorischen Kritikern jeder neuen medizinischen Maßnahme höchst zweifelhaft erscheint. Prof. Anders persönlich tritt zweimal wöchentlich vors Mikrofon bzw. vor die Fernsehkamera und fordert seine Hörer auf:

Anders — Helfen Sie mit! Da die Menschen, die am Tod X sterben, offenbar noch wenige Augenblicke davor nichts davon wissen, sich zumindest bisher noch nicht geäußert haben, sind wir einzig auf die Beobachtung ihrer Umgebung angewiesen. Beobachten Sie also Ihre Mitmenschen! Beobachten Sie sie genau! Die Bewegungen, die Art des Sprechens, Blickrichtung, Gesichtsausdruck, Gesichtsfarbe – wir brauchen Fälle, die eben den Tod X erleben oder erlebt haben, um die medizinischen Vorgänge möglichst früh beobachten, bzw. um vielleicht doch noch in den Ablauf des Geschehens eingreiffen zu können. Ich weiß, meine Damen und Herren, die Chancen sind äußerst gering. Dennoch haben wir weder Mühen noch Kosten gescheut und über alle Bezirke der Stadt ein dichtes Netz von bestens ausgerüsteten Alarmambulanzen gelegt, die Tag und Nacht in Bereitschaft stehen. Jeder Haushalt hat eine Liste mit den Telefonnummern dieser Ambulanzen zugesandt bekommen, und wir bitten Sie sehr, sich dieser Nummern sofort zu bedienen, sollte es so weit sein. Sie helfen damit der Wissenschaft, Sie helfen damit der Allgemeinheit, Sie helfen damit vielleicht sogar einem Angehörigen, der im Augenblick, in dem es so aussieht, als wäre er schon tot, vielleicht noch gar nicht tot ist und noch gerettet werden könnte. Darum seien Sie immer bereit! Hängen Sie diesen Zettel gleich neben Ihr Telefon! Lernen Sie die Nummern der Ihrer Wohnung zunächst liegenden Alarmambulanzen auswendig, damit Sie keine Sekunde mit Lichtmachen, Nummern-Suchen und Brillenaufsetzen verlieren! Es geht um das Leben Ihrer Angehörigen. Ihres liebsten Menschen vielleicht! Es geht um Ihr eigenes Leben! Und darum bitten wir Sie nochmals instä –

(Die Stimme bricht plötzlich ab. Leise, unwirkliche Äthergeräusche bilden den akustischen Hintergrund für die folgende Szene)

Er *(hoffnungslos-ironisch, leicht blasiert)* Einen Stil hat der Herr Doktor! Wie ein Waschmittelvertreter. *(nachahmend)* Es geht um das Leben Ihrer Angehörigen! Ihres liebsten Menschen vielleicht – Bist du mein liebster Mensch?

Sie Ist meine Frisur nicht in Ordnung?

Er Aber ja! Ich denke nur – wenn du jetzt zusammenfällst – ich hab nicht einmal noch den Zettel mit der Telefonnummer. Das ist eine Organisation!

Sie *(ohne viel Teilnahme)* Du beobachtest mich?

Er Auftrag vom Todesstab X. Du sollst mich ja auch beobachten. Ich dich – du mich – ich dich – ich bin neugierig, wann unsere Soziologen dieses Spielchen als neueste Therapie gegen Kommunikationsverlust anpreisen werden. Und wie spannend! Schauen Sie einander an! Es kann jeden Augenblick passieren! Da gibt es keine Vorzeichen, kein Tiefatmen, keine zitternden Hände und keinen flackernden Blick – faszinierend! Ein völlig gesunder Mensch, er ist nur tot. *(lacht)* Ein toter Lebender, ein intaktes Auto, bisher klaglos gefahren, Benzin, Öl, Elektrizität, Wasser, Mechanik, alles in Ordnung. Und es fährt doch nicht. Die Mechaniker werden verrückt. *(Irreales Geräusch und Er-Stimme brechen ab)*

Sprecher Meine Hörerinnen und Hörer, wir bitten Sie um Entschuldigung für die Störung, die durch ein Gebrechen im Übertragungsmechanismus verursacht wurde. Unsere Techniker sind schon dabei, es zu beheben. Wir senden inzwischen ein paar Takte Musik. *(Musik, nach ein paar Takten wird sie leiser, verfremdet, unwirklich, wie die Äthergeräusche vorhin. Eine Art Walzer, Danse macabre)*

Er – frage ich mich nur, wie sich das ausgehen soll.

Sie Wie sich was ausgehen soll?

Er Innerhalb wie vieler Minuten muß er eingreifen können, hat er gesagt? Bevor es zu spät ist?

Sie Ich glaube fünf. Höchstens.

Er Dann rechne dir das aus! Nehmen wir an, du fällst jetzt zusammen. Da ich nicht jede Minute vorbereitet sein kann – wie jetzt zum Beispiel – braucht es natürlich eine Schrecksekunde. Was heißt eine! Zehn, zwanzig – man fragt doch erst einmal: Was ist los? Oder so ähnlich. Und dann, dann zum Telefon *(er geht)* 21, 22, 23, 24, 25 – daß besetzt sein könnte, ziehen wir erst gar nicht in Erwägung. Also die Nummer: 21, 22, 23, 24, 25, 26 – bestenfalls, sind bereits 31 Sekunden. Bis er abhebt – 34. Dann schreibt er die Adresse auf – 40 Sekunden. Unsere nächste sogenannte Alarmambulanz steht in der Herrengasse 8.

Sie Ach so?

Er Im Hof vom Hochhaus. Vor den Fenstern des Postamts. Angenommen, sie sind so sehr in Bereitschaft, daß sie alle schon drinsitzen – was ich bei unserer Schlamperei nicht glaube – und angenommen, der, dem ich das sage: Meine Frau, der Tod X, schnell kommen Sie! sitzt auch schon im Wagen – angenommen, der Motor läuft bereits – was ich auch nicht glaube, stell dir nur die Luft vor in dem Hof –

Sie Ist was – mit meinem Make-up?

Er Wie fühlst du dich?

Sie Gut. Recht gut – warum fragst du?

Er – und sie brausen gleich los – bis zum Ausgang mindestens 5 Sekunden – bis zum Kohlmarkt weitere 20, sind 65. Bis zum Graben wieder 20 – und das alles bei idealsten Verkehrsverhältnissen, also am ehesten um drei Uhr früh. Aber um drei Uhr früh schläfst du ja, und niemand beobachtet dich, kein Mensch –

Sie Soll ich heut Abend nicht doch die blonde Perücke nehmen?

Er Ganz wie du willst, mein Schatz. Aber nehmen wir an: Petersplatz, Freisingerstraße – nein – du hast überhaupt keine Chance. Du müßtest dich gleich in den Ambulanzwagen legen, gleich jetzt, gleich neben den Doktor –

Sie Ich?

Er Sie sollten am besten tausend Leute zur Beobachtung hinlegen. Und warten. Nach dem Gesetz der Wahrscheinlichkeit müßte doch innerhalb eines Monats mindestens einer – Aber rechnen wir weiter. Parkplatzsorgen wird er ja kaum haben, aber 2 Minuten und 3 Sekunden sind schon vorbei. Er rennt zum Haustor hinein und den 2. Stock hinauf, nehmen wir an, er ist gut trainiert, na ja, in einer halben Minute hat er's geschafft – die Tür hab ich ihm schon geöffnet, bis zur Couch, auf der du liegst, wenn du dort liegst, braucht er auch noch zehn Sekunden – sind zwei Minuten 43. Ich hab dich schon ausgezogen – wenn das überhaupt so schnell geht bei Sterbenden – und angenommen, er hat sein ganzes Instrumentarium bei sich, das er braucht und kann so tun in unserem Wohnzimmer, als wäre er im Spital, wo ihm alles zur Verfügung steht, was er zu dieser Untersuchung braucht – ja, auspacken muß er die Instrumente natürlich auch, aus seiner Tasche, aus seinem Behälter – vielleicht macht das der Assistent, während er nach dem Puls greift, sich die Ohrenstücke seines Stethoskops in die Ohren steckt – nehmen wir an, das alles geschieht in der allerkürzesten Zeit – – und es bleiben ihm noch hypothetische 20 Sekunden Zeit, zwanzig Sekunden, um sich über das Wesen einer Krankheit, von der noch niemand eine Ahnung hat, ein Bild zu machen, zwanzig kostbare Sekunden deines Lebens, du bist die Chance für die Wissenschaft, deine fünfzehn Sekunden, deine zehn Sekunden, deine fünf – Achtung – Gong! Und schon fangen die ersten Gehirnzellen an, sich nicht mehr zu regenerieren. Zu degenerieren. Und angenommen, du bist wirklich der erste Fall unter Tausenden, bei dem es dem Herrn Professor gelingt, sein Versprechen wahr zu machen und den Tod X zu stoppen, oder wie man das sonst nennen soll, sagen wir zehn Sekunden nach Einsetzen besagter Degeneration – ein Triumph der Wissenschaft, das ist den Nobelpreis wert! – und ich hab eine Idiotin im Haus. Eine hübsche Idiotin, zugegeben, der immer noch frische Teint und die langen Beine werden durch das Fehlen einiger Zehntausend Gehirnzellen kaum beeinträchtigt. Dafür wirst du in der ganzen Welt herumgezeigt, und alle werden das bezaubernde Näschen bewundern – nur wer dich sabbern sieht und dich lallen hört wie ich – und – hübsche Aussichten, nicht wahr?

(Geräusch)

Sie *(erschrocken)* Was war das?

Er Der Briefkasten. *(lacht ein bißchen gepreßt)* Da hat jemand etwas hineingesteckt. – Stimmt's?

Sie *(von draußen)* Tatsächlich. Es ist der Aufruf von Prof. Anders. *(wieder im Zimmer)* Da. Willst du Kaffee?

Er Du bist ein Engel! – Ja, natürlich, der Aufruf! Und die Telefonnummer. 45 25 – leicht zu merken. Das ideale Alter eines Mannes – das ideale Alter einer Frau. Ich bin bereit, Herr Professor. *(er liest)*: Es geht um das Leben Ihrer Angehörigen. Ihres liebsten Menschen vielleicht. Es geht um Ihr eigenes Leben. – Und jetzt erklären Sie mir, Herr Professor, wie ich mein eigenes Leben retten soll! Der Finger, der die Nummer wählt, muß ja doch von einem andern sein. Man kommt seinen „liebsten" Mitmenschen nicht aus. Und seine Stimmbänder brauch ich auch – und seine Füße, die zum Apparat gehen – und dann hebt mein Liebster ab, und wenn die Verbindung gleich klappt – was ich nicht glaube – gerettet werden hängt also von der guten Verbindung ab. Von der besseren Organisation, der günstigsten Verteilung der Ambulanzwagen über die Stadt, von der besseren Griffigkeit der Reifen und den besser trainierten Laufmuskeln der Ärzte, von der rationellsten Anordnung der Einbahnstraßen, von der besseren Wachsamkeit der Familienmitglieder. Man dürfte nicht mehr schlafen, es müßten immer mindestens zwei oder drei Menschen beisammen sein und aufeinander aufpassen. Immer den Fuß im Startloch. Man müßte in jedem Stock des Hauses einen Operationssaal haben, komplett eingerichtet, man müßte *(lacht leise auf)* Gerettet zu werden ist also letztlich Sache des Budgets. Sage noch einer etwas gegen unseren Materialismus! *(plötzlich äußerst beunruhigt)* Lisa! Du hast doch die Augen offen?

Sie *(draußen)* Aber natürlich!

Er Dann ist ja alles in Ord –

(er bricht plötzlich ab, ein gurgelnder Laut wird hörbar)

Sie *(hereinkommend)* Warum soll ich nicht die Augen offen –?

(sie stockt, stößt einen entsetzten Schrei aus. Schreie und irreale Musik werden schlagartig von den letzten Worten des Prof. Anders abgelöst)

Anders Es geht um Ihr eigenes Leben! Und darum bitten wir Sie noch einmal inständig: helfen Sie uns! Tun Sie alles, was Sie können, damit w i r alles tun können, was in unserer Macht steht.

Sprecher Meine Damen und Herren, wir bitten Sie nochmals um Entschuldigung für den Tonausfall, aber jetzt ist die Maschine wieder in Ordnung. – Dieser Aufruf ging zuletzt jeden Tag mindestens zweimal durch den Äther, und die Alarmambulanzwagen hatten bis Ende vergangener Woche allein im Raum Wien über 400 Ausfahrten wöchentlich zu verzeichnen. Leider ohne jeden Erfolg.

Sprecherin Meine Hörerinnen und Hörer, es wird Ihnen sicher schon aufgefallen sein, daß wir die Reaktionen aus der Bevölkerung auf den Tod X bisher völlig vernachlässigt haben. Mit Absicht. Wir wollten diesen Problemkreis gleichzeitig in Beziehung setzen zu den Reaktionen aus Hörerkreisen auf unsere Sendung, die wir ja, wie Sie wissen, gegen Ende jeder Folge von „Im Mittelpunkt des Interesses" einbauen.

(Summton)

Wir schalten zu diesem Zweck gleich ins Nachbarstudio.

Reporter Verehrte Damen und Herren, wir stehen jetzt in der . . .ten Minute unserer Sendung und bekamen bisher insgesamt 584

Anrufe, seit Bestehen dieser Sendung also absoluter Rekord. Trotz Computereinsatz konnten wir zwar erst die Anrufe der ersten 32 Minuten auswerten, dennoch zeigt sich schon jetzt ein äußerst interessanter Trend. Die überwiegende Mehrzahl der Anrufer macht uns, und zwar mit fast übereinstimmenden Formulierungen den Vorwurf, daß wir in dieser Sendung „Skandalmache" und „Sensationshascherei" betreiben. Daß wir, ich zitiere, „mit dem Tod der Menschen Schindluder treiben", „Hysterien anfachen", „Panik unter der Bevölkerung anheizen wollen". Dazu gehören noch jene Hörer, die, Zitat, „den Tod X endlich vergessen" wollen, denn, Zitat; „Das Leben ist auch ohne ihn schon traurig genug". Dies in Kürze die ersten Ergebnisse.

(Summton)

Sprecherin Danke, Kollege . . .! Diese Reaktionen bestätigen uns wieder einmal genau das, was wir schon seit längerer Zeit beobachten konnten: Eine seltsame, ja erschreckende Gleichgültigkeit gegenüber dem Tod X. Nichts von Panikerscheinungen, Ausschreitungen gegen Behörden, etc., nichts von dem, was sich sonst bei kollektiven Gefährdungen, bei Erdbeben, einer Seuche, einer Wirtschaftskrise zeigt. Einzig die Gründung neuer Sekten sowie die beliebten Wallfahrten nach Maria Nödl am Argentiniberg haben, wie immer in Krisenzeiten, eine leicht steigende Tendenz zu verzeichnen.

Sprecher Diese seltsame und wahrlich besorgniserregende Gleichgültigkeit dürfte auch der Grund dafür sein, daß trotz des starken Engagements aller Massenmedien der Tod X erst Monate nach seinem ersten Auftreten von der breiteren Öffentlichkeit überhaupt zur Kenntnis genommen wurde. Man will den Tod X einfach nicht wahrhaben, noch weniger wahrhaben als den „anderen" Tod – also gibt es ihn nicht, trotz der handgreiflichsten Beweise. Lieber werden an alle anderen nur möglichen Todesursachen geglaubt, und bei diesem Verdrängungsspiel spielen sogar Ärzte mit. Immer öfter kommt es vor, daß bei Todesfällen nachweislich und wider besseres Wissen falsche Ursachen den Behörden angegeben werden. Ob dies auf Wunsch von Angehörigen geschieht oder aus einer gewissen Scham über das Versagen der Wissenschaft oder ob da noch andere Gründe dafür maßgebend sind, ist noch nicht geklärt.

Aber wenn man ihn schon nicht leugnen, nicht verdrängen kann, dann wird er wenigstens verharmlost. Im privaten Gespräch ebenso wie bei Meinungsumfragen, in Zeitungskommentaren, ja sogar in Äußerungen hoher Politiker. Seit im jüngsten Bericht des Kuratoriums für Verkehrssicherheit die Zahl der Verkehrstoten des letzten Vierteljahres veröffentlicht wurde, wird förmlich triumphierend darauf hingewiesen, wie absurd es sei, vom natürlichen Tod X ein solches Aufheben zu machen, während man den Tod auf der Straße, der kaum weniger Opfer fordere, bereits als selbstverständliches Zubehör des Verkehrsgeschehens hinnehme. Daß hier von „kaum weniger Opfern" gesprochen wird, obwohl der Tod X im gleichen Zeitraum mehr als siebenmal so viele Opfer forderte, deutet darauf hin, daß es diesen Menschen – aus Gründen, die noch zu untersuchen wären – sichtlich darum geht, i h r e n Tod mit allen Mitteln zu verteidigen.

Sprecherin Wir sagen mit Absicht „ihren Tod" und kommen dabei zu der extremsten Haltung vieler unserer Mitbürger, die durch den erschreckenden Aufschrei einer Hörerin „Laßt uns unseren Tod X!" wohl hinlänglich charakterisiert ist. Tendenzen zu einer ausgesprochen feindseligen Haltung gegen alle jene, die sich verzweifelt bemühen, etwas vom Geheimnis um den Tod X zu enträtseln, gegen Ärzte, Gesundheitsbehörden, Kirchen, werden immer offenkundiger. Grundtenor: Nehmt uns unseren Tod X nicht weg! Es gibt ja keinen schöneren als ihn, ohne Angst, ohne Schmerzen, und es gibt kein schöneres Leben als ein Leben, das von ihm beschlossen wird. Die Wunschvorstellungen vieler Menschen, rasch zu sterben, plötzlich, im Schlaf, ohne vorher etwas zu wissen, dürften ja nun endlich Realität geworden sein.

Aber damit noch nicht genug. Eine allgemeine Todessehnsucht scheint erwacht zu sein. Die Art, in der viele Leute über ihn sprechen, drückt förmlich Zuneigung, Liebe, Zärtlichkeit aus. Als ob ein neuer Erlöser gekommen wäre. Daß junge Leute Zettel verteilen mit der Aufforderung: Weigert euch zu leben! hat sich von Schweden aus wie eine Seuche über ganz Europa und die Vereinigten Staaten verbreitet. Die Selbstmordrate hingegen ist in den gleichen Ländern praktisch auf Null gesunken. Ein Rätsel für viele, ein scheinbarer Widerspruch. Aber könnte es nicht sein, daß die Menschen lieber auf den Tod X warten, der ohnehin auf sie zukommt und sie dann viel schöner erlöst? Erlöst – wovon?

Sprecher Und hier wollen wir unsere Antwort geben allen jenen, die uns der Sensationsmache beschuldigen: Ja, wir wollen Sensation – oder sagen wir lieber Aufsehen – machen. Aber nicht um des Geschäfts oder einer höheren Einschaltquote willen, sondern um Sie, meine Hörerinnen und Hörer, aus Ihrer gefährlichen Lethargie zu reißen. Und wir gehen da vollkommen konform mit Herrn Clemens Habermann, dem Präsidenten der neu gegründeten „Aktion Leben", der erst vor wenigen Tagen einigen hundert Gesinnungsgenossen in der Stadthalle zurief:

Habermann *(mit Hall, sehr pathetisch)* Wer sich aufgibt, der stirbt! Wir aber, wir müssen leben! Und warum müssen wir leben? werden jetzt einige Dummköpfe fragen. Und ich antworte diesen Dummköpfen klar und deutlich: Weil – wir – leben – müssen!

(Applaus, der langsam ausblendet)

Sprecherin Die Begeisterung der Anhänger Clemens Habermanns, die zudem noch durch kostenloses Freibier angefeuert wurde, darf uns allerdings nicht darüber hinwegtäuschen, daß es doch nur wenige hundert sind, die das Gebot der Stunde begriffen haben. Gottlob aber haben verantwortungsvolle Kräfte aus Politik und Wissenschaft in seltener Einmütigkeit die Gefahr erkannt und sich eng zu einem Überlebenspool zusammengeschlossen. UNESCO, Ford-Stiftung, nationale Regierungen vergeben Forschungsaufträge von einmaliger Dotierung, und im Rahmen eines internationalen Aufklärungsfeldzugs über den Wert des Lebens erwägen jetzt auch die letzten Staaten ein neues, wesentlich strengeres Verbot der Abtreibung in jeglichem Stadium – sowohl um bei ihrem Aufklärungsfeldzug nicht unglaubwürdig zu werden, als auch, um den durch den Tod X zu erwartenden Bevölkerungsschwund einigermaßen auszugleichen. Die Todesstrafe wurde auch im letzten amerikanischen Bundesstaat abgeschafft. –

Reporter Herr Professor – Sie haben da eine äußerst interessante Theorie entwickelt, die uns vielleicht weiterhelfen könnte. Könnten Sie uns einige Ihrer Gedanken hier näher erläutern?

Professor *(Höflich, schusselig, leicht skurril)* Aber bitte gern! Es gibt da nämlich eine uralte Theorie: daß der Mensch nur lebt, so lange er leben will. Und ich glaube, wir finden das nicht schöner ausgedrückt, als in einem herrlichen Stück von Heinrich von Kleist: in „Penthesilea". Ich bin ein schwärmerischer Verehrer Kleists – besonders der Penthesilea – und ich verabsäume nicht, sie mit jeder Achten lesen zu lassen. Mit verteilten Rollen. Es ist ein Knabenrealgymnasium – aber manchmal war eine recht gute Penthesilea darunter.
(mit Pathos)
Und laßt es, einer roten Fahne gleich,

Von allen Reichen dieser Wangen wehn:
Der junge Nereidensohn ist mein! – sie steht auf.

Reporter *(mahnend)* Herr Professor –

Professor Ja, ich schweife ab. Aber dieses Ereignis zwischen zwei Menschen, Penthesilea und Achill, packt mich jedesmal wieder. Dieses verrückte, dieses rasende Gefühl der beiden füreinander – dieses plötzliche Etwas-Haben-Wollen, Etwas-Haben-Müssen dieser Frau! – Und dann ist alles plötzlich nicht mehr da. Wie ein Blitz. Ein Herzschlag. Das Großartigste auf der Welt – plötzlich nicht mehr da!!! Und sie selbst hat es umgebacht. Ja, sie selbst ist schuld! Das Auseinandergerissenwerden – ein einziger Körper – mittendurch! Diese schreckliche Wunde!!! *(ganz leise)* Ich habe das erlebt – ich bin Witwer – – – natürlich – für einen Durchschnittsmenschen – natürlich kann das für ihn nicht d a s Erleben sein wie für die Gestalt aus der Feder eines Dichters – –

Reporter *(beeindruckt, leise)* Herr Professor – und Sie meinen –

Professor Ja, ja. Und vielleicht ist das bei den Menschen, die jetzt sterben, auch so. Daß sie sterben wollen – wie Penthesilea ohne daß sie es wissen. Unbewußt sozusagen
„Ich sage vom Gesetz der Fraun mich los
und folge diesem Jüngling hier." – Sie meint damit in den Tod. – Sie wollen sterben, weil sie irgend etwas gehabt haben. Erlebt haben. Vielleicht nur erahnt haben, daß es das gibt. Etwas so Ungeheures, daß sie jetzt, da sie es nicht mehr haben oder nicht einmal mehr erahnen können – daß sie jetzt nur mehr so wenig sind, die Hälfte, noch weniger, nichts – daß ein Weiterleben nicht mehr möglich ist. Ja, gar nicht in Frage kommt. Ich weiß, es klingt vielleicht etwas wirr. Aber ich bin nicht wirr! Ehrenwort! Das ist doch immer so, wenn man etwas nicht gleich benennen kann – das leuchtet doch ein – oder? – – Ich würde also den Ärzten sagen, wenn ich so unbescheiden sein darf, ihnen einen Rat zu geben, würde ich ihnen sagen: Wenn Sie nach Symptomen suchen, meine Herren – diese sogenannte Krankheit, die dann zum sogenannten Tod X führt, ist vielleicht gar nicht etwas, das d a ist, wie ein Virus oder eine Bakterie oder ein Krebsgeschwür – sondern etwas, das f e h l t. Und d a r a n sterben die Leute. Wie am Hunger. Oder an Durst. . .
(Hineinplatzend: lautes Maschinengewehrfeuer, auch einzelne Schüsse. Bricht nach einigen Sekunden ab.)

Sprecher Verehrte Hörerinnen und Hörer – entschuldigen Sie vielmals die Störung! Unser Tontechniker hat das nächste Band zu früh abfahren lassen.

(Leises Rückspulzwitschern)

Aber Sie haben richtig gehört. Es waren Schüsse. Eine glückliche Regie des Schicksals – glücklich im Sinn der Aktualität – spielte uns die letzte „Szene", wenn man so sagen darf, unserer Sendung vor einer knappen Stunde zu. Eine Reportage vom Kampf der Polizei gegen Alfons Dworschak, der vor wenigen Stunden die große Verfolgungsjagd auf den Amokläufer beendet. Wir halten sie deshalb für so wichtig, weil wir inzwischen einiges über die Hintergründe dieses schrecklichen Ereignisses, das insgesamt drei Menschen das Leben kostete, erfahren haben. Darf ich kurz rekapitulieren: Vor fünf Tagen fiel ein 23jähriger Student plötzlich, scheinbar ohne Grund, über einen Kollegen her. Es kam zu einer Rauferei, zur Flucht des jungen Mannes. Er schlug einen Polizisten nieder, der ihn stellen wollte, riß ihm die Pistole aus der Tasche, er lief aus bisher ungeklärten Gründen auf die Rossauer-Polizeikaserne zu und ballerte wie ein Verrückter um sich. Zwei Menschen verloren ihr Leben. Er sprang in ein Taxi und flüchtete. Fünf Tage lang. Wechselte Autos, hinterließ Drohbriefe: Wer sich mir in den Weg stellt, wir erschossen. Die größte Polizeiaktion seit Kriegsende lief an und auch die Bevölkerung beteiligte sich daran. Heute morgen endlich erhielten wir den Hinweis, Dworschak habe in einem leerstehenden Wochenendhaus bei Tulln die Nacht verbracht. Wir gaben die Meldung an die Polizei weiter und schickten unser Team los. Zur rechten Zeit trafen die Reporter ein.

(Tonband mit Motorengeräuschen, entfernten Rufen: Weiterfahren! Nicht stehenbleiben! Los! Weiterfahren! etc.)

Reporter *(auf Band, gedämpft, in steigender Spannung)* Wir liegen jetzt hinter einem aufgeschütteten Erdwall und haben gute Sicht auf Haus und Garten. Ein typisches Wochenendhaus, Bungalow, davor ein kleiner Swimming-pool ohne Wasser. Das Haus ist im Augenblick unbewohnt, der Verbrecher dürfte das gewußt haben. Polizei und Gendarmerie haben das Haus umstellt und arbeiten sich, von Deckung zu Deckung springend, heran. Durch mein Fernglas habe ich das Haus groß vor mir. Manchmal glaube ich einen Schatten hinter den Vorhängen zu erkennen. Einmal hinter dem Fenster, dann hinter der Glastür zum Vorplatz, auf dem ein Grillrost steht. Aber es könnte auch eine Täuschung sein, die Erregung – uns allen ist ja klar, der letzte

Akt dieser gigantischen Verbrecherjagd hat begonnen.

Sprecher *(im Studio)* Verehrte Hörerinnen und Hörer, wir sprachen vorhin von den tieferen Ursachen dieses entsetzlichen Amoklaufs, von denen wir einiges in Erfahrung gebracht haben. Wir haben das Tagebuch des Studenten Alfons Dworschak in die Hand bekommen, und was hier geschrieben steht – teils eher verschlüsselt, teils sehr direkt, manchmal vielleicht ein bißchen, nun, sagen wir, poetisch – läßt Raum für viele Interpretationen.

(Maschinengewehrfeuer, auf Tonband, dann einzelne Schüsse)

Reporter *(auf Tonband)* Die Polizisten geben Warnschüsse ab.

Megaphonstimme *(aus der Ferne)* Herr Dworschak, Sie sind von allen Seiten umstellt! Werfen Sie alle Waffen weg und kommen Sie heraus!

(Pause. Leise tickt eine Armbanduhr)

Sprecher (im Studio, während das Tonband im Hintergrund weiterläuft) Das Tagebuch ist sehr sorgfältig geführt. Fast an jedem Tag eine Eintragung.

Megaphonstimme *(aus der Ferne)* Herr Dworschak, Sie sind von allen Seiten umstellt! Werfen Sie alle Waffen weg und kommen Sie heraus!

Sprecherin *(Datum, sechs Wochen vor dem Sendetermin)* Ich zähle alle meine Tage zusammen, die ich gelebt habe. Ich zähle alle meine Schritte zusammen, die ich gegangen bin. Ich zähle alle Mahlzeiten, die ich in meinen Magen gestopft habe, um weiterzuleben. Ich zähle alle Atemzüge, die ich getan habe, um nicht zu ersticken. Ich zähle die Stunden, die ich an meinem Fenster gesessen bin und hinausgestarrt habe. Ich zähle den Lichtwechsel in den Ampeln, der den Tag Stück für Stück der Nacht zuschiebt und die Nacht wieder dem Tag. Ich zähle die Überwindungen meiner Müdigkeit am Morgen zusammen, wenn ich noch schlafen will, weil die Sonne in den Augen schmerzt, und die Ängste vor der kommenden Nacht. . .

(Drei Schüsse)

Megaphonstimme *(auf Band)* Letztes Angebot! Herr Dworschak, wir wissen, daß Sie im Haus sind!

Sprecherin *(Studio)* Wenn ich bedenke, wieviel Mengen von Kraft und Energie in mich investiert worden sind, um alle diese Bewegungen, Anläufe, Reaktionen und Überwindungen möglich zu machen – und dann gibt es eine Kraft, die diesen immensen

Kraftaufwand in e i n e m Augenblick stoppt – – soll einer da nicht niederknien und sie anbeten?

Megaphonstimme (*auf Band*) Kommen Sie heraus und heben Sie die Hände! Sonst stürmen wir das Haus! Wir schießen nicht, wenn Sie ohne Waffen herauskommen!

Sprecher (*Studio*) Augenzeugen behaupten, Dworschak hätte gar nicht auf Menschen geschossen sondern in die Luft. Die beiden Opfer sind auch unglücklicherweise in einem Fenster im 1. Stock eines Hauses gestanden. Die Zeugen behaupten auch, er hätte nur die Aufmerksamkeit auf sich lenken wollen.

(Ferne Sirene)

Darum sei er auch direkt auf die Polizeikaserne zugerannt. Eine sinnlose Handlung, wenn er nur hätte fliehen wollen. Aber das sind natürlich vorläufig Spekulationen.

Reporter (*auf Band*): Ich höre eben: etwa 120 Polizisten haben das Haus umstellt. Dworschak müßte also ein Maulwurf sein –

(Rufe aus der Ferne, ein Motor heult auf)

(*erregt*) Jetzt hat sich der Vorhang bewegt. Hinter der Glastür. Vielleicht hat Dworschak erkannt, daß jeder Widerstand zwecklos ist. Vielleicht wird er –

(Schuß peitscht. Noch einer)

Nein, er schießt! Zwei weiße Rauchwölkchen – die Fernseher unter Ihnen werden es gut sehen können. Er hat die Tür aufgestoßen und –

(Feuerstöße aus Maschinenpistolen)

Und hier die Antwort der Polizei.

(Ferne Sirene. In der Folge immer wieder Einzelschüsse)

Sprecherin (*Datum, fünf Wochen vor dem Sendetermin*) Der Tod X geht in den Straßen um wie ein Gespenst. Warum kommt er nicht endlich zu mir? Ich möchte ihn einladen in mein Haus, wie einen Freund.

(ein Geller sirrt)

Ich möchte ihn umarmen wie eine Geliebte.

Reporter (*auf Band*) Von uns aus gesehen haben die Polizisten die Mauer erreicht, die das Grundstück abschließt.

Sprecherin (*Datum, vier Wochen vor dem Sendetermin*) Ich möchte sterben.

(Ferne Sirene, etwas näher. Schüsse)

Reporter (*auf Band*) Die Mauer läuft schräg auf das Haus zu. In ihrem Schutz können die Polizisten bis etwa zehn Meter an das Haus herankommen.

Sprecherin	*(Datum, drei Wochen vor dem Sendetermin)* Ich möchte sterben.
Reporter	*(auf Band)* Dann allerdings müssen sie die Mauer überspringen und über den freien Rasen rennen – völlig ungeschützt. –
	(Sirenen nah und laut)
Sprecherin	*(Datum, zwei Wochen vor dem Sendetermin)* Ich möchte sterben.
Reporter	*(auf Band)* Die Sirenen, die Sie sicher hören können, kommen von drei Krankenwagen, die hinter uns auffahren.
	(Rufe: Tragbahre raus! Los! Schnell! Platz da! etc.)
Reporter	*(auf Band)* Wie die Sache jetzt aussieht, werden sie sicher gebraucht werden.
Sprecherin	*(Datum, eine Woche vor dem Sendetermin)* Ich möchte sterben.
Reporter	*(auf Band, erregt)* Da ist er! Plötzlich hat er seine Deckung verlassen! Aber er hat die Pistole in der Hand! Ja, ist der Kerl wahnsinnig? Er schießt
	(Mehrere Schüsse)
	Und sie schießen zurück – aber er schießt in die Luft – er läuft direkt auf sie zu – er hebt die Hände – jetzt breitet er sie aus – und – er bricht zusammen – von ihren Kugeln durchbohrt.
	(Entfernter Tumult, Geschrei, Befehle, Sirenen)
Sprecherin	*(über Tumult und Geschrei hinweg)* Ich denke mir, daß der Tod X etwas ganz Ungeheures ist. Alles, was ich angeblich bin und war und sein könnte – bin ich in einem einzigen Augenblick nicht mehr.
Reporter	*(auf Band)* Die Polizisten laufen auf ihn zu – ich kann jetzt nichts sehen – es sind zu viele – doch, jetzt kann ich wieder etwas sehen – einer dreht seinen Körper herum – er rührt sich aber nicht –
Sprecherin	Welch eine Kraft muß da am Werk sein! Wer muß da nicht jubeln, wenn er sie spürt! Und ich bin der, um dessentwillen sie sich in Bewegung setzt. Ich bin ihr Ziel, ich bin ihr Sinn, ich bin ihre Hoffnung . . .
Reporter	*(auf Band)* Er wird auf eine Bahre gelegt. Die Kugeln der Polizisten dürften ganze Arbeit geleistet haben. Sein Gesicht ist mit einer Decke verhüllt.
	(Stimmen, aufheulender Motor — langsam ausblenden)
Sprecher	Verehrte Hörerinnen und Hörer! Wir haben diese Aufnahme nicht aus Lust an der Sensation gebracht sondern als ernste Warnung. Als Warnung an Sie, sich nicht in eine sinnlose Panik hineinhetzen zu lassen, wie dieser Alfons Dworschak das

tat, bzw. sich selber, von außen geleitet natürlich, immer mehr in eine Todeshysterie hineinzusteigern. Ergebnis: sinnloses Sterben unschuldiger Menschen sowie sein eigener Tod unter den Kugeln der Polizisten, den er bei vernunftgemäßem Abwägen aller Werte gegeneinander – vielleicht noch unter Mithilfe eines verständnisvollen Psychologen – bestimmt nicht gewollt hätte.

Darum möchten wir Sie nochmals an die Aufforderung von Prof. Anders erinnern: Beobachten Sie kühl, sachlich, leidenschaftslos Ihre Mitmenschen! Und sich selbst. Und wenn es so weit ist, dann handeln Sie! Handeln Sie rasch, dennn Sie handeln im Interesse des Lebens, das Sie leben wollen! Und vor allem: keine Hysterie! Keine Kurzschlußhandlung! Oder wollen auch Sie sinnlos unter Polizistenkugeln sterben? – Guten Abend!

(Kennmelodie. Einige Takte. Dann bricht sie ab)

Sprecherin Verehrte Hörerinnen und Hörer! Soeben hat uns der Aktuelle Dienst eine Meldung übermittelt, die Sie im Zusammenhang mit dem Thema unserer Sendung bestimmt interessieren wird. Wie die amtliche Obduktion der Leiche des Amokläufers Alfons Dworschak eindeutig ergab, wurde sein Tod durch keinerlei Einwirkung von außen herbeigeführt. Der Student wurde lediglich von einem einzigen Schuß am linken Oberschenkel gestreift. Das plötzliche Eintreten des Todes, während er mit ausgebreiteten Armen auf die Polizisten zulief, läßt also nur einen Schluß zu: Er starb, wie er sterben wollte – am sogenannten Tod X.

(Kennmelodie, wird fortgesetzt, noch einige Takte, dann blendet sie langsam aus)

Zum Thema: „Über etwas schreiben"

Im Jahre 1961 kam das große Staunen. Ein Autor, der sich vorgenommen hat, der Wirklichkeit auf die Spur zu kommen, ehe er sich legimitiert fühlt, größere Projekte auszuführen, wird eines Tages ganz unvermutet von einer Wirklichkeit angefallen, aus einer Ecke, die er vorher nie beachtet hat. Man könnte sagen, es war eine banale Sache, eine jener rührenden Vorstadtgeschichten, über die vernünftigere Leute als K. B. achselzuckend hinweggehen, wenn auch typisch für Wien, einer Stadt, die nicht müde wird, ihren Namen wie ein Gütesiegel für Menschlichkeit und Kultur vor sich herzutragen und die darüber ihr Wesen und den Zauber vergißt, den sie angeblich einmal besaß. Das letzte Wiener Stegreiftheater sollte dem Moloch Verkehr geopfert werden, d. h. eine Schnellstraße sollte gebaut werden, man wußte zwar nicht wann, aber auf jeden Fall mußte vorher ein Teil der Freilichtanlage verschwinden. (Die Schnellstraße ist heute, 1979, noch nicht gebaut). Das machte K. B. zornig, ihn, der schüchtern wie ein Schulbub die Spieler bewunderte, wie sie Abend für Abend aus sich selbst heraus Worte, Formulierungen und Gags holten, die ihnen kein Autor vorschrieb, die Spieler, denen der „Regisseur" eine knappe Stunde, bevor der Vorgang aufging, nur ein dürftiges Handlungsgerüst zur Verfügung stellte. Und weil er so zornig war, daß dies alles so mutwillig zerstört werden sollte, schrieb er sich den Zorn von der Seele — wobei er gleichzeitig dessen Wert als schöpferisches Stimulans kennen und schätzen lernte. Es wurde daraus, nun, ein Artikel, eine Skizze, ein Pamphlet, die Sache wurde veröffentlicht, und die Leute reagierten, indem sie die Reihen des Theaters füllten. Sie reagierten aber nicht nur auf das geschriebene Wort, auch auf eine eigens organisierte Sondervorstellung, in der Autoren und Journalisten demonstrierten, wie schwer das Stegreifspiel ist. Und K. B. — unpolitischer Vorläufer all jener, die, der Macht des geschriebenen Wortes mißtrauend, eine zeitlang lieber auf die Straße gehen wollten, zumindest dieses ihr Vorhaben schriftlich propagierten — wurde plötzlich aktiv, steckte nächtlicherweise selbstverfertigte Werbezettel hinter Scheibenwischer und überwand seine Scheu vor Magistratsabteilungen, um dort zu intervenieren. Die erste Bürgerinitiative, bevor es diesen Begriff noch gab. Und siehe da, das Theater durfte weiterspielen und es spielt noch heute.

War das nicht Grund genug für unseren Autor zu grenzenlosem Staunen?

Es gibt also Menschen, die wirklich lesen, was man da schreibt, dachte er, man kann mit Worten etwas in Bewegung setzen. Sicher nicht viel, aber immerhin. Es war fast ein Rausch, und natürlich kam der Wunsch auf, sich auf diesem nun nicht mehr ganz unbekannten Weg mitzuteilen und seine Gedanken anzubieten. Und so füllte man nun hin und wieder einige Spalten eines Wochenendspektrums mit dem, was einem wichtig erschien: Mit einer Reise etwa, die etwas in seinem Innersten ausgelöst hatte, mit Gedanken über eine Jugend, die damals noch nicht revolutionär, nur grenzenlos müde war vom sinnlos empfundenen Alltag. Über Freude schrieb man, über Ideale, Probleme von Satellitenstädten und alten Menschen, und wieder über Reisen — keine Reisebilder aus dem Süden, um dem Leser nur den Mund wässrig zu machen, es ging K. B. auch nicht um den üblichen Gewinn der humanistischen Bildungsreise alter Schule. Es war weit mehr ein verbaler Kampf um die Erlebnisfähigkeit der Menschen, deren Fernwehträume dank der Touristikindustrie äußerlich leicht erfüllbar geworden waren, in denen aber jene Regungen verschüttet waren — und sind — die es einem C. G. Jung noch unmöglich machten, einfach zum Bahnhof zu gehen und eine Fahrkarte nach Rom zu lösen. (Bekanntlich bedeutete ihm dieser Ort so viel, daß er es nicht vermochte, ihn in seine Wirklichkeit einzubeziehen, und als er es einmal doch versuchte, gegen das Tabu zu verstoßen und zum Bahnhof fuhr, da ließ ihn, je nachdem, wie man es sehen mag, der Körper oder die Seele im Stich, und er brach bewußtlos zusammen.)

Aber muß man nicht wirklich, und sei man noch so reisegewohnt, reiseborniert, am Bahnhof oder am Flugplatz beim Besteigen des entsprechenden Transportmittels die unwirkliche, fast absurde Situation empfinden, daß man in soundsovielen Stunden das oder jenes Ziel erreicht haben wird? Muß es nicht ein Schock sein, die Küste Afrikas unter sich zu sehen, jäh zu erfassen, daß dies der Rand eines Riesenkontinents ist, dahinter die Wüste, die Steppe, dahinter tropische Regenwälder? Aber wer spürt diesen Schock noch? K. B. hat sich das noch einigermaßen bewahrt, aber er gehört ja auch zu den Spinnern, die heute noch staunen können, wenn es beim Anzünden einer elektrischen Lampe hell wird. Und daß beim Druck auf das Gaspedal der Wagen tatsächlich anfährt, gehört für ihn zu den Wundern unserer Zeit, die er entsprechend, weil auch in homöopathischen Dosen, genießt. Da stört es Gottlob überhaupt nicht, daß seine Gedanken, wenn sie wollen, ziemlich genau das Entstehen des Wunders unter der Motorhaube nachvollziehen können. Die Inder glauben, daß der Mensch zu dem wird, was seine Sinne aufnehmen. So kann man zur Wüste, zum Meer, zum Wald, zu einem Stein werden. In Ruinenstädten überschneiden sich die Gefühle: das für die Kontinuität menschlicher Entwicklung und jenes für die Natur, die das Menschenwerk wieder in sich zurückholt.

Und über all das spricht der Autor in den kurzlebigen Zeitungsspalten und spricht nicht ins Leere. Immer neue Wellen von Wirklichkeit kommen auf ihn zu. Reaktionen. Was kann wirklicher sein als die Reaktion eines Menschen? In seiner Frage, seiner Zustimmung, seiner Abwehr werden plötzlich die Konturen eines von der Wirklichkeit geformten Wesens sichtbar. Nicht der beste Freund gibt üblicherweise so viel von sich preis, wie ein Unbekannter, der von der Empfindung des Autors an einer empfindlichen Stelle berührt, betroffen wurde. Natürlich steckt in einer solchen Begegnung auch eine Gefahr. Spürt man Menschen und Probleme auf einmal derart intensiv, dann findet man sich eine zeitlang in der Welt der Fiktion nicht mehr zurecht. Kann man das Absurde so absurd beschreiben, wie man es sieht, wie es sich uns aus dem Leben anbietet? Hat man nicht noch immer den schönen Satz aus der Psychologie im Ohr, daß es für jedes menschliche Verhalten eine Erklärung und eine Ursache gibt, geben muß? Versucht man aber so zu schreiben, wird alles blaß und eindimensional — versucht man seine Gestalten jedoch so zu schildern wie sie sind, erscheinen sie genauso unverständlich, wie sie einander ja auch im Leben nicht verstehen. Es heißt also immer versuchen und das eigene Ich zum Exerzierfeld, zum Versuchskaninchen zu machen. Jede Beobachtung wird zum Ein-druck im wahrsten Sinn des Wortes, und was dem Autor geschieht, drängt nach außen. (So entstehen in dem Niemandsland zwischen anderen literarischen Ausstößen Essays, Feuilletons, Artikel und Skizzen, und man entdeckt, daß unsere Sprache, die in den letzten Jahren als Medium der Mitteilung so oft in Frage gestellt wurde, trotz aller Unvollkommenheiten immer noch ein Wort, eine Wendung bereit hat, um uns das Unaussprechliche wenigstens erahnen zu lassen. Es kommt nur auf den an, der das Wort gebraucht und auf den, der noch ahnen kann. Es gab Leute, die konnten in einer Dschunke den Pazifik überqueren). Die Realität fordert den Autor heute vielleicht mehr heraus als je zuvor. Die Medien tragen eine Unmenge von verschiedentlich geformten Informationen an ihn heran und geben ihm die Möglichkeit, darauf zu reagieren. Und K. B., der vom Bewußtsein so oft Verschonte, wachte immer häufiger auf, zumindest dann, wenn er es brauchte. Einem Hörspiel über die Unfähigkeit der Menschen, einander zuzuhören, ging ein Artikel über das gleiche Thema voraus, alle möglichen Szenen und Gedanken aus noch nicht oder nur teilweise geschriebenen größeren Arbeiten klingen schon in den Zeitungsspalten an. Diese Texte sind vielleicht dem Skizzenbuch des Malers vergleichbar, eine Blume, ein Faltenentwurf, die Umrisse eines Raumes — und sind doch keine Skizzen mehr, weil längst in eine andere Form gegossen. Nur für den Autor ist die Skizze noch ersichtlich, er weiß, was er sich einmal herausholen wird, wenn er es braucht.

Und hier ist er wahrscheinlich auch am ehrlichsten, hier kommt am klarsten sein Credo zum Ausdruck. Hier läßt sich weit weniger verschleiern, hier kann er sich nicht hinter seinen Figuren verstecken und dem Leser das Rätseln überlassen, hinter welcher er gerade steht. Und darum liebe ich diese Form *so besonders: denn hier wird K. B. gefordert, klar und ohne Umschweife Stellung zu beziehen. Hier komme ich ihm am leichtesten auf die Schliche, wenn er wieder einmal der Versuchung nachgeben möchte, zu spielen, mit Gedanken, Empfindungen und Worten, mit seinen Lesern und mit sich selbst.*

Illusion zu verkaufen

Hätten Sie Verwendung für eine erstklassige, beinahe unbeschädigte Illusion? Ich trenne mich nur sehr ungern von ihr, aber in meiner gegenwärtigen Lage wäre es entschieden leichtfertig, sie zu behalten.

Es handelt sich um die Illusion – Sie als potentieller Interessent haben das Recht darauf, es zu wissen –, daß die Sprache ein Medium der Mitteilung sei und daß sie, bei richtigem Gebrauch, es mir und jedem anderen möglich mache, sich mit seiner Umwelt, so weit diese als menschlich anzusehen ist, zu verständigen. In meiner grenzenlosen Naivität hielt ich diese Fiktion für ein Faktum und geriet an den Rand des Wahnsinns, als ich mit fortschreitender Bewußtseinsbildung erkennen mußte, wie wenig sich das Gros der Antworten, die ich bekam, auf das bezog, was ich diesen Antworten zum Zweck eines Dialoges vorausgeschickt hatte.

Das fing schon bei den einfachsten Satzkonstruktionen an. „Ich gehe morgen baden", sagte ich zu einer älteren Dame, zu der ich Tante sage, weil sie so ähnlich aussieht. „Ich gehe niemals baden", gab sie in leicht verächtlichem Ton zurück. „Mein Mann ist gern baden gegangen" – daher wohl der leicht verächtliche Ton – „ich selber nie. Aber reden wir von dir, lieber Neffe –" sie nennt mich Neffe, weil ihre Wahl mich dazu gemacht hat – „was tust du morgen?"

Eine andere Tante – auch sie ist keine von den echten, und das hat den Vorteil kürzerer Kündigungsfristen – diese andere Tante zeigte sich an den Absichten der Jugend von heute seit jeher interessiert. „Was wollen die Gfraßter eigentlich?" formulierte sie unlängst, so neugierig wie präzise. Geduldig, wie es einem Neffen zweiter Wahl geziemt, begann ich zu explizieren, daß jenem Teil der Jugend, den sie mit diesem kurzen Abstecher in sonst verpönte Dialektgebiete offensichtlich gemeint hatte, die Überschätzung materieller Werte – vom Eiskasten über den Prestigewagen bis zur eleganten Kleidung – zum Hals heraushinge, „Also", ereiferte sich Wahltante Nr. 2, „da kann ich dir was erzählen. Geh ich im Winter auf der Straße – vor mir zwei solche – ganz schäbig angezogen – viel zu leicht, – du wirst es nicht glauben, keinen Wintermantel! Sag ich zu meinem Begleiter: Wo gehn die hin? Der sagt: In ein Espresso vielleicht. Und wo sind sie hingegangen? Du wirst es nicht glauben – in ein Espresso! Ohne Wintermantel! Und die wollen über meinen Eiskasten schimpfen? Die sollen sich erst einmal einen Wintermantel kaufen bevor sie reden!" Liebevolle Hinweise, daß die beiden vielleicht just auf diesen Besitz keinen Wert legten, waren ebenso erfolglos wie die Erwägung, daß sie vielleicht einem Fahrzeug entstiegen oder aus dem Nebenhaus kommend keiner warmen Kleidung bedurften. „Auto –" sagte die Tante und zog die Stirn nachdenklich in noch mehr Falten, „bitte – Auto muß man nicht haben. Aber ein Kühlschrank – also ich hab einen Bosch und bin sehr zufrieden. Wahrscheinlich haben die keinen Bosch."

Seither vermeide ich es grundsätzlich, Kühlschränke zur Untermauerung soziologischer Thesen heranzuziehen. Nicht vermeiden kann ich allerdings, daß meine „Tanten" nicht die einzigen sind, die meine Illusion derart gefährden, daß ich immer heftiger nach möglichen Interessenten Ausschau halten muß. So wurde ich etwa Zeuge folgender Szene: Ein amerikanischer Journalist, der im vergangenen Jahr den hohen Norden und im Jahre davor Afrika bereist hatte und in einer Gesellschaft höchst interessant von seinen Abenteuern berichtete, erwähnte abschließend, daß er soeben drei Juliwochen am Massenstrand von Jesolo verbracht und nach den einsamen Monaten im ewigen Eis den Trubel äußerst genossen hätte. Eine Dame, die mit großer Konzentration und sachverständigen Beifallskundgebungen ihr Interesse bekundet hatte, fühlte ihre Minute gekommen: „Sie sollten jetzt nicht nach Jesolo fahren", warnte sie besorgt. – „Ich komme eben aus Jesolo", wiederholte der Journalist. – „Viel zu viele Menschen jetzt. Und der Lärm! Es wird Ihnen sicher nicht gefallen." Der Journalist protestierte: „Im Gegenteil, ich war begeistert. Gerade der Wirbel nach der Einsamkeit dort oben!" – „Wir haben voriges Jahr eine Kreuzfahrt zum Nordkap gemacht", berichtete die Dame unbeirrt. „Das war geruhsam! Und erst die Polartaufe! Ein Riesenerlebnis. Meinem Mann haben sie Eigelb ins Gesicht geschmiert, ein Mordsspaß." Der erwähnte Mann nickte trübsinnig, es war seine erste Daseinskundgebung diesen Abend. „Heuer fliegen wir nach Tunis. Auch ganz einsam, ein Palasthotel mit Swimming-pool. Reitkamele. Nein, nein!" sie schüttelte sich, und alles Gold an ihr begann zu glänzen. „Sie sollten jetzt nicht nach Jesolo fahren – – –"

Ich könnte leicht mit der Aufzählung solcher Episoden fortfahren, könnte harmlose an schlimme reihen und öfter noch an lächerliche und es dem Leser überlassen, je nach Laune und Temperament die Absurdität der Welt zu beklagen, sich darüber zu empören oder an eine Übertreibung seitens des Autors zu glauben. Ach, lieber Leser und Interessent, wer könnte da noch übertreiben! Wer hätte noch die Erfindungsgabe, die Realität zu übertreffen! Sie in stark gemildeter Form darzustellen nennt man, wie allgemein bekannt ist, Realismus, ihr näherzukommen Satire (im Privatleben Zynismus, Pessimismus, Querulantentum). Aber zurück zum Thema, zu meiner Illusion. Es will mir scheinen, als hätte die Geschichte vom Turmbau zu Babel weniger die Verwirrung von Menschen durch verschiedene Sprachen gemeint – die hatten schon damals den

Stein von Rosette und haben heute Langenscheidt – sondern die Verwirrung derer, die die gleiche Sprache sprechen und deshalb auf solche Hilfsmittel verzichten müssen. Denn ein Lexikon, das einen gehörten Satz auch sinngemäß begreifen läßt, gibt es noch nicht. Auch die besten Ärzte haben ja noch nichts erfinden können, das aus Hören ein Zuhören macht – wahrscheinlich deshalb, weil sie sonst durch ihre Patienten selbst allzu gefährdet wären.

Angesichts dieser Situation gewöhne ich mir allmählich an, alles, von dem ich möchte, daß es den Weg vom Ohr zur Region des Bewußtseins finde, als Witz oder als Schockstory zu formulieren. Beispiel: „Ich habe heute meinen Chef erschlagen", erfährt meine Schwiegerkusine, „darf ich die Leiche hier deponieren?" Es wirkt prompt, und ich kann endlich anbringen, was vorher trotz vieler Anläufe nicht gelungen war: ihr zu erzählen, daß ich dem Chef die Meinung gesagt hatte. (Zur Nachahmung empfohlen. Zu bedenken wäre allerdings, daß als Antwort gedankenlos zurückkommen könnte: „Aber gern. Wenn er nur in den Vorzimmerschrank paßt.")

Auch habe ich mir durch konsequentes Training die Fertigkeit erworben, vollkommen regungslos dazusitzen, um den Zuhörer ja durch nichts abzulenken. Eine leichtfertigte Geste, der mutwillige Griff nach einem Apfel oder dem Weinglas, ja selbst nervöses Wimpernzucken lenkt das Thema sofort von Jimmy Carter zur Alkoholsteuer hinüber oder von der letzten Ölpreiserhöhung zur Wirkung von Obst auf den Stuhlgang der Kinder – wobei letzterer Themawechsel durch gewisse Analogien noch am ehesten entschuldbar wäre. Assoziieren ist die Kunst, sich mit keinem Gedanken ernsthaft beschäftigen zu müssen, aber die dauernde stolze Demonstration unserer Mitmenschen, wie gut sie diese Kunst beherrschen, ist qualvoller als das erstmals gelungene und nun tagelang triumphierend vorgekratzte unreine C auf der Geige des Nachbarsohnes. Aber selbst wenn – ein seltener Glücksfall – zwei oder gar drei Gesprächspartner im Rahmen des Themas zu bleiben vermögen, wird immer noch verbale Falschmünzerei betrieben. Worte werden verdreht, Aussagen überhört oder in ihr Gegenteil verkehrt, Meinungen unterschoben oder die anderer sich zu eigen gemacht. Auf die Frage: „Ist es wirklich wahr, daß der Job X mit der Frau Y besetzt wird?" – wobei noch der Tonfall zum Ausdruck bringt, daß man dies für sehr unwahrscheinlich halte – wird mit der Rüge geantwortet: „Aber Herr Doktor! Stellen Sie doch nicht solche Behauptungen auf!" Eine unsichere Frage wird also einer Behauptung gleichgesetzt, wobei Versuche einer Klärung solcher Mißverständnisse meist nur neue Mißverständnisse heraufbeschwören. Man muß sich damit abfinden, sagen viele, daß jeder nur das hört, was zu hören er erwartet. Man klagt zwar darüber, hält aber dennoch jedes Abweichen von dieser Praxis offenbar für einen Verstoß gegen die guten Sitten. Nicht zuhören und zugleich so tun, als ob man sich bestens verständige – dieses Übereinkommen nennt man die Kunst der Konversation. Und darf man den Ausübenden dieser gesellschaftlichen Kunst, einem letzten Überbleibsel aus einer Zeit, da nur die sozial Auserwählten sie perfekt beherrschten, den Glauben an ihren Wert nehmen, weil heute auch schon die sozial Tiefergestellten sich ihrer bemächtigt haben?

Ich fragte mich schon oft, warum die gute alte Doppelconférénce im Kabarett heute fast vergessen und als altmodisch abgetan wird. Jetzt sehe ich klarer: man kann doch nicht etwas, das der Zuschauer ebenso gut kann, auf der Bühne vorführen und dafür noch Geld verlangen. Der Ausgangspunkt so mancher Doppelconférénce: „Stell dir vor, du hättest eine Freundin in Paris", – „Ich hab' aber keine Freundin in Paris", wird täglich millionenfach und mit ungeheuren Phantasieverschleiß variiert. Paradeszene (garantiert echt):

A: „Ich kann meinem Bruder das nicht sagen. Der glaubt das noch in seiner Dummheit."

B: „Wenn er so dumm ist, dann geschieht ihm recht. Dann gehört er gestraft."

A: „Aber du kannst doch nicht jemandem Strichnin geben und sagen: wenn er's nicht merkt und daran stirbt, dann ist er selber schuld."

B: „Ist er auch. Strichnin riecht man. Schmeckt man."

A: (triumphierend) „Aber die Tante Else zum Beispiel nicht! Die hat nämlich keinen Geruchssinn. Wäre die nun dran schuld oder nicht?"

B: (entwaffnend) „Ich will ja der Tante Else gar kein Strichnin geben."

„Nein wirklich, so was gibt's?" entsetzte sich ein Zeitgenosse über die Moralisterei seiner Zeitgenossen, als ich ihm von einem Vater erzählte, der seinem achtzehnjährigen Sohn nicht erlauben wolle, mit einem Mädchen in ein Kaffeehaus zu gehen. Und im gleichen Atemzug, in dem er tadelnd feststellte: „Du kennst wirklich nur Verrückte", erzählte er von einer ihm befreundeten Frau, die ihren dreijährigen Enkel täglich auf kilometerlangen Märschen müdehetzt, damit er des Nachts im Bettchen nicht auf sexuell abwegige Gedanken komme.

„Gehen Sie ins Kaffee Wien?" – „Nein, ich geh ins Kaffee Wien." – „Schade, hätten wir miteinander ins Kaffee Wien gehen können." Das war der Abschluß eines Dialoges voll von Mißverständnissen, Nichtzuhören und Aneinandervorbeireden, den ich vor vielen vielen Jahren bei einem Soldatenkabarett spielte. Es scheint – auch vom heutigen Standpunkt aus gesehen – ein höchst moderner Dialog. Die ungeheure Distanz zwischen heute und jenem Jahr 44 wird allerdings durch einen Umstand offenkundig, der die ganze Modernität in Frage stellt: die beiden Dialogpartner damals waren Schwerhörige.

Man müßte einen Mediziner fragen, was die Schwerhörigkeit jener Kabarettfiguren heute ersetzt. Ob seit der Zeit, da wir in der Schule den homo sapiens von den anderen mit weniger ehrenden Titeln bedachten homos zu unterscheiden lernten, sich etwas im Kopf des Menschen verändert habe – vielleicht infolge der Lärm- oder Rauchgasentwicklung auf den Straßen oder der immer mehr um sich greifenden Intellektualisierung der Menschheit durch Fernsehdiskussionen. Warum es auch immer mehr Menschen gebe, die sich nicht einmal mehr selber zuhören, als ob durch Ausschalten des Gehirns die Registrierung des selbst Gesagten wegfiele. Diese Registrierung könnte Verständnis, Erfassen und also Reaktion auf das Gesagte, somit einen Dialog – das Selbstgespräch hervorrufen. Mit seinem Wegfall aber ist der letzte Grad an Einsamkeit erreicht. Mit wem soll der Mensch dann noch sprechen?

Als das Unbewußte jener, die sich zu den Verantwortlichen für das Wohlbefinden ihrer Mitmenschen zählen, diese drohende Gefahr erkannte, mobilisierte es deren technische Fähigkeiten und erfand zur Rettung aller Gefährdeten das Fernsehen. Vielleicht konnte das kommunikative Gespräch mit den Figuren aus dem Flimmerkasten stattfinden, die im magisch-bläulichen Licht Abend für Abend ins Wohnzimmer kamen? Es hätte – oder bleiben wir im optimistischen Präsens – es könnte doch immerhin eine Art geheimen Kontaktes geben, der jeden anderen überflüssig macht, eine Verständigung hinter den Worten. Aber auch diese Hoffnung erweist – oder kehren wir resignierend wieder in die Vergangenheit zurück – erwies sich in der Praxis wieder nur als Teil jener Illusion, von der ich mich so schweren Herzens trennen zu müssen glaube. Erweist sich doch die Taste, die alle Zauberreiche der Welt ins kleine Heim transportiert, als dessen größter Feind. Sobald man nach Hause kommt wird sie bewegt, täglich in Millionen Haushalten, sei es zu Anfang, in der Mitte oder zu Ende einer ernsten, heiteren, klugen, interessanten oder blödsinnigen Sendung, sei es, daß man unter sich ist, sei es, daß man Gäste hat. Und dann vermischen sich Gesprächsfetzen aus dem Zimmer mit denen aus dem Lautsprecher, Kaugeräusche mit Schüssen, Kinderweinen mit Liebesgezwitscher, man hört und schaut nicht zu, man hört nicht zu und schaut, man nickt dem Nachbarn zu und antwortet dem Nachrichtensprecher, zielt auf Vico Torriani und kommt nicht zum Schuß, weil die Gattin die Kinder zum Artigsein mahnt. Gegen Mitternacht ist man müde von den vielen versäumten Gelegenheiten. Die Fernsehfiguren sind in ihrem Kasten geblieben, und die Zuschauer blieben wieder einen Abend mit sich allein.

Solange sich solches im privaten Bereich ereignet, mag es ja noch hingehen, wiewohl die abendlichen Monologe vor dem Fernsehschirm oder über dem Suppenteller sich auch über die Nacht hinaus, ins Berufs- oder öffentliche Leben auswirken. Wenn der Chef etwa nach der ausführlichen Darlegung des Angestellten, warum es derzeit nicht opportun sei, die oder jene Maßnahme zu ergreifen, aus tiefem Traum erwachend den Vortrag unterbricht und fragt, ob es eigentlich Gründe gäbe, die oder jene Maßnahme nicht zu ergreifen, und ob er diese Gründe nicht dargelegt bekommen könnte, weil man dann erst feststellen könne, ob es derzeit opportun wäre – dann mag dies personelle und allmählich auch wirtschaftliche Schwierigkeiten für Betrieb und Umgebung zur Folge haben. Noch bedenklicher aber werden die Folgen im politischen Leben

– wobei allerdings genau zwischen dem Nichtzuhören-können und dem Nichtzuhören-wollen zu unterscheiden wäre. Bei letzterem besteht noch ein Hoffnungsschimmer: nicht wollen, aus Bosheit, Egoismus, Opportunismus kann durch Druck, Bestechung oder Wahlergebnisse, sogar durch ein Wunder geheilt werden. Nicht zuhören und sich verständigen k ö n n e n jedoch ist zwar entschuldbar, aber dafür auch nicht zu heilen.

Gewisse Heilchancen dürften für jenen Journalisten bestehen, der das Interview eines Patienten mit künstlichem Herzen wiedergibt, in dem der Patient erklärt hatte, er sei sich zwar der Gefahr einer Operation voll bewußt gewesen, habe sie aber nicht gescheut, da sein Leben ohnehin nur noch ein Dahinsiechen war und er sich zudem gedacht habe, wenn es schiefginge, habe er zumindest der Wissenschaft einen Dienst erwiesen. Und daran hängte der Berichterstatter als persönliches Resumee: „So wird ein Mensch, der die Gefahr nicht abschätzen kann, als Versuchskaninchen mißbraucht." Ein treffendes Beispiel, in dem der Bruch zwischen dem, was der Mann tatsächlich gehört und also auch niedergeschrieben, und dem, was er hören wollte und also seinem Kommentar beigefügt hat, wenigstens noch klar ersichtlich ist. Für den Mann ist noch Hoffnung.

Ganz schlimm aber wird es – unser Thema betreffend – dort, wo das Gespräch zur Diskussion degeneriert und das Endergebnis dieses Prozesses, auf Podien erhöht, öffentlich vorgeführt wird. Hier scheint das Thema des Gesprächs bereits sekundär geworden, und es dürfte nur noch um die Demonstration gehen, wie gut und wie ausführlich man am Thema und am Gesprächspartner vorbeireden kann. Hier wird nicht nur an schwerer fassbaren Gedanken sondern auch an Formulierungen, ja an Worten mißverstehend vorbeigeredet und dadurch die schwache Position meiner Illusion von der Verständigungsmöglichkeit des Menschen mittels Sprache in grausamster Weise offenkundig. Schon die für jede Diskussionsleitung obligatorische Versicherung, daß bei Diskussionen nichts herauskommen könne, ja gar nicht solle, um nicht die Teilnehmer dem Vorwurf des Konformismus auszusetzen, zerstört meinen illusionären Glauben, Worte, die der Verständigung dienen, könnten zumindest hin und wieder auch ein wenig zur Verständigung beitragen.

Einen Vorteil aber hat das Hörnichtzu und der ist unschätzbar: Da fast niemand mehr zuhört, wird die Notwenigkeit, sich seine Worte zu überlegen, wird die Gefahr, beim Wort genommen zu werden, immer geringer. Allerdings wächst die Gefahr, daß Sie beim Wort genommen werden, das Ihnen der andere als das Ihre unterschiebt. Da nützt es auch wenig, wenn Sie sich Ihre Worte noch so gut gemerkt haben, Ihr Gesprächspartner hat ihnen längst die Bedeutung gegeben, die seinen Wünschen entspricht. Fangen sie also erst gar nicht an, darüber nachzudenken, was Sie sagen!

Merken Sie, wie zynisch ich plötzlich geworden bin? Ja, es ist herzzerbrechend schwer, sich von einer so alten und liebgewordenen Illusion zu trennen.

Und wie rasch man es tun muß, sonst schmerzt es ja noch mehr! Das ist hier nicht anders als bei der Trennung von einer liebgewordenen Freundin oder einem vermorschten Zahn. War das nicht ein herrliches Gefühl, mit Freunden jedweden Geschlechts sich klar und ohne weitere Mißverständnisse auszusprechen, ob über Karl Marx, ein Mädchen oder Tintoretto – selbst auf die Gefahr hin, daß man Tage oder Wochen später auf eine Meinung hin angesprochen wurde, die gehabt zu haben man sich längst nicht mehr entsinnen konnte? Vielleicht hat es jener damals jungen Dame, die sich den Kummer um den Tod ihres Vaters von der Seele reden mußte, sogar gut getan, daß die geduldig zuhörende Gesprächspartnerin ein paar Tage später teilnahmsvoll fragte: „Ich hab unlängst ganz vergessen zu fragen – wie geht's dem lieben Herrn Papa?" Mein Gott, was für ein schrulliger Ausnahmefall, eine kostbare Kuriosität, die man sorgfältig in die Vitrine der Erinnerungen legte!

Und doch wollen viele auch heute noch die Hoffnung nicht aufgeben. Sie versuchen, die Unmöglichkeit der Kommunikation durch eine Massierung von Möglichkeiten aufzuheben und sehen es schon als Fortschritt an, wenn man ihrem Wortschwall gegenüber wenigstens die Haltung des Zuhörens einnimmt und sie nicht unterbricht. Gleich Lebens- und Todestrieb kämpft in ihnen der Drang, sich mitzuteilen mit dem Wissen um die Sinnlosigkeit solchen Tuns. Avantgardisten, fix wie immer, wenn es gilt, sich an eine Spitze zu setzen, hatten schon eine Weltanschauung daraus gemacht, und in dicken, redseligen Wälzern bewiesen daß man nur noch verstummen könne. Andere machten eine Stilrichtung daraus und spielen so lange mit den sinnentleerten Worten, bis immer längere Kommentare nötig wurden, in denen sinnentleerte Worte zur Erklärung der Sinnlosigkeit, den Worten einen Sinn geben zu wollen, herangezogen werden mußten.

Ich muß Ihnen ein Geständnis machen: Die Illusion ist längst nicht mehr so wenig beschädigt, wie ich anfangs behauptete. Ein Ereignis hat ihr eine besondere Schramme zugefügt: da brachte ein mir sehr bekannter, belesener und erfahrener Mann der Literatur es fertig, die Handlung eines berühmten Buches und besonders dessen Schluß genau in sein Gegenteil zu verkehren, indem er die Worte „schoß" mit „schloß" verwechselte, bzw. dem authentischen „schloß" das seiner damaligen Stimmung offenbar gemäßere „schoß" vorzog. Aus dem an einer Herzkrankheit sterbenden Helden des Buches wurde somit ein Selbstmörder. Wo kommen wir denn da hin, dachte ich damals und drehte und wendete meine zerbeulte Illusion in den Händen, wenn das Schule macht oder die Menschen solche sprachlichen Verwechslungen ins Leben übertragen?

Hätten Sie Verwendung für eine Illusion? Vielleicht könnten Sie noch etwas aus ihr machen. Ich trenne mich zwar sehr ungern von ihr, aber in meiner gegenwärtigen Lage . . . Warum ich solange zögere, mit dem Preis herauszurükken? Ja, sehen Sie – als ich meinen letzten und – zugegebenen schon sehr reduzierten – Preis festsetzte, saß ich an einem Tischchen auf der Piazetta in Venedig. Touristen aus aller Herren Länder drängten in dichten Schwärmen vorüber. Darunter auch eine Gruppe lachender, schwatzender Chinesen. Da wurde der Mann am Nebentisch, der bisher allen Verständigungsversuchen seiner Frau hartnäckig und mit Hilfe einer Zeitung widerstanden hatte, lebendig. „Mein Gott, Chinesen", seufzte er aus zutiefst einsamem Herzen. „Wenn man nur verstehen könnte, was die sagen!"

Und darum zögere ich noch, mich von meiner Illusion zu trennen. Wer weiß, vielleicht sollten wir alle chinesisch lernen?

Plädoyer für einen Traum

Noch sind die Reisebüros überfüllt. Noch hat das heimtückische Spielchen „Wo warst du – was gibst du aus – wo fährst du hin?“ Hochsaison, und das große Naserümpfen wird perfekt beherrscht. Eine gefährliche Zeit, diese Wochen, denen die meisten Enttäuschungen des Jahres folgen werden, aber gerade darum fühle ich mich verpflichtet, den – zugegeben donquichotesken – Versuch zu wagen, arme Träume von Schönheit und Freude zu verteidigen, die gerade im Urlaub immer seltener geträumt und immer mehr zum Objekt sich überlegen gebärdenden Spottes werden. Das Meer etwa, Synonym und Symbol uralter Sehnsucht – heute zur versalzenen Badelache degradiert, zu einem See ohne Ufer, an dessen Sandstrand man noch dazu auf ekelhafte Krabben steigt. Oder der Himmel – wer kann ermessen, was dieses Wort einmal den Menschen bedeutet hat! Heute ein Raum, von Chartermaschinen durchmessen, in deren Rumpf kalte Platten verdaut werden, ein Raum, in dem eine überdimensionale Bestrahlungslampe nur höchst unvollkommen reguliert werden kann, wenn sie nicht gar von ärgerlichen Wolken verdeckt wird. Meer und Himmel – sie werden Dank einer massiven Reklame in unzähligen Varianten angeboten und vermietet. Aber wer sieht sie, wie sie wirklich sind? Und wie hoch ist ihr kalkulierter Prozentsatz im Preis?

Es war im Spätherbst des vorigen Jahres, als der Autor dieser Zeilen seinen Traum zu träumen begann – einen Traum, den man ihm noch heute zu vergällen sucht. Er flog – und damit begann es bereits – er flog nicht, wie seine besseren Freunde zu seiner Ehrenrettung annahmen, nach Las Palmas sondern, fast wage ich es nicht einzugestehen, „nur“ nach Palma, Palma de Mallorca. „Da kannst du grad so gut nach Jesolo fahren“, sagte einer verächtlich, und ich dachte wehmütig an die verträumte Lagunenlandschaft am Fiume Sile – den der gute Mann natürlich nie gesehen hatte. „Oder nach Caorle“, sagte ein anderer, und ich erinnerte mich der endlosen Schilfkanäle, die von Venedig bis nach Triest reichen und der stillen, einsamen Silberseen, die nur die Fischer und die Schilfvögel kennen – und deren Existenz jener andere bis heute bestreitet, weil er über seinen Hotelstreifen nie hinauskam. Wenn Mallorca nur nicht schlechter war als die Adria! Die Preise waren zwar diffamierend niedrig, aber das mochte man noch hinnehmen. Nahm man es hin?

So ein Charterflug ist ein grausames Räteselspiel. Da hocken die Vorurteile auf samtweichen Polstern, empören sich, daß man sich selbst anschnallen muß („Natürlich, weil's ein Charterflug ist"), blicken böse an den schönsten Wolkenbildungen vorbei und gierig auf das Tablett des Nachbarn. Und man überlegt angstvoll: mit welchem muß ich jetzt zwei oder gar vier Wochen den Speisesaal teilen? Tief unten zieht Venedig vorbei und dann Florenz, man beneidet die Leute an Bord des Schiffes zwischen Elba und Korsika. Der Nachbar schnarcht und verdaut, man versucht den Flug wie ein Abschiednehmen von der Schönheit für lange Zeit zu genießen. Eine unverzollte Whiskyfahne weht vorbei.

Was erwartet man so Schreckliches von der sich nahenden Insel? Jedenfalls nicht das rote Windmühlenland, über dem das Flugzeug zur Landung ansetzte, nicht den uralten Palast des Marquese de Ferrandel mit der feierlichen Säulenhalle, die unser Hotel war und auch den Whiskyfahnenträger freundlich-reserviert aufnahm. Nicht die ungeheure Felsenhalle der Calobra und nicht den Ton des Dudelsackpfeifers vor den Drachenhöhlen. Man hat diesen Ton noch nach Monaten im Ohr, seltsam sehnsüchtig und klagend.

Eine kleine Insel, eine Welt für sich. Man erobert sie am bequemsten, indem man gleich zu Anfang einige Autobusfahrten bucht. Man wird abgeholt und wieder heimgebracht, Museen, Höhlen und Klöster öffnen sich reibungslos, man fließt ohne Stauung hindurch, Heimatgefühle im Innern des Busses bilden sich rasch unter Scherzen im gewohnten Dialekt, man ist wieder unter sich, kennt sich schon aus dem Flugzeug – die Fremden am Weg bleiben ausgeschlossen, Statisten zum vorüberrollenden Theater. „Wie unhöflich, diese Spanier!" – „Des Fressen! Nicht zum Fressen! Nix wie Knofel!" – „Um den Preis für a Vollpension da krieg ich in Österreich schon a Zimmer mit Frühstück! Und da bin ich daham!" – Die ersten schüchternen Beiträge zur großen Verleumdungskampagne werden formuliert und ausgetauscht.

So geht es auch. Es geht aber auch ganz anders.

Im Lederfauteuil des nautischen Clubs wartet ein Bootsmann mit Kapitänspatent. Draußen an der Mole liegt ein Kajütenboot, nicht allzu groß und nicht allzu vornehm, aber seetüchtig und zuverlässig. Man segelt, man schaut, man fischt. „Und gradeaus ist Afrika". Wenn der erste Fisch anbeißt, schweigen die Gedanken. Man wird ihn zu Mittag über der kleinen Spiritusflamme braten – er und seine Brüder sind nicht umsonst gestorben. Gräten, mit anhängendem Fleisch, ins Wasser rund um das Schiff geworfen, geben Futter für ganze Wolken kleiner, glitzender Fischleiber. Palma Nova im November – der Garten des Yachtclubs mit den exotischen Skulpturen ist leer, leer sind die Gassen der kleinen Hotelstadt, leer die Pinienwälder. Man hat einen guten Fang gemacht, zwei Delphine springen gesehen und Tinto getrunken – man mag nicht einmal über Ruhe und das einfache Leben meditieren. Man schwimmt ein Stück hinaus ins Meer, am Strand werden Mannequins mit den Badeanzügen der nächsten Saison in Positur gestellt und photographiert. Der junge Assistent, der die

Damen eincremt, damit sie neuer aussehen, träumt vom Dolce vita der nächsten Saison.

Der alte Borne ist die große Promenade von Palma. Rechts und links die Fahrbahn, in der Mitte unter einer Allee alter Bäume, mit Steinfliesen verlegt, das Paradies der Fußgänger. Einst der Turnierplatz der Stadt – jetzt schreien Schuhputzer um die Wette nach Kunden. Die Zeitungsstände haben auch das „Majorca Daily Bulletin" im Sortiment, ein Blatt für englischsprechende Touristen, das hauptsächlich von denen gelesen werden dürfte, die darin erwähnt werden und somit bestätigt finden, zur begehrten Kategorie der VIP (very important person) zu gehören, von Geschäftsleuten, die ihre Annoncen kontrollieren und von jenen, seltenen Besuchern, die eine Ahnung von dem bekommen möchten, was sich außerhalb ihres Hotels, des Weges zum Badestrand und der üblichen Ausflugsrouten begibt. Ereignisse, wie kurzfristige Stromabschaltungen in einzelnen Straßen der Stadt oder Dörfern, von einer Gehsteigrenovierung oder der Aufnahme eines streunenden Köters im Tierasyl, für Wiener in Wien lästiger Alltag – hier gelesen schaffen sie ein gewisses Heimatgefühl, die Empfindung, kein Außenstehender zu sein. Man ist für ein paar Wochen Mallorquiner und erlebt die Eröffnung einer fashionablen Pariser Konditorei von der ersten Ankündigung bis zum Eröffnungstag bereits mit dem Interesse des Bezirkschauvinisten. Zwar können die angebotenen Köstlichkeiten mit denen Wiener Provenienz in keiner Weise konkurrieren, dafür ähnelt die Eröffnungsparty in erschreckender Weise derartigen Unternehmungen bei uns: man steht, Glas in der Hand, herum und schwätzt Unsinn.

Letzteres schriftlich zu tun, dazu gibt es im englischen Blatt gleich drei Adabeis, die einander überbieten, die interessantesten Ereignisse des Stadt- und Nachtlebens zu vermelden, wie den dritten Hochzeitstag eines Barkeepers, oder Zsazsa Gabors Erlebnisse auf dem Polizeirevier und dessen Einfluß auf ihre Taillenweite.

Wer trotz alledem noch keinen Anschluß findet, der wende sich an die freundlichen, kurzschnauzigen Hunde, die ihrerseits in gefährlichem Maße anschlußsüchtig sind. Einer von ihnen, als Rassenmerkmal neben der kurzen Schnauze den raffiniertesten Blick, den man sich denken kann, war einen ganzen bittersüßen Vormittag lang fest entschlossen, mich als Herrerl zu adoptieren. Ich hatte ihn leichtsinnigerweise gestreichelt, und von da an folgte er uns mit schöner Selbstverständlichkeit. Bei Kreuzungen blieb er mustergültig stehen, blickte, waren sie ungeregelt, nach links und nach rechts, waren sie geregelt, auf das Grün an der Ampel. Schüttelte vorwurfsvoll den Kopf, wenn wir schon bei Gelb weiter wollten. Er wollte keine Wurst, nur stille Liebe, unaufdringlich, wie er selber war. Konnten wir ihn mitnehmen? Natürlich nicht. Wollten wir ihn mitnehmen? Natürlich ja. Er brach unsere Herzen etliche Male. Wie konnte man ihn loswerden, ohne ihn zu sehr zu enttäuschen? Wir blieben bei Geschäften stehen. Er auch. Wir verschwanden in einen Hauseingang. Seine Geduld war größer. Blieb er um eines Geschäftes willen stehen, und jagten wir um die nächsten Ecken, war er natürlich der Schnellere. Einmal verschwand er selbst für kurze Zeit, und unsere hoffnungsvolle Trauer entlud sich in einem würdigen Nachruf auf den lieben guten – kaum waren wir fertig damit, wedelte der gute Hund zwischen unseren Beinen. Wir lernten noch nie begangene Gegenden der Stadt kennen auf unseren Fluchtwegen – er war besser zu Fuß als wir. Unsere letzte Hoffnung: der Wochenmarkt. Dieser Unzahl von Gerüchen mußte auch die sensibelste Hundeschnauze erliegen. Und sie erlag vor einem Wurststand, und wir rannten, als hätten wir den Stand bestohlen und sprangen mit großen Schritten in ein Café. Aber sogar der Reiz der Würste schien gegen den einer präsumptiven, so weichherzigen Familie zu verblassen. und trotz eines kurzen Regenschauers fand er wieder unsere Spur und kratzte an der Caféhaustür. Wir retteten uns durch den Hintereingang und sprangen schweren Herzens in einen Bus, der eben dort hielt. Wir hätten einen treuen Freund gewonnen, der Zoll war dagegen.

Petra heißt ein kleiner Ort im Innern der Insel. Zwei Kirchen heben sich mächtig über die niederen Häuser, die glatt und ohne Schnörkel die ungepflasterten, staubigen Straßen einsäumen. Im Sommer muß es hier quälend heiß sein, kein Schatten, selbst den Palmen scheint es zu trocken, und die Kakteenbäume sind grau. Hier ist Afrika nicht mehr weit.

Sonntagnachmittag. Man glaubt, das Städtchen sei tot. Kein Mensch zwischen den Häuserzeilen. Alle Fenster geschlossen und mit Läden versehen, auch vor den Türen grüngestrichene Läden, wie vor französischen Fenstern, hell kontrastierend zu dem schmutzigen Braun oder toten Weiß der Mauern. Hin und wieder aus einer Tür Musik von Radio oder Fernsehen, hierher also hat sich das Leben zurückgezogen. Hin und wieder hocken alte schwarzgekleidete Frauen vor einer halboffenen Tür, beobachten die herankommenden Fremden finster und mißtrauisch, ein Lächeln macht sie freundlicher, jetzt grüßen sie auch, irgendein Gemurmel – dann spürt man ihre Blicke im Rücken. Ob nicht auch zwischen den Spalten der Läden Augenpaare lauern und die Eindringlinge mit ihren Blicken verfolgen, bis diese vorüber sind?

Auf der kleinen Plaza mit dem schäbigen Kaffeehaus, in dessen staubige Stühle vor den Eingang sich hineinzusetzen man zögert, spielen ein paar Buben mit einer Plastikmaschinenpistole Schießen und Sterben. Der eine läßt sie rattern, der andere läßt sich fallen. Man denkt sofort an den Krieg vor dreißig Jahren, an Exekutionen, an Staubfontänen, die aus dem sandigen Boden hoch spritzen. Die jungen Mädchen, die kichernd den Lackmantel der Touristin bestaunen, wischen das düstere Bild fort. Sie gehen zum Fernsehen ins Innere des Lokals, wo die Alten sitzen und beim Bier oder Anis die Reklame über Anis oder Bier betrachten.

Hier in Petra wurde Fray Junipero Serra, neben dem Mystiker Ramon Llull (Raimundus Lullus) sicher die bedeutendste Persönlichkeit der Insel, vor 255

Jahren geboren. Er ging als Franziskanermissionar in die Neue Welt und gründete dort San Francisco und Los Angeles. Grund genug für unser englisches „Bulletin", zwischen den Ankündigungen, wo die preisgünstigen Bauernhöfe zu haben sind und den Berichten vom tollen Nachtleben all der „colourful people" auf der „Plaza Gorilla" Hymnen auf den großen Wahlamerikaner anzustimmen. Grund genug für die amerikanische Kolonie, seinen Geburtstag im „Centro de Estudios Fray Junipero Serra" mit einer ausgiebigen Cocktailparty zu feiern. Noch stehen die geleerten Gläser herum, unter Bildern der Brüder, die mit Junipero ins Unbekannte gefahren sind, in den sonnendurchfluteten Räumen ziehen Glasvitrinen mit Erinnerungsstücken, Briefen, Bildern, Dokumenten, gerührte, andächtige Blicke auf sich. Eine seltsame Entdeckung: eine Todesanzeige von John F. Kennedy, von Mrs. Jacqueline gezeichnet – Juniperos Statue repräsentiert ja den Staat Kalifornien in der „Hall of Fame" in Washington. Plötzlich bricht wie ein Sturm eine Gruppe fröhlicher, geschäftiger Nachzügler in die andächtige Stille, Nerz, Zobel und Juwelen, Beine in Flanell und Manchester, lautstarker amerikanischer Akzent. Entzückensschreie, schrill und spitz, was für ein nettes Museum! Was für ein nettes Bauernhaus! „How clean and cosy!" Als saftloser Mitteleuropäer hätte man gern die Atmosphäre der winzigen Räume des Geburtshauses stiller auf sich wirken lassen, das fensterlose Schlafzimmer neben dem Pferdestall, die winzige Wiege und das spärliche Küchengerät. Aber der Städtegründer und Kolonisator hätte seine munteren, unsentimentalen Gäste aus Gottes eigenem Lande sicher willkommen geheissen.

Das Hotel Borne trägt einen berühmten Namen und weiß das auch. Gelassen und selbstbewußt ruht es in der vornehmsten Straße der Stadt, ein alter Palast aus dem 18. Jahrhundert zwischen anderen alten Palästen. Daß er demokratisch geworden ist und bürgerliche, proletarische Gäste in seinen Mauern duldet, hat ihm nichts von seiner düster-freundlichen Würde genommen. Schwere, weitausladende Gewölbe, dunkle, hohe Türen, messingbeschlagen, an Don Charlos-Bühnenbilder in Burg und Oper erinnernd – die Bewohner der Beletage tragen schwer an den Schlüsseln zu ihren Zimmern. „Mein Deckengemälde erinnert an Correggio", sagt die alte Frau Doktor aus London.

Nur der österreichische Kommunist, Viertelprominenz aus der großen Zeit vor dem Staatsvertrag, ist mit dem vorrevolutionären Bau gar nicht zufrieden. Er wäre lieber in einem der von kapitalistischen Großgesellschaften erbauten Strandhotels von El Arenal gewesen, keine Purpurvorhänge, dafür mehr lustige Leut aus der Heimatprovinz, weniger Atmosphäre und bessere Türschnallen. Er hat mit Ulbricht von Ostberlin gebechert und dort das prompte Funktionieren der Wasserspülung schätzen gelernt.

Mallorca hat auch eine schon anerkannte Heilige, Catalina Thomas. Man weiß wenig von ihrem Leben, aber man kann sie heute noch sehen. Sie schläft in ihrem Schneewittchensarg in der Kirche Santa Magdalena, zum Schrecken für manchen Touristen, der sie zuerst für eine Wachspuppe hält. Das Mumienantlitz verrät nichts mehr von der lebenden Frau, nur ihre schmalen Füße, die im Tod noch viel zerbrechlicher erscheinen – diese Füße in Verbindung mit dem steinigen Boden ihres Heimatortes Valldemosa, die Vorstellung macht sie wieder lebendig für mich. Anderen mag Valldemosa, dieses Nest in den Bergen, mit Abtei und Palast der traumhafte Ort sein, in dem sich Chopin und Georges Sand über den verregneten Winter ärgerten – wir wandern durch die schmalen Gassen und sehen uns Haus für Haus die kleinen bunten Kacheln neben den Türen an, die vom Leben der Heiligen erzählen, Catalina als Kind, Catalina als Nonne. Ich weiß die Geschichten nicht zu deuten, aber in Valldemosa beginnt man ohnehin wieder an Wunder zu glauben. Und wer glaubt, muß nichts wissen. Kleine, heilige Catalina, von der ich nichts weiß – ora pro nobis!

Die andere Catalina, die aus dem 19. Jahrhundert, unheilig, da nicht angetraute Freundin des Erzherzogs Ludwig Salvator, eines für seine Kreise ungewöhnlich gebildeten Mannes, der sich hier auf Mallorca ein Miramar schuf und sein neunbändiges Prachtwerk „Die Balearen" schrieb, diese Catalina konnte weder lesen noch schreiben, als der Erzherzog sie kennenlernte. Sie war nur schön. Ein Jahr später beherrschte sie bereits deutsch, italienisch, französich – und den Erzherzog. Dazu lernte sie noch spanisch, arabisch und griechisch und übersetzte die von Ludwig Salvator gesammelten Mallorquiner Märchen ins Deutsche. Unter ihren Bewunderern war auch Kaiser Franz Joseph, und er, der doch mit seiner hochgeborenen Sissy, wie wir alle wissen, bestimmt das große Los gezogen hatte, sagte von ihr: „Man soll es nicht laut sagen, aber Catalina ist die außerordentlichste Frau, die ich in meinem langen Leben kannte." Man sollte die deutsche oder österreichische Filmindustrie auf diese Romanze aufmerksam machen. Die Kulissen: Spazierwege, gemauerte Aussichtstürme, Salettln und eine großartige Bergküste stehen bereit, und das Pygmalionmotiv zieht doch immer. Nein – man sollte sie nicht aufmerksam machen. Zu tragisch endet die Geschichte. Catalina Homar wurde auf einer Ägyptenreise von der Lepra befallen – und wer weiß , ob nicht ein Regisseur auf die Idee kommen könnte, sich in dem eingetrockneten Mumiengesicht der Heiligen von Santa Magdalena Inspirationen für eine lustvoll heruntergekurbelte Sterbeszene ihrer unheiligen Schwester zu holen. Arme Catalina Homar – requiescas in pace!

Zweitausend Windräder stehen noch im Land. Sie mahlen nicht Korn oder Hafer, sie schöpfen Wasser aus dem ausgedörrten Boden, um ihn zu bewässern. Viele klappern nicht mehr, sind durch Motorpumpen ersetzt, und Don Quichote und Sancho Pansa stehen, aus Holz geschnitzt, im Andenkenladen. Wenn sie nicht, menschgewordene Illustrationen zur Weltliteratur, an der Straßenecke diskutieren. Seltsam – nach vierzehn Tagen Aufenthalt glaubt man die Insel zu kennen, und rasch sind Urteile und das entsprechende Vokabular zur Hand. Urteile, die man schon eine Woche später verblüfft und enttäuscht wieder als Klischees entlarvt. Ist diese Insel in ihrer Vielfalt überhaupt zu erfassen? Wäre man doch nach der zweiten Woche weggefahren! Das Feuilleton wäre rasch geschrieben, und die Urlauber fänden ihre Ansichten bestätigt, wie ihre Vorurteile. Gut und Schlecht sind rasch verteilt. Aber wo wäre mein Traum geblieben, an dem die Urlaubskollegen, im Flughafengebäude auf die Abfertigung wartend, schon eifrig knabbern? Unfreundliche Kellner, langweiliger Strand, kein Überschwang wie bei den Italienern, kein brüderliches Umarmen wie in Jugoslawien. Berge haben wir zu Hause auch und das Meer – na ja, wie überall. Und so fremd vieles! Wo bleibt die gewohnte Gemütlichkeit? In ganz Palma ein einziges Lokal – „Tirol bleibt Tirol" –, wo man richtige Bratwürstel kriegt. Und das Publikum erst! Die Proleten! – Lauter Robinsons, die auf ihre Freitags schimpfen.

Aber ich hab' noch die Felsen bei Porto Christo gesehen, gegen die die Wellen schlagen. Zerfressene Höhlentore, die weißlichen Schaum ausspeien. Die Stämme der tausendjährigen Ölbäume auf dem Weg nach Norden tragen verwitterte Faunsgesichter. Ich bin ein Dutzendmal durch die engen Gassen im Schatten des Domes gestreunt und habe das geheime Leben in Höfen und Gewölben belauscht. In den Straßen Palmas installieren andalusische Fachleute die kunstvollste Weihnachtsbeleuchtung, die ich je gesehen habe. Am 7. Dezember flammt sie auf, und die Passanten stehen im Gewitterregen – dem ersten seit drei Wochen – und applaudieren, wenn die kalten Tropfen die Birnen über ihnen reihenweise platzen lassen. Wovon träumt der Mallorquiner zu Weihnachten? Zwischen den kunstvollen Birnengirlanden hängen wie Medaillons runde und ovale Bilder: kleine romantisch gemalte Alpenhäuschen mit goldgelbem Lichtschein aus dem Fensterchen. Und über allem tiefer, weißer Schnee. Auch über der naiven Krippe, die der Eremit bei Miramar für die Besucher beleuchtet, liegt Schnee. An der Küste wird gebadet und Bräune gehamstert, im Bergkloster Lluch krachen schon die Holzscheite im Herbergskamin. Und die Kalksteinformationen an der Straße zur Calobra, die in steilen Serpentinen von 1.200 Meter Höhe bis zum Meer führt, stehen da wie Spielzeugsteine, von Riesenkindern auf der Flucht vor dem Winter vergessen. Überfülle von Bildern, ständig wechselnde Landschaft, Meer, Ebene und Hochgebirge innerhalb von dreißig Kilometern. Bauern unter Mandelbäumen winken der Vespa nach, im Haus der Catalina Homar brennt ein ewiges Licht. Perlen! Millionen Perlen aus Manacor! Man kann zusehen, wie sie in den kleinen Fabriken wachsen. Lederwaren, Toledoschmuck und Schnitzereien. Viele der alten geschnitzten Madonnen tragen maurische Züge – ihre Modelle laufen in den Straßen herum. Baedekertouristen finden sie auch noch in alten Bögen und Hauseingängen. Afrika ist zwanzig Flugminuten weit. Zwanzig Minuten nah . . .

Und jetzt ist Sommer. Und die vielen, die an den überfüllten Stränden von Arenal und Umgebung in der Sonne braten, werden an meinem Traum rütteln.

Sie haben es weit schwerer im sommerlichen Urlauberstrom als der Wintergast, und viele werden enttäuscht sein und werden denken: Mallorca? Wär' ich doch gleich nach Jesolo gefahren. Dort ist's auch nicht billiger! Heilige Catalina, unheilige Catalina, seliger Junipero, der du bestimmt bald kanonisiert wirst – steht ihnen bei, damit sie etwas von der Schönheit finden, etwas von der anderen Welt dort unten, die, als Touristenparadies verkleidet, sich so leicht ungebührlichen Blicken entzieht!

Das Leben ist nicht so . . .
Nachtrag zu Schillers Lied „An die Freude“

Längstens seit dem Rückflug des Raumschiffes Apollo 12 wissen wir es endgültig: menschliche Glückszustände können nur chemische Ursachen haben. Während Charles Pete Conrad sich mit seiner Crew noch in der Kapsel durch den Mondstaub hustete, begannen schon die Journalisten anzufragen, ob sein euphorisches Verhalten auf dem Mond nicht etwa einem Sauerstoffrausch zuzuschreiben wäre. Was Conrad als selbstverständliche Antwort zurückfunkte – er habe sich eben gefreut, auf dem Mond zu sein – schien den Fragestellern als Repräsentanten offenbar einer Mehrheit der auf der Erde Zurückgebliebenen gar nicht so selbstverständlich gewesen zu sein. Freude, Euphorie ohne entsprechende Stimulantia?

Seither ist mir recht bange ums Herz, und mit mir einem Trüpplein Gleichgesinnter; sehe ich doch so manche Stunde meines Lebens ernsthaft in Frage gestellt. Wenn ich damals – sagen wir im letzten Urlaub – vor Vergnügen quitschend in der Brandung herumtollte – wie soll ich dafür jetzt im Nachhinein eine chemische Rechtfertigung beibringen? Und ohne sie hätte ich vielleicht gar nicht empfinden dürfen, was ich empfand? Gewiss, ich war vielen Zeitgenossen schon lange suspekt gewesen als einer, dem schon nach einem Glas Apfelsaft gelingt, was ihnen nach etlichen Vierteln alkoholischer Getränke nicht gelang: „high“ zu sein. Aber Alkoholkonsum läß sich noch relativ leicht vortäuschen, um die Wirkung zu motivieren. Wie aber soll einer ohne Sauerstofflasche die Symptome eines Sauerstoffrausches erklären?

Als ich vor etlichen Monaten auf die Frage „Haschen Sie?“ leicht blöde grinsend antwortete: „Hübsche Mädchen schon“, da wurde ich belehrt, daß meine Witzeleien dem Fachmann äußerst haschischverdächtig erschienen. Damals lachte ich noch unbeschwert, statt sofort meinen Haschischkonsum zuzugeben und die Quelle zu verschweigen, ich war noch arglos und ahnte noch nicht, daß die Gesellschaft, in der wir leben, für gute Laune, Freude, Glück längst andere Erklärungen sucht als gute Laune, Freude und Glück. Und wer keine solchen Erklärungen gleich einem Ausweis vorzuzeigen hat, wird mit äußerstem Mißtrauen betrachtet. Das ängstigt mich, und daher setzte ich in letzter Zeit trotz meines Alters gerade auf unseren Trabanten Mond alle meine Hoffnungen. Aber wenn es auch dort oben schon diffamierend ist, froh oder glücklich zu sein – zu welchen Sternen soll ich mich noch aufmachen? Über das Sternenzelt hinaus, wo der liebe Vater wohnt, der Hüter der Freude laut Schiller? Was nützt es, wenn dieser liebe Vater, wie wir jetzt durch Erich von Däniken wissen, auch nichts anders ist als ein Charles Conrad aus anderen Jahrtausenden und Galaxien, dessen Ambrosia und Nektar nur Abarten von Steak und Coca Cola sind und dem seine Bodenstation Euphoriezustände ohne entsprechende Anregungsmittel genau so tadelnd vorhält?

Ich könnte stolz auf meine Außenseiterposition sein, so wie heute schon Millionen sich organisierender Außenseiter stolz darauf sind. Aber mich stört dennoch das Mißtrauen, wenn ich auf die Frage: „Wie geht es dir?" „Gut." sage. Der scheele Blick, wenn ich die Frage „Sind Sie glücklich?" mit „Ja" zu beantworten wage. Mich irritieren die skeptisch geräusperten „Na ja" meiner Gegenüber, mit dem sie mir noch eine Notbrücke zu ihnen schlagen wollen – die ich zumeist gleich kaputt mache, indem ich noch alle möglichen Umstände aufzähle, um mein Glücklichsein zu erklären. (Einer meiner größten Fehler: ich versuche, zu überzeugen statt mir den Anschein zu geben, mich überzeugen zu lassen). Es schmerzt mich, zu sehen, wie der Kollege lauert, ob ich nicht endlich doch auf seine tägliche Morgenhymne: „Alles ist Scheiße" einstimmen möchte. Es schmerzt mich für ihn – aus Mitleid – und natürlich auch für mich – als sozialem Wesen – denn es ist nicht einfach, wenn man sich schon glücklich schätzen muß, nur für einen Aufschneider oder einen Narren gehalten zu werden. Es gibt allerdings Möglichkeiten, solche Scharten auszuwetzen, indem man etwa schnell von kleinen Ärgernissen erzählt, oder einem Schnupfen oder einem flauen Magen – die zwar die positive Grundstimmung nicht berühren aber dem anderen doch die Möglichkeit geben, milde festzustellen: „Na siehst du, so gut geht's dir auch wieder nicht." Womit das Gleichgewicht zwischen den Mitmenschen wieder einigermaßen hergestellt ist. Wenn auch auf Kosten der Ehrlichkeit. Denn wer hat schon so viel Mut, sich einer Welt entgegenzustellen, deren Hauptüberzeugung die Freudlosigkeit ihrer Umwelt zu sein scheint?!

Freund Patrick, der zweieinhalbjährige Sprößling unvernünftiger Eltern, die es verabsäumen, ihrem Kind rechtzeitig beizubringen, daß es auf dieser Welt nichts zu lachen gibt, hat es noch nicht notwendig, so zu heucheln. Er beginnt manchmal vor lauter Lebenslust zu jauchzen, zu krähen, zu singen, und ihm konzediert man es noch. „So ein Kleines weiß halt noch nichts", sagen die älteren Semester, und je älter sie sind, desto fundierter scheint ihr Wissen von der Erde als Jammertal, in dem das Gemüse anbrennt und die Fleischpreise steigen, in dem Konkurrenten intrigieren und Politiker versagen, während man selbst als einziger dort, wo man es besser könnte, nicht rankann, ein Jammertal, in dem auch in Wirtschaftswunderzeiten noch zu wenig verdient wird – und in dem es die Ehe gibt.

Daß so eine Ehe eine Tortur ist, das weiß vom jüngsten Mädchen bis zur reifsten Pensionsinhaberin jede, die aus Frauenillustrierten ihr Weltbild bezieht –

Wort und Schrift gewordenes Urwissen vieler Generationen von Müttern, Tanten, Großmüttern und anderen weisen Frauen. Daß es dennoch heilige Pflicht sei, sich zu dieser Ehe zu drängen, indem man das männliche Ergänzungsstück zur entsprechenden Selbstaufgabe zwingt – ebenfalls inhaltlicher Hauptbestand dieser Blätter –, könnte man als merkwürdigen Widerspruch ansehen, stünde es nicht im Einklang mit der festen Überzeugung unserer Umwelt, daß wir ja zum Leiden geboren sind. Und eine der Arten dieses Leidens sei eben, wie hart man an der Erziehung der Männer zu arbeiten habe, die ohne weibliche Stütze nie zur Einsicht zu bringen seien, daß erst das, was sie für ihre Frauen leisten, ihnen Karriere, Image und Selbstbewußtsein einbringe. Und ein Zusatzleiden sei eben, daß diese Männer, denen man sich aufopfernd hingibt, nur selten den entsprechenden Dank wüßten.

Es gibt in Wien ein mitteljunges Ehepaar, das seine Heirat – aus der sonderbaren Scheu heraus, Privatestes nicht aller Öffentlichkeit auszuliefern – so gut wie möglich geheimhält. Da die beiden zu dem kleinen Häuflein der eher Glücklichen gehören, wird ihnen oft genug vorgehalten, sie hätten das nur dem Umstand zuzuschreiben, daß sie sich einer ernsthaften Bindung verantwortungslos entzögen. Man bekommt dabei den Eindruck, als werde mit dem Trauschein die Welt auf mystische Art verändert, wie in moderne Farbfilme die Grautöne fließen, wenn die Handlung ihre Wendung zum Bösen nimmt. Der Einwand gegen die Kritiker, dann wäre es ihnen ja ein Leichtes, sich diesem Ernst des Lebens zu entziehen, indem sie ledig bleiben, wird als unrealistisch abgetan, und das ominöse Wort „man", Chiffre für alle uns belastenden Vorurteile („Man kann", „Man tut nicht", Man muß", etc.), kommt zum Vorschein. „Man heiratet eben", heißt es in diesem Fall, und manch verantwortungsbewußter Elternteil setzt noch seufzend hinzu: „Einmal muß es ja sein", als ginge es um die Begleichung der längst fälligen Steuerrate oder die Extraktion eiternder Mandeln. Sie sagen dieses vorurteilsvolle „man", das ihnen alle Freude zu nehmen scheint, mit dem gleichen Ausdruck düsterer Entschlossenheit wie die vorurteilsfreien Konsumverweigerer ihr: „Man kann nur mit Marx die Welt zum Positiven verändern". (Apropos positiv: Es müßte eigentlich zu denken geben, daß in der Medizin jene Reaktionen des Körpers auf die verschiedensten Untersuchungsmethoden, die zumeist den Beginn einer Kur, eines Spitalaufenthaltes oder gar den Anfang vom Ende anzeigen, ausgerechnet „positive Reaktionen" genannt werden).

„Ehe ist Glücksache", erläutert ein entfernter Freund sein Hasardieren auf diesem Gebiet. „Einmal kann man vorher nicht sagen, wie lang man sich nachher was zu sagen hat" – schüchterne Hinweise auf gewisse Kriterien werden standhaft negiert –, „und Fehler hat jede. Man muß sich abfinden." Und die Bekenntnisse seines weiblichen Pendants, Trägerin des kostspieligen schmucklosen Goldreifs, laufen, direkter gesagt, darauf hinaus, daß Männer ohnedies Dummköpfe wären, es also innerhalb einer Gattung (standesgemäß und finanziell gesehen) ziemlich egal sei, welches Einzelstück man bekäme.

Eine junge Frau träumt mit ihrer elfjährigen Tochter von deren nicht mehr allzu ferner Hochzeit. Sechs oder acht Jahre noch, dann wird Traudchen ein weißes Kleid und einen Spitzenschleier tragen, wie diese so schön in den diversen Versandkatalogen abgebildet sind, wird glückliche Braut sein, Prinzessin für einen Tag mit zweihundert Gästen – weil man ja zur Creme des Städtchens gehört. Und Traudchen lebt für diesen Tag an allen seinen anderen Tagen vorbei. Nur wenn das liebe Kind zu Bett gegangen ist, erlaubt sich Muttchen eine heimliche Träne: armes Kind – eine Frau hat es so schwer – der Haushalt – die Kinder – der Mann – „Opfer der Pflicht". Wer hat eigentlich diese Pflichten anbefohlen?

Die Welt scheint aus einem riesigen Club der Enttäuschten zu bestehen. Wie ein Tantalidenschicksal zieht sich die Verpflichtung, nicht glücklich zu sein, durch die Generationen, wird von Mutter auf Tochter, von Vätern auf Söhne und umgekehrt vererbt, unterstützt durch hunderterlei ungeschriebene Gesetze, Tabus, und neue Tabus, sobald ein paar alte gefallen sind. Wer ausspringen will, wird rasch wieder eingefangen, darf sich höchstens ein paar Ausflüge in Rauschzustände verschiedener Herkunft flüchten. In unserer sich dauernd verändernden Welt scheint diese Pflicht zum Trübsinn das einzig Feststehende geblieben zu sein, auf das sich Philosophien und Pseudophilosophien gründen, und das nur noch auf den Religionsstifter wartet, um die metaphysische Weihe zu bekommen und in entsprechende Dogmen eingeordnet zu werden. Weihnachten, das Fest der Freude, wie es unsere Mitmenschen umgeformt haben, ist dafür nur ein vorläufig schwacher Ersatz, liegt aber schon auf dem rechten Weg.

Überhaupt wäre die moderne Zivilisation ein idealer Wegbereiter dieses kommenden Heiligen vom Trübsinn, angefangen von jenen, die dem Glauben verfallen sind, daß das Funktionelle das Schöne und Wohlbehagen spendende sei und die die äußere Form von Betonkästen, Einkaufs-, Bildungs- und Vergnügungszentren und Gefängnisgitterkinderspielplätzen schaffen. In sie gießen dann die Intellektuellen modernen Zuschnitts ihre Weltanschauung hinein, die aus unerfindlichen Gründen die Erkenntnisse der modernen Naturwissenschaft ebenso zum Anlaß nimmt wie die Vollbeschäftigung oder Che Guevaras Heldentod, um Schillers schönen Götterfunken zu leugnen und dessen Anhänger zu belächeln. Ihre Kollegen von der Werbebranche behängen Kioske und Plakatwände mit stumpfsinnig lächelnden Mädchen, die ein Glück in hunderterlei Formen versprechen, von dem selbst der stumpfsinnigste Zeitgenosse nicht viel halten kann – und das er dennoch zu kaufen versucht. Die Dichter hinhingegen machen aus ihren persönlichen Frustrationen immer düsterere in Leinen gebundene Spiegel des Zeitgeists, den sie ihrerseits für das eigene Unbehagen zur Verantwortung ziehen. Und seit einer von ihnen die unheilvolle Parole ausgegeben hat, nach Auschwitz könne (dürfe) man nicht mehr über

Gänseblümchen schreiben, hüllen sie ihre Gedanken in Sack und Asche und verlieren die letzte Lebensfreude über dem Verlust eines Stipendiums oder der neuesten Erkenntnis, daß am Ende des Menschenlebens der Tod steht. „Positives" in der Literatur ist von vornherein verpönt, was selbstverständlich ist, wenn es in der Wirklichkeit nichts Positives zu finden gibt, und die „Avantgardisten" entziehen sich einer etwaigen Diskussion von vornherein durch Flucht in die „Wertfreiheit" von Wortbasteleien oder sie frönen der Entlarvungsmode und knabbern Sprachklischees an. Auch im Theater, das nicht mehr kulinarisch sein darf, schreitet der Trübsinn vorwärts und jagt die bestwilligen Zuschauer aus dem Parkett vor den Fernsehschirm, wo sie der Tristitianisierung (wörtlich: Vertrauerung), der sie entfliehen wollten, erst recht in die Arme fallen. Nicht einmal die Enttabuisierungswelle, die uns heute heimsucht, da das Verlangen der Jugend und besonders deren älterer Fans nach Freiheit von allen Zwängen übermächtig geworden ist, bringt die ersehnte verachtete Freude. Auch daß man auf den Vaterbildern jeglicher Art herumtrampeln darf, vermittelt keinerlei Lustgefühle, solange die Väter so willig und hilfsbereit auf sich herumtrampeln lassen.

Nein weder auf Intellektuellen- noch auf Hausmeisterebene gibt es einen gangbaren Weg, dem Jammer zu entkommen. Weder die asozialen Revolutionen von heute noch die sozialen Errungenschaften der ersten Hälfte des 20. Jahrhunderts können daran etwas ändern, und auch die Rufer nach der rechten Ordnung werden ihre Knüppel vergeblich schwingen. Es ist besser, man bleibt bei der alten Einteilung: Lebensfreude und Glück sind etwas für – je nach Standpunkt des Beschauers – Trinker oder Junggesellen, für Rauschgiftsüchtige oder solche, die vom „Ernst des Lebens" nichts wissen – oder noch nicht, wie die Kinder –, für Oberflächliche, die vom wahren Leben nichts wissen, oder Philosophen, die so tief unter die Oberfläche gedrungen zu sein vorgeben, daß ihnen der Normalmensch nicht folgen kann, für Deppen oder allenfalls für Hinterwäldler, die auch hinter der Zeit zurückgeblieben sind. Mit einem Wort, es ist diffamierend, sich dem Ausdruck unserer Zeit, der permanenten Trostlosigkeit zu entziehen. Singende, lachende Italiener können sich so nur verhalten, weil sie faul, asozial und ungeistig sind und wären allenfalls noch durch Sonne, Meer und andere Schönheiten in ihrer Heimat entschuldbar, die sie primitiv-dümmlich genießend hinnehmen. Die gelangweilte High Society von Rom und Milano weiß das schon besser. Und in diese Entschuldigung mag man noch jene Touristen einschließen, die, abgelenkt von diesen Schönheiten, nicht mehr imstande sind, sich über das Gewühle am Strand, über den Dialekt der eigenen Landsleute, über Straßenhändler, die sich nichts herunterhandeln lassen wollen, entsprechend zu ärgern. Sollten sich diese Touristen am Nordseestrand vergnügen, braucht ihnen dieses Abweichen von der Norm keinen Kummer zu machen. Hochgefühle haben dort bereits eine exakte wissenschaftliche Erklärung (Entschuldigung) gefunden, und die Zeit wird bald reif sein, da ein findiger Geschäftsmann die Chance seines Lebens erkennt: er braucht dazu nur ein Team von Wissenschaftlern und eine Insel. Die Wissenschaftler bescheinigen dieser Insel Euphorie weckende klimatische Bedingungen, der Vegetation berauschende Ingredienzien, die sich den Spaziergängern entgegenatmen, und die aus aller Welt herbeiströmenden zahlungskräftigen Gäste dürfen endlich, von keinerlei Gewissensbissen belästigt, jauchzen und lachen. Sie dürfen auch still und selig am Strand sitzen, ihr 14-Tage-Hochgefühl ist ja wissenschaftlich fundiert, das Euphoriometer in ihrer Hand kontrolliert Steigerungen über das der Gesundheit zuträgliche Maß hinaus, und eventuelle Nachwirkungen daheim sind durch Vorweis der saldierten Rechnung hinreichend erklärt und entschuldigt.

Es gibt in der Welt der Enttäuschten so etwas wie ein stellvertretendes Glück: das grinsend posierende Ich auf dem Dia, zu dessen buntem Behagen Kirchen, Paläste und Bronzedenkmäler ihr Kontrastgrau als Hintergrund beisteuern. Die bunte Postkarte mit der Fünf-Worte-Versicherung, wie gut es geht, und der Souvenirramsch aller Preis- und Geschmacksklassen – sie alle sind dazu da, sich und der Umwelt zu versichern, daß man doch nicht gar so freudlos lebt, daß man im Rahmen der „Normalen", Erlaubten sogar Glück gehabt hat. Ja, – welch ein Paradoxon in einer Welt, da nicht nur Geschäftsinhaber einander versichern, wie schlecht es ihnen geht! – man wünscht sich sogar, besser dran zu sein als dieser und jener. Allerdings nur im messbaren, wägbaren Bereich: mehr Erfolg, mehr verdienen, mehr PS unter der Kühlerhaube, mehr Flugkilometer nach dem Fernen Osten, nach Westen, Süden oder ans Nordkap. Das ist nicht diffamierend, im Gegenteil, das hebt das Prestige, als wüßte man, daß diese Freuden plus der Mühe, sie sich leisten zu können, die sichersten Gegner der wirklichen Freude sind.

Auch die Großen dieser Welt haben ihre Sorgen, und das macht sie so sympathisch. Wir kennen Jackies Liebeskummer und die Finanznöte der Queen. und die Berichterstatter der bunten und weniger bunten und gar nicht illustrierten Wochenblätter klären uns über die tragischen Hintergründe der tragisch Liebenden, Leidenden, Betrogenen und Irrenden auf. Noch nicht Geschiedene und noch nicht unglücklich Verliebte, ohne Komplikation Gebärende, bzw. noch zeugungsfähige Protagonisten der High Society, die des Mitleids der Leserschaft wenig bedürfen und sich der Identifikation mit dem eigenen Jammer entziehen, werden aus Rache dafür entweder totgeschwiegen oder gewaltsam der Lächerlichkeit preisgegeben. Sie werden verfolgt und bekrittelt oder in fader Bilderbuchwürde präsentiert, ohne Makel und stinklangweilig – womit erst recht die Langeweile und Tristesse in den eigenen vier entsprechend kleineren und dünneren Wänden gerechtfertigt ist.

Daß die böse Jugend das Dogma ebensowenig fressen will, wie der Autor dieser Zeilen, stiftet allgemeine Verwirrung, und es ist ein wahres Glück, daß sie das Glück oft auf tadelnswerten und leider falschen Wegen sucht. Würde sie es einfach aus sich heraus finden, ja, dann müßte man wohl überdimensionierte Besserungsanstalten bauen und das Wahlalter bis zur Resignationsgrenze hinaufsetzen – oder man müßte umdenken und sich fragen, ob an diesem Tabu, von dem die wenigsten wissen, wie sehr es bereits zu einem solchen geworden, nicht doch etwas auszusetzen sei.

Aber die Gefahr, daß die Jugend ihr Glück und ihre Lebensfreude aus sich heraus finden könnte, ist nicht allzu groß. Man hat da schon vorgesorgt, in den jungen Leuten Ansprüche gezüchtet, die dann nie erfüllt werden können, ihnen durch materielle Überfütterung und seelische Unterernährung alle Hoffnung nach un- oder nur mit Mühe erreichbaren Dingen verstopft, man hat sie früh genug in ein Netz verwandtschaftlich-gesellschaftlicher Beziehungen verwikkelt und ihnen deren willkürliche Gesetze und Lebensregeln für's ganze Leben aufgeprägt. Man hat sie früh genug „auf das Leben vorbereitet" und „alle Illusionen", sprich: jeden möglichen Idealismus kaputtgemacht. Jeden Tag prophezeit Paulchens Mutter dem Fünfjährigen, daß ihm das Lachen in der Schule schon vergehen werde, und Paulchens Angst vor diesem entsetzlichen Institut besteht den Kampf gegen die Neugier auf etwas faszinierend Neues spielend. Auch der Hinweis, „Du bist ganz wie Dein Vater" kann nicht oft genug wiederholt werden, enthält er doch zum ersten die Wahrheit, daß es mit dem verehrten Papa gar nicht so weit her sei, zum zweiten lernt das Kind schon früh, daß „das Leben" eben nur dazu da sei, damit man so nebbich werde, wie der nun schon eher bedauerte als bewunderte Papa. „Wart nur, du hast es noch vor dir!" „Wenn du erst im Berufsleben stehst!" „Wenn du, wenn du –". Freund Michael, mit seinen zehn Jahren ein außerordentlich heller Kopf, stellt die ketzerische Frage: „Und wenn ich nicht – – – ?" „Man muß", spricht der aus Mutter, zwei Großmüttern und drei Tanten bestehende Chor. „Alle müssen." (Interessant übrigens, daß sich die Hüter des „man muß, man kann nur, man darf nicht" besonders aus den einstigen Hüterinnen des Feuers am häuslichen Herd rekrutieren.) Aber Michael verteidigt seine Position verzweifelt: „Die Schule habt ihr mir auch vermiesen wollen, und ich finde sie prima." Für ihn besteht noch die Hoffnung, daß er das Leben nie unter dem Aspekt sehen wird, den die Erwachsenen als „realistisch" bezeichnen.

Die anderen Altersgenossen werden schon dafür sorgen, daß die Krankheit Freude nicht zur Seuche werde. Mit dem unfehlbaren Instinkt derer, die man früher noch abschätzig Querulanten nannte, werden sie bald herausgefunden haben, daß es nur auf den Standpunkt ankommt, den man einnimmt, und entsprechend den richtigen, der Freude abträglichen, wählen: Venedig kann die zauberhafteste Stadt der Welt sein und ein stinkender, verfallener Schutthaufen. Man kann die Landung des Menschen auf dem Mond als faszinierendes Abenteuer miterleben, man kann es aber auch halten wie jene Dame vor dem Fernsehschirm: „Und das soll schön sein? Nix wie Steine und Löcher. Da ist's in Rimini schöner, vom Wienerwald gar nicht zu reden. Nicht um die Burg tät

ich dorthin fahren. Schad' um das Geld! Wenn die Teflonpfanne nicht wär – "
Und ein unfehlbares Mittel, die Verzauberung einer Stadt durch frischgefallenen Schnee gründlich zu übersehen und aus ihr eine Strafe des widerwärtigen Geschicks zu machen, ist der Entschluß, die paar hundert Meter zum nächsten Ziel nicht zu Fuß sondern mit dem Auto zurückzulegen.

Und wie es auf den Standpunkt ankommt, um Welt und Leben schön oder mies zu sehen und für sich zu gestalten, so hängt dies oft auch von Entscheidungen eines Augenblicks bzw. von Fehlentscheidungen ab. Warum beispielsweise sehen nur Freunde und Außenstehende so genau vorher, daß die Entscheidung des Herrn X – ob sie nun Ehe, Beruf, Kindererziehung etc. betrifft – nur Übel nach sich ziehen kann? Warum sieht Herr X es nicht selbst zumindest annähernd klar? Sieht er es wirklich nicht? Oder kennt er die Konsequenzen genau, und schiebt nur – quasi der Form halber – Ausreden, Hoffnungen („es wird schon irgendwie gehen"), Konventionen vor? Illusionen, die er ja doch als Illusionen erkennt? Und warum das alles? Offenbar nur, um ganz bestimmt an das Ziel zu kommen, an dem man mit gutem Gewissen die Bestätigung dessen findet, was man als geheimes Wissen ja schon immer in sich trug, als es hieß: Du wirst schon sehen, das Leben ist nicht so.

„Und warum?" fragt verzweifelt Freund Michael, und Freund Kurt sucht vergeblich eine Antwort. Ein Polykrateskomplex? Schon die amerikanische Hausfrau fühlt sich vom Zorn der Götter bedroht, weil ihr durch die vielen Küchen- und Haushaltsmaschinen die Arbeit zu sehr erleichtert wird, und manche Hersteller bringen an ihren Elektronenherden komplizierte Schaltsysteme an, um den Frauen das Gefühl der Mühe und Schwierigkeit ihrer Arbeit zurückzugeben. Vielleicht ist es notwendig, sich für alle Erleichterungen der Zivilisation zu bestrafen, indem man die Freude an ihnen unterdrückt, bzw. die Umstände ihrer Herbeischaffung so schwierig gestaltet, daß der Bibelfluch vom Schweiß des Angesichts, in dem man sein Brot verdienen müsse, zumindest in der modern variierten Form zerrütteter Nerven und verengter Gefäße wieder in seine Rechte eingesetzt werde. Und wer Glanz und Elend verzweifelter, um Sekunden kämpfender Autofahrer im Massenverkehr sieht oder die verbissene Wut Christbaumschmückender Eltern, die „partout nicht in Weihnachtsstimmung kommen können" oder die nervös-stumpfe Resignation vor Fernsehschirmen – der kann erkennen, daß dieses Vorhaben bestens gelingt.

Aber vielleicht ist der Verlust der Freude auch das Ergebnis der beharrlichen Versuche des modernen Menschen, der offenbar an seelischen Mangelkrankheiten zu leiden beginnt, seit er Begriffe wie Moral, Sünde und Höllenstrafe aus der Welt geschafft hat, sich auf diesen Umwegen wenigstens die letztere wieder zurückzuholen und für sich in Anspruch zu nehmen. Und diese fast schon theologische Sicht macht es eigentlich unstatthaft, sich darüber zu mokieren, wie sehr Bedauern und Kondolieren zur Lieblingsbeschäftigung unserer Mitbürger geworden ist, oder diese Beschäftigung – wie man aus oberflächlicher

Sicht behaupten könnte – mit Triumph- und Überlegenheitsgefühlen zu erklären: Na fein, dir geht's also auch schon mies. Zweifellos steigt die Sypathie für den Mitmenschen mit dem Grad seiner Leiden, und wer sich die Nächstenliebe sichern will, halte immer vorsorglich ein kleines Wehwechen, Nötchen, Unglückchen bereit (ich sage, nur ein kleines, ein größeres könnte die Grenzen des untätigen Mitleids verletzen und an tätige Hilfe appellieren, womit es mit der Sympathie wieder vorbei wäre). Aber diese Sympathie für die Freudlosigkeit des Nächsten ist keineswegs Schadenfreude oder gar Bosheit sondern das tiefe Gefühl der Solidarität aller Leidenden, die die Hölle abgeschafft haben (stichhaltiges Argument: „Ich glaube nicht daran, weil ich mir's nicht vorstellen kann") und nun alles dazu tun müssen, um etwas annähernd gleichwertiges herbeizuschaffen.

Darum sind die bisher abgedruckten Zeilen vielleicht nichts anderes als die hämischen Auslassungen eines jener Einzelgänger, die sich in diese Gemeinschaft nicht einfügen wollen oder nicht können und daher trotzig die Überlegenen spielen, die sich an der Welt freuen können und noch so tun, als bildeten sie sich darauf was ein – während sie in Wahrheit nur dazu verdammt sind, ihrer menschlichen Sehnsucht nach Verdammnis keine Erfüllung geben zu können.

Oder ist das nur so, weil diese Einzelgänger lieber noch an die alte Hölle glauben?

Kleines kretisches Tagebuch

Nach Kreta kommt man am besten unvorbereitet, vom Zufall angeschwemmt, herausgerissen aus der vertrauten Umgebung, ohne den Schutzwall angelesenen Wissens. Haben sich einmal Daten und Namen zwischen Beschauer und Wirklichkeit gedrängt, dann verwischen sich leicht die Konturen, die Kontraste werden unscharf, die Menschen leblose Schatten. Was aber wäre Kreta ohne seine Menschen? Man muß sich ihnen ausliefern, um sie kennenzulernen – ein verletzter Fuß, Durst oder eine Panne genügen – eine kleine, scheinbar bedeutungslose Begegnung, und schon greifen sie entscheidend in das Weltbild des Besuchers ein. Sie, die Vertreter einer Toleranz, die es bei uns nur noch in Psychologie-Büchern und Parteiprogrammen vor dem Wahlkampf gibt, sie, die jeden kuriosen Ausländer hinnehmen, wie er ist, sind nicht umsonst seit Jahrtausenden Fachleute in Sachen Revolution. Früher einmal mußten sie mit der Waffe in der Hand gegen Eroberer und Besatzer kämpfen, heute rennt jeder zweite Piccolo die Bastionen der Beziehungslosigkeit nieder, doch ohne jene touristenseligen Verbrüderungsszenen, die den Individualisten anderswo so verbittern.

Kreta hat Landschaft – die gibt es auch anderswo. Kreta hat Geschichte und Kultur, Museen und Ruinen – aber aus Zeitmangel vor eine Wahl gestellt, sollte man doch eher die Begegnung mit den Menschen in den Bergdörfern suchen. Um zu finden, woran man vielleicht schon nicht mehr geglaubt hat: die Hoffnung, daß menschliche Wesen noch m i t e i n a n d e r leben können, sich miteinander freuen, miteinander streiten, statt sich im armseligen eigenen Ich einzumauern. Und sie beziehen den Fremden in dieses lebendige Leben ein, ohne ihm eine folkloristische Idylle vorzuspielen. Freilich, man muß bereit sein. Offen. Sonst kann man monatelang in Kreta leben, ohne etwas anderes zu erleben, als das, was im Reiseführer steht. Auch wenn das mehr als genug ist.

1. Tag: Pünktlich um 5 Uhr 55 landet die Maschine. Inhalt: etwa achtzig schläfrige Passagiere aus Wien.

2. Tag: Das Hotel, spätkapitalistische Bungalowperiode, trägt den Namen des berühmtesten minoischen Palastes – Knossos Beach. Wenn ich erwache, zielt mein Blick wie über Kimme und Korn über meine Zehen und das Meer hinweg direkt auf die vorgelagerte Insel Dia. Zeus verliebte sich in eine Seenym-

phe, und Hera rächte sich, indem sie ihre Konkurrentin in einen Drachen verwandelte und ins Meer warf. Nun liegt der Drache da, die Schnauze knapp überm Wasser, Warnung für alle Touristen, die es den Göttern gleichtun wollen. Allmählich werden längst bekannte Begriffe aus der Erinnerung ausgegraben, wie vor etwa siebzig Jahren aus dem Schutt des Kephala-Hügels: Knossos, die „kleine Pariserin" und der Stiersprung, dürftige Bildungsreste aus einer Kriegsmaturazeit. Morgen, denkt man, morgen wird ein Besichtigungstag. Heute noch Ruhe, baden – wozu hat man einen kilometerlangen menschenleeren Strand vor sich?

Aber da ist das Hinterland. Der Hügel. Und das lockt. Duftende Blumen und Blütenpolster. Höhlen im zerfressenen Gestein. In einer wohnt ein Hund, in einer anderen ein Esel. Hinter einer Wegbiegung ein steiler Acker. Bauern ernten mit Sicheln. Unpraktisch! denkt man und bleibt stehen. Habt ihr nicht wenigstens Sensen? Die Bauern winken den Fremden heran, deuten, zeigen auf einen Baum, erklären die Bedeutung der Früchte. Daraus wird Schnaps gemacht, trink, Fremder! Biblische Zeiten. Der Fremde bedarf keiner sozialen Stellung und keines reichen Kleides. Daß er da ist, genügt.

3. Tag: Knossos. Lieber Dädalus, steh uns bei in Deinem Labyrinth! Der Plan im Reiseführer ist sicher korrekt, aber dort, wo sich Stockwerke übereinanderschieben, wird's schwierig. Hier haken ja auch die Puristen ein, die Ruinen am liebsten als eigene Kunstform betrachten. „Wir sollten so gehen", sage ich und richte den Plan nach der eingezeichneten Windrose ein. Aber die Begleitung macht nur Pah! und saust eine Stiege hinauf, die erst viel später drankäme, läßt sich von Seitengängen verlocken, weil dort Blumen stehen. „Wir müssen so gehen", mahne ich wieder und deute auf den Zentralhof, aber die Antwort lautet nur: „Wir sind nicht in Schönbrunn."

Auch allein muß Theseus hier erhebliche Schwierigkeiten gehabt haben, und man beginnt die Entstehung zumindest der Sage vom Labyrinth zu begreifen. Eben war man noch im Gemach der Königin mit den blauen Delphinfresken, ist durch Winkelwerk ein paarmal abgebogen, auf eine Plattform gelangt und schon wieder bei den blauen Delphinen und der königlichen Badewanne. So geht es treppauf und treppab, links, rechts, und dann das Erkennen: da waren wir schon. Allmählich wird das Haus des Minos vertraut, und man findet die Antwort auf die Frage: Wo ist die kühlste Stelle zur Rast? Es gibt viele! Dädalus – oder wer es auch war – war ein genialer Architekt und wußte, was sein Bauherr während der Sommerhitze schätzte.

Seltsam – in allen Büchern über Knossos träumen die Autoren sehnsüchtig davon, wie das alles einmal ausgesehen haben mag. Das gleiche tut jeder Besucher. Wenn aber einer kommt und solche Träume mit wissenschaftlicher Akribie auch nur an einigen Stellen real werden läßt, wie Arthur Evans, dann jaulen die Puristen auf über ihre verschandelten Trümmer und rufen: Kitsch! Unwahr! Geschmacklos! Seltsam . . .

4. Tag: Am Ende der Bungalowreihe liegt zwischen Betonsäcken und Sandhaufen ein schmutzigweißer, locker gewickelter Wollknäuel an einem Strick und winselt. Wenn man ihn streichelt, legt er sich auf den Rücken. Dabei kommen auch Beinchen zum Vorschein. Wenn man ihn verläßt, winselt er am meisten, und man bekommt ein schlechtes Gewissen.

5. Tag: Sie haben eine eigene Beziehung zu ihrer Vergangenheit, die Kreter. Auf ihrer Insel ist Zeus geboren und gestorben. Vom Grab des Dichters Kazantzakis sieht man das Profil des liegenden toten Gottes, dem immer noch keiner die Kinnlade hinaufgebunden hat. Der Göttervater – und sie reden von ihm wie vom Großvater. „Auch eine Freundin von ihm", sagt unser Kellner augenzwinkernd und deutet auf die Insel Dia. Als wäre der Opa noch heute auf ungehöriger Schürzenjagd. „Dabei haben sie die Sagen nur in der Schule gelernt", sagt ein Lehrer dazu. „Sind ja keine Familiengeschichten, die von Generation zu Generation vererbt werden. Aber wir Kreter schlucken alles, und wenn wir dann davon reden, ist es ein Stück von uns."

Zur venezianischen Besatzungszeit haben die Venezianer geschluckt. Ganz legal, auf dem Umweg über deren Heirat mit kretischen Frauen. Die Venezianer wurden dann Kreter und blieben – und kämpften gegen die Venezianer.

Zwischen den Bungalowreihen führt der Wollknäuel einen Herrn am Strick spazieren. Er freut sich und hopst umher, der Herr hopst weniger oft – er ist einer von den achtzig schläfrigen Passagieren, die vor fünf Tagen ankamen –, aber er freut sich auch.

6. Tag: Kretische Männer kann man in zwei Gruppen teilen: In solche, die Kompoloyi spielen und in solche, die das verachten. ‚Rosenkranz' heißt die wörtliche Übersetzung, und ein säkularisierter dürfte es auch sein, eine islamische Gebetsschnur, die man zur Türkenzeit mit dem Fez trug, um sich als Gläubiger des Propheten zu erkennen zu geben. Fez und die Moscheen sind – bis auf einige Reste – verschwunden, mit dem Kompoloyi wird weitergespielt. Man läßt die Perlen an dem Kettchen oder dem Riemen durch die Finger laufen oder wirbelt das Ganze um den Finger und fängt es dann auf. Stundenlang.

„Das ist was für Männer, die Sorgen haben", sagt unser Kellner. „Oder schlechte Nerven. Ich dreh lieber den Autoschlüssel um den Finger." Er war schon Gastarbeiter in Deutschland, und wenn man ihm sagt, daß sein Land schön ist, redet er von den deutschen Löhnen. Zwei Tage später dreht er den Autoschlüssel nicht mehr so stolz um den Finger: Karambolage, Alleinverschulden, Versicherung will nicht zahlen. Ich denke an ein Kompoloyi für ihn.

7. Tag: „Es ist verboten, irgendwelche Gegenstände aus dem Ausgrabungsgelände mitzunehmen" – so steht es groß am Eingang zum Palast von Knossos. Ob die Leute an die Wirksamkeit ihres Verbots glauben? An der heiligen Straße, wo heute noch gegraben wird, liegt eine Anzahl kleinerer Ton-

scherben, auffallend, griffbereit, und mir kommt der Verdacht, diese Scherben werden jeden Morgen vor Öffnung des Terrains ausgelegt, damit die Andenkenjäger sich nicht als Gegenleistung für ihre an Pfeilern und Palastwänden hinterlassenen Namen an wertvolleren Dingen vergreifen.

Neben den Schautreppen sitzt ein Mann mit Strohhut und Gelehrtenbrille und betrachtet einen Stein. Ein Archäologe? Er stützt die Arme auf und läßt mir Zeit, ihn zu beobachten. Es ist halb sieben, und die Zypressenschatten legen sich quer über die Treppen. Wo mag der Stein mit der geschwungenen, eingemeißelten Linie hingehören? Zehntausend Stellen sind möglich. Er muß sich völlig von seiner Umgebung gelöst haben, hier liegt er unter den anderen Pflastersteinen wie ein König unter Kleinbürgern. Welche der vielen Katastrophen, die über diesen Palast hereingebrochen sind, und an denen die Gelehrten seit Jahrzehnten herumrätseln, mag ihn aus seiner einstigen Umgebung hierhergeschleudert haben? Eines der Erdbeben in der ersten minoischen Blütezeit? In der zweiten? Was war da überhaupt über all die prächtigen Paläste und Herrenhäuser und Siedlungen von Phaistos bis Mallia und Kato Zakro hereingebrochen? Ein mykenischer Überfall? Erdbeben und Flutwellen im Zusammenhang mit dem Ausbruch des Vulkans auf der Insel Thera (Santorin), der das minoische Inselreich vernichtete, in dem neueste Forschungen das sagenhafte Atlantis entdeckt zu haben glauben? Aufstände des Proletariats gegen die Palastherren? Eine Widerstandsbewegung gegen die neuen Herrn aus Mykene? Plünderungen durch Einheimische, die die Zerstörungen nach der Naturkatastrophe vollendeten?

Es gibt sensible Menschen, die in einigen Räumen des Palastes ein rätselhaftes Unbehagen, Angst, ja Panik überkommt. Besonders im Thronsaal, der von Ausgräbern in chaotischem Zustand vorgefunden wurde: Ölkrüge umgeworfen, kultische Geräte, eben noch im Gebrauch. Der letzte Akt des großen Vernichtungswerks – hat er hier stattgefunden? Man braucht nicht viel Phantasie zu haben, um sich die Szenen vorzustellen, als die Eroberer hier in das Innerste einbrachen.

Eines ist gewiß: als der Palast brannte, kam der Wind aus dem Süden.

Vielleicht hat Sir Arthur die angefochtenen Rekonstruktionen auch nur für die Wärter seines Heiligtums gebaut? Zwanzig vor sieben stehen sie an den erhöhten Plätzen, auf Säulenstümpfen, an letzten Stufen von Treppen, die ins Nichts führen, und mahnen mit schrillem Trillergepfeife die Besucher daran, daß sie nach Haus zum Abendessen wollen. Von überall her pfeift es, und überall wird das Gelände lebendig wie nie zuvor. Eine allgemeine Hatz auf Touristen beginnt, die ihrerseits noch nach letzten Motiven hetzen. Klick! und nochmals Klick!, Trillerpfeifen und herrische Handbewegungen der Jäger. Und vom Evansdenkmal beim Westeingang her die Rufe der ängstlichen Gattinen, Freundinnen und sonstigen Anhängsel, die ihre männlichen Ergänzungen nicht in dieser unheilschwangeren Gegend über Nacht eingesperrt haben wollen. Steve! Kurt! François! Punkt sieben drängen sie dann alle hinaus. Die Jäger, ins Sakko schlüpfend und Aktentaschen schwingend, und die Gejagten, ihre Photoutensilien verstauend, schwingen sich auf ihre ratternden Mopeds und jagen in überraschender Eintracht, einander zuwinkend und vom Sports- und Überholgeist gepackt, über die Asphaltstraße in Richtung Heraklion.

8. Tag: Der Wollknäuel und sein neuer Herr sind unzertrennlich geworden. Äußerlich entwickeln sie sich auseinander: der Herr wird unter Sonneneinfluß immer dunkler, der Hund unter Wassereinfluß immer heller. Die kretische Sonne ist stark, und ihre Lieblingsjünger beginnen schon mit der zweiten Schälperiode. Das kretische Wasser ist mindestens so gut, wie das, auf das sich der Wiener einst beim Heimkommen freute. Und der Kreter ist mit Recht stolz darauf.

9. Tag: Die Sage vom Minotaurus ist bekannt. Weniger bekannt ist, daß den Ejze mit dem Faden der Architekt und Renommierintellektuelle Dädalus gab. Minos wußte das, und als Theseus und Ariadne geflohen waren, ließ er seinen Chefarchitekten einlochen, was dieser aber nur mit einer neuen technischen Höchstleistung quitierte: er entkam mit selbstverfertigten Flügeln. Minos aber ließ die Sache nicht auf sich beruhen sondern suchte den Flüchtling an allen erreichbaren Königshöfen. Er veranstaltete dazu eine Art Preisausschreiben, bei dem es darum ging, einen Faden durch ein labyrinthartiges Muschel- oder Schneckengehäuse hindurchzuziehen. Dieser Aufgabe konnte Dädalus nicht widerstehen. Er machte an der Spitze des Gehäuses ein Loch, band einen Faden um eine Ameise und ließ sie – wie vor noch nicht allzulanger Zeit den Theseus – ihren Weg suchen. Sie fand ihn auch. Als Minos die Lösung gebracht wurde, wußte er sofort, daß Dädalus dahintersteckte.

Ein Schlüssel zum kretischen Volkscharakter, diese Sage? Nicht nur, daß in diesen beiden Labyrinthgeschichten ein Symbol für das intuitive Verständnis der Kreter für die Gesetze des Mikro- wie des Makrokosmos zu stecken scheint – auch das feine Gefühl für das Wesen eines Menschen wird hier deutlich. Und wie Minos den Dädalus aus der Reserve lockt, so tun das die Kreter auch mit dem verschlossensten Touristen. Kretische Neugier ist unersättlich. In einem Beserlpark in Heraklion fällt ein Pärchen in ein Kafenion, um die wehen Füße auszustrecken. Schon ist der Wirt da, bietet Zigaretten an. Konventionelle Eröffnung: Woher? Wohin? Was gesehen? Er beobachtet die beiden, wie ihre Stimmen klingen, wie sie einander ansehen. Der Tourist entfernt sich mit dem Photoapparat, der Kreter setzt sich zu der Frau. Disput in Heraklion–English. Dann ein blitzschneller Ausfall: er springt auf, zeigt – „Your husband" – Die Frau fährt herum. Interessiert mustert er sie, dann sagt er befriedigt: „Hm – still in love. Very good!"

10. Tag: Lassithi-Hochland. Windräder bewässern den fruchtbarsten Landstrich von Kreta. Bei starker Brise sieht es aus, als säßen hier tausend im Grünen festgebundene, flatternde Kohlweißlinge. Seit Menschengedenken war

diese Ebene ein Zufluchtgebiet vor Eroberern. Schon die Minoer zogen sich hierher zurück, und die Venezianer verboten aus Furcht vor Aufständen jahrzehntelang jede Besiedelung. Hohe Berge schließen dieses Gebiet von der übrigen Insel ab. Auch heute noch. Da nützen keine neuen Straßen und kein moderner Verkehr. Es sind eben nicht nur die Berge.

Als ich unter so einem Windrad stehe, und die weißen, herumwirbelnden Segel betrachte, die das knarrende Werkel in Bewegung halten, kommt ein Bub auf mich zu. Er schenkt mir einen Frosch. Ich soll ihn mitnehmen. Der Frosch möchte fliegen.

11. Tag: Es geht nach dem Süden. Die Vespa schnurrt den Paß hinauf, sie scheint den Weg schon zu kennen. Auf der Südseite schlägt uns heißer Wind entgegen, als käme er aus der Hölle oder aus Afrika. Die Hitze flimmert über dem Olivenwald von Gortys. Links und rechts von der Straße Schilder. Ruinen zur Auswahl, für jeden Geschmack von 1350 vor Chr. bis 800 nach Chr. Eine byzantinische Kirche, ein römisches Theater, eine venezianische Wassermühle, ein Isis- und Serapisheiligtum, ein Apollotempel, ein Amphitheater, ein Gräberfeld. Hinter dem Odeon sind die berühmten Gesetzestafeln von Gortys (Gortyna) verwahrt.

Hierher floh einst Hannibal vor der unversöhnlichen Rachsucht der Römer. Hierher schrieb Paulus in einem Brief: „Die an Gott glauben, sollen darauf bedacht sein, gute Werke zu tun." Er schrieb es an den Bischof Titus, den Oberhirten von Kreta. Von Gortys aus, das um die Zeitenwende Hauptstadt der Insel und Sitz des Prätors von Kreta war, wurde die Insel christianisiert. Paulus soll auch selbst hier gewesen sein.

Wir fliehen vor der Hitze in der Messaraebene ans Meer und kommen erst am Spätnachmittag wieder zurück. Phaistos, zweitgrößter minoischer Palast. Hier atmen die Puristen auf. Da ist nichts hinzugetan, was die Zeit weggenommen hat. Was noch Leben, Farbe, Bewegung war, ist auf Museen verteilt. Kein Evans hat hier Ideen neu realisiert, Ansätze weitergedacht. Ergebnis: Schöne Ruine aus dem 20. Jahrhundert. Abschreiten von Grundrissen, Vergänglichkeit, schwermütiges Einheitsgefühl, wie über allen Trümmern. Nichts von der lebensfrohen, beklemmenden Gegenwart in Knossos. Der Wind, der hier den alles abschleifenden Sand vorüberträgt, den Vollender der Zerstörung, war im Gemach der Königin in Knossos das kühlende, belebende Element, das an den Säulen vorbeistrich, während draußen auf den Stufen Frauen Unkraut jäteten, um den Palast der Gegenwart zu erhalten.

Der Palast von Agia Triada, wahrscheinlich ein Landhaus der Könige von Phaistos, lebt von der Landschaft, in die er eingesunken ist. Vom fernen Blick zum Golf der Messara. Vom Klang einer Hirtenflöte. Ein alter Mann an der Straße, ein kranker Junge neben ihm, in dessen Gesicht es zuckt. Sie verkaufen liebevoll bemalte Rohrflöten. Man möchte bleiben, den Klang im Ohr aufbewahren und den Blick auf das Meer, das im Dunst nicht mehr zu sehen ist.

Alles ist Sehnsucht. Auch die Augen des kranken Jungen sind sehnsüchtig. Starren auf die Vespa und können sich nicht losreißen. Seine Hände lenken ein unsichtbares Fahrzeug, geben Gas, sehnsüchtig schaut er uns nach. Er möchte dorthin, wohin wir fahren. Wir möchten bleiben, wo er zurückbleibt.

Eine Kirche. Eine Frau, die Kerzen anzündet und eine Ikone küßt. Wir tun es auch. Sie freut sich: „You like Kriti."

12. Tag: Man will den Büchern nicht recht glauben, die da von der unglaublichen Freundlichkeit und Hilfsbereitschaft der Kreter berichten. Aber soll man auch der eigenen Erfahrung mißtrauen? „Man soll", sagt der Mittelschullehrer in Ruhe, jetzt praktizierender Misanthrop, der auf der Suche nach einem widerlichen Kreter fast irrsinnig wird. (Ich könnte ihm zwei nennen, aber ich verschweige sie ihm). Jahrhundertelang standen sie unter teils sehr harter Fremdherrschaft, unter Venezianern, Türken, Deutschen. Dennoch treten sie allen Fremden mit würdevoller und zugleich kindlich-neugieriger Offenheit entgegen. Nicht nur in den Büchern des Kazantzakis ist der Gast heilig. Und nicht weil er Geld in der Tasche hat sondern weil er Gast ist. Die Politesse auf dem Flughafen ist ehrlich empört, als sie hört, wieviel in einem Luxusrestaurant ein Menu kostet. „Was werden die Fremden von uns denken!" sagt sie. In einem Bergdorf lebt noch der Pope, der im letzten Krieg in seinem Haus einen englischen und einen deutschen Verwundeten von einander versteckt hat. Sie waren doch hilflos, sagt er.

Man ist rasch Freund mit ihnen, und doch ist immer noch die Distanz da, die der Respekt vor dem Anderssein gebietet. Kein alkoholgetränktes „Brüderchen, bist auch ein armes Schwein!" Der Greißler auf dem Markt, Herr über die köstlichsten Käsesorten, begrüßt mich vom zweiten Einkauf an mit Handschlag.

Die Kreter sind sehr arm. Bettler habe ich keinen gesehen.

13. Tag: Ich kenne die Blumen links und rechts von der Straße nicht. Ich kenne die gelben Ginsterhaufen an den Felsenhängen und den Oleander und die Lavendelpolster und so etwas wie blaue Strohblumen – wie sie einst die Silber-Glasaufsätze der Eltern füllten und den Winter über verstaubten, bis sie im Frühjahr selber zu Staub wurden. Aber die 150 anderen Kräuter, die der Reiseführer vermerkt, kann ich nur riechen. Was für ein Duft! Er schlägt einem entgegen, wie anderswo Auspuffwolken. Betäubend, verwirrend manchmal, einmal bremse ich und bleib stehen. Benennen kann ich auch ihn nicht: süß, weniger süß, herb, Verlegenheitsworte.

Wenn man per Schiff ankommt, schrieb Kazantzakis, dann riecht man die Insel schon lange vorher. Jetzt glaub ich ihm auch das.

14. Tag: Menschliche Urlaubsromanzen auf Urlaubszeit gehen meist mit dem Urlaub zu Ende, die Romanze zwischen Herr und Hund beginnt jetzt erst recht. Wie das? fragen die Uneingeweihten, als der Wollknäuel mit funkelnagelneuer Leine um den Hals in einer Tasche den Gangway hinaufschwebt. Sie

konnten voneinander nicht mehr lassen, und die Gattin segnete den Bund. Der Wollknäuel war als Kind einer Schottin hier geboren und zurückgelassen worden. Er gehörte einem Stubenmädchen, das sich nicht viel um ihn kümmern konnte, aber dennoch, als er sich trennen sollte, eine, wie es sagte, sehr hohe Summe verlangte: 500 Drachmen! Der Wollknäuel war von reinster Rasse und hieß Tip.

Man hat so viel mehr gesehen in dieser kurzen Zeit, als man glaubt. Vieles wird man erst verarbeiten müssen. Die venezianischen Hafenbefestigungen, die eben restauriert werden – der Markuslöwe, einst Symbol einer verhaßten Besatzungsmacht, bekommt einen neuen Kopf. Eine Schafherde mit Hirten, der – nicht für die Fremden, nein, für sich, vielleicht auch für seine Tiere – auf der Flöte bläst. Die vielen Esel, mit Heu, Menschen und anderen Mühen des Tages beladen. Man kann einen mieten, wenn man „stilecht" reisen will, und im Gebirge erscheint das gar nicht so absurd. Und Heraklion! Wie kann eine so häßliche Stadt so viel Charme haben – und eine so winzige so viele Juweliere! Und all die anderen Orte und Buchten, die man noch nicht gesehen hat! Und immer wieder die Menschen, sie in erster Linie, man müßte alles mit ihnen beginnen und mit ihnen aufhören, mit ihren Gesichtern, ihrem Lachen und ihrer Würde . . .

Ich hole mein Kompoloyi aus der Tasche. Ich spiele, spiele wie sie.

Fünf vor 8 Uhr früh landet die Maschine in Wien-Schwechat. Etwa achtzig schläfrige Passagiere und ein erwartungsvoller Hund. Er heißt jetzt Greco.

Der Abenteuerroman Charles Sealsfield

Karl Postl wurde im Jahre 1793 in Poppitz bei Znaim geboren. Charles Sealsfield starb im Jahre 1864 in Solothurn, Schweiz.

Man könnte das Leben eines bedeutenden Menschen als modernen Roman konzipieren: die Hauptfigur von verschiedenen Erzählerpersönlichkeiten gesehen, die aus ihrem subjektiven Blickwinkel heraus eine runde, psychologisch untermauerte Gestalt formen. Diese vier, fünf oder mehr Gestalten aber, mit dem geistigen Auge des Lesers zusammengeschaut, Schattenrisse von verschiedenster Form übereinandergelegt gleichsam, scheinen dennoch keine menschliche Kontur zu ergeben. Eine unmögliche Romanfigur also? Eine solche unmögliche Romanfigur scheint mir Charles Sealsfield zu sein.

Zusammengesetzt aus heterogensten Elementen, ein moralisierender Abenteurer, ein patriarchalischer Freidenker, ein seriöser Historiker, der dunkle politische Intrigen spinnt, ein knalliger Kolportagegeschichtenschreiber und zugleich ein Dichter. Freiheitsfanatiker und Toleranzapostel, der dessen ungeachtet seine Plantage von Negersklaven bewirtschaften läßt, denen er jedes Recht auf Freiheit, jede Möglichkeit auf Selbstverwirklichung abspricht. Schärfster klarsichtiger Kritiker Amerikas, Deutschlands, seiner Heimat Österreich – und romantisierender Verklärer der roten Rasse über die Grenze des Kitsches hinaus. Freidenker, der nichts von dem verhaßten Priesterstand wissen will, dem er einst angehörte und dennoch zeitlebens in freiwilligem Zölibat lebt, einer, der vor Priestern, die ihm begegnen, ausweicht wie der Pest und zur gleichen Zeit in seinem Paß als Beruf „protestantischer Geistlicher" vermerkt hat. Schwärmerischer Verehrer der Französischen Revolution, der täglich knieend seine Gebete verrichtet, der, von einem Formblatt befragt, ob er katholisch oder protestantisch sei, „einer anderen christlichen Konfession angehörig" hinschreibt und am Sterbebett einen befreundeten Pastor bittet, ja förmlich zwingt, ihm eine fragwürdige und bis heute ungeklärte Heilige Kommunion zu spenden. Ein Mensch, der seinen ursprünglichen Beruf aufgibt, um abwechslnd in ein halbes Dutzend anderer Berufe zu schlüpfen, deren keiner ihn wirklich ausfüllt, der sich die verschiedensten Namen zulegt, sogar die von noch lebenden Freunden, und sie immer wieder verleugnet.

Mag sein, daß all die Masken, die er sich vor's Gesicht hielt, nur ein verzweifelter Versuch waren, die Weihe des Priestertums, die er zeitlebens in sich trug, auszulöschen. Vielleicht aber war dieses komödiantische Sich-Verbergen in die Schlupfwinkel der verschiedensten Rollen nichts anderes als die seelische Aufsplitterung eines Menschen, dessen Wurzeln verdorrt waren, die einst im behäbigen Bauernhof des Dörfchens Poppitz bei Znaim verhaftet gewesen waren oder auch im Kreuzherrenstift in Prag oder überhaupt in seiner Heimat Österreich, die er auch in der raffiniertesten Verkleidung nicht mehr betreten konnte. Aber das sind vielleicht schon unzulängliche Vereinfachungen eines vielfältigen Rätsels, der Versuch eines Autors, den möglichst verständlich motivierten roten Faden für den widersprüchlichen Weg seines Protagonisten zu finden.

Der mit dichterischen Momenten durchsetzte „Kolportageroman Karl Postl-Charles Sealsfield" begann damit, daß man den Ältesten der wohlhabenden Bauernfamilie Postl in einen ihm nicht gemäßen Beruf, in ein Kloster steckte, und die „Exposition" endete mit einem Riesenkrach. Der junge, sehr begabte Priester, der zu großen Hoffnungen berechtigte, hatte im Auftrag seiner Oberen die Einkünfte des Ordens aus der Arbeit der untergebenen Bauern und Weinhauer zu kontrollieren. Auf einer dieser Visitationsreisen kam er auch nach Poppitz und mußte von seinem Vater, der Kellermeister eines Besitzes der Kreuzherren war, verlangen, ihm Rechnung zu legen. Es kam zu einer peinlichen Auseinandersetzung, vermutlich deshalb, weil bei den Angaben des geliebten und bisher hoch geachteten Vaters etwas nicht gestimmt hatte.

Ob dieser Konflikt nun der Ausgangspunkt der weiteren „Handlung", des Weges in die Welt wurde, auslösendes Moment für Karl Postl, seinen Priesterberuf aufzugeben und aus Österreich zu fliehen, wird von ernsten Wissenschaftlern angezweifelt. Die zeitlich knappe Aufeinanderfolge dieser beiden entscheidenden Ereignisse lassen dies immerhin möglich erscheinen. Sicher aber trug zu dem Entschluß bei, daß er als Sekretär des Generalgroßmeisters des Kreuzherrenordens auf vielen Reisen die Diskrepanz der Lebensführung des Adels, der hohen Geistlichkeit und des armen geknechteten Bauernstandes kennenlernte und zutiefst schmerzlich empfand; daß er im Kampf des verzopften Beamtentums gegen die „Aufklärer" und Freimaurer immer mehr deren Partei ergriff. Letztere waren es auch, die dem hochbegabten jungen Mann die finanziellen Mittel zur Flucht aus Metternichs Polizeistaat gaben. Allerdings mit der Bedingung verknüpft, unter anderem Namen ein völlig neues Leben zu beginnen.

Dieser Bruch mit seiner Vergangenheit sollte sich durch sein ganzes Leben ziehen. Er suchte die Freiheit und fand nur neue Sklaverei, er legte seinen Namen – Karl Postl – ab und fand eigentlich nie mehr einen neuen, der wirklich ihm gehörte. Er verlor seine Heimat und fand keine zweite mehr, weder Amerika, noch England, noch Frankreich. In der Schweiz ließ er sich während seiner letzten Lebensjahre vielleicht nur deshalb nieder, weil gewisse äußere Ähnlichkeiten ihn an seine Heimat zu erinnern vermochten. Er hatte seinen Beruf aufgegeben und nie recht einen neuen gefunden. Uns gilt er als Schriftsteller, aber dies war letztlich nur die Verwirklichung einer seiner vielen Begabungen.

Und selbst in dieser schmalen Sparte seiner rastlosen Tätigkeit ist der Bruch sichtbar, der sein ganzes Leben bestimmte. Gibt es in seinen „Amerikaromanen" oft Stellen von kaum erträglicher Sentimentalität, so schlagen diese dann oft plötzlich in äußersten ätzenden Zynismus um, der alles bisher Gesagte relativiert, ja ins Gegenteil verkehrt. Man könnte ihn gleichzeitig als großen Satiriker wie als Vorläufer von Stifter und Karl May bezeichnen, Zeitkritiker, Tschinbumautor und Prediger in einem. Wir finden bei ihm alle Ingredienzen der noch heute so beliebten Südstaatenromane von Margret Mitchell bis Gwen Bristow: ehrenwerte Kolonisten, aristokratische Plantagenbesitzer, drollige Negersklaven, böse weiße Abenteurer und Indianer, die in der naiven Begeisterung eines Schulbuben so tapfer und edel geworden sind – Winnetous zur Potenz. So uneinheitlich Sealsfields Werk bei flüchtiger Betrachtung aber auch erscheint, so heben ihn doch prachtvolle, äußerst lebendige Landschaftsschilderungen, scharfe, zeitkritische Analysen und subtile Charakterzeichnungen weit über das Niveau eines Modeschriftstellers hinaus. Und doch würden selbst diese Positiva letztlich nie den tiefen Eindruck erklären können – eben den, den nur das Undefinierbare, sich jeder Interpretation entziehende Dichterische hervorzurufen imstande ist.

Postls Flucht aus Österreich führte ihn 1823 nach Amerika. Er bereiste den ganzen Süden, wo er überall bei Deutschamerikanern und in den Freimaurerlogen freundliche Aufnahme fand. Gast sein aber genügte ihm nicht, er begann zu schreiben, vorerst Berichte über Amerika für deutsche Zeitungen. Charles Sealsfield schrieb jetzt unter dem Pseudonym C. oder H. Sidons. Aber er hatte geirrt, wenn er glaubte, sich derart seinen Verpflichtungen entziehen zu können, die Fesseln seiner Gönner blieben ihm, er mußte 1826 als politischer Emissär nach Europa gehen. Und der Mann, der den in Amerika wenigstens teilweise verwirklichten Ideen von Toleranz, religiöser Freiheit und Volkssouveränität entgegengejubelt hatte, begann nun an der Wiedererrichtung eines napoleonischen Kaisertums in Frankreich mitzuarbeiten. Napoleons Bruder Joseph, ehemaliger König von Spanien, gelüstete es nach dem Thron, und der sprachlich und diplomatisch so begabte Abenteurer S. war der geeignete Mann, die Welt darauf propagandistisch vorzubereiten. Schon 1832 durfte Joseph in England, dem Erbfeind Frankreichs, an Land gehen.

Aber Sealsfield war nicht nur Diplomat, Leitartikler und Spion, er war auch ein blendender Geschäftsmann, Aktieneinkäufer und Vermittler, Grundstücksmakler, er besaß bereits 1829 eine Plantage in Louisiana, die er – wieder ein Widerspruch – von Negersklaven bearbeiten ließ, denen es auch nicht viel besser oder nicht viel schlechter gegangen sein mochte als jenen auf den Gütern anderer südstaatlicher Fronherren. Und hier zeigt sich – neben seiner für ihn so bezeichnenden Unrast, die ihn an keinem Ort längere Zeit bleiben ließ – ein zweites hervorstechendes Merkmal: die Gier nach Geld und äußerem Erfolg. Er ließ sich seine Dienste gut bezahlen, und der Verdacht, er habe die

Preisgabe seiner früheren Ideale in klingende Münze umgesetzt, ist keineswegs von der Hand zu weisen. Und sicher war Geld auch eine der treibenden Kräfte, die ihn zum Schreiben brachten. In dieser von Reisen zwischen Amerika und dem europäischen Kontinent, von äußerster Betriebsamkeit hinter den Kulissen der großen Politik erfüllten Zeit entstanden in rascher Folge die ersten Romane, „Tokeah or The White Rose", die „Transatlantischen Reiseskizzen", die sechsteiligen „Lebensbilder aus beiden Hemisphären" und prachtvolle satirische Erzählungen, wie etwa „Christophorus Bärenhäuter".

Die Anonymität eines Künstlers gehörte schon immer zu den Garanten des Publikumserfolges. Die Sucht, etwas über seinen Urheber zu erfahren, bringt Menschen oft sogar dazu, sich mit dessen Werk zu beschäftigen. Fälle wie Traven, Forestier oder Verlon hat es immer schon gegeben. Bei Sealsfield war es aber noch grotesker, ihn kannte man ja bald, für ihn mußte der Verleger das Honorar nicht wie im Falle Traven bei einem Anwalt hinterlegen, er war nicht unter tragisch-romantischen Umständen als Fremdenlegionär gefallen wie – angeblich – Forestier, er war jederzeit greifbar. Die Frage: Wer ist Sealsfield? bezog sich eigentlich nur auf seine Herkunft. Daran allerdings rätselte die halbe Welt herum, Gutzkow hielt ihn für einen nach Amerika ausgewanderten Schweizer, Laube für einen in die Schweiz eingewanderten Amerikaner. Er schrieb derart kompetent über amerikanisches Leben und amerikanische Verhältnisse, daß man annehmen mußte, er sei dort geboren und aufgewachsen. Er sprach und schrieb aber auch wie ein Deutscher, und seine Kenntnis der deutschen Verhältnisse war verblüffend. War er ein europäischer Fürst? Woher dann diese Vertrautheit mit dem Milieu der Prärien und Indianerkämpfe? War er ein Abenteurer – wer hatte ihm dann diese intime Kenntnis der Verhältnisse an europäischen Fürstenhöfen vermittelt? (Mit verblüffendem Weitblick stellte er im „Sendschreiben an das deutsche Volk" 1853 fest, eines Tages würden sämtliche Großmächte von heute belanglos werden, nur zwei, die Vereinigten Staaten und Rußland, würden bestehen bleiben.)

Hin und wieder aber hatte man ihm auch schon als Österreicher verdächtigt. Sein von der österreichischen Zensur sofort verfolgtes Pamphlet „Austria as it is" wußte auch allzu gut über die Verhältnisse bescheid, über das Auseinanderstreben der Bestandteile Österreichs, die Gleichgültigkeit des tschechischen Volkes gegen Dynastie und Katholizismus, die geheimen Kräfte in Ungarn, dem es mit seinen Freiheiten und seiner Verfassung bitter ernst war. Über die Ohnmacht des kaltgestellten hohen Adels gegenüber der Macht der Bürokratie, die Methoden Metternichs und den Obskurantismus des Kaisers Franz. – Bezeichnend übrigens, daß diese Schrift erst 1919 ins Deutsche übersetzt wurde und daß man in Österreich erst jetzt, zu spät, als politischen Weitblick des Autors erkannte, was bisher nur als verlogener, bösartiger Haßausbruch eines Enttäuschten, Beleidigten angesehen und verurteilt worden war.

Zweifellos, daß in die Liebe zur verlorenen Heimat sich auch der Haß gegen jene mischte, die aus diesem Land einen Kerker gemacht hatten, umso seltsamer daher die Tatsache, daß Sealsfield sich anläßlich eines Aufenthalts in Deutschland an Metternich wandte und diesem seine Spitzeldienste anbot. Wollte der Mann, der von den Freimaurern bezahlt wurde, Doppelspionage betreiben, nur um seine Einkünfte zu verbessern? Wollte er sich an seinen Auftraggebern für deren dauernden Zwang rächen? Oder war er immer noch so sehr Österreicher, daß er hoffte, seine Verdienste um Metternich könnten ihm seine Heimat zurückgeben? Wir werden es nie wissen. Metternich schlug das Anerbieten des „suspekten Abenteurers" aus.

Sealsfield selbst tat auch nichts dazu, um das Geheimnis um seine Person zu lüften. Den Fragen nach seiner Herkunft wich er mit ein paar Bonmots aus oder begnügte sich mit rätselhaftem Schweigen. Er tat dies wohl nicht nur, um sein gegebenes Versprechen zu halten, er spürte genau, daß das Zwielicht um seine Person zur Steigerung der Auflageziffern seiner Bücher beitrug. Er hatte einen untrüglichen Instinkt für die Modeströmungen seiner Zeit – etwa der alle Bevölkerungsschichten erfassenden Amerikasehnsucht –, er ging in seiner Erfolgsjagd sogar so weit, seine Erzählungen für die deutschsprachigen Ausgaben vollkommen umzuschreiben, um gleich einem Illustriertenautor unserer Tage den Wünschen des neuen Publikums entgegenzukommen. Er war für einen Idealisten ein erstaunlich guter Geschäftsmann, wie die zähen brieflichen Verhandlungen mit seinen Verlegern zeigen. „Ein Dichter kann doch gar nicht so viel verkaufen!" soll Grillparzer einmal ausgerufen haben. Sealsfield konnte. Und er konnte trotz seines modernen Managerlebens und seiner ungeheuren Produktivität auch Werke schreiben, denen die literarische Unsterblichkeit gewiß sein dürfte. Nehmen wir nur als Beispiel „Die Prärie am Jacinto" aus dem „Kajütenbuch", die Erzählung des texanischen Obersten Morse, nicht nur durch ihren historischen Hintergrund von so eminentem Interesse für den modernen Leser sondern auch durch Landschaftsschilderung, Stimmungswerte und psychologische Durchdringung der Figuren faszinierend wie vor hundert Jahren. Die Angst des Verirrten, der, tagelang im Kreise reitend, seiner eigenen Spur folgt, der zwiespältige Bob in seiner Gewissensnot, der seine gerechte Strafe für einen Mord verlangt, endlich die groß angelegte Gestalt des Alkalden, der das Recht den Interessen des in der Wildnis entstehenden Staates hintanstellt – der Autor zeigt sich hier modern, als lägen die Entdeckungen Freuds und C. G. Jungs längst hinter ihm.

In diesen Jahren lebte Sealsfield hauptsächlich in der Schweiz. Er hatte im Auftrag Exkönig Josephs die Königin Hortense, die Mutter des späteren Napoleon III. aufgesucht, um ihre Interessen mit denen Josephs in Einklang zu bringen – eine Mission, die ihm mißlang, aber die Bekanntschaft einer großen und interessanten Frau vermittelte, der er menschlich viel verdankte. Er war inzwischen ein wohlhabender und berühmter Mann geworden, die „Neuen Land-

und Seebilder" in vier Bänden erschienen, der dreibändige Roman „Süden und Norden", der das nördliche Amerika in scharfen Gegensatz zu Mexiko stellte; vom Publikum begeistert gelesen, von der Kritik „den größten Meistern der Literatur" zugesellt, über Cooper und Irving gestellt. Seine Auftraggeber verloren allmählich ihr Interesse an ihm und ließen ihn fallen, dennoch mußte er sein Schweigegelöbnis weiter halten, und an eine Rückkehr nach Österreich war immer noch nicht zu denken.

1853 fuhr er zum sechsten und letzten Mal nach Amerika und reiste noch einmal kreuz und quer durch das Land. Das Land, das ihn diesmal zutiefst enttäuschte. Er war reif und sehend geworden, die geistige Entwicklung des Landes schien ihm im Vergleich zum materiellen Aufstieg trostlos, die politische Lage festgefahren. „Das Übermaß von Freiheit ist in eine Mobokratie ausgeartet", schrieb er bitter. Auch er war ein „Amerikamüder" geworden, wie Lenau vor ihm und Heinrich Heine, der der allgemeinen Amerikabegeisterung schon viel früher sein Urteil über das „ungeheure Freiheitsgefängnis, wo der widerwärtigste aller Tyrannen, der Pöbel, seine rohe Herrschaft ausübt", entgegengeschleudert hatte. Auch Sealsfield schrieb jetzt tief enttäuscht, er habe Amerika gepredigt, doch letztlich nicht Amerika sondern die Freiheit gemeint.

65 Jahre alt und gebrochen von der unsteten Suche nach dem Ideal einer aller Fesseln von Heimat, Stand und sozialer Einordnung ledigen Verwirklichung seines Ich kehrte er in die Schweiz zurück, um sich in Solothurn anzukaufen, wo er als kaum beachteter mürrischer Sonderling dem Tod entgegenlebte. Sein plötzlicher literarischer Ruhm, den er weniger seinen dichterischen Qualitäten als dem Interesse für den neuen Kontinent verdankt hatte, das die bitteren Erfahrungen so vieler Auswanderer nun wieder zum Schwinden brachten – war rasch wieder verblichen. Erst Jahrzehnte später sollte man sich seiner wieder erinnern.

Nach seinem Tode, 1864, konnte der k. k. Bezirksvorsteher Joseph Postl im Namen der übrigen Geschwister eine reiche Erbschaft übernehmen – es war derselbe, dem der Verstorbene vor 41 Jahren als Einzigem seinen Austritt aus dem Kloster und seine Pläne zur Flucht in die Freiheit anvertraut hatte.

Der „Abenteuerroman Charles Sealsfield" war zu Ende. Es ist das Ende jedes altgewordenen abenteuernden Helden, dem der Autor nicht die Gnade angedeihen läßt, die Geschichte knapp nach seinem letzten Sieg, nach der endlichen Erreichung des Ideals – sei es in der Verkörperung des eroberten Reiches oder der schönen unnahbaren Frau – zu beenden. Aber wo hätte, um dem Leser die Genugtuung eines erfolgreichen, erfüllten Lebens zu bieten, der Autor dieses Helden abbrechen müssen? Etwa schon dort, wo der junge Sealsfield zum ersten Mal auszog, um die Freiheit zu suchen? Welche Freiheit hatte er wohl gesucht?

Die Botschaft Pompejis und wie man sie am besten verdrängt

Es läßt sich nicht leugnen: Auch wenn er nicht annähernd so bequem an das Ziel seiner Wünsche gebracht wurde, wie das heute geschieht – der Reisende in Sachen Kultur hatte es früher doch leichter. Für ihn war die Akropolis, waren Pyramiden oder die Ausgrabungen von Pompeji oft noch so etwas wie ein Urerlebnis. Höhepunkte eines Bildungsweges für Privilegierte und Aufstiegshungrige, Krönung eines Lebens vielleicht, für die man ein ganzes Lebensalter Heller um Heller gespart hatte, aus unanschaulichen Stichen, Berichten und eigenen Sehnsüchten zusammengesetzt, bis das erträumte Ziel in kaum geahnter Großartigkeit endlich doch noch Realität wurde. Heute lernt er nur kennen, was er unter weit bequemeren Umständen schon längst kennengelernt hat, in Wort und Bild und Fernsehton, von geschickten Kameraleuten ins rechte Licht gerückt, von verfälschenden Linsen ins Grandiose gesteigert. Was ihm dazu noch bis zum Überdruß in zerstückelter Form, aus allen Zusammenhängen gerissen und in neue, falsche Zusammenhänge gebracht, ins Bewußtsein getrommelt wurde: die Kathedrale als Kulisse fürs neue Automodell, der Tempel passend zum frischen Deodorant, das antike Grabmal als Anreiz zu gesteigertem Zigarettenkonsum.

Wer heute etwas entdecken will, muß es wiederentdecken, für sich und gegen alle Widerstände einer Informationsflut, die jede echte, ernsthafte Information überschwemmt. Der muß erst einmal all den angehäuften Halbbildungsschutt beiseiteräumen, um die Unschuld desjenigen zurückzugewinnen, der mit staunenden Augen zum ersten Mal etwa in die Porta Marina tritt und aufmerksam die Lexikonworte aufnimmt: „Pompeji, samnitisch-griechisch-römische Provinzstadt nahe Neapel, die 63 n. Chr. durch ein Erdbeben teilweise zerstört und 16 Jahre später durch einen Ausbruch des Vesuv fast vollständig unter einer meterhohen Schicht von Asche und Bimsstein begraben wurde. Was Sie hier sehen, das wird seit mehr als hundert Jahren in planmäßiger, mühevoller Arbeit ans Licht gebracht."

*

„Bob was here", steht an der Via di Nola in die Mauer gekratzt, und der Kustos zuckt bedauernd-empört die Achseln. „Successus war hier" steht, nur lateinisch, seit 1900 Jahren an einer gleichen Wand, eine der mehr als 3000 gemalten oder eingekratzten Inschriften, Geschäftsankündigungen und Wahlvorschläge, Schulweisheiten und Familiennachrichten, Lobpreisungen von Politikern und andere Unanständigkeiten. Nichts Neues unter der Sonne heißt es schon bei Prediger Salomo, und wer an die Veränderung der Menschen glaubt, sieht sich wieder einmal enttäuscht. Die gleichen Äußerungen von Freude und Unmut, Liebesseligkeit und Verzweiflung. Ob es nun heißt, „Serena mag den Isidorus nicht" oder „Maxi ist doof", ob Nero und Poppäa beschimpft werden oder unserem plakatierten Bürgermeister die Nase abgeschnipselt wird, die menschliche Sehnsucht nach Öffentlichkeit und Kommunikation ist die gleiche. Nicht nur damals waren Muskelmänner wie der thrakische Gladiator Celadus „die Sehnsucht der Mädchen", einer gewissen Sorte zumindest, und daß auch die Männer der Politik ihren Wählern stets das beste versprechen, ob „gutes Brot" oder Pensionszuschüsse, ob „herrliche Spiele" oder Freizeitzentren, wenn sie einmal Ädilen, Duumvirn oder Stadtrat sein werden – auch daran hat sich seit der Sklavenhaltergesellschaft nicht das Geringste geändert. Auch die schriftlichen Stoßseufzer wie „Barca verrecke!" gibt es heute noch zur Genüge, ebenso knapp und ebenso unmißverständlich.

Auch die Barmädchen der Asellina an der Via dell'Abbondanza, die sich an den Wänden ihres Etablissements für ihre Favoriten engagieren, haben die gleiche Funktion und wohl auch die gleiche Kompetenz – und vielleicht auch ähnliche Vorteile – wie heute die Prominenten von Bühne und Film mit ihren plakatierten Wahlempfehlungen, und vielleicht wurden auch die sie eigens dazu aufgefordert, wie das heute per Post geschieht. Bemerkenswert dabei nur; die vier Damen des Kleinbetriebs, Asellina, Aegle, Maria und Smyrna scheinen noch um einiges individueller entschieden zu haben (die vier gaben ihre Stimmen immerhin an drei verschiedene Kandidaten), als die straff organisierten Badheizer und Goldschmiede, Maultiertreiber und Barbiere, die Bäcker, Knoblauchhändler und Advokaten, die schon mehr von kollektiver Willensbildung hielten. Alles schon dagewesen, wie Ben Akiba sagt, nur daß man die modernen Pendants dieser Graffiti nicht mit Glas oder Stoffplachen vor Sonne und Touristenhänden schützt. Aber das ist vielleicht nur eine Frage der Zeit.

„Bob was here", diese klassische Manifestation einer Existenz, die sich dagegen wehrt, vom Faktor Zeit für immer ausgelöscht zu werden – vielleicht wird sie in ein paar hundert Jahren, vielleicht nach einer ungleich größeren Katastrophe ebenso bestaunt und hinter Glas gehätschelt werden. Als letztes Zeugnis dafür, daß es da einmal eine rätselhafte Invasion von Bewohnern jenseits des Atlantik gegeben hat. Im Jahr 1977 n. Chr., wie die Analyse einer verrosteten Coca-Cola-Dose ergibt.

*

Was Alexandre Dumas père, der spätere Grabungsleiter Pompejis von Garibaldis Gnaden, den Lesern seiner ersten Berichte über die Stadt gerade noch glaubte zumuten zu dürfen – ein paar Häuser, ein paar Inschriften, einen Tempel, ein Theater und noch dieses oder jenes Geschäft – das ist heute zum festen Programm geworden. Der „Grieben" verschreibt zwei Tagesrundgänge, wenn man annähernd einen Eindruck von Pompeji bekommen möchte, dem Gast unter sachkundiger Führung müssen zwei knappe Stunden genügen. Und sie genügen ihm wirklich, kaum einer der protestiert. Warum sollte er auch? Mehr als die paar wichtigsten Gebäude nimmt sein Sensorium ohnehin nicht mehr auf. Das Fernsehen hat schon zu viele Kanäle. Und wer will von ihm verlangen, das furchtbare Schicksal dieser Stadt gar noch nachzuempfinden? Jetzt nach zweitausend Jahren, bei brennender Sonne und mit aufgewetzten Zehen im Schuh? Sicher, die „Gipsleichen", die Opfer der Katastrophe sind recht eindrucksvoll über die Stadt verteilt. Aber dank ihrer dekorativen Aufbahrung hinter Glas, im Museum neben der Porta Marina oder auch in den Thermen, halten sich Mitgefühl, Trauer und das ästhetische Entzücken des Betrachters über den gelungenen Abguß authentischen Sterbens vor 1900 Jahren schön die Waage. Die Leute hier wissen schon, was sie den Gästen zumuten dürfen, die sind schließlich im Urlaub und haben ihr Geld für Erholung ausgegeben. Außerdem gibt es immer noch Empfindsame unter ihnen, bei denen man nie weiß, wie sie reagieren könnten. Und gerade auf sie, auf die schwächsten Glieder der Gesellschaft, muß man Rücksicht nehmen, das ist wie in der Schule, wenn fortschrittliche Lehrmethoden praktiziert werden. Darum sind zwei Stunden gerade genug, und draußen vor den Toren warten schon die hübschen Erfrischungsstände, von goldgelben Orangen in Netzen gleich leuchtenden Lampions umhängt. Irgendjemand hat einmal gesagt, der Mensch läßt freiweillig nur das in sich ein, was ihm entspricht, denn nur das kann ihn glücklich machen. Himmlisches Ventil, das uns gegen diese steinernen Skelette rechtzeitig abdichtet!

Es gibt aber auch andere, Einzelne, die mit allerlei Reiseführern ausgerüstet den schriftlich vorgezeichneten Spuren folgen. Sich den Überraschungen oder auch Gefährdungen aussetzen, die diese in Gras und Ginster eingesunkenen Mauerreste zu bieten haben. Die von Stunde zu Stunde mehr die eigenartige Faszination verspüren, von Haus zu Haus zu gehen, in unbekannte Höfe einzudringen, Fresken zu sammeln, Peristyle und Getreidemühlen abzuhaken. Eine bereits vorliegende Stadt Mosaikstein für Mosaikstein neu in sich aufzubauen. Vielleicht – ohne es selbst zu wissen – auf der Suche nach einer Welt, deren Chaos zwar kaum geringer war als das der unseren, die aber im plötzlichen Erstarren zur Momentaufnahme durch den Vulkanausbruch das Bild einer beneidenswerten Geschlossenheit vermittelt. Einer Ordnung, nach welcher sich der vom „Pluralismus" unserer Zeit, vom Auf und Ab der Moden in Kleidung, Styling und Weltanschauung Verwirrte immerfort sehnt.

Ob nur die paar Meter daran schuld sind, die Pompeji seine Umgebung überragt, daß der Eindruck ein so ganz anderer ist als der des nahegelegenen Herculaneum, das einige Meter unter dem allgemeinen Niveau liegt? In Pompeji werden Hügel abgetragen, dem natürlichen Boden wieder angeglichen, auf dem sich das Leben vollzog. In Herculaneum wurde ein von giftigen Gasen erfülltes Grab geöffnet und nach archäologischen Leichenresten durchsucht. Mit seinen zum Teil zweistöckigen Häusern gibt es zweifellos deutlicher den früheren Stadteindruck wieder, aber es ist der Eindruck einer toten, einer verlassenen Stadt. Gerade dadurch, daß vieles vollkommener ist, weniger zerstört, leichter und unauffälliger zu rekonstruieren war, ist hier der Eindruck der Zerstörung viel stärker. An manchen Stellen sieht man direkt in offene Räume hinein, da ist noch ein Stück Malerei an der Wand, ein Meter vermoderten Fachwerks – fehlen nur noch der Küchenherd oder die hellen Quadrate der Bilder an den Wänden, sie fielen herab, als die Bombe krepierte und die vierte Wand aufriß. Das ist das Quälende an diesen Ruinen: Man sieht noch die offen liegenden Wunden, sie stinken sogar, nach Schwefel, wie Leute mit feineren Nasen behaupten. Man wird sich plötzlich der eigenen Schamlosigkeit bewußt, die durchs Schlüsselloch in die Intimität dieses einstigen Lebens, Zusammenlebens kriecht. Eines Lebens, das, noch gar nicht abgeschlossen, anderswo weitergelebt wurde.

Dazu kommt, daß am oberen Rand dieser Totenstadt ohne Tote, da hier die rasch erstarrende Schlamm-Lavaflut nicht das geringste Zögern zuließ, die neue, heutige Stadt beginnt. Aber nicht etwa als Kontrast von Tod und Leben, wie frühere Besucher das empfunden haben, nein, die Kulissenhäuser da oben verfallen ebenso, man läßt sie verfallen, um die Ausgrabungen weitertreiben zu können. Sie sind weit schäbiger als die abgestaubten, geschrubbten Gerippe der zweitausendjährigen Stadt unter ihnen, auch aus ihren aufgerissenen Zimmern leuchtet die frühere Bemalung, häßlich rosa, giftgrün, und ohne den winzigen Trost, daß das hier Verfallende einmal schön war.

Pompeji ist anders. Hier starben wohl an die zweitausend Menschen, wie es heißt, weil sie immer noch hofften, bleiben zu können – und doch ist dieser ernste Ort ein Ort der Heiterkeit und des Friedens. Man ist dem allseits beklagten Geldmangel fast dankbar, die Wunden, die in Herculaneum so offen hergezeigt werden, wachsen hier unter den Mullbinden von Ginster und Gras wieder zu. Als wollte die Natur wieder gutmachen, was die Ausgräber verdorben haben, als sie das Zerstörungswerk bloßlegten. Dieses allmähliche Wieder-Zurücksinken vieler Häuser und Höfe in eine frühere Natürlichkeit nimmt Pompeji das Brutale seiner plötzlichen Vernichtung.

Was Pedanten und Archäologen bedauern, das gerade ist das Großartige an dieser Stadt: ihre Unvollkommenheit, in der Mauer- oder Säulenreste ihren Eigenwert, ihre eigene Ästhetik bekommen, gleich einem originären Kunstwerk. Und dennoch eine lebendige Stadt ergeben, und lebendig nicht durch minuziöse Rekonstruktion sondern dadurch, daß sie die Phantasie des Beschauers mobilisiert. Die Kontur vorgibt, die es ihm überläßt, die ganze Gestalt fertigzusehen. Kreativ zu sein, wie es das Modewort benennt. Eine Marmorbank mit drei Löchern, in denen noch die Reste der eingelassenen Tongefäße stecken – und die ganze Szenerie von einst ist lebendig. Man ist nicht mehr Zuschauer, man nimmt teil. Überraschend, wie leicht manche Besucher, wie leicht vor allem Kinder diese Stadt in Besitz nehmen, und manche mit einer Neugier, die man nur beneiden, und die die Frau Lehrerin nur selten befriedigen kann. Besitz von all diesen angedeuteten Schenken und Läden, Absteigen und Werkstätten, die die Archäologen zu Hunderten zusammengescharrt haben. Pompeji als Fremdenverkehrsattraktion von vor zweitausend Jahren, Hauptanziehungspunkt Amphitheater.

Und wem all diese Andeutungen nicht genügen, der kann sich die Requisiten dazu draußen, im neuen Pompeji holen, wo die gleichen Grundstrukturen des Lebens in einer südlichen Stadt mit tausenderlei Details angereichert sind. Da schenkt Asellina Kaffee oder Granita aus, da versucht Primus, der Kellner des Gnäus Nigidius Maius den Vorüberziehenden seine Pizza einzureden, das Gekreische der Marktfrauen und die Lockrufe der Garköchinnen, die ihr Garum vorzusetzen hatten, die berühmte pompejanische Makrelensoße, sind unsterblich. Da wird verkauft und gefeilscht um das, was die Bewohner aus Petueli, Neapoli und Nuceria damals ebenso suchten wie heute jene aus Wien, London oder Tokio: Betrieb und Souvenirs, Sättigung und Ablenkung vom eigenen Ich. Und wenn die Eisverkäuferin in altmodischer Manier den Fremden aus Übersee bittet: „Machen Sie Propaganda für mich bei ihren Freunden!", dann könnte sie diesen treuherzig-sinnlosen Wunsch drüben im alten Pompeji von einer Mauer heruntergelesen haben.

Zwei Prallelstraßen: dort die alte Via dell'Abbondanza, die vom Vergnügungszentrum Amphitheater zum Forum führt, zum Zentrum von Verwaltung, öffentlichem Leben und den Götterkulten einer sich entgöttlichenden Welt. Hier die neue, von Restaurants und Souvenirläden umsäumte Via Roma, die vom lärmenden Platz vor den Mauern des Amphitheaters mit Reisebussen, Ringelspiel und Jahrmarktsgedränge zum Santuario der Madonna del Rosario führt. Ein reichgeschmückter Bau aus dem vorigen Jahrhundert, der den Touristen dennoch nur anlocken kann, da sein Campanile einen prachtvollen Blick auf das alte Pompeji gewährt. Kunsthistorisch bedeutend wird er erst in einigen Jahrzehnten sein, noch halten wir zwischen Jugendstil und Historismus – aber die vielen Hunderttausend Wallfahrer, die jährlich hierherkommen, schert das wenig. Sie treten mit gefalteten Händen in einem Raum mit anderen Dimensionen, sie schieben ihre kranken und verkrüppelten Schützlinge auf das Madonnenbild zu, dessen Schönheit von anderen als von modischen Kriterien abhängt – und das auch draußen, inmitten von Kitsch und Souvenirramsch nichts von seiner Bedeutung verliert.

*

Man kann Pompeji aber auch anders sehen, und man braucht dazu weit weniger Phantasie, als wenn man aus ihm ein Kunstwerk für den Eigenbedarf macht. Da ist von dem erschreckenden Materialismus die Rede, den Archäologen und Kunsthistoriker aus jedem Stein und aus jeder Inschrift herauslesen. Pompeji nach der ersten Katastrophe: hektischer Wiederaufbau und neureiches Protzentum, immer überladenere Dekoration. Galliger Witz an den Wänden, der so rasch in Gemeinheit umschlägt. Die Unzahl von Geschäften, Schenken und Bordellen. Fressen, Saufen, „Lieben", Obszönität in jeder Gebärde. Korruption und Bestechung, Geldverleih zu Wucherzinsen („Profit ist Freude", steht an einem Haus). Schäbige Mietskammern zu Überpreisen, denn die Wohnungsnot ist groß. Da wäscht eine Hand die andere und gibt das noch öffentlich kund: „Proculus, mach den Sabinus zum Ädilen, und er wird dich dazu machen". Eine Art von Transparenz, an deren Unverfrorenheit wir uns ein Beispiel nehmen könnten.

Es gibt viele Pompeji. Das der Barbaren, zu dem der große Archäologe Amadeo Maiuri sagt, man könne es fast als Glücksfall bezeichnen, daß der Vesuv rechtzeitig ausgebrochen sei. Ein paar Jahre später, und die herrlichen Fresken, die wir heute besitzen, wären auch noch zerstört oder durch Minderwertiges ersetzt worden. Wie bekannt uns das vorkommt! Da ist das Pompeji der korrupten Stadtverwalter, über deren Pflichtvergessenheit schon Mark Twain wettert, seien doch die Straßen „mindestens zwei Jahrhunderte nicht ausgebessert" worden. Wie bekannt auch das! Und erst das Pompeji der Mir-san- mir-Patrioten, für die alles, was außerhalb der eigenen Mauern siedelt, minderwertiges Pack ist! Wien in Pompeji: Als Schlachtenbummler aus dem benachbarten Nuceria im pompejanischen Amphitheater ihren Gladiatoren zujubelten, gab es Streit und eine erkleckliche Anzahl toter Nucerier. Kaiser Nero, selbst nicht der Zimperlichste, mußte die Vergnügungsstätte für Jahre schließen lassen. Pompeji in Wien: Die türkischen Schlachtenbummler im Stadion wurden zwar ‚nur' verprügelt, aber im Zeitalter der vielzitierten Brutalisierung ist sicher noch einiges drin.

*

So viel ist über Pompeji geschrieben worden, und doch ist, von der Fachliteratur abgesehen, das meiste zweitrangig. Das ist erstaunlich und doch wieder nicht. So zahlreich die Oberflächenreize sind, so stark hier Gefühle angesprochen werden, so interessant die anekdotenreiche Biographie dieser Stadt und ihrer Wiederentdeckung – so spröde verschließt sie sich dem, der tiefer eindringen will. Kein Wunder, daß das literarisch sicher bedeutendste Buch über Pompeji, der nach dem Krieg kurzfristig berühmte, heute schon fast wieder vergessene Roman des 1957 verstorbenen Anglokanadiers Malcolm Lowry, „Unter dem Vulkan", gerade das Nicht-Eindringen-Können in diese Welt zum Thema hat. Mehr noch, die Problematik des modernen Menschen schlechthin, der sich der entsetzlichen Beziehungslosigkeit zu seiner Umwelt, zu dem, was man ihm da vorführt, bewußt wird: „Der Reisende hat sich das mit viel Mühe und gutem Geld gekauft – und was bekommt er dafür? Vorwiegend etwas, zu dem er nicht gehört. Diese Migräne der Fremdheit, irgend eine große Ruine kann sie erzeugen – aber auch das Gefühl, daß man sieht, ohne wirklich zu sehen, daß einem alles geistig unter den Händen zerrinnt, daß man nichts daraus machen kann; und hinter sich, tausend Meilen weit, meint man, sein wirkliches Leben seinem Verhängnis entgegenstampfen zu sehen."

Zu dieser Unfähigkeit, „etwas daraus zu machen", kommt aber noch etwas dazu: die instinktive Abwehr, sich auf Pompeji einzulassen. In einer Zeit, in der man uns jedes Unheil als gesellschaftlich bedingtes einzureden versucht, da fast alles durch „vernüftiges" Verhalten als abwendbar gilt – rauchen Sie nicht, essen Sie nicht zu fett, schlafen Sie nicht zu lang, sorgen Sie vor und zahlen Sie brav Ihre Beiträge, und dann ist auch der sprichwörtliche Ziegelstein über Ihrem Haupt nicht mehr aktuell –, in dieser Zeit des autonomen Menschen steht Pompeji als ewiges Memento mori da und demonstriert die ganze Scheinsicherheit, in der wir leben. Pompeji ist eigentlich unmodern, zugleich aber auch ein Kulturgut erster Größe, an dem man so leicht nicht vorübergehen kann. Also ziehen Hunderttausende jährlich durch diese Stadt und verdrängen, was sie ihnen anbietet. Eine Massenflucht von der Porta Marina zum Amphitheater, auf vorgezeichneten Wegen und immer am unsichtbaren Zentrum vorbei, vorbei am eigentlichen Sinn dieser Stadt, an seiner „Botschaft", mit der verglichen die schönsten Bilder und die interessantesten technischen Einrichtungen nur Dekorationselemente sind. Höchst äußerliche Beiträge zu der Frage, in welchem Gewand und unter welchen sozioökonomischen Bedingungen unser aller Weg zwischen Geburt und Tod sich hier vollzogen hat. Sie rotten sich in Gruppen und Grüppchen zusammen, angeführt und weitergejagt, in den Kokon ihrer Witzchen und dummen Bemerkungen schützend eingesponnen. Nur keinen Schritt vom Wege, da lauert der Sumpf, nie außer sich sein, da lauert die Unsicherheit, immer das eigene kleine Leben und was ihm Bedeutung zu geben scheint, mit sich führen wie die Zahnbürste oder das Picknickpaket aus dem Hotel, wie den Koffer mit dem Allernötigsten für den Marsch in den Luftschutzkeller hinunter. Derart gerüstet – und dazu noch ausgestattet mit einer Prise Fortschrittsglauben und viel Verachtung für alles, das noch nicht fähig war, „mit den anstehenden Problemen fertigzuwerden" –, kann man sich ruhig ein bißchen erzählen lassen, wie sich das damals alles begab. Man soll es sogar, der kleine Grusel über längst Vergangenes trägt zu dem ohnehin dauernd gefährdeten Gefühl der Geborgenheit in der Gegenwart nur noch bei. Man muß nur die richtige Distanz wählen und die richtige Marschgeschwindigkeit, dann kann nicht viel passieren.

Und wenn die Hunderttausend dann ihr Zweistunden-Pompeji-Erlebnis, bei dem nichts passiert ist, in die Welt hinaustragen und davon berichten, wie es war und was alles nicht passiert ist – dann ist wieder ein konstruktiver Beitrag geleistet worden zur Überwindung der altmodischen Ängste vor dem Ausgeliefert-Sein des Menschen an womöglich größere, höhere Kräfte, als es die seinen sind. Ob die emsigen Ausflugsveranstalter, die ihren Kunden diese zwei Stunden Pompeji zumessen, sich eigentlich darüber im Klaren sind, in welchem Ausmaß sie zur Verarmung der Menschen beitragen?

*

Nur manchmal ein unvermitteltes Erschrecken. Nicht dort, wo die grauweißen Gestalten dekorativ in ihren Glassärgen liegen, nein, am überraschendsten Ort, in der Gräberstraße, wo man ganz sicher war, daß die Toten längst zu konturlosem Staub zerfallen sind, in dem es sich so weich dahinschreiten läßt. Plötzlich liegen sie da, drei, mitten im Gebüsch, wie Tiere, die sich zum Sterben zurückgezogen haben.

Auch das Geplapper der Nonnen, deren jüngste stolz-verstohlen ihren Mitschwestern das aufgelesene Mosaiksteinchen aus dem Haus des Menander vorzeigt, bricht plötzlich ab. Der Kustos hat die kleine Gruppe in einen blühenden Garten geführt, und da liegen wieder welche. Gleich dreizehn nebeneinander, direkt an der Stadtmauer. Erschöpfte, sich Aufgebende, Aufbegehrende, die Hände vor das Gesicht Haltende. Einer richtet sich noch einmal auf, bevor er erstarrt, er sinkt nicht mehr zurück, ein Polster von Asche und Lapilli hat sich unter ihm gesammelt und stützt seine Gebärde für tausend Jahre und mehr. Man kennt ihn von vielen Ansichtskartenständen, er wird mit besten Grüßen und der Hoffnung, daß daheim alles gesund geblieben ist, zu den Lieben verschickt.

„Provero bambino!" rufen die Nonnen, und der um das Wohl seiner Gefolgschaft bemühte Führer fischt indessen mit einem Stäbchen zwischen den Maschen des Gitters, das die ganze Szenerie abschließt, ein paar Lapilli hervor. Zwei Steinchen für jeden, Erinnerung an das, was ihnen allen noch bevorsteht. „Merken Sie, wie leicht das wiegt?" Bimsstein, sechs Meter hoch aufgeschüttet, viele sind darin erstickt, haben sich in das Steingeriesel hineingetrampelt wie in einen Sumpf. Dem berühmten Hund aus dem Museum gelang es hingegen, oben zu bleiben, bis ihn die Kette zurückhielt und die Lapilli wie eine Welle über ihm zusammenschlugen. Leere Formen mit Klappergerippen darin, nach vielen Jahrhunderten wieder mit Leben erfüllt, weil einer die geniale Idee hatte, sie mit flüssigem Gips auszugießen. Ein schönes Bild für die Funktion der Archäologie: jene leeren Räume ausfüllen, die versunkene Völker und Kulturen in der Geschichte der Menschheit hinterlassen haben . . .

Man kommt ins Sinnieren, um sich abzulenken. Man reimt sich die letzten Stunden einer fremden Biographie zusammen, nur um sich nicht schämen zu müssen, wie gebannt man auf den gipsernen Körper starrt, wie man den Augenblick des Übergangs von Leben zum Tod über Minuten hin ausdehnt, um ihn desto eindrucksvoller genießen zu können.

*

Flughafen Wien-Schwechat. Wiener Walzer, und wir hoffen, Sie haben einen guten Flug gehabt. Taxi! Spritzig, bräunend, modern, Sauberkeit und konkurrenzloses Glück versprechend lockt es von allen Plakaten. Erwachen aus einem großen Traum, hinein in eine Schlagzeilenwelt von erschreckend bunter Banalität. Maschingeformte Semmeln 10 g teurer, Raubüberfälle im Ausland durch Haushaltsversicherung abgedeckt, und die Rocklänge bleibt weiter konstant. Aber der Mensch gibt die Hoffnung nicht auf, und wenn er keinen Vulkan sein eigen nennen darf, der ihm über die plattesten highlights seines Fortschritts hinweghilft, dann hat er Vernunft genug, sich rechtzeitig einen geeigneten Reaktor anzuschaffen oder Energiekrisen heraufzubeschwören. Atomabfälle oder erhöhte Benzinpreise können mindestens so tief in existentielle Ratlosigkeit stürzen wie den Urmenschen der Eintritt einer Sonnenfinsternis. Der Urmensch begann damals, sich nach Göttern umzusehen, der Mitmensch ist noch nicht ratlos genug. Aber die Chancen steigen.

Lebenstafel

1926 Kurt Benesch am 17.Mai in Wien geboren.
1944 Matura an der Oberschule Wien 19, anschließend Arbeitsdienst und Militär.
1945 Kriegsgefangenschaft in Italien, Arbeit im Kohlenbergwerk in Köflach, Steiermark
1946 Entlassung aus der Gefangenschaft, Beginn des Studiums der Germanistik und Theaterwissenschaft an der Universätit Wien
1949 Preis der „Akademischen Kulturtage" für das Stück „Im Namen der Menschheit"
1950 Promotion zum Dr.phil. Dissertation: „Ibsen am Wiener Theater". Längerer Aufenthalt in England.
1951 Anerkennungspreis zum Preis der Stadt Wien für das Stück „Ein Flugzeug will nach Abaduna". Reisen nach Italien, Frankreich, Belgien, Holland, England.
1952 Erste Prosapublikationen in Zeitungen und Zeitschriften.
1953 Uraufführung des Stückes „Ein Boot will nach Abaduna" im Theater der Courage, Wien. Längerer Aufenthalt in Italien.
1955 Erste Buchpublikation: „Die Flucht vor dem Engel", Roman, erschienen bei Paul Zsolnay, Hamburg-Wien.
1956 Preis der „Theodor Körner-Stiftungfonds" Studienaufenthalt in Deutschland
1958 Redakteur des Informationsbulletins „Literatur aus Österreich – Austrian literature – Littérature autrichienne"
1959 Förderungspreis der Stadt Wien für Literatur
1960 Anerkennungspreis zum Staatspreis für die Komödie „Valère"
1961 Aufenthalt in Dänemark und Schweden anläßlich der Uraufführung des Einakters „Akt mit Pause"
Gründung der „Österreichischen Gesellschaft für Literatur". Leiter und Organisator des „Forums der Jugend"
1964 Erstes Jugendbuch: „Die einsamen Wölfe"
1965 Erster biografischer Roman: „Die vielen Leben des Mister Sealsfield"
1966 Preis des Österreichischen Bundesverlages für historische Romane für den Roman über Marie von Ebner-Eschenbach „Die Frau mit den hun-

dert Schicksalen". Dafür auch Jugendbuchpreis der Stadt Wien, Ehrenliste zum Staatspreis.

1967 Ehrenliste zum Jugendbuchpreis der Stadt Wien und des Staates für den Roman „Nie zurück!" Ab nun jährlich längere Auslandsaufenthalte, hauptsächlich im Mittelmeerraum.

1968 Erstes Sachbuch: „Süß wie die Liebe – Kaffee gestern und heute".

1969 Heirat mit Gertrud Neumann

1970 Preis des „Theodor Körner-Stiftungsfonds"

1972 Erstes Kinderbuch: „Italien hat mehr als Meer." Ehrenliste zum Kinderbuchpreis der Stadt Wien und des Staates

1977 Erstes Buch über das Thema Archäologie: „Rätsel der Vergangenheit. Das Abenteuer Archäologie heute"

Bibliographie

a) Prosa in Buchform

„Die Flucht vor dem Engel“, Roman, 1955, Paul Zsolnay, Hamburg-Wien

„Der Maßlose“, Roman, 1956, Paul Zsolnay, Hamburg-Wien, abgedruckt als Fortsetzungsroman in „Arbeiter Zeitung“, Wien

„Tribun des Herrschers“, Jugenderzählung, 1956, St. Gabriel Verlag, Wien – Mödling

„Mogul und Mönch“, (Pseud. Florian Hilbert) Roman, 1957, St. Gabriel Verlag, Wien-Mödling

„Die einsamen Wölfe“, Jugendroman, 1964, Österreichischer Bundesverlag, Wien, De eenzame wolven, Van Goor, Den Haag, holländische Ausgabe

„Die vielen Leben des Mister Sealsfield“, biografischer Roman über Karl Postl-Charles Sealsfield, 1965, Österreichischer Bundesverlag, Wien

„Verlust des Gefühls“, Ausgewählte Erzählungen, Szenen, Satiren, 1965 Stiasny-Bücherei Nr. 129, Stiasny Verlag Wien und Graz

„Die Frau mit den hundert Schicksalen“, biografischer Roman über Marie von Ebner-Eschenbach, 1966, Österreichischer Bundesverlag, Wien

„Nie zurück!“, biografischer Roman über die Peyer-Weyprecht-Expedition zur Entdeckung des Franz Josephs-Landes, 1967, Österreichischer Bundesverlag, Wien

„Süß wie die Liebe. Kaffee, gestern und heute“. Eine Kulturgeschichte des Kaffees, 1968, Paul Neff Verlag, Wien
„Dolce come l'amore ovvero Il caffè ieri e oggi“ italienische Ausgabe, 1972 Ferro Edizioni, Milano
„Koffiebrevier, voor allen die de kunst van het koffiezetten en koffiedrinken beminnen (holländische Ausgabe), 1974, Ad. Donker, Rotterdam

„Italien hat mehr als Meer“, Kinderbuch, 1972, Verlag für Jugend und Volk, Wien-München

„Der Sonne näher. Notizen eines Outsiders“ (autobiografisch), 1972, Europa Verlag, Wien

„Till Eulenspiegel“, Neufassung des Schelmenbuches, 1972, Verlag Kremayr & Scheriau, Wien, Buchgemeinschaft Donauland

„Rübezahl“, Neufassung des Volksbuches, 1973, Verlag Kremayr & Scheriau, Wien, Buchgemeinschaft Donauland

„Münchhausen“, Neufassung der alten Geschichten des Lügenbarons, 1973, Verlag Kremayr & Scheriau, Wien, Buchgemeinschaft Donauland

„Schildbürger“, Neufassung des alten Volksbuches, 1974, Verlag Kremayr-& Scheriau, Buchgemeinschaft Donauland.

„Meeressagen“, 1975, Verlag Kremayr & Scheriau, Buchgemeinschaft Donauland

„Magie – auf den Spuren des Unbekannten", 1975, Verlag Kremayr & Scheriau, Wien, Buchgemeinschaft Donauland

„Gespenstersagen", 1976, Verlag Kremayr & Scheriau, Buchgemeinschaft Donauland

„Zigeunersagen", 1977, Verlag Kremayr & Scheriau, Buchgemeinschaft Donauland

„Männer im ewigen Eis", Neuauflage von „Nie zurück!" 1977, Prisma-Verlag, Gütersloh

„Rätsel der Vergangenheit. Das Abenteuer Archäologie heute", 1977, Bertelsmann Lexikon-Verlag und Verlag Kremayr & Scheriau, Buchgemeinschaft Donauland. Taschenbuchausgabe: 1979, Goldmann Verlag. München.

„Geheimen van de Oudheid. Nieuwste archeologische ontdekkingen", 1978, AD. M. C. Stok FORUM BOEKERIJ, Baarn (holländische Ausgabe)

„Enigmi del passato" (italienische Ausgabe) 1978, Società Editrice Internazionale, Torino

„Enigmas do Passado. A aventura que é hoje a arqueologia (portugiesische Ausgabe) 1978, Circulo de Leitores, Portugal

Weitere Übersetzungen in Vorbereitung für Griechenland, Jugoslawien, Frankreich und Japan

„Die schönsten Sagen aus aller Welt", 1977, Verlag Kremayr & Scheriau, Buchgemeinschaft Donauland, Europäische Bildungsgemeinschaft, Stuttgart, Deutsche Buchgemeinschaft Berlin-Wien

„Die Goldschätze der Antike", Auswahl aus dem Werk Heinrich Schliemanns, kommentiert und eingeleitet von K. B., 1978 Prisma Verlag, Gütersloh

„Mallorca", mit 50 Farbtafeln, 1978, Prisma Verlag, Gütersloh

„Indianersagen", 1979, Verlag Kremayr & Scherian, Wien

„Im Herzen Afrikas," Auswahl aus dem Werk Henry M. Stanleys, kommentiert und eingeleitet von K. B., 1979, Prisma Verlag, Gütersloh

b) Erzählungen, Kurzgeschichten, Satiren
(hier sind nur Erstdrucke berücksichtigt, weitere Abdrucke nur, wenn sie in Buchform erschienen sind)

„Die Legende von der Unsterblichkeit", 1954, Kleines Volksblatt, Wien, abgedruckt in „Weg und Bekenntnis", Anthologie junger österreichischer Autoren, Stiasny Verlag, Graz-Wien, 1954

„Die Wette Gottes mit dem Teufel", 1956, Die Presse, Wien

„Der Zeuge", 1956, Die Presse, Wien

„Das Schönheitslexikon", 1957, Die Presse, Wien

„Lajos und sein Hund", 1957, Die Presse, Wien, Deutsches Lesebuch 1969, Schwann Verlag, Düsseldorf

„Der andere Erlöser", 1957, Nationalzeitung Basel

„Der Klappentext“, 1957, Die Presse, Wien
„Der Verleger“, 1957, Die Presse, Wien
„In der Straßenbahn“, 1957, Die Presse, Wien
„Der Star“, 1957, Die Presse, Wien
„Das Sex-baby“, 1958, Tagesspiegel, Berlin
„Der Revolutionär“, 1959, Die Presse, Wien, Abdruck in „Konfigurationen-Jahrbuch für Literatur und Kunst“, Wien 1965
„Schrumpfköpfe“, 1962, Die Presse, Wien
„Orpheus gibt ein Interview“, 1963, Die Presse, Wien
„Tod und Verklärung“, 1963, Die Presse, Wien
„Narrengottesdienst“, 1963, Wort in der Zeit, Wien
„Das gläserne Pferd“, 1964, Die Presse, Wien, abgedruckt auch in „Beispiele – 32 österreichische Erzähler der Gegenwart“, 1967, Verlag Kremayr & Scheriau, Wien
„Die Zeitgenossen“, 1964, Salzburger Nachrichten
„Der Mann, der nicht glauben wollte“, 1965, Die Presse, abgedruckt auch in „Dichtung aus Österreich“, (Prosa), 1969, Österreichischer Bundesverlag, Wien
„Alt aber grau“, 1967, Die Presse, Wien
„Mutmaßungen über Kasimir von B.“, 1970, in „Konfigurationen – Jahrbuch für Literatur und Kunst“, Wien
„Püppis Puppen“, 1972, Die Presse, Wien, abgedruckt auch in „Der Eisstoß“, Erzählungen aus sieben verlorenen Jahren Österreichs, 1972, Verlag Jungbrunnen, Wien
„Angst“, 1973, Die Presse, Wien
„Parforcejagd“, Podium 1973, Heft 7, Wien-Neulengbach
„Ein Schlückchen Lethe“, 1975, Die Presse, Wien
„Erschröcklicher Alptraum vom Ende des alpinen Schilaufs“, 1975, Die Presse, Wien
„Der Ausbrecher“ in „Der Sonne näher“, 1972, Europaverlag, Wien
„Tom wird Neger“ in „Der Sonne näher“, 1972, Europaverlag, Wien
„Komfort“ in „Der Sonne näher“, 1972, Europaverlag, Wien
„Turo il Mulo“ in „Der Sonne näher“, 1972, Europaverlag, Wien
„Das Märchen von der Seidenfalte“ in „Der Sonne näher“, 1972, Europaverlag, Wien

c) Dramatisches

„Ein Flugzeug will nach Abaduna“, Drama in zwei Akten (Erstfassung 1951), verlegt bei Österr. Bühnenverlag Kaiser u. Co, Wien
„Ein Boot will nach Abaduna“, Stück in zwei Teilen (Zweitfassung 1953), ver-

legt bei Österr. Bühnenverlag Kaiser u. Co. Wien. Uraufführung 1953 Theater der Courage, Wien. Weitere Auff. anläßlich der Innsbrucker Jugendkulturwochen, Innsbruck

„Valère, ein Spiel um die Wahrheit“, 1960 Leseaufführung im Kleinen Haus des Theaters in der Josefstadt (Konzerthaus)

„Akt mit Pause“, Einakter, verlegt bei der Universal Edition, Wien. 1961 Uraufführung in schwedischer Sprache auf Schloß Wik bei Uppsala, weitere schwedische Aufführungen in Västeras, Lund, Stockholm (Munkbroteatern, 1964) u.a. Aufführungen in englischer Sprache u.a. in Dallas (Texas). Deutschsprachige Aufführungen im Klagenfurter Stadttheater und in Wien (Ensemble des Amerika-Hauses). Abgedruckt in „Dichtung aus Österreich“ (Dramenanthologie) 1966, Österreichischer Bundesverlag, Wien

„Gespräch am Fluß“, dramatische Szene, abgedruckt in „Variationen über ein Thema“, Verlag Leinmüller u. Co, Wien

„Begegnung in der Christnacht“, Hörspiel, Österr. Rundfunk 1948

„Die Legende von der Unsterblichkeit“, Hörspiel, Österr. Rundfunk 1954

„Der große Gatsby“, Hörspiel nach dem Roman von Francis Scott Fitzgerald, Österr. Rundfunk 1956

„Mr. Hunekers Damenopfer“, Hörspiel nach einer Erzählung von Stanley Ellin, Saarländischer Rundfunk 1963, Österr. Rundfunk 1964

„Die Frau aus La Rochelle“, Hörspiel, Österr. Rundfunk 1966 und 1971

„Die Seuche“, Hörspiel, Österr. Rundfunk 1970

„Herr und Diener“, Hörspiel, Österr. Rundfunk 1972

„Im Mittelpunkt des Interesses“, Hörspiel, Österr. Rundfunk 1975

„Diapositive“, Fernsehspiel, Österr. Rundfunk 1975

d) Essays, Feuilletons, Skizzen, Funkportraits etc. (Auswahl)

„Marie von Ebner-Eschenbach“, (Essay), 1960, Literatur aus Österreich – austrian literature – littérature autrichienne, Wien

„Karl Kraus“, (Essay), 1960, „Literatur aus Österreich“

„Nikolaus Lenau“ (Essay) 1960, Literatur aus Österreich

„Tschauners Stegreiftheater“, 1961, Die Presse, Wien

„Lehrend, leitend, tröstend – Zum Werk Martin Bubers,“ 1961, Wort in der Zeit, Wien-Granz

„Anton Wildgans“, (Essay), 1961, Wort in der Zeit, Wien-Graz

„Ferdinand Bruckner“, (Essay), 1961, Literatur aus Österreich, Wien

„Georg Trakl“ (Essay), 1962, Literatur aus Österreich, Wien

„Max Mell“ (Essay), 1962, Literatur aus Österreich, Wien

„Gläser, Spitzen und Palästle“, 1962, Die Presse, Wien

„Friedhöfe sind nicht eingeplant“, 1962, Die Presse, Wien

„In memoriam George Saiko“, 1963, Wort in der Zeit, Wien-Graz
„George Saiko, ein unbekannter Autor“, 1963, Wort in der Zeit, Wien-Graz
„Das Rauchen oder Die Humanisierung der Menschheit“, 1964, Die Presse, Wien
„Ein Pferdchen namens Hobby“, 1963, Die Presse, Wien
„Fritz Hochwälder“ (Essay), 1963, Literatur aus Österreich, Wien
„Charles Sealsfield“ (Essay), 1964, Literatur aus Österreich
„Der Abenteuerroman Charles Sealsfield“, 1964, Die Presse, Wien
„Die ‚Herren Söhne‘ schlechthin gibt es nicht“, 1964, Die Presse, Wien
„Die Niederlage des andern“, 1964, Die Presse, Wien
„Venedig ist mehr als Kulisse“, 1964, Die Presse, Wien
„Für den Lieblingsdichter auf die Barrikaden“, 1964, Die Presse, Wien
„Das große Warten auf den Tod“, 1964, Die Presse, Wien
„Premiere ist erst morgen“, 1965, Die Presse, Wien
„Hermann Broch“ (Essay), 1966, infor austria, Wien
„Albert Ehrenstein“ (Essay), 1966, infor austria, Wien
„Richard Beer-Hofmann“ (Essay), 1966, infor austria, Wien
„Peter Marginter und seine Drachen“ 1966, infor austria, Wien
„Sie war keine Tante“ (Marie von Ebner-Eschenbach), 1966, Die Presse, Wien
„Die schrecklichen Eltern“, 1966, Die Presse, Wien
„Karl Schönherr“ (Essay), infor austria, Wien
„Robert Musil“ (Essay), 1967 infor austria, Wien
„Robert Neumann“ (Essay), 1967 infor austria, Wien
„Geschichte des Herrn G. S.“ (George Saiko), 1967, Die Presse, Wien
„Adalbert Stifter“ (Essay), infor austria, 1968, Wien
„Peter Rosegger“ (Essay), 1968, infor austria, Wien
„Ligurische Impressionen“, 1968, Die Presse, Wien
„Science fiction – Märchen und Metaphysik,“ 1969, neue Wege, Wien
„Joseph Roth“ (Essay), 1969, infor austria, Wien
„Ernest Hemingway“ (Essay), 1969, ORF
„Der byzantinische Demetrius“, Funkbearbeitung des Stückes von H. R. Hahnl, 1969, ORF
„Nein, ich geh ins Café Wien“, 1969, Die Presse, Wien
„Ausgestoßen aus dem Bauch des Wales“ (Essay über George Orwell), 1969, ORF
„Selma Lagerlöf zum 30. Todestag“, 1970, ORF
„Der Weg über die Grenze“ Funkbearbeitung einer Erzählung von Wilhelm Meissel, 1970, ORF
„Bulldogge verbellt Doppeladler“ (Die Donaumonarchie im Spiegel des ‚Simplicissimus‘), 1970, ORF
„Denkspieler und Tagträumer“ (Essay über Georg Kaiser), 1970, ORF

„Die Österreichische Gesellschaft für Literatur", 1970, ORF
„Plädoyer für einen Traum", 1970, Die Presse, Wien
„Das Leben ist nicht so", 1970, Die Presse, Wien
„O du mein Österreich" (Daniel Spitzer und seine „Wiener Spaziergänge") 1970, ORF
„John Dos Passos" (Essay), 1969, ORF
„Die Segensreich-Methode", Funkerzählung nach Stanly Ellin, 1970, ORF
„Sinclair Lewis", (Essay), 1970, ORF
„Christkindlein geht durch den Schnee" (Kitsch um die Weihnachtszeit), 1970, ORF
„Klabautermanns Nachtlied", 1971, Die Presse, Wien
„Die Erfindung gegen sich selbst", Hörspielbearbeitung einer Erzählung von Josef Nesvadba, 1971, ORF
„Roger Martin du Gard", (Essay), 1971, ORF
„Geliebter Trivialroman", 1971, ORF (Standort)
„Das Reisetraumbüchl" oder „Von der Kunst, seine Träume zu finden", (Standort) 1971, ORF
„Der klassische Zauberer", Zum 25. Todestag Gerhart Hauptmanns, 1971, ORF
„Das Sachbuch als Alibi" (Standort), 1971, ORF
„Das ist kein Problem – Die Literatur und die Wirklichkeit" (Standort), 1971, ORF
„Die schweigsamen Kinder" (Standort), 1971, ORF
„Heute noch", Funkerzählung nach Manfred Hausmann, 1971, ORF
„Vierzehn Tage Inselleben und Insellieben", 1972, Die Presse, Wien
„Auf dem Weg zum idealen Ghetto" (Schriftsteller kennen nur Schriftsteller) 1972, ORF
„Roda Roda zum 100. Geburtstag", 1972, ORF
„Österreichische Literaturpreise und ihre Wirkung", 1972, ORF
„Wer hat Angst vorm Weihnachtsmann?" Funkerzählung nach 1972, ORF
„Der PEN und die Grazer Aotorenversammlung", 1973, ORF
„Bemerkung zum Muttertag", 1973, ORF
„Wer war Rudolf Löwit?" (Auf der Suche nach einem verschollenen Feuilletonisten), 1973, ORF
„Der Müller und sein Kind" Ernst Raupach gestern und heute. 1973, ORF
„Ein Fest mit Boris", 1974, Die Presse, Wien
„Der Tannenzapfen im Ameisenhaufen" (Essay über die „mobile Gesellschaft". 1974, ORF
„Göttin des Donners und des Blitzes", Funkerzählung nach B. Traven, 1974, ORF
„Manfred oder Wer war Werner Hegemann?", (Essay), 1974, ORF
„Wie bekommt man den Nobelpreis?" (Essay), 1974, ORF

„Gott und die italienischen Eisenbahnen", Funkerzählung nach Peter Ustinov, 1975, ORF
„Das Königreich Bastei oder Jedem seine Träume" (Essay), 1975, ORF
„Geheimnis des Erfolges – der Autor Johannes Mario Simmel", 1975, ORF
„ Auswege in die Zukunft" (Zukunftsmodelle von Gerhard Bruckmann), 1975, ORF
„Die Majestätsbeleidigung", Funkerzählung nach Fritz Habeck
„Geld verdienen mit Schreiben?" (Essay), 1975, ORF
„40. Kongreß des Internationalen PEN in Wien", 1975, ORF
„Literatur hinter Masken", (Das Pseudonym in der Literatur), 1976, ORF
„Die Botschaft Pompejis und wie man sie am besten verdrängt", 1977, Die Presse
Weiters: Kulturfilmdrehbücher und -textierungen (3000 Jahre Kunst in Oberösterreich, Von Venedig nach Wien, Das Wiener Reinhardt-Seminar, Jungbrunnen Österreich, Ferdinand Waldmüller u. a.), sowie teils verlorengegangende Essays, Aufsätze, Vorträge, Erzählungen, eine große Zahl von Buch- und Theaterkritiken, Einleitungen, Vor- und Nachworte zu Werkausgaben, regelmäßige Artikelserien für die Missionszeitschriften „Alle Welt" und „Mission aktuell". Übersetzungen aus dem Englischen: (u. a. Charles Hatton: Ein leichter Fall von Amnestie" (Komödie), Noel Coward: Begegnung, Mittel und Wege, Familienalbum (Einakter).

e) Literatur über Kurt Benesch (in Büchern, Auswahl):

Adalbert Schmidt: Dichtung und Dichter Österreichs im 19. und 20. Jahrhundert, Salzburg-Stuttgart 1964
Gerhart Rindauer: Einleitung und Kommentar zum Sammelband „Verlust des Gefühls, Graz-Wien 1965
Norbert Langer: Dichter aus Österreich, Wien 1967
Hans Vogelsang: Modernes österreichisches Welttheater in „Das Erscheinungsbild der österreichischen Gegenwartsdichtung", redigiert von Leo Kober, Wien-Stuttgart 1969
Robert Blauhut: Österreichische Novellistik des 20. Jahrhunderts, Wien-Stuttgart, 1969
Hans Vogelsang: Österreichische Dramatik des 20. Jahrhunderts, Wien-Stuttgart 1970
Roland Heger: Der österreichische Roman des 20. Jahrhunderts, Wien-Stuttgart 1971
Wilhelm Bortenschlager: Kreativlexikon der österreichischen Dramatik, Wien 1976
Kindlers Literaturgeschichte der Gegenwart. Die zeitgenössische Literatur Österreichs, Zürich und München, 1976